소설 예수 **2** 세상의 배꼽

나남
nanam

나남창작선 154

소설 예수 ❷ 세상의 배꼽

2020년 4월 12일   발행
2020년 4월 12일   1쇄

지은이   尹錫鐵
발행자   趙相浩
발행처   (주) 나남
주소   10881 경기도 파주시 회동길 193
전화   (031) 955-4601 (代)
FAX   (031) 955-4555
등록   제 1-71호 (1979.5.12)
홈페이지   http://www.nanam.net
전자우편   post@nanam.net

ISBN   978-89-300-0654-5
ISBN   978-89-300-0652-1(전5권)

나남창작선 154

윤석철 대하장편

소설 예수 ② 세상의 배꼽

나남
nanam

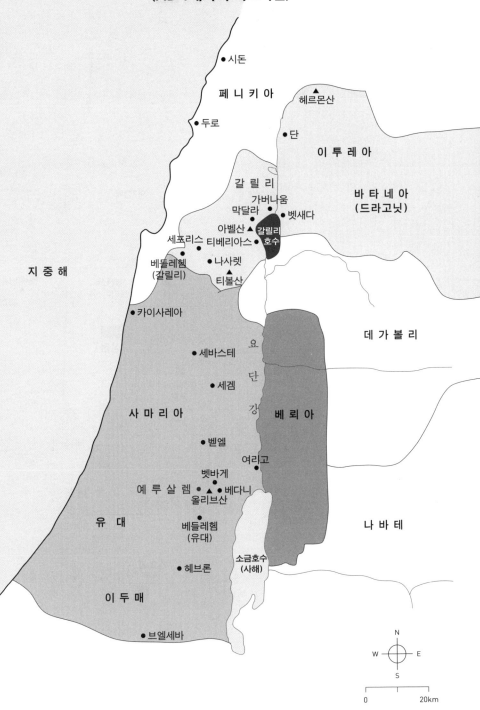

〈AD 1세기의 이스라엘〉

시돈

페니키아

헤르몬산

두로

단

이 투 레 아

바 타 네 아
(드라고닛)

갈릴리

가버나움

막달라

벳새다

아벨산

세포리스 티베리아스

갈릴리
호수

지 중 해

베들레헴
(갈릴리)

나사렛

티볼산

카이사레아

데 가 볼 리

세바스테

요
단
강

세겜

사 마 리 아

베 뢰 아

벧엘

여리고

벳바게

예 루 살 렘

베다니

올리브산

나 바 테

유 대

베들레헴
(유대)

소금호수
(사해)

헤브론

이 두 매

브엘세바

N
W   E
S

0   20km

〈AD 1세기의 예루살렘〉

제3성벽

다메섹 문

제2성벽

제2성벽

튀로포에온 골짜기

안토니오 요새

성전산 (모리아산)

겟세마네

올리브산

골고다

성전

제1성벽

다리

자바의 문

헤롯의 궁(총독궁)

안티파스의 궁전

윗 구 역

제1성벽

제1성벽

힌놈 골짜기

제1성벽

시온산

아 랫 구 역

기혼샘

가야바의 집

히스기야 터널

기드론 골짜기

에세네의 문

실로암 연못

제1성벽

N
W   E
S

James H. Charlesworth(2006)의 지도 참고.

0   500m

〈예루살렘 성전 내부구조〉

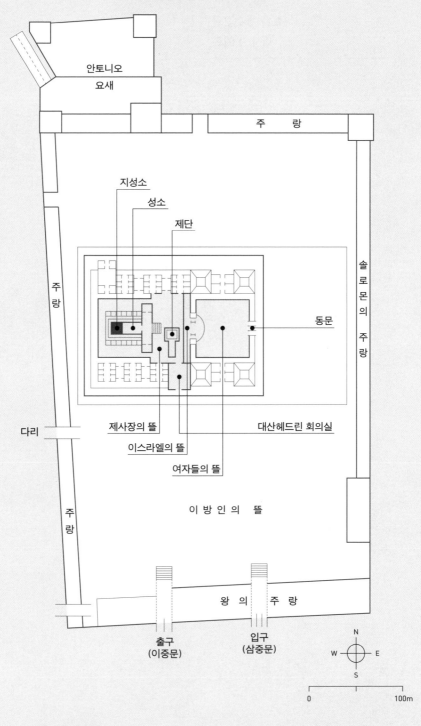

안토니오
요새

주　랑

지성소

성소

제단

주
랑

솔
로
몬
의
주
랑

동문

다리

제사장의 뜰

대산헤드린 회의실

이스라엘의 뜰

여자들의 뜰

주
랑

이　방　인　의　뜰

왕　의　주　랑

출구
(이중문)

입구
(삼중문)

N
W　E
S

0　　　　　　　　　　100m

소설 예수 2권
세상의 배꼽

차 례

8

소설 예수 1권
운명의 고리

소설 예수 전 5권

등장인물 소개

예수   하느님의 뜻을 깨닫고 하느님을 가슴에 품고 산 사람.

히스기야   예수의 어릴 적 친구. 의적단 '하얀리본' 두목.

바라바   의적단 '하얀리본' 부두목. 바리새파 학생의 아들.

요한   세례자. 예수에게 세례를 베풀고 광야 수행으로 이끌어준 선생.

요셉   예수의 아버지.

마리아   예수의 어머니.

야고보   예수 바로 아래 동생.

다른 동생들   유다, 시몬, 요셉, 마리아, 요한나.

시몬   갈릴리 베들레헴에 사는 요셉의 삼촌. 예수에게 할례를 베풂.

예수   주인공 '나사렛 예수'와 같은 이름의 나사렛 마을 촌장 겸 회당장.

마리아(막달라)   막달라 출신의 여자 제자.

시몬   갈릴리 호수 어부. 벳새다 출신. 예수에게서 '게바'라는 새 이름을 받음. '게바'는 헬라어로 베드로.

안드레   갈릴리 호수 어부. 벳새다 출신. 시몬의 동생.

요한   갈릴리 호수 어부. 세베대의 아들. 야고보의 동생.

야고보   갈릴리 호수 어부. 세베대의 아들. 요한의 형.

빌립   벳새다 출신. 스승이었던 세례자 요한이 처형된 후 예수를 따름.

유다   예수의 제자.

시몬   갈릴리 어부 시몬 '게바'와 구분하기 위해 '작은 시몬'으로 불림.

레위   가버나움 세리 출신. 알패오의 아들. 헬라식으로 마태라고도 불림.

야고보	레위의 동생. 알패오의 아들. 세베대의 아들 야고보와 구분하기 위해 '작은 야고보'라고 불림.
도마	쌍둥이라는 별명을 가진 제자.
므나헴	예수의 제자.
삭개오	여리고의 세리장.

빌라도	현 로마총독(5대 총독). 유대, 사마리아, 이두매 관할.
아레니우스	로마 원로원 의원의 조카. 빌라도를 따라 예루살렘에 옴.
클라우디아	빌라도의 아내.

헤롯	유대의 왕(유대, 사마리아, 갈릴리와 이두매 통치). 예수 탄생 후 사망.
마리암네	헤롯왕의 두 번째 왕비. 하스몬 왕조의 공주.
안티파스	갈릴리와 베뢰아를 다스리는 분봉왕. 헤롯왕과 네 번째 부인의 아들. '헤롯 안티파스'라고 불림.
알렉산더	분봉왕 안티파스의 최측근 신하. 로마에서 유학함.
헤로디아	안티파스의 현 아내. 헤롯왕의 다른 아들 '로마의 헤롯'과 이혼한 후 딸 살로메를 데리고 안티파스와 재혼함.

가야바	예루살렘 성전의 현 대제사장. 전임 대제사장 안나스의 사위.
마티아스	가야바의 아들. 성전 제사장.
야손	성전 제사장. 성전 정보조직 책임자.
가말리엘(랍비)	랍비 힐렐의 손자. 바리새파 선생. 예루살렘 대산헤드린 의장.
시몬(랍비)	랍비 힐렐의 아들. 바리새파 선생. 가말리엘의 아버지.
니고데모	예루살렘 대산헤드린 의원.
요셉	아리마대 사람. 예루살렘 대산헤드린 의원.

거룩한 성문 앞에서

—·—

"이런, 이런! 내가 왜 여기에 들어와 있지? 아이구! 아이구!"

대제사장 가야바는 소스라치게 놀랐다. 마지막 휘장 하나만 지나면 바로 하느님이 머무는 지성소다. 시간은 새벽인 듯한데 정신을 차리고 보니 신발도 벗지 않은 채 지성소에 들어와 있었다. 예루살렘 성전에서 가장 거룩한 곳, 그래서 지성소라고 부르는 곳, 1년 중 속죄일 하루 대제사장 한 사람만 얼굴을 가리고 들어올 수 있는 곳이다. 머리카락이 한 올 한 올 다 일어설 만큼 무섭고 두렵다. 금방 천둥과 함께 불이 내리고 휘장이 무너져 내릴 듯 정신이 아득했다.

"큰일 났네!"

혼잣말을 내뱉다가 얼른 입을 가리며 뒤를 돌아보았다. 공포에 질려 허둥거리며 발걸음을 돌렸다. 휘장과 휘장 사이는 겨우 사람 하나 지날 간격이다. 앞 휘장과 뒤 휘장은 서로 반대쪽에 네 큐빗쯤 열려 있어서 몇 겹 늘어진 휘장을 이리저리 왔다갔다 지나야 지성소에 들고 날 수 있다. 조마조마 애를 쓰며 겨우 벗어났다. 하느님에게 들키지 않고 무사히 빠져나온 일이 신기할 뿐이다.

"휴!"

벌렁벌렁 가슴이 뛴다. 거푸 큰 숨을 들이쉬고 내쉬며 머리를 흔들었다. 다행히 아무도 본 사람이 없고 야훼 하느님 역시 조용하다. 가슴을 진정시키면서 열두 계단 아래 있는 제사장의 뜰을 내려다보았다. 시커멓게 불에 그을린 제단이 텅 비어 있다. 그런데 언제나 열려 있어야 할 제사장의 뜰 동쪽 문, 올리브산 쪽으로 난 문이 닫혀 있다. 에덴동산 동쪽으로 쫓겨난 첫 사람 아담이 언젠가 그 문을 통해 돌아오리라는 뜻으로 늘 열어 놓는 문이다.

"어어?"

그런데 이상하다. 눈을 크게 뜨고 다시 내다본다. 제사장의 뜰, 이스라엘의 뜰, 여자들의 뜰, 이방인의 뜰, 성전을 겹겹 둘러싼 주랑건물들과 성벽, 예루살렘 성전이 모두 한눈에 들어온다. 맞은편 올리브산, 성전 옆 기드론 골짜기와 예루살렘성 서쪽 남쪽을 휘돌아 뻗어 있는 힌놈 골짜기, 그리고 멸망산까지 모두 한눈에 보인다. 예루살렘 윗구역 아랫구역도 다 보인다. 그렇게 모두 한눈에 모두 들어오다니 이상하다. 그럴 수 없는 위치이기 때문이다. 덜컥 무서운 생각이 났다. 갑자기 몸이 공중에 떠오른 듯, 지금까지 서 있던 자리도 눈 아래 보인다.

"내가 죽었나? 혹시 죽었나? 그런데 어! 저런, 저런! 어! 어어?"

성전 맞은편 올리브산 중턱, 조그만 실개천이 반짝이며 흘러내린다. 개천이 언덕을 넘어 흐르다니. 눈을 크게 뜨고 보아도 분명 개천이다. 여리고에서 산길로 60리, 그 중턱을 지나야 예루살렘에 들어오는 언덕길이다. 그 길을 따라 물이 조금씩 흘러 넘어오더니, 보고 있는 사이에 아예 커다란 개천으로 바뀌었다.

올리브산을 내려오는 길이 많은 물이 흘러내리는 개천이 되었다. 개천은 금세 강으로 변했다. 산자락 아래 기드론 골짜기로 물이 콸콸 쏟아져 내린다.

"어어? 저런, 아니 그런데?"

아무리 애를 써도 목소리가 나오지 않았다. 잠깐 사이, 정말 눈 깜짝할 사이에 성전과 올리브 산 사이 골짜기에 물이 가득 찼다. 그처럼 무섭게 쏟아지는 물은 평생 처음 보았다. 골짜기를 채운 물은 휘돌고 솟구치고 출렁거렸다. 언뜻 서쪽을 바라보니 예루살렘 아랫구역은 어느새 모두 물에 잠겼고, 윗구역도 곧 물에 잠길 기세였다. 갑자기 큰 바다가 철렁 예루살렘에 밀려 들어왔다.

주위에 아무도 없고 오직 가야바 혼자다. 온 세상이 온통 물에 잠기는데 대제사장 곁에 아무도 없다. 늘 옆에 붙어 있던 아들 마티아스도 안 보이고, 성전 경비대장도 눈에 띄지 않았다. 성전 전체가 말 그대로 텅 비어 공허했다. 뒤쪽에는 야훼 하느님 지성소가 있고 눈앞으로는 엄청난 물이 몰려든다. 골짜기를 채운 물은 큰 파도가 되어 넘실넘실 성벽을 넘본다. 성전은 큰 바다에 떠 있는 배 같았다. 큰 배처럼 성전 건물이 둥실 떠오르겠다는 생각을 하는 순간 성벽을 세차게 때리던 파도가 성전 뜰에 하얗게 물을 쏟아 놓았다. 그렇게 거센 물결은 무엇으로도 막을 수 없다. 성전 뜰이 순식간에 바다가 되었다. 구름 한 점 없이 맑은 하늘 아래 물결이 하얀 파도를 일으키며 이리저리 몰려다니면서 햇빛에 반짝였다. 큰 파도가 이제 성전 건물을 때린다. 방금 도망쳐 나온 성전 안쪽 지성소에서 알 수 없는 소리가 흘러나온다.

"우우! 우우 웅! 우우 웅!"

성전보다 더 큰 파도가 눈앞으로 밀려왔다. 파도는 곧 모든 것을 덮었다. 아무것도 볼 수 없고, 아무 소리도 들리지 않았다. 몸이 한없이 깊은 곳으로 천천히 가라앉는다.

"아! 아아, 아아!"

숨을 쉴 수 없다. 신음을 냈지만 소리가 되지 않는다.

그때 웅얼거리는 소리가 들렸다. 마치 머리를 항아리에 처박고 말할 때 울리는 소리 같았다.

"아버지, 아버지! 일어나세요."

눈을 번쩍 떴다. 마티아스가 흔들어 깨우고 있었다. 아들을 알아보고 가야바는 우선 안심했다.

"왜 거기서 강물이 흘러 넘어 와?"

"예? 아버지 무슨 말씀이에요?"

"왜 강물이 올리브산을 넘어 올라와서 여기로 쏟아지냐고? 성전이 모두 물에 잠겼어! 다들 어디 갔어, 이 사람들? 이게 무슨 일이야, 대체!"

"아버지, 정신 차리세요. 지금 곧 해 뜰 때가 됐어요. 물은, 무슨 물이 어떻게 거꾸로 산을 넘어 흘러와요?"

"그러게 말이야!"

가야바는 공포에 질려 제대로 말을 잇지 못했다. 턱이 덜덜 떨렸다.

아버지 눈을 들여다보면서 마티아스는 문득 올빼미 같다는 생각이 들었다. 초점을 잃은 커다란 눈이 그저 둥그렇고 횅했다. 눈 속에 아무것도 들어 있지 않았다. 순간 그는 아버지도 이제 많이 늙었다는 생각이 들었다.

"아버지! 복잡한 일이 생겨 보고드리려고 일찍 들어왔어요."

그래도 가야바는 멍하다.

"우선 정신을 좀 차리세요. 저기 있는 물로 얼굴을 닦으시고 밖으로 나와 보세요. 아버지께 보고드린다고 야손 제사장과 성전 경비대장이 일찍 들어와 있어요."

말을 마치고 마티아스는 성큼성큼 방을 걸어 나갔다. 아버지가 스스로 정신을 가다듬고 대제사장 체통에 맞도록 몸을 수습하고 나올 때까지 밖에 나가서 기다리기로 했다.

✠

지난밤 늦게까지 많은 사람들이 들랑거리던 여리고 삭개오의 집은 조용했다. 아직 동이 트려면 한참이나 시간이 남아 있다. 새벽녘에 찾아온 알렉산더의 하인에게서 들었던 두려운 경고 때문에 마리아는 다시 잠에 들 수 없었다.

"마리아! 이번에 예루살렘에서 틀림없이 큰일이 벌어져요. 오늘 절대로 이 사람들 따라서 예루살렘에 올라오지 말고 바로 갈릴리로 돌아가시오. 조용히, 아무도 만나지 말고 막달라에 내려가서 기다리시오. 여기 일 마친 후에 알렉산더 공이 마리아를 찾는다고 하셨소."

그녀가 말을 듣지 않자, 하인은 진심으로 마리아가 걱정된다는 듯 말했다.

"만일 예루살렘에 기어코 올라오려거든 이 사람들과 헤어져 지체 없이 알렉산더 공을 찾으시오."

경고 내용도 내용이지만 알렉산더가 모든 것을 알고 있다는 사실이 그녀는 더 무서웠다. 예수 일행이 여리고 세리장 삭개오의 집에 묵고 있다는 것, 날이 밝으면 예루살렘에 들어온다는 계획까지 그는 모두 알고 있었다. 예수의 움직임과 그녀에 관한 모든 일을 속속들이 파악하고 있었음에 틀림없었다. 알렉산더는 정말 두려워할 만한 사람이었다. 아무리 아끼던 사람이라도 마치 물건 버리듯 미련 없이 탁 내려놓고 매정하게 고개를 돌리는 사람이지만, 때로는 몸서리쳐질 만큼 집요했다.

알렉산더의 경고가 두려우면 두려울수록 예수가 정말 야속하다는 생각마저 들었다. 새벽에 그녀와 알렉산더가 보낸 하인이 만나는 장면을 직접 눈으로 보고서도 선생은 아무 말도 묻지 않고 그냥 집으로 들어갔다. 말하지 않아도 다 알아듣고 마음까지 모두 들여다보는 선생이지만 때로는 눈앞에서 벌어지고 있는 일보다 보이지 않는 저쪽을 더듬는 사람이다.

너무 이른 시간이지만 바깥채로 예수를 찾아가 얘기해볼까? 전해들은 얘기를 모두 털어놓고 이번에는 정말 갈릴리로 돌아가자고 사정해볼까? 그러나 그녀는 곧 마음을 돌렸다. 지난밤 늦은 시간에 삭개오의 집 뒷동산에서 앞으로의 그녀가 해야 할 일을 당부했던 그였다. 그의 마음을 돌리기에는 늦었다고 생각했다. 게다가 여러 번 말을 꺼냈지만 번번이 거절당했었다.

'선생님, 갈릴리로 돌아가시지요.'

'그럴 수 없소.'

'나중에 다시 올 수 있지 않습니까?'

'이미 내 때가 되었소.'

예수가 얘기하는 그의 '때'는 동트기 전 여리고 서쪽 하늘 끝에 걸린 푸른 상현달처럼 마리아나 제자들에게는 아직 알 수 없는 영역이다.

돌아누워도 편하지 않았고, 일어나 앉아도 마음은 안타깝다. 예수를 생각하면 그녀 마음은 늘 짠하게 아프다. 갈릴리에서 유대로 내려오는 내내, 밀밭 사이를 걸어오면서, 요단강을 따라 내려오면서 그녀는 선생의 표정을 살폈다. 제자들과 함께 길을 걸었지만 그는 그 길을 혼자 걷는 것처럼 외로운 사람이었다. 갈릴리 산과 들과 강을 마음속에 담아두며 다시 걸어서 돌아가지 못할 길을 그는 걸어왔다.

✙

마리아가 심란해서 혼자 어쩔 줄 몰라 하던 그 시간에 이미 예수는 자리에서 일어나 있었다. 지난밤 늦게 뒷동산에서 내려와 짧은 시간이지만 깊게 잠을 잤다. 아무리 어려운 일이 있어도, 어떤 걱정스러운 일이 있어도 그는 눕기만 하면 언제든 바로 깊은 잠에 든다. 짧지만 깊게 자고 일찍 일어나는 버릇은 나사렛에서 살던 어릴 적부터 37살이 된 지금까지 변함이 없었다.

삭개오의 집에 묵는 동안 예수는 일부러 제자들과 함께 큰 방에서 지냈다. 남아 있는 하루하루가 귀중한 날이기 때문이다. 얼마 후면 제자들도 한방에서 예수와 잠을 자던 날을 그리워하리라. 같은 방에 누워 잠을 잔다는 말은 발 디디고 서 있는 땅이 같다는 말과 같다. 비록 밤새 다른 꿈길을 헤맸더라도 눈떴을 때 제일 먼저 보이는 그 사람이, 파르르 눈꺼풀 떨며 잠을 깨는 사람이 언제나 소중한 법이다. 심하게 코를 고는 사람, 잠을 자는 내내 다리를 휘젓는 사람, 입을 쩝쩝거리는 사람, 잠은 한방에서 자지만 모습은 제각각이다. 어떤 사람은 평소 그답고, 어떤 사람은 전혀 다르다. 가버나움 집에 돌아가 목에 매달리는 자식을 어루만지는 꿈을 꾸는 아비도 있겠고, 비 내리는 호수에서 밤새 떨며 그물 내리는 사람도 있을 것이다. 꿈에서는 이상하게도 가장 어려웠던 시절, 아픈 기억의 언저리를 늘 맴돈다. 가본 적 없던 길이 꿈에 나타나는 일은 드물다. 알고 있는 것만큼 보이고, 꿈에서도 그만큼 보기 마련이다. 그건 모든 사람이 등에 지고 살아가는 삶이다.

예수는 조용히 방을 나서다가 아직 잠에 빠져 있는 제자들을 다시 내려다보았다. '게바'라고 새로 이름을 지어준 시몬, 그 옆에 시몬의 동생 안드레, 세베대의 아들들인 큰 야고보와 늘 부지런하고 영민한 요한 형제가 잠들어 있다. 걸걸하고 조급한 작은 시몬, 어렵게 얻은 일자리 세리 일을 뒤로 하고 따라나선 레위 마태, 그의 동생 작은 야고보, 세례자 요한의 제자였다가 예수를 따라나선 빌립, 빌립이 끌어들인 돌로매의 아들 나다나엘, 그리고 예수 옆에 늘 붙어 다녀서 쌍둥이라 불리는 도마가 누워 있다. 맨 끝에는 일행의 회계 일을 맡은 유다가 웅크린 채 잠들어 있다. 옆방에는 므나헴과 최근에 예수를 따르기 시작한 제자 몇 사람이 깊은 잠에 빠져 있다.

잠을 깨울세라 조심스럽게 방을 나와 뒷동산에 오르며 꿈속을 헤매고 있을 제자들을 생각한다. 아직 깨닫지 못한 그들이 그저 안쓰럽다. 저들은 하느님 나라는 땅 위에 세워지는 왕의 나라라고 생각한다. 하느님 나라 백성이 된다고 얘기해주면 각자 차지할 자리를 먼저 생각한다. 걸어 갈 길을 얘기해주면 고개 너머 첫 동네를 생각한다. 알아들은 듯 머리를 끄덕여도 듣고 싶은 말만 골라 가슴으로 내려 보낸다. 마리아를 제외한 어느 누구도 걸어가는 그 길이 어떤 길인지 아직 짐작조차 못한다.

길이란 이상하다. 목적지에 가까워지면 떠나온 곳은 그만큼 멀어진다. 찾아가는 길 끝에 예루살렘이 있다. 그러나 예수에게 예루살렘은 목적지가 아니다. 몇 겹의 뜰로 둘러싸인 예루살렘 성전도 목적지는 아니다. 다만 그에게 주어진 시간에 몸을 담그는 장소일 뿐이다. 예수가 마음속에 생각하는 성전 뜰은 늘 햇빛이 하얗게 쏟아지는 곳이다. 뭉클뭉클 하늘로 올라가는 희생제물 태우는 연기를 볼 수 있는 곳이다. 그곳에서 많은 사람들이 한 사람을 에워싼 모습이 눈에 떠오른다. 그 사람들은 팔을 휘두르며 알 수 없는 소리, 의미 없는 소리를 질러대고 발을 구르다가 고개를 저어 흔든다. 동무들과 놀던 나사렛 아랫마을 마당 작은 그림자 위에 혼자 서 있었듯, 성전 뜰에 그는 혼자 서 있을 것이다.

뒷동산에 오르자 지난밤 늦게 그 자리에서 마리아에게 당부하던 일이 떠올랐다. 그녀는 조용히 앉아 한 마디도 놓치지 않으려는 듯 예수의 말을 받아들였다. 남보다 먼저 깨달은 사람, 게다가 여자로서 그녀가 겪을 질시와 고통이 어떠할지 생각하면 마음이 저렸다. 그녀가 앉았던 자리를 내려다보며 혼잣말을 했다.

'아! 마리아! 그대가 지고 가야 할 멍에가 무겁네요.'

'선생님! 저를 여자로 보지 않으셔서 고맙습니다.'

다소곳 손을 무릎에 모은 그녀가 대답한다. 그녀에게서는 늘 상큼한 살구냄새가 났다. 살구냄새, 나사렛 히스기야네 집 마당가에 서 있던 살구나무가 떠오른다. 장대를 든 히스기야 어머니가 살구를 털었다. 위 아래로 마당을 오르내리며 떨어진 살구를 줍던 아들을 바라보며 그녀는 곱게 웃었다. 뽕나무에 삶을 걸어 놓고 떠난 어머니를 못 잊는 히스기야는 그래서 마리아를 결코 못 잊고 그녀 주변을 서성인 모양이었다.

예수의 눈에 문득 한 광경이 보인다. 마리아가 입을 꼭 다물고 남자 제자들 앞에 다부지게 버티며 서 있는 모습이다. 한 번도 그런 모습을 실제 보인 적 없던 그녀다. 제자들은 그녀 앞에서 모두 완고하게 고개를 젓는다.

'아니, 마리아! 왜 우리 다 놔두고 선생님이 하필 그대에게, 여자에게 그런 중요한 말씀을 남기셨단 말이오? 믿을 수 없소!'

그래도 그녀는 뒤로 물러서지 않는다. 예수를 따르는 일이 다른 제자들에게는 열려 있는 두 길, 세 길 중 하나였겠지만, 마리아에게는 오직 그 한 길뿐이었기 때문이리라.

예수는 안다.

'여우도 굴이 있고, 공중을 나는 새에게도 둥지가 있지만 나에게는 머리 뉘일 곳이 없다.'

오직 마리아 한 사람만 그 말을 알아들었다. 그녀 역시 머리 뉘일 곳이 없던 사람이기 때문이었다. 하느님 나라는 머리 뉘일 곳 없는 사람에게 집이 되어주는 나라다. 며칠 굶고 먼 길 걸어온 사람에게 주어지는 빵 덩어리다. 추운 밤 덜덜 떨고 있을 때 누가 눈앞에 내밀어준 뜨끈한 국물이다. 그 빵을 먹어 보고 그 국물을 마셔 보고 그 땅에 몸을 뉘어 본 사람이 마리아다.

제자들도 모두 곧 그날을 맞게 될 것이다. 와들와들 떨며 정신없이 어두운 밤길을 허둥지둥 도망치다가 그들은 문득 빛을 보리라. 빛이 마음 밭을 비추면 뿌려둔 씨에 싹이 나고, 그건 이상하게 흥분되고 신이 나는 싹이라는 것을 깨닫는 날이 온다. 흩어지지만 그들도 결국 하느님 나라로 이미 흘러 들어간 것을 깨닫게 될 것이다. 돌베개를 베고 누우면 비로소 하늘 문이 열리는 것을 볼 것이다. 앞서나가고 뒤처지는 사람이야 있겠지만 결국 모두 같은 산모퉁이를 돌고, 같은 고개를 넘어, 같은 길을 걷는 날이 오고 있다. 이제 때가 되었다. 저들도 알게 되는 날이 왔다. 그 일을 위해 예수는 속살이 부드러운 사람들을 제자로 뽑았다.

동산 아래를 내려다보며 생각을 정리하는 중에 동쪽 고원지대 위로 아침 해가 떴다. 여리고에서 바라보면 예루살렘은 해 뜨는 반대쪽 하늘 아래에 있다. 서쪽은 언제나 제일 끝까지 아침을 거부하고 빛을 외면한다. 끈질기게 어둠을 붙잡고 놓아주지 않는 것들이 모두 서쪽에 모여 있다. 불길한 힘이 웅크린 곳이 서쪽이다. 뭉쳐지고 단단한 힘이다. 서쪽 끝에는 신이 된 로마황제가 하늘에 닿은 듯 거만하게 버티고 서 있다.

황제의 이름을 크게 새겨 문패로 내건 예루살렘 성전은 세관이다.

가버나움 큰길에 서 있던 세관이나 여리고 들어오는 길 세관이나 성전산 위에 서 있는 성전이나 세관이기는 마찬가지다. 성전은 강고한 세력이 뭉친 곳이다. 흘러가던 강물이 턱 부딪치는 큰 바위다.

"깨뜨릴까요? 넘을까요? 돌아갈까요?"

예수는 여러 번 물었다. 하늘 아버지가 그에게 맡긴 일을 묻고 또 물었다. 그분은 대답하지 않았다. 그러나 그 침묵은 허무가 아니고 조용한 응답이다. 묻지 않아도 될 말을 묻는다는 듯, 빙긋이 웃으며 그분은 예수의 눈을 바라본다. 바위 같은 세력과 맞서도록 하늘 아버지는 대답 없는 대답으로 그를 이끌었다. 말없는 대답을 듣는 일에 그는 익숙하다. 아버지 요셉으로부터 그렇게 배웠기 때문이다.

✠

"선생님! 선생님!"

요한은 늘 그렇듯 수선을 떨며 방에 들어오다가 멈칫했다. 예수 앞에 유다가 허리를 꼿꼿이 세운 채 앉아 있고, 마리아는 아무 말 없이 벽에 붙어 서 있는 것을 보았기 때문이다.

"안 그런가? 요한!"

유다가 뜬금없이 동의를 구했다.

"무슨 얘기예요? 갑자기?"

"돈 말이야, 돈! 우리가 처음 여기 오던 날 밤에 이 집 주인 삭개오가 돈을 내놓겠다고 했잖아? 예루살렘에서 선생님과 우리 비용으로 쓰라고. 그것도 자그마치 한 달란트가 넘는 큰돈인데. 어디 그뿐여?

모자라면 더 마련하겠다는 얘기까지 나왔지. 그런데 선생님이 우리와 한마디 상의도 없이 대뜸 그 자리에서 거절하셨고 ….”

“예, 그랬지요. 선생님께서는 그 돈을 가난하고 불쌍한 사람들을 위해 쓰라고 말씀하셨지요. 삭개오도 그 말씀에 큰 감동을 받아 그러겠다고 했고요. 자기가 모았던 재산의 반은 가난한 사람들에게 내놓고, 누구에게 뺏은 것이 있으면 4배로 돌려주겠다고 말했지요.”

“그래서 말이야.”

“그런데요?”

“선생님도 생각이 있으셔서 거절하셨고 우리라고 선생님 높은 뜻을 모르는 바 아니지. 그런데 내 생각으로는, 이건 순전히 내 생각이야, 게바나 다른 사람하고 아직 상의한 얘기는 아닌데, 하여튼 그렇게 많은 돈, 한 달란트면 장정 6천 명 하루 품삯이니 많기는 많지, 그러니 그렇게 많이 받지는 말고 조금만, 최소한 백 명 품삯 그러니까 100데나리온 정도 받아 가면 좋을 것 같다고, 선생님께 지금 말씀드리고 있는 중이야, 내가 ….”

“돈을 받아 가자고요?”

“그래! 조금.”

“아이고! 유다!”

“왜? 생각해봐! 당장 오늘부터 예루살렘에서 지내려면 경비가 얼마나 많이 들지 생각 안 해봤지? 우리가 뭐 도와달라고 먼저 얘기 꺼낸 것도 아니고, 그 사람 스스로 알아서, 그래, 자발적으로 내놓겠다는데 뭐 그렇게 딱 거절할 것까지는 없잖느냐, 그런 생각이야, 내 생각은.”

"그래도 선생님께서 일단 거절하셨는데 ….."

"아, 이 사람아! 다만 얼마라도 돈이 있으면 우리도 당분간은 돈 걱정 없이 오직 선생님 하시는 일 마음 놓고 도와드릴 수 있잖아? 그리고 사람이란 먹어야 힘이 생겨서 일을 잘 하지!"

"굶지는 않았잖아요?"

"그게 굶은 거지, 어디 먹은 거여? 게다가 갈릴리에서 선생님 찾아온 사람들 생각해 봐. 거의 모든 사람들이 굶은 채로 먼 길을 걸어 찾아왔잖아? 예루살렘이라고 뭐 전부 부자만 찾아오겠어? 배고픈 사람이 찾아왔을 때 무어라도 먹여줄 수 있으면 얼마나 좋아? 나는 우리끼리 잘 먹고 잘 지내자고 이런 말 하는 게 아녀. 찾아오는 사람들 빵 한 조각이라도 먹이는 일이 늘 큰 문제였잖아? 그게 쉬운 일이었어?"

"그래도 ….."

"그리고, 그런 제안을 받았을 때, 선생님도 딱 거절하시기 전에 '좀 생각해 보마' 하신 다음, 우리와 한번 상의라도 하셨더라면 좋았다는 얘기야, 내 얘기는 …. 일은 이왕 그리 됐지만, 오늘 아침에라도 길 떠나기 전에 삭개오를 조용히 불러 '생각해보니 다소 경비가 필요하다' 말하면, 아, 그건 선생님께서 말씀하시기 어려우면 내가 말해도 되고…. 내가 며칠 그 사람 두고 보니 절대로 말을 거둬들이고 거절할 사람이 아니더라고. 게다가 자기도 우리한테 좀 기여한 일이 있어야 떳떳하지 않겠어? 나중에라도?"

요한은 슬쩍 예수의 표정을 살폈다. 아무런 표정 없이 조용히 앉아 있다. 따지고 보면 유다의 말도 틀린 말은 아니다. 예루살렘에 가면 빵 한 덩어리라도 요기하라고 누가 내놓는다는 말인가? 예수를 따라

몇십 명이 쫄쫄 굶은 채 우르르 거지처럼 몰려다녀야 할 형편이다. 그런 점을 생각하면 유다는 역시 유다였다. 일행 중에서는 그래도 셈이 가장 빨라 돈 문제는 모두 그에게 맡겼다. 돈 다루는 일을 맡은 이상 그가 경비를 걱정하는 것은 당연한 일이다. 그렇지만 다른 사람도 아닌 유다가 나서서 돈 얘기를 가지고 선생을 졸라대는 것이 어쩐지 마음에 걸렸다. 요한은 제자 중에서 작은 시몬과 그가 끌어들인 유다를 특별하게 눈여겨보고 있었기 때문이다.

예수는 아무 말도 없다. 유다와 요한이 주고받는 말을 모두 들었으련만 여전히 굳게 입을 다물고 있다. 마리아는 누가 의견을 묻기 전에는 결코 먼저 입을 떼는 법이 없는 여자다. 유다가 하는 말을 듣다가 그녀는 슬그머니 방을 나갔다. 방안에 침묵이 흘렀다. 건널 수 없이 깊고 깊은 골짜기가 눈앞에 있는 듯 무거운 침묵이다. 유다와 요한은 더 이상 예수의 침묵을 견딜 수 없었다. 일어나 물러났다. 방을 나오자마자 요한을 힐끗 쳐다보더니 유다는 고개를 절레절레 흔들면서 제자들 모인 곳으로 걸어갔다. 그 뒷모습을 멍하니 바라보다가 예수에게 하려던 말이 생각나 다시 방안으로 들어갔다.

"선생님!"

"요한도 그 얘기를 하려고 다시 들어왔나요?"

"아닙니다. 선생님. 저희는 선생님 말씀을 따를 뿐입니다."

"고맙소!"

고맙다고 짧게 대답하는 예수의 시린 마음을 느낄 수 있었다.

"그런데 선생님!"

"예."

"지금 사람들이 잔뜩 모여들었습니다. 어떤 사람은 예루살렘까지 따라가겠다고 나섰고, 몇 사람은 병을 좀 고쳐 달라고 저렇게 몰려와서 기다리고 있습니다. 우선 식사나 드신 다음 선생님께 말씀드리겠다고 했더니 그때까지 그냥 기다리겠답니다. 그래서 생각하다 못해제가 … ."

"문밖에?"

"문밖에서 기다리는 사람, 뜰 저쪽 멍석에 앉거나 누워있는 사람, 여러 명입니다. 식사하고 오라고 해도 그냥 저러고들 있습니다."

"왜 나를 진즉 부르지도 않았어요?"

"너무 이른 시간이라 … , 게다가 아직 식사도 못 하셨고 … ."

"가봅시다."

"예, 마리아는 벌써 병자한테 간 것 같습니다."

"그랬겠지요."

예수가 일어나자 요한도 같이 일어났다. 그때 예수가 비틀했다. 요한이 얼른 부축하려고 하자 예수가 손을 내저었다.

"괜찮아요. 갑시다. 이제 시작일 뿐이오!"

"예? 시작이오?"

"그래요. 그러나 예루살렘 가는 일 때문에 아침 일찍부터 기다린 아픈 사람들을 외면할 수야 없지요. 때가 언제고 자리가 어디든 그대들도 해야 할 일을 먼저 하세요."

그렇게 말하며 예수는 앞장서서 기다리는 사람들 쪽으로 걸어갔다. 무언가 좀 이상한 말이었다. 마치 어디로 떠날 사람 같은 말투였다. 남겨둔 사람에게 당부하는 말처럼 들렸다.

예수의 그림자, 아침 햇살에 서쪽으로 길게 생긴 그림자 안에 함께 걷고 있음을 요한은 문득 깨달았다. 이제까지 수도 없이 그런 일이 있었겠지만 그 사실에 눈뜬 것은 처음이다. 예루살렘에 가자고 기다리던 사람을 놔두고 그냥 떠날 수 없다는 선생을 뒤따라 걷다가 그의 그림자 속에 겹쳐 걷는다는 것을 새삼 깨닫자 묘한 느낌이었다. 예루살렘에 가는 길이 꼭 영광스러운 길, 승리의 길, 모든 사람들이 부러워할 만한 길이 아닐지도 모른다는 생각이다. 곧 그럴 리 없다고 그 불길한 생각을 애써 밀어냈다.

✠

로마의 두 번째 황제 티베리우스 19년, 유대인의 달력으로 새해 첫달 니산월 초아흐레, 안식일 후 첫날 새벽이다. 유월절을 엿새 앞둔 날, 푸르스름한 상현달이 예루살렘 서쪽 하늘로 조용히 흐른다. 예루살렘 성벽에 기대어 늘어선 움막마을, 그 좁은 방에 사람이 그득했다. 벽에 기댄 사람, 누운 사람, 엎어진 사람, 하얀리본 동지들은 서로 다른 꿈속에 들어가 있었다.

잠이 들면 사람들은 서로 다른 세상으로 들어간다. 흐느끼는 사람, 팔다리를 휘두르며 저항하는 사람, 아득한 표정을 짓는 사람, 어떤 사람은 꿈에서 깨려고 애쓰고, 어떤 사람은 꿈이 깰까 봐 아쉬워한다. 이 궁리 저 궁리 날이 새면 벌어질 일을 생각하다가 설핏 잠이 들었던 바라바는 잠결에 심상치 않은 소리를 들었다. 사람들이 내달리는 소리, 울부짖으며 다급하게 외치는 소리였다.

"불이야! 불이야!"

"아이고, 불이야! 모두 성문 쪽으로 빠져라!"

"저쪽, 아직 불이 붙지 않은 쪽으로 달려!"

그는 반사적으로 벌떡 일어났다. 길 쪽으로 매달아 놓은 휘장 문이 펄럭거렸다. 매캐한 붉은 기운이 그때마다 너울댔다. 동지들도 모두 후다닥 일어났다. 바라바가 외쳤다.

"동지들, 칼! 칼 챙겨요! 시카리 칼!"

바라바는 먼저 움막 밖으로 튀어 나갔다. 사람들이 그를 막 떠밀며 성문 방향으로 내달렸다. 성벽을 한쪽 벽으로 삼아 다닥다닥 붙여 세운 움막마을이라 한 집에 불이 붙으면 순식간에 옆집으로 옮겨 붙는다. 어른 걸음으로 쉰 걸음도 채 안될 만큼 가까운 네댓 번째 집까지 불길이 휩싸였다. 바람이 반대방향으로 불지 않았더라면 꼼짝없이 동지들과 몸을 뉘었던 움막도 벌써 불길에 휩싸였을 것이다. 마을 남쪽 끝에 골짜기로 내려가는 급경사길이 하나 있지만 이미 불길에 막혔다. 불길 반대쪽 성문 방향으로 사람들이 울부짖으며 몰려간다. 그 짧은 시간에도 내달리는 사람들에 부딪쳐 바라바는 여러 번 휘청거렸다. 움막 앞은 두 사람이 어깨를 나란히 하고 걷기에도 좁고 위험한 길이고, 그 옆은 힌놈 골짜기 낭떠러지다. 다른 사람들처럼 성문 쪽으로 피할 수밖에 없겠다고 생각했다.

그때, 동지 한 사람의 모습이 눈에 들어왔다. 사람들이 아우성치며 몰려가는 성문 방향 좁은 길 끝에 그가 있었다. 사람 키보다 훨씬 높은 곳에 올라 불길에 휩쓸린 움막을 바라보며 서 있었는데 순간 그 모습이 사라졌다. 꽤 먼 거리, 그 북새통에서도 그 동지를 알아볼 수 있었던 것이 천만 다행이다. 무슨 일인지 분명히 깨달을 수 있었기 때문이다. 움막에서 튀어 나오는 동지들에게 바라바가 외쳤다.

"동지들! 이 골짜기 아래로 뛰어내립시다!"

"아니, 저기 성문 방향, 거기는 아직 괜찮으니 그쪽으로 … ."

"아니오! 동지들, 거기는 안 돼요. 뛰어내려야 해요. 각자 흩어져서 골짜기 건너 저쪽 언덕 중간, 거기 하얀색 큰 바위 밑으로 오시오. 잠시 거기서 기다리겠소. 합류하지 못한 동지는 올리브산 너머 베다니 마을 입구, 큰 나무 알지요? 그 나무 밑으로 오늘 한낮에 오시오. 자, 출발! 잠깐, 만일 나에게 무슨 일이 생기면 당분간 동지가 나 대신 이끄시오. 히스기야 동지가 돌아올 때까지."

바라바는 늘 히스기야를 따라다니며 연락을 담당하던 동지를 지목하며 어깨를 끌어안았다. 지시는 명확하고 간단했다. 바라바가 먼저 골짜기로 몸을 던졌다. 어른 키로 열 길이 넘는 낭떠러지이지만 죽지는 않으리라 생각했다. 언덕 아래 조금 튀어나온 둔덕에 발이 닿더니 곧 몸이 빙그르 돌면서 아래로 굴러 떨어졌다. 몸을 잔뜩 웅크려 둥글게 만들었다. 하얀리본 동지들은 그런 경우 어떻게 해야 하는지 모두 잘 안다. 설사 팔다리 하나 부러진다고 두려워할 동지는 아무도 없다. 첫 번째 모일 장소, 그다음 모일 장소와 시간을 분명하게 정했으니 아무 생각 없이 그저 움직일 뿐이다. 혹 뒤떨어진 사람이 있더라도 기다리거나 찾아 헤매다 보면 모든 동지들이 위험에 빠진다. 아무리 위급한 상황이라도 한 사람도 낙오하지 않으리라고 바라바는 굳게 믿었다.

바라바는 자기 판단이 옳다고 확신했다. 화재는 함정이다. 더러운 함정이다. 그렇게 판단했다면 주저할 이유가 없다. 함정을 파 놓고 기다리는 사람들 손에 떨어진다면 그건 가장 수치스러운 일이다. 비참한 패배다. 그들 생각을 뛰어넘어야 한다. 옆에서 굴러 내리는 동지를 귀로 확인하면서 바라바는 굳게 이를 악물었다. 되갚아 주리라. 백배, 천 배로 갚아 주리라. 밝은 대낮에 그들 앞에 몸을 드러내 끝없는 낭패감을 안겨 주리라 다짐했다.

골짜기 낭떠러지 위에 성벽을 따라 길게 늘어섰던 초라한 움막마을은 골짜기를 훤하게 밝히며 불에 탔다. 예루살렘 새벽하늘에 붉은 기운이 너울거렸다. 성안은 조용했다. 울부짖는 소리도 들었고, 불길도 보았겠지만 성밖을 내다보는 예루살렘 사람은 아무도 없었다. 안식일 후 첫째 날 새벽이다.

✞

히스기야가 갇힌 예루살렘 성전 지하감옥. 네 군데에 꽂아 놓았던 불이 끄물거리더니 하나씩 차례로 꺼졌다. 마지막 불이 꺼지자 그야말로 캄캄한 암흑이 방을 채웠다. 어둠이 마지막 불빛마저 삼켰다. 방안을 가득 채운 어둠은 끈적끈적 떨쳐버릴 수 없는 물질이다. 어둠에는 바닥이 없다. 감옥은 가장 낮은 곳에 웅크린 어둠이다.

북쪽 이투레아 눈 덮인 산속이 생각났다. 현인에게서 들었던 얘기를 히스기야는 되살렸다.

"시간의 끈을 놓치면 안 된다. 손을 놓으면 정신은 바람에 날리는 낙엽처럼 뒹굴게 된다."

시간의 끈을 놓지 않으면 아무리 지하감옥에 갇혀 있어도 틀림없이 시간을 가늠할 수 있다. 시간은 공간에 속하지 않기 때문이다. 지난밤 여리고에서 예수를 만난 후 되짚어 밤길 걸어 예루살렘에 올라온 시간, 성문 앞에서 붙잡혀 성전 지하감옥으로 끌려온 후 시간을 따져 보니 벌써 동이 틀 무렵이다.

체포될 때 그들이 발로 걷어찬 명치끝이 견딜 수 없을 만큼 아프다. 숨을 쉴 때마다 심장을 찌른다. 아마 갈비뼈가 부러져 가로로 박힌 모양이다. 통증이야 참겠지만 끊임없이 풍겨 오는 더럽고 고약한 냄새, 벽 구석의 구멍을 통하여 올라오는 냄새는 견딜 수 없다. 웬만한 냄새는 시간이 지날수록 무디어지기 마련이지만 그 냄새는 달랐다. 온몸과 뱃속 그리고 가슴까지도 그 냄새에 절어 썩으리라는 생각이 든다. 고약한 냄새와 구조로 보아 잡혀 와 갇힌 방은 분명 고문실이다. 무지막지한 고문을 못 이겨 숨이 넘어간 사람을 토막 낸 다음 벽에 뚫린 구멍으로 저 아래 어디에 내던졌음이 틀림없다. 구멍을 통해 풍겨 올라오는 냄새는 분명 시체 썩는 냄새다. 아무것도 보이지 않는 깜깜한 감방 안에 고약한 냄새만 가득했다.

✠

날이 밝자 아직 굳게 닫힌 예루살렘 동남쪽 성문 앞에 움막마을 남자라는 남자는 다 모였다. 그들 뒤에는 아낙네들과 어린애들이 덜덜 떨며 옹기종기 모여 있었다. 남자들은 팔을 걷어붙인 채 소리소리 지르며 성문 경비병과 대치했다. 성문에서 나오는 방향으로 오른쪽, 성벽에 잇대어 늘어서 있던 움막은 새벽에 일어난 불로 한 채도 남지 않고 모두 타 버렸다. 말 그대로 폭삭 주저앉았다. 불탄 집이 있던 자리마저 얼마나 초라한지 무더기무더기 잿더미만 쌓여 있을 뿐이다.

"문을 좀 열어 봐요! 대체 이런 법이 어디 있어요?"

"법? 시간이 돼야 성문을 여는 게 법이다!"

"아니, 졸지에 사람들이 다 불에 타 죽을 뻔했는데, 그래 내다보는 사람이 한 사람도 없다니! 이게 사람 사는 세상이오? 어디 얼마나 편안하게 잘 드러누워 발 뻗고 잤는지 얼굴이라도 좀 봅시다. 그러고도 제사장입네 장로입네 선생입네 한답니까? 어디 그 눈멀고 귀먹은 사람들 면상을 좀 봅시다!"

"뭐야? 눈멀고 귀먹었다? 어디 그 따위 소리 다시 한 번만 더 해 봐! 높으신 분들을 그렇게 욕하면 뼈도 못 추릴 테니. 당장 잡아다 감옥에 처넣을 거야!"

"처넣어요, 처넣어! 사람이 죽게 생겼는데 내다보지도 않고!"

"죽지 않고 살아서 악은 잘도 쓰는구먼!"

"우린 살았어도 죽은 목숨이오. 집도 타고 세간살이도 타고, 아침거리도 다 타버리고 이제 꼼짝없이 거지가 됐단 말이오."

"아니, 원래 거지였잖아? 뭐가 새삼스럽게 다시 거지가 됐네, 어쩌네…. 아, 이게 지금 생각해보니까 어디다 대고? 야! 너! 이리 나와 봐! 누구한테 패악질이야, 패악질이? 보자보자 하니까!"

"한두 번도 아니고, 불이 나서 그 난리 소동이 벌어졌는데 어찌 한 사람도 내다보지 않는단 말이오? 불을 꺼 달라는 말도 아니고, 사람이면 내다보기라도 하고, 걱정이라도 같이 해야 하지 않느냐 말이오! 사람 사는 세상이 어찌 이럴 수 있어요?"

대제사장 가야바가 사는 저택은 아무리 멀리 잡아도 움막마을이 기대 서 있던 성벽 안쪽부터 장정 걸음으로 5백 걸음이 채 안 되는 거리에 있다. 새벽에 일어난 그 소동을 모를 리 없었다. 불이 났다고 잠자리 박차고 쫓아 나올 사람이 아니라는 것은 그들도 모두 안다. 아무리 소리 지르고 항의하고 발을 굴러도 소용없는 줄 그들도 일찌감치 알고 있다. 누구에게 하소연할 곳도 없다는 처지가 너무 억울해서 성문 경비병들이라도 붙잡고 실랑이를 할 수밖에 없었다.

"쓸데없는 소리 말고 물러나! 성문은 시간이 돼야 열지, 절대로 그 전에는 열 수 없는 것 몰라? 성전에서 나팔을 불어야 문을 열지, 당신들이 우르르 모여 떠든다고 열고 닫아? 그건 그럴 수 있는 일이 아냐! 나팔소리가 안 났잖아?"

그러더니 성문 경비병들은 들고 있던 창끝을 움막마을 사람들에게 겨누었다. 경비병들의 우두머리 장교는 아무 말 없이 뒤에 서서 차가운 눈으로 지켜보고 있다. 일은 늘 그랬다. 경비병이 해결할 수 있는 일은 경비병이 맡고, 우두머리가 나설 일은 성전의 지시를 받아야 하기 때문이다.

"자자, 괜히 귀한 힘 빼지 말고 물러서서 시간을 기다려 보세. 성문 열리면 다 같이 들어가 따지기로 하고."

마을 사람들 중 나이 먹어 보이는 몇 사람이 수습하고 나섰다. 성문 경비병들과 대치하며 소란을 피우고, 사태를 키운다고 해결될 일은 아무것도 없다. 움막마을 사람들 목줄은 성안에 매여 있고, 그 맨 꼭대기에 성전이 목줄을 쥐고 있다. 성전과 싸워 득 될 일은 하나도 없다. 무슨 수로 움막마을 사람들이 성전과 겨룬다는 말인가? 부스러기라도 남겨 달라고 애원하며 살아야 하는 사람들이 그들이다. 적당히 물러날 때를 알아야 그나마 하루 한 번 빵 조각을 입에 넣을 수 있다. 더구나 아침저녁 드나들며 눈을 부딪쳐야 하는 경비병에게 밉보이면 그나마 성안 출입도 막힐 뿐이다. 그들은 어깨를 늘어뜨리고 물러날 수밖에 없다.

동틀 녘에 한바탕 소란을 피워서 그런지 그날은 아침부터 성전 측에서 유난히 신속하게 움직였다.

"웬일로 저 사람들이 오늘은 이리도 부지런히 움직일까? 별일이네!"

"아니, 우리가 아까 한바탕 했잖아! 오늘이 무슨 날이여? 바로 로마 총독이 예루살렘 성안으로 들어오는 날이라구! 서북쪽 성문으로 총독이 군대를 끌고 들어오는 데, 반대 쪽 성문 앞에 우리가 모여 큰소리로 떠들면 꼴이 뭐가 되겠어? 총독에게는 불경이요 대제사장에게는 수치겠지. 그러니 아무리 욕심 많은 가야바라도 오늘은 우리에게 마음 써주는 척해야 된다고."

"봐! 저기 성문 밖, 성전에서 사람 나왔네. 무슨 소리 하나 들어 보세!"

성전에서 내려온 사람들은 움막마을 사람들을 모두 한곳에 불러 모았다. 그중 제일 높아 보이는 사람이 아주 측은하다는 듯 안타까운 표정을 지으면서 입을 열었다. 움막마을 사람들 비위를 맞추려는 태도가 역력했다.

"여러분! 가야바 대제사장 각하께서 여러분이 창졸간에 당한 화재에 대하여 우선 깊은 위로의 말씀을 내리셨습니다. 그리고 성전에서 할 수 있는 모든 조치를 신속히 취해 여러분도 똑같이 유월절 명절을 지낼 수 있도록 잘 배려하라고 분부하셨습니다."

"아니, 불을 지른 것이 성전이라는 소문이 있는데 그 무슨 넉살 좋은 얘기를 떠벌리고 있는 게요? 병 주고 약 준다는 말이 있다더니 꼭 그 꼴일세!"

우르르 모여 있던 움막마을 사람들 중 나이 좀 지긋한 사람이 불쑥 나서더니 입에서 나오는 대로 내질렀다. 그들은 알고 있다. 이런 때는 상대방이 베푸는 알량한 호의에 감지덕지 고마워하지 말고 거칠게 맞받아쳐야 좀더 많이 얻어 낼 수 있다. 더럽고 냄새나는 움막마을 사람이라지만 적어도 몇백 명이 뭉쳐 목소리를 합친다면 아무리 기세등등한 성전이라도 함부로 대할 수 없다는 것을 그들도 경험으로 알고 있다. 무엇이든 조금이라도 지킬 것이 있는 사람은 늘 그 조금 가진 것을 지키려고 약해지는 법이다. 그러나 움막마을 사람들에게는 지킬 것이 아무것도 남아 있지 않았다. 집도 불에 타 폭삭 주저앉았고, 그나마 세간이나 몇 꾸러미 꾸려 놓았던 식량도, 의복도 모두 불 속에 놔두고 몸만 빠져나온 움막마을 사람들이다. 남은 것은 말 그대로 몸뚱이 하나뿐이다. 목숨 하나 버리기로 마음 독하게 먹으면 세상에 못할 일이란 없을 만큼 악에 받칠 대로 받친 사람들이다.

"무슨 말을 그리 해! 성전에서 불을 지르다니! 아니, 저희들이 부주의해서 불을 내 놓고 어디다 대고 성전 탓을 해? 마음대로들 해봐! 대제사장 각하는 그래도 당신들 처지가 불쌍하게 됐다는 소식을 듣고 구휼을 하라고 하셨는데 …. 모두 그만둬. 나는 이대로 돌아가서 그렇게 보고하면 그만이야!"

그 사람은 휑하니 돌아섰다. 그도 알고 있다. 움막마을 사람들 중 누가 나서서 슬그머니 붙잡으리라는 것을. 급하고 아쉬운 쪽은 움막마을 사람들이다. 하루 일하면 하루 먹고, 일 못하면 하루 굶어야 하는 사람들이다. 그때 움막마을 측에서 다른 사람이 나섰다.

"아니 꼭 그렇다는 얘기는 아니고, 그런 생각을 하는 사람도 있을 수 있다는 얘기지요. 물론 잘못된 생각이겠지만⋯. 그래 대제사장 각하가 무얼 얼마나 어떻게 베풀어주신답니까?"

목마른 사람이 샘을 파고 배고픈 사람이 방아를 찧는다는 말이 있다. 움막마을 사람들이야말로 목마르고 배고픈 사람들이다.

"그러니 말이라고 그렇게 함부로 하는 것이 아니오. 대제사장 각하께서 베푸는 은혜도 모르고. 흠흠!"

그러면 그렇지, 무어 잘났다고 어디다 대고 삿대질이나 하고 덤비느냐는 듯 한마디 쏘아붙이고 목을 가다듬더니 말을 이었다.

"성전에서는 여러분이 당분간 거처할 수 있도록, 밤이슬을 피할 수 있도록 천막을 내려줍니다. 지금 불에 탄 그 지역을 치우고 정리할 때까지 우선 기드론 골짜기 건너 올리브산 자락, 거기에 천막을 치고 머무시오."

"그다음은요?"

먹을 것이 궁금한 한 사람이 참지 못하고 물었다. 먹을 것이 잠자리보다 언제나 우선이다.

"예, 집집마다 하루에 빵 세 덩어리씩 내려줍니다. 식구가 다섯 명이 넘으면 한 덩어리 더 줍니다."

"그거 가지고 어떻게 살아요? 그런데 언제까지 빵을 준다는 말이오?"

그렇게 말하는 사람도 내심으로는 다행이다. 사실 혼자 일해서 그만큼 돈을 벌 수 없는 날이 많기 때문이다. 빵 네 덩어리면 아내와 어린아이 넷, 모두 여섯 식구가 하루를 넘길 수는 있는 양이다. 집도 세간도 다 불에 타 없어졌지만 그 대신 며칠이라도 빵 걱정은 더나보다 생각했다.

"무교절이 끝날 때까지 나눠 줍니다. 우선은 명절기간 동안 여러분이 굶고 헤매는 일만은 없도록 하자는 것이 대제사장 각하의 배려입니다. 그리고 유월절 저녁에는 얼마간 양고기를 내려줄 것입니다."

그날이 로마총독이 예루살렘성에 들어오는 날이 아니었다면, 성전에서는 결코 그런 구호의 손길을 움막사람들에게 펴지 않았을 것이다.

성전에서 생각보다 후하게 구호식량과 잠자리를 마련해주는 일을 보면서 사람들은 옆사람, 뒷사람과 눈을 맞추고 고개를 끄덕였다. 그건 다행이라는 몸짓이지만 그들의 삶이 얼마나 비참한지 잘 보여주는 광경이다. 매일 그 정도의 빵도 구하지 못했던 사람들이었기 때문이다. 무교절은 유월절 끝나고 이레 혹은 여드레 동안이니, 무교절이 끝날 때까지면 앞으로 거의 열나흘 동안은 우선 먹는 걱정은 덜게 된 사람들이 속으로 안도의 한숨을 내쉰다.

로마총독이 성안으로 들어오든 나가든 그들에게는 상관없는 일이다. 그저 한 끼 아내와 애들 먹일 빵을 한 덩어리라도 받을 수 있다는 사실이 중요했다. 그렇기는 해도 잿더미마저 초라한 집터를 바라볼 때 이제 더 이상은 한 발짝도 물러설 곳 없는 세상 가장 끄트머리까지 밀려났다는 사실을 뼈저리게 느꼈다.

✝

　예루살렘성 서북쪽 한나절 거리 로마군 군영. 밤늦게 잠을 깼던 클라우디아는 다시 잠들지 못하고 꼬박 날을 샜다. 그녀는 잠든 남편의 얼굴을 내려다봤다. 그러다 자기도 모르게 깊은 생각에 빠져들었다. 이 사내, 유대총독 빌라도. 그를 남편으로 만나 살아온 지 이미 30년이 됐다. 이제까지 세상에서 그를 자기가 가장 잘 안다고 생각하며 살았는데 가끔 제대로 아는 것이 하나도 없다는 생각이 들면 그저 망연했다. 왜 내 남자는 잠결에도 발길질을 하거나 허공에 주먹을 내지르거나 누군가를 향해 험하고 독한 저주를 내뱉는가?

　생각하면 사는 일이 두렵다. 휘몰아치고 말 달리는 남자의 야망이 감당할 수 없을 만큼 무섭다. 무엇으로 그 야망을 채워줄 수 있다는 말인가? 무엇을 손에 쥐고 있어야 그를 집에 붙잡아둘 수 있을까? 전장에서는 밤마다 하늘 올려다보며 그리워했다지만 집에만 돌아오면 사흘도 못 돼 끝없이 하품을 하는 남자, 그 운명을 거머쥐고 끌고 다니는 힘이 무엇인가? 남편 얼굴에 통통했던 볼살이 어느새 형편없이 무너져 있다. 그건 수염으로도 가릴 수 없는 세월의 흔적이다.

　군막 틈으로 아침 햇빛이 비스듬히 비추고 들어오기 시작한다. 한낮에는 언제나 사정없이 뜨겁게 쏟아지는 햇빛도 아침과 저녁에는 안개처럼 부슬비처럼 부드럽다. 밖에서는 병졸들 움직이는 소리가 아침 일찍부터 부산했다. 저벅거리며 걷는 소리, 군막을 해체하는 소리, 먼 곳에서 말 울음소리도 들렸다.

　남편의 눈꺼풀이 파르르 떨렸다. 잠에서 깨어나고 있다는 신호다.

그녀는 그의 이마에 가볍게 입을 맞춘다. 아직 잠에서 덜 깬 그가 팔을 휘적거리다가 그녀의 허리를 안았다.

"왜 더 자지 않고."

눈을 감은 채 그가 말했다.

"날이 밝았어요."

"오늘이 … ."

"예, 성안으로 들어가는 날이에요."

"어, 어어! 맞아!"

그가 벌떡 일어났다. 로마제국 총독이 카이사레아에서 끌고 내려온 천여 명 군대를 이끌고 유대의 도성 예루살렘에 입성하는 날이다. 티베리우스 황제의 위엄을 유대에 떨쳐 보이는 날이다. 유대인들이 황제의 통치 아래 있다는 사실을 분명히 깨닫도록 만들어주는 날이다. 군대를 이끌고 입성하는 일은 언제나 흥분되고 짜릿했다. 그때마다 자기가 자랑스럽고 황제가 고마웠다.

순간 빌라도는 지난밤 대제사장과 분봉왕이 보낸 사자들로부터 받았던 보고가 생각났다. 불길하다는 생각, 위험하다는 느낌이 불쑥 가슴속을 파고든다. 잠자리에 들 때만 해도 총독 권한을 키우고 영지를 갈릴리까지 확대할 기회라고 생각했는데, 갑자기 가슴이 싸늘하게 식는 듯 움츠러든다.

"예수라, 갈릴리라 … . 에이, 그리고 또 하얀리본 강도들까지."

자기도 모르게 그런 말이 입 밖으로 튀어나왔다. 망설이며 눈치를 보고 있었던 듯 클라우디아가 입을 뗐다.

"여보!"

"응? 왜요?"

"우리 그냥 이대로 카이사레아로 돌아가면 안 될까요? 예루살렘성에 가지 말고?"

"뭐요? 아니! 갑자기 무슨 뜬금없는 소리요, 그게?"

"그냥!"

"그냥! 왜?"

"무언가 불안해요. 마음이 내키지 않아요. 지난밤, 잠을 깬 후 다시 잠들 수 없었어요. 밤새 걱정이 되더라고요. 분명 예루살렘에 무언가 알 수 없는 무서운 일이 기다리고 있어요. 피할 수 없는…."

무슨 말이냐는 듯 바라보자 그녀는 말을 얼버무린다. 그가 불편한 기색을 보일 때면 그녀는 언제나 그랬다. 아내의 말에 은근히 짜증이 났다. 왜 여자들은 늘 걱정부터 앞세우는가? 왜 멀리 있는 일을 눈앞에 끌어다 놓고 걱정하는가? 그러는 중에 그는 완전히 잠에서 깼다. 유대총독의 모습으로 돌아왔다.

"피할 수 없으면 맞닥뜨려야지!"

"아니, 여보!"

"안돼요. 그럴 수 없소. 오히려 기회가 오는 거요. 두고 봐요."

"아!"

"두고 봐요. 내가 누군데. 천천히 준비하고 나와요."

그는 부지런히 옷을 챙겨 입었다. 클라우디아는 손끝 하나 움직일 힘도 없어서 평소와 달리 옷 입는 시중을 들지 않았다. 손발 맥이 다 풀린 듯 그녀는 그저 망연히 서 있다.

"그럼!"

빌라도는 휭 하니 군막을 나섰다. 펄럭 닫히는 군막 휘장을 바라보며 그녀는 어지러운 듯 침상 끝을 짚었다. 크기도 알 수 없고, 형체도 알 수 없는 무엇이 슬금슬금 다가오고 있음을 느꼈다.

✝

늘 그랬던 것처럼 유월절 명절을 지키기 위해 예루살렘에 내려온 갈릴리 분봉왕 안티파스는 옛 하스몬 왕가의 궁성에서 묵었다. 엎어진 채로 코를 골며 새벽잠에 빠져 팔을 허우적거리다 여자의 몸에 손이 닿았다. 지난밤 침실에 들인 여자였다. 밤늦도록 술을 퍼마시며 유대 지방 시골 제사장 딸이라는 그 여자 여린 몸을 여러 번 탐했다. 여자는 움찔 웅크리며 침상 끝으로 몸을 뺐다.

"으응? 으으, 푸!"

더는 생각이 없다. 자기도 모르게 괴로운 신음소리가 뱃속에서 올라왔다. 울렁울렁 메슥메슥 가슴이 답답하다. 물 한 잔 벌컥벌컥 마시면 속이 좀 풀리겠는데 여자는 깊이 잠든 척 몸을 웅크리고 꼼짝하지 않는다. 또 덤벼들까봐 겁이 나서 그러리라 생각하며 그는 혼자 쿡쿡 웃었다. 가물가물 오락가락 눈앞에서 어떤 생각이 춤추듯 뛰어오르며 손 벌리고 뱅뱅 돈다.

만일 그렇게 어지러워진 침상에 널브러져 자는 모습을 헤로디아가 봤다면 또 독한 소리를 내뱉었을 것이다.

"코끼리처럼 풀풀거리며 곯아 떨어졌더군요."

언제나 불평을 쏟아내는 그녀를 떼어 놓고 올라온 일이 다행이다.

티베리아스 궁성을 떠나올 때부터 벌써 밤마다 즐길 일을 눈앞에 떠올렸다. 마음 놓고 여자를 안고 더듬을 생각에 움찔움찔 걷잡을 수 없는 열기가 온몸으로 뻗쳤다. 사람들은 갈릴리 분봉왕이 유월절 제사를 드리려고 성전을 찾아 먼 길 올라왔다고 치켜세우며 그를 칭송했다. 그런 낯간지러운 소리 백 마디보다 헤로디아를 떼어 놓고 예루살렘에 온 일이 그저 좋았다.

예루살렘에 도착하자마자 지난 사흘 동안 밤마다 새 여자를 끌어들여 열락에 빠져 지냈다. 형편이 어려운 유대 지방 시골 제사장들은 안티파스가 예루살렘에 올라오면 누이동생이나 딸을 은근하게 그의 침실에 밀어 넣었다. 그의 씀씀이는 알 만한 사람은 다 알았다. 그가 하룻밤 대가로 쥐여주는 돈이면 시골 궁핍한 제사장 가족이 몇 달은 족히 버틸 수 있기 때문이었다.

안티파스는 생시인지 꿈인지 모르고 다시 잠에 빠졌다. 갈릴리 들판도 보이고, 호수도 보이고, 느닷없이 벌거벗은 여자가 나타나 허리를 비틀고 춤도 추었다. 꿈속에서 그 여자에게 막 손을 대려고 할 때 문밖에서 시종이 기척을 했다. 밤마다 침실에 여자를 넣어 주는 역할을 맡은 사람이다. 때로는 소문을 들어 알게 된 여자를 안티파스가 먼저 지목하는 경우도 있지만, 대부분 유대 지방 제사장이 사람을 중간에 넣어 은밀하게 뜻을 알려 왔다. 그럴 때마다 다른 사람이 눈치 채지 않도록 깔끔하게 일을 처리하는 사람이다.

"저하! 알렉산더 공이 아침 일찍 궁에 들어와 기침하시기를 기다리고 있습니다."

"왜 이 아침부터 … ."

짜증 섞인 목소리로 퉁명스럽게 대답하자 시종은 문 앞으로 좀 더 가까이 다가와 대답했다.

"어제 다녀오신 일을 보고드린다 합니다. 오늘 아침에 보고하라고 저하께서 이미 분부하셨다 합니다."

"어, 어? 그래! 맞아! 내 곧 나가겠다."

"네, 저하."

생각해보니 알렉산더가 지난밤에 로마총독 빌라도를 군영으로 찾아갔다. 예수 무리에 대해 상의한 후 아침에 궁으로 들어와 보고하기로 예정돼 있었다.

잠에 취한 채 다시 생각하니 모든 일이 귀찮다. 술이 덜 깼는지 지난밤 격렬했던 잠자리 때문인지 갑자기 모든 일이 심드렁하다. 끊임없이 무슨 일을 꾸미고, 누구를 거꾸러뜨리기 위해 노리는 일에서 이제는 손을 떼고 싶다는 생각마저 들었다. 아들이 없으니 영지를 키우거나 이스라엘 전체의 왕이 된다고 한들 크게 신날 일도 아니다. 게다가 빌라도 총독이 다스리는 영지 중에 이두매는 그렇다 치더라도 유대와 사마리아는 생각만으로도 벌써 가슴이 답답한 지방이다. 거칫거칫 대드는 사마리아도 싫지만, 말 많고 시끌벅적 꼬장꼬장 따지고 덤벼드는 유대 지방 예루살렘 성전 사람들은 딱 질색이다. 지금처럼 갈릴리 지방과 베뢰아 지방만 다스리는 분봉왕 자리로도 큰 불만이 없었다.

몸은 나른하고 모든 일이 귀찮지만 그렇다고 알렉산더를 오래 기다리게 할 수는 없다. 그는 밤이슬 맞아가며 빌라도를 군영으로 찾아가 어려운 일을 상의하고 돌아온 사람이다. 그가 보고하려는 내용을 들어주어야 한다. 사람들은 그를 안티파스의 분신으로 믿고 있다. 아무리 신하라지만 그에게 모욕감을 안겨준다면 그건 안티파스가 자기를 모욕하는 일이나 마찬가지다.

기지개를 켜면서 침상에서 일어났다. 잠든 척 눈을 꼭 감고 동그랗게 몸을 웅크린 젊은 여자의 몸을 훑어보았다. 덮을 것으로 아무리 가려도 몸 윤곽은 고스란히 드러났다. 오늘밤 이 여자를 다시 불러들이겠다고 마음먹었다.

벽에 걸린 거울에 얼굴을 비춰 본다. 온통 수염에 뒤덮인, 그리고 세월 따라 늙어가는 사내의 꺼칠한 얼굴이 보였다. 그 얼굴이 보기 싫어 한번 눈을 흘겨주고 알렉산더가 기다리는 접견실로 천천히 걸어갔다.

접견실에 앉아 분봉왕을 기다리면서 알렉산더는 깊은 생각에 빠졌다. 정원을 흐르는 물소리가 단조로웠다. 그런 단조로움이 생각의 가장 밑바닥까지 그를 끌고 내려갔다. 마음속은 예수와 치르게 될 싸움으로 가득 차 있다.

'내가 꼭 이겨야 하는 대결이야, 예수!'

그는 혼자 중얼거렸다. 한 번도 예수를 직접 만나본 적 없지만, 그는 예수의 걸음걸이를 누구보다 잘 안다. 걸음걸이를 보면 다음 발 디딜 곳도 알 수 있는 법이다. 갈릴리 시골길, 호수길, 강길을 따라 걸어온 예수가 올리브산을 넘어 세상의 배꼽이라는 예루살렘에 들어오는 날이다. 거침없이 걸어 들어오는 예수, 성전 뜰에서 그를 두 눈으로 확인할 수 있는 날이 온다. 그는 예루살렘을 향해 다가오는 예수의 뜻을 미루어 알고 있다.

'예수! 나는, 이 알렉산더는 자네를 꼭 막아야 하는 사람이야! 그렇게 결정돼 있어! 우리 이스라엘이 자네 한 사람 때문에 파멸을 겪는 일은 막아야 해! 그건 내 일이야! 자네가 피를 흘리면 천 사람 만 사람이 흘리게 될 피를 미리 막을 수 있어!'

알렉산더만큼 갈릴리를 알고, 이스라엘을 알고 로마를 잘 아는 사람은 별로 없다. 그는 자기 자리를 알 뿐만 아니라 상대도 아는 사람이다. 발 디디고 선 자세만 보고도 상대의 약점을 꿰뚫어 볼 수 있는 사람이다. 그가 보기에 예수에게는 다리에 커다란 약점이 있다. 허리 위는 강해도 분명 하체가 약한 사람이다. 가슴은 뜨거워도 그 뜨거움을 받쳐줄 추종자들이 허약하기 때문이다. 마리아, 막달라로 돌아갔던 여종 마리아가 예수의 여자 제자가 되어 있더라는 보고를 받고 내린 결론이었다. 여자까지 끌어들여 이룰 수 있는 일이란 세상에 아무것도 없기 때문이다.

그러나 한 가지, 아직 알 수 없는 부분이 있다. 예수가 가슴에 품고 있는 뜨거움의 원천이 궁금했다. 그건 알 수 없는 신비였다. 언젠가 하늘과 땅을 뒤엎을 큰 폭풍이 될 수도 있겠지만 지금은 살랑거리는 산들바람이다. 예수는 엄청난 말을 온화한 표정으로 쏟아내는 사람이다. 그는 이스라엘이나 유대의 문제가 아니라 사람이 살아가는 일을 얘기하는 사람이다. 그동안 이스라엘에 나타났던 어떤 예언자도 예수처럼 말하지 않았다. 사람들 마음속을 그렇게 파고들면서 어루만진 사람은 없었다. 그것은 신비였고, 알렉산더에게는 두려움이 되었다.

그때, 안티파스가 접견실로 들어왔다. 아직도 잠이 덜 깬 부스스한 얼굴로 느릿느릿 하품을 늘어지게 하면서 걸어 들어왔다. 눈이 퀭했다. 밤새 무슨 일이 있었는지 충분히 미루어 짐작할 수 있는 눈이었다.

"저하! 잘 주무셨는지요?"

묻는 말에는 대답하지 않고 애써 그의 눈을 피하며 입을 열었다.

"지난밤 늦게까지 수고가 많았소."

"그런 일이 무슨 수고라 할 것이 있겠습니까?"

"그래 총독에게는 잘 경고했지요?"

"예, 저하! 미리 보고드린 대로 잘 처리했습니다."

"잘했네요. 그리고 ….."

풀풀 풍기는 술 냄새를 그에게서 맡을 수 있다. 마치 술에 전 돼지 같다는 생각이 들었다. 알렉산더는 얼른 다른 말을 꺼냈다.

"어제 분부하셨던 대로 총독에게 상세히 보고하고 상의했습니다. 오늘 예루살렘성에 들어오면 총독이 곧 회의를 소집하겠다고 했습니다. 저도 그 회의에 꼭 참석해달라는 부탁을 받았습니다."

"그래요!"

안티파스는 얘기를 듣는 둥 마는 둥 건성 대답했다. 요즘 들어 자주 그렇게 심드렁한 모습을 보였다. 알렉산더는 이제 분봉왕도 늙었다는 생각을 떨칠 수 없다. 수시로 생각이 변하고, 전날 보였던 관심을 언제 그랬냐는 듯 다음 날 쉽게 뒤집는 것을 본 이후부터 그런 생각이 들었다. 유월절을 맞아 예루살렘으로 올라오기 전 갈릴리 티베리아스 궁전에서 보였던 야심도, 그 전날 총독을 만나러 군영으로 떠나기 전에 보였던 관심도 모두 하룻밤 사이에 사라진 것 같았다.

"그런데 저하, 군영에서 아레니우스라는 로마사람을 만났습니다. 원로원 의원의 조카라고 소개받았습니다."

"빌라도가 원로원에 새 연줄을 찾은 모양이지요?"

"그런데 단순히 예루살렘 구경하려고 총독을 따라온 사람으로는 보이지 않습니다."

"그러면?"

"다른 일이 있는 것 같습니다. 혹…, 제가 좀 더 알아본 후에 다시 보고드리겠습니다."

애매하게 말은 했지만 그에게 무언가 짚이는 점이 있다. 더 알아볼 일이다. 그의 뜻을 알아서 그런지, 지난밤 행사에 지쳐서 그런지 안티파스도 더 묻지 않았다.

"그러시오. 그런데 내가 이제부터 어떻게 해야 한다고 했지요? 우리는 조용히 뒤로 빠지고 대제사장과 총독이 하는 대로 두고 보자고 했던 것 같은데…."

"예, 그렇습니다. 저하! 제가 차근차근 제 계획을 다시 말씀드리겠습니다."

알렉산더는 바짝 다가앉았다. 이미 사람을 물리쳐 부근에 아무도 없건만 한번 주위를 둘러보고 난 후 그는 입을 열었다. 목소리마저 낮추었다. 안티파스도 할 수 없이 귀를 기울였다. 정원을 흐르는 물소리가 오히려 더 크게 들렸다.

건너야 할 강

—·—

여리고 세관의 우두머리인 세리장 삭개오의 집은 아침 일찍부터 부산했다. 예수 일행이 묵는 동안 평소 한산했던 안채 바깥채에 사람들이 그득했다. 그날은 예수가 여리고를 떠나 예루살렘으로 올라가는 날이다. 다른 날 같으면 벌써 세관에 나가 앉아 앞으로 엿새 동안 해야 할 일을 점검하고 이것저것 그날 일 지시에 바쁠 시간이다. 그러나 그날은 예수 일행에게 식사를 대접하느라고 삭개오는 매우 분주했다. 하인을 시켜도 될 일을 직접 나서서 챙겼다.

　아침상이 푸짐했다. 예수 일행이 머물고 식사하는 자리는 언제나 어디서나 떠들썩하다. 하루 한 끼를 먹든 두 끼를 먹든 유쾌한 잔치자리가 된다. 삭개오는 빵을 여러 번 더 내오고, 잘 말린 대추도 수북하게 내놓았다. 크고 살도 도톰하고 알맞게 절인 올리브는 보는 사람이 입맛을 다실 만했다. 농촌마을을 돌아다니면서 겨우 하루 한 끼 먹었던 거칠거칠한 보리빵과 달리 곱게 빻은 밀가루로 만든 먹음직스러운 하얀 빵이 그득 나왔다. 그 귀하다는 꿀도 듬뿍듬뿍 종지에 담겨 몇 사람 앞에 하나씩 놓여 있다. 사람을 환대하는 가장 큰 표시가 좋은 음식을 풍성하게 내놓는 일이다. 삭개오는 예수에게 할 수 있는 한 정성껏 여리고에서의 마지막 식사를 대접하고 싶었다.

"많이 먹어둬! 언제 또 먹을지 모르니 ⋯."

둘둘 말은 빵 조각을 꿀 종지에 꾹 찍어 입으로 밀어 넣던 시몬이 눈을 껌벅껌벅하며 익살스러운 표정으로 말했다. 한 광주리 수북하던 빵이 다 없어질 때쯤 되고서야 자기가 너무 빨리 먹고 많이도 먹었다는 것을 눈치 챈 모양이다. 그 모습을 보면서 야고보는 쿡쿡 웃으며 머리를 좌우로 저었다. 유쾌하게 식사하는 제자들 틈에 끼어 예수는 빵을 조금씩 작게 떼어 꼭꼭 씹어 삼켰다. 그런 모습을 보면 그는 목구멍으로 무언가 넘기는 일을 아주 소중하게 생각하는 사람처럼 보였다. 다른 사람들이 어지간히 먹고 물러나기를 기다리다가, 그때쯤 되면 그도 손을 내리고 뒤로 물러앉는다. 그는 언제나 다른 사람이 먹는 양의 절반 정도만 먹었다.

아침 식사가 끝나고 길 떠날 채비를 하고 있을 때다.

"시몬! 시몬! 게바!"

쌍둥이 도마가 시몬을 찾으며 젊은이 한 명을 데리고 집 안으로 들어왔다. 늘 예수 곁에 착 달라붙어 있어서 동료 제자들이 선생님의 쌍둥이냐며 놀리는 뜻으로 도마를 쌍둥이라고 부르지만, 실제로도 그는 쌍둥이 형제 중 동생이라고 했다. 고향집에 쌍둥이 형이 남아서 집안을 끌어가고, 싸돌아다니기 좋아하는 동생은 예수를 따르는 제자에 끼어 어울린 지 오래되었다. 처음 자기를 소개할 때 쌍둥이 형제 중 작은 쌍둥이라고 얘기해서 모두 웃으며 신기해했는데 언제부터 그에게 이름 앞에 쌍둥이라는 별명을 붙여 '쌍둥이 도마'라고 불렀다.

예수를 따르는 일이 어렵고 힘들고 배도 고픈 일이라 모두 축 처져 있다가도 그가 나타나면 곧 떠들썩하게 유쾌해졌다. 그는 쾌활한 사람이었다. 익살도 잘 부리지만 그렇다고 그를 가볍다고 보는 사람도 없었다. 누가 무어라 해도 그는 제자들 중에서 제일 적극적이고, 무슨 일이든 우물쭈물하지 않고 즉시 행동하는 사람이었다. 누구도 그를 미워할 수 없었다.

도마는 아침 식사 후, 여리고에서 예루살렘 올라가는 산길을 생각하며 문밖을 서성였다. 그러다가 삭개오 집을 향해 달음박질로 다가오는 젊은이를 만났다. 이상하게 생각하여 그에게 물었다. 그 와중에도 나름 익살을 떨었다.

"아니, 젊은이. 그렇게 급하게 걸으면 꼭 굴러오는 것 같잖아요? 그리 급한 일이면 일찌감치, 그래! 어제쯤 오지 그랬소?"

"예에. 좀 급해서요. 이 댁에 예수 선생님이 묵고 계시지요?"

"그렇소만….."

"제가 선생님을 뵙고 전해드릴 전갈이 있습니다. 저는 예루살렘에서 왔는데, 니고데모 선생님 댁 하인입니다."

"니고데모 선생? 누구시더라? 그런데 전하려는 내용은 무엇이오? 나는 도마라고 해요. 사람들이 쌍둥이 도마라고 부르지요."

"예수 선생님을 직접 뵙고 전해드리라는 명령을 받았습니다."

"지금 사람들이 많이 모여 선생님은 좀 바쁘신데…. 기다려야 할 거요."

"급한 내용입니다. 그래서 예루살렘 성문이 채 열리기도 전에 손을 써서 빠져 나왔습니다."

"그래요? 그럼 나를 따라오시오."

그런 일이라면 먼저 시몬에게 얘기해야 할 것 같았다. 보통 예수에게 직접 얘기하기 전에 도마는 시몬과 먼저 상의했기 때문이었다. 젊은이를 데리고 시몬에게 온 도마는 자기가 무슨 대단한 일을 처리한다는 듯 젊은이를 만난 일, 젊은이가 예루살렘에 사는 선생 전갈을 가져왔다는 얘기를 했다.

"니고데모 선생?"

"예, 니고데모 선생님이 보내셔서 왔습니다."

"니고데모라, 들어 본 이름인데?"

시몬이 이마를 찌푸리며 생각을 더듬는데 옆에 있던 요한이 불쑥 끼어들었다.

"아하! 그때 선생님 찾아왔던 사람, 왜 밤에 그 갈릴리 호숫가 마을로 찾아왔었잖아요? 예루살렘에서 온 선생이라는 분!"

그러자 시몬도 생각났다는 듯 반가운 표정을 지었다. 얼마 전에 그가 갈릴리로 사람을 보내 예루살렘으로 오도록 예수를 청했던 일도 생각났다. 왠지 반갑고 친근한 마음이 들었다. 예루살렘에서 '선생'이라고 불리는 사람이 갈릴리 조그만 어촌으로 밤에 예수를 찾아 왔고, 유월절 명절에 예루살렘으로 청하기도 했다는 사실이 시몬이나 제자들 모두에게는 무척 고무되는 일이었다.

"아, 그렇군. 반갑소. 먼 길 달려오느라고 수고했네요. 그래 니고데모 선생께서 보낸 전갈이 무엇인지요?"

"그건, 예수 선생님께 직접 전해드리라는 명을 받았습니다."

"그런 사정을 알긴 알겠는데, 선생님은 늘 바쁘시고, 밖에서 온 사람들 아무나 모두 쉽게 선생님을 만날 수 있는 일도 아니고, 대개는 우리에게 먼저 얘기하면 우리가 들어 보고 판단해요, 선생님을 만나게 할지 말지 ⋯ . 그게 우리들 규칙이오."

"그래도 ⋯ ."

그 사람은 머뭇거렸다. 예수의 제자라는 사람들이 먼저 가로막고 나서리라고는 생각도 못했기 때문이다. 그 사람은 전갈의 내용은 모두 알고 있었다. 글로 써 주려던 니고데모가 갑자기 쓰던 글을 멈추고 차근차근 몇 번씩 설명해주고, 젊은이가 내용을 잘 기억하는지 그대로 전할 수 있는지 확인까지 했었다. 그는 단호하게 대답했다.

"선생님을 뵈어야 말씀드릴 수 있습니다."

그러자 옆에 서 있던 요한이 다시 불쑥 끼어들었다.

"그럼 선생님 못 만납니다. 여기 시몬 게바가 얘기한 대로, 우리가 들어보고 난 후에 판단해서 선생님께 대신 말씀드리거나, 직접 만나게 해주거나, 아니면 되돌려 보냅니다. 그것이 우리 규칙입니다."

요한도 단호했다. 시몬이 덩달아 고개를 끄덕였다. 도마는 생각이 좀 달랐지만 요한과 시몬이 가로막고 나서는데 자기가 괜히 나서서 젊은이 편을 들기도 거북했다. 이럴 때는 그냥 입을 좀 다물고 있으면 대개 일이 곧 수월하게 풀리는 법이었다.

"그럼 말씀드리겠습니다. 그런데 제가 말씀드리고 난 후, 반드시 예수 선생님을 직접 뵐 수 있도록 주선해주십시오."

그는 뜰 저쪽에 여러 사람과 어울려 있는 사람이 틀림없이 예수 선생이 분명하리라 믿으며 곁눈으로 그곳을 살폈다. 그런 그의 모습을 보면서 요한이 다시 다그쳤다.

"어서 말하시오. 선생님을 만날지 못 만날지는 우리가 먼저 들어보고 난 다음에 알아서 결정할 테니."

"예, 알겠습니다."

그는 옷매무새를 가다듬더니 똑바로 섰다. 전갈을 가지고 온 사람은 전갈을 보낸 사람을 대리한다. 보낸 사람의 신분이 높으면 높을수록, 전갈의 내용이 중요하면 중요할수록 그 대리인의 자세는 엄중하고 진실하고 단정해야 한다. 어떤 경우에도 전갈을 가져온 사람의 자세가 흐트러지거나 내용을 조리 있게 전달하지 못하면 내용 자체의 가치나 신뢰가 떨어지기 때문이다. 그런 면에서 니고데모는 하인 중에서 신중하면서도 가장 영리한 사람, 그리고 예수가 길을 떠나기 전에 여리고에 도착할 수 있도록 발걸음 빠른 사람을 가려 뽑아 보냈다.

"예루살렘 대大산헤드린 의원이신 니고데모 선생님의 말씀을 전해드립니다."

그 젊은이의 자세가 갑자기 엄숙해지고 목소리마저 진중해지자 그 자리에 있던 제자들도 지금까지 삐기듯 우쭐거리던 자세를 거뒀다. 게다가 니고데모가 대산헤드린 의원이라는 얘기를 듣자 깜짝 놀랐다. 그만큼 높은 지위에 있는 사람인 줄은 아무도 몰랐다. 예수도 몰랐을 것이다. 그가 자기 이름만 얘기했지 신분을 입에 올린 적이 없었기 때문이다.

"선생님께서는 예수 선생님께 다음과 같이 즉시 전해드리라고 분부하셨습니다. '존경하는 예수 선생님, 먼 길 거쳐 곧 도성 예루살렘에 입성하실 것으로 알고 있습니다. 저는 선생님께서 이번 유월절 명절에 도성 안에 들어오시면 귀먹고 눈 못 뜬 모든 사람들에게 새로운 세상 하느님 나라를 펼쳐 가르치실 것으로 믿고 기다리고 있었습니다. 그래서 지난번에 선생님께 사람을 보내 이번 명절에 예루살렘에 오십사 청을 드렸었습니다.'"

여기까지 그 젊은이는 또박또박 니고데모의 말을 전했다. 그 내용을 들으면서 주위에 있던 제자들 가슴속에 흥분과 기대가 자리 잡았다. 젊은이는 숨을 한번 크게 내쉬더니 다음 말을 이었다.

"'그런데 저는 긴급하게 선생님께 사람을 보내 그 걸음을 멈추시고 갈릴리로 돌아가시기를 청합니다. 지난밤 성전 측 모임에서 심각한 논의가 있었습니다. 제가 판단하기로 선생님께서 도성 안에 들어오시는 즉시 선생님 신변에 커다란 위험이 닥칠 것입니다. 이것은 단지 저의 생각이 아닙니다. 이 성안에 있는 지배자들과 성전 지도자들이 선생님을 해칠 계획을 꾸미는 것을 제가 알게 되었기 때문입니다. 선생님께서 세운 계획이 있으시겠지만 우선 이번 유월절 명절만은 피하시기를 간절하게 청합니다. 걸음을 돌리시기 바라오며 아울러 선생님께서 갈릴리로 돌아가신다는 뜻을 이 사람 편에 확인하여 주시기 앙망합니다. 예루살렘 대산헤드린 의원 니고데모 올림.' 이상입니다. 우선 제가 선생님께 직접 말씀 전해드리고 니고데모 선생님께 전할 말씀을 받아갈 수 있도록 조치해주십시오."

전갈의 내용을 들은 시몬과 요한 그리고 도마는 당황할 수밖에 없었다. 구체적으로 어떤 위험이 있는지 전해준 말에서 밝히지는 않았다. 그러나 예루살렘 성안에 있는 지배자와 성전 지도층이 예수를 해칠 계획을 세운다고 말했으니 예루살렘은 더 이상 제자들이 평화롭게 꿈을 이룰 수 있는 장소는 아니었다.

아무리 경험 없는 갈릴리 출신들이라고 해도 전갈의 내용이 얼마나 심각한지는 금방 알 수 있었다. 그러면서도 전갈의 내용을 제자 몇 명이 먼저 알 수 있어서 다행이라는 생각이 들었다. 제자들끼리 먼저 상의한 후에 예수에게 내용을 알리는 것이 좋겠다는 생각이 들었다. 제자들끼리 상의한 후라도 전갈 내용을 그대로 전해야 좋을지, 숨기는 것이 좋을지는 당장 결정할 수 없었다. 세 사람이 서로 얼굴만 바라보고 있는데 유다가 다가왔다.

"젊은이는 잠시 저쪽에 앉아 기다리시오."

"예수 선생님께는?"

"아, 곧 결정하고 알려줄게요. 참, 식사를 못했지요?"

"아니, 괜찮습니다. 바로 예루살렘으로 되짚어 돌아가야 합니다."

"아니오, 그래도 그런 법이 아니오. 먼 길 달려 내려왔을 테니 좀 무어라도 요기하면서 기다리시오. 곧 결정하겠소."

그러면서 시몬이 요한에게 눈짓했다. 먹을 것을 마련해 주라는 뜻이었고, 그리고 모든 제자를 불러 모으라는 신호였다. 요한은 즉시 젊은이를 데리고 안채 쪽으로 걸음을 옮겼다. 젊은이는 주저주저하면서도 요한의 뒤를 따랐다.

그때 마침 마리아가 예수 곁을 떠나 안채 쪽으로 걸어가고 있었다. 요한은 그녀에게 젊은이가 요기할 것을 마련해주라고 부탁하고 다시 제자들 있는 곳으로 돌아갔다. 그녀는 고개를 갸웃할 수밖에 없었다. 처음 보는 외부 남자를 여자에게만 맡기고 돌아서다니 이전에 없던 일이었다. 젊은이의 행색으로 보아 부잣집 하인이 분명했다. 그가 제자들을 먼저 만난 것으로 보아 여리고 사람은 아니었다. 누가 그 사람을 통해 전갈을 보내온 모양이라고 생각했다. 요한이 서둘러 젊은이를 맡기고 돌아섰으니 무언가 제자들 사이에 중요한 얘기가 있음이 틀림없다. 알렉산더가 보낸 하인을 그날 새벽에 만났던 일까지 떠오르면서 불길한 생각이 들었다.

뜰에 나가 있던 사람, 예루살렘에 지고 올라갈 행장을 꾸리던 사람, 예수가 병자를 치료하는 것을 지켜보던 사람 모두 슬금슬금 시몬과 도마 옆으로 모였다. 늘 있는 듯 없는 듯 조용한 므나헴도 레위 마태의 뒤를 따라왔다. 제자들은 먼발치에서 예수 눈치를 살피다가 모두 얼른 방으로 들어갔다. 마지막으로 요한의 형 야고보까지 모이자 시몬이 입을 열었다.

"예루살렘에 사는 선생이라는 사람이, 그 사람은 대산헤드린 의원인데, 아, 왜 그 옛날 갈릴리 호숫가에 밤중에 선생님 만나러 온 그 사람, 그 사람이 예루살렘에서 사람을 보냈는데, 성문이 열리기도 전에 손을 써서 출발했대요."

시몬이 두서없이 주섬주섬 말을 내놓자 도마가 나섰다. 원래 시몬은 그런 말을 하는 데 전혀 재주가 없는 사람이다. 말을 하면서도 처음부터 모든 내용을 같이 들었던 도마에게 시몬은 부탁의 눈길을 보냈다.

"예, 내가 말씀드리지요. 예루살렘 대산헤드린 니고데모 의원이 선생님께 보낸 전갈입니다. 예루살렘 성안으로 들어오지 말고 즉시 갈릴리로 발길을 돌리라는 내용입니다. 성전 지도자들과 예루살렘 도성안에 있는 지배자들이 모여 예수 선생님을 해칠 계획을 세우고 있고,

매우 위험한 상황이라고 합니다."

"그래요. 도마가 아주 잘 정리해서 얘기했어요."

"그래서요? 그런데 어쩌자고요?"

유다가 대뜸 묻고 나섰다. 위험하다는데 그럼 어쩌자는 거냐고 묻는 유다의 질문에 시몬은 은근히 짜증이 났다.

"어쩌기는? 선생님께 그대로 말씀드리고 이번에는 갈릴리로 물러납시다. 그런 지위에 있는 사람이 이렇게 일찍 전갈을 보냈는데. 아, 예루살렘이 여기서 얼마나 멀어요. 그것도 산길인데. 거기서 사람을 보냈잖아요. 돌아가라고!"

"나는 반댑니다!"

유다가 단호하게 고개를 흔들었다. 유다가 그렇게 단호하게 반대하는 데는 무슨 이유가 있을 것이라는 생각에 요한이 끼어들었다.

"왜요? 무슨 좋은 생각이 있어요?"

"아니, 생각도 안 해봤어요? 이제까지 보고 듣고도 몰라요? 아 그래, 예루살렘 성전 대제사장 제사장 율법학자들이 두 손 높이 들고 '선생님 어서 오세요' 하며 환영할 거라고 생각했어요? 성안에 있는 관리들이 선생님을 기쁘게 맞이할 줄 알았어요? 아니잖아요? 다 알았잖아요! 어려운 일이 있을 거고, 위험에 빠질 거라고 선생님은 여러 번 우리에게 말씀하셨잖아요? 그 위험을 각오하고 여기까지 왔는데, 그까짓 글줄이나 읽을 줄 알았지 나약하기 짝이 없는 대산헤드린 의원 한 사람 전갈을 받고 벌벌 떨면서 여기까지 왔다가 돌아가자는 말이오? 그건 아니에요. 선생님도 절대로 돌아가시지 않을 거요. 각오했잖아요? 그리고 뭐가 겁이 나요? 우리 예수 선생님이 누구신데! 막말로 변을 당할 형편이 되면 선생님이 가만히 계실 것 같아요? 아마 능력을 펼쳐 순식간에 싹 쓸어버리실 거요. 나는 그리 믿어요!"

"그래도 그렇지 … ."

신중하기로 둘째라면 서운할 야고보가 유다의 입을 막고 나섰다.

"마음대로들 하시구려. 그래서 선생님은 모두 턱을 덜덜 떨고 뿔뿔이 흩어져 정신없이 달아나리라고 말씀하셨지. 겁쟁이들 같으니! 내가 선생님한테 자초지종 다 말씀드리겠소."

유다가 벌떡 일어나 방을 나갔다.

"저런, 저런!"

시몬이 당황한 듯 신음했다. 도마도 유다가 그렇게 강경하게 나오는 이유를 알 수 없다는 듯 고개를 가로저었고, 요한은 무언가 짚이는 것이 있다는 듯 고개를 끄덕거렸다. 유다가 휑하고 방을 나가자 한동안 서로 얼굴만 쳐다보다가 모두 따라나섰다. 특히 요한은 유다에게만 맡겨 둘 일이 아니라는 생각이 들어 누구보다 먼저 벌떡 일어났다. 부리나케 다가오던 마리아가 멈칫 제자리에 섰다. 제자들이 모두 우르르 방에서 요한을 앞세우고 몰려나왔기 때문이다. 마리아는 요한에게 무슨 일이냐는 듯 몸짓으로 물었다. 요한은 평소 하던 버릇대로 어깨를 약간 올리면서 두 손을 앞으로 벌려 펴고 고개를 갸웃했다. 당혹스럽다거나, 나도 모르겠다거나, 나는 책임 없다고 할 때 늘 그가 하는 몸짓이었다. 무언가 안 좋은 일이 일어났다는 것을 마리아는 즉시 알 수 있었다. 므나헴과 눈이 마주치자 그는 얼른 고개를 돌렸다. 그녀도 제자들을 따라 예수가 병자들을 돌보는 곳으로 걸음을 옮겼다. 그때 다른 방에서 마리아가 마련해준 음식을 먹고 있던 젊은이가 낌새를 채고 튀어나왔다. 그도 황급히 예수가 서 있는 쪽으로 다가갔다.

사람들에게 둘러싸여 있던 예수는 유다가 씩씩거리며 다가오는 것을 보았다. 그러더니 곧 시몬과 다른 제자들이 낭패스러운 얼굴로 걸어왔다. 그 몇 걸음 뒤에 마리아가 따라왔다. 마리아의 표정은 대단히 심각했다. 공포에 사로잡힌 사람 같았다. 마리아 뒤에 처음 보는 젊은이가 바짝 뒤따랐다.

예수는 무슨 장면이고 한번 쓱 보면 말 안 해도 상황을 판단할 수 있다. 저들은 분명 예루살렘 가는 일 때문에 의견이 갈려 무언가 자기에게 묻고 따지려고 몰려오고 있음을 예수는 알았다. 그는 그 모습을 보면서 자기도 모르게 가느다란 한숨을 내쉬었다. 저들은 모르지만 때가 가까이 이르렀기 때문이다. 저들이 기다린 때와 자기가 가져오려는 때는 영원히 만날 수 없기 때문이다.

제자들이 모두 몰려왔다. 이미 유다가 말을 뱉어버린 것을 알게 된 제자들은 예수의 눈치를 살폈다.

"선생님!"

마리아가 맨 앞으로 나오며 간청하는 눈빛으로 예수를 바라보았다. 보통 다른 제자들 앞에 나서지 않던 그녀였으나 사태가 사태인지라 급한 마음에 앞에 나선 것이다.

"걱정 마시오! 이미 다 예상했던 일입니다. 나는 예정대로 예루살렘에 내려갑니다. 발꿈치를 돌리면 뱀이 물고 달려들 것입니다. 때가 되었습니다."

유다는 안심한 표정으로 한 발 물러서고, 다른 제자들은 걱정스러운 마음에 한 발 앞으로 나섰다. 예수가 니고데모의 하인을 불러냈다.

62

"가서 니고데모 선생께 전하시오. '보내주신 전갈은 잘 받았습니다. 때가 되었고 할 일은 이미 시작됐습니다. 예루살렘에서 만나기를 기대합니다.' 자, 이렇게 전해드리세요."

"예, 선생님. 그럼 저는 먼저 올라가겠습니다."

"먼 길 조심해서 가세요."

술렁거리던 제자들도 예수가 단호한 표정으로 예루살렘에 가겠다고 말하자 그대로 물러났다. 걱정하는 사람도 있고, 다행으로 생각하는 사람도 있다. 얼추 준비가 끝나 예루살렘으로 막 출발하려고 짐을 들고 나서는데 여리고 성안에 사는 사람들이 다시 삭개오 집으로 몰려왔다.

제자들은 깜짝 놀랐다. 삭개오도 깜짝 놀랐다. 모여든 사람들도 서로 얼굴을 보면서 놀라기는 마찬가지였다. 여리고에 그처럼 많은 병자들이 있는 줄 누구도 알지 못했기 때문이다. 그렇게나 많은 사람들이 병에 걸려 앓으며 시달리고 있었다. 겉보기에 아무 걱정 없는 듯 보였던 사람들이 집 안에 꽁꽁 숨겨 감추었던 병자들을 데리고 예수 앞에 나왔다. 내 식구 좀 고쳐 달라고 부축하고 업고 들것에 태워 나왔다.

"선생님!"

맨 앞에 선 나이 많이 먹은 노인, 머리도 눈썹도 수염도 이미 하얗게 세고 얼굴에는 주름이 가득한 노인이 예수를 보자마자 공손하게 무릎을 꿇었다. 그는 대제사장 한 사람 외에는 다른 사람 앞에서 평생 무릎 꿇어 본 적이 없었다. 그는 여리고성 안에서도 내로라하는 유지였다. 평소 같으면 삭개오의 집 앞으로는 지나가지도 않을 사람이었다. 그런 사람이 삭개오 집 마당 안에 들어와 예수 앞에 무릎을 꿇었다. 몸으로 하는 힘든 일은 한 번도 하지 않고 살았던 사람인 듯 주름골이 깊지 않은 사람이었다. 그런 사람이 예수를 간절한 표정으로 올려다보며 입을 열었다.

"선생님, 할 수만 있다면 제 어머니를 고쳐 주소서!"

예수가 미처 무어라 대답하기도 전에, 마치 조금이라도 늦으면 자기 차례를 빼앗긴다는 듯 그는 얼른 손짓을 했다. 그러자 하인 네 명이 깨끗한 들것을 메고 예수 앞에 나왔다. 보아하니 두 명이 메어도 충분하지만 조금이라도 환자를 편하게 하려고 네 명이 조심스럽게 메고 온 듯했다.

들것 위에는 조그만 노파가 누워 있었다. 더 이상은 어떻게 작아질 수 없을 만큼 작은 체구였다. 그녀는 눈을 가느스름하게 뜨고 입을 오물오물하고 있었다. 무릎을 꿇었던 노인이 들것 옆에 가더니 허리를 굽혀 앙상하기 그지없는, 바짝 마른 나무뿌리 같은 노파의 손을 만지고 또 만지며 쓰다듬었다. 그리고 예수에게 입을 열었다.

"선생님, 어머니가 곡기를 끊으신 지 보름이나 됩니다. 아무것도 안 받아 잡숫고 하루 종일 눈도 뜨지 않고 저러십니다. 이러다가 무슨 큰 변을 당할 것 같아서, 생각하다 못해 선생님께 모시고 나왔습니다."

그의 말하는 목소리는 점점 떨렸다. 나중에는 울음기마저 섞이더니 굵은 눈물을 주르르 흘렸다. 그는 얼굴을 타고 흐르는 눈물을 닦으려고도 하지 않고 예수를 바라보며 눈으로 거듭 애원했다.

"선생님! 제발 … ."

"내가 좀 보아드리겠습니다."

예수가 들것 옆에 가서 무릎을 꿇고 노파를 살펴보았다. 이미 기력이란 기력은 모두 다 빠져나간 듯 노파의 얼굴에는 아무런 표정도 없었다. 등잔 기름이 다 떨어져 불이 꺼져가듯, 가물가물 생명 마지막한 가닥만 겨우 붙잡고 있었다. 그 줄마저 놓으면 생명은 슬그머니 일어나 사라질 듯 보였다. 푹 꺼진 눈자위는 거무스레했지만 아직 얼굴은 검지 않았다. 감은 듯 뜬 듯, 조금 열려 있는 눈으로 그저 무심히 세상을 넘겨다보고 있었다. 보름 동안이나 곡기를 끊었다는데 숨결은 아직 그런대로 고른 편이었다.

예수는 노파의 손을 잡았다. 앙상한 손, 살이라고는 하나도 없었다. 그저 뼈에 가죽만 입혀 놓은 손이었지만 맥박은 고르게 뛰었다. 아직 부드럽고 따스한 온기가 느껴졌다.

"제가 어머니를 좀 안아드려도 되겠습니까?"

"예? 예!"

"어머니를 제가 좀 안아드리고 싶어서요."

"예, 선생님이 하실 수 있는 일이면 무슨 일이라도 좀 해주십시오. 제발 어머니가 몇 달이라도 더 살 수 있다면 저는 무엇이든 하겠습니다. 이러다가….."

아들 노인은 이미 자기도 기력이 곧 꺼부러지기 시작할 나이인데 늙은 어머니를 다만 몇 달이라도 더 붙들고 싶은 마음으로 표정이 간절하고 절박하고 진지했다. 그 깊은 효심이 예수 마음에 깊은 울림으로 전달됐다.

"사람 수명은 지극히 높으신 분, 하늘 아버지의 손에 달려 있습니다. 제가 늘릴 수도 줄일 수도 없습니다. 다만 하느님의 뜻에 따를 뿐입니다."

예수는 조심스럽게 노인을 안았다. 정말 가벼웠다. 밀이나 보리 한 자루 무게도 안 될 만큼 가벼웠다. 평생을 살아온 삶의 무게가 그 몸속에 담겨 있을 텐데 마치 어린아이 하나 가슴에 안은 정도였다. 노인은 예수의 가슴에 아기처럼 안기면서 눈을 파르르 떨었다. 그러더니 힘없이 늘어져 있던 손으로 예수의 옷자락을 슬그머니 움켜잡았다. 예수는 곧 아기를 안듯 노인을 곧추세워 안았다. 노인의 가슴과 예수의 가슴이 맞닿았다. 그녀는 예수의 왼쪽 어깨에 그 가느다란 목을 얹었다. 약한 숨결이 예수의 목 뒤에 느껴졌다. 예수의 가슴이 뛰는 만큼 노인의 가슴도 뛰고 있었다. 가슴 박동이 어느 지점엔가 서로 만날 그곳을 향해 조율되고 있다. 주위에 몰려 서 있던 많은 사람들이 호기심 어린 눈으로 노인을 안고 선 예수를 바라보았다. 예수는 천천히 뜰을 거닐었다. 그러더니 그는 조용히 작은 목소리로 노래를 불렀다. 어머니 마리아가 자신을 잠재우며 불러 주었던 자장가였다. 어린 동생들을 안고 재울 때도 어머니가 부르던 노래였다.

"우리 아기, 착한 아기, 예쁜 아기, 귀한 아기,
너를 보내주신 분께 감사와 찬양을 드려라!
우리 아기, 착한 아기, 예쁜 아기, 귀한 아기,
감사드려라, 찬양드려라!"

천천히 뜰을 거닐면서 예수는 거듭거듭 그 노래를 조용히 불렀다. 노인의 몸은 어린 동생 요한나를 안았을 때보다 더 가벼웠지만 그 몸 속에는 온 세상 무게만큼 깊은 사연 오랜 세월이 담겨 있다. 그때 노인

66

이 하품하듯 입을 벌려 크게 숨을 쉬면서 눈을 살포시 떴다. 아마도 예수가 조용히 노래 부르고 어르며 뜰을 걷는 동안 까마득한 먼 옛날의 기억 속으로 걸어 들어간 모양이다. 눈으로는 예수를 쳐다보지만 마음은 먼 옛날 어느 때, 그 시간을 보고 있었다.

"엄마!"

예수는 아무런 대답도 않고 그냥 노인을 안고 서성였다.

"엄마! 보고 싶었어!"

노인의 어머니도 아기를 안고 토닥거리며 잠을 재웠던 모양이다. 그건 모든 사람이 지닌 어머니 기억이다. 어머니는 사람들이 처음 만난 사랑의 원형이다. 돌아가야 할 고향이다. 어머니는 늘 아련한 젖 냄새로 기억의 가장 밑바닥에 잠겨 있다가 냄새로, 소리로, 따스한 체온에 의해 문득 되살아난다.

노인은 가녀린 손을 들어 예수의 얼굴을 더듬었다. 예수는 노인이 그러도록 가만히 두었다. 거친 수염을 쓰다듬던 노인이 갑자기 또 입을 열었다.

"아빠? 아빠네!"

수염이 만져지니까 먼 옛날 아버지를 떠올린 모양이다. 사람에 따라 아버지는 매우 엄하고 무서운 사람으로도 기억되고, 어떤 사람에게는 언덕처럼 넓은 등, 햇빛에 그을린 검붉은 등을 내밀어 업어주는 아버지로 기억된다. 노인은 몸을 뒤틀면서 예수의 가슴에서 벗어나려고 했다. 대여섯 살만 넘어도 딸이 아빠의 가슴에 안기는 일은 거의 없었기 때문이리라.

"할머니, 그냥 편히 계세요. 저는 예수라고 해요, 할머니."

부드러운 예수의 음성이 노인을 안도시켰다. 예수는 가까이 서서 지켜보고 있던 마리아를 손짓으로 불렀다.

"대추야자 일곱 개를 깨끗한 물에 달여 오세요."

"예, 선생님"

마리아는 부지런히 뒤뜰 쪽으로 물러갔다.

"할머니!"

노인은 대답 대신에 다시 눈을 떠서 예수를 물끄러미 쳐다보았다. 아빠도 아니고, 그럼 이 사람은 누구인가? 아니면 그런 생각도 없이 아직 아빠라고 믿고 있을지도 몰랐다. 노인의 입이 오물오물했다. 예수가 물었다.

"왜 식사를 안 하셨어요? 무엇 잡숫는 것이 싫으세요?"

노인은 아무 생각도 없는 사람처럼 예수를 바라보았다. 예수가 다시 같은 질문을 했다. 노인은 말을 알아들었는지 모르는지 그저 잠잠했다. 노인의 눈은 깊었다. 그 눈 속에는 멀고 먼 옛날 얘기, 한없이 많은 얘기가 조용히 잠겨 있었다. 더 묻지 않았다. 예수는 다시 노인을 곧추세워 안고 흔들흔들 거닐며 자장가를 불렀다.

제자들은 이렇게 꾸물거리다 언제 예루살렘에 갈 수 있느냐는 듯 수군수군하며 몸을 비틀었다. 여리고에서 예루살렘에 올라가려면 산길로만 60리, 그것도 거의 대부분 오르막길이다. 장정걸음으로도 한나절, 어쩌면 하룻길도 될 수 있다. 그런데 예수는 예루살렘 가는 일은 까맣게 잊은 듯 노인을 안고 뜰을 거닐고 있다. 예수의 얼굴이 며칠 만에 처음으로 환하게 밝아 보였다.

"할머니!"

노인을 돌려 안고 눈을 들여다보며 부르자 그녀도 예수를 빤히 올려
보았다. 무어라 말을 할 듯 입을 오물오물 하더니 서서히 눈가에 물기
가 어렸다.

"너무 오래 살아서 … ."

그 말을 채 마치기 전에 눈물 한 방울이 주르르 흘렀다. 예수는 눈
물이 귀로 흘러 들어갈까 봐 얼른 손으로 훔쳤다. 그러자 다시 한 방울
이 흘러내렸다.

"알아요. 힘드셨지요?"

노인은 그렇다고 눈으로 조용히 대답했다.

"할머니, 저렇게 착한 아들도 있고 가족도 있고 … . 걱정 마세요."

착한 아들이라는 말에 그녀의 눈이 반짝했다. 그리고 조용한 미소
가 퍼졌다. 노인이 오늘까지 이렇게 곱게 늙을 수 있었던 것은 아마도
아들의 극진한 보살핌이 있었기 때문이리라. 아들로 치면 세상 어디
에 내놓아도 자랑스럽고 고마운 아들이리라. 그런데 노인은 너무 오
래 살았다고, 떠날 때가 됐는데 죽어지지 않는 목숨을 정리하기 위해
독한 마음으로 음식을 먹지 않았던 모양이었다.

아무리 아들이 착해도 여자의 삶은, 그 길고 굴곡진 평생은 차마 누
구도 내가 그 일생을 잘 안다고 나설 수 없을 만큼 질기고 고달프고 힘
들다. 이 땅에 사는 모든 여자는, 나사렛에 어린 동생들과 살고 있는
어머니가 그렇듯, 슬프고 힘들고 감당하기 너무 힘든 짐을 끌고 살아
야 한다. 야속하게도 대개 남편이 먼저 세상을 떠난다. 세상이 험하니
전쟁에 끌려가서 목숨을 잃는 사람도 있고, 병들어 일찍 세상을 떠나
는 수도 있고, 멍에 맨 소처럼 헉헉거리며 비탈밭을 갈다가 쓰러지기

도 한다.

어느 나이가 되면 여자는 뒤에 남겨지고 자식들과 더불어 살아야 한다. 아무리 자식이 잘 모셔도 못된 남편만 하랴. 비가 와도, 바람이 불어도, 해가 쨍쨍 내리쬐어도 금방 마당에 들어서는 남편의 생전 모습이 보이는 법이다. 잘해주다 떠난 남편만 생각나는 법은 아니다. 모든 여자의 삶이 사연은 각각 달라도 늘 슬프고 고달팠다.

여자는 쓸모없는 입이 하나 늘었다고 태어나면서부터 사람들이 끌끌 혀를 차는 존재였다. 그러니 먼 외지에 나간 남편이 아내에게 보냈다고 전해지는 잔인한 당부도 나쁘다고 말할 수만은 없는 세상이었다.

"먼 길 떠나와 당신 혼자 남겨 두어 미안하오. 더구나 점점 배가 불러오는 것을 보고 떠나온 후 일이 늦어져 바로 집에 돌아갈 수 없어 더욱 미안하오. 곧 아들을 낳거든 나에게 기쁜 소식 알려 주시오. 잘못되어, 딸을 낳게 되면 바로 그 자리에서 엎어 놓으시오. 이건 남편의 명령이오."

아내는 남편에게 딸린 재산이었다. 딸도 아버지에게 딸린 재산이었다. 딸은 가문을 위해서 아무것도 할 수 없고 언젠가 다른 가문으로 떠날 미래에 닥칠 손실이고 청구서였다. 법에도 남의 아내나 딸에게 죄를 지은 사람이 받는 처벌은 남의 재산에 손실을 끼쳤다는 재물에 관한 죄와 같았다. 아기로 태어난 이후부터 여자가 걸어야 하는 길은 한없이 많은 고갯길, 돌고 나면 또 앞에 새로 나타나는 모퉁이길이다.

아무리 착한 아들도 늙은 어머니 앞에서만 살 수는 없었다. 남자는 가정과 가문을 이끌어 가는 가장이 되어 살아야 했다. 나라에 임금이 있다면, 부족에 족장이 있다면 가정에는 가장이 있었다. 어머니는 가장이 된 아들을 받들고 따랐다. 남편 없는 세상에 눈도 귀도 어두워지고 거동도 못하며 누워만 있게 되면, 어제와 오늘 그리고 내일이 아무런 차이가 없다. 지난날과 앞날에 다름이 없다면 그건 시간이 의미를 잃었거나 시간의 저쪽에 존재한다는 말과 같다. 시간의 저쪽, 그곳은 한 발 내디뎌 그어진 선을 넘으면 금방 들어갈 수 있는 영역이다.

"너무 오래 살아서 … ."

그 한 마디가 노인의 모든 삶을 얘기해주었다. 태어난 자리에서 엎어지지 않고 목숨을 유지한 덕으로 노인은 그 오랜 세월 주어진 운명을 끌고 살아왔다. 어느 날 갑자기 백 걸음 천 걸음 걸으며 살아오지 않았다. 하루가 한 걸음이었다. 인생은 쉬지 않고 걸어온 한 걸음의 연속, 죽 걸어온 끝없는 한 걸음이다. 노인은 한 걸음 더 걸어가나 여기서 그만 훌쩍 시간의 저쪽으로 넘어가나 다를 바 없다고 생각했음에 틀림없다.

"할머니!"

노인의 마음을 헤아리고, 그녀가 걸어왔을 하루하루 그 걸음을 생각하고, 무겁게 질질 끌고 살아온 여자의 운명을 생각하다가 예수가 그녀를 불렀다. 그러는 동안 노인도 꿈속에서 걸어 나온 듯, 이제까지 걸어온 그 끝자락에 정신 차리고 다시 선 듯 보였다. 노인이 예수를 조용히 올려다보았다.

"수고하고 애쓰며 힘든 길을 걸어오셨지요?"

노인은 말이 없다.

"등잔이 있는데요, 그 등잔에 아직 기름이 남아 있어요. 언젠가는 그 기름이 다 타서 없어지겠지만 아직은 기름이 좀 남아 있어요. 심지에 불도 붙어 있고요. "

갑자기 예수가 등잔 얘기를 하자 노인은 관심을 보이기 시작했다.

"기름이 다 타고 심지도 다 탈 때까지 불을 끄지 마세요. 할머니가 그 불을 끄시면 세상이 온통 깜깜해져요. 할머니의 아들, 손주들, 모두 깜깜한 어둠 속에서 길을 잃고 헤매고, 어둠 속에서 나쁜 일을 당할 수도 있어요. 할머니가 앞장서서 등불을 들고 식구들을 어디로 이끌지는 못해도, 그 자리에 등잔불을 켜 놓고 있으면 자식들을 지킬 수 있어요. 불이 켜져 있으면 그만큼 어둠이 물러가요. 불빛으로 세상 어둠을 몰아낼 수 있어요. "

노인은 그 말을 알아듣는 듯했다.

"할머니의 어머니도, 그 어머니의 어머니도 모두 그렇게 기름이 떨어지고 심지가 다 탈 때까지 자식을 위해 등잔불을 켜 놓고 있었어요. "

"그래, 그러셨어. 엄마도!"

"그랬지요? 기름이 떨어지면 더 채우고 심지가 다 타면 다시 꼬아 넣었지요? 그렇게 불이 꺼지지 않도록 오래오래 돌보았지요?"

"그랬어. 정말 그랬어. 그런데 그걸 어찌 아우?"

"예, 할머니! 그게 사람 사는 거예요. 여자가 사는 법도 그래요. 그건 여자든 남자든 등잔을 지켜야 하는 모든 사람이 꼭 지켜야 하는 일이에요. "

노인은 입을 오물오물하면서 아주 작은 목소리로 말했다.

"그걸 어찌 알았누! 신통해라!"

"그러니 할머니, 이제 무어라도 잘 잡숫고 등잔불 꺼뜨리지 마세요. 기름 다 떨어지고, 하느님이 이제 오너라, 할 때까지 기다리세요. 일부러 불 꺼뜨리지 마세요. 아시겠지요?"

"그러겠수!"

그러는 사이 마리아가 대추야자를 잘 달여 왔다. 눈치 빠른 그녀는 이미 적당할 만큼 식혀 오기까지 했다. 그녀는 얇고 깨끗한 무명천과 대추야자 끓여온 물을 예수에게 내밀었다. 예수는 노인을 안고 노인 아들이 두 손을 맞잡고 서 있는 곳으로 갔다. 그는 얼른 조심스럽게 어머니를 받아 안았다. 이미 그의 눈은 붉게 충혈되었고, 하얀 수염은 눈물로 젖어 있었다.

"입에 조금씩 넣어드리세요. 먼저 바짝 마른 입가를 적셔주시고요."

아들은 대추야자 물에 헝겊을 적셔 어머니의 입술을 천천히 살짝살짝 정성껏 눌러 축여 주었다. 노인은 혀를 내밀어 입술에 묻은 물을 핥았다. 아들은 어머니를 안고 바위에 걸터앉았다. 어머니가 어린 자식을 안듯, 노인 아들이 어머니를 안고 앉았다.

"헝겊에 적셔 천천히 조금씩 넘겨드리세요."

"예, 예, 선생님, 아이구 감사합니다. 이 은혜를 어찌 갚는단 말입니까?"

"아닙니다. 어머님이 스스로 마음을 돌이키신 겁니다. 이렇게 착하고 효성스러운 아드님이 있으니 어머님의 복입니다. 그렇게 모실 어머니가 계시니 그대의 복입니다. 이제 등잔불 꺼질 그날까지 잘 모시세요."

"예? 등잔불? 등잔불이라 하셨습니까?"

"예. 어머님은 잘 아십니다."

노인은 마지막 큰 임무를 받아들였다. 할 일이 아무것도 남지 않았

다고 생각했는데 이제부터는 등잔불이 꺼지지 않도록 돌보고 지켜야
할 일이 생겼다. 그 불이 꺼지면 세상이 깜깜해진다니, 절대로 소홀히
해서는 안 된다. 심지가 기름에 닿아 있는 한 불이 꺼지는 일은 없도록
돌봐야 한다고 마음먹었다.

마리아는 보았다. 예수가 어떻게 노인의 마음을 여는지 두 눈으로
보았다. 노인은 예수 품에서 아기가 되어 있었다. 예수는 어머니이기
도 하고 아버지이기도 했다. 무서운 아버지가 아니고 어린 딸 가슴에
품어 안고 다독이는 아버지였다. 그 마음이면 세상 어느 사람의 마음
인들 못 열겠는가? 그 마음이면 세상 그 누구인들 못 품겠는가?

그러나 다른 제자들은 불만이었다. 별일도 아닌 걸로 시간만 지체
했다고 생각했다. 시시한 일로 보였다. 눈에 번쩍 뜨이는 신기한 기적
을 베푼 것도 아니고 그저 노인을 안고 서성이기만 했다. 더욱 답답하
고 한심한 일은 예수는 이미 허리를 굽히고 또 다른 병자를 들여다보
고 있다는 점이다. 그러더니 아예 무릎을 꿇고 앉아 그 병자의 상처를
동여맨 헝겊을 풀기 시작했고, 어느새 마리아도 바싹 붙어 앉아 상처
를 싸매줄 깨끗한 천을 준비하고 있다.

"아니, 빌립! 무어라 말씀을 좀 드려 보지요. 오늘도 그냥 이 집에
눌러 계실 생각이신지."

유다가 툴툴거리며 빌립에게 말을 걸었다. 빌립은 눈을 꿈쩍꿈쩍
신호를 보내면서 유다를 진정시켰다. 마당에 들어온 병자가 몇 명, 문
앞에서 얼쩡거리며 기다리는 사람이 여럿 보였다.

그 광경을 보면서, 그리고 막상 예수가 자기 집을 떠난다고 생각하

자 삭개오는 영 마음을 잡을 수 없었다. 매달려 예수의 발길을 붙잡고 싶다. 예수를 그냥 부둥켜안고 울고 싶은 생각이 울컥울컥 올라온다. 사람이란 어떻게 살아야 한다고 깊이 생각해본 적 없이 살았지만, 그가 보기에 예수는 그렇게 허무하게 소모되어서는 안 될 사람이다. 그가 예루살렘에 들어가는 일은 스스로를 버리는 일이 분명했다. 그는 그렇게 사라지면 안 되는 존재다. 어떻게 해서라도 끝까지 살아남아 맡겨진 소중한 일을 이루어내야 할 사람이라는 생각이 들었다. 예수 나름대로 결심한 일, 꼭 할 일이 있겠지만 그렇다고 그 자신을 내던지면서 이루겠다는 일과 지금까지 이루어낸 일 사이에는 아직 심각한 불균형이 남아 있다.

삭개오의 집에 머물던 첫날 밤, 엄청난 금액을 지원하겠다고 그가 제안했을 때 그 자리에서 머뭇거림 없이 거부하는 예수를 보면서 그가 하려는 일이 어떤 일일지 어렴풋이 짐작할 수 있었다. 모으는 일이 아니고 흩는 일이라 예수가 말했을 때 그는 알아챘다. 세상에 쌓여 있는 굳어진 것, 모인 것을 흩겠다는 생각은 지금 세상을 인정하지 않겠다는 선언이다. 단단하게 굳어버린 것을 무너뜨리지 않고는 흩는 방법이 없다. 세상에 있는 모든 뭉쳐 굳어진 것들은 그 속에 단단한 씨를 가지고 있다. 그 씨는 굳은 것의 주인이다. 꿈쩍하지 않을 굳은 것들을 깨뜨려 흩는 일을 하려고 그는 예루살렘 길을 떠난다. 생각해 보니 예수가 택할 방법은 오직 한 가지밖에 없어 보였다.

지난밤에도 삭개오는 예수에게 다른 길을 권했다.

"선생님, 좀 늦추시고 때를 기다려보시지요?"

"이미 때가 되었소."

"그런데 선생님 혼자…, 어떻게….."

그는 때가 되었다는 예수의 말에 동의할 수 없었다. 예수는 때도 그렇고 장소도 잘못 선택했다. 더구나 갈릴리에서부터 데리고 왔다는 제자라는 무리를 보면서 삭개오는 혼자 머리를 흔들 수밖에 없었다. 제자들 중 어느 한 사람도 선생이 하려는 일을 알지 못했고, 막상 선생에게 무슨 일이 생겼을 때 수습할 수 있는 사람으로 보이지 않았다. 예수는 그저 허무하게 사라질 사람으로 보였다.

예수가 밤마다 모닥불 앞에 서서 여리고 사람들에게 베푼 가르침은 이제까지 그들이 디디고 살아왔던 세상을 뒤집는 내용이었다. 죄인이라 불리며 살아왔던 삭개오가 알 수 있는 일인데 예수가 올라가서 맞부딪치게 될 예루살렘 성전이, 세상이 그리고 결국 민낯을 드러낼 로마가 예수가 하는 말을 모를 리 없다. 그들은 결코 예수를 놔두지 않을 것이다. 그건 그의 계획이 이미 실패의 길로 접어들었다는 의미다. 성전 마당에 들어가 군중에게 하느님 나라를 가르쳐보지도 못한 채 그의 입이 틀어막히는 모습이 눈에 선하게 보였다.

"아!"

깊게 숨을 내쉬어 본다. 그래도 가슴은 무겁다. 가슴 아래에 매달린 무엇을 도저히 들어낼 수 없다. 삭개오의 마음은 버썩버썩 타들어간다. 그런데 제자들은 태평스럽다. 든든하게 믿는 구석이 있어 그렇게 보이는 것이 아니라 오히려 아무것도 모르기 때문에 그렇게 담담하고 태평한 듯 보였다.

삭개오는 며칠 함께 지내는 동안 예수의 제자들을 대충 파악했다. 그런 사람들을 제자라고 믿고 끌고 다니는 예수를 도저히 이해할 수 없었다. 그들 중 누구도 앞으로 무슨 일이 일어날지 예측할 수 있는 눈을 가진 사람이 없었다. 예수는 무언가 골똘하게 고민하는데 그들의 눈에는 선생의 그런 모습이 보이지 않는 모양이었다. 맛있는 음식을 앞에 놓고 눈이 번들거리는 사람, 끊임없이 재잘거리면서 자기 자랑을 하는 사람들뿐이었다. 예수를 따르면서 자기가 다른 사람보다 더 고생했다느니, 자기는 더 많은 사람들을 모아 왔다느니, 자기는 처음부터 예수를 따랐다느니, 자기를 바라보는 예수의 눈이 유난스럽게 따뜻하고 의미심장했다느니, 듣고 보면 예수 얘기가 아니고 모두 자기 얘기뿐이었다.

삭개오가 보기에 제자들 중에서 살림을 맡고 있다는 유다가 더 유별났다. 흘끔흘끔 곁눈질로 선생을 바라보면서 틈만 생기면 그는 어려운 살림 얘기를 꺼냈었다. 사람은 속마음을 잘 감추고 그럴듯하게 입으로 꾸며 얘기할 수 있다. 그래도 듣는 사람은 그가 무엇을 원하는지 즉시 알아듣는 법이다.

"글쎄 말이오. 때로는 몇 백 명씩 생각지도 않게 먹여야 할 일이 생기더라고요. 외딴 벌판이나 산등성이에 그렇게 많은 사람들이 모였을 때 참으로 난감했어요. 선생님은 사정도 모르시고 우리가 가진 것을 내놓아 그 사람들을 먹이라는 데, 아, 글쎄 그만한 돈이 어디 있습니까? 겨우 겨우 선생님을 모시고 다니는데 …. 우리 몇 사람 하루 한 번 빵 한 조각 먹기도 어려운 때가 많았습니다."

삭개오는 그가 무슨 말을 하려고 하는지 대충 짐작할 수 있었다. 모른 척 맞장구를 쳤다.

"아이구, 참 난감하고 곤란했겠습니다. 더구나 선생님 일행 살림을 맡으셨으니 얼마나 걱정이 많으셨습니까? 그래 그럴 때 어찌하셨습니까?"

"첫째, 그 많은 사람들을 먹일 돈이 제 수중에 없었고요, 둘째, 갑자기 그 사람들을 다 먹일 만큼 빵을 금방 구할 수 없었습니다."

"그래서요?"

"게바하고 야고보, 또 몇 사람과 상의했더니 자기들이 가지고 있던 돈을 모두 내놓더군요. 저도 만일을 위해 비상금으로 남겨둔 돈이 얼마 있었고. 그렇게 탈탈 털어 보니 모인 사람들 3분지 1쯤 먹일 수는 있겠더라고요."

"그래서요?"

"제가 마을로 내려갔지요. 어디 그런 일이 한두 번인가요? 저도 이제는 익숙해진 일입니다. 마을에 내려가서 촌장을 붙잡고 간곡하게 사정하는 겁니다. 사람은 몇 명인데 돈은 얼마밖에 없고, 그러니 그 돈을 받고 마을에서 빵을 좀 만들어 올려 보내 줄 수 있겠느냐? 모자라는 돈은 나중에 꼭 갚아주마. 제가 하도 간절히 사정하고, 그 사람들도 예수 선생님 일행이라니 설마 떼먹겠느냐 생각이 드는지 그렇게 사정하면 웬만하면 들어주더군요."

"저런, 모두 고생하셨군요."

"예, 그래서 사실은 갈릴리에 아직 갚지 못한 빵 값이 꽤 남아 있습니다. 그 사람들에게는 이번 예루살렘 다녀와서 갚아주마 약속했습니다."

"그래도 마을에서 만들어 보내준 빵이 모인 사람들을 다 먹이기에는 부족할 때도 있었겠습니다."

78

"그렇지요. 그런데 빵이 부족하게 올라오면 모여 있던 사람들 중 자기들 먹을 것을 준비해 온 사람들이 부스럭부스럭 가져온 것을 내놓습니다. 그렇게 내놓은 것, 사온 것 합쳐 나누다보면 어떤 때는 모두 충분히 먹고 남는 때도 있었습니다. 그럴 때면 애간장 녹이던 우리 몇 사람이 가슴을 쓸어 내렸습니다."

"한두 번도 아니고 그렇게 가지고 있던 돈을 모두 다 털어 쓰고 나면 그 다음에는 어찌합니까? 빈털터리 아닌가요?"

"그렇습니다. 그게 문제입니다."

"어떻게 돈을 마련합니까?"

"그런데 그때마다 꼭 누군가 돈을 내놓아요. 멀리서 가져오는 사람도 있고, 여기 선생님 따라온 여자들 중 몇 사람은 집안 형편도 괜찮고 돈을 급하게 다소 마련할 정도는 되나 봅니다. 그렇게 여자들이 내놓기도 하고 … ."

그러다가 유다는 갑자기 무안한 생각이 들었나 보았다. 말하고 보니 남자들은 그저 줄렁줄렁 따라다녔다는 말과 같았기 때문이었다. 그는 마지막으로 이상한 말을 덧붙였다.

"제가요, 다른 사람에게는 말 안 했는데, 게바에게도 안 했어요, 좀 돈을 만들 구멍이 있습니다. 제 뒤를 봐주는 동지들이 있는데 연락하면 이틀 안으로 많지는 않아도 꼭 필요한 돈은 마련해서 보내줍니다. 제가 자리를 뜰 수는 없고, 제자 중 다른 한 사람이 가까운 곳에 가서 받아옵니다."

"그런 동지들이 있습니까? 어허! 지금 같은 세상에, 참 대단한 사람들이네요."

"예, 목숨을 걸고 큰일을 같이 하자고 맹세한 동지들이 있습니다. 비록 저는 선생님을 따라다닙니다만, 동지들은 달리 준비하는 일이 있습니다. 그리고 결국 저를 돕는 일이 그 일을 준비하는 일도 되는 셈이고요. 그래서 정 급하면 동지들에게 손을 벌리게 되더라구요. 그런데 참, 이 얘기는 누구에게도 하지 마세요."

"아, 예에. 그럼요. 염려 마세요. 절대 안 합니다."

"예, 혹 선생님이나 다른 제자들이 달리 생각할까 봐…, 흐흐!"

그러면서도 유다는 돈을 좀 내놓으라는 말은 끝까지 입 밖에 내지 않았다. 그의 마음을 삭개오는 다 알 수 있었다. 왜 남에게 하지 않았다는 얘기까지 장황하게 늘어놓는지 알 수 있었다. 그건 삭개오가 늘 하는 짓이었다. 대놓고 요구해도 되는 경우와 은근슬쩍 암시만 해서 돈을 받아낼 수 있는 경우가 있는 법이다. 떳떳하게 받는 방법과 강제로 빼앗는 방법, 돈을 받아내고 걷는 일이라면 유대 땅에서 누구에게도 빠지지 않을 만큼 수단 좋은 사람이 바로 삭개오였다.

돈이든 시간이든 자기가 지켜온 사회적 지위나 관계든 그걸 누구에게 내놓거나 누가 이용하도록 주선하는 일은 오로지 같은 공동체에 속한 사람, 친구, 친척에게나 베푸는 일이다. 삭개오가 그런 후원을 제안했을 때 예수는 단번에 거절했다. 삭개오는 알았다. 예수가 후원을 거절한 것은 후원 속에 감췄던 삭개오의 흥정을 눈치 챘기 때문은 아니라는 것을 금방 깨달았다. 흥정이라고 할 수도 있고, 예수에게 돈으로 투자하는 셈이라고 생각했던 삭개오의 속셈을 꿰뚫어보았기 때문에 거절한 것이 아니었다. 예수가 하려는 일은 돈으로 이루는 일이 아니기 때문이다.

삭개오가 제시한 한 달란트 넘는 금액은 왕실이나 대제사장과 흥정할 때 내놓는 액수였다. 그런 큰돈을 제시했는데 예수는 그 돈을 풀어 가난한 사람들을 살리라고 했다. 그러겠다고 말은 했지만 예수가 아닌 다른 사람들에게 그만큼 큰돈을 당장 풀어 헤치기에는 아직 아쉬움도 남아 있었다. 돈이야 언제 풀어도 상관없지만 예수가 하려는 일에 꼭 도움을 주고 싶기 때문이었다. 떠나는 날 아침까지 예수는 더 이상 말이 없고, 유다만 은근슬쩍 돈을 요구했다. 삭개오는 표 안 나도록 100데나리온 정도 준비해서 유다에게 넘겨줄 생각을 했다. 아무리 예수가 거절했어도 예루살렘에서는 돈이 필요할 수밖에 없다는 사실을 삭개오는 누구보다 잘 알고 있었다.

예수가 예루살렘에서 하려는 일이 무엇일까? 분명 돈이 필요 없는 일이라고 예수는 말했다. 손에 아무것도 쥔 것 없는 사람이 무엇을 가지고 성전과 마주설까? 광풍으로 번개로 천둥으로 벼락으로 우박으로 예루살렘성과 성전을 몰아붙이면 몰라도 저렇게 조용한 걸음으로는 할 수 있는 일이란 아무것도 없을 듯 보였다. 뜻이 고귀하면 무엇 하나? 말씀에 남다른 권위가 있으면 무엇 하나? 이미 예루살렘은 그렇게 뜻과 말로 다스리고 돌이키기에 너무 늦은 곳이다. 소돔과 고모라가 예루살렘보다 더 거룩한 도시임이 분명하다.

"아, 예수 선생님."

삭개오는 가슴이 답답했다. 예수가 가려는 길에 당장 따라나설 수도 없다. 그 길을 아직 잘 알지 못하기 때문이다. 제자들이라고 자기보다 조금도 나아 보이지 않았다. 다만 한 사람, 눈이 서늘하고 시원한 사람, 마리아라고 부르는 여자는 달랐다. 무언가 알고 있는 듯, 그러나 그녀는 입을 다물고 있었다. 무엇을 예감한 사람 모습이었다. 무언가 큰 아픔을 애써 이기려고 힘들게 버티는 모습이었다.

마리아는 소리 죽여 한숨을 쉬었다. 예루살렘으로 떠나는 일행을 바라보는 삭개오의 눈길 속에 안타까움이 가득 담겨 있었기 때문이다. 갈릴리에서부터 따라온 제자들이 깨닫지 못한 것을 그는 깨달은 눈빛이다. 마리아가 걱정하고 두려워하는 일을 그도 걱정하는 모양이었다. 그건 사람들 밖으로 밀려난 적이 있는 사람들만 알 수 있는 특별한 느낌이다. 세상에서 받아들여질 수 있는 것과 없는 것의 차이를 아는 사람 눈빛이다.

'아! 선생님이 여기 여리고에서 진정한 제자 한 사람을 얻으셨구나!'

그렇게 생각하면서도 마리아는 기뻐할 수 없다. 그건 차라리 슬픔이다. 어떤 일이 예루살렘에서 벌어질지, 니고데모가 보낸 전갈이 없더라도, 알렉산더가 하인을 시켜 경고해준 말이 없었더라도 조금만 생각해보면 알 수 있는 일이다. 그건 바로 성전 지도자들의 영역에 갈릴리 나사렛 사람 예수가 침입하는 셈이기 때문이다.

전날, 저녁 무렵 마리아가 예수에게 말했었다.

"선생님, 예루살렘에서 들어갈 때 따르는 사람이 많아도 걱정, 적어도 걱정이에요."

"마리아! 그런 것까지 생각했어요?"

"예, 선생님. 어쨌든 무서운 일입니다."

"할 수 없어요. 내가 지고 가야 할 십자가요."

"아! 십자가!"

놀랍게도 예수는 십자가라는 말을 태연하게 입에 올렸다. 그건 바로 마리아가 내린 결론과 똑 같았다. 예수를 따르는 사람 숫자가 적으면 성전은 무슨 핑계든 잡아서 즉시 예수를 제거하려고 나설 것이다. 그러나 반대로 성전에 위협이 될 만큼 따르는 사람이 많으면 대제사장 가야바는 겁을 집어 먹고 로마총독에게 예수를 넘길 것이다. 총독에게 넘기려면 예수에게서 로마통치에 저항했다는 죄목을 찾아야 할 것이다. 총독이 처벌하려고 나선다면 로마의 처형방식, 바로 십자가 처형뿐이라고 그녀는 생각했다. 십자가! 그 무서운 일을 생각하며 마리아는 마음 졸였는데, 예수는 아무렇지도 않게 태연히 그 말을 꺼냈다. 그도 그 모든 일을 예측하고 있음에 틀림없었다.

마리아는 제자들을 붙잡고 큰 소리로 사정하고 싶었다.

'게바, 야고보, 안드레, 요한! 제발 눈을 좀 떠요!'

'뭐라고? 눈을 뜨라고? 우리보고 그렇게 말한 게요, 마리아가?'

'선생님 마음 좀 생각해봐요.'

'허허, 별일이네!'

무어라고 말한들, 예루살렘에 어떤 위험이 기다리고 있다고 아무리 설명해도 소용없을 것이다. 선생은 십자가 처형까지 예상하고 있는데 제자들은 그들이 바랐던 눈으로 예루살렘 길을 기대하고 있다. 아침에 니고데모가 전해준 그 엄중한 경고를 듣고도 제자들은 금방 예전의 모습으로 다시 돌아갔다. 예루살렘에 가겠다고 흔들림 없이 굳건하게 선언하는 선생의 모습을 보면서 제자들은 선생에 대한 기대가 다시 살아났음이 분명하다. 유다와 작은 시몬은 오히려 앞장서서 예수를 예루살렘으로 끌어들이려는 사람이다. 마리아는 그들 뒤에 있는 히스기야를 떠올렸다.

하기야 갈릴리에서도 크게 다르지 않았다. 대부분의 제자들에게는 예수가 가르치는 내용이 중요하지 않았다. 세리였던 레위 마태나 그의 동생 작은 야고보, 늘 무언가 뜨거운 것을 가슴에 품고 있는 듯 보였던 도마 등 몇 사람을 제외하고는 대부분 딴생각을 하는 사람들로 보였다. 설사 가슴이 뜨거워졌어도 곧 눈앞에 어른거리는 환상에 다시 빠질 뿐이었다. 얼마나 많은 사람들이 예수를 따르는지, 예수 능력을 사람들이 어떻게 받아들일지, 하느님 나라가 어떻게 눈앞에 펼쳐지게 될지 겉으로 나타나고 눈에 보이는 일에만 관심이 있었다.

그들에게는 예수가 세상에 드러내는 가르침의 의미가 아니라 세상이 선생에게 보이는 반응이 더 중요했다. 사람들이 예수를 누구라고 믿고 따르는지 그것이 더 중요했다. 예수가 하는 일, 가르치는 내용보다 그가 누구인지, 그 존재가 더 중요했다. 그들이 갈릴리 호수에서 함께 고기잡이하던 옛 친구 예수에게 무릎 꿇고 '선생님'이라 부르며 따라나선 이유도 그러했다. 그를 선생님으로 부르면서 예수가 이룩하는 일에서 분깃을 받으려는 욕심 때문이다. 그들은 세상의 눈으로 모든 것을 판단했다. 이 사람이 더 받으면 저 사람이 덜 받는다고 믿었다. 그래서 때때로 웃을 수밖에 없는 일도 벌어졌다.

"선생님!"

"왜 그러시오? 게바!"

시몬이 예수를 부르며 무슨 말을 하려고 하면 멀리 떨어져 있던 야고보와 요한이 얼른 쫓아와서 예수 옆에 섰다. 갈릴리에서부터 그랬다. 그 형제는 늘 시몬 안드레 형제와 경쟁하는 모습을 보였다. 시몬이 예수에게 물었던 내용을 잠시 후에 요한과 야고보가 똑같이 다시 물었다. 가버나움 출신이고 세베대의 아들들인 그들이 흘러 들어온 벳새다 출신 시몬 형제보다 더 중요한 사람이라고 은연중 밝히고 나서는 모양새였다. 그때마다 예수는 빙그레 웃었다.

따르는 무리들, 제자라고는 불러도 그들 중에 누구 지위가 높고 누가 낮다고 말할 수 없었다. 그건 처음부터 예수의 생각이 그러했기 때문이었다. 그러다 보니 누가 예수와 더 가깝고 덜 가까운지 그 거리를 두고 서로 경쟁했다. 세베대의 아들 형제는 자기들이야말로 선생에게 가장 가까운 사람, 가장 중요한 사람, 가장 공이 큰 사람이라고 표시하고 드러내려 애썼다.

마리아가 보기에 제자들 사이의 그런 관계는 참 위험했다. 예수라는 중심인물이 사라지면 아침 햇살이 비칠 때 갈릴리 호수에 드리웠던 안개가 걷히듯 제자들은 모두 금방 흔적 없이 사라질 사람들이었다. 그래서 그녀는 어느 날 예수 옆에서 걷는 기회에 건의했었다. 아직 갈릴리 지경地境 안에서 마을들을 거쳐 내려올 무렵, 바람 불어 선선한 언덕길을 걷던 때였다.

"선생님!"

"왜 그래요, 마리아?"

"이 사람들 중 누구 한 사람을 세워 선생님 대신 다른 제자들을 이끌도록 정해 두시지요? 무슨 일이 생기면 … ."

"그럴 필요 없어요."

"그래도, 선생님을 보호하는 일에는 저들이 힘을 합쳐야 하지 않겠습니까?"

"저들은 나를 보호할 수 없어요."

"그래도⋯."

"때가 되면 그들 스스로 깨닫게 될 것이오."

"그래도⋯."

마리아는 자꾸 '그래도', '그래도' 하고 같은 말을 되풀이하며 안타까운 마음을 내비쳤다.

"때가 되면 마리아가 큰 역할을 하리다."

"제가요? 선생님, 저는 여자의 몸으로⋯."

"내 말과 감추어진 뜻은 마리아를 통해 전해질 것이오."

"선생님, 제가 어찌 감히⋯."

"그리고 지금은 저래도 때가 되면 제자들이 게바를 앞세울 거요."

"야고보와 요한은 벳새다 출신인 시몬 게바, 안드레, 빌립과는 잘 어울리려고 하지 않아요. 자기들이 더 중요하다고 생각합니다. 선생님!"

"때가 되면 요한이 게바를 앞세울 것이오. 내가 시몬을 '게바'라고, 바위라고 이름 지어준 이유를 어느 날 모두 알게 될 것이오."

마리아는 그냥 물러날 수밖에 없었다. 때가 되면, 때가 되면 예수가 말하려는 때를 그녀는 알 것도 같았고 전혀 짐작도 할 수 없기도 했다. 언덕 위에 좁게 나 있는 풀숲 길을 예수는 휘적휘적 앞서 걸어갔다. 서쪽 하늘을 붉게 물들인 햇빛이 그의 옷자락에 배어들지 못하고 주르르 흘러내렸다. 예수의 뒷모습이 무척 외로워 보였다. 아리아리한 아픔이 그녀 가슴 깊게 소금물 젖어들 듯 갈피갈피 스며들었다.

'때가 되면'이라고 예수는 말했지만, 그때가 왔다고 그가 여러 번 말했지만, 그건 어찌 보면 스스로 다짐하는 말이라고 그녀는 생각했다.

어떤 일이 일어나기 전이라는 말인지, 일어날 때라는 말인지, 일어난 다음이라는 말인지 알 수 없었다. 예수는 어떤 일을 애기했고, 마리아는 시간으로 받아들여 시간의 앞뒤를 생각했기 때문이었다. 마리아도 그러했으니 다른 제자들은 더했다. 예수의 가르침을 제대로 알아듣지 못할 뿐만 아니라, 때로는 전혀 반대로 알아들었다.

어느 날 마침 옆자리에 앉아 있던 마리아에게 빌립이 물었다. 그는 세례자 요한의 제자였다가 예수를 따른 사람이었다. 마리아가 보기에 그는 예수를 요한의 후계자쯤으로 생각할 때가 종종 있었다. 마침 빌립 옆에 므나헴도 같이 앉아 있었다.

"세례를 베풀던 요한 선생님도 예수 선생님과 비슷한 말씀을 하신 것 같은데요."

'때가 왔다'라는 예수의 어느 가르침을 요한의 가르침과 비슷하다고 빌립은 느꼈던 모양이었다. 사실 빌립이 요한을 따르면서 가장 충격으로 받아들인 가르침은 때가 되어 도끼가 이미 뿌리 위에 놓여 있다는 말이었다. 잘못 자란 나무를 베어 버리려면 우선 톱으로 밑동을 자른다. 그리고 땅을 파서 도끼로 그 뿌리를 하나씩 찍어 밑동을 뽑아내고 뿌리도 하나씩 찾아 모조리 뽑는다. 그야말로 '뿌리를 뽑는다'는 무서운 말이었다. 하느님의 심판이 세상에 있는 악의 뿌리를 뽑을 때가 왔다고 요한은 가르쳤다.

"왜 저에게 물으세요? 선생님에게 직접 여쭈어보지 않고요?"

마리아는 얼굴에 미소를 띠고 조용히 말했다. 여자. 그녀는 여자이기 때문에 그렇게 말할 수밖에 없었다. 그녀는 여자가 서 있어야 할 자리를 누구보다 잘 알고 있었다. 그 자리를 송두리째 잃어보았기 때문에 그 자리가 얼마나 소중한 자리인지 알았다. 예수를 따르는 제자무리에 합류한 지 두세 달이 채 안 됐지만, 그녀는 다른 누구보다 넓고 깊게 예수의 가르침을 받아들였다. 예수의 말이 다 끝나기도 전에 고개를 끄덕이는 그녀를 빌립은 늘 눈여겨보았다.

"아니, 내 생각에는 마리아는 다 잘 알아들은 것 같아서⋯."

"제가 무어라고 말해도 주제넘다고 하지 않을 거지요?"

"예, 예, 그럼, 그럼요!"

"같지만 달라요."

"같지만 다르다? 말이 좀 이상하네요?"

"그래요. 선생님은 한 사람 한 사람에게서 죄를 보지 않고 그렇게 만든 세상을 보고 계세요. 예언자 요한 선생님은, 제가 직접 말씀을 들어 보지는 못했지만, 사람에게 죄가 있다고 보신 것 같고요. 죄인이 회개하여야 하는 것은 맞는 말이기는 하지만, 세상 힘 있는 사람들이 먼저 바뀌고 사람들이 죄를 짓지 않고도 살 수 있는 하느님 나라를 만들자고 선생님은 말씀하시는 거예요. 아버지 어머니가 어린 자식들을 돌보고 화목하게 살아가는 가정 같은 나라요. 그래서 아픈 자식 더 걱정하는 부모님 마음을 말씀하시는 거예요."

"그것도 회개를 해야⋯."

므나헴이 모처럼 얘기에 끼어들어 자기 얘기를 하려던 참이었다. 그러다가 므나헴도 빌립도 입을 다물었다. 다른 제자들이 세 사람을 쳐다보고 있었기 때문이었다. 마리아는 쑥스러운 듯 슬그머니 일어나서 고개를 숙여 인사하고 자리를 떴다. 나무그늘 쪽으로 걸어가면서 그녀는 하던 말을 속으로 혼자 계속했다. 마리아는 예수가 가르치는 내용이 이스라엘이 힘들여 지키는 토라와 얼마나 다른지 잘 알았다.

'죄인은 베어내고 밑동을 캐내고 뿌리를 찍어 뽑아낼 존재가 아니라 돌봐주어야 할 형제라고 말씀하시는 거예요.'

예루살렘이 가까워지면서 마리아는 더욱 정확하게 보게 되었다. 예수가 예루살렘에 간다는 말은 성전이 죄라고 부르는 것이 죄 아니라고 외치는 사람으로 성전 뜰에 나서는 일이다. 토라와 다른 가르침을 선언하는 사람으로 나서는 일이다. 예수가 수없이 얘기했던 '때'의 영역으로 들어가는 일이다. 삭개오의 집 문을 나서는 순간 예수에게는 그 때가 시작된다.

그는 이스라엘이 오랫동안 지키며 살았던 토라라는 가르침과 다른 가르침을 선언하는 사람으로 성전에 들어가려는 사람이다. 이스라엘 사람에게 토라는 받아들여도 그만, 받아들이지 않아도 그만이라 치고 넘어갈 수 있는 가르침이 아니다. 이스라엘 민족의 바탕이고 법이고 최고의 도덕이다. 누구도 토라의 정통성에 의문을 제기할 수 없고 그 가르침과 다른 가르침을 입 밖에 낼 수 없었다. 그런 토라의 가르침에 대하여 예수가 얼마나 다른 생각을 하고 있는지 마리아는 어느 정도 알고 있었다.

✝

예수에게 토라는 아주 어릴 적부터 늘 그의 마음속에 자리 잡고 있었던 커다란 문제였다. 어려서 싹튼 의문을 해결하기 위해 그는 마을 뒷산에 올라가서 멀리멀리 이즈르엘 벌판 너머 하늘 끝까지 눈으로 더듬었고, 갈릴리 호수 깊은 물속을 들여다보았고, 세례자 요한도 찾았고, 유대 광야에서 외로운 수행에 들어갔었다. 어린 나이에 토라에 대해 가졌던 의문으로부터 시작된 길 걸음이 그를 예루살렘까지 이끌었다. 토라를 묻다가 하느님을 만났고, 하느님이 그에게 맡겨준 일을 받아들일 수밖에 없었다.

아버지를 따라 공사장에 일 다니던 어느 날, 예수가 아버지에게 물었다. 마침 부자가 같은 일거리를 맡아 한자리에서 일할 때였다.

"아버지! 토라가 무엇이에요?"

고개를 들어 먼 하늘을 바라보면서, 아버지가 대답했다.

"토라. 토라는 원래 가르침이라는 뜻을 가진 말이다. 예언자 모세가 하느님의 명을 받들어 기록했다는 다섯 경전을 그렇게 부른다. 경전에는 어떻게 하느님이 세상을 창조했고, 사람이 하늘과 땅과 물과 뭇 생명과 더불어 각각 제자리를 잡아 살아가는 이야기, 우리 조상 아브라함 할아버지와 족장들의 이야기를 담은 〈창세기〉라는 경전이 있단다. 그리고 하느님이 어떻게 조상 히브리를 이집트에서 겪고 살던 압제에서 해방하여 새 세상으로 이끌었는지 알려주는 〈이집트 탈출기〉가 있고, 히브리가 어떻게 이스라엘 민족을 이루었는지, 어떻게 하느님을 섬겨야 하고 동족을 아끼며 성전을 모셔야 하는지 등의 가르침을 담은 〈민수기〉, 〈레위기〉, 〈신명기〉가 있다. 그 다섯 경전을 통한 가르침을 토라라고 부른다."

"그런데 아버지가 전에 토라가 세상을 갈라놓는다고 말씀하신 적이 있는데요?"

"그래, 너와 내가 하고 있는 일이 깨끗하지 않다는 가르침도 토라에 들어 있다. 깨끗한 것, 온전한 것, 그걸 거룩함이라고 부른다. 세상을 거룩한 것과 거룩하지 않은 것으로 나눈다."

"그런데 아버지! 왜 하느님은 예언자 모세에게 가르고 나누는 것을 가르쳐주고 기록하게 하셨어요?"

"그것이 바로 우리 민족 이스라엘과 다른 민족을 구별하는 하느님의 구분 방식이다. 하느님이 말씀하셨다. '내가 거룩한 것같이 너희도 거룩하여라!'"

"아하! 그러니 '거룩'이란 게 나누는 거네요?"

"구별하여 따로 하느님께 바친다는 의미다. 시간도, 장소도, 사람도, 하는 일도, 먹는 것도 그렇게 구별해서 깨끗한 것, 온전한 것을 하느님께 드려야 한다는 가르침이다."

"더러운 것, 온전하지 않은 것은 거룩하지 않고, 그럼 하느님의 사랑을 받지 못하고요? 그래서 하느님의 사랑을 받을 수 있는 것과 없는 것으로 나뉘네요?"

"그런데 예수야! 들어 봐라. 토라가 무엇이냐고 네가 물었잖니? 그래서 나는 토라가 처음 어떻게 이루어졌는지 얘기했고? 그래, 예언자 모세가 하느님의 뜻을 받아 기록했고, 그 기록이 대대로 전해내려 왔다고 말하는 것이 맞다. 그러나⋯."

아버지가 무슨 말을 하다가 '그러나' 하면서 말을 끊으면 예수는 언제나 바짝 더 귀를 기울였다. 그도 이미 아버지의 말하는 방식을 잘 알기 때문이었다.

"얘야! 들어봐라."

예수는 걸터앉아 일하던 돌에서 아예 아버지 쪽으로 몸을 돌려 앉았다.

"어느 백성이든, 민족이든 자기들 나름대로 가장 중요하다고 믿고 지키며 따르는 가르침이 있지 않겠니? 그 사람들이 살아가는 바탕이 되든, 기대어 앉는 기둥이 되든, 무어라고 부르든 그 사람들이 붙들고 살아가는 가장 중요한 가치라고 할까 믿음이라고 할까, 그런 것이 있지 않겠니? 우리는 우리의 그런 믿음을 '토라'라고 부르며 살았다."

"예, 아버지."

예수는 그런 아버지가 좋았다. 그렇게 차근차근 설명해주고 가르쳐줄 때는 아버지가 세상 어느 선생님보다 훌륭해 보였다.

"그런데 토라가 어떻게 이뤄졌느냐, 누가 처음 시작했느냐, 어떤 사람을 통하여 전해져 내려왔느냐, 어떤 사람이 그걸 지켜야 하느냐, 어떻게 지켜야 하느냐, 그렇게 얘기하면 어떤 틀, 바로 집으로 말한다면 건물을 얘기하는 것처럼 들리지 않니?"

"아하! 아버지, 알겠어요. 집, 지붕, 기둥, 그런 틀, 건물 말씀이지요?"

"그래. 그런데 나는 그걸 가르침을 담은 그릇이나 사람이 들어가 사는 집이라고 부르고 싶다."

"예."

"그런데 가르침을 담은 그릇이 중요하겠니, 가르침이 중요하겠니? 집에 사는 사람이 중요하겠니, 건물이 중요하겠니?"

"아버지! 그건 당연한 것 아니에요? 사람이 중요하고, 가르침이 그릇보다 중요하고."

"그래. 내가 쉽게 묻느라고 중요하다고 말했지만, 사실 그건 중요하다 아니다 말할 수 없이, 서로 비교할 수 없는 것이겠지. 그리고 이 그릇에 담으면 말씀이 되고, 저 그릇에 담으면 말씀이 아니고 …. 세상에 그런 일이 있을 수 있겠니?"

"아버지, 저는 그건 말도 안 된다고 생각해요."

"그래. 그런데 바로 토라가 그렇다. 토라를 살펴보면 그릇에 대한 설명이 있고 그릇에 담아야 할 내용이 있다. 내용과 그릇을 똑같이 중요하게 생각하다 보니 모든 내용이 어떤 그릇에 담겨야 한다고 말하는 것과 같게 됐다."

"그릇과 그 안에 담은 내용이 똑같이 중요하다고 …."

"그래, 선생들이 가르치고, 예루살렘 성전 사람들이 지키라고 얘기하는 토라는, 조상 때부터 내려온 토라는 모든 것을 정하고 가야 할 방향을 가리키고 걸어가는 방법을 알려주는 법이고 지침서다. 정해주었다는 말은 무엇이, 사람이든 물건이든 땅이든 있어야 할 자리와 시간을 일러주고 그에 따라 사람들이 어떻게 해야 한다는 법, 규칙을 말한다."

"정해진 자리, 시간. 예, 아버지."

"그리고 어느 한 중심을 놓고 그 밖으로 끝없이 많은 원을 그렸다고 생각해 보자. 가장 가운데, 중심 원이 있고, 바깥에 또 원이 있고, 그 원 밖에 또 원이 있고, 또 그 밖에 원이 있고. 그렇게 여러 겹, 셀 수 없이 많은 원이 있다고 치자. 그 원 가장 중심은 거룩하고 그 밖은 덜 거룩하고 그 밖의 밖은 더 덜 거룩하고 …."

"한이 없겠네요?"

"그래! 나와 너는 그 원 몇 번째 밖에 있는 사람이다."

"그게 무슨 말씀이에요?"

"너와 나는 거룩함의 밖에 있는 사람이란다. 왜냐면, 우리가 하는 일, 바로 이 돌을 쪼는 일이란 덜 거룩한 일이고, 살고 있는 땅 갈릴리 나사렛이 덜 거룩한 땅이고 … ."

"할 수 없잖아요? 땅이 없어 농사도 못 짓고, 그러니 아버지와 제가 이 일이라도 해야 어머니, 동생들 먹고 살지 않아요?"

"그렇지. 예수야! 네가 아주 중요한 말을 했다. 식구들이 먹고 사는 일! 내가 하려는 말이 바로 그거다. 사람 살아가는 일, 먹고 사는 일, 아버지 어머니가 자식을 사랑하고 아끼고, 네가 어린 동생들 사랑하고 아끼듯, 그렇게 살아가는 일이 중요하지. 이렇게 돌에 걸터앉아 하루 종일 망치질하며 벌어먹고 산다고 아예 저 멀리 원 밖에 있는 원 그 밖으로 밀어내는 것이 옳은 일이 아니라는 말이다."

"그런데 아버지! 처음 말씀 여쭌 것 있잖아요. 그럼 토라는 무엇이에요?"

"토라의 가장 중요한 가르침은 사람이 사람과 더불어 어떻게 하느님을 모시고 잘 살아가느냐 하는 것이지. 그러려면 어떻게 서로 대하라는 가르침이지. 그러니 서로 사랑하며 살아가라는 말보다 더 중요한 말이 있겠니? 그래서 이런 말이 있다. '남이 너에게 대해주기를 원하는 것처럼 너도 남을 대하라' 바꾸어 말하면 '너에게 싫은 것을 남에게 시키지 마라.'"

"아하!"

고개를 끄덕이며 곰곰이 생각하던 예수가 다시 아버지에게 물었다.

때마침 불어온 바람이 그의 앞머리를 살랑 흔들고 지나갔다.

"그런데 아버지! 왜 토라가 그렇게 엄격해지고 복잡해졌어요? 왜 더러운 일과 깨끗한 일, 거룩한 사람과 부정한 사람, 거룩한 땅과 부정한 땅으로 나누기 시작했어요? 근본 내용으로 보면 서로 돕고 아끼고 귀하게 여기며 살라는 말처럼 들리는데요. 결국 서로 사랑하며 살라는 말 아니었어요?"

"그래, 네가 정말 제대로 말했다. 무슨 복잡한 말로 설명하고 엄숙하게 기록하고 아무리 꼼꼼하게 새겨 놓았다 하더라도, 내 생각으로는 네가 말한 그대로 서로 사랑하며 살라는 말이 바로 토라의 가르침이라고 요약할 수 있겠지. 그런데 이건 큰일 날 소리 같지만, 토라는 하느님이 모세에게 어느 한 날에 모두 내려준 말이라기보다 결국 오랜 세월에 걸쳐 조금씩 쌓이다 보니 그렇게 되지 않았겠니?"

아버지와 나눴던 얘기, 돌에 걸터앉아 부자간에 주고받은 얘기는 예수가 이루려는 세상의 가장 중요한 바탕이 됐다. 결국 몇 년 후에 그가 광야에서 시작한 수행은 그때까지 배우고 깨닫고 생각하던 일을 확인하는 과정이 되었다. 아버지 요셉은 예수에게 세상의 문을 열어준 셈이었다. 예수는 그 문을 통해 광야로 나갔고, 세상으로 들어갔다.

모든 민족, 모든 백성이 신을 섬기고 신의 뜻에 따르고 복종한다면서 치르는 의식은 그들이 속해서 살아가는 사회체제, 정치체제와 따로 떨어질 수 없었다. 신을 섬기는 일은 족장 시절에는 족장이 주관했고, 왕국이나 제국이 생기고 난 이후에는 왕이나 황제가 다스리는 정치의 한 부분이 되었다.

이스라엘이 옛 조상으로 모시는 아브라함은 메소포타미아의 우르에서 태어났고 아버지를 따라 하란으로 옮겨 가서 살았다. 그런데 하느님이 아브라함을 다시 하란에서 불러내 가나안으로 인도했고 아들 이삭, 손자 야곱, 그리고 야곱의 열두 아들이 이스라엘 열두 지파의 조상이 됐다는 얘기는 훗날 이스라엘 민족의 역사로 받아들여졌다. 그와 동시에 아브라함이 섬기던 신이 이스라엘의 신으로 확장되었다. 족장 아브라함은 유목민 혈족을 이끌고 이동하면서 머무는 곳마다 제단을 쌓고 제사를 드렸다. 족장이 지도자고 제사장이었다. 족장은 신을 섬기는 일로 혈족을 결속시키고 통합했다. 왕국이 세워지자 왕은 왕권을 강화하기 위해 신을 섬기는 일을 정치에 통합했다. 신을 섬기는 일은 족장 시대에는 혈족의 신앙이었고, 정치에 포함되면 제국이나 왕국, 왕실의 신앙이 되었다.

"아버지! 아버지 말씀은 토라가 정치의 바탕이 됐다는 말씀 같네요."

"옳거니, 네가 잘 말했다. 내 생각에는 그렇다. 거기까지 이 애비가 생각해 본 것이다. 그보다 한발 더 나가는 일, 그건 네가 할 일이다. 잘 알아 두어라, 예수야. 우리는 돌을 쪼고 나무를 켜고 깎는 사람이다. 기록을 살펴보며 토라를 공부할 형편이 못된다. 그리고 우리는 그런 공부를 하도록 구분지어진 사람도 아니다. 그러나 하느님은 돌 속에, 나무 켜 속에 신비를 심어 두셨다. 한 조각 한 조각, 돌을 떼어 내면서 신비를 깨달을 수 있다. 하느님의 뜻을 아는 길이 우리에게 막혀 있지 않다는 말이다. 하느님은 양피지 두루마리 경전 속에 세상을 감춰두실 분이 절대 아니다."

"예, 아버지. 알겠습니다."

"손가락 끝을 보지 말고, 가리키는 곳을 보아야겠지."

"예!"

"끊임없이 묻고 생각해라. 묻지 않으면 새로워지지 않고 언젠가는 사라진다. 그리고 한 가지 더 말해 두자면, 거룩하지 않은 일을 하는 사람이라고 거룩해질 수 없다는 말은 잘못된 가르침이라고 나는 생각한다. 그건 흘러갈 길이 막힌 물줄기다."

"예! 아버지. 고맙습니다."

세례자 요한도 예수를 이끌어준 선생이었지만, 아버지 요셉은 처음으로 만난 선생이었다.

사람이 살아가는 의미를 묻는 일이 신을 섬기는 일이라면 토라에서는 처음부터 모든 질문이 막혀 있었다. 어쩌자고, 어떻게 하라고, 아무 배경도 연줄도 없는 갈릴리 나사렛 어린 예수에게 끝없는 의문이 찾아 들어와 자리 잡았는지, 그는 감당할 수 없었다. 점점 자라면서 그는 그 의문에 대해 눈감고 고개 돌릴 수 없다는 것을 알게 됐다. 토라가 얘기하는 하느님 섬김을 모든 사람이 경험하며 살아가는 가족 공동체 경험으로 돌려놓아야 한다는 생각에 이르렀다. 그건 관념을 현실로 바꾸는 일이었다. 하느님은 왕이 아니라 아버지 어머니, 어린 자식을 돌보는 부모라는 것을 알려주어야 했다. 정치가 통치자의 옷을 입힌 하느님, 그분을 가정을 돌보는 아버지로 되돌려 놓아야 한다고 생각했다. 그 길은 멀고 길었다. 아무도 걸어가 본 적 없는 길이었다.

어릴 때부터 예수는 어떤 사람도 대답해줄 수 없는 질문을 묻고 답하면서 그의 길을 걸었다. 그러다 보니 경전을 통해 들었던 얘기, 입으로 전해져 내려왔던 얘기들도 모두 새롭게 생각하게 되었다. 그중에서도 아득한 옛 조상 아브라함이 하느님의 명령에 따라 사랑하는 아들 이삭을 잡아 제물로 바치려고 했다는 얘기, 그리고 모든 유대인이 그리워하는 하느님의 사람 다윗왕과 지혜로운 왕이었다고 칭송 받는 솔로몬왕의 얘기는, 그로서는 도저히 전해진 대로 받아들일 수 없는 얘기였다. 이삭 이야기가 사람들이 얼마나 하느님의 뜻을 잘못 받아들이는지 생생하게 보여주었다면 다윗왕과 솔로몬왕은 하느님의 뜻을 왜곡한 사람들 얘기였다. 특히 솔로몬왕은 하느님과 조상들이 맺었다는 언약을 송두리째 부인한 왕이라고 예수는 생각했다.

아직 어린 예수였지만 그런 얘기들을 그대로 받아들일 수 없었다. 하느님이 예언자 사무엘을 시켜 목동 다윗의 머리에 기름을 부어 왕으로 세웠다는 얘기는 모든 이스라엘 사람들이 살아가면서 듣고 또 들어서 나중에는 마치 직접 눈으로 보기라도 한 듯 생생하게 그려낼 수 있는 얘기가 됐다. 다윗을 사랑한 하느님은 다윗 왕조를 축복했고, 그의 아들 솔로몬왕에게 성전을 세우는 영광스러운 일까지 맡겼다고 사람들은 믿었다. 성전을 세운 일은 하느님을 크게 기쁘게 한 일이었다고 믿었다.

요셉이 예수를 앞에 앉혀 놓고 다윗 얘기를 들려주던 어느 날이다.

"아버지, 다윗왕이 정말 목동이었어요?"

"그래, 목동이었다."

"그런데 하느님은 왜 어린 목동에게 예언자를 보내 머리에 기름을 부으셨나요? 왜 다윗을 왕으로 선택하셨나요?"

"하느님 보시기에 좋았던 모양이지."

"왜 하느님이 다윗을 좋게 보셨나요? 그때까지 훌륭한 일을 한 적도 없고 그냥 이름 없는 목동이었잖아요?"

"하느님이 선택하시는 기준, 하느님이 역사하시는 방법은 누구도 미리 알 수 없단다. 하느님은 오직 그 한 분 스스로 생각하시는 대로, 마음먹으신 대로 하실 뿐이다."

"그런가요? 왜 그러시지요?"

하느님의 뜻이 그랬다고 아버지가 얘기해주어도, 그렇다고 선뜻 받아들이기에는 무언가 예수의 성에 차지 않았다.

"예수야! 너는 다른 아이하고 달리 참으로 궁금한 것이 많구나!"

"제가 잘못인가요?"

"아니다, 아니다! 사실 나도 어렸을 때 너무 궁금한 것이 많았는데 물어볼 사람이 없었다. 그런데 마침 시몬 삼촌이 베들레헴으로 돌아오셨다. 멀리 떨어진 곳, 소금호수가 있는 곳에서 멀지 않은 곳에 들어가셔서 거기 모여 사는 사람들과 같이 지내다가 돌아오셨지. 너에게는 할아버지뻘 되시는 분이다. 그 할아버지에게 아버지는 날마다 눈만 뜨면 쫓아가서 묻고 배웠다. 시몬 할아버지가 지금 돌아가셔서 네가 찾아가 배울 수 없는 것이 안타깝구나."

"어머니에게 그 할아버지 말씀을 들은 적 있어요."

"그랬겠지. 어머니를 많이 아껴 주셨다. 그 할아버지가 바로 너에게 할례를 베푸셨다. 시몬 할아버지 같은 분이 없으면 내가 직접 했겠지만, 동네에 경험 많으신 어른이 계시면 그분에게 부탁하는 것이 예의란다. 그 할아버지가 너에게 할례를 해 주신 후 내 품에 너를 돌려주시면서 이 아이를 잘 키우라고 당부하듯 말씀하셨다. 그냥 보통으로 하시는 말씀이 아니었다. 그 말씀 중에 '다윗 같은 아이가 될 것이다' 하셨다. 나는 그 말을 늘 마음속에 지니고 있다. 그런데 네가 특별히 다윗에 대하여 많이 묻기에 문득 그 말씀이 다시 생각났다."

"'다윗 같은 아이'라 말씀하셨어요?"

"그래. 분명 그렇게 말씀하셨다."

"그런데 아버지, 저는 다윗왕과 솔로몬왕에 대하여 좀 다른 생각을 하게 됐어요."

"어떻게?"

"하느님의 뜻을 제대로 알고 따른 왕들이 아니라고 생각이 돼요."

"그래?"

아버지는 그 얘기를 듣고도 더 이상 예수에게 묻지 않았다. 그런 소리를 하면 안 된다고 야단치지도 않았다. 다만 먼 하늘을 바라보며 남몰래 한숨 쉬는 모습을 예수는 놓치지 않고 볼 수 있었다.

점점 나이 들면서 왕들에 대하여 예수는 남들과 다른 생각을 가지게 됐다. 어린 마음밭에 뿌려졌던 씨 때문이었다. 씨는 싹이 트고 자라고 때가 되면 여문다. 그는 때가 이르기를 그저 기다리지 않았다. 스스로 껍질을 벗고 속살을 밖으로 내놓았다. 고향 나사렛 언덕마을에서 고개를 쭈욱 뽑고 바라볼 수 있는 가장 먼 마을, 그 너머 너머에 손에 닿지 않는 신비가 봄 아지랑이처럼 아른거렸다. 불어오는 바람결에 출렁이며 시간은 위에서 아래로, 시작에서 어딘지 끝 모를 곳으로 흘러갔다. 그는 시간을 볼 수 있고 만질 수 있고 그 안에 몸을 담글 수 있게 됐다. 먼 곳으로 흘러가던 시간은 어느새 방향을 바꾸더니 물줄기가 되어 예수 안으로 흘러들었고, 물속에 몸을 담그도록 그를 이끌기도 했다.

시간의 물과 만나면 많은 이야기를 들을 수 있었다. 마치 몸으로 알아들을 수 있는 사람이 강물이 들려주는 얘기를 듣는 것과 마찬가지였다. 처음 솟아난 작은 샘의 얘기, 거쳐 온 골짜기와 들판의 얘기를 듣는다. 흘러온 역사를 듣는다.

'나는 흐르는데 강둑에 서 있는 나무도 바위도 그 자리에 그냥 있더구나.'

'예, 그것들은 움직일 수 없으니 ….'

'왜 나와 같이 흐르지 않고 그냥 제자리에 앉아 있을까?'

'저는 같이 흐르겠습니다.'

'그러자꾸나. 내가 얘기해주마. 들어보렴.'

'그런데 ….'

'말하렴.'

'처음 시작한 곳으로 돌아갈 수 있을까요, 제가?'

'시작한 곳, 떠나온 곳으로 돌아가는 것이 아니란다. 근원으로 돌아가는 것이다.'

그는 시간이 들려주는 얘기를 마음속에 차곡차곡 새겨 두었다. 사람들은 시간의 몇 굴레 순환을 생각했지만 예수는 그 첫 순환부터 지금까지, 그리고 흘러가는 저 아랫녘을 모두 바라보았다. 가뭇 먼 미래는 아무도 가보지 못한 불확실함이 아니고 오늘 속에 뿌려진 씨앗이다. 그에게 어제는 어제가 아니고 오늘이다. 역사를 들여다볼 수 있게 됐다. 강물이 흘러내리는 동안 간직한 사연을 풀어 들려주듯, 시간이 먼 옛날 일을 예수의 눈앞에 펼쳐 보였다. 그렇게 시간에 몸을 싣고 살아가는 일에 익숙해서 그런지 예수는 생각 중에 나사렛도 가고, 가버나옴에도 가고, 수행하던 유대 광야에도 가고, 시간을 넘어, 공간을 넘어 가고 싶은 곳에 언제든 갈 수 있었다.

예수네는 참 가난했다. 목수나 석수 일로는 생계를 제대로 꾸릴 수조차 없으니 그건 직업이라고 부를 수도 없었다. 일이 있다는 소리가 들리면 거리가 멀고 가까운 것 가리지 않고 어디든 아버지는 쫓아갔다. 일거리가 좀 크면 예수까지 함께 그 일에 매달렸고, 아니면 부자가 따로 일을 찾아다녔다. 다른 사람들이 다 그렇듯 요셉과 예수도 나무를 다루는 일, 돌 다듬는 일을 겸할 수밖에 없었다. 그중 한 가지 일로는 도저히 살 수 없었기 때문이었다.

어머니는 살림에 보탬이 된다면 무엇이든 마다하지 않았다. 이즈르엘 들판에 흐르는 냇가와 나사렛 주변 골짜기에서 베어 온 아마 껍데기로 옷감을 짰다. 동생 야고보까지 나선다고 아버지 일거리에 도움이 되는 것이 아니어서 야고보는 그때만 해도 집에서 어머니를 도왔다. 아마를 지붕 평평한 곳에 널어 말렸다가 물에 담가 불린 다음 껍데기를 벗겨 갈라 실을 뽑았다. 가느다란 실타래를 만들고, 실을 서로 이어 큰 꾸러미를 만들었다. 마지막으로 꾸러미를 틀에 걸어 옷감을 짰다. 어머니가 짠 세마는 나사렛 마을에서 제일간다고 소문이 자자했다.

어머니가 집에서 기르는 대여섯 마리 양은 다른 집 양보다 토실토실했다. 열 명 가까운 식구가 복닥거리며 사는 집은 늘 누군가 꼼꼼하게 손질해야 했다. 집 뒤 언덕에는 찰지고 고운 흙이 붉은 색 띠처럼 다른 흙 속에 켜켜이 박혀 있었다. 어머니는 그 흙을 물에 잘 이겨서 벽이고 문틈이고 꼼꼼하게 발라 맥질했다. 그러면 원래 붉은색이었던 흙이 부드러운 누런색으로 말라서 보기 좋았다. 집 안 어느 한 곳도 허술해

102

보이지 않도록 어머니는 집을 언제나 잘 건사했다. 그러나 그뿐이었다. 양식은 늘 부족했고, 어린 동생들은 언제나 배가 고팠다. 예수도 배고프기는 마찬가지였지만 어머니나 동생들에게 한 번도 내색하지 않았다. 아버지 어머니가 빵 덩어리를 동생들에게 밀어 놓고 식탁에서 물러나면 예수도 그렇게 했다. 일거리도 시원치 않아지고 식량이 늘 모자라게 되자 예수는 나사렛을 떠났다.

나사렛 언덕마을을 내려온 예수는 나중에 요한을 찾아가 세례를 받고 제자가 되어 따를 때까지 10년도 넘게 갈릴리 호숫가에 있는 마을 가버나움에서 어부로 살았다. 누구든지 호수에서 일하려면 우선 배 주인과 구두로 계약을 해야 했다. 매일 배를 타고 그물질 나가야 한다는 것과, 잡은 물고기를 어떻게 나누느냐 두 가지만 합의하면 그날이라도 배를 탈 수 있었다. 잡은 고기를 배주인, 어부, 세금, 공장에 넘겨야 할 고기 등으로 어떻게 나눌지는 이미 대개 결정이 돼 있었다.

땅에서 농사짓는 일과 마찬가지로 호수에서의 어부 생활에도 여러 구분이 있었다. 땅 한 뙈기 없는 사람은 늘 일용 노동자로 떠돌든지 소작농을 부쳐야 먹고 살아야 하는 것처럼, 갈 데도 없고 일거리도 없어 호숫가에 모여든 사람들은 배를 가진 사람에게 붙어 품꾼 어부로 일해야 했다. 농사짓는 일이야 추수할 때까지 기다려야 하지만 고기잡이는 매일매일 셈을 보기 때문에 그래도 형편은 농부보다 나았다.

나사렛 언덕 마을에서 산을 올려보고 들을 내려다보며 자란 예수는 갈릴리 호수에서 새로운 배움을 얻을 수 있었다. 호수 건너 고원을 넘어 떠오르는 아침 햇빛을 받으면서, 배를 저어 마을로 돌아올 때 첨벙 물을 차고 날아오르는 갈매기를 보면서, 하늘이 온통 물에 내려와 잠긴 듯 파란 호수를 보면서 그는 살아 움직이는 생명을 느낄 수 있었다. 예수는 가슴속에 호수의 깊음을 끌어들인 셈이었다.

가버나움 서쪽에 긴네렛이라는 동네가 있다. 가버나움보다는 인구가 좀 적지만 그래도 국제도로가 그 옆을 통과하기 때문에 오고 가는 대상隊商으로부터 새로운 소식을 가장 빨리 듣게 되는 동네였다. 서쪽 바닷가에서 온 사람들이나 유대 지방에서 올라온 사람들이 막달라 부근에 있는 아벨산 절벽 아랫길을 통과하여 긴네렛 동네에 이른다. 여기까지 올라온 대상들 중 어떤 사람들은 북쪽으로 내처 올라가 훌라 골짜기를 건너 헤르몬산 자락에 자리 잡은 단을 지나 다메섹으로 올라간다. 어떤 사람들은 긴네렛에서 동쪽으로 방향을 잡고 호수를 따라 가버나움에 들러 물건을 펴 놓고 장사를 벌였다. 그런 다음 다시 짐을 싸서 벳새다를 거쳐 예전에 바산이라 부르던 바타네아 지방을 거쳐 다메섹으로 올라갔다. 거꾸로 다메섹에서 내려온 상인들도 서쪽으로 단과 훌라를 거쳐 긴네렛으로 내려오기도 하고 벳새다를 통해 가버나움에 이르기도 했다.

유프라테스강과 티그리스강 부근에서 나는 진귀한 물건이나 다메섹에서 구한 보석을 가져와서 파는 사람, 헬라나 로마에 수출하려는 무역상들도 가버나움에 들렀다. 가져온 상품을 팔고 행장을 다시 꾸리는 곳이 가버나움이었다. 무역상에게서 물건을 받아 시장에서 장사하는 상인들도 꽤 많았다. 멀리 메소포타미아에 있다는 두 큰 강 부근의 일들이나 다메섹의 소식, 그리고 유대 지방 소식이 다른 지방보다 빨리 가버나움이나 긴네렛에 퍼졌다.

유대 지방에서 올라온 사람들이 가버나움에 아주 흥미로운 소식을 퍼트렸다. 처음에는 그냥 들어 넘기던 사람들도 유대에서 올라온 상인들이 동네에 들어올 때마다 가져오는 똑같은 말을 듣고 점차 관심을 보였다. 가버나움에 사는 세베대의 작은 아들 요한도 어느 안식일 낮에 그 소문을 들었다.

"글쎄, 저 아래지방에 예언자가 나타났는데, 소금호수 가까운 아래 요단강에서 사람들을 모아 가르친다오."

"예언자요? 어디 출신인가요?"

요한은 누구나 그렇듯 예언자가 어디 출신인지 물었다.

"출신은 몰라도, 아마 유대 지방 출신이겠지, 하여튼 제사장 사가랴의 아들이고, 이름은 요한이라더군. 세례를 베푼다고 사람들이 '세례자 요한'이라고 부른대."

"제사장 아들이오? 그리고 이름이 요한이오? 나도 이름은 요한인데, 우리 아버지 세베대는 어부고…. 그런데 그 예언자가 무얼 가르칩니까?"

"어, 그러니까 사람을 물로 끌고 들어가서 자빠뜨리지."

"자빠뜨려요?"

"응! 그렇게 강 한가운데서 뒤로 자빠뜨렸다가 일으켜 세운 후에 '죄가 용서받았다'고 해준대."

"죄가 용서받았다?"

그때 옆에 앉아 있던 나이 먹은 사람이 끼어들었다.

"그걸 '세례'라고 불러."

"세례요?"

"그래, 옛날부터 그런 식으로 죄를 용서받는 방법이 있었어."

세례는 몸을 완전히 물에 담그며 죄를 씻는 의식이었다. 그런 의식은 예전부터 있었다. 가장 유명하기로는 북왕국 이스라엘의 적국이던 시리아라는 나라의 대장군 나아만이 강에 들어가 죄를 씻고 문둥병이 나았다는 얘기였다. 예언자 엘리사의 말을 전해 듣고 요단강에 일곱 번 들어가 몸을 씻었고 문둥병이 깨끗이 나아 어린애 살갗같이 되었다는 기록이 남아 있었다. 병이란 죄인에게 내리는 하느님의 벌이라고 생각했기 때문에 강에 들어가 죄를 씻자 병이 나았다는 얘기였다. 그때는 세례 의식을 주관하는 사람 없이 스스로 물속에 들어가고 나왔다.

그런데 요한이 베푸는 세례는 다르다고 소문이 났다. 그는 사람을 불러 모아 세례를 주었다. 세례를 받고 죄를 씻으라고 선언하면서 의식을 주관했다.

"그런데 물속에만 들어갔다 나오면 죄가 용서받아요? 죄가 무슨 때인가?"

"허허! 그렇지. 때는 때지. 깨끗이 밀고 씻어내야 할 때지."

"그런데요, 그렇게 물속에 자빠뜨리는 것만 하고 다른 건 안 하나요? 무어 특별히 가르쳐준다거나. 그리고 죄를 용서받으면 그 값으로 뭐를 어떻게 지불한대요?"

"대부분 사람들은 그렇게 물속에 들어갔다 나오면 집으로 돌아가고, 어떤 사람은 그 예언자 무리에 끼어 같이 산다고 하더군. 그리고 아무것도 예언자에게 보답으로 주거나 갚는 것이 없대."

"그래요? 아무것도 대가로 지불하지 않는다! 그럼, 그런데 그 예언자를 따르면 어디 가서 살아요? 요단강에서 예루살렘 성전까지는 아주 멀 텐데 … ."

"아, 그 예언자는 성전에서 나온 사람이 아니라 예루살렘으로 돌아가지 않고 광야로 나가든지 강가에 머문다더군."

"아니, 강 양쪽으로 짐승들이 우글거리고 사람 살 데가 아니라는데, 거기서 어떻게 산대요? 강에서 물고기 잡으며 사나? 광야에 가면 무어 먹을 게 있나요?"

"어이, 자네는 젊은 사람이 먹는 것만 생각하나? 그렇게 걱정되면 아버지한테 배 한 척 내달래서 그걸 팔아 그 사람들 가져다주든지."

옆에 앉아서 그 얘기를 듣고 있던 다른 사람이 빈정거리듯 요한에게 말했다. 그도 요한의 아버지 밑에서 배를 타고 물고기를 잡는 품삯 일꾼이었다. 요한의 아버지 세배대는 고기잡이배를 다섯 척이나 가지고 있었다. 갈릴리 호수에서 고기잡이배를 타고 그물질을 한다고 모두 자기 배를 가질 수 있는 것은 아니었다. 대부분 배 주인에게 품삯으로 고용돼서 일하는 일꾼들이었다.

다음 날, 안식일이 끝나고 호수에 배를 띄웠을 때였다. 보통은 하루에 한 번 밤에 배를 띄우고 다음 날 해뜰 무렵까지 그물질을 하지만, 안식일 다음 날은 낮에도 한 번 더 나가 그물질을 했다. 어부들은 안식일 하루 쉬어 통통해진 물고기를 다음 날 얼른 잡아야 한다고 농담했다.

그날은 예수가 세베대의 배를 탔다. 고물 쪽에 앉아 있는 예수를 보면서 요한은 혼자 키득키득 웃었다. 예수가 나사렛 산골 마을에서 나와 처음 배를 탔던 일을 형 야고보에게서 여러 번 들었기 때문이었다. 그때, 예수는 참 볼 만했단다. 배를 처음 타면서도 예수는 물을 무서워하지는 않았다. 배가 물위에 떠 있다는 사실이 믿기지 않는 듯 연신 고개를 숙여 물속을 들여다보고, 뱃전을 훑어보더란다. 그러나 호수에 나가자마자 예수는 곧 뱃멀미를 시작했다. 견디다 더 못 견디겠는지 뱃전에 목을 빼고 먹은 걸 모두 토했다. 그렇게 뱃멀미를 할 때는 먹은 걸 다 토해낼 때까지 기다리는 방법밖에 없었다. 배를 처음 타는 사람이라면 모두 겪는 일이었다. 예수는 다른 사람보다 뱃멀미가 좀 더 심했고 익숙해지는 데 시간이 더 오래 걸렸던 모양이었다. 한두 번도 아니고 예수를 태웠던 배 주인마다 처음 얼마 동안은 모두 같은 소리를 하더라고 했다.

그런 생각을 하면 고물에 앉아 익숙하게 그물을 손질하는 예수가 신기했다. 그가 자랑삼아 보여준 팔뚝은, 특히 오른쪽 팔은 자기 말대로 망치질을 해서 그런지 그물질에 익숙한 어느 어부 팔뚝보다 굵고 튼실했다. 그물을 끌어올리려면, 특히 바람 부는 날에는 보통 힘이 드는 것이 아니었다. 익숙하지 않은 사람은 배에서 몸을 가누고 서 있을 수도 없었다. 두 다리로 중심을 잡아가며 손으로는 부지런히 그물을 끌어올릴 수 있는 힘이 있어야 했다. 예수는 그런 힘이 있었다.

고물 쪽을 바라보며 요한이 말을 걸었다.

"예수 형! 어제 내가 삼거리 쪽에 나가 앉았다가 들은 얘긴데 … ."

예수는 앉은 자세로 요한을 바라봤다. 그즈음 예수는 말수가 무척 줄어들었고 때로는 무슨 생각에 깊이 빠져든 사람처럼 옆에서 일어나는 일에 전혀 무관심했다.

"저 아래, 왜 아래 요단강 있잖우? 이 호수 남쪽 끝에서 흘러 갈릴리를 다 지나고 사마리아 지나고 유대 땅으로 들어가는 거기에 예언자가 나타났대요."

"예언자?"

예언자라는 말에 예수는 관심을 보였다. 요한은 그의 눈이 순간 반짝하는 것을 놓치지 않고 보았다.

"그 사람 이름이 내 이름하고 똑같다네!"

"그럼 요한인가?"

"그래요. 그런데 사람들을 모아 물속에 뒤로 자빠뜨리고 나서는 '죄가 용서받았다' 그런대요. 그걸 '세례'라고 부른대요."

"맞아! 세례! 예언자라 ……."

예수는 더 이상 아무 말도 하지 않았다. 예수가 주거니 받거니 말을 더 이어가지 않을 때는 무슨 소리를 해도 소용없었다. 그것으로 끝이었다. 무슨 말이 예수 안에 들어가면 그냥 텀벙 가라앉는 모양이었다. 갈릴리 호수 깊은 곳에 빠뜨린 물건을 다시 건져낼 수 없는 것처럼, 예수에게서 다시는 다른 말을 들을 수 없었다. 때로는 그가 무슨 생각을 하는지 아무도 알 수 없었다. 표정은 늘 온화하고 목소리는 나지막했다. 그리고 누구에게 싫은 말 한마디 하지 않고 그저 눈을 들여다보며 듣는 사람이었지만, 갈릴리 호수에서 지내는 몇 년 동안에 그는 눈에 띄게 변해 있었다.

☨

'세례자 요한'의 얘기를 전해들은 지 얼마 지나지 않아 예수는 요단강으로 그 예언자를 찾아갔다. 강둑에 서서 바라보니 예언자는 정말 진정을 다하는 사람으로 보였다. 그는 아버지에게 들었던 말을 떠올렸다.

"입으로 하는 말과 몸이 하는 말이 일치하는 사람이 되어야 한다."

"몸도 말을 해요? 아, 입으로 하는 말이 몸이 말하는 거예요?"

"그 말이 그 말이다. 네가 방금 입으로 하는 말이 몸이 말하는 거냐고 물었지? 그래야 한다는 말이다. 그런데 때로 몸이 하는 말과 입에서 나오는 말이 도대체 서로 맞지 않는 사람도 많이 있다."

무슨 말인지 알 듯도 했고 모를 듯도 했지만 그렇게 잊고 지나갔다. 그저 진실한 사람이 되라는 당부로만 생각했었다. 그런데 세례자 요한을 보자 아버지의 말뜻을 알 수 있게 되었다. 고깃배를 뒤로 하고 가버나움을 떠나 사흘거리도 넘는 길을 강을 따라 걸어 내려온 일이 정말 잘한 일로 느껴졌다. 요한이 강물 속에 서서 외쳤다.

"나는 여러분의 죄를 씻어 줄 능력이 없는 사람입니다. 지극히 높으신 그 한 분 외에 누가 여러분의 죄를 씻어 줄 수 있다는 말입니까? 그러나 이리 오세요! 이 강으로 들어오세요. 이 흐르는 강물에 여러분 몸을 담그고 그 높으신 한 분 하느님이 여러분의 죄를 씻어 주시도록 기도하세요."

그는 세례를 받기 위해 걸어 들어오는 사람을 강물 속에 서서 기다렸다가 세례를 베풀었다. 세례를 받기 위해 강물 속으로 걸어 들어간다는 자체가 지금까지 살아왔던 길에서 돌이켜 앞으로는 다른 길을 걷겠다는 다짐이었다. 물속을 걸어 들어온 사람은 요한이 이르는 대로 하늘을 보고 뒤로 눕는 자세로 완전히 물에 몸을 담갔다. 그때 요한이 등을 받쳐 주었다. 오직 요한의 두 팔에 의지하여 강바닥에서 두 발을 완전히 떼고 뒤로 누워 물에 몸을 담그는 의식이었다. 그건 발 디디고 살았던 세상과 단절하는 의식이었다. 머리에 물을 붓는 세례와 달리 세례를 베푸는 사람에 대한 완전한 신뢰가 바탕이 된 독특한 방식이었다. 그들에게 요한은 더 이상 무엇을 하라거나 하지 말라고 말로 이르는 예언자가 아니었다. 그를 믿고 두 발을 강바닥에서 떼고 흐르는 물속에 몸을 띄운 사이가 됐다.

세례를 받은 많은 사람들은 강가 둑에 올라앉아 목 놓아 울었다. 흘러가는 강물을 바라보면서 세상의 흐름 속에 살아왔던 자신을 뒤돌아보았다. 강물의 흐름, 시간의 흐름에 비추어 본 자기의 삶이 얼마나 비참하고 너덜너덜했던지 깨닫고 울었다. 벗어날 수 없는 질곡을 깨닫고 울었다. 산 너머 저쪽에 있는 화려한 궁전 속에 사는 사람이 자기들과 아무 상관이 없는 사람이라는 것을 알고 울었다. 배고파 울던 자식을 생각하고 흐느꼈다.

"우시오! 실컷 우시오. 목 놓아 울어 눈물로 강물을 불리시오. 그리고 이제 다시는 죄 짓지 마시오."

그들을 보며 요한이 외쳤다.

요한이 베푼 세례를 받은 사람들, 다시는 죄를 짓지 말라는 가르침을 받은 사람들은 죄에 대하여 눈을 뜨게 됐다. 그들을 억누르고 있었던 질곡을 볼 수 있게 됐다. 어두웠던 눈이 흐르는 눈물로 깨끗해지면 갈릴리 산과 언덕, 그리고 눈앞에 펼쳐진 질펀한 들판이 눈에 들어왔다. 울타리로 둘러쳐진 포도원은 그들이 조상에게서 물려받은 원래 밀밭이었다. 자기 밭에 세워졌던 경계석이 새로 울타리 쳐진 저쪽 언덕 위에 옮겨진 것을 보면서 자기 손이 빈손이라는 사실도 새삼 깨달았다. 요단강에서 세례를 받고 울면서 고향마을로 돌아간 사람은 새로운 눈으로 세상을 바라보는 사람이 되었다. 그들의 눈이 세상을 향해 열렸다. 세례를 받은 사람들은 고향과 마을로 돌아가서 요한의 가르침을 전파했다.

요한에게 세례를 받은 사람들 중 어떤 사람은 자기 마을로 돌아가지 않고 남았다. 사람이 자기 태어나고 자란 마을, 가족과 친지가 모여 사는 마을로 돌아가지 않는다는 말은 돌아갈 수 없다는 말과 같았다. 돌아가지 않고 요한이 선포했던 대로 하느님이 내릴 심판의 날이 곧 닥치기를 기다렸다. 세상의 종말을 기다릴 수밖에 없는 절박한 사람들이 그만큼 많다는 의미였다. 누구에게 도움을 요청할 수도, 받을 수도 없는 사람들이 요한을 따랐다.

예전에는 사람들이 살아가면서 어려움에 처했을 때, 도움을 요청할 수 있는 상대가 있었다. 요청에 으레 응할 의무를 진 상대도 있었다. 바로 마을 공동체, 친족 공동체였다. 그런 일차 공동체가 무너져 내리고 더 이상 도움을 줄 수 있는 능력을 상실하게 되자 오직 한 길만 남게 되었다. 자비를 호소하는 일이었다. 자비를 베푸는 일이 구원이다. 누구에게 자비를 호소할 것인가?

예수가 요한을 바라보고 있는 중에 나이 많이 먹은 노인이 요한 쪽으로 걸어 들어갔다. 물살이 거센 듯 비틀비틀했다. 노인은 힘겹게 한 발 한 발 요한과의 거리를 좁혔다. 요한도 몸을 가누고 서 있기 어려울 만큼 물살이 빠른 듯 가끔 몸을 다시 가누었다. 손을 뻗어 노인을 잡으려고도 하지 않고 대여섯 걸음 떨어진 곳, 물이 가슴까지 차는 곳까지 노인이 자기 걸음으로 걸어 들어오기를 기다렸다.

물가에서부터 스무 걸음도 안 되는 그 거리를 걸어 들어가는 시간, 그건 살아온 날을 뒤돌아보면서 새로운 영역으로 들어가는 시간이었다. 살아가면서 슬픈 일 겪어보지 않은 사람이 어디 있으랴? 억울하고 분하고 속상한 일 겪어 보지 않은 사람 누가 있으랴? 하면 안 되는 줄 알지만 '이번 한 번만', 하든지 '어쩔 수 없어' 하는 마음으로 그냥 눈감고 저질렀던 일이 어디 한두 번 뿐이겠는가?

언덕에서 떨어져 본 사람은 안다. 두 발이 땅에서 떨어지고 몸이 둥실 허공을 맴도는 그 짧은 시간이 인생 살아온 만큼 길게 느껴지는 법이다. 어릴 적, 훨훨 날아보겠다고, 새처럼 날아보겠다고 세포리스 언덕 바위 위에서 몸을 던져봤던 예수였다. 까마득 어린 시절부터 조금 전 바위를 기어오르던 그때까지 일이 모두 눈앞에 차례로 펼쳐지는 것을 경험했었다.

세례를 받기 위해 물속에 걸어 들어가는 일도 마찬가지였다. 요한이 베푼다는 세례는 바로 그렇게 지나온 날을 뒤돌아보게 만들었다. 그저 물에다 뒤로 자빠뜨려 물 먹이고 어푸어푸 버둥거리게 하는 일이 아니었다. 세례를 받기 위해 겉옷을 벗어 물가에 차곡차곡 개어 놓고, 샌들을 벗고, 한 걸음 강물에 발을 담그는 순간, 그 사람은 새로운 영역으로 들어가는 의식을 치르는 셈이었다. 평소에는 한 번도 생각해 본 적 없는 닫혀 있던 영역, 그 문을 두드리는 일이었다. 요한 앞에 씩씩하게 저벅저벅 걸어 들어가고 휘적휘적 나오는 사람은 아무도 없었다. 물에 발을 담그면 이미 그는 지극히 높은 분의 품 안으로 걸어 들어가는 사람으로 바뀌었다.

걸어 들어가는 한 걸음이 그가 살아온 10년, 20년 세월이기도 했고, 그 한 발자국이 그가 살면서 겪었던 무수한 일들 하나하나의 기억이기도 했다. 강 모래톱에 서서 지켜보는 사람들, 강둑에 나와 내려다보는 사람들은 어떤 한 사람이 새로운 세상으로 걸어 들어가는 의식을 지켜보는 증인들이었다. 이미 세례 받고 나온 사람은 강둑에 앉아 눈물범벅이 된 얼굴로 지켜보았고, 자기 차례를 기다리는 사람은 두 손을 모으고 마음을 가지런히 준비했다.

물살을 견디며 요한이 기다리고 서 있는 곳까지 가려면 그냥 첨벙첨벙 걸어 들어갈 수 있는 것이 아니었다. 한 걸음 한 걸음 조심조심 발을 내디뎌야 했고, 자칫 미끄러지지 않도록 스스로 중심을 잘 잡아야 했고, 적어도 자기가 살아온 거리만큼 물속을 걸어야 했다. 요한을 찾아 길 떠난 순간부터 마음의 문을 조금씩 열면서 걸어온 사람이었음이 분명했다. 아니 어쩌면 요한을 찾아가겠다고 마음먹은 그 순간부터 이전에 한 번도 걸어본 적 없는 새 길을 걷기 시작했을 것이었다. 예수가 그러했던 것처럼.

예수 차례가 됐다. 강에 첫발을 담그니 흐르는 물이 발목을 휘감았다. 갈릴리 호수에서 그가 그물을 던져 넣던 물이었다. 일렁이는 물결 속에서도 물속에 잠긴 발이 훤히 내려다보였다. 그 발로 지금까지는 먹고 사는 일 때문에 부지런히 여기저기 돌아다녔다. 물속에 잠긴 발은 이제 지극히 높으신 분에게 나아가는 첫걸음을 뗀 발이었다.

조금씩, 한 걸음씩 앞으로 나아갈수록 강물이 발목을 적시다가 정강이에 닿고 무릎을 넘고 하반신을 다 받아들이더니 가슴까지 차 올라왔다. 물속으로 점점 깊이 걸어 들어간다는 느낌보다 물이 점점 더 높이 차오른다는 느낌이 들었다. 그렇게 조금씩 차오르는 물을 몸으로 느끼면서, 몸을 휘감고 돌아 흘러가는 물살을 느끼면서 출렁이는 물결 너머 기다리고 서 있는 요한의 모습을 놓치지 않고 똑바로 바라보았다. 물이 차올라 오면서 몸 아래 그리고 그 안에 숨어 있었던 슬픔이 조금씩 물의 높이만큼 떠올라 온 듯, 나중에 요한 앞에 섰을 때는 물 높이인 가슴에 슬픔이 잘름잘름했다. 나사렛 언덕마을도 보였고, 두고 온 동생들의 까만 눈도 보였다. 수줍은 듯 손으로 입을 가리고 곱게 미소 띤 어머니 모습도 보였다. 햇볕에 그을린 넓적하고 평평하고 단단했던 아버지 등도 보였다.

"그대는 그대가 지은 죄를 회개하기 위해 여기 나왔는지요?"

요한의 음성이 들렸다. 이미 요한 두 걸음쯤 앞에 서 있는 자신을 발견했다. 예수는 요한의 묻는 말에 대답했다.

"죄라고 부르는 것들이 정녕 죄인지 아닌지는 모르겠으나, 물 높이만큼 이 가슴까지 차오른 슬픔과 아픔은 풀고 싶습니다."

요한이 눈을 크게 뜨고 예수를 뚫어지게 바라보았다.

"그대 이름은?"

사람에게 이름을 묻는 경우는 크게 보아 두 가지다. 하나는 그가 누구인지, 즉 어느 집안의 사람인지를 묻는 일이었다. 그러나 또 하나는 그 사람을 이제까지 만났던 다른 사람들로부터 떼어내어 특별히 그 사람과 관계를 맺으려 할 때 필요한 절차로서 묻는 것이다.

"갈릴리 나사렛 마을, 요셉의 아들 예수입니다."

무슨 생각이 들었는지 고개를 크게 끄덕이며 요한은 더 묻지 않았다. 그의 손짓에 따라 예수는 요한 앞으로 한 걸음 더 나아간 다음 몸을 옆으로 돌리고 섰다. 다른 사람들이 세례 받는 것을 강가에서 지켜보았던 터라 어떻게 해야 하는지 그도 알았다. 물속에 자빠뜨린다는 말이 무슨 얘기인지 알 수 있었다.

　요한은 왼손으로 예수의 등을 받쳐주었다. 예수가 몸을 뒤로 젖혀 눕히자 오른손마저 내밀어 등을 받쳤다. 예수는 천천히 몸을 뒤로 젖혔고, 곧 물 위에 나와 있던 가슴 위 부분이 물에 잠기기 시작했다. 그때 두 발을 강바닥에서 뗐다. 물은 귀를 넘었고, 곧 얼굴이 다 물속에 잠겼다. 입을 다물고, 숨을 멈추고 흐르는 물에 얼굴을 담그니 물 밖으로 하늘이 어른거렸다. 그 하늘이 그렇게 파랄 수가 없었고, 구름은 물결 위로 둥실둥실 떠다녔다. 요한이 그를 일으켜 세우려는 듯 팔에 힘을 주었으나 예수는 물속에서 아주 편안했다. 숨을 참고 오래오래 그렇게 있고 싶었다.

　요한이 갑자기 비틀했다. 아마 물속이지만 그렇게 예수를 떠받치고 있는 일이 무척 힘이 드는 모양이었다. 예수는 요한의 팔뚝에 얹혀 있던 몸을 세웠다.

　물 밖으로 얼굴이 나오는 순간 가슴까지 차올라 왔던 슬픔과 아픔이 참았다 내쉬는 첫 숨을 따라 모두 몸 밖으로 터져 나갔다. 천천히 물속에서 얼굴을 내미는 순간 하늘이 열리는 것을 보았다. 푸른 하늘은 그대로였지만 물속에서 나와 처음으로 경험한 하늘은 이제까지 살아온 그 하늘과는 전혀 다른 하늘이었다. 물속에서는 완전히 단절되었던 하늘이 물 밖에 얼굴이 나오자 기다리고 있었던 듯 살랑바람으로 얼굴을 감싸주었다. 새로 눈에 들어온 하늘은 밝은 빛이 가득한 푸른 새 하늘이었다.

　"가서 하느님의 뜻에 따라 사시오."

　요한은 예수의 등을 두드리며 말했다.

"나가서 기다리겠습니다."

그러라는 듯 요한은 고개를 끄덕였다. 예수는 천천히 물가로 걸어 나왔다. 강가에 서서 지켜본 요한과 가까이 마주서서 말을 나눈 요한은 다르지 않았다. 그에게는 억지로 사람들을 감동시키려는 듯 목을 누르거나 꺾어서 내는 목소리가 없었다. 영창을 하는 듯 일부러 떨리는 목소리에 신비한 힘을 가득 실어 사람들을 끌어들이는 헛수고가 보이지 않았다. 그가 던지는 한 마디 한 마디의 말, 그에게 걸어 들어가고 걸어 나오는 사람들을 지켜보는 그 눈, 그리고 조심스럽게 사람을 받아 몸을 뉘며 물에 잠기도록 하고 다시 일으켜 세우는 행동이 그지없이 진실하고 정성스러워 보였다.

강가로 걸어 나오면서 무엇이 가슴에서 출렁출렁했다. 그것이 무엇인지 알 수는 없었으나, 예수는 자기가 한 번도 가본 적 없던 어떤 길로 들어서고 있음을 느꼈다. 오랫동안 찾아 헤매던 길의 초입에 들어섰음을 느꼈다. 그 입구에 초라한 모습으로, 그러나 더할 수 없을 만큼 진실한 자세와 목소리로 가슴 문을 하늘로 열어준 요한을 만난 일이 그렇게 기쁠 수가 없었다.

요한에게 나왔던 사람들 중 거의 모든 사람들은 세례의식을 치르고 나면 곧 길을 떠났다. 그나마 좀 남아 있는 사람이라도 한두 사람 의식을 치르러 강 속으로 들어가고 나오는 것을 지켜본 후에는 으레 떠났다. 그곳은 마을과 멀리 떨어진 외딴 곳이었다. 어디 묵을 곳도 없고, 시장기를 면하려고 무어라도 요기할 것을 구할 수도 없는 곳이었다. 요한을 찾아와 세례 받은 사람들은 대부분 다시 자기가 왔던 곳으로 돌아가야 할 사람들이었다. 요한이 선택한 장소는 사람들을 모아 세례를 베풀기에는 아주 적당한 장소였다. 왼쪽으로 굽이치며 흐르다가 오른쪽으로 방향을 튼 강은 그곳에 이르면 한동안 곧바로 흘렀다. 강물은 바닥이 보일 만큼 맑았다. 흙탕물 속에 몸을 담그기보다 훨씬 더 사람의 마음을 정결하게 해주는 자리였다.

그렇게 많이 모여 웅성거리던 사람들이 해가 기울자 열댓 명만 남았다. 서로 자기들끼리 얘기를 나누는 것으로 보아 남은 사람들 대부분 유대 지방 사람들이었고 요한을 따라다니는 제자들이었다. 제자 중 한 사람이 큰 소리로 더 이상 세례 받을 사람이 없다고 외치면서 손을 흔들자 요한이 천천히 물가로 걸어 나왔다. 그는 키가 꽤 크고, 체격이 다부졌다. 하기야 보통 사람 같으면 그 오랜 시간 물속에 서서 버티지도 못하고, 물에서 나오면 추위에 벌벌 떨며 수선을 피웠을 것이다. 하지만 그는 그저 조용히 걸어 나왔다. 제자 한 사람이 얼른 그에게 걸칠 옷을 가져다주었다. 언뜻 보아 낙타털로 만든 옷 같은데 거칠기 짝이 없었다.

"괜찮아요. 괜찮아요."

"어이구 선생님, 춥습니다. 입술이 새파래지셨네요. 그 오랜 시간 물속에 서 계셨으니 …. 좀 쉬면서 하시지요."

"괜찮아요. 난 괜찮아요."

가슴에서부터 어깨, 얼굴, 목뒤까지는 햇빛에 그을려 짙은 갈색이었지만 매일 물속에 들어가 있어서 그런지 그 아래로는 비교적 색깔이 옅었다. 누가 보아도 가슴 위와 아래가 확연히 구분되었다. 그는 제자들이 피워 놓은 모닥불 옆에 앉아 불을 쬐면서 주위를 둘러보았다. 그리고 무리 중에 예수가 끼어 있는 것을 보더니 한번 고개를 끄덕이면서 예수에게 엷은 미소를 보냈다.

"선생님, 저는…."

"알겠소. 조금 있다가 천천히 얘기합시다."

요한이라는 사람, 그에게 몸을 맡기고 물속에서 몸을 뉘었을 때, 아니 처음 가까이 다가가서 그의 눈을 바라보았을 때 예수는 안도하는 마음이 생겼다. 왠지 모르게, 이 사람이라면 오랫동안 가슴에 품고 있던 얘기를 털어 놓을 수 있을 것 같았다. 나이는 자기보다 그리 많아 보이지 않았다. 잘해야 네댓 살 위로 보였지만 아버지 요셉에게 느꼈던 안정감과 푸근함을 느낄 수 있었다. 소문으로 듣자면 바로 이 사람이 조금이라도 거들먹거리는 사람, 유대인의 선생이라고 불리는 사람, 그저 재미로 구경 나와 언덕에서 낄낄거리고 히죽거리는 사람에게 아주 독한 말을 내뱉으며 혼을 빼놓았다니 믿을 수 없었다.

무언가 엄정한 것이 이 사람의 속에 가득 찬 듯 느껴졌다. 그의 말소리는 높지도 않고 낮지도 않았지만 강가나 강둑 언덕에서도 다 들을 수 있을 만큼 또렷했고 힘이 있었다. 꾸민 힘이 아니고 그가 본디 가지고 있던 힘이리라.

"이제 가시지요!"

제자 중에 나이가 들어 보이면서도 침착하게 생긴 사람이 요한에게 돌아가자고 권했다.

"그럽시다."

요한이 자리에서 일어서자 나머지도 모두 따라 일어섰다. 그들 중에 나이가 좀 어려 보이는 사람이 아직 불이 붙어 타고 있는 나무 등걸을 한쪽으로 모아 모래를 덮어 불을 껐다. 그가 힐끗 예수를 바라보면서 말했다.

"내일 또 쓰려면 불을 꺼 두어야 해요."

혼잣말인지, 예수에게 들으라는 말인지 떠나가지 않고 끝까지 남아 있는 것으로 보아 무리에 끼고 싶어 하는 사람인 줄 알아보았다는 듯 그렇게 예수에게 말을 던졌다. 주춤주춤 그들을 따라가려고 나섰지만 아무도 예수에게 따라오라거나 돌아가라고 말을 거는 사람이 없어서 좀 멋쩍었다.

그때 요한이 예수 옆에 다가와서 같이 가자는 몸짓을 했다. 제자들은 먼저 요단강 서쪽 기슭을 걸어 올라갔다. 거기에서 한참 더 가면 유대 광야가 나오는 지점이었다.

"나사렛 사람 요셉의 아들 예수라고 했지요?"

요한은 낮에 예수와 나눈 대화를 기억하면서 그에게 말을 붙였다.

"예, 선생님!"

곁에 서서 걷던 요한은 문득 걸음을 멈추더니 예수의 얼굴을 한참 찬찬히 바라보았다. 마치 오래된 기억을 끌어내서 이리저리 맞추어보는 사람 같았다.

"우리가 예전에 어디에서 만난 적이 있었던가요? 기억은 안 나지만, 꼭 한 번쯤 만났던 것 같이 느껴져요."

"저는 선생님을 처음 뵙습니다."

"그래요? 허, 참!"

예수의 용모나 음성이나 태도나 어딘가 눈에 익었고 어디선가 만난 사람으로 자꾸 느껴지는 모양이었다.

"나사렛 사람이라!"

무언가 짚이는 것이 있는지 그는 연신 고개를 끄덕거렸다. 앞서 걸어가던 제자들은 무언가 이상한 듯 자꾸 뒤를 돌아보았다. 그때 갑자기 요한이 예수의 한쪽 팔을 움켜쥐더니 다른 한 팔로 등을 쓰다듬어 주며 토닥거렸다. 그리고 그는 제자들을 불러 세웠다.

"잠시 내 얘기를 좀 들어보시오!"

그리고 예수를 이끌고 무리 앞으로 나아갔다. 자연스럽게 그들이 요한과 예수를 둥글게 둘러싼 모양이 됐다.

"내가 새 동료를 여러분에게 소개하리다. 이름은 예수, 갈릴리 나사렛 요셉 아저씨의 아들입니다."

예수는 깜짝 놀랐다. 갑자기, 아버지 요셉을 잘 아는 사람처럼, '요셉 아저씨'라고 요한이 불렀기 때문이었다. 예전에 만난 적 있는 것 같다고 고개를 갸우뚱거리더니 혹 아버지를 언젠가 만난 적 있어 그런 모양이라고 생각했다. 예수가 아버지의 젊은 날 중에 모르는 부분이 많이 있었기 때문이었다. 그러나 이어지는 요한의 말은 전혀 생각 밖이었다.

"우리 어머니와 예수의 어머니는 사촌입니다. 우리 어머니가 언니지요. 예수는 어머니의 사촌동생과 나사렛 요셉 아저씨의 아들입니다. 내가 뜻밖에 오늘 친척을 만났네요. 나를 만나러 먼 길 걸어 찾아왔고, 우리 공동체에 참여하고 싶답니다. 여러분이 모두 나를 보아서 따뜻하게 맞아주고 우리 일원으로서 살아가는 일을 잘 인도해주기 바랍니다."

"갈릴리 나사렛이라, 참으로 빈한하고 내세울 것 없는 시골이지."

제자 중 어떤 사람이 불쑥 나서서 그렇게 말을 내뱉었다. 유대인들은 갈릴리 사람, 더구나 이름도 없는 촌구석 사람이라면 당연히 낮추어 보았다. 그렇게 한번 툭 내뱉음으로써 일행에서 누가 높고 누가 낮고 서열을 매겼다.

"그래도 선생님 친척인데, 그렇게 말하면 안 돼!"

제일 나이 많은, 제자들의 우두머리쯤 되는 그 사람이 끼어들었다.

"그럼, 그럼!"

다른 제자들도 그의 말에 동조했다.

"아이고, 반가워요! 내가 아까 이미 그럴 줄 알았어요. 내 이름은 빌립이오. 벳새다에서 왔어요."

불붙은 나무를 모래에 파묻던 사람이 나서서 얼른 예수를 환영했다. 뜻밖의 일에 어리둥절한 예수에게 요한이 슬쩍 눈짓을 했다. 아무 말 말고 그저 그렇게 행동하라는 신호였다. 조금 전 제자들 중 한 사람이 낮추어 보는 듯했던 반응을 생각할 때 요한이 왜 그렇게 그의 신분을 일부러 꾸며주었는지 예수는 알 수 있었다. 요한이 예수를 혈족이라고 부르자 제자 중 누구도 그를 나사렛 출신이라고 더 이상 함부로 대하기 어렵게 됐다. 요한의 그 한 마디로 예수는 요한의 제자로 합류하면서부터 바로 무리 중에서 주목받는 사람이 되었다.

요한이 늘 그렇게 재주를 부릴 사람은 아니겠지만 예수는 그 일로 마음이 불편했다. 혹시 누가 요한과의 관계에 대해 꼬치꼬치 묻는다면 대답할 말이 없었다. 그렇다고 요한이 친척이라고 소개했는데 그 스스로 나서서 사실은 친척이 아니라고 말할 수도 없었다. 요한은 예수에게 눈짓을 한번 보낸 다음에는 아주 천연덕스러웠다.

사람들 사이에 맺는 관계를 생각해 보면 요한은 그 스스로 예수의 후원자라고 선언한 셈이었다. 어차피 세상은 누구든 서로 후원하고 후원받는 그물로 짜여 있었다. 그 관계는 누가 높고 누가 낮은가 하는 위계질서가 뚜렷한 피라미드 모양이 아니고, 누가 누구와 더 가깝고 덜 가까운가 하는 심리적 거리의 문제였다. 그런 관계는 핵심을 중심으로 조금씩 거리를 두고 끝없이 동심원을 그리는 사회였기 때문이었다. 요한이 예수를 가까운 친척이라고 불렀다고 해서 다른 어떤 사람이 요한과의 거리가 멀어지는 관계가 아니었다. 손해를 보는 사람은 아무도 없었다. 요한을 중심으로 그려진 둥근 원의 관계에 예수라는 사람 하나가 포함된 일이었다. 요한은 예수를 친척이라고 선언함으로써 예수가 공동체 내에서 차지할 자리를 자연스럽게 정해주었다.

요한 공동체에 합류한 첫날 밤, 모두 적당한 거리를 두고 눕더니 곧 잠에 빠져 들었다. 하늘엔 별이 참 많았다. 나사렛 마당에 누워 보던 별이었다. 아벨산 북쪽 절벽에 있는 동굴에서 올려본 하늘도 생각났다. 어머니가 자루에 넣어 쥐여주었던 볶은 보리를 입에 털어 넣으며 내려다본 갈릴리 호수는 달빛 아래 참 슬펐다. 나사렛을 떠나 무작정 호수를 찾아갔던 그날을 생각하면 언제나 마음은 시리고 추웠다. 다시 호수를 떠나 요한을 찾아왔지만 과연 무엇을 붙잡을 수 있을 것인가? 이런저런 생각에 뒤척뒤척하던 중 누군가 다가오는 듯 느껴졌다. 요한이었다.

요한은 무리들과 좀 떨어진 곳으로 예수를 데리고 갔다. 그리고 물었다.

"그래, 예수! 무엇을 하려고 하오? 아니, 무엇을 하고 싶소?"

"강을 건너고 싶습니다."

"강? 강이라! 강 ….."

예수의 대답이 뜻밖이라는 듯 요한은 혼자 묻고 혼자 대답했다.

"예수! 나는 왜 처음 만난 그대가 눈에 익은 사람처럼 느껴지는지 알 수 없소."

사실 요한은 사람을 기다리고 있었다.

'언젠가 네 앞에 내가 사랑하는 사람을 보내리라!'

하느님의 부름을 받고 광야를 헤매고 요단강을 오르내릴 때 그분이 요한에게 말을 건넸다. 그분의 말씀은 요한에게는 요한의 일이 있고, 그분이 보내는 사람에게는 그의 일이 있다는 얘기였다. 요한에게 맡겨진 일은 시작부터 끝까지를 그의 손으로 이루어야 하는 일은 아니라는 얘기였다. 역할이 제한적이라고 서운할 이유도 없었다. 어쩌면 자기가 끝까지 책임지지 않아도 된다고 안도하는 마음도 들었다. 예수라는 이 사람이 그인가? 그분이 보낸다고 약속한 그 사람인가?

낮에 세례 받을 때도 예수는 죄라는 말은 받아들이지 않고 슬픔과 아픔을 씻어내고 싶다고 대답했다. 그는 다른 사람과 달랐다. 요한을 찾아온 사람들은 대개 사연이 있었다. 그저 굶지 않고 매일 빵 한 덩어리라도 먹을 수 있는 사람은 요한을 찾지 않았다. 생활이 절박한 사람일수록, 먹을 식량이 아득한 사람일수록, 그리고 이런저런 이유로 사는 동네나 공동체에서 밀려난 사람들이 찾아왔었다. 돌아간 사람은 그래도 몸이라도 뉘일 곳이 있었고, 남아 있는 사람은 그마저 없는 사람들이 대부분이었다.

공동체에서 밀려나는 일은 거의 죄에 관련된 일이었다. 대부분 사람들이 죄라 부르는 일들은, 죄인이라 손가락질 당하는 사람 스스로 어떻게 할 수 없는 경우로, 태어나면서 그렇게 불리거나, 공동체가 정한 규칙을 지킬 수 없어 죄인이라 불리는 경우였다. 요한에게 가서 세례를 받고 돌아오면 공동체에서 받아들이든 말든 본인은 이미 자기 죄를 용서받았다고 말할 수 있었다. 요한의 이름을 익히 들어 알고 있는 공동체에서는 그 말을 그대로 받아들여 공동체에 다시 돌아오게 해주었고, 요한을 알지 못하는 공동체에서는 그저 고개만 흔들 뿐이었다. 그래도 그 사람은 자기는 더 이상 죄인이 아니라는 생각으로 고개를 들고 살 수 있었다.

그런데 이 사람, 예수는 다른 사람 모두가 관심을 가진 죄에 대하여 말하지 않고 슬픔과 아픔을 얘기하더니 강을 건너야 한다고 말하는 좀 엉뚱한 사람이었다. 그 슬픔과 아픔이 그 자신의 슬픔과 아픔을 의미하지 않는다는 것을 요한은 알 수 있었다. 어쩌면 그는 모든 사람이 느끼는 아픔과 슬픔, 그런 삶을 꿰뚫어보고 있는 사람인지 모를 일이었다. 요한은 짐짓 물었다.

"무슨 강?"

"세상엔 수많은 강이 흐르고 있습니다. 나누고 분리하는 강, 휘돌아 감싸 안고 흐르는 강, 깊은 강, 잔잔한 강. 사람들은 강이 흐르는 방향 따라 이리 모이고 저리 밀리면서 삽니다."

그는 세상의 강을 얘기했다. 그중에는 그 줄기에 따라 땅이 나뉘어 건너가지 못하는, 땅을 분리하는 강도 들어 있었다.

"헤르몬산에서 발원한 강이 땅을 적시고 돌아 소금호수에 이르고,

티그리스강, 유프라테스 강이 평야를 나누고 민족을 나눈다고 들었습니다. 강은 또한 하느님과 이스라엘 백성을 나눕니다."

땅을 나누며 흐르던 강은 어느덧 하느님과 사람 사이에 깊게 흐르는 분리와 소외를 얘기하는 강으로 바뀌었다.

"사방에 흐르는 강들을 건너 하느님의 땅에 이르고, 그 강물로 목을 축이고 사람들이 강의 근원에 이르게 하고 싶습니다."

"그런데 왜 강을 건너야 하는데요?"

예수가 답했다.

"눈앞의 강을 건너지 않고는 새 땅에 갈 수 없습니다. 하느님께서는 우리에게 이 강을 건너 저쪽 언덕에 이르라고 배를 내어주셨습니다. 그런데 사람들은 흔들거리는 뱃전에 기대앉아 도무지 저 강둑에 내릴 생각을 하지 않습니다. 아무리 잘 만들어졌다 해도 배는 강을 건너라고 만든 도구일 뿐입니다. 강을 건너야 할 사람들이 배 안에 그냥 앉아 있습니다. 배를 젓는 뱃사공은 익숙한 대로 강을 거슬러 올라가고 다시 물 흐르는 대로 아래로 내려옵니다. 강 저쪽 언덕과 그 뒤에 펼쳐진 들판을 구경만 시킵니다. 수없이 오르내리며 설명을 듣고 또 들어 이제 사람들은 강 건너 저쪽에 무엇이 있는지 눈으로 직접 본 듯 환히 압니다. 그저 알 뿐입니다. 아무도 그 강을 건너 저쪽 언덕에 내린 사람은 없습니다."

"어허!"

요한은 침을 꿀꺽 삼키며 예수의 다음 말을 기다렸다.

"저는 이 백성을 이끌고 강을 건너고 싶습니다. 강 저쪽에서 새 나라를 세우고 싶습니다."

요한은 예수의 얘기를 듣고 싶었다. 자기가 그에게 넘겨주어야 할 일을 그의 입을 통해서 확인하고 싶었다. 이미 누가 선생이고 누가 제자인지 의미가 없는 대화였다.

"예수, 그 일을 내가 어떻게 도와주면 좋겠소?"

요한이 물었다. 그건 예수에게 주어진 일이었고, 자기는 예수의 보조자일 수밖에 없었다. 그건 이미 정해진 일이었다. 보조자로 부름 받은 자의 역할은 한편으로는 슬픈 역할일 수밖에 없었다.

"가야 할 길을 인도해 주십시오."

"내가 인도하지 않아도 그대는 그 길을 이미 알고 있구먼."

"이미 그 길을 걸어왔습니다. 그러나 좀더 알면서 걷고 싶습니다. 선생님은 죄의 문제를 깊게 얘기합니다. 저는 그 죄부터 하나씩 짚어 보고 생각해 보고 싶습니다."

"경전은 읽어봤고?"

"읽지는 못했지만 듣기는 했습니다. 저는 글을 알지 못합니다."

"그러면 내일 저녁부터는 먼저 토라 공부하는 모임에 들어 경전 공부를 하시오."

"감사합니다. 선생님!"

사람들은 고정관념을 가지고 세상을 판단하며 살았다. 개인이란 없고 모든 사람을 오직 몇 가지 정형화된 틀 속에 넣을 뿐이었다. 어떤 사람이 나사렛 사람이거나, 예루살렘 사람이거나, 갈릴리 사람, 어부, 바리새파 사람, 사두개파 사람이면 그 하나만으로 그 사람에 대하여 알아야 할 모든 내용을 충분하게 알고 있다고 생각했다. 그것이 그 사람을 판단하는 기준이었고, 그 기준에 맞추어 대우하는 것이 가장 안전한 방법이었다.

한 사람이 사회에서 차지한 위치는 그가 어떤 일을 할 수 있거나 할 수 없다는 구획을 분명하게 표시한다. 어떤 사람이 모든 인류를 위해 어떤 일을 하면 신적인 능력, 신성을 지니고 태어난 사람으로 간주한다. 그래서 신성하게 태어난 사람은 당연히 모든 사람에게 유익한 일을 한다고 믿는다. 왕으로 태어난 사람은 언제나 사람들의 기대를 배반하기 마련이지만, 그래도 많은 사람에게 이익이 되는 귀중한 일을 할 것으로 믿는다. 당연한 결과로 많은 사람에게 유익한 일을 하는 사람은 왕이 될 사람으로 간주한다.

선량하고 정직한 사람은 예로부터 전해 내려온 가치를 지키는 일에 열심인 사람이라고 믿었다. 고대로부터 내려온 것은 그만한 가치가 있다고 믿었고, 따라서 전통을 존중해야 한다는 규범이 있었다. 과거로부터 단절하자는 사람이나 새로운 가치, 제도를 내세우는 사람은 반역자나 저항자, 문외자門外者, 정상이 아닌 사람, 세상에서 배제해야 할 사람이라고 생각했다. 결코 선량한 사람이 아니고 세상을 흔들고 위아래를 뒤섞을 위험한 사람으로 간주됐다.

세례자 요한은 새로운 가치를 내세우는 사람이 아니고, 역사를 회복하자는, 잘못된 길에서 돌이키자는 운동을 한 사람이었다. 아직 두 사람은 깨닫지 못했지만 예수와 요한은 다른 길을 걷는 사람이었다. 요한이라는 디딤돌을 딛고 예수는 그의 길에 들어설 수 있게 됐다. 사람들이 예수를 부르는 여러 가지 이름 중에 '세례자 요한의 제자'라는 이름은 예수가 갖지 못했던 것을 채워주었다. 갈릴리 나사렛 사람, 목수이자 석수, 갈릴리 호수의 어부였던 예수가 사람들을 모으고 가르칠 수 있었던 것은 요한의 제자라는 이름이 있었기 때문에 가능했다.

요한의 제자들과 어울려 지내는 동안에 예수는 토라를 두 번 공부할 수 있었다. 제자 중에 토라를 처음부터 끝까지 영창으로 부를 수 있는 사람이 있었다. 그가 무리 앞에 나앉아 눈을 감고 암송할 때 요한은 이따금씩 그의 암송을 중단시키고 중요한 부분을 설명해 주었다. 모닥불 앞에서, 큰 바위 밑에서, 굽이쳐 흐르는 강가에서도 토라 공부는 계속됐다. 나중에는 요한이 세례의식을 치르는 동안 강가에 모여 앉은 제자들 사이에도 계속되었다. 아버지에게서 부분적으로 들어 알고 있었고 기억해 두었던 가르침이, 강물이 헤르몬산 조그만 샘에서 시작하여 지금 눈앞에 요단강으로 출렁이며 흐르듯, 그 몇 달 동안에 모두 예수의 가슴속에 흘러 들어왔다. 그렇게 흘러들어온 강물은 한 방울도 새어나가지 않고 그의 가슴을 가득 채워 찰랑거렸다. 시간이 지나자 그도 경전의 중요한 부분은 암송할 수 있게 되었다. 경전 중에서 마음에 걸리는 부분도 모두 가슴에 담아 두었다.

어느 날, 여느 때처럼 요한의 제자들이 모여 앉아 토라 암송을 듣고 있었다. 암송하는 사람이 깜짝 놀랄 만한 부분을 암송했다.

"대제사장 힐기야가 서기관 사반에게 이르되 '내가 야훼의 성전에서 율법책을 발견하였노라' 하고, 그 책을 사반에게 주니 사반이 읽으니라. 서기관 사반이 왕에게 돌아가서 복명하여 가로되 '제사장 힐기야가 내게 책을 주더이다' 하고 왕의 앞에서 읽으매, 왕이 율법책의 말을 듣자 곧 자기의 옷을 찢으니라."

남왕국 유다를 요시아왕이 다스리던 때의 일이니 7백여 년 전의 일이었다. 예수는 율법책을 그때 대제사장이 발견했다는 말에 고개를 갸웃했다.

"왕이 '너희는 가서 나와 백성과 온 유다를 위하여 이 발견한 책의 말씀에 대하여 야훼께 물으라. 우리 열조가 이 책의 말씀을 듣지 아니하며 이 책에 우리를 위하여 기록된 모든 것을 준행치 아니하였으므로 야훼께서 우리에게 발하신 진노가 크도다.'"

그 내용을 듣자 예수의 가슴속으로 커다란 돌 하나가 텀벙 떨어진 듯 파문이 일었다. 성경 기록이란 무엇인가? 누가 기록했을까? 언제 기록했을까? 암송을 들으며 이해하고 깨닫고, 그랬구나 그랬구나 생각하다가 왜 그런 내용을 그때 기록했을까? 마음속에 '왜?'라는 질문이 떠올랐다. 왜 요시야왕 때 그런 일이 생겼을까? 오래전, 모세가 기록했다는 율법책을 6백여 년 만에 성전에서 찾아냈고, 그걸 읽은 사람들이 난생처음 그런 내용을 들은 것처럼 반응한다는 일이 어쩐지 어색했다.

"잠깐, 잠깐요!"

"왜 그러시오, 예수?"

"지금 그 부분을 다시 한 번 들려주실 수 없습니까?"

"어느 부분? 책을 찾았다는 부분요?"

"예, 거기에서부터 요시야왕이 백성을 불러 모아 놓고, 읽고 백성들에게 명령했다는 내용까지요."

"그러지요. 잘 들으시오. 다른 분들도 잘 들으시오. 그리고 예수처럼 다시 듣고 싶은 부분이 있으면 언제든지 말해주시오."

그 제자는 예수가 크게 관심을 보이면서 다시 듣고 싶다 하자 신이

나서 목청을 가다듬고 다시 그 부분을 암송했다. 사람들은 대개 경전 암송을 들으면 고개를 끄덕이며 그대로 받아들였다. 그런데 예수처럼 깊은 관심을 보이며 어느 부분을 다시 들려 달라고 요청하는 경우는 드물었다.

다시 찾았다는 율법책은 경전 중에서도 〈신명기〉를 말함이 틀림없었다. 〈창세기〉, 〈이집트 탈출기〉, 〈레위기〉, 〈민수기〉, 〈신명기〉 5개의 경전을 토라라고 부르는데, 그 토라 중 하나인 〈신명기〉로 믿어지는 책을 몇백 년 후에 성전에서 찾아냈다는 얘기를 들으면서 예수는 기록에 대하여, 그리고 이스라엘 역사에 대하여 의문을 가지게 됐다. 커다란 봉인을 붙여 단단히 잠근 문을 처음 열어젖힌 것처럼 끝없이 의문이 떠올랐다. 마치 의문으로 가득 찬 방안에 들어선 듯했다. 처음 떠오른 작은 의문은 곧 큰 의문으로 연결됐고 나중에는 누구도 대답해줄 수 없는 의문을 만나게 됐다.

자연스럽게 하느님이 예언자 모세를 통하여 이스라엘 백성에게 내려주었다는, ‘토라’라 부르는 가르침에 대한 의문으로 연결되었다. 그건 어려서부터 예수가 끊임없이 혼자 묻고 답하던 문제였다. 선생 요한도 예수가 묻는 ‘왜’라는 질문에 대답하지 못했다. 묻고 또 물어도 돌아온 것은 대답이 아니라 예수가 물었던 질문으로 대답을 되풀이하는 셈이었다.

또 다른 일도 있었다. 늦여름, 해가 지고 바람이 서늘한 저녁이었다. 요한의 제자들 이삼십 명이 모닥불 옆으로 모여 들었다. 겉옷을 벗어 휘휘 내두르면 모닥불 연기가 퍼지고 그러면 몰려들던 모기가 한

동안 모두 사라져서 마음 놓고 얘기할 수 있었다. 다른 날처럼 경전을 암송하는 사람이 무리 앞에 나섰다.

"오늘은 어제에 이어 솔로몬왕 이야기를 계속합니다."

목청을 가다듬고 눈을 감은 듯 뜬 듯 암송하기 시작했다.

"솔로몬이 두 집, 곧 야훼의 성전과 왕궁을 20년 만에 건축하기를 마치고 갈릴리 땅의 성읍 스무 곳을 히람에게 주었으니 이는 두로 왕 히람이 솔로몬에게 그 온갖 소원대로 백향목과 잣나무와 금을 제공하였음이라."

예수는 잘못 들었으려니 생각했다.

"잠깐요! 성읍을, 갈릴리 성읍을 떼어주었어요?"

"예!"

그는 무엇이 이상하냐는 듯 예수의 질문에 서슴없이 대답하더니 멀뚱하게 예수를 바라보았다. 예수는 믿을 수 없었다. 떼어 넘겨주었다는 갈릴리 성읍은 빈 땅이 아니었음이 분명했다. 사람이 사는 땅, 위 갈릴리의 어느 마을, 어쩌면 나사렛이나, 나사렛 서북쪽으로 10여 리쯤 떨어진 갈릴리의 베들레헴, 그런 마을들과 몇 개의 큰 성읍이었을 수도 있었다. 바로 전날 밤까지 야훼 하느님께 감사기도를 드리고 잠자리에 들었던 이스라엘 사람들이, 바로 다음 날 두로 왕의 백성으로 넘겨졌다는 얘기였다.

예수가 아무 말도 못하고 생각에 빠져 있는 동안 암송하는 사람은 목청을 뽑아 길게 얘기를 이어갔다. 두로 왕 히람이 그 갈릴리 마을과 성읍을 둘러보고 마음에 들지 않아 솔로몬왕에게 대놓고 불평하는 얘기까지 이어졌다. 조금 전에 들은 얘기의 충격이 쉽게 가시지 않았다.

무엇이 먼저고 나중이라고 할 것 없이 연달아 여러 생각이 끊임없이 꼬리를 물고 일어났다.

'백성이 살고 있는 땅을 떼어 넘겨주며 빚을 갚다니 ….'

솔로몬왕에게 땅이란 누구에게 선물로 떼어주거나 빚으로 넘겨줄 수 있는 재산이었음에 틀림없었다. 약속의 땅이라는 생각이 없었던 모양이었다. 솔로몬에게는 조상 아브라함, 이삭, 야곱에게 하느님이 약속했다는 땅, 광야를 헤매고 강을 건너 돌아와야 했던 귀중한 땅이 아니었다.

그 땅에 살다가 소가 끌려가고 양이나 염소가 팔려가듯 다른 나라 왕에게 넘겨진 백성은 하느님의 백성이 아닌 모양이었다. 예수는 놀라 어쩔 줄 모르는 백성들의 퀭한 눈이 보였다. 그들은 약속의 땅에서 살 수 있는 약속의 백성에서 제외되었다. 두로 왕이 믿는 신을 믿어야 하고, 두로 왕에게 세금을 바쳐야 하고, 두로 지방 사람들에게 시집가고 장가들며 살아가야 했을 그들 모습이 한동안 눈에 밟혔다. 가슴이 아팠다.

성전과 왕궁을 짓기 위해 온 나라에서 많은 사람을 뽑아 올렸다는 얘기, 3만 명씩 3교대로 레바논에 보내 삼나무와 백향목을 베어 날랐다는 얘기, 돌을 캐고 운반하고 자르고 쪼아 건축한 얘기 등 암송하는 사람이 들려주었던 얘기의 광경이 눈앞에 한 장면씩 떠올랐다. 입으로 찬송을 부르며 그 고된 일을 했을 것인가? 아니다. 휘두르는 채찍에 맞아 피 흘리며 쓰러진 사람의 남루한 옷과 일그러진 얼굴이 보였다. 그건 모세가 보았다는 광경, 이집트 파라오 밑에서 노예로 신음하던 옛 조상 히브리인들의 모습과 겹쳐 떠올랐다. 휙휙 허공을 가르는 매서운 채찍이 보였다. 거친 욕설이 들렸다. 신음 소리도 제대로 못 내고 눈앞이 깜깜해져 쓰러지는 공포가 보였다. 솔로몬왕이 화려한 침실에 길게 누워 대접으로 좋은 포도주를 마시는 모습도 보였다. 성전 깊은 곳 하느님을 모신 지성소 휘장이 보였다.

천 년 세월 동안, 하느님의 백성이라는 이스라엘이 아무렇지도 않게 그런 얘기를 받아들였다는 사실을 어떻게 이해해야 한단 말인가? 이 땅은 과연 누구의 땅이고 백성은 누구의 자식이었단 말인가?

땅이란 소유하고 거래할 대상이 아니다. 땅은 누구도 영구하게 소유할 수 없다. 거기에 집 짓고 사는 사람, 식구들과 밭을 갈아먹고 사는 사람이 누리며 살다 세상을 떠나면 그 자식이 뒤를 이어 아비처럼 일궈 먹고 살아갈 삶의 터다. 누구도 자기 살아가는 데 필요한 몫 이상의 땅을 차지하고 그렇게 차지하여 경계를 넓힌 땅을 대대로 자손에게 넘겨줄 권리는 없다. 넘기거나 빼앗거나 그 땅에 사는 사람을 쫓아낼 권리는 누구에게도 없다.

그 땅은 왕의 땅이 아니다. 성전의 땅도 아니다. 도시에서 늦잠 자고 일어나 상아로 만든 침상에서 하품하면서 '오늘은 바산 지방에서 나오는 살진 암소고기를 먹자'고 생각하는 사람을 위한 땅이 아니다. 땀 흘려 일하지 않고서도 그 땅의 소출을 누리는 사람의 땅이 아니다. 약속받았다고 내세우며 이스라엘이 새로 차지할 땅이 아니다. 이미 뿌리내리고 사는 사람이 그 땅에 머물 권리가 있다. 그 사람들을 쫓아낸다면 그건 하느님의 뜻이 아니다. 땅의 뜻도 아니다. 예수의 생각은 그랬다.

땅을 생각할 때마다 예수는 '땅이 운다'는 말을 떠올렸다. 어떤 땅이

거기에 뿌리내리고 살던 사람으로부터 다른 사람에게 넘어가면 밤새
그 땅이 운다고 했다.

"예수야! 땅이 울어서, 밤새 울어서 내가 여기를 떠날 수가 없었
다."

"아저씨! 땅이 울어요?"

"그래, 마치 아들 잃은 늙은 아비가 울 듯 으흐흐 울고, 한숨 쉬고,
원망하며 중얼거린다. 그러나 이제 나는 아무것도 할 수 없구나. 떠날
수밖에 없다. 저 땅을 놔두고 나는 떠나야 한다니 ···. 다시 돌아올 수
없겠구나."

나사렛 모서리집 아저씨, 밤이고 낮이고 팔아넘긴 땅을 찾아가 서성
이며 울던 아저씨가 예수에게 들려준 말이었다. 살림이라 부를 수도 없
는 허름한 짐을 등에 지고 동네를 떠나면서 아저씨가 예수의 어깨를 어
루만지며 남긴 말이었다. 초점 잃은 눈으로 아버지의 뒤를 따라 허청허
청 말없이 동네를 떠나던 그 집 아이들 모습을 예수는 오래 잊을 수 없
었다. 땅을 잃은 사람이 겪게 되는 운명을 그는 너무 잘 알았다.

땅 얘기만 나오면 예수는 늘 아버지 얼굴을 떠올렸다. 가버나움으
로 옮겨가 어부 생활을 하기 전, 나사렛에 살면서 아버지를 따라 일 다
닐 때였다. 하루 종일 돌을 쪼고 집으로 걸어가던 어느 해질 무렵이었
다. 배가 고프다 못해 허리를 펴기도 어려울 만큼 잔뜩 허기졌다. 아
버지와 아들은 발걸음을 재촉했다.

"밭 한 자락만 있어도 좋겠다."

앞세운 그림자가 점점 길어지는 것을 보면서 걸음을 서둘렀지만 생

각처럼 빨리 걸을 수 없었다. 발걸음을 자꾸 허둥거리고 허덕허덕 힘든 숨을 내뱉으며 앞서 걷던 아버지가 한숨을 길게 내쉬더니 뜻밖의 말을 입 밖에 낸 것이다. 밭 한 자락, 아버지의 꿈이었다. 아버지는 아직도 그 꿈을 꼭 붙잡고 사는 모양이었다.

엎어져 일할 밭 한 뙈기도 없다고 아버지는 늘 아쉬워했다. 설사 비탈밭 한 자락이 있다 한들 살림에 보탬 될 일은 아니었다. 그러나 예수는 잘 알았다. 사람들이 얼마나 땅에 집착하면서 살아가는지. 땅은 그저 곡식을 심고 가꾸는 농토로서만 생각할 수 없었다. 땅은 사람이 살아가는 근본이었다. 밭 한 자락을 얘기하던 아버지는 곡식이나 채소를 거두어들일 수 있는 밭을 얘기한 것은 아니었다. 어떤 연유에서 뿌리가 뽑혔든, 땅에 뿌리내리고 살았던 모든 사람들에게 농사를 지을 수 있는 밭은 꿈처럼 남아있는 실뿌리였다. 남들 씨 뿌릴 때 씨 뿌려 보고, 남들 거둘 때 무엇이든 한 아름 거두어 보고 싶은 마음, 다른 농부들처럼, 이른 비 늦은 비가 제때 오지 않아 하늘 쳐다보며 걱정이라도 해보는 것이 아버지 어머니의 꿈이었다.

"아버지, 우리도 밭을 하나 만들어보지요?"

"땅이 없는데 어디다 밭을 만들어? 동네에 반반한 땅은 이미 누가 벌써 밭을 만들어 농사를 짓고 있는데 …."

"정 만들 땅이 없으면 제 등짝에라도 만들어요."

"예끼! 내 등짝이면 몰라도 네 그 쬐그만 등에 뭘 만들어?"

"아니, 아버지가 하도 밭을 갖고 싶어 하셔서요."

"얘야! 정말 한번 만들어볼까?"

갑자기 요셉에게 없던 힘이 불끈 솟아나는 모양이었다.

그날 밤, 온 하늘에 가득한 별이 반짝일 때, 마당에 깔아 놓은 명석에 드러누워 수많은 별을 올려다보던 아버지가 벌떡 일어나 앉았다. 하도 갑작스럽게 일어나는 바람에 무슨 일인가 하고 어머니도 동생들도 모두 깜짝 놀랐다.

"예수야!"

"예, 아버지!"

"정말 밭 만들어볼까?"

"여태 그 생각 하고 계셨어요?"

"글쎄다. 한번 생각하니까 자꾸자꾸 샘물 흘러나오듯 멈출 수가 없구나!"

"뭘 만든다구요?"

어머니가 끼어들었다. 야고보도 바짝 다가앉았다.

"밭 하나 만들어보자고, 아까 집에 돌아오면서 아버지하고 얘기 나누었어요."

예수의 말에 어머니가 반색했다.

"밭? 그러니까, 밭? 밭!"

"그래요. 애랑 얘기를 좀 했는데 밭 하나 일구어보는 게 어떨까 하고 …."

"그래요. 아버지, 제가 열심히 일할게요."

야고보도 찬성하고 나섰다. 어머니는 벌써부터 마음이 설레는 모양이었다.

"어디가 좋을까요?"

아버지가 어머니 의견을 물었다. 어차피 큰 농사를 짓는 밭이 아니고 겨우 텃밭일 테니 어머니의 의견이 중요했다.

"집 뒤, 언덕 있잖아요? 좀 비탈이기는 해도 다른 땅보다는 그래도 완만한 편이고, 집도 가깝고. 또 하나 좋은 게, 그 땅은 임자가 없는 땅 같던데요? 여태까지 한 번도 누가 와서 둘러본 적이 없었어요."

"그럼 거기에 밭을 만드는 것으로 합시다!"

"나도 밭 같이 만들 거다! 오빠! 나 잘 할 수 있어."

무엇을 안다고, 제일 어린 여동생 요한나까지 참견하고 나섰다. 당장 이튿날부터 시작하자고 온 식구가 다짐했다. 그 많고 많은 하늘의 별 중에 적어도 하나쯤을 우리 별로 만든다는 듯 모두 기분이 좋아졌다. 다시 온 식구가 드러누워 두런두런 도란도란 얘기하다가 아버지부터 잠이 들었다. 다른 날과 달리 잠든 아버지 숨소리도 고르고 코 고는 소리도 그리 요란하지 않았다.

밭을 만들기 시작한 며칠 후, 동네 우물에 내려가 물을 길어온 어머니가 마을 사람들 얘기를 전했다.

"애당초 그 땅은 밭이 될 수 있는 땅이 아니니 헛수고하지 말라고 하네요. 그 말을 듣고 나니 얼마나 힘이 쭉 빠지는지."

어머니의 말 속에는 근심이 가득 담겨 있었다.

"에이, 괜찮아요. 세상에 어디 처음부터 밭이었던 땅이 있나요? 만들면 밭이지."

아버지의 말을 받아 예수도 거들었다.

"걱정 마세요. 나사렛에서도 제일 멋진 밭, 기름진 밭 만들어 드릴게요."

"그러면 오죽이나 좋을까!"

138

예수네 식구는 마치 전장에 나간 병졸들처럼 모두 달라붙어 돌을 주워 내고 흙을 일구었다. 하루 종일 뜨거운 햇볕 아래 힘들게 돌을 다루고 집에 돌아와서도 아버지와 예수는 언덕에 올라 밭 만드는 일에 매달렸다. 낮에는 동생들을 데리고 어머니가 돌을 주워 냈다. 주워 낸 돌이 밭가에 수북이 쌓이면서 제법 밭 꼴을 갖추기 시작했다.

"여기, 비탈이 생각보다 심하네요. 비가 오면 흙이 몽땅 쓸려 내려갈 것 같아요."

"그럼 가로로 고랑을 깊이 파자, 예수야."

"예. 그게 좋겠어요."

조금이라도 밭고랑에 빗물이 머물도록 가로로 서너 개 깊은 고랑도 팠다. 엉겨 붙은 나무뿌리를 다 캐내고, 돌도 다 주워 내고, 딱딱하게 굳은 흙덩이를 잘게 부수어 누구라도 이제는 밭이라고 부를 만한 모양새가 됐다. 요한나 주먹보다 큰 돌은 다 주워 냈다. 더 작은 돌은 곡식을 심든 채소를 심든 직접 무엇을 심을 때 더 줍기로 했다.

"와, 정말 밭이 됐다!"

"그러게요!"

밭 한가운데 서 있던 아버지 어머니 옆으로 동생들이 모두 모여들었다. 아버지는 어머니의 어깨와 예수 그리고 동생 야고보를 감싸 안았다. 아버지는 정말 감격했다. 어린 동생들 요셉, 유다, 시몬, 그리고 여동생 마리아와 요한나까지 모두 무엇을 안다는 듯 기분 좋게 밭고랑을 이리저리 뛰어다녔다.

"얘야! 거기 밟으면 무너진다!"

"예에!"

여기에 무얼 심고 저기에 무얼 가꾸자고, 꽤나 신이 나서 저희들끼리 웃고 재잘거리며 동생들은 쉴 새 없이 떠들었다. 그 동생들을 생각하면 나사렛을 떠난 이후에도 예수는 언제나 저릿저릿 가슴이 아팠다. 나사렛 가난한 집에 태어나 평생 그렇고 그렇게 살아갈 수밖에 없는 동생들이었다.

밭을 만들던 기억, 밭 가운데 식구들이 모여 서로 얼싸안던 기억은 날이 지나고 해가 바뀌어도 예수에게는 방금 겪은 일처럼 또렷했다. 걸터앉아 돌을 쪼고 나무를 깎던 아버지 모습은 제사드리는 사람처럼 경건했고, 뒷밭에 오르내리며 물을 주고 뭔가 심고 가꿀 때는 참새 둥지를 발견하고 매일 들여다보는 아이 같았다.

그런 밭을 남겨두고 몇 년 후 아버지는 세상을 떠났다. 그래서 그런지 갈릴리 들판이나 산기슭에서 평탄하고 곡식이 넘실넘실 잘 자라는 밭을 보면 늘 아버지 생각이 났다. 가뭄 걱정하면서 하늘 쳐다보는 농부가 그렇게 부럽다던 아버지가 그리웠다. 점점 나이 들면서 아버지의 모습을 회상해보면 늘 아쉬운 일, 미안했던 일뿐이었다. 아버지의 속 깊은 마음을 알 것 같았다. 아무리 메우려 해도 아버지 떠난 자리는 오래오래 크고 깊게 남아 있었다.

식구들이 모두 달라붙어 일구어 낸 그 밭은 그냥 밭이 아니었다. 아버지와 어머니, 모든 동생들이 얼싸안고 기뻐하던 장소였다. 장소와 시간과 땀 흘렸던 일이 하나로 어우러진 기억이었다. 밭은 기억의 바닥에 길게 가로 누워 있었다. 갈릴리 마을마다 돌아다니며 밭을 볼 때면 아버지가 생각나고, 동생들이 생각나고, 손으로 입 가리고 웃던 어머니가 생각났다.

그 후, 갈릴리 호수에서 고기잡이를 할 무렵, 짬을 내서 나사렛에 가보면 어머니는 거의 집에 없었다.

"어머니는?"

오빠가 왔다고 넘어질 듯 달려나온 요한나는 예수가 묻는 말에 손으로 집 뒤 언덕 밭을 가리키며 대답했다.

"밭에 가셨어요."

"또?"

"하루도 빼놓지 않고, 매일 … ."

어머니는 늘 그 밭에 가서 살았다. 세상 떠난 아버지를 만나러 가듯, 아버지와 나눌 얘기가 아직 많이 남아 있는 듯 틈만 나면 밭에 갔다. 아버지를 만나는 장소가 어머니에겐 밭이었다. 올라가보면 어머니는 밭고랑에 엎드려 무슨 일이든 하고 있었다. 하다못해 조그만 돌이라도 골라 주워내면서 밭에 매달렸다. 그 조그만 밭은 아버지에게나 어머니에게나, 갖지 못한 것이 무엇이었고, 잃은 것이 무엇이었는지 깨닫게 해주는 마음의 밭이기도 했기 때문이었다.

"어머니, 또 밭에 올라오셨어요?"

"그냥!"

"밭 꼴이 말이 아니네요."

"글쎄 말이다. 해마다 고랑을, 가로로 이렇게 깊게 다시 파 놓아도 워낙 심한 비탈이니 빗물이 머물지 않는구나! 비가 와도 금방 흘러내려간다. 그렇게 흘러내려가는 빗물이 어찌나 아까운지 … . 빗물도 흐르고, 시간도 흐르고 … ."

"이제 내려가시지요."

"그러자!"

먼저 내려가다가 뒤돌아보면 어머니는 밭가에 그냥 우두커니 서 있었다.

"여보, 나 이제 가우!"

예수는 아무 말도 할 수 없었다. 가슴이 먹먹했다. 겨우 몇 발짝 떼다 말고 뒤돌아서서 생전에 그랬듯 아버지에게 인사하는 어머니를 보았기 때문이었다. 어머니 얼굴에 드리워진 어둠을 보았다. 무너져 내리는 밭만큼이나 어머니 가슴도 조금씩 허물어진 것을 보았다.

밭은 그냥 밭이 아니었다. 발 디디고 걷는 땅도 그냥 땅이 아니었다. 땅은 생명이 뿌리내리는 터전이다. 땅을 잃은 사람들은 뿌리 뽑힌 사람들이다. 땅을 빼앗겼거나 팔았거나 잃은 사람들은 그 땅을 두고 떠나지 못했다. 그저 맴돌았다. 하다못해 소작을 맡든, 품삯 일꾼으로 일하든 그 땅에 머물러 살려고 애를 썼다. 이미 남의 땅이 되어 버렸을망정 놔두고 다른 곳으로 획 떠나갈 수 없었기 때문이었다. 땅이 발을 잡아서 뿌리를 걸어 어디로 떠날 수 없다고 말하던 사람들 마음을 예수는 잘 알았다. 그래서 땅에 대한 얘기라면 예수는 언제나 귀를 바짝 기울이고 들었다. 그런 예수였기 때문에 솔로몬왕이 성읍 스무 곳을 떼어 두로의 히람왕에게 넘겼다는 얘기를 듣고 분개했다. 그러면서 하느님이 조상에게 약속으로 준 땅이라는 말에 의문을 가지게 되었다.

경전 공부는 계속되었다.

"기록에 따르면 유대와 사마리아 갈릴리라고 불리는 이스라엘 모든 땅, 당시에는 가나안이라고 불렸던 땅을 이스라엘의 열두 지파가 약속의 분깃으로 받았습니다."

요한이 먼저 입을 떼고 난 다음 성경을 암송하는 사람이 해당 부분을 암송해 주었다.

"루우벤과 갓, 그리고 므낫세 지파의 반은 요단강 동쪽의 땅을 받았고, 다른 지파들은 요단강 서쪽 땅을 받았다. 납달리, 아셔, 스블룬 그리고 이샤카 지파는 갈릴리 고지대와 골짜기에 거주하도록 분배받았다. 므낫세 지파의 다른 반쪽과 에브라임 그리고 베냐민 지파는 북쪽 이즈르엘 골짜기에서부터 남쪽 예루살렘 바로 위까지 중부 고지대 대부분을 받았다. 유다 지파는 예루살렘에서부터 남쪽 브알세바 골짜기에까지 이르는 남쪽 고지대를 배당받았다. 시몬 지파는 브알세바 골짜기의 건조한 지역으로부터 바닷가 평원에 이르는 지역을 받았다. 단 지파는 처음에는 해안가 평야지대를 받았는데 나중에 나라의 가장 북쪽 끝으로 거주지를 옮겼다."

그 얘기를 들으며 예수는 마음이 꽉 막힌 듯 답답했다. 약속의 땅이라는 말과 가나안을 정복해서 열두 지파가 나눠가졌다는 말은 조상들이 다른 목적을 가지고 만들어낸 얘기라고 생각되었기 때문이었다. 약속으로 주어졌다는 그 땅은 빈 땅이 아니었다. 가나안 사람들이 살고 있었다. 그 땅을 정복하고 차지했다는 얘기였다. 기록된 역사는 참혹하고 잔인했다. 살아있는 생명은 하나도 그 땅에 남지 않도록 모두 칼로 쳐 죽이고 불태워 무너뜨리고 철저하게 파괴했다고 기록은 전했다. 이스라엘 자손이 아니라는 이유 하나만으로 눈도 제대로 못 뜬 갓난아기까지 모두 죽이라고 명령했다는 하느님은 과연 어떤 하느님이었을까?

예언자 요나 이야기 낭송을 들었을 때, 예수는 다른 모습의 하느님을 만났다. 하느님은 요나를 통하여 이스라엘의 원수를 구원했다. 원수 니느웨성 사람들이 회개하여 하느님의 처벌로부터 구원을 받게 되자 요나가 불평했다. 그때 하느님이 말했다.

"이 큰 성읍 니느웨에는 좌우를 분별하지 못하는 자가 12만여 명이요, 가축도 많이 있나니 내가 어찌 아끼지 아니하겠느냐?"

그 하느님 얘기를 듣자 그처럼 생명을 아끼는 하느님이 바로 생명의 주인이며 참 하느님 모습이라고 예수는 생각했다. 여호수아를 인도하여 이스라엘을 이끌고 가나안에 들어가게 했다는 하느님과, 요나를 들어 원수 니느웨성을 구해냈다는 하느님이 예수에게는 다른 분일 수 없었다. 그런 생각이 들자 가나안 땅을 정복했다는 옛 기록을 믿기 어려웠다. 더구나 그렇게 철저하게 파괴되고 한 명도 남김없이 모두 죽임을 당했다던 가나안 사람들이 훗날 사사시대 또는 판관시대라고 부르는 때에 이르면 끊임없이 이스라엘을 괴롭히는 적으로 등장했다.

어느 날, 예수가 세례자 요한에게 질문한 적이 있었다.

"선생님, 씨도 남기지 않고 모두 멸절시켰다는 가나안 족속이 어찌 다시 자꾸 나중에 나타납니까?"

지도자 여호수아를 따라 가나안을 정복하고 이스라엘의 열두 지파가 땅을 나눠 가졌다는 경전 암송을 들은 이후, 가나안 사람들과 전쟁을 치르던 지파들 얘기를 들었던 날이었다.

"어허! 나도 그건 생각해보지 못했소. 그런데 어찌 생각해보면 그리 이상할 일도 아닌 것 같소. 불에 타 시커먼 산판에 새싹이 돋고 나무가 다시 푸르러지는 것과 마찬가지 아니겠소?"

"그럴 거면 같이 어울려 살라 하시지 왜 하느님께서는 굳이 그들을 살려두지 말라고 하셨을까요?"

"그건 우리 조상에게 그분이 약속으로 주신 땅이니까 … ."

"약속으로 주시려면 사람 살지 않는 곳을 주시지 왜 굳이 그렇게 파괴하고 멸절시키면서 차지하게 하셨는지요?"

"그 땅에 살던 사람들은 우상을 섬기는 사람들이었지요."

"우상을 섬기면 다 쳐 죽여야 합니까?"

"계명 중에 가장 큰 계명이 오직 하느님 한 분만 섬기라는 계명이외다. 그들 가나안 사람들은 우상을 섬겼습니다."

"그래서 죽여야 합니까?"

"하느님께서 그리 명령하시고 여호수아를 이끄시었소."

그것이 세례자 요한의 한계였다. 요한은 이스라엘의 가르침과 법, 그리고 전통 속에서 하느님을 찾았기 때문이었다. 좀 있다가 예수가 세례자 요한에게 다시 말했다. 그때는 요한과 예수 두 사람만 따로 떨어져 앉아 있었다.

"선생님! 저는 두 가지 중에 하나라고 생각합니다."

"무슨 얘기요?"

"예, 아까 말씀하셨던 얘기입니다. 우리 조상들이 여호수아를 따라 가나안 땅을 점령했다는 얘기 말입니다."

"어허! 또 그 얘기인가요? 그래 어떻게 생각하는지요?"

"한 가지는 이렇습니다. 들판에 살고 있는 가나안 사람들과 산지, 고지대로 흘러 들어와 터를 잡기 시작한 우리 조상들의 모습이 보입니다. 가나안 사람들과 때로는 경쟁하고 싸우고 때로는 서로 협력하면서 높은 땅과 낮은 지대에서 부대끼며 살았을 것입니다."

"기록에는 우리 조상들이 가나안을 정복한 것으로 나옵니다."

"선생님, 기록은 그렇게 돼 있어도 40년 동안 광야를 헤맸다는 사람들, 변변한 무장도 없이 가나안에 들어온 사람들이 오랫동안 뿌리내리고 살았다는 가나안 족속, 말과 전차와 칼과 활로 무장하고 훨씬 문명이 더 발달한 가나안을 정복할 수는 없을 것입니다. 고작 산꼭대기 부근에 둥지를 틀고 내려다보이는 들판을 부러워하며 목축으로 살아갔을 것입니다."

표정으로는 허허 웃었지만, 요한은 예수가 하는 말을 주의 깊게 듣고 있었다. 그러더니 물었다.

"하느님이 이끄셨기 때문에 가나안을 정복할 수 있었소. 하여튼 다른 하나는 또 무엇인가요? 두 가지라고 했는데 ⋯."

"예. 이건 제가 생각해도 좀 문제가 있을 듯해서요."

"나에게 말하는 거야 뭐 ⋯. 얘기해보세요."

"말씀드리겠습니다. 아예 처음부터 열두 지파가 가나안을 정복한다는 얘기와는 전혀 다른 얘기입니다. 그저 남쪽과 북쪽의 여러 땅과 평야와 골짜기, 산간지방에 사는 사람들을 끌어모아 열두 지파의 후손이라고, 원래 한 뿌리였다고 통합하려는 정치권력이 역사를 그렇게 기록했다고 볼 수도 있습니다."

"가만! 아예 그런 일이 없었다? 어허!"

요한은 입을 다물었다. 그의 얼굴은 순간 딱딱하게 굳었다. 아마 깊은 충격을 받은 것처럼 보였다. 예수가 생각하는 그런 역사를 절대로 받아들일 수 없기 때문이었다.

"그건, 예수! 그건 이스라엘의 역사를 통째로 부인하는 얘기요. 열두 지파가 가나안을 정복하고 땅을 나눴다는 얘기를 믿지 못한다면 … ."

그가 느끼는 충격을 예수는 충분히 이해할 수 있었다. 이스라엘의 뿌리에 관한 얘기였기 때문이었다. 그 얘기가 있어야 '이스라엘'이라는 이름을 얻게 된 야곱이 있을 수 있고, 이집트에서 노예로 억압받으며 살다가 해방됐다는 이야기도 있을 수 있었다. 돌이켜 생각해 보면 세례자 요한은 정말 예수에게는 더없이 고마운 선생이었다. 그런 얘기를 듣고도 예수를 내치지 않고 제자 무리 속에 데리고 있었다. 예수의 의문은 나날이 커지고 깊어졌다.

요한의 주선에 따라 광야로 수행을 떠나기 전 이미 예수는 깨달은 바가 있었다. 바로 조상들이 지도자 여호수아를 따라 가나안을 정복했다는 얘기는 어떤 목적을 위해서 사실을 왜곡했음이 분명하다는 것이었다. 결국 이스라엘이 차지하여 살고 있는 땅이 약속의 땅이 아닐 수 있다는 생각이 들었다. 하느님은 그렇게 땅을 어느 민족에게 독점적으로 넘겨주시는 분이 아니라는 생각 때문이었다. 그렇게 생각하기 시작하자마자 약속의 땅을 찾아 이집트에서 돌아왔다는 얘기, 거슬러 올라가면 조상 아브라함이 땅을 약속으로 받았다는 얘기도 달리 생각할 수밖에 없었다. 그런 약속은 처음부터 없었을지 모른다는 생각마저 들었다. 땅을 약속받았다는 얘기는 조상들이 살던 어느 시대에 그렇게 말할 필요가 있었을 때 지어낸 얘기일 수 있겠다고 생각했다.

어떤 땅에 대대로 뿌리를 내리고 사는 사람들은 그 땅과 그들 사이에 특별한 연고가 있다는 이야기를 만들어낸다. 이야기가 극적일수록 그 땅에 대한 사람들의 애착과 집착이 크다는 반증이다. 신이, 그중에서도 가장 높고 강력하다고 이름 날리는 신이 그 땅을 오래전에 그들에게 주었다는 얘기라면 더 그렇다. 그런 얘기는 누가 나서서 증명할 수도, 보증할 수도 없다. 서로 다른 주장을 하는 사람들 중 어느 한쪽 사람이 더 강력한 신을 자기들 편으로 끌어들이면 그 땅에 대한 소유권을 더 강하게 주장할 수 있었다. 강력한 신이라는 말은 결국 강력한 힘이라는 뜻이었다.

이스라엘이 그런 백성이었다. 야훼 하느님이 이스라엘의 조상 아브라함에게 큰 땅과 많은 후손을 약속했고, 대를 이어 거듭 약속을 확인해주었다는 얘기를 굳게 믿고 사는 사람들이었다.

하늘의 별과 땅의 모래처럼 많은 후손을 주리라는 약속은 그렇게 많은 사람이 몸 붙여 살아갈 수 있는 특별한 땅과 관련해서만 의미가 있었다. 땅에 대한 약속은 그 땅에 관한한 배타적 권리가 있다는 선언이다. 야훼는 이스라엘이 사는 곳이면 어느 곳이고 이스라엘에게 주어진 땅이라 말하지 않았다. 오직 가나안 땅이 이스라엘에게 주어진 땅이라고 약속했다고 사람들은 믿었다. 왜 가나안 땅일까? 왜 메소포타미아가 아니고, 왜 나일강 가에 드넓게 펼쳐진 땅이 아니고 가나안일까? 가나안에 이미 살고 있던 사람들이 만들어낸 얘기가 아니었을까?

어느 날 저녁, 예수는 하늘 가득한 별을 바라보다 요한에게 물었다.

"선생님, 왜 야훼 하느님이 우리 조상 아브라함을 부르셔서 저 하늘의 별보다 더 많고, 바닷가 모래보다 더 많은 자손의 조상이 되리라 축복하셨나요? 하느님의 부름을 받아 아비의 집, 고향을 떠난 일이 그만 큰 축복받을 일인가요?"

"예수, 그건 하느님의 뜻이오."

"그래서 왜 하느님께서 그런 뜻을 세우셨느냐고 여쭙는 것입니다."

"기록에 그렇게 씌어 있어요."

"예. 저도 요즈음 성경 암송하는 사람이 매일 암송해서 들려주는 기록을 들어서 기록에 있다는 것은 압니다."

"그럼 그렇게 믿고 따르시오."

"한 가지 더 여쭙겠습니다."

"그래, 무엇인데요?"

"왜 하느님은 우리 조상 아브라함에게 이 땅, 지금 우리가 발 디디고 서 있는 이 땅을 약속의 땅이라 넘겨주셨나요? 약속이라는 말은 어떻게 들으면 아직 이루어지지 않았고 장래에도 이루어지지 않는다는 느낌이 들어서요."

"아니오. 약속은 이루어진다오. 하느님이 그렇게 정하셨고, 우리 조상에게 직접 여러 번 약속하셨지요. 흩어졌다가도 다시 이 땅으로 돌아오게 된다고. 이 땅을 집으로 삼는 백성이 되고 어디에 끌려가든 다시 돌아올 땅을 미리 약속으로 정해주셨던 거요. 기록에 따르면 … ."

예수는 끊임없이 '왜'를 질문했고, 요한은 '기록에 따르면'이란 말로 대답했다. 하느님이 아브라함과 조상들에게 가나안 땅을 약속했다는, 그리고 이스라엘 백성이 이르는 곳마다 하느님이 나타나 수시로 그 약속을 다시 확인했다는 긴 설명으로 예수의 질문에 대답했다. 그럴 때마다 예수는 시원한 대답을 듣지 못했다는 느낌을 떨칠 수 없었다.

예수 생각으로는 가나안 땅을 하느님이 조상 아브라함과 후손들에게 약속으로 주었다는 얘기가 바로 토라의 뿌리였다. 그건 '왜' 그랬는지와 아무 상관없이 '어떻게' 하면 약속이 이루어진다는 가르침이었다. 그런 생각 끝에 예수는 또 한 가지 중요한 깨달음에 이르렀다. 바로 하느님 약속의 중심은 땅이라는 점이었다. 하느님을 경외하고 따르면 땅을 지키며 살 수 있고, 하느님의 뜻을 벗어나면 땅을 빼앗기고 다른 땅에서 이방인의 종으로 살 수밖에 없다는 얘기였다. 땅을 지키고 살기 위해 하느님의 여러 가르침을 지키고 따라야 했다.

"선생님, 농사꾼이 겨우 자기 식구 먹고살 만큼 식량을 생산하면 되는데 왜 자기 삶의 경계를 넘는 땅이 필요하고 그 땅을 지키기 위해 왕을 따라 전쟁에 나가 목숨을 잃는지 이해할 수 없었는데, 결국 모든 일이 땅과 관련한 문제였군요?"

"땅이 삶의 터전이니까 그러하지요."

"예. 삶의 터전인 것은 맞는데, 왜 자기 식구가 먹어야 할 식량만큼만 농사지을 땅보다 더 크게 필요한지 모르겠습니다."

"허허! 예수! 그대는 내가 대답할 수 없는 것을 묻고 있소. 그 대답은 나에게 묻지 말고 하느님께 여쭈어 보시오."

"선생님은 하느님의 뜻을 사람에게 전하시는 분이지 않습니까?"

"예수, 이제까지 내게 그렇게 질문한 사람은 없었소. 나는 그 질문에 답을 줄 수가 없구려. 예수가 스스로 하느님을 만나야 할 이유요. 내가 기회를 마련해 주리다."

요한은 예수라는 동년배의 제자가 자기보다 더 깊은 근원적 문제를 붙잡고 매달리고 씨름하는 것을 보고 자기가 가보지 못한 길을 가도록 도와주었다. 요한은 그래서 예수에게 더할 나위 없는 훌륭한 스승이었고 길잡이였다. 예수가 소박하게 묻는 질문에, 자신이 그동안 읽고 배우고 명상하고 깨달은 지식과 법과 가르침으로 대답해줄 수 없음을 요한은 알았다. 자기가 가진 샘물로 예수의 갈증을 풀어줄 수 없음을 알았다. 그래서 그는 예수에게 광야에서 수행하는 기회를 마련해주었다. 광야는 하느님을 만나는 자리였기 때문이었다.

'아브라함의 얘기가 없었다면, 이집트에서 해방되어 나온다는 얘기가 없었다면, 가나안 정복이 없었다면, 이스라엘의 하느님 야훼는 과연 어떤 분일까?'

예수는 한 번도 들어본 적 없는 다른 세상의 문 앞에 서 있는 느낌이었다. 그 문을 열어젖혔을 때 무엇을 보게 될지 알 수 없었다. 기록으로 전해진 이스라엘의 역사를 의심하면서 예수가 새롭게 만나게 될 하느님, 어떻게 그분을 따라야 할지 두렵고 무서웠다.

마침내 광야로 나갈 때가 왔다.

"예수! 준비하시오"

"예?"

"광야로 나가시오!"

"선생님!"

"그대가 떠나야 할 때가 되었소."

"선생님!"

"그대는 나보다 큰 사람이 될 것이오. 내가 가진 자루에 넣을 수 없을 만큼 이미 커졌소."

"저는 아직 … ."

"암송하는 경전을 듣고 깨닫는 일보다 더 큰 일을 시작하시오."

"예!"

"내가 준비해 두었소. 빌립에게 가면 그가 준비한 것을 내어줄 것이오. 그걸 받아 떠나시오."

"예!"

"아! 그대 친구, 쌍둥이처럼 붙어 다니는 히스기야와 함께 가시오! 둘이 단짝이더구먼. 내가 보기에 그대가 히스기야 같고, 히스기야가 그대 같소."

그때는 히스기야가 예수를 찾아와 요한 공동체에 함께 머무르고 있을 때였다. 이미 요한은 운명으로 엮여 있는 예수와 히스기야의 관계를 깨닫고 있었다.

전체 광야 수행 기간의 반이 넘는 기간을 예수는 오로지 토라에 대해 생각했다. 그는 언제나 '왜'라는 질문으로 시작했다. 아무것도 당연하다고 받아들이지 않았다. 한 번도 의심한 적 없는 분명한 가르침에 대해서도 '왜'라는 질문을 던지고 나서 다시 생각하면, 다시 의문이, 그리고 그 대답이 꼬리를 물었다. 그 하나하나에 대하여 나름대로 합당한 대답을 찾아가는 일은 하늘에서 별 하나를 새로 발견한 것만큼 커다란 기쁨이었다.

광야 수행 끝에 예수는 동굴을 스스로 걸어 나올 수 있었다. 배고픔과 고독 그리고 혹독한 밤 추위를 견디면서 들어앉아 있던 동굴 속에 사람을 옭아매어 오던 사슬을 풀어 놓고 나왔다.

"해방하시는 하늘 아버지, 감사합니다."

해방은 돌아가는 것이다. 가보지 않은 광야로 나가는 것이 아니라 원래 있어야 할 곳에 이르는 것이다. 길 떠나 헤매다가 집에 돌아가는 것과 같다. 시작으로 돌아가는 것이 아니고 근원에 도달하는 일이다. 몸이 몸의 근원으로 돌아가는 일이다.

광야 수행을 통하여 예수는 눈앞에 서 있는 존재를 따스한 시선으로 바라보며 얼싸안고 살아가는 시대를, 그 스스로 먼저 경험하며 살게 됐다. 그건 위에서 내려다본 가르침의 시대, 토라의 시대를 넘은 일이었다. 조건이 붙은 미래의 약속이 아니라, 눈앞에서 이루어지는 새 세상이다. '하느님 나라의 백성'이라고 불리면 이미 그 나라에 들어간 것인 세상이다.

예수는 깨달았다. 여기저기 흩어져 있던 얘기들을 끌어모아 깨어진 항아리 조각 맞추듯 토라가 이뤄졌다는 것을. 원래 한 항아리가 아니었으니 아무리 맞추려 한들 제대로 이가 맞을 리 없었다. 맞지 않는 항아리를 그려 내려니 형태가 아니라 관념이 되었다. 따로 배워야 하고 해설을 거쳐야 알 수 있는 가르침이 되었다.

더구나 하느님이 글로 기록해서 사람들을 가르친다는 말을 예수는 받아들일 수 없었다. 100명 중 97명, 98명이 글을 읽을 줄도 쓸 줄도 모르는데, 기록으로 사람을 가르치고 인도한다는 말은 읽고 쓰는 사람을 대리인으로 내세웠다는 말이었다. 그런 생각은 나중에 예수가 글 모르는 제자들을 받아들여 가르친 내용의 뼈대 중 하나가 되었다.

예수는 갈릴리 호수마을 가버나움에서 제자들을 모을 때 바로 이런 점을 큰 소리로 외쳤다.

"여러분, 깨달으십시오! 하느님은 성전을 짓고, 사제를 세우고, 철

맞춰 때맞춰 제사드려야 기뻐하시는 분이 아닙니다. 제대로 읽을 수 없는 난해한 경전 두루마리 속에 그 뜻을 꼼꼼하게 기록해 둔 채 어디한번 찾아보라고 말씀하는 분이 아닙니다. 율법학자나 제사장을 통해서만 말씀하는 분이 아닙니다. 여러분이 눈으로 보고 귀로 듣고 손으로 만지고 몸으로 느끼는 모든 물체 속에 하느님의 숨결이 배어 있습니다. 그분은 스스로 여러분에게 드러내시는 분입니다. 여러분이 그분을 직접 만나지 않고, 다른 사람의 깨달음을 말로 그저 전해 듣고 그분을 알 수 있는 방법은 없습니다.”

토라라는 가르침 속에 하느님의 뜻을 꼼꼼하게 기록해 놓고, 그 뜻을 어떻게 해석해야 할지 해석의 방법도 정해 놓고, 아무런 의문 없이 그저 배운 대로, 들은 대로 믿으라고 윽박지르는 사람들 앞에 예수는 나서기로 했다. 그것이야말로 하느님이 이루려던 '해방'이라는 것을 예수는 깨달았다. 심지어 성전과 성전이 가르치는 하느님 섬김까지, 사람을 억압하는 제도는 무슨 명목으로 세웠든 모두 하느님의 뜻을 배반한 것이라 선언하는 일에 나섰다.

예수는 세상 속에 던져진 큰 걸림이 되라는 소명을 받아들일 수밖에 없었다.

예수도 알고 있다. 예루살렘에 있는 니고데모가 여리고 삭개오의 집까지 아침 일찍 하인을 보내 그에게 위험을 알린 것으로 보아 성전 측에서도 그의 위치와 움직임을 속속들이 파악하고 있음이 분명했다. 예루살렘 성전과 바리새파 사람들이 성전 뜰에서 그를 옭아매려고 기다리고 있으리라. 예수는 성전이 펼쳐 놓은 싸움 마당이 아니라 새로운 세상의 뜰로 그들을 불러내기로 마음먹었다. 그들이 내세우는 토라가 아니라 사람들 마음속에 싹이 트는 새 세상의 희망 위에 서서 그들을 만나기로 계획했다. 그들은 자기들이 예수를 공격한다고 생각하겠지만 새 세상 앞에 무너지는 수비자라는 사실을 알게 될 것이다.

그들은 보리라. 토라에서 버린 돌이 세상의 모퉁이돌이 되는 세상을 두 눈으로 보리라.

예루살렘의 음모

총독이 입성하는 이날 아침, 예루살렘 아랫구역 사람들이 끌려 올라와 서북쪽 성문 안팎의 길을 쓸고 있었다. 총독이 군대를 이끌고 성안으로 들어오는 길은 늘 깨끗해야 했다. 성전에서 나온 사람들이 아침부터 유난히 설쳐댔다.

"티끌 하나도 있으면 안 된다. 깨끗이 쓸어라! 너! 거기, 키 큰 놈! 왜 빗자루만 들고 어정거리냐? 혼을 나봐야 알겠냐? 당장 엎어져 길을 싹싹 쓸어!"

"쓸 게 별루 없는데 …."

"이런! 네 눈깔에는 저게 안 보이냐?"

"그나저나 배고파서 허리를 못 펴겠네."

"나는 빗자루 들 힘도 없어."

"아이구, 아이구! 배고파요, 엄마!"

아랫구역 사람들은 성전에서 나온 사람들 들으라는 듯 주거니 받거니 큰 소리로 떠들었다.

"야! 훌륭하고 고상한 아랫구역 어른들아! 일 끝나면 먹을 것 준다고 했잖아? 어서 끝내!"

"먼저 먹고 하면 안 될까요?"

"잔소리 말고 빨리 끝내. 벌써 해가 올리브산 위에 올라왔잖아!"

비질을 끝내면 성전에서 한 사람당 빵 두어 조각씩 나누어준다고 했다. 그 빵을 먹고 그 자리에 머물러 있으라는 얘기다. 아침 먹고 다시 올라오라고 집에 내려 보내면 절반 넘는 사람들이 나타나지 않을 것이 분명하기 때문이다. 빵을 먹고 그 자리에서 기다리다가 총독이 나타나면 크게 소리 질러 환영하는 일까지 마쳐야 해산할 수 있다. 성전에 속한 종들이 안식일 전날에 모두 나와 하루 종일 깨끗이 비질했기 때문에 새로 쓸지 않아도 될 만큼 길은 깨끗했다. 겨우 안식일 하루 지나 그 사이 길이 어지러워질 일은 전혀 없는데도 성전에서는 마음을 못 놓고 이른 아침부터 아랫구역 사람들을 다시 동원했다.

어정어정 비질을 하면서도 많은 아랫구역 사람들은 갈릴리 얘기를 입에 올렸다. 남보다 조금이라도 자세히 아는 사람이나 새 소식을 들은 사람은 그걸 결코 혼자 가슴속에 담아둘 수 없기 때문이다. 그 얘기는 늘 갈릴리 사람 전체를 얕잡아 보고 헐뜯는 말로 시작된다.

"아니, 갈릴리 그 사람들은 툭하면 왜 그래? 왜 가만히 있지 못하고 그렇게 소란을 떨어? 세상이 어떤 세상인 줄도 모르고! 로마 무서운 줄 몰라서 그러지 … ."

"갈릴리에는 누가 꽉 다잡고 가르치는 사람이 없잖아? 게다가 예루살렘 성전에서도 웬만한 일 아니면 제사장이나 율법 선생들을 거기에 안 내려 보내고."

"아이고, 그 사람들이 제사장 얘기를 듣기나 한대? 작년 추수 때도 성전세 받으러 거기 내려간 제사장하고 율법 선생들이 크게 봉변을 당했다는데?"

"성전세, 십일조, 그리고 제사용 제물만 올려 보내라 하고 그 사람들은 그냥 거기 살게 놔두지! 제사장이 거긴 왜 내려가?"

갈릴리 사람들과는 상종 않고, 그냥 멀리 떼어 놓고 사는 것이 훨씬 속 편하겠다는 사람들이 많았다. 그들도 이스라엘 한 뿌리에서 나온 형제라는 생각을 가진 유대 지방 사람은 이미 찾아보기 어려운 세상이 됐다.

유대사람, 특히 예루살렘에 사는 사람들의 자부심은 대단하다. 그들은 예루살렘을 거룩한 도성이라 부른다. 야훼 하느님을 모시는 성전은 예전에 모리아산이라 불렸던 성전산 위에 서 있다. 오직 한 분인 하느님 야훼를 예루살렘에 있는 성전에서만 예배하고 제사드린다는 법은 남왕국 유다의 요시아왕이 왕국을 다시 부흥시킨다는 명목으로 내세운 정책이었다. 유다는 그 법이 생긴 뒤 삼사십 년 만에 멸망하고 말았지만 법은 존속됐다. 예루살렘 성전 외에도 회당들이 지방도시나 큰 마을마다 있지만 회당은 계명과 장로들의 가르침을 공부하고, 공동체의 일을 상의하고 재판하는 곳일 뿐, 제사나 예배는 오직 예루살렘 성전에서만 드려야 했다. 하느님이 성전에 머문다는 말을 유대사람들은 입에 달고 살았다. 때로는 그 일로 다른 지방 사람들과 입씨름을 벌였다.

"거룩하신 분은 여기 우뚝 서 있는 이 성전, 그 깊고 깊은 지성소에만 임하신다오. 성전, 그중에도 지성소야말로 하느님이 이스라엘과 교통하시는 신성한 장소요."

"하느님이 어찌 오로지 한 곳에서만 그분의 백성을 만나신다는 말이오?"

"그건 그분이 세우신 법이오. 이방 지역은 더럽고 이스라엘은 하느님이 내려주신 법을 지키며 살기 때문에 깨끗하지요. 이스라엘 중에서 유대가, 유대 중에서 도성 예루살렘이 더 거룩하다는 것은 누구나 알고 있는 일 아니겠소?"

거룩한 곳에 사는 거룩한 사람만 하느님의 거룩함에 접근할 수 있다. 예루살렘을 둘러싼 성곽은 주민을 보호한다는 의미보다 거룩하지 않은 것이 거룩함의 영역으로 들어오는 것을 걸러내고 방지하는 장치였다. 분리와 배제를 위한 장벽이었다.

유대 사람들은 그래서 갈릴리라는 얘기만 나오면 더럽고 불경스럽고 거칠게 저항하고 반역을 꾸미는 시골 사람이라는 생각부터 떠올렸다.

"잠깐! 그런데 갈릴리 패거리가 뭘 어쨌다고?"

"이번 유월절 명절에 성전에서 소동을 일으키려고 예루살렘으로 올라오고 있대요. 두목이 부하를 많이 끌고 ⋯."

"두목? 강도 떼야? 산적이야?"

"아, 생각났다. 그 두목 이름이 예수래요. 여호수아!"

"예수?"

"그래, 예수!"

예수라는 이름을 들으면 사람들은 마음속으로 여호수아를 생각한다. 이스라엘을 이집트에서 이끌고 나온 전설 속의 지도자 모세의 뒤를 이은 지도자가 여호수아였다. 그를 따라 이스라엘 열두 지파가 가나안 정복전쟁을 치르며 산간지방에 나라를 세웠다고 전해졌다.

"예수라는 이름으로 보아 헬라 쪽 뿌리를 가진 사람은 아니고 이스라엘 자손은 맞는가 보네. 그런데 갈릴리 지방은 예전부터 누가 누구 자손인지 모르고, 게다가 오랜 세월 이리 섞이고 저리 섞여 이방 사람인지 이스라엘 사람인지 알 수가 없다는데 …."

"에이, 누군가 나서서 …."

그때 한 사람이 입을 열었다. 목소리도 걸걸하고 키도 남보다 한 뼘 정도 더 큰 사람이었다. 그는 불만이 가득하고 늘 누군가를 원망하며 투덜거렸다. 그러나 힘도 세고, 남 돕는 일에는 언제나 선뜻 나서는 사람이었다. 예루살렘 아랫구역 사는 사람들은 모두 그를 큰 일꾼으로 쳐주었다.

"누가 나서서 세상을 한번 확 뒤집어 버리면 좋을 텐데 …."

"쉬이, 쉬이! 그런 소리 말게."

"이러나저러나 어차피 마찬가지 아닌가? 그놈이 그놈이고."

세상에는, 상황이 지금보다 더 나빠지지 않는다면, 그냥 살던 대로 사는 것이 좋은 사람이 있다. 그런 반면 무슨 일이든 벌어져 세상이 한바탕 확 뒤집어지기를 기다리는 사람도 있다. 그런 사람은 대개 목줄을 죄고 채찍을 휘두르며 등골을 빼먹는 눈꼴사나운 성전을 미워한다. 성전은 오래된 빚문서를 앞세워 교묘하게 이자를 뜯어가는 채권자나 마찬가지였다. 겨우 하루 양식 마련하기도 어려운 사람들은 허덕허덕 살아가는데, 기름기 번지르르한 얼굴 쳐들고 거드름 피우면서 성전 마당을 어정거리는 대제사장이나 제사장이 그들은 미웠다. 성전에서 일하는 사람들에게 고개 숙이고 허리 굽히며 비위를 맞춰야 겨우 하루 양식을 얻을 수 있는 자신들이 한심했다. 이렇게는 더 이상 살 수 없지 않느냐고 큰 소리로 외치고 싶다.

그렇다고 보통 사람이 나설 일도 아니었다. 너무 큰일이기 때문이다. 누가 앞장서서 세상을 뒤엎어도 그들에게 좋은 세상은 결코 오지 않는다는 사실도 잘 안다. 어느 세상 그런 좋은 때가 있었던가? 백성을 뜯어먹는 것은 들과 밭을 까맣게 뒤덮는 메뚜기 떼뿐이 아니었다. 새끼 양을 채 가려고 벼르는 것은 하늘을 맴도는 독수리뿐이 아니었다. 무슨 힘이든 다른 사람보다 조금만 더 힘이 있으면 그걸 내세워 자기보다 못한 사람을 뜯어먹는 것은, 지배자든 그 하수인이든 마찬가지였다.

"그래도 나는 뒤집어진 세상을 한번 보고 싶어!"

"그런 소리 하지 말게. 보고도 모르나? 듣고도 잊었나? 자네 입 조심해. 죽음은 언제나 눈앞에서 입으로 들어온다고. 그러다가 자네도 십자가에 매달려 버둥버둥하다가 꼴깍 숨넘어가는 수가 있어."

"하도 답답하니 … ."

"쉬! 쉬! 자, 그만, 그만하시게. 저기 성전 사람이 건들거리며 이쪽으로 걸어오네. 우리가 너무 오래 수다를 떤 모양일세."

그러면 입을 다문다. 그뿐이다. 세상이 뒤집어지기를 바란다던 사람도 집에 돌아가 올망졸망한 자식들 모습을 보면 세상이 그나마 더 나빠지지 않기만 바랄 뿐이다. 땀에 젖어 곤히 잠든 어린 자식 머리를 쓰다듬으면 또 눈앞에 닥친 하루를 살아가야 하는 현실로 돌아올 수밖에 없다.

사람들은 메시아를 오래 기다렸다. 전해 내려온 얘기에 의하면 메시아는 제국의 압제로부터 이스라엘을 해방할 사람이다. 메시아는 옛 다윗왕처럼 뛰어난 왕이자 전쟁을 승리로 이끄는 장군이고, 하느님의 뜻을 선언하는 예언자라고 믿었다. 그래서 메시아의 출현은 하느님의 개입을 의미했다. 그것은 '내 백성이라' 하며 하느님이 이스라엘을 다시 끌어안는 부름이라고 사람들은 생각했다. 사람들은 현실이 고달프니 더 간절히 메시아를 기다리지만, 하느님의 개입이 자꾸만 미루어져서 점점 체념상태에 빠져들고 있었다.

"어이구, 지금 세상에 메시아라고 별 수 있어?"

"하느님께 할 수 없는 일이란 없다는 말 몰라?"

"그래도 그렇지! 저 로마를 어떻게 당해?"

"하긴, 다윗왕 같은 사람이 열 명 나타나도 못 당할 것 같고 ….”

"그런데 말이야! 메시아가 오면 대제사장은 어찌 될까?"

"그러게?"

"그런 생각은 나도 안 해봤는데? 가야바가 꼬리를 내리고 도망가려나?"

"아이구, 설마. 지금까지 메시아라느니 예언자라느니, 얼마나 많은 사람들이 나타나서 설쳤어? 그래도 성전은 꿈쩍도 안 했잖아!"

"그건 가짜 메시아니 그랬지. 진짜로 메시아가 온다면?"

"누가 가짜 진짜를 가려주나? 성전이? 대제사장이? 총독이?"

"로마총독을 이기지 못하면, 그러면 뭐 메시아 아니지! 가짜지.”

스스로 예언자, 메시아라면서 군중을 이끌다가 얼마 못 가서 허망하게 사라진 사람들이 많았다. 예루살렘 사람들은 그런 경험을 아직 잊지 않았다. 이집트에서 해방된 히브리인들을 이끌고 광야로 나갔던 모세를 흉내 내어 사람들을 끌고 요단강을 건너 광야로 나갔던 자칭 메시아도 있었다. 모세가 산꼭대기에 감추어 두었다는 징표를 찾자고 군중을 끌고 사마리아 그리심산에 오르던 메시아도 있었다. 그런 헛소리에 속아 많은 사람들이 죽고 노예로 끌려갔다. 로마에 끌려가 목이 잘린 메시아, 군중들이 둘러서서 지켜보는 가운데 볼기짝을 매질 당한 메시아, 따르는 무리를 버려두고 하룻밤에 달아난 메시아, 그런 사람들도 '왕'이니 '메시아'니 하는 호칭으로 불렸다.

메시아를 기다리는 일, 그건 공연한 희망이었다. 눈앞에서 스러진 물거품이었다. 지난밤 꿈속에서 만나 손 맞잡고 울었던 어머니, 오래 전에 세상을 떠난 어머니와 같았다.

"그런데 이건 내 생각인데, 메시아가 나타나면 우리가 뭐 좋은 것 있어? 로마를 몰아내고, 새로 왕을 세우면, 그럼 다야? 우리는 뭐야!"

"어허! 이 사람 보게? 아주 이상한 소리 하는 사람이네!"

"아니, 실제로 누가 우리 이 헐벗은 백성을 돌본 적 있어? 내 말은 그 말이야! 하도 메시아라느니 뭐라느니 말들 하니까!"

말은 그렇게 하지만, 성전산 위에 아침 햇빛을 받고 서 있는 성전을 바라보노라면 아직 하느님의 보호 아래에 살고 있다는 것을 모든 사람이 다시 느꼈다. 성전이 거기 있는 한, 하느님은 이스라엘을 버리지 않는다고, 언젠가는 하느님의 아들 메시아가 찾아오리라고 믿었다. 성전은 야훼 하느님을 모신 곳이라는 의미를 넘어 유대 사람들의 정신이기 때문이다.

✠

이날 아침, 제사를 드리러 성전에 들어가서도 마티아스는 내내 아버지가 걱정됐다. 향을 피우고 제물을 차리고 제사드리는 동안 아버지 가야바의 안색이나 태도를 흘끔흘끔 살펴봤다. 식은땀을 흘리며 가위 눌려 자던 모습, 흔들어 깨웠더니 아무것도 안 들어 있는 듯 휑하던 눈, 그 아침에 보았던 아버지의 모습이 자꾸 눈에 어른거렸다. 걱정과 달리 대제사장 가야바는 별달리 이상한 모습을 보이지 않고 제사를 잘 이끌어서 마티아스는 우선 안심했다.

이날은 유월절 명절을 준비하는 첫날이기도 하지만, 더 중요하게는 로마총독 빌라도가 예루살렘 성안으로 들어오는 날이다. 조금이라도 소홀하면 안 되는 날이다. 총독이 입성하여 총독궁에 자리 잡으면 하느님이 임재臨在하는 거룩한 도성 예루살렘은 로마제국 변방에 있는 수많은 도시들 중 하나가 된다. 더 이상 예루살렘 성전 대제사장이 하느님의 뜻에 따라 백성을 다스리는 성이 아니다. 하느님이 주재하는 시간이 로마의 시간으로 바뀐다.

마티아스가 대제사장을 대리해서 총독 입성 환영행사를 주관하러 성문으로 나갈 시간이 가까워졌다. 표면적으로는 예루살렘 주둔 로마군 위수대장이 총독을 맞아들이는 행사지만, 사실은 예루살렘 성전이 총독의 입성을 환영하고 충성을 맹세하는 자리다.

"아버지! 다녀오겠습니다."

"그래, 잘 다녀오너라. 중요한 얘기는 어제 총독 각하께 이미 다 보고했으니 오늘은 위엄과 체면을 살려주는 말만 하고 오너라!"

"예, 아버지. 그리고 제가 없는 동안에 아래 사람들에게 다시 지시하셔서 움막마을 사람들을 한 번 더 제대로 다독이시지요!"

"그건 내가 알아서 하마. 뭔 일을 그렇게 시끄럽게 벌인담? 에이!"

"야손 제사장이나 성전 경비대장이 때로 일을 좀 과하게 처리합니다. 잘 통제해야 합니다. 야손은 사실 제가 뭐라고 하기에 좀 버거운 사람입니다."

"그 사람이 로마군 위수대장의 힘을 믿고 거침이 없는데, 위수대가 과도하게 개입하지 않도록 총독과 차근차근 풀어보자. 아무리 위수대라고 해도 그렇지, 성전 일에 그리 코를 들이밀어서야 원 … ."

"예. 이번에 총독이 보름이나 스무날쯤 머무를 것 같습니다. 그동안에 조정할 방도를 찾아보겠습니다."

"그 뭐라고 했냐? 예수인가 그 허풍쟁이가 끌고 온다는 갈릴리 도당은 언제 성에 들어온다고?"

"오늘 아침 여리고에서 출발할 테니 아마 3시쯤 도착할 것 같습니다."

"오늘 성안으로 들어오기는 오고?"

"그러리라고 봅니다."

"그래. 그런데 그 무슨 하얀리본? 그 도적떼는 어찌되었나?"

"그건 제가 다녀와서 다시 말씀드리겠습니다. 아침에 우선 보고드린 대로 성밖 움막마을에 생긴 화재와 관련이 좀 있습니다."

가야바는 아직 움막마을 화재와 하얀리본 문제가 연결돼 있다는 사실을 제대로 파악하지 못했다. 그저 지난날처럼 움막마을이 더 커지지 않도록 손을 쓴 정도로만 생각했다. 그 문제는 총독 환영행사를 마치고 돌아와서 마티아스가 차근차근 대제사장에게 보고할 내용이다.

"그래. 다녀와서 얘기하자."

"오늘부터 경비대장을 꼭 대동하고 움직이세요. 그리고 오늘은 뜰에 나가지 마세요!"

"그러마."

"마지막 한 가지 말씀드리자면, 지금 형편으로 보아 총독이 성안에 들어온다는 것이 참 다행입니다."

"그런 면도 있고, 성전의 권위가 손상되는 면도 있지."

"그렇게만 보실 일은 아닙니다. 총독이 입성하지 않으면 성전의 힘만으로 통제할 수 없는 상황이 생겼을 때 감당이 안 됩니다. 감당이 안 되면 피를 흘리는 일이 벌어지게 됩니다. 총독이 들어와 있다는 사실만으로도 피 흘리는 일을 사전에 막을 수 있습니다."

"알았다. 늦기 전에 어서 다녀와라!"

가야바와 마티아스는 잘 알고 있다. 앞으로 보름 내지 스무날 동안 상황을 잘 조절하고 통제해야 유대가 피 흘리는 사태를 막을 수 있다는 것을. 백성은 늘 방향을 모르는 양이나 염소 같다. 가야 할 길을 따라 우리 안으로 제대로 몰아넣어야 한다. 아니면 엉뚱한 방향으로 빠지고 길을 벗어나기가 십상이다. 길을 한번 벗어난 가축은 들짐승이 물어가거나 다른 목동이 슬쩍 몇 마리 끌고 가서 감춘다.

성전을 나와 예루살렘 서북쪽 성문으로 말을 몰면서 마티아스는 잠시 멈춰 성전을 뒤돌아보았다. 성전이 그 자리에 서 있다는 사실만으로도 많은 사람이 위안을 얻고 안심하며 살아간다. 아버지 가야바가 대제사장으로 있는 동안에 성전 제사가 끊어지거나 성전 문이 폐쇄되

예루살렘의 음모 167

는 일만은 피해야 한다고 그는 늘 다짐했다. 성전이 없는 유대는 야훼의 땅일 수 없다. 이스라엘 역사는 성전을 세우고 성전에서 하느님께 제사드리기 위한 여정이었다고 그들 부자는 굳게 믿었다.

백성이란 늘 보는 눈이 짧고 생각이 좁았다. 겨우 수십 년 전, 로마가 벌인 그 무서운 살육을 경험하고서도 그 일을 모조리 잊었다. 마치 홍수가 몽땅 휩쓸고 지나간 강가나 지진이 났던 자리에 다시 모여들어 집을 짓고 살던 이들이 또 다시 홍수, 지진이 일어나면 허둥대며 울부짖는 것과 같다. 어려운 시대에 예루살렘 성전 대제사장이 되었다는 말은 성전을 지키고 백성을 보호할 소명을 받은 일이라고 가야바나 마티아스는 굳게 믿었다.

유대인 중에서 성전 지도부를 이룬 사두개파는 지극히 현실적인 사람들이다. 제사장일 뿐만 아니라 모두 정치가이기 때문이다. 역사상 성전은 언제나 정치의 한 부분이었다. 특히 가야바와 마티아스는 한순간도 그걸 잊은 적이 없었다. 현실 정치와 따로 떨어져 성전이 설 수 있다고 생각하는 순간 성전은 제국의 말발굽 아래 무너진다는 것을 잘 알고 있었다.

마티아스가 예루살렘 윗구역을 지나 서북쪽 성문에 이르니 벌써 많은 사람들이 모여 총독을 기다리고 있었다. 로마군 예루살렘 위수대장이 마티아스에게 자기들이 정렬한 쪽으로 오라는 신호를 보냈다. 그는 그 신호를 못 본 체하며 유대인들이 모여 서 있는 쪽으로 걸음을 옮겼다. 줄 맞추어 서 있던 유대인 유지들이 앞다퉈 나서서 반갑게 인사했다.

예루살렘 성전에서는 어느 누구도 총독 입성 환영행사 자리에 선뜻 나서려고 하지 않았다. 유대인들이 지켜보는 자리에서 황제와 총독을 칭송하고 머리를 조아려야 하기 때문이었다. 속마음으로는 한 번이라도 더 총독에게 얼굴을 알리고 싶은 사람이 있겠지만, 그런 이들도 지켜보는 사람들의 눈을 의식하지 않을 수 없었다. 총독과 가깝다는 말은 경건한 유대인으로 존경받을 수 없다는 말과 같았다.

그러나 마티아스는 다르다. 대제사장의 아들이며 성전에서 재무책임을 맡고 있는 사람이다. 대제사장과 가문을 대표해서, 예루살렘 성전을 대표해서, 예루살렘성을 대표해서, 총독이 다스리는 유대를 대표해서 총독과 접촉하고 그 앞에 나설 수 있는 자격을 가진 사람으로 이미 그는 자리매김했기 때문이다. 다른 일이라면 대제사장이 나서야 하는 자리지만 총독을 만나는 자리에는 언제나 그가 대제사장을 대리한 사람으로 나섰다. 대제사장은 대리인을 내세움으로써 예루살렘 성전 대제사장이 지켜야 하는 위엄과 체면을 지킬 수 있다. 말하자면 마티아스는 명분과 현실 사이에 그어진 가느다란 금 위에 서 있는 셈이었다.

"왜 늘 마티아스가 대제사장을 대신해서 환영행사에 나와?"

그 자리에 동원돼 나온 아랫구역 사람이 수군거리며 옆사람에게 물었다.

"쉿! 조용하게. 아들이 안 나오고 그럼 누가 나와? 대제사장이 직접 나올 수는 없잖아?"

"나오면 어때?"

"아니, 대제사장이 직접 나와 이방인 총독을 환영한다고? 머리를 숙이고? 그럴 수 없으니 대리인을 내세우고, 총독은 그걸 그대로 눈감고 받아들이는 짬짜미지."

"그런가? 그런데 나는 저 마티아스가 왠지 영 기분 나빠! 꼭 로마 사람 같은 기분이 들어."

누가 그렇게 말하든 말든, 마티아스에게는 환영행사에 참석하여 총독을 맞이하는 일로 잃는 것보다 얻는 것이 더 많았다. 지난밤에도 대제사장을 대리하여 군영으로 찾아가 은밀하게 총독을 만났다. 예루살렘 성전에서, 그리고 유대 땅에서 그가 차지하고 있는 위치를 잘 나타내주기 때문이었다.

아들 마티아스가 총독 환영행사에 참석하러 나가고 가야바 혼자 남게 되자 그는 새벽 잠결에 꾼 꿈을 다시 떠올렸다.

'올리브산을 거꾸로 넘어 흘러온 물에 성전이 잠겼다!'

'불길하네!'

'갈릴리에서 몰려온다는 그 무리가 성전을 삼키고도 남을 만한 힘이 있다는 계시인가? 그들이 정말 야훼를 모신 성전, 그리고 이스라엘을 부정하는 세력이란 말인가?'

아무리 생각해도 불길한 징조였다. 지난밤, 갈릴리 무리들이 올라오고 있다는 보고를 받고 잠 못 이루며 뒤척이다가 새벽잠에 꾼 그 꿈, 그건 계시라 생각했다.

'결국 로마의 힘을 끌어들일 수밖에 없겠군.'

문득 '청년은 비전을 보고 노인은 꿈을 꾼다'라는 말이 떠올랐다. 꿈으로 노인에게 보여주었다는 말은 지혜롭게 잘 대비하라는 뜻 아니겠는가? 성전이 텅 비고 오로지 자기 혼자 남아 있었다는 얘기는 성전을 지킬 사람이 오로지 자기 한 사람뿐이라는 뜻 아니었을까? 지난밤, 처음 보고받았을 때 생각했던 것처럼, 상황을 잘 관리하고 제대로 대응만 한다면 대제사장 자리를 오래오래 지킬 수 있는 기회가 될 수도 있다. 로마를 이용하여 새로 밀고 올라오는 힘을 막을 방법을 찾기로 했다. 피바람이 불기 전에 막을 수 있는 길은 그 방법뿐이라고 가야바는 생각했다. 로마 군대가 성전 안으로 밀고 들어오는 일만은 막아야 한다. 몰랐다면 몰라도 알고서 당할 가야바는 아니다.

가야바는 로마를 가장 잘 아는 유대인이다. 바로 그 점이 바리새인들, 특히 샤마이파에 속하는 바리새인들로부터 그가 격렬하게 비난받는 이유다. 대제사장이 너무 총독과 밀착하여 성전의 위엄을 떨어뜨리고 이스라엘 정신을 훼손한다고 그는 늘 공격당한다. 대제사장 측 사람들과 비난하는 사람들 사이에는 결론 없는 논쟁이 이어질 수밖에 없다.

그날 아침부터 열리는 대산헤드린에서도 보나마나 어김없이 똑같은 소리가 오고 갈 것이 분명했다. 그것은 늘 있는 일이기 때문이다.

"로마황제의 통치 아래 살아가는 속주 처지에 총독에게 협력하는 방법 외에 유대에게 무슨 다른 길이 있어요?"

"그래도 그렇지요! 협력도 협력 나름이지요!"

"총독과 부딪치면 무슨 일이 일어날지 정녕 모르고 하는 소리요?"

"그래도 그렇지요!"

논쟁은 언제나 공허하고 답답했다. 대놓고 말하지 않아서 그렇지 야훼 하느님이 이스라엘을 보호한다고 실제로 믿는 사람은 없다. 그건 대제사장을 비난하는 사람이나 비난당하는 사람이나 모두 잘 알고 있는 현실이다. 하느님에게 울며 매달리기보다 사람 스스로 길을 찾을 수밖에 없는 세상에 살기 때문이다. 더구나 성전을 지키고 제사를 유지하는 것보다 더 큰 일이 있을 수 없다고 가야바는 믿었다. 사람들이 다 떠나도 누군가 한 사람은 마지막까지 남아 성전을 지켜야 한다는 생각이었다.

대제사장이 로마총독에게 너무 굽힌다고 사람들이 수군거리며 불만을 터트릴 때면 가야바는 슬쩍 야손 제사장이 짓는 표정을 살펴보았다. 알 듯 모를 듯 이상한 표정, 성전에서 모든 정보를 수집하는 일을 맡은 야손의 표정을 보면 가야바는 유대의 당혹스러운 현실을 절실하게 깨달을 수 있다. 푹 꺼져 깊은 눈두덩이 속에서 음산하게 눈만 굴리는 야손은 표 나게 로마군 위수대장의 손발이 되어 움직이는 사람이다. 그 나름대로 성전을 보호하기 위해서 그런다고 말할 테지만, 가야바는 그 사람의 마음을 읽을 수 있다. 현실을 생각하는 사람이라면 힘이 어디에서 뻗쳐오고 어디로 흐르는지 모르지 않기 때문이다. 그가 언제나 서쪽으로 고개를 돌려 로마를 바라볼 때마다 크게 모욕당한 듯 얼굴이 화끈거린다. 로마는 유대가 받들고 살아야 할 숙명임에 틀림없다. 그러나 유대의 모든 사람이 로마만 바라본다면 그건 바로 대제사장에게는 큰 수치일 수밖에 없었다. 가야바마저 로마가 굴리는 힘의 고리 중 하나이기 때문이다.

힘과 로마를 생각할 때면 가야바는 헤롯왕의 아들 아켈라우스가 10년 동안 다스리던 유대 왕의 자리에서 쫓겨나 로마제국의 북쪽 변방, 멀고 먼 갈리아 지방으로 유배되었던 일을 떠올렸다. 유대를 시리아에 편입하여 로마가 직접 통치해 달라고 유대인들이 나서서 아우구스투스 황제에게 끊임없이 청원했기 때문이었다.

아켈라우스를 쫓아낸 황제는 시리아총독 겸 사령관 구레뇨를 유대에 내려 보내 아켈라우스의 재산을 청산하여 접수하는 임무를 맡겼고, 유대총독으로는 코포니우스를 임명했다. 그리고 유대총독은 시리아 총독의 지휘 아래에 두었다. 그 무렵 구레뇨에 의해 예루살렘 성전 대제사장으로 임명받은 장인 안나스는 격동의 정치 한복판을 헤쳐 나가야 했다. 황제에게 청원해서 왕을 쫓아낸 유대인들이 대제사장도 몰아내려고 나설 수 있기 때문이었다.

그때, 가야바는 총독과 접촉하는 모든 일을 자신에게 맡겨 준 장인 안나스의 뜻을 충실하게 받들었다. 다섯 아들을 차례차례 다음 대제사장 자리에 올릴 생각을 가지고 있던 장인은 총독과 거래하는 일에는 언제나 사위를 내세웠다. 나중에 아들이 대제사장 자리에 오를 때 총독과 거래한 일이 문제가 되리라고 염려했기 때문이었다. 아무리 로마총독이라도 유대인들에게는 엄연히 꺼려야 할 이방인이었기 때문이었다.

가야바는 그 무렵에 장인 안나스 대제사장과 나눴던 대화를 결코 잊을 수 없었다. 장인의 심부름으로 뇌물을 싸 들고 총독을 만나러 막 나가려 할 때였다. 장인은 낮은 목소리로 가야바에게 거듭거듭 주의를 줬다.

"이 사람아, 늘 조심하게. 내가 비록 지금 대제사장직을 맡게는 됐지만, 구레뇨 총독이나 코포니우스 총독의 눈 밖에 나면 그날로 이 자리에서 물러나야 한다네."

"예, 장인어른, 명심하겠습니다."

"성전을 폐하지 않고 유지시켜 주는 로마의 뜻을 명심하게."

"예, 총독에게 협력하면서 로마를 대신하여 유대를 잘 다스리라는 뜻으로 알고 있습니다."

"그렇지, 황제 폐하는 총독을 파견하여 유대를 직접 통치하는 형식을 취하지만 사실은 성전을 통해 간접통치를 하는 셈이네. 간접통치가 가능한 지방이면 로마가 결코 직접 군대를 보내 통치하지 않는다는 정책, 그것을 잘 알아야 하네. 갈릴리와 베뢰아의 분봉왕 안티파스나 이투레아와 드라고닛의 분봉왕 빌립을 그냥 놔둔 것도 그런 이유 때문이야. 그들이라고 저희들 형 아켈라우스보다 더 훌륭하게 잘한 일은 없어. 조금 나았을 뿐이지."

"그렇겠습니다."

"지금은 황제가 총독을 내려 보냈지만 유대에 새로 왕을 세우고 간접통치하겠다고 마음먹는다면 누구를 임명할 것 같은가? 나야, 나! 이 안나스란 말일세! 안티파스나 빌립이 분봉왕 노릇 하는 것처럼 나도 유대 지방 왕으로 올라설 수 있어!"

"예, 맞습니다. 장인어른!"

"안티파스와 빌립에게 영지를 맡겨주고 세금과 공물만 걷어 가니 로마는 편하지. 그 지방에 대규모 군대를 주둔시킬 필요가 없으니까. 시리아에 주둔하는 총독이 지방장관을 겸하면서 몇 개 군단을 거느리고 뒤에서 버티고 있으니 분봉왕들도 자기들 군대를 많이 유지할 필요가 없고. 그러니 로마나 분봉왕이나 서로 좋은 일이거든? 아주 효과적으로 점령지를 관리하는 정책이야."

"그래도 유대와 사마리아, 이두매 지방을 관리하는 코포니우스 총독에게는 군대가 있지 않습니까?"

"명목상 로마총독이 다스리는 지역이니 로마 군대가 아주 없을 수는 없지. 그렇더라도 아무리 군대가 많아야 2천 명 정도, 군단병력에 훨씬 못 미치지 않나? 비록 병력은 많지 않더라도 만일 무슨 일이 생기면 시리아총독이 즉시 군대를 몰고 내려올 테니 우리 유대는 감히 꼼짝할 방법이 없지. 문제는 유대총독만 보지 말고 시리아총독을 살펴봐야 한단 말이야. 열흘이면 이 예루살렘까지 바로 들어올 수 있어, 시리아총독이 … ."

"예. 유대총독은 시리아총독의 휘하에 있는 사람이니까 결국 최종 책임은 시리아총독에게 있고요."

"그렇지."

"하기야 말씀을 듣고 보니 로마도 유대에는 군대를 많이 주둔시킬 필요도 없겠습니다. 우리 주변 나라들은 모두 로마의 속국이 되었으니 그들이 유대에 쳐들어올 리도 없고 … . 총독은 그저 유대 내부에서 생기는 불순한 움직임만 막을 병력이면 충분하겠습니다."

"자네도 상황을 명확하게 판단하고 있군. 총독이 거느리는 2천 명 정도의 로마 군대면 유대에서 일어나는 어떤 봉기도 충분히 즉시 진압할 수 있다고 보는 거지. 그 숫자도 사실은 많아. 유대에 있는 병력으로 감당이 안 되면 시리아 주둔 군단병력이 내려오게 돼 있으니까. 로마군 2천 명을 대항하려면, 가만있자 로마군 한 명에 백 명 이상이 한꺼번에 달라붙어야 가능할 테니 10만 명이 들고 일어난다고 해도 유대에 로마군 1천 명만 들어와 있으면 능히 감당할 수 있지. 우리 유대에서 언제 10만 명 이상 들고 일어난 적 있었던가?"

"장인어른께서는 언제 그것까지 생각해 두셨습니까?"

"허허, 이 사람아! 대제사장이 뭐하는 자리인가? 성전에서 제사만 드리는 사람이 아냐! 유대를 다스리는 정치가라네, 정치가! 그 역할을 제대로 해야 하네."

"그렇군요!"

"그러니, 총독이 물러가고 내가 왕의 자리에 오르는 날이 오든, 아니면 그냥 지금처럼 로마에서 계속 총독을 내려보내고 내가 대제사장을 맡고 있든 결국은 내가 유대를 다스리는 셈이지. 그러니 때를 기다려 보세. 내가 왕이 되면 자네가 대제사장을 맡고, 그게 안 되고 그냥 내가 대제사장에 머물게 된다면 내 다음으로는 엘리아잘과 요나단 그리고 자네가 대제사장을 번갈아 맡아야 할 게야."

"예, 장인어른! 저를 그리 생각해 주시니 감사할 따름입니다."

"웬걸? 사위도 자식인데! 우리 가문에 대제사장 자리가 넘어온 이상 이 자리를 계속 잘 이어갈 수 있도록 방책을 세워 보세. 원래 옛날부터 대제사장은 한 가문에서 쭉 이어 맡는 법이야. 예전에 사독 가문에서 맡아왔던 것처럼 말이야. 아버지에게서 아들로, 아들에게서 손자로 넘어왔었지. 그런데 헤롯왕은 대제사장의 위엄이 올라가면 왕의 위엄이 떨어진다고 봤지. 대제사장을 허수아비로 만들려고 궁리해서 꾀를 냈는데, 자리라는 게 한번 만들어지면 그런 법이 아니야. 자리에는 힘이 따르는 법이거든. 그래서 젊고 잘생긴 하스몬의 대제사장 아리스토불루스를 헤롯왕이 그렇게 기묘한 방법으로 여리고 수영장에서 살해했잖아? 하스몬 왕가 사람들에게 더 이상 대제사장을 맡기면 위험하다고 생각하게 됐지. 그러자 이 가문 저 가문이 돌아가며 번갈아 맡도록 헤롯왕이 수를 쓴 거야. 그것도 유대와 예루살렘에 뿌리내린 대제사장 가문이 아니라 변방이나 이방에 살던 이름 없던 가문들을 끌어들여서 …. 하기야 그래서 내가 대제사장이 될 수 있기는 했지만. 하여튼 자네가 내 말을 잘 따르면 우리 안나스 가문이 왕이 되고 자네가 대제사장 자리를 맡거나, 아니면 그냥 우리가 백 년도 넘게 대제사장 자리를 지킬 수 있어. 그러면 뭐 하스몬 왕조가 별건가? 우리도 그리 되는 거지."

"예! 명심해서 받들겠습니다."

"그리고 … ."

"예! 장인어른! 아니 대제사장 각하!"

"흠, 좋아! 좋아! 이것 한 가지 신경 써야 되네. 아무도 모르게 은밀하게 처리하세!"

"예!"

"예전부터, 그러니까 헤롯왕 때부터 왕실 군대에는 사실 유대인보다는 이방인 용병이 많지 않았던가? 아켈라우스 때도 그랬고."

"예! 그랬습니다."

"이제, 로마 군대가 들어와 있으니 이방인 용병들은 로마가 달리 돌려 쓸 테고. 문제는 유대인 중에 헤롯 왕실 군대에 들어가 있던 사람들이 올 데 갈 데가 없어졌단 말이야. 로마가 그들을 로마 군대에 받아들이지도 않을뿐더러 유대인이 이방 로마군 부대에 들어갈 수도 없고."

"정말 그렇습니다."

"우리가 그 사람들을 성전 휘하에 끌어들이세. 성전 경비대를 만들자는 말이야. 경비대에 넣기 어려운 사람은 은밀하게 자금을 좀 장만해서 내 가병家兵, 대제사장 개인을 경호하는 가병으로 활용하세."

"아하!"

"현실은 힘의 관계야! 대제사장 지위와 함께 힘을 길러 두자는 말이야! 알겠나?"

"예, 장인어른! 잘 알겠습니다. 제가 차곡차곡 준비하고 조치하겠습니다."

"그러시게. 다른 가문 모르게. 나중에는 소문이 나겠지만 처음부터 시끄러워지면 일을 그르치게 되네. 절대로 조심하도록!"

"예. 알겠습니다. 말씀을 듣고 보니 저 나름대로 드는 생각이 있습니다. 총독에게 다녀온 다음 다시 말씀드리겠습니다."

가야바도 몸이 후끈 달아올랐다. 장인은 그 정도로 멀리 내다볼 줄 아는 사람이었고, 그런 장인에게 충성을 바치다 보면 그도 기회를 잡을 수 있으리라 믿었다. 장인의 생각은 그러했지만 한편으로 총독을 통해 유대에 뻗친 제국의 힘을 철저하게 깨달았다. 대제사장은 총독의 신임에 목을 매는 자리였음도 잘 알게 되었다.

예루살렘 성전에 설치된 대산헤드린은 총독이 임명하는 대제사장을 형식적으로 추인하는 기관이었다. 그 점을 꿰뚫어 본 가야바는 그 스스로 기회를 잡으려고 은밀하게 노력했다. 한 번 좋은 관계를 맺은 총독은 다음 총독에게, 다음 총독은 그다음 총독에게 가야바와 맺은 좋은 관계를 이어주었다. 좋은 관계는 언제나 뇌물과 선물 액수에 비례했다. 그렇게 총독들과 좋은 관계를 유지하면서 남몰래 그 자신이 대제사장 자리에 오를 기회를 노렸다.

총독 자리를 가장 오래 지켰던 전임 그라투스 총독 시절에 기회를 잡았다. 총독은 그의 재임 기간에 장인 안나스를 대제사장 자리에서 해임하더니 파비로 대제사장을 삼았다가 다시 안나스의 아들 엘리아잘을 대제사장 자리에 올리고는, 1년 만에 그를 해임하고 시몬에게 그 자리를 넘겼고, 마지막으로 가야바를 대제사장으로 임명했다. 장인은 그라투스 총독이 자기를 해임하고 이 사람 저 사람 돌려가며 대제사장으로 세울 때만 해도 그의 뜻을 알지 못했다. 그러나 가야바가 대제사장으로 임명되자 그때야 눈치를 챘는지 고개를 갸웃거리기 시작했다.

이왕 총독이 사위를 대제사장으로 임명한 이상 안나스도 후일을 기약하며 할 수 없이 그를 밀었다. 사위에게 잠시 자리를 맡겼다가 다음 차례에는 아들 요나단을 내세울 심산이었다. 그런 생각 때문인지 안나스는 가야바가 자기의 도움으로 대제사장이 됐다고 생색내는 소문을 퍼뜨리기 시작했다. 장인이 그런 얘기를 한다는 것 자체가 그의 힘을 빌려 사위가 대제사장 자리에 오른 것이 아니라는 증거였다. 그렇다고 굳이 장인의 말을 부정하고 나설 가야바가 아니었다. 대제사장 자리를 놓고 총독과 검은 거래를 했다고 스스로 밝힐 이유가 없었기 때문이었다.

황제가 임명한 총독들이 유대를 다스리기 시작한 지 벌써 27년, 그동안에 로마에서도 첫 황제 아우구스투스가 죽고 두 번째 황제 티베리우스가 황제에 오른 지 벌써 19년이 됐다. 티베리우스 황제 4년에 가야바가 대제사장이 된 후 벌써 15년 세월이 흘렀다는 말이다. 가야바 자신이 대제사장 자리에 오르고 보니 그 자리를 발판으로 삼아 유대의 왕까지 넘보던 장인의 계획이 허황한 꿈은 아니었다고 생각됐다. 가야바의 눈에도 정치가 보였기 때문이었다.

얼마 전에는 늘 가야바에게 굽실거리며 아첨하는 한 제사장이 귀에 솔깃한 말을 소곤거렸다.

"각하! 이제는 안나스 가문이 아니라 가야바 가문으로 부를 만합니다!"

"쉿! 그런 소리 마시오! 장인어른이 혹 들으시면 서운하게 생각하시겠소. 내가 아직 장인어른을 깍듯하게 모신다는 것 모르오? 그래서 장인을 명예 대제사장으로 모시고 대접해드리는데 … ."

"예! 알겠습니다. 그러나, 흐흐 … ."

"아! 이 사람이!"

그런 귀에 듣기 좋은 말을 들을 때마다 그는 아들 마티아스에게 다음 대제사장 자리를 넘겨주겠다고 속으로 다짐했다. 다른 사람들 눈에도 마티아스가 대제사장감으로 보였던 모양이라고 혼자 흐뭇하게 생각했다.

"각하! 사실 따지고 보면 마티아스 제사장이 안나스 대제사장의 아들들, 그러니까 각하께는 처남들이 됩니다만, 요나단이나 그런 사람들보다 훨씬 더 사려 깊고 뛰어납니다. 역시 뿌리는 못 속이는 법인가 봅니다. 각하의 아들인지라 … ."

심지어 그런 말을 듣고서도 엄하게 입단속하지 않고 기분이 좋아 고개를 끄덕였다는 소문까지 돌았다. 소문이야 어떻든 아들 마티아스를 생각할 때면 가야바의 마음은 늘 뿌듯했다. 총독과 접촉하는 일이란 일은 조금도 걱정하지 않고 모두 아들에게 맡기면서 그가 경험했던 일들을 아들도 똑같이 경험할 수 있도록 차곡차곡 주선해주었다.

예루살렘에 입성하는 로마총독 빌라도를 환영하는 행사에 성전을 대표하여, 그리고 대제사장을 대리하여 아들 마티아스 제사장을 내보낸 일도 가야바 그가 가지고 있는 큰 계획의 하나를 실현하기 위한 수단이었다. 사실 성전에서는 총독과 공식적으로 대화할 수 있는 유일한 통로가 마티아스였다. 이미 수 년 동안 그렇다 보니 이제는 누구도 나서서 불평하거나 불편하게 생각하는 사람이 없었다. 으레 그 일을 맡을 사람은 마티아스뿐이라고 생각했다.

✠

아침 해가 성전 위에 이르렀을 무렵, 1천 명이나 되는 병력을 이끌고 로마제국 유대총독 빌라도가 예루살렘 북서쪽 성문 앞에 도착했다. 유대인의 도성에 총독이 입성하는 행사다. 로마군은 모든 금속 장식과 군장은 어찌나 잘 갈고 닦았는지 아침 햇빛에 눈이 부시게 번쩍거렸다. 성문 앞, 깨끗하게 쓸어 놓은 길에는 나뭇잎 하나도 굴러다니지 않았다. 유대인 유지들은 하얀 옷을 차려 입고 줄지어 서 있고, 그 맨 앞에 마티아스가 섰다. 총독이 모습을 나타내자 성문 위에 도열한 위수대 병력이 일제히 나팔을 불었다. 얼마나 여러 번 연습했는지 스무 명도 넘는 나팔수가 부는 소리가 마치 한 사람이 부는 것 같다.

나팔소리는 성문 밖 양 옆으로 뻗은 골짜기를 따라 남쪽으로 북쪽으로 퍼져나갔다. 남쪽으로 퍼진 소리는 힌놈 골짜기를 지나 성전 옆에 깊게 뻗친 기드론 골짜기까지 퍼져나간다. 또 한 줄기 소리는 예루살렘 위쪽 구역과 튀로포에온 골짜기를 건너 성전 뜰에 이른다. 시간을 두고 성전 뜰에 이른 두 줄기 나팔소리는 기묘하리만치 메아리를 일으키며 성전에 퍼졌다. 예루살렘이 나팔소리에 흔들리고 출렁였다.

"총독 각하! 입성을 환영합니다."

위수대장이 군례를 올리며 총독을 환영했다. 수레에 앉아 겨우 휘장만 조금 걷어 올린 빌라도는 말없이 고개만 한 번 까딱하며 지휘봉을 들어 올려 군례를 받았다.

그가 들어 올린 지휘봉이 아침 햇빛에 번쩍 빛났다. 지휘봉 양쪽 끝에 주먹보다 조금 작은 황금색 반구가 달려 있다. 길이가 팔꿈치에서 손끝까지의 거리 한 배 반, 즉 한 큐빗 반 정도 되는 지휘봉이다. 그 지휘봉은 황제가 총독에게 부여한 권한의 상징이다. 로마 시민권을 가진 사람이 아니라면 총독은 그 누구라도 처형할 권한을 가졌다. 또한 황제에게 반역하는 무리는 총독이 동원할 수 있는 모든 병력을 몰아 초토화할 수 있는 권한이 있다. 유대총독의 경우에는 시리아에 주둔하는 로마총독 겸 로마군 사령관에게 군단병력 파견을 요청할 수 있고 파견받은 병력을 운용하여 사마리아, 유대, 그리고 이두매 지방에서 어떤 군사작전이라도 수행할 수 있는 권한을 가졌다. 유대는 시리아 군구에 속하기 때문이다. 총독이 지휘봉을 들어 보인 것은 자기에게 부여된 권한을 위수대장에게 과시하려는 것이 아니라, 그 자리에 도열한 모든 유대인 유지와 귀족을 겁박하려는 심산이었다.

위수대장 맞은편, 유대인들과 함께 서 있던 마티아스도 앞으로 한 걸음 나와 정중하게 머리를 조아렸다. 숨을 대여섯 번 들이쉴 시간만큼 고개를 숙였다가 머리를 들고 총독에게 환영의 인사를 올렸다.

"총독 각하! 예루살렘 성전 요세푸스 벤 가야바 대제사장 각하와 모든 제사장을 대표하여 각하의 입성을 충심으로 환영합니다. 티베리우스 황제 폐하의 신민으로 유대 땅에 살고 있는 모든 사람은 폐하의 크신 은혜와 돌보심을 늘 감사하게 받들고 있습니다. 온 인류의 주님이신 황제 폐하의 강녕하심과 위엄이 영영세세 이어지기를 기원합니다. 오늘 황제 폐하의 대리인으로 예루살렘성에 들어오시는 본디오 빌라도 총독 각하께도 예루살렘 성전에서 환영의 인사를 드립니다."

도열해 있던 유대인들이 마티아스의 인사말에 이어 한목소리로 총독을 환영하는 인사를 올렸다.

"총독 각하의 입성을 환영합니다."

"황제 폐하 만세!"

"총독 각하 천세!"

빌라도는 그 환영인사에도 그저 손을 한 번 들어 올려 답례했다. 로마황제의 대리인이자 로마제국 유대총독으로서의 위엄을 유지하는 일에 그도 이미 익숙했다.

총독은 위수대 병력의 인도에 따라 성문을 통과한 후 바로 총독궁에 들어갔다. 총독의 군대가 시야에서 사라질 때까지 강제로 동원돼서 올라온 아랫구역 사람들과 스스로 나온 유대인들은 끝없이 환영하는 함성을 질러 댔다.

성문 앞 환영행사가 끝나고 아랫구역 사람들은 다시 빵 한 덩어리씩 받아 들고 집으로 돌아간다. 하루 벌어 하루 먹고 사는 사람들에게는 총독이 성안으로 들어오든 말든 하루하루 살아가는 일이 더 중요했다. 그러나 성전 사람들을 비롯한 대부분의 예루살렘 사람들에게는 유월절 기간에 총독이 총독궁에 자리 잡고 앉아 있다는 사실은 엄청난 의미가 있었다. 로마황제의 지배 아래 유대가 살고 있다는 사실을 다시 깨달을 수밖에 없기 때문이었다.

총독이 이방인이네 어쩌네, 아무리 말이 많아도 그와 알고 지낸다는 사실 하나만으로도 유대 지방에서 유지로 행세하고 어깨를 으쓱거리며 사는 사람들이 수없이 많다. 총독을 부추겨 예루살렘으로 물을 끌어오는 새 수로 건설 일을 맡은 사람들도 그랬었다. 공사는 산을 돌고 들을 건너 높은 다리를 세우고 그 다리 위에 물이 흘러가는 수로를 마련하는 일이었다. 빌라도가 벌인 수로공사 하나만으로 손꼽히는 부자가 된 사람이 예루살렘에만 세 사람이나 있었다. 그때, 공사비를 충당한다고 성전이 보관한 돈을 총독이 강제로 끌어 쓴 일이 있었다. 예루살렘 성전에는 각 지방에서 '고르반'이라며 거둬들인 돈을 모아 쌓아놓고 있었다. 고르반이라는 말은 원래 '하느님께 바쳤다'라는 뜻이었는데, 지방에서 성전세나 십일조나 성전 예물을 거둬들일 때 일쑤로 들이대는 수법이었다.

이스라엘 사람들이 지켜야 할 계명 중에 '네 부모를 공경하라!'라는 계명이 있다. 그 계명에는 늙은 부모를 봉양하라는 뜻이 담겨 있었다. 자식은 추수한 곡식 중에서 부모에게 식량을 대줄 의무가 있었다. 그런데 예루살렘 성전에서 내려온 사람들은 부모 봉양을 위해 사람들이 남겨둬야 할 곡식을 강제로 걷어 가면서 으레 고르반을 들먹였다.

"부모를 공양하라는 계명과 하느님을 섬겨야 하는 계명이 서로 충돌할 경우에는 하느님을 섬기는 계명이 우선이다. 그럴 경우에는 고르반, 즉 따로 떼어 하느님께 드렸다고 선언하면 부모 공경의 의무를 위반한 것이 아니다."

그렇게 '고르반'이라고 선언하여 거둬들인 재물이나 곡식을 성전에서는 일종의 예비비로 사용했다. 총독이 수로건설 비용을 충당하기 위해 손을 댄 재물이 바로 고르반으로 모아 놓은 예비비였다. 그래서 그런지, 아니면 총독의 위세에 눌려서 창고 문을 열어주었는지 알 수는 없지만 성전 측에서도 처음에는 그리 심각하게 생각하지 않고 총독의 요구에 응했다. 그 일을 항의하는 유대인들이 모여 유월절에 성전에서 민중 봉기를 일으켰고, 그 봉기를 진압하는 과정 중에 유혈사태까지 벌어졌다.

"로마총독 빌라도가 유월절 제물에 유대인의 피를 섞었다."

이런 말까지 나올 만큼 사람들은 오래오래 그 일을 기억하며 빌라도와 성전 대제사장을 비난했다. 그런 유혈사태 중에도 총독을 끼고 수로공사를 맡은 사람들은 떼돈을 벌었다. 공사를 시작하기도 전에 공사비 3분지 1을 떼어 총독에게 바쳤으니 그들이 공사하면서 남긴 이문은 얼마나 많고 크겠느냐고 입 가진 사람이라면 모두 욕을 했었다. 그런 사람들은 총독에게 빌붙는 사람을 욕하지만 실상은 총독과 황제를 비난하는 것과 다름없었다.

"황제 폐하가 유대의 보호자이시다."

총독궁이나 성전 측에서는 늘 그렇게 유대인들에게 황제를 찬양하는 말을 했다. 그러나 생각이 있는 사람들에게는 로마황제는 보호라는 말과 전혀 상관없는 존재일 뿐이다.

"보호자? 홍! 정복자라는 말이지."

사람들은 그렇게 받아들였다.

"황제의 은총으로 우리 유대가 로마의 선진문명을 누리고 있지 않습니까? 그건 황제 폐하가 베푼 은혜입니다."

"아니, 그건 로마의 철학, 사상, 법, 종교, 문화를 그대로 받아들이고, 따르고 복종해야 한다는 말일 뿐이지요."

속으로 어찌 생각하든 예루살렘 사람들은 드러내 놓고 황제를 비난하거나 거부하는 말을 할 수 없었다. 바로 유대의 안정을 해치는 사람으로 몰리기 때문이었다.

황제는 로마제국의 첫째 시민이다. 첫째 아래 계속되는 무한의 숫자는 언제나 첫째에게 충성하고 복종해야 하는 사람을 나타내는 기호다. 황제의 땅에서는 황제가 섬기는 신을 섬기고 황제가 바라보는 쪽을 바라보아야 한다. 더구나 로마제국은 황제를 살아 있는 신으로 섬겼다. 그렇게 보자면 빌라도 총독은 유대에 전개된 황제의 위엄이다. 따라서 그는 유대 땅에서는 첫째 로마시민이고, 살아 있는 신의 대리인이다.

빌라도는 이미 여러 번 예루살렘 주민들과 충돌했던 경험이 있는 사람이다. 빌라도의 후원자였던 권력자 세자누스가 처형된 후 총독의 힘이 크게 꺾였다지만 그건 로마 쪽 얘기이고, 빌라도는 아직 유대에서는 엄연히 칼자루를 움켜쥔 사람이다. 총독이 성안으로 들어오면 대부분 예루살렘 사람들은 위축되기 마련이다. 괜히 목소리마저 낮출수밖에 없다.

"로마총독이 성안으로 들어왔어."

"조심하세!"

"그 사람 보통 잔포殘暴한 사람이 아니야."

"알잖아? 이미 3년 전에 성전에 모인 사람을 얼마나 죽였어? 몽둥이에 맞아 죽고 발에 밟혀 죽은 사람이 수천 명이나 됐는데. 수로공사 한다고 성전 금고를 털어먹고는 뭘 잘했다고 사람을 죽여, 죽이긴 ….게다가 그때가 유월절 명절이었어."

"왠지 이번 유월절도 심상치 않아. 빌라도가 무슨 일을 저지를 거라는 생각이 든단 말일세."

"나도 그런 생각이야. 더구나 수상한 무리들까지 모여든다는 소문이 도니 걱정이야."

"그 사람들은 왜 하필 지금 …. 총독이 성안에 주둔하는 동안 소란을 피우면 누구든 살아남지 못할걸?"

"그러니 조심하세. 잘못 휩쓸리지 말고."

총독이 총독궁에 자리 잡고 앉으면 성전이 유대 지방에서 행사하던 통치행위가 즉시 총독에게 반환된다. 좀 유연하던 성전도 더 이상 그런 재량을 행사할 수 없게 된다. 오히려 총독의 눈 밖에 나지 않으려고 일부러 더 뻣뻣하게 기강을 세우기 일쑤다.

율법과 장로들이 전한 가르침이 그동안 유대를 지배하는 법이었다면, 총독이 성안에 들어오는 순간부터 로마법이 그 가르침의 상위법이 된다. 로마법에 저촉되지 않는 범위에서, 그리고 로마가 허용한 부분에서만 유대법을 적용할 수 있다. 총독의 예루살렘 입성은 야훼의 법이 중단된다는 선언이다. 야훼 하느님의 통치와 임재가 예루살렘에서 일시 중지되고, 야훼보다, 예루살렘 성전보다 황제의 위엄과 통치가 더 높은 것을 인정해야 하는 때가 된다. 야훼의 백성이 아니라 로마의 두 번째 황제 티베리우스의 백성이라는 사실을 모든 유대인이 새삼 깨달아야 하는 때다. 그건 성전뿐만 아니라 대산헤드린도 마찬가지였다.

예루살렘에 사는 바리새파 선생들끼리 모여 총독 입성 환영행사에 관해 의견을 나눈 적이 있었다. 원래 바리새파 사람들은 그 행사에 전혀 모습을 드러내지 않았었다. 그렇지만 예루살렘의 권력지형이 급격하게 출렁이는 시기에 그들이라고 눈 감고 귀 막은 채 넘어가고 싶지는 않았다. 사두개파가 장악한 성전과 총독 사이에 이루어지는 모든 거래나 접촉이 결국 유대 사람들의 일상에 중요한 영향을 미치기 때문이었다. 몇 사람이라도 바리새파 대표를 뽑아 환영행사에 파견하자는 의견이 나왔다.

"선생님, 정치는 현실입니다. 총독이 성안에 들어오면 그는 로마황제를 대리한 통치자로 모든 일을 결정하고 집행합니다. 성전을 차지한 사두개파 사람들은 갖은 아양과 아첨을 떨며 총독과 공식적, 비공식적 접촉을 통해 자기들 이익을 도모합니다. 동족을 위해 일하지 않고 그들 파당의 이익을 위해 굽실거립니다. 그러니, 사두개파 사람들을 견제할 필요도 있거니와, 또 총독이 일방적으로 그들 말만 듣지 않도록 할 필요가 있습니다. 유대에는 다른 의견도 있다는 것을 총독이 알도록 우리도 대표를 파견하고 낮은 수준에서 공식 접촉통로를 확보하는 것이 어떻겠습니까?"

바리새파에서 대표를 내보낸다면 힐렐파의 수장이며 예루살렘 대산헤드린 의장인 가말리엘이 가장 적임자였지만 그는 이방인과의 접촉에 관한 한 엄격한 자세를 지켰다. 그 자신 그런 자리에 결코 참석하지 않을뿐더러 다른 바리새파 사람들도 얼굴을 비치지 않도록 각별히 경계했다. 그런 의견에 대해서 그 자리에서 랍비 가말리엘이 명확하게 선을 그었다.

"선생의 의견도 일리는 있어 보입니다. 그러나 나는 두 가지 면에서 그런 결정을 할 수 없습니다."

가말리엘의 어조는 차분하고 낮았지만 단호했다.

"첫째, 로마총독은 어찌됐든 황제의 명령을 받아 유대를 다스립니다. 우리의 이익이 아니라 황제의 이익, 로마의 이익, 자기 개인의 욕심을 채우는 일에만 관심이 있습니다. 그 사람이 우리 바리새파의 조언이나 충고가 필요했으면 우리를 초청했을 것입니다. 설사 그런 초청이 있다하더라도 그들과 접촉하지 말아야 할 텐데, 초청도 하지 않은 자리에 조언을 하겠다거나 의견을 내겠다며 나선다면 바리새파가 총독의 들러리를 자청하는 일밖에 안 됩니다."

가말리엘은 인품이 온화하고 단정하기로 소문이 났지만 그와 마찬가지로 생각하는 것도 늘 단정했다. 그는 절대 두서없이 생각나는 대로 말하는 사람이 아니었다. 언제나 배경과 예상되는 결과까지 차분하게 알기 쉽게 얘기하는 사람이었다. 그는 평소처럼 조목조목 근거를 꼽아가며 사람을 설득했다.

"둘째, 우리 바리새파 선생들은 이스라엘의 선생입니다. 선생은 입으로 가르칠 때뿐만 아니고 몸과 마음도 선생다워야 합니다. 매일매일 살아가면서 지켜야 할 규례를 정하고 해석하고 동족을 지도하는 의무를 우리 바리새파 선생이 지고 있습니다. 그런 사람들이 이방인과 거리낌 없이 만난다면 우리가 그처럼 강조했던 부정한 것과 깨끗한 것의 경계가 허물어지게 됩니다. 아무리 로마가 현실적으로 유대를 통치하고 총독이 도성 안에 들어와 권한을 행사한다고 해도 그는 엄연히 이방인입니다. 총독궁은 유대인이라면 결코 들어가지 말아야 할 부정한 곳입니다. 우리가 부정한 곳에 드나들고, 부정한 이방인들과 만나 입을 섞으면서 어찌 사람들에게 몸과 마음을 깨끗이 하라고 말할 수 있겠습니까? 그 가름이 한번 무너지면 백성은 모두 로마를 떠받들고 총독을 찾아다니게 될 것입니다. 우리가 무너지면 우리 뒤를 떠받칠 다른 둑이 없습니다. 우리는 이방의 더러운 물이 이스라엘에 흘러들지 못하도록 막고 있는 둑입니다. 이 둑마저 무너지면 안 됩니다. 그점을 마음에 깊이 간직하며 우리의 행실을 살펴야 할 것입니다."

대놓고 반박하고 나서는 사람은 아무도 없었다. 비록 사두개파가 장악한 성전에 의지하며 살 수밖에 없는 처지가 되었지만 아직 바리새파의 기개는 여전했다. 그들 눈에는 로마 사람이라면 그가 총독이든 장군이든 모두 한가지로 이방인일 뿐이었다. 거룩한 도성 안으로 당당하게 이방인이 말 타고 수레 타고 들어오는 것을 그저 보고 있어야 한다는 사실 하나만으로도 부끄러워할 일이었다. 옷을 찢고 머리에 재를 뒤집어쓰고 가슴을 치며 울부짖어야 할 일이었다. 바리새파 선생은 어떤 명분으로도 이방인에게 머리 조아리며 이익을 다툴 수 없다는 확고한 자세를 지켰다.

✠

그날 아침, 총독이 성안으로 들어오기 조금 전부터 대산헤드린 의원들이 모였다. 안식일이나 명절 당일은 제외하고 매일 모여 회의를 한다. 유대에서는 도시마다 의원 23명을 뽑아 지방 산헤드린을 구성한다. 산헤드린은 그 지방에서 재판을 하고, 율법에 관한 해석권한을 가지며 각종 규칙과 규정을 만든다. 지방 산헤드린 위에 유대 최고재판소, 최고 대의기구인 대산헤드린이 예루살렘 성전에 설치되어 있다. 옛 지도자 모세가 이스라엘의 지도자 70명을 세워 자기를 포함한 71명으로 회의기구를 구성했다는 기록에 따랐다. 예루살렘 대산헤드린은 바빌론에서 포로생활을 하다가 유대로 귀환한 이후 처음 구성됐다고 전해졌다.

원래는 대제사장이 대산헤드린 의장까지 맡았는데 대제사장의 권위가 떨어지고 신뢰가 무너지자 자리를 분리했다. 이스라엘에서 가장 이름 있고 덕망 높은 선생에게 대산헤드린 의장 자리를 맡기고 '나시'라고 불렀다. 그리고 추가로 부의장 한 사람을 더 뽑았다. 나시는 주로 바리새파 선생들이 맡았다. 사두개파에서 장악한 성전 측에서 대제사장을 포함하여 23명, 바리새파에서 23명, 그리고 이스라엘의 덕망 있는 인물들로 23명을 뽑아 69명에 의장 부의장 합하여 71명으로 예루살렘 대산헤드린을 구성한다. 덕망 있는 사람 중에서 23명을 뽑는다지만 그들도 대개는 바리새파 선생들일 경우가 많아서 특별한 일이 없는 한 바리새파 의원이 산헤드린 의원의 반 이상을 차지할 수밖에 없는 구조였다.

성전 건물 남쪽 벽면에 마련된 회의실에서 매일 회의가 열린다. 성전의 지성소나 제단은 쇠로 된 연장을 사용하지 않는다는 뜻에서 다듬지 않은 돌로 쌓았다. 그러나 대산헤드린 회의실은 끌과 망치로 잘 다듬어진 반듯한 돌을 사용하여 지어졌다고 해서 '다듬은 회의실'이라고 불렀다. 회의실에는 반원형으로 자리가 배치되어 있어서 각 출신별로 3분지 1씩 자리를 차지하여 앉고 반원의 양 끝에는 서기가 앉는다. 의장과 부의장은 반대편 중앙, 즉 반원으로 둘러앉은 의원들을 마주 바라보면서 회의를 주재한다.

그날 아침 회의는 시작하기 전부터 분위기가 무거웠다. 전날 밤 대제사장 가야바의 집에서 머리를 맞댔던 의원들과 랍비 시몬의 집에서 모였던 바리새파 의원들은 이미 어떤 일이 가장 중요하고 긴급한 안건일지 미리 알았기 때문이다. 회의 시작 절차가 끝나자마자 성전에서 나온 제사장 하나가 일어나 성전을 대표하여 보고했다.

"로마에 보내야 할 세금과 공물의 숫자는 다 맞추어졌습니다. 대제사장 각하께서는 대산헤드린 의장님과 의원 여러분의 각별한 협조에 흡족해 하시면서 깊은 감사의 말씀을 드리라고 특별히 분부하셨습니다. 오늘은 특별히 다가오는 유월절을 맞이하여 치안대책과 …."

"잠깐, 유월절 명절을 준비하는 이 중요한 시기, 산헤드린 회의에 대제사장이 직접 보고하고 상의해야 하는 것 아니오? 왜 그는 안 나오고 제사장이 보고를 한단 말이오?"

"예, 의원님! 대제사장 각하께서도 그 점을 아주 미안하게 생각하셨습니다. 오늘 직접 나오시기에는 처결해야 하는 일들이 많아 어렵다면서요. 명절 전에 각 분야를 담당하는 제사장들이 대산헤드린에 출

192

석해서 자세히 보고드리는 일정을 꼭 잡으라고 명령하셨습니다."

"그러면 마티아스라도 출석했어야 할 것이고…. 그리고, 유월절 치안대책이라면 야손 제사장과 성전 경비대장이 특별히 출석하여 보고해야 할 텐데 왜 그 사람들도 나오지 않았어요?"

그러고 보니 성전 측 의원이 앉는 자리가 듬성듬성 너무 많이 비어 있었다.

"예, 의원님! 마티아스 제사장은 대제사장 각하를 대리하여 총독 환영행사를 주관하러 성문 밖으로 나갔고, 야손 제사장과 경비대장은 예루살렘 경비 및 경계업무를 오늘부터 로마군에게 인계하는 준비에 바빠 참석하지 못했습니다. 그 점 감안해 주십시오. 대제사장 각하께서 이미 제사장들에게 명령하셨으니 각 책임자들이 명절 전에 꼭 대산헤드린에 출석하여 보고드리겠습니다. 양해하여 주십시오."

뻔히 아는 사실을 가지고 갑론을박 입씨름하는 것을 보다가 사회를 보던 랍비 가말리엘이 입을 열었다.

"예, 의원님! 그 일은 성전에 주의를 환기시키는 선에서 마무리하시지요. 현실적으로 로마총독이 오늘 입성하는데 성전에서 행사를 주관하고 상의해야 할 일이 많은 거야 우리 모두 잘 아는 일 아닙니까? 그러니 내일이든 모레든 날짜를 잡아 다시 상의하기로 하고, 우선 오늘 긴급 안건으로 올라온 일부터 먼저 상의합시다."

그 말에 따라 성전 측 다른 제사장이 일어나 보고를 시작했다.

"마침 의장님의 말씀도 있고 하니 어제 저녁 대제사장 댁에서 상의했던 내용을 제가 그 회의에 참석했던 사람 중 하나로 대산헤드린에 보고드리겠습니다."

그는 산헤드린 의원이면서 지난밤 회의에 참석했던 제사장이었다. 역시 지난밤 그 모임에 참석했던 의원 니고데모는 바짝 긴장했다. 예수에 관한 보고가 분명했기 때문이다. 그때 목청 크고 괄괄하기로 소문난 샤마이파 의원이 갑자기 벌떡 일어나 큰 소리로 제지했다.

"도대체 언제부터 몇 사람이 개인적으로 모여 수군거린 내용을 대산헤드린 회의에 공식적으로 올리게 되었소? 중요한 일이 있다면 대제사장이나 해당 제사장이 산헤드린에 나와서 절차를 밟아 정식으로 안건을 올려야지, 어찌 비공식 자리에 끼었던 사람이 그게 뭐가 자랑이라고 그걸 대산헤드린에 끌어들인답니까?"

대산헤드린에서 바리새파 의원 숫자로만 본다면 힐렐파 의원과 샤마이파 의원이 거의 비슷했다. 그러나 이스라엘의 전통과 원칙을 완고하게 주장하는 샤마이파의 목소리가 언제나 힐렐파를 압도했다. 힐렐파는 비교적 성전과 협조하는 입장이어서 늘 샤마이파의 공격을 받기 마련이었다. 샤마이파가 주장하는 원칙론에는 이스라엘의 전통이 담겨 있기 때문에, 현실을 감안하여 융통성을 부여하자는 가말리엘도 원만하게 회의를 진행하려면 그들의 협조를 구할 수밖에 없었다.

회의 시작부터 샤마이파가 큰 목소리를 내는 일은 별로 놀랄 일도 아니었다. 어느 자리에서나 원칙론자들의 목소리가 더 큰 법이고 그들이 내세우는 대의명분이 늘 회의를 주도하는 것처럼 보인다. 그러니 원칙론을 내세우는 샤마이파가 언제나 백성들의 눈길을 사로잡는다고 해도 실제로 하루하루 살아가는 일에서는 힐렐파의 온건한 주장에 사람들 마음이 기울어질 수밖에 없다. 눈과 귀는 명분에 열려 있고, 손과 발은 현실에 담그고 살기 때문이다.

곧 소란이 일어났다.

"보고하는 내용을 들어보고 말합시다. 듣지도 않고 그렇게 면박을 주는 법이 어디 있어요!"

"들어보나마나 뻔해요! 일이란 순서가 있고 절차가 있는 법이오. 어디서 자기들끼리 수군수군 머리 맞대고 나눈 얘기를 감히 대산헤드린에 갑자기 안건으로 올린단 말이오?"

"일이 긴급하거나 중요하면 그럴 수도 있지요."

"아무리 급해도 그런 법은 없어요! 절대 안 돼요."

"어허! 조용조용! 체통을 좀 지킵시다!"

"체통? 이게 체통을 지키는 일이오? 그 입에서 체통이라는 말이 나와요?"

"아니! 그럼, 지금 로마가 개입해서 피바람이 불지도 모를 일이 벌어지는데 한가하게 절차 따지고 있자는 말이오?"

"피바람? 왜 툭하면 로마를 끌어들여요? 말이 몰릴 때면 그렇게 로마를 들먹이고 피바람 어쩌고 하면서 대산헤드린을 겁박劫迫하면 됩니까?"

겁박이라는 말은 슬픈 말이다. 어쩔 수 없다는 현실인식을 바탕에 깔고 있는 말이다. 대산헤드린 의원쯤 되면서 로마의 현실적 위협과 강력한 힘을 무시하는 사람은 아무도 없다. 다만 현실을 수긍하는 말을 하는 사람과, 그럼에도 말이나마 끝끝내 원칙을 내세우는 사람의 차이만 있을 뿐이다. 겁박이란 말은 로마의 뜻을 지레짐작하여 미리 수그러드는 일이 부끄럽다는 표현이다. 성전에 터뜨리는 불만은 어찌 보면 로마에 대한 불만과 반감의 표현이다. 직접 로마에 불평할 수 없기 때문에 성전에 불만을 터뜨렸다. 대제사장이 아무리 권위를 내세워도, 예루살렘 성전은 하느님이 허락한 권위의 원천이라고 아무리 주장해도 결국 총독이 그 권위를 허락하지 않고 눈감아주지 않는다면 아무것도 할 수 없다는 사실 앞에 모두 깊은 무력감에 빠질 수밖에 없다. 문제는 성전 뒤에 버티고 있는 로마였기 때문이다.

랍비 가말리엘은 의장 자리에 앉아 건너편 반원으로 둥글게 자리 잡은 의원석에서 서로 얼굴을 붉히며 토론하는 그들을 가만히 건너다보고만 있었다. 그대로 좀더 놔두고, 어느 정도 할 말을 하고 난 다음에야 상황이 정돈될 수 있음을 그는 잘 알고 있다. 서로 다른 생각을 가진 사람들 사이에 원만하게 회의를 이끌려면 시야를 넓게 가져야 한다. 서로 하고 싶은 말을 충분히 한 이후, 상대방의 자리에 나를 놓고 바라볼 수 있게 된 이후에 타협이 가능한 법이다.

가말리엘은 대단히 온건한 사람일 뿐만 아니라 로마의 지배 아래 있는 유대의 상황을 정확하게 알고 있었다. 샤마이파 쪽에서 그를 나시로 받아들인 이유도 평소 그의 성품과 능력에 대하여 잘 알고 있었기 때문이었다. 파당은 달라도 자기 멋대로 회의를 끌고 갈 사람은 아니라는 믿음이 있었다.

"그럼, 현실적으로 성전이 할 수 있는 일이 무엇이 있겠습니까? 제가 대제사장을 꼭 두둔만 하자는 얘기는 아니고, 그래도 대제사장께서는 성전과 이스라엘 동족을 지키는 일을 가장 큰 소명으로 삼고 있다고 알고 있습니다."

"대제사장이 절차를 밟아 정식으로 보고하라는 얘기를 하는데 왜 로

마를 끌어들이느냐는 말이오, 내 말은! 툭하면 로마, 로마! 그래 대제
사장은 로마를 내세우는 것밖에는 할 말이 그렇게 없답디까?"

"로마를 내세우는 것이 아니고 좀 위험하다고 생각되는 일이 있어
먼저 대산헤드린 의원 여러분께 보고드리겠다는 말씀입니다."

그쯤에서 의장이 나섰다.

"제가 한 말씀 드리겠습니다. 이제까지 여러 의원께서 들으셨습니
다만 사정이 좀 있어 보입니다. 대제사장께서는 엄중한 일이 있어 그
일을 우선 먼저 조치하느라고 절차를 밟아 대산헤드린에 정식으로 보
고하지 못한 것으로 보입니다. 그러나 이왕 말이 나왔는데 정식보고
가 올라올 때까지 대산헤드린이 아무 일도 안 하고 기다린다는 것도
온당한 일은 아닌 것 같습니다. 의장으로서 제가 생각하기에는 우선
비공식으로 얘기를 들어본 후 우리가 알아야 할 것은 알고, 조치하고
대비해야 할 것은 대비해야 하지 않을까 생각합니다. 어떠신지요?"

대산헤드린에서는 의장과 부의장이 서로 상의하여 안건을 정하는
법인데, 가말리엘에게 의장을 맡겼지만 샤마이파 쪽에서 부의장을 세
우지 않아 이런 경우에 안건을 서로 상의할 사람이 없었다. 샤마이파
는 힐렐파가 어떻게 산헤드린을 끌고 가는지 두고 보자는 생각에서 부
의장을 내세우지 않았다.

"좋습니다. 우선 얘기는 들어 봅시다. 자! 좀 진정하시고 어젯밤 대
제사장 집에 모여 상의했다는 그 중요하다는 얘기 어디 한번 들어 봅
시다."

샤마이파의 지도자가 좌중을 진정시켰다. 그러자 일어났다 앉았다
언성을 높이던 사람들이 모두 자기 자리에 앉고 소란이 가라앉기 시작

했다. 지난밤 대제사장 집 모임에 참석했던 의원이 조심스럽게 다시 일어나서 말문을 열었다. 조금 전 겪었던 소란 때문이지 그는 신중하고 조심스러운 자세였다.

"다른 것보다 제일 중요한 안건은 갈릴리 지방을 휩쓸고 다니던 불한당 무리가 떼를 지어 이번 명절에 예루살렘으로 올라온다는 보고입니다. 자세한 것은 야손 제사장이 대산헤드린에 곧 직접 보고드릴 것으로 압니다. 도당의 우두머리 예수라는 사람이 떠드는 내용이 심상치 않아 많은 걱정이 됩니다."

"예수? 그가 누구요? 어느 집안 사람이오? 원래 갈릴리에는 유력한 집안이 전혀 없는데?"

갈릴리는 야만적이고 반항적이고 이방의 피가 섞인, 입 섞어 얘기하기도 싫은 불온하고 불결한 지방이라고 의원들은 모두 생각하고 있었다. 헤롯왕의 아들로 분봉왕이 되어 갈릴리를 다스리는 안티파스 외에는 이스라엘에서 알아줄 만한 집안이 갈릴리에는 없었다.

"예! 그자는 나사렛이라는 조그만 산골마을 출신으로 아비를 따라 목수, 석수로 살던 사람입니다. 나중에 갈릴리 호수에서 어부생활도 했답니다. 그 후, 요단강에서 세례를 주던 요한의 제자가 되어 따라다녔다고 합니다."

"에이! 그런 사람이 무얼!"

"별것 아닌 일에 호들갑을 떠는구먼."

"석수? 목수? 나사렛? 아 그런 사람이 무에 대단하다고 … ."

예수라는 사람이 어떤 일을 했는지는 그들에게 전혀 중요하지 않았다. 그들에게 있어 사람은 그가 속한 집단으로 미루어 판단할 수 있기 때문이다.

"그를 따르는 사람이 수천 명이랍니다."

이왕 보고를 시작한 그 의원은 지난밤에 야손 제사장이 썼던 방법을 그도 똑같이 사용하기 시작했다. 충격을 던지지 않으면 도저히 얘기가 받아들여지지 않을 것을 알았기 때문이다.

"그 사람은 성전을 인정하지 않습니다."

"희년을 선포하라고 요구한답니다."

"하느님의 나라가 이미 이 땅에 임했다고 선언합니다."

"하느님은 죄인, 병자 그리고 문밖에 내던져진 사람을 아들딸이라고 먼저 부르셨답니다."

"하느님은 사람이 손으로 지은 성전에 거하시지 않는답니다."

예상한 대로 그가 쏟아낸 말들은 그 자리에 있는 모든 사람들에게 엄청난 충격이 됐다. 한 마디 한 마디가 커다란 쇠몽둥이로 변해 머리와 목덜미를 내려친 듯, 정신을 차릴 수 없었다. 모두 조용했다. 들이켠 숨을 내쉬는 사람도 없다. 먼저 입을 열고 나서는 사람이 없다. 어느 얘기를 먼저 다루어야 할지 알 수 없을 만큼 모두 엄중했다.

게다가 갈릴리 사람 수천 명이 그를 따른다니, 그가 예루살렘에 올라오고 있다니, 그저 난감했다. 무슨 일이람, 이게 무슨 일이람, 똑같은 질문만 속으로 자꾸 스스로에게 던졌다. 예수가 했다는 말은 이스라엘이 지켰던 모든 법과 가르침을 훌쩍 뛰어넘은 내용이다. 샤마이파든 힐렐파든, 서로 내가 옳다 네가 그르다 다투던 일이 강둑 무너지듯 무너져 내렸다. 예수가 했다는 말 앞에는 그들 사이에 시빗거리가 되었던 다름이 아무 의미 없는 일로 보였다. 의원들 모두 그저 조용히 앉아 있을 뿐이었다.

의원들은 가말리엘을 주목하기 시작했다. 그가 의장 자리에 말없이 앉아 있었기 때문이다. 그 침착한 모습이 그들을 일깨웠다. 뿌리 깊은 나무는 바람이 불어와도 쉽게 쓰러지지 않는다는 말이 생각났다. 힐렐파의 수장인 그에게 무슨 좋은 방책이 있겠거니 기대하는 마음이 들기 시작했다.

의원들의 시선이 그에게 집중되는 것을 알면서도 가말리엘은 입을 열지 않았다. 그는 세상일에는 각자 감당해야 할 몫이 있다고 생각하는 사람이다. 충격이든 두려움이든, 고통이든 우월적 지위든 각자에게 그 몫이 있다. 자기 몫을 깨달아야 자기가 할 일을 찾아 나서게 된다. 침묵이 회의실을 덮었고 시간이 흐를수록 더 무거워졌다. 만일 어떤 사람이 한숨을 내쉬면 곧바로 모든 사람이 그 소리를 들을 수 있을 만큼 조용해졌다.

의원석에 앉아 있던 니고데모도 비상한 관심을 가지고 가말리엘을 주시했다. 예언자를 인정하거나 거짓 예언자를 가려내고, 왕을 세우고 대제사장을 재판할 수도 있는 기관이 대산헤드린이다. 갈릴리 호숫가 작은 어촌, 그곳에서 어느 날 밤에 만났던 예수가 이제 예루살렘 대산헤드린을 흔드는 사람이 되었다. 생각보다 일이 너무 빨리, 너무 크게 번졌다. 어떤 죄목을 붙이고 정식으로 예수를 고발한 사람은 아무도 없는데, 이미 예수는 대산헤드린의 심사를 받는 사람이 되었다.

의장 가말리엘이 드디어 입을 열었다.

"여러 의원께서도 들으셨겠지만 참으로 놀라운 얘기입니다. 제 생각으로는 갈릴리 지방 사람들, 특히 무리를 지어 도성으로 몰려오고 있다는 그 사람들에 대하여 옳으니 그르니, 그 사람들이 더러우니 깨끗하니 따질 계제가 아니라고 봅니다. 앞으로 벌어질 일을 미리 생각하고 적절하게 대비하는 방안을 논의해야 할 때입니다. 성전에서도 여러 방향으로 대책을 논의하고 상의하고 있을 줄 압니다. 아까 어느 의원님께서 좀 불편한 듯 말씀하셨습니다만 일이 잘못되면 불행한 사태가 벌어질 수도 있는 형편입니다. 오늘 총독이 로마군을 이끌고 입성하기 때문에 더욱 그렇습니다."

천천히 위엄 있게 또박또박 말하는 가말리엘의 말을 의원들은 모두 수긍할 수밖에 없었다. 옳고 그름을 나서서 따지는 일보다 대비하는 일이 중요하다는 그의 말은 백 번 천 번 옳은 말이었다. 사태를 현실적으로 보고 대처하는 방법밖에 없다. 힐렐파의 지도자다운 생각이다. 샤마이파라고 이런 상황에서 다른 얘기를 할 수는 없다.

"그래서 말씀드립니다. 오늘 우리가 여기서 더 얘기한다고 해서 대비책을 마련할 수는 없다고 봅니다. 대제사장이 성전을 지휘해서 대처하는 일에 힘을 모으는 것으로 하고, 내일이나 모레나 준비되는 대로 성전 측에서 대비책까지 마련하여 대산헤드린에 정식으로 보고하도록 요청하겠습니다. 우리가 생각하는 것보다 훨씬 더 심각한 상황일 수도 있습니다. 로마가 무력으로 개입하는 일을 막기 위해 대제사장이 최선을 다하고 있을 것으로 믿습니다. 어떤 경우에도 총독이 군대를 풀어 해결하려고 나서지 않도록 상황을 잘 관리합시다. 그리고 성전 측에 부탁합니다. 신중하게, 유월절 명절이 다가온다는 점을 생각해서 정말 신중하게 대처할 것을 부탁합니다. 그리고 그 계획을 실행하기 전에 반드시 먼저 대산헤드린에 보고하시기 바랍니다. 이런 때일수록 경거망동하지 않고 차분히 그리고 냉정하게 처리해야 할 것입니다."

의원들 모두 마음을 진정하지 못하고 허둥거렸다. 가말리엘은 서둘러 회의를 끝냈다. 어차피 다음 날 그리고 또 그다음 날에도 회의는 매일 열리기 때문에 대책 없이 앉아 계속 떠들 수는 없었다. 70명이나 되는 의원들이 모여 하루 종일 떠든다고 뾰족한 대책이 나올 리는 없다. 사두개파 성전 측에서 우선 책임지고 대처해야 할 일이다. 그는 힐렐파와 샤마이파 지도자 몇 사람에게 회의가 끝나면 남아 달라고 조용히 부탁했다. 두 파의 지도자들끼리 모여 차분하게 의견을 나눌 필요가 있기 때문이다.

"의장께서 오늘 적절히 잘 수습하셨습니다. 선생은 역시 힐렐파의 수장으로 불릴 만하십니다."

"원, 원! 별말씀을 다 하십니다. 저야 선생께 비하면 부족한 사람입니다. 선생과 샤마이파 의원님들의 도움으로 부족한 이 사람이 어려운 자리를 맡아 그럭저럭 일하고 있어 늘 고맙게 생각할 뿐입니다."

상대를 칭찬하는 것도, 그 칭찬에 겸손하게 대응하며 거꾸로 상대를 높이는 일도 모두 몸에 밴 관습이다. 그런 일에 조금이라도 실수가 있으면 주변 사람들은 실수한 사람이 체면을 잃게 됐다고 평가한다. 사람이 입 밖에 말을 낼 때는 언제나 자기의 지위와 신분에 합당하면서 체면과 명예를 지키는 말을 해야 한다. 더구나 상대방에게 던지는 모든 말은 그가 지닌 명예에 합당한 말이어야 한다.

상인이 늘 재물을 다투듯, 사람은 명예를 다툰다. 누군가 명예를 얻은 사람이 있으면 한쪽에는 명예를 잃은 사람이 있다. 그래서 어떤 사람이 과도하게 명예를 휩쓸려고 하면 그가 속한 사회, 공동체와 충돌할 수밖에 없게 된다. 이미 균형이 잡힌 공동체를 깨뜨리는 일도 된다. 서로 가지고 있는 만큼 누리고, 상대방이 가진 것을 인정해주어야 안정이 유지된다. 그렇지 않은 사람은 일탈자다. 그리고 공동체는 일탈자를 공동체 밖으로 몰아내고 공동체의 평화와 안정을 지킨다. 그런 관습은 이스라엘과 유대뿐만 아니고 로마가 다스리는 모든 세상, 로마가 세상을 다스리기 이전의 모든 세상에서 늘 있었던 일이다. 재물이 아니라 명예와 체면을 더 중요하게 여기는 사회, 명예를 위해 목숨을 거는 사회의 특징이었다.

"제가 선생과 다른 의원 몇 분에게 특별히 상의드리고 싶은 일이 있어 남아주십사고 부탁드렸습니다."

"무슨 말씀인지요? 이런 상황이라면 힐렐파, 샤마이파를 가릴 것 없이 힘을 합치고 생각을 합쳐야겠지요."

"감사합니다. 그럼 제가 걱정하는 문제를 말씀드리겠습니다."

"말씀하시지요. 저도 얘기를 듣고 보니 마음속으로 걱정이 되는 일들이 있습니다."

"예. 그럼 제가 이왕 남아주십사고 부탁드린 입장이니 실례를 무릅쓰고 먼저 말씀드리겠습니다. 저는 이번 일로 총독이 무력을 행사하고 나설까 봐, 그 점이 가장 걱정스럽습니다."

"그렇지요. 저도 제일 먼저 그 생각이 듭디다."

"총독 빌라도가 한 번쯤 무력을 과시하고 싶어 할 때가 됐는데 이번에 철없는 사람들이 생각 없이 행동하면 그를 격동시킬 것입니다. 총독은 기회를 잡았다고 생각하고 무력을 행사하고 나설 수 있습니다."

"예. 맞습니다. 로마야 언제나 충격을 주고 공포를 심어 사람들이 꼼짝달싹 못하도록 압박하는 것을 저도 잘 알고 있습니다."

"지금 이 민감한 때에, 더구나 총독이 도성 안에 들어와 있는 이때에 그런 불순한 무리들이 떼를 지어 성안에 몰려든다니 …. 더구나 …."

"예, 말씀하시지요!"

"좀 민감한 얘기이기는 합니다만, 이왕 말이 나왔으니 제 생각을 말씀드리면 빌라도 총독이 지금 아주 불안한 처지에 있습니다. 아시다시피 로마에서 빌라도의 후원자 노릇을 하던 권력자 세자누스가 처형된 후, 그는 늘 전전긍긍 불안해하는 형편입니다. 그리고 작년에 황제의 방패를 총독궁에 걸어 놓은 일로 황제로부터 강한 질책을 받은 이후, 어떤 방법을 써서라도 실추된 체면을 다시 세우려고 기회를 노릴 겁니다."

"그러니 조그만 소요사태라도 벌어지면 절대로 용납할 수 없는 처지지요."

"예, 선생께서 정말 잘 보셨습니다. 원래 사람이 넘어질 때 커다란 산에 발이 걸려 넘어지지 않고, 길에 박힌 조그만 돌부리에 걸려 넘어지지 않습니까? 별일 아니라고 갈릴리 사람들을 무시하고 소홀하게 다루다간 자칫 엄청난 사람이 죽고 다치고 성전이 무너지고 유대가 망하는 일도 벌어질 수 있습니다. 총독이 끌고 들어온 군대는 도성을 피로 물들이기에 충분한 병력입니다. 그는 정말 무서운 사람입니다."

"그 일만은 어떤 일이 있어도 막아야 합니다."

"뜻을 같이해 주시니 감사합니다."

"감사하다니요? 그 일이야말로 이스라엘의 선생인 우리에게 맡겨진 일 아닙니까? 우리에게는 공동의 의무가 있습니다."

"예. 그렇습니다. 제가 앞으로 알게 되는 모든 내용을 선생에게 알려드리겠습니다."

"그러시지요. 저도 나름대로 사람을 풀어 알아보고 살펴보겠습니다. 제가 걱정했던 일을 선생께서 먼저 다 말씀하셨으니 저는 따로 더 드릴 말씀이 없습니다."

힐렐파와 샤마이파가 오랜만에 두말없이 손을 잡았다. 어느 쪽이 대산헤드린에서 주도권을 잡는가, 어느 학파가 더 백성들 사이에서 인기가 높은가 하는 문제는 이미 눈감아도 좋을 만큼 사소한 문제로 변했다. 그들 모두 로마의 점령지 정책을 꿰뚫어보고 있었기 때문이다. 로마가 펼치는 충격과 공포라는 불화로를 머리에 이고 살면서 조마조마 마음 졸이고 살아왔던 그들이다.

그렇게 샤마이파와 힐렐파는 큰 틀에서는 협력하기로 합의했지만, 동시에 앞으로 벌어질 사태를 수습하면서 자기 파가 무엇을 잃고 얻을지 부지런히 속으로 계산했다.

✛

지난해 방패 철거 사건 이후 처음 예루살렘에 입성하여 총독궁에 들고 보니 빌라도는 새삼 총독이라는 자리를 다시 생각하게 됐다. 총독궁은 예전에 헤롯왕이 살던 궁전이었다. 궁전으로만 본다면 카이사레아 총독궁보다 예루살렘 궁전이 훨씬 더 화려했다. 총독의 자리, 예전에 헤롯이 앉아 왕 노릇 했다는 그 자리에 앉으면 세상에서 로마황제 다음으로 로마의 유대총독이 높은 사람이라는 착각에 빠지게 된다. 그만큼 헤롯 왕궁은 로마제국 안에서 소문이 자자할 만큼 화려하고 장엄했다.

그러나 빌라도는 이번 입성에서는 궁정의 아름다움과 자리의 화려함을 마냥 감탄만 하고 있을 수 없었다. 때가 유월절이기 때문이었다. 더구나 이미 지난밤에 로마통치와 그 하부기관 역할을 하는 예루살렘 성전을 뒤흔들겠다는 사람이 도성에 들어온다는 보고를 받은 터라 마음이 바짝 긴장될 수밖에 없다. 만약 그런 일만 없다면 유월절이란 서로 뻔히 아는 가면놀이를 익숙하게 한바탕 벌이면 되는 때다. 그건 가면을 쓰고 노는 사람도 알고, 구경하는 사람도 아는 놀이다. 그러나 이번 유월절은 이전과 달리 정말 위험하고 불길한 명절이 될 수밖에 없다.

빌라도가 유대총독으로 부임하고 첫 유월절을 맞이했을 때였다. 유월절이 갖는 위험한 의미를 알게 된 그는 깜짝 놀랐다. 그리고 부하들을 불러 모아 놓고 펄펄 뛰며 다그쳤다.

"아니! 이 사람들아! 도대체, 이렇게 위험한 명절행사를 누가 처음 허락했고, 왜 여태까지 끌고 왔단 말이오? 어허, 이런!"

"아닙니다, 각하! 조절만 잘 하면 오히려 유대를 다스리는 중요한 수단이 될 수 있습니다. 각하께서 지렛대를 잡고 있는 것과 마찬가지입니다."

"지렛대는 무슨 지렛대! 야훼라나 누구라나 그 신이 직접 지도자를 세우고 그 사람을 시켜 이집트에서 해방했다는 바로 그 명절 아니오, 유월절이! 해방을 기념하는 행사를 해마다 연다는데, 황제 폐하가 직접 통치하시는 이 유대 땅에서…, 어이구 이 멍청한 사람들아! 그런 명절을….”

“각하! 그리 보실 일만은 아닙니다. 각하께서 염려하시는 것은 저희도 잘 압니다.”

부하들이 나서서 차근차근 설명했다. 특히 예루살렘 위수대장은 마치 자기가 유대인의 대표라도 되는 듯 총독을 설득하기 시작했다. 총독으로 처음 부임했을 때, 야밤에 황제의 깃발을 성안으로 몰래 들여와 한바탕 소동을 피웠던 총독이 또 다시 무모한 짓을 덜컥 저지를지 모른다는 걱정이 앞섰기 때문이었다.

마음을 가라앉히고 부하들 보고를 듣고 보니, 이전 총독들이 바보가 아니었다는 것을 빌라도는 깨달았다. 고개를 끄덕일 수밖에 없었다. 자기라도 분명 그렇게 했을 것이었다. 문설주에 바른 어린 양의 피를 기호로 삼아 히브리의 신이 히브리와 히브리 아닌 사람을 구별하였고, 그 기호로 삶과 죽음의 경계로 삼았다는 전설, 오로지 그 전설을 되새기는 일에만 유월절 행사가 집중되도록 이전 총독들은 지도했고 감독했다. 유대인의 신 야훼가 히브리의 집은 건너뛰었다는 유월의 의미를 되새기고 그 기적을 감사하는 제사만 드리도록 허락했다. 흠 없는 어린 양의 고기와 누룩 없는 빵, 쓴 나물을 먹는 의식으로만 제한했다. 압제에 고통받는 히브리의 울부짖음, 신이 그 소리를 들었다는 얘기, 그들이 이집트에서 풀려나 광야로 나섰다는 얘기를 재현하거나 기념하는 행사는 무엇이든 철저히 금지했다. 그러지 않았더라면 해방을 기념한답시고, 어떤 자칭 메시아가 그리했듯 유대인들을 끌고 광야로 나가는 행사도 치렀을 것이 분명하다는 보고였다.

"각하! 대제사장이나 성전 측에서도 사실 유월절을 제사의식 이상으로 확대하는 것은 겁내고 있습니다. 자기들이 감당이 안 되니까요."

"감당이 안 된다?"

"예! 해방 얘기가 나오면 어찌 대제사장이 감당할 수 있겠습니까? 그러니 못 이기는 체 우리가 명령한 대로, 허락한 대로 눈감고 봐 주는 선 안에서만 유월절 의식을 치릅니다."

"그게 뭐가 달라요?"

"해방보다는 죽음이 히브리인들의 집을 건너뛰었다는 기적 얘기, 그들의 신 야훼가 죽음에서 보호했다는 얘기를 더 크게 부각시킵니다. 그건 우리나 성전이나 서로 그 정도로 하기로, 서로 눈감고 넘어가는 것이 관례였습니다."

"음 … !"

"그리고, 철저하게 제사의식으로 축소하고, 자기들 전통에 따라 유월절 식사를 하는 행사로 제한하여 정신적으로 유대인을 압박했습니다. 한편으로는 명절기간 동안 우리 로마 군대가 예루살렘 성안에 주둔하는 것으로 성전이나 예루살렘 사람들이나 온 유대가 엄청난 무력의 압박을 느끼도록 했습니다."

"그렇지! 사실 총독이 예루살렘 성전 대제사장 목을 뗐다 붙였다 할 수 있으니 성전이야 총독 말을 들을 수밖에 없지."

"예, 그러니 각하께서는 예루살렘성에 주둔하시는 동안 최대한 위엄을 세우시면 됩니다. 흔들고 싶으신 대로 흔드시고 누르고 싶으신 대로 누르시다가 슬쩍 숨통을 틔워주면 유대인들은 각하께 꼼짝 못하고 복종할 뿐입니다."

"알았소!"

이스라엘이 믿는 역사에 의하면 1천 삼사백 년 전에 그들의 조상 야곱의 열두 아들의 후손들이 이미 4백 년 넘는 세월동안 '히브리'로 불리며 이집트에서 종살이를 했다. 히브리인의 울부짖는 소리를 히브리의 신 야훼가 들었다. 신은 모세라는 사람을 선택해서 울부짖는 백성을 해방시키는 임무를 맡겼다. 그는 살인을 저지르고 광야로 도망가 숨어살던 양치기였다.

야훼는 히브리를 종살이에서 풀어 주지 않으려는 이집트의 파라오에게 열 가지 재앙을 차례차례 내렸다. 마지막 열 번째 재앙은 파라오의 맏아들을 비롯하여 이집트 땅에 사는 모든 생명의 첫 자식이 죽어넘어가는 재앙이었다. 끔찍한 참사를 겪은 파라오는 모세에게 모든 히브리를 이끌고 이집트를 떠나도록 허락할 수밖에 없었다. 그렇게 이집트 땅의 모든 첫 자식이 죽어갈 때 히브리의 첫 자식들은 모두 무사했다. 신의 명령에 따라 어린 양을 잡아 그 피를 집 문설주에 발라 표시했기 때문이었다. 양의 피로 표시한 히브리의 집을 죽음이 건너 뛰었다는 것이다. 그래서 '뛰어넘었다'는 뜻으로 유월절^{逾越節}이라고 불렀다. 유월절에 죽음이 히브리의 집을 뛰어넘었지만, 예전의 로마 총독들이 그랬듯 빌라도도 군대를 이끌고 예루살렘에 진주해서 죽음이 뛰어넘었다는 그 자리를 차지했다.

원래 로마총독이 머무는 곳이 언제나 정치의 중심이겠지만 유대에서는 그렇지 않았다. 유대인들에게는 성전이 있는 곳이 세상의 중심이었다. 심지어 그들은 예루살렘이 하느님과 연결되는 세상의 배꼽이라고 믿었다.

예루살렘 주둔 로마군 위수대장은 유대에 관한 일이라면 모르는 일이 없었다. 그가 빌라도에게 설명했다.

"각하! 누가 뭐라고 설명하고 주장한다고 해도 세상 어느 한 지점에서만 신과 접촉할 수 있다는 얘기는, 그리고 그 유일한 장소가 예루살렘, 그중에서 성전, 그 안에서도 가장 거룩하다는 지성소 한 곳이라면 결국 그 신과 접촉할 수 있는 사람은 극히 몇 사람으로 제한될 수밖에 없다는 의미입니다. 실제로 유대인, 그중에서도 제사장, 그리고 그해에 대제사장을 맡은 사람만 1년에 오직 한 번, 속죄일에 지성소에서 신 앞에 들어갈 수 있다고 합니다."

"그렇다면 자기 백성 만나기를 좋아하는 신은 아니구먼!"

"예, 각하! 그 점이 바로 유대인 스스로 받아 멘 멍에입니다. 그 멍에를 가장 효과적으로 누르고, 목줄을 잡아당기며 유대를 통치하실 수 있습니다. 예전 다른 제국들도 그랬습니다. 바로 대제사장에게 멍에를 메어주고 고삐만 틀어쥐고 있으면 다른 모든 사람은 그저 따라오게 되어 있습니다."

"맞아! 내가 대제사장을 임명할 수 있는 권한을 가졌고, 나는 황제 폐하의 임명을 받았으니, 결국 예루살렘 대제사장은 황제 폐하의 충성스러운 신하구먼!"

"그렇습니다, 각하! 그래서 예루살렘 성전에서는 하루에 두 번 황제 폐하를 위한 제사를 드립니다. 다른 속국에서는 황제 폐하께 제사를 드리지만, 유대에서는 자기들 신에게 황제 폐하를 위한 제사를 드립니다. 유대인은 다른 신에게는 제사를 못 드리게 돼 있기 때문에 예전부터 그렇게 절충했습니다."

"그건 언제부터?"

"예! 언제부터 그랬는지 잘 모르지만 오래됐습니다. 소관이 부임하기 훨씬 이전부터 그런 제사를 드렸다고 합니다. 한 가지 분명하게 성전 쪽에 제가 못박아둔 말이 있습니다."

"뭐라고 말했는데?"

"만일 황제 폐하를 위해 드리는 제사가 끊어지는 날에는 땅 위에서 예루살렘 성전이 없어지는 날인 줄 알라'고 단단히 일러두었습니다."

"어! 속 시원하게 잘했군!"

결국 야훼는 유대 지방에서만 말이 먹히는 지방신으로 격하된 셈이었다. 더구나 제사 지낼 수 있는 허락을 받은 범위 안에서 신을 섬기는 일이 가능하다면, 그리고 그런 일이 오랫동안 계속됐다면 그건 신이 받아들였거나 아예 신은 그 일에 관심이 없다는 말과 같았다.

바닷가 카이사레아에 주둔하고 있는 총독이 예루살렘에 내려와 주둔하는 보름에서 스무날 안팎의 기간이야말로 그가 가진 절대권력을 거리낌 없이 과시하고 행사할 수 있는 기회였다. 유대인들이 믿고 섬기는 신은 총독이 행사하는 권력에 대해 아무런 저항도 하지 않았다. 그런 면에서 유월절은 빌라도에게 도전이기도 했지만, 다른 한편으로는 기회였다. 부하들의 말을 듣고 난 이후 스스로 어떻게 유대를 통치할지 길이 보였고, 허용된 힘과 기회를 최대로 활용하기 시작했다.

가장 먼저 추진한 일이 로마에 충성하는 조직을 만든 일이었다. 빌라도는 로마총독 자격으로 벌써 6년째 조직의 후견인 노릇을 했다. 크게 보면 로마, 작게는 총독을 지지하는 그룹을 형성할 수 있었고, 그에 걸맞은 행사를 열면서 유대인들을 조정할 수 있게 되었다. 그중 제일 잘했다고 생각한 일은 예루살렘에 내려와 주둔하는 동안에 베푸는 연회였다.

유월절이나 다른 큰 명절 행사가 평온하게 잘 관리되고 조용히 끝나면 유대인 지도자급에 속하는 사람들을 예루살렘 총독궁에 초청하여 성대한 연회를 베풀었다. 황제에게 바치는 충성과 총독에 대한 협력에 상급을 베푸는 셈이었다. 연회는 총독이 예루살렘에 입성하기 오래전부터 유대사람들, 특히 예루살렘에 사는 유지나 귀족들에게 큰 관심거리였다. 그런 내막을 아는 사람들은 하나같이 유대 지도자라는 사람들을 비웃었다.

"이번에도 총독이 꼭 백 명만 초대하려나?"

"그게 총독 전략인 걸!"

"누가 빠지고 어떤 사람이 새로 들어갈까?"

"글쎄, 다섯 명 빠지면 다섯 명이 새로 들어가고, 세 명 빠지면 세 명만 들어가더구먼."

"돈은 성전이 대고, 얼굴은 총독이 내고 … , 허 참!"

"그러니 대제사장이 못났다는 게지."

"못난 게 아니고, 교활하다고 볼 수 있지. 그게 바로 뇌물 아녀?"

"그런데 그 연회에 한 번이라도 초대받은 사람은 한 사람도 빼놓지 않고 로마의 개가 되더구먼!"

"그러라고 만든 행사 아닌가? 기꺼이 개가 되려는 사람들이 줄을 서고 … ."

"몇 놈들은 이미 카이사레아에서 손을 써 놓는다더군, 그 명단에 끼려고. 그리고 어떻게든 거기 껴 보려고 별의별 수작을 다한다는 얘기야. 총독 밑에 있는 사람에게 뇌물을 바치고 공작하는 사람, 지난번에 껴어 있던 사람 빼내고 자기가 들어가려고 모략하는 사람, 이 사람 저 사람 뒷조사해서 고자질하는 사람 ⋯ ."

"하여튼 그 영악한 빌라도의 술수에 넘어가는 사람들이란. 참, 어떤 사람은 생각 없는 체 일부러 넘어간다더군. 넋 놓고 넘어가는 사람들이 무슨 지도자입네 거드름 떠는 꼴이란!"

"자네도 좀 끼어보지. 자네 정도라면 될 것 같은데?"

"말 마시게! 우리 집안이 어떤 집안인데? 율법 선생이 벌써 열 명도 넘게 나온 집안이야! 나는 여태껏 이방인과는 얼굴도 한번 마주친 적 없이 살았네."

"그런데 왜 다른 사람들은 그 명단에 못 껴서 그 난리야? 배알도 없나?"

"몰라서 물어? 총독과 알고 지내는 것이 얼마나 큰 위세인데? 그리고 그러다 보면 한몫 단단히 잡을 기회도 생기고."

누구라도 총독과 인연을 맺으면 유대에서는 단번에 권력자가 될 수 있었다. 그건 빌라도 총독, 로마제국의 경우뿐만 아니라 어떤 지배자와의 관계에서도 마찬가지였다.

어느 곳에서나, 어느 때든지 지배자가 자기 영지에서 밀 한 톨, 보리 한 가락지 남기지 않고 싹싹 다 훑어 담아 쓸어가는 법은 없었다. 최소한 얼마는 남겨 놓고 그걸 미끼로 추종자들을 끌어모으고 부렸다. 현지 추종자들에게 그들이 수탈할 수 있는 몫을 남겨준 셈이었다. 그리고 지배자는 보통 뇌물이든 선물이든 그 아랫사람이 얼마쯤은 받을 수 있도록 눈감아주는 것이 일반이었다. 빌라도 총독이 받는 뇌물과 선물의 총 액수가 총독 아래에서 일하는 모든 조직과 사람들이 받는 액수와 비슷하다고 보면 정확했다. 그들은 뇌물을 선물이라고 부르며 받는 방법을 잘 알았고, 어느 곳을 두드려야 어떤 선물이 나오는지 훤하게 꿰고 있었다.

가장 대표적인 것이 세금을 걷는 일이었다. 세금을 걷는 권리는 어떤 지방, 누가 다스리는 영지였든 가장 큰 이권이었다. 그 세금추수권을 불하하면 제국은 힘들이지 않고 목표했던 세금을 거둬들일 수 있었다. 제국이 세금을 몽땅 직접 걷어 황제 금고에 넣는 일은 지극히 어려운 일이었다. 불가능하기도 했고, 기대할 수도 없는 일이었다. 그렇게 세금을 걷으려면 세금을 거둬들이는 조직을 만들고 그 운영비용을 제국이 직접 부담해야 하기 때문이다. 세금을 걷고 신하들, 부하들과 각종 기구나 조직에게 다시 보상이나 상급을 나누어주는 일이 너무 번거롭고 복잡했다. 대신 제국이나 통치자들은 세금을 거둘 수 있는 권리를 누군가에게 불하했다. 그렇게 권리를 불하받은 사람들이 책임지겠다고 제안한 금액이나 물량만큼 제국과 통치자에게 걷어 바치고 나머지는 자기가 차지하는 제도였다.

조세권을 위임받은 세금추수자들은 얼마 지나지 않아 큰 재산을 모을 수 있었다. 그런데 조세권을 위임받아 세금을 거두고 그중에서 일정 부분 사용할 수 있는 권리는 비난의 대상이 아니라 명예의 상징이었다. 제국 황제로부터, 왕으로부터, 총독으로부터 그런 위임을 받았다는 말은 권한을 위임한 사람으로부터 신임을 받고 있다는 말이었고, 그것이 곧 명예였다. 그런 명예는 그 개인이 누릴 뿐 아니라 그 가족,

가문, 친족, 집안, 지방, 그 무엇이라 부르든 그와 연결돼 있는 모든 사람에게도 골고루 영향을 미치는 집단의 명예였다.

더 높은 사람으로부터 그런 권한을 사들인 사람은 더 명예가 높았고, 더 큰 재산을 모을 수 있는 기회가 되었다. 아래로 내려갈수록, 어떤 형태로든 세금을 부담해야 하는 사람들과 가까워질수록 명예는 줄어들고 비난과 질시와 조롱은 커졌다. 사람은 자기가 겪는 고통의 근원, 가장 높은 사람에 대하여 불평하는 대신 자기와 직접 얼굴을 맞대고 접촉하는 사람을 증오하기 일쑤였다.

유대에서 예루살렘 성전은 말하자면 세금추수권을 불하받은 기관이었고, 성전은 성전대로 각 지방이나 도시 성읍에서 세금을 거둬들이는 권리를 성전 뜻대로 불하할 수 있었다. 세금추수권은 최소한 4단계, 많으면 여섯 일곱 단계의 불하를 거쳐 농민들이 직접 상대해야 하는 세리들에게 넘어갔다. 세금에 따라 다르기는 했지만 첫 단계라고 부를 수 있는 세금, 즉 성전이 로마에게 바쳐야 하는 세금이 하나라고 한다면 각 지방에서 세리들이 농민들로부터 직접 걷는 액수는 두 배에서 세 배 사이로 커졌다.

예루살렘 성전은 어떤 경우에도 성전에 들어오는 세금보다 로마에 바쳐야 할 세금이 더 많아 적자를 보는 일은 없었다. 대제사장 가야바의 아들 마티아스 제사장이 바로 성전의 재물과 재정을 총괄하는 사람이었고, 가야바는 추수한 세금의 잉여분을 보관하기 위해 창고를 매년 하나씩 더 지어야 할 형편이었다. 따라서, 대제사장은 현상을 흔들거나 그들의 기득권을 위협하는 도전이라면 그것이 무엇이든 누구든 틀어막아야 했다.

✠

알렉산더는 이번 유월절 명절 기간 동안 예루살렘에서 벌어질 일을 이미 깊게 검토해 두었다. 갈릴리 티베리아스에서 예루살렘에 올라 온 후 분봉왕이 열락에 빠져 있는 동안 그는 밤낮으로 사람을 풀어 조사하고 준비했다. 로마총독 빌라도, 갈릴리와 베뢰아의 분봉왕 안티파스, 그리고 예루살렘 성전 대제사장 가야바 세 사람 사이에 벌어질 경쟁과 협력은 흘러가는 대로 맡겨 두고 볼 일이 아니기 때문이다. 이제까지는 단순한 경쟁관계였다면 이번 유월절에는 균형을 유지하며 협력도 해야 하는 미묘한 시기가 됐다. 세 사람 중에 자기 맡은 역할을 제대로 수행하지 못하는 사람은 결국 무너질 수밖에 없는 때가 왔다.

알렉산더는 이미 한 나절 가까이 되도록 지난밤 로마 군영으로 총독을 찾아가 상의한 얘기를 분봉왕이 제대로 알아듣도록 여러 번 거듭거듭 설명하면서 대책을 보고했다. 보고를 들으면서도 안티파스는 연신 하품을 했다. 술에서 아직 덜 깼다고 볼 수도 있고, 나이 생각 안 하고 밤새 여자를 탐한 탓이라 할 수 있겠지만, 한편으로는 하룻밤 새에 모든 일이 심드렁하게 느껴져서 그런 듯 보였다.

때로 안티파스가 너무 줏대 없고 소심하게 보이지만 알렉산더는 분봉왕에게 어려운 사정이 있다는 것을 누구보다 잘 알고 있었다. 깊이 속을 들여다보면 로마 정치와 연관이 있다. 로마 제일의 정치가이며 권력자였고 안티파스의 후원자 노릇을 하던 세자누스가 티베리우스 황제의 명에 따라 처형당한 지 2년이나 지났지만 분봉왕은 새 후원자를 만나지 못했다. 그러니 세자누스가 로마에 버티고 있을 때와 지금은 상황이 달랐다. 안티파스는 극도로 조심할 수밖에 없었다. 그건 똑같이 세자누스에게 줄을 대고 있던 유대총독 빌라도도 마찬가지 처지였다. 그전에는 세자누스가 로마에 앉아서 빌라도와 안티파스가 서로 선을 넘지 않도록 미리 조정하고 통제했었다. 그러나 지금은 자칫 실수하면 뒤에서 덮어줄 만한 사람이 로마에 없다는 점이 문제였다.

더구나 안티파스가 오랜 세월에 걸쳐 공을 들였던 티베리우스 황제가 그에게 더 큰 자리를 마련해 줄 기미가 전혀 보이지 않았다. 갈릴리 분봉왕 자리에나 맞는 그릇 정도로 황제가 그를 간주하고 있다는 사실을 안티파스 스스로도 잘 알았다. 그러니 스스로 무언가 더 이뤄보겠다고 계획을 세우는 일이 때로는 허망하게 생각될 것은 당연했다. 상황을 살펴보고 소용없겠다 싶은데도 끝까지 밀어붙일 만큼 무모한 사람은 아니라는 뜻이었다. 아주 포기하지도 못하지만 그렇다고 저돌적으로 밀고 나가지도 못하는 어중간한 사람이었다. 그런 분봉왕을 내심 이해는 하지만 알렉산더에게는 그의 야망에 다시 불을 붙여야 할 필요가 있었다.

"지금쯤 총독이 성안으로 들어올 때 안 됐나요?"

알렉산더와 한참 얘기를 나누던 중에 안티파스가 문득 생각난 듯 물었다.

"예, 전하! 지금 들어오고 있는 것 같습니다. 서북쪽 성문 방향에서 조금 전에 나팔소리가 들렸습니다. 곧 총독궁으로 들어가겠지요."

"총독궁? 으! 그 궁전은 정말 싫어요. 에구, 흐!"

그 얘기를 하면서 안티파스는 마치 어린아이처럼 고개를 흔들며 몸을 떨었다.

그가 머물고 있는 옛 하스몬 왕조의 궁에서 얼마 떨어지지 않은 서쪽에 3개의 탑이 세워져 있는 크고 화려한 궁전, 지금은 총독궁으로 사용하는 왕궁이 있다. 헤롯왕이 지은 그 궁전에서 바라보면 예루살렘 윗구역 아랫구역은 물론 건너편 성전산 위에 높이 세워진 성전이 훤히 보였다. 궁전이 있는 윗구역에는 귀족, 대제사장 가문, 그리고 헤롯 왕가 사람들을 위한 대저택들이 즐비하게 늘어서 있다. 윗구역과 성전 사이에 있는 작은 튀로포에온 골짜기 위에 다리를 놓아 골짜기를 내려가고 오르지 않아도 윗구역에서 바로 성전에 드나들 수 있게 했다. 그 모든 건축은 헤롯왕이 직접 구상했다. 예루살렘을 헬라식 도시로 바꾸겠다는 계획을 가졌던 헤롯왕은 유대인들의 반대도 아랑곳하지 않고 성전을 유대 전통양식이 아니라 헬라식 건물로 화려하게 지었다.

헤롯왕이 죽자 뒤를 이은 아켈라우스가 유대 지방을 다스리면서 예루살렘 헤롯 왕궁을 차지했다. 그 후 10년이 지나고 아켈라우스가 유대 왕에서 쫓겨나자마자 기회를 노리던 갈릴리의 분봉왕 안티파스가 얼른 헤롯 궁전을 차지했다. 아버지가 지은 궁전이니 자기에게 당연한 권리가 있다는 주장이었다. 이복형제들이나 헤롯왕의 친척들은 그가 왕궁을 혼자 차지하자 시기하는 마음에 불뚝거렸지만 안티파스는 적당히 선물을 쥐여주고 재물을 나눠주면서 그들을 무마했다. 아켈라우스가 몰락한 이후, 갈릴리의 분봉왕 안티파스가 실질적으로 헤롯 가문의 뒤를 이은 사람이라는 현실을 무시할 수 없어서 친척들도 못 이기는 체 그의 호의를 받아들이고 물러났다.

처음 얼마 동안 갈릴리에서 예루살렘에 올 때면 안티파스는 헤롯 궁전에 머물렀다. 궁전에 들고 날 때마다 화려하게 행렬을 꾸리고 앞뒤로 헤롯왕의 옛 신하들을 끌고 다녔다. 그 정도면 변방 갈릴리의 분봉왕이라고 해서 누구도 자기를 무시할 수 없으리라 생각하고 우쭐거렸다. 마치 자기가 아버지 헤롯왕처럼 대단한 사람인 듯 뿌듯함도 느꼈다. 헤롯 왕궁은 로마제국 전체에서도 화려하고 웅장하기로 몇 손가락 안에 꼽힐 만큼 유명했고, 그는 그렇게 유명한 왕궁의 새로운 주인이 되었기 때문이었다. 예루살렘에 들어오면 그는 언제나 귀족들과 장로들을 불러들여 밤늦도록 연회를 베풀었다.

안티파스가 끔찍하고 무서운 경험을 한 그날도 그랬다. 밤늦도록 벌어진 연회 끝에 몹시 술에 취해 정신없이 곯아 떨어져 자다가 눈을 뜨니 초저녁에 불러 들여 침실에 대기시켰던 여자가 옆자리에 누워 있었다. 술도 덜 깬 채 더듬더듬 그 몸을 탐하려 할 때였다. 언뜻 눈을 들어 보니 침상 곁에 아버지 헤롯이 서 있었다. 헤롯은 괴기하게 무서운 모습이었다.

"어, 어, 어, 어!"

헤롯은 손가락으로 자기 목을 가리키며 무슨 말을 하려고 했다. 그러더니 눈을 크게 부릅뜨고 팔을 허우적거리며 무어라고 소리를 지르려고 애를 썼다. 소리는 말이 되지 못하고 아버지 몸속에서 부풀어 오르는 것 같았다. 손에는 금방 묻은 피가 불빛에 번들거렸다.

아버지의 환상을 보고 소스라치게 놀란 안티파스는 침상에서 벌떡 일어나 고래고래 큰 소리로 부하들을 불렀다. 발가벗은 몸으로 오들오들 떨며 웅크린 여자도 내쫓고, 밝힐 수 있는 불이란 불은 모두 환하게 밝히고 뜬눈으로 그 밤을 새웠다.

"여기 말고, 다른 궁은 없나?"

"이 궁이 제일 좋습니다!"

"싫어! 이제는 싫어!"

"옛 하스몬 왕가가 쓰던 궁이 있습니다만, 이 궁전과 성전 중간에 있습니다. 그런데 좀 낡았습니다."

"괜찮아! 거기로 옮기자고!"

"이 궁전은 어찌 처리할까요."

시종의 말이 채 끝나기 전에 그는 외쳤다.

"이 궁전? 다시는 돌아보기도 싫다. 개한테나 줘 버려!"

날이 밝자마자 뒤도 돌아보지 않고 헤롯 궁전을 떠난 안티파스는 옛 하스몬 왕가가 사용하던 작은 궁전으로 옮겼다. 그 이후, 헤롯 궁전에는 다시 들어가지 않았다.

처음 헤롯 왕궁에 들어가려고 했을 무렵 누군가 들려주었던 은밀하고 괴기한 소문, 왕궁에 저주가 안개처럼 덮어씌워져 있다는 말을 그는 전혀 믿지 않았다. 궁정 음모와 배신, 모략, 저주의 음산한 왕궁 분위기도, 귀신이 궁전을 떠돈다는 얘기도 그에게는 문제가 아니었다. 광기에 휩싸여 아내들을 처형하고, 숨이 멎는 순간까지 자식들을 죽이며 왕의 자리를 지켰던 아버지 헤롯왕의 유령이 긴 회랑과 복도를 걸어 다니며 밤마다 울고 소리 지른다는 얘기도 그는 웃어 넘겼다. 머리끝이 쭈뼛할 만큼 무서웠지만, 그가 왕궁을 차지하지 못하도록 누가 나쁜 뜻으로 지어낸 헛소문이라 생각했었다.

"마리암네! 내 사랑 마리암네! 나를 용서해주오! 제발 돌아와요!"

헤롯왕의 유령은 그렇게 소리 지르며 떠돈다고 했다.

"당장 마리암네를 내게 다시 데려와라!"

유령은 고래고래 소리 지르고, 미친 듯 웃고, 비 오는 날이면 밤새 으흐흐 으흐흐 흐느껴 운다고 했다. 울음소리는 벽에 부딪치며 울리고, 복도를 돌고, 회랑을 따라 커졌다 작아지고 작아졌다가 다시 커지며 퍼져 나간다고 했다.

소문을 믿지 않고 왕궁을 차지했던 안티파스는 직접 아버지의 무서운 환상을 보고 난 후에 다시는 헤롯 왕궁을 뒤돌아보지 않았다. 그리고 예루살렘 총독궁으로 사용하도록 로마총독에게 왕궁을 내주었다. 아무것도 모르는 총독들은 안티파스의 극진한 배려에 매우 만족하고 고마워했다. 사람들은 그 이후로 수군거렸다.

"안티파스가 궁전을 개한테나 주라고 했다더니, 정말 개가 차지했네. 이방인이 … ."

만일 헤롯왕이었다면 귀신이든 유령이든 모두 잡아들이고 쫓아낸다고 소란을 떨면서 그 궁전에 머물렀을 것이었다. 왕은 안 되면 되게 만드는 사람이었다. 꼭 죽을 수밖에 없는 순간, 절대로 빠져나올 수 없으리라고 사람들이 고개를 저었던 순간에도 무슨 수를 써서라도 살아 돌아오는 사람이었다. 그러나 안티파스는 감당하기 어려운 일이라면 포기하고 물러나는 사람이었다. 물러날 곳이 있는 사람이기 때문이었다. 왕국을 이룬 아버지와 물려받은 아들의 차이였다. 모든 것을 잃어도 다시 일어나 세울 수 있는 사람과 손에 쥔 것을 잃을까 봐 전전긍긍하며 사는 사람이 있다. 안티파스가 바로 그런 사람이었다.

어릴 적부터 안티파스는 로마 사람이 되어 살고 싶었다. 배우고 들고 겪고 생각하며 자란 모든 것의 중심에는 항상 로마가 있었다. 로마가 세상의 중심이었고, 로마 사람들이 살아가는 방식이야말로 가장 문명화된 방식이라고 생각했다. 게다가 로마황제 아우구스투스는 헤롯왕과 그 왕실의 운명을 거머쥔 사람이었다. 아버지가 다스리는 유대 왕국은 황제가 허락한 범위 안에서만 숨을 쉬는 변방 속국이었다. 무시로 황제의 궁정을 드나드는 사람들, 원로원에서 로마의 법을 만드는 사람들, 먹고 사는 일이 아니라 철학과 신의 세계와 예술을 논하며 사는 사람들, 그런 사람들 이름을 한 번이라도 들어본 사람이면 도저히 유대에 돌아가서 마음 편하게 살 수 없을 것 같았다.

헤롯왕이 살아 있을 때였다. 왕은 자식들을 로마에 유학 보내 상류층과 어울리며 자라도록 배려했다. 어느 날, 로마에 머물던 안티파스가 역시 로마에 살던 형 아켈라우스를 찾아갔다.

"형은 어쩔 셈이야?"

형의 뾰족한 턱을 바라보며 그가 물었다. 그렇게 뾰족한 턱은 수염으로도 다 가릴 수 없다는 생각이 들었다.

"뭘 어째?"

"형은 아버지가 유대로 돌아오라고 명령 내리면 돌아갈 거야?"

"안 돌아가면?"

"그 답답한 땅으로?"

"야! 아버지는 임금님이셔! 아무리 우리가 자식이라고 해도 명령을 받고 따르지 않으면 목이 달아나!"

"그러니 답답해서 형에게 묻고 있잖아!"

"아직 안 부르셨잖아! 뭘 지금부터 걱정해?"

"나는 유대에서 배가 들어오고, 사신이 온다는 소문만 들으면 정신이 아득해져."

"왜?"

"'그 배를 타고 곧바로 유대로 돌아오라'는 아버지 명령을 받고, 누가 우리를 데리러 올까 봐."

"부르시면 가야지."

"아버지가 부르신다는 말이 무슨 뜻인지 알잖아!"

"혹시 아니? '아켈라우스! 너에게 내 왕위를 물려준다'. 그러신 다음, '안티파스는 형을 잘 도와 어느 땅을 다스려라!' 그런 명령을 내리실지? 흐흐, 내가 왜 이래? 미쳤나!"

"형, 정말 미쳤군. 그런 일은 꿈속에서도 안 일어나. 안티파터도 있고, 마리암네 왕비의 두 아들 알렉산더와 아리스토불루스도 있고, 우리 차례는 절대로 올 수가 없어."

"그건 네 말이 맞는 것 같다. 말은 그렇게 해도, 그런 일은 꿈에서도 일어나지 않는다는 것쯤 나도 알아."

"그러니 말이야. 헤롯 형처럼 우리도 아예 그냥 로마에 눌러 살자고! 아버지에게 그렇게 부탁하면 들어주실지도 몰라."

이복형 헤롯은 헤롯왕과 그의 세 번째 부인인 작은 마리암네가 낳은 아들이었다. 작은 마리암네의 아버지는 지방 제사장이었다. 하스몬 왕가의 공주였던 두 번째 왕비 마리암네를 처형한 이후 마음을 못 잡던 헤롯왕이 마리암네라는 똑같은 이름을 가진 여자를 세 번째 아내로 맞아들였다. 예루살렘에서 제일 미인이라고 소문이 자자했기 때문이었다. 따지고 보면 헤롯왕의 네 번째 부인으로 아켈라우스와 안티파스를 낳은 말다게보다 세 번째 부인 작은 마리암네의 신분이 높았다. 말다게는 유대인들이 늘 낮추어보고 멸시하는 사마리아 여자였기 때문이었다.

"그건 그렇고, 형은 어떻게 할 건데?"

"나는 아직 몰라! 그냥 지내는 거지."

아켈라우스는 미리 무슨 계획을 세우고 준비하는 사람이 아니었다. 그 점은 한 어머니 뱃속에서 나온 형제라고 해도 안티파스와 많이 달랐다. 안티파스는 유대로 돌아가지 않고 로마에 머무를 방법을 끝없이 궁리했다. 기회를 잡으면 아버지 헤롯왕에게 용기를 내어 말해 보겠다고 생각했다.

로마 사람들이 '우리 바다'라고 부르는 지중해 동쪽 끝, 배를 타고 며칠씩 풍랑을 견뎌야 닿을 수 있는 땅, 조상들이 부르던 대로 이스라엘이라 부르든, 로마 사람이 부르는 대로 유대라고 부르든, 그곳은 뒤떨어지고 무지몽매한 땅이었다. 아버지에게 끌려 유대로 돌아간다고 생각하면 갑자기 가슴이 탁 막혔다. 마치 며칠이고 온 하늘과 땅을 뒤덮으며 불어오는 뜨거운 사막바람 속에 내던져지는 기분이었다.

헤롯왕이란 걸출한 인물을 빼놓고는 유대가 세상에 내놓을 자랑거리는 아무것도 없었다. 그저 답답하고 고리타분한 땅, 여름이면 사막바람이 불어와 모든 풀과 나무가 말라 죽는 땅, 지글거리는 태양이 정수리를 뜨겁게 달구는 땅, 무엇이 무엇인지도 모를 복잡한 규정을 내걸면서 모든 일이 죄라고 떠들어대는 성전과, 그에 기대 굽실거리며 삶을 이어가는 성전 관리들, 이유도 모르고 성전에 엎드리는 백성들. 숨 막히는 땅이었다.

그 후 어느 날, 이복형제 헤롯과 아켈라우스, 안티파스가 자리를 함께했다.

"유대로 돌아가야 할 듯해서, 한번 같이 상의해 보려고⋯."

아켈라우스의 말이 채 끝나기도 전에 헤롯이 피식 웃으며 말했다.

"왕 자리가 생각나서?"

"아니, 그런 것은 아니고."

"아니긴 뭐가 아냐? 예루살렘에서 무슨 일이 생길지 생각도 못했나?"

"무슨 일?"

아켈라우스는 얘기를 꺼내기는 했지만 대놓고 반대하는 헤롯이 마음에 들지 않았다. 아켈라우스는 떨떠름한 표정을 지었고, 헤롯은 재미있다는 듯 빙글빙글 웃었다.

"헬라 사람들이 하는 얘기, 태양을 향해 날개 달고 날아간 이카로스 몰라? 너무 태양 가까이 다가가면 날개를 엮어 붙인 밀랍이 녹는다는 말씀이야. 태양과 바다의 중간으로 날아야 한다지만 어디 그런 공간을 찾기 쉬울까?"

서로 배가 다른 형제지만 그래도 로마에서 살아갈 때는 한 핏줄이라고 1년에 한두 번은 만나던 사이였다. 그가 비웃음 반, 경고 반 던지는 말을 아켈라우스와 안티파스는 각기 달리 받아들였다. 아켈라우스는 헤롯이 자기 형제를 제치려는 술수가 분명하다고 생각했고, 안티파스는 그가 절대로 유대에 돌아오지 않을 것이라고 믿었다. 안티파스의 예상대로, 헤롯은 아버지 헤롯왕이 죽었을 때도 예루살렘에 돌아오지 않았다. 아켈라우스와 안티파스가 이스라엘의 왕위를 놓고 자기를 지지하는 사람들을 끌어모아 황제 앞에 나가 경쟁할 때도 작은 마리암네의 아들 헤롯은 얼굴도 드러내지 않았다.

헤롯왕이 죽자 아우구스투스 황제는 헤롯의 아들들에게 이스라엘을 나눠 주었다. 37년 전 일이었다.

"아켈라우스에게 그 아버지 헤롯의 유언에 따라 유대와 사마리아 그리고 이두매를 다스리는 권한을 준다. 그리고 그가 통치의 능력을 보여준다면 유대 전체를 다스리는 왕으로 삼겠다."

아켈라우스에게는 이스라엘의 반이 주어졌고, 안티파스에게는 갈릴리와 베뢰아, 빌립에게는 안티파스와 마찬가지로 분봉왕의 지위와 갈릴리 호수 북동쪽과 동쪽의 영지가 주어졌다. 그러나 안티파스는 그런 영지의 분할이 임시적인 것으로 보였다. 황제가 형 아켈라우스에게 능력을 보이면 이스라엘의 왕으로 삼겠다고 약속했지만, 그 말을 뒤집어보면 능력이 없으면 언제든 바꾸겠다는 선언이나 마찬가지였다. 더구나 형은 헤롯왕의 후계자로 황제가 정식으로 선언하기도 전에 이미 예루살렘에서 3천 명이나 되는 유대인을 살해하고 성전을 피로 물들인 일이 있었다. 헤롯왕의 아들들 중 살아남은 아들로는 아켈라우스가 분명 장남이었지만, 이스라엘의 왕으로는 형보다 자기가 훨씬 더 적합하다고 안티파스는 늘 생각했다. 분봉왕으로 임명받고 갈릴리에 처음 부임한 이후로, 그는 마음속에 늘 예루살렘 왕궁의 주인이 되겠다는 생각을 지니고 있었다.

사람들은 통치자가 어떠한 통치를 했든, 어떤 잘못을 저질렀든 그 통치자로부터 처음 받은 인상과 감동에서 벗어나지 못하는 일이 많았다. 그것은 안티파스에게도 해당되었다. 열여덟 살 나이에 분봉왕으로 임명받은 안티파스는 서둘러 갈릴리에 도착했고 세포리스를 도성으로 점찍었다. 세포리스는 그가 이전에는 한 번도 방문한 적이 없는 도시였지만, 갈릴리에는 세포리스 말고는 도성으로 삼을 만한 도시가 없었다. 두고두고 사람들 입에 오르내리게 된 일이 그때 벌어졌다.

말을 몰아 세포리스 언덕에 오르던 중이었다. 도성과 아직 거리가 꽤 떨어져 있을 때부터 벌써 안티파스의 눈에는 눈물이 그렁그렁 고였다. 마침내 언덕에 오르자 그는 철저하게 파괴된 도시를 바라보면서 어깨를 들먹이며 울었다. 언덕 맨 위쪽에 자리 잡았던 요새는 불에 타 무너져 시커먼 모습을 흉물스럽게 드러냈다. 도시 전체에 성한 건물은 하나도 없고, 꽤 공들여 세웠음직한 기둥들도 밑동만 남고 모두 쓰러졌다.

"아, 갈릴리의 형제들! 지금 눈으로 직접 보고 있는 이것이 우리의 비참한 현실입니다. 누구의 잘못이었든 결국 죽고 다친 것은, 그리고 울부짖으며 끌려가 노예로 팔려나간 사람들은 우리 동족입니다. 여기에 살았던 우리 형제였습니다. 능욕당한 그들은 우리 누이였고, 조카였고, 딸이었습니다."

그의 어조는 자못 비장했다. 로마황제에게서 분봉왕 임명을 받고 찾아온 그가 로마를 비난할 수 없는 것은 당연했다. 그렇다고 그는 반란을 일으켰던 유다와 농민군을 입에 올리지도 않았다. 반란을 일으킨 유다의 아버지 히스기야 때부터 그 가문은 갈릴리의 영웅이었고 희망이었다. 그런 히스기야를 사로잡아 처형한 사람이 당시 갈릴리 총독이었던 젊은 헤롯이었다. 그 히스기야의 아들 유다가 40여 년 후에 반란을 일으켰고, 로마군은 세포리스를 철저하게 파괴하며 반란을 진압했다. 그 자리에 헤롯의 아들로 서 있다는 역사적 의미를 그는 잘 알았다. 그 비참한 현장을 눈으로 보며 그는 누구에게도 책임을 돌리지 않았고, 모두 함께 이루어 나갈 내일을 얘기했다.

"우리가 무엇을 교훈으로 얻었습니까? 앞으로 어떻게 살아야 하겠습니까? 나는 확실하게 말할 수 있습니다. 우리가 로마에게 창끝을 들이대지 않는 한, 그리고 우리가 그들의 신실한 친구라는 것을 보여주는 한 로마는 이런 일을 결코 다시 하지 않을 것입니다."

그리고 그는 그 유명한 연설을 이어갔다.

"나는, 나 안티파스는 다시는 여러분이 그렇게 처참한 꼴을 당하지 않도록 하겠습니다. 여러분의 아픔이 나의 아픔입니다. 그 난리 통에 아비를 잃은 모든 고아들에게 내가 아버지가 되어줄 것입니다. 지아비를 잃은 사람들에게는 기대고 살아갈 수 있는 기둥이 되겠습니다."

그의 말을 듣는 사람들은 가슴속 깊은 곳에서부터 터져 나오는 울음을 참을 수 없었다. 사람들은 하느님이 때맞추어 안티파스를 보내 사람들 아픔을 어루만져 주었다고 생각했다. 그가 비록 헤롯의 자식이지만 세포리스 언덕에 이스라엘이 오랫동안 기다린 빛이 비췄다고 믿었다. 어떤 사람들은 그때 안티파스에게 하느님의 영광이 임했다고, 그가 바로 사람들이 오랫동안 기다리던 메시아라는 징조를 보았다고 말했다.

사람들은 메시아가 힘을 가진 가문, 잘 알려진 전통적 가문에서 나올 것으로 믿었다. 메시아는 이스라엘을 회복할 사람이고, 새 왕국을 건설할 사람이고, 제국의 압제에서 이스라엘을 해방할 군사지도자라고 믿었다. 한 사람의 메시아, 두 사람의 메시아, 때로는 여러 사람의 메시아를 사람들은 기대하기도 했다. 다윗 가문의 후손 중에서 메시아가 나올 것이라는 예언도 있었고, 때로는 헤롯 왕가에서 나올 것으로 기대하는 사람도 있었고, 더러는 몰락한 어떤 대제사장 집안에서 나올 것으로 믿고 기다리는 사람도 있었다. 백성들의 아픔에 조금만 눈을 돌리고 사람들의 마음을 어루만지면, 심지어 헤롯의 아들 안티파스도 메시아일지 모른다는 기대를 받았다. 처음에는 백성들의 신망을 제법 받던 안티파스였다. 세포리스 폐허를 바라보고 눈물 흘릴 줄 아는 사람, 로마와 대적하기보다는 로마를 이용할 만한 사람, 그도 메시아로 기대를 모았다.

무너진 세포리스를 바라보면서 남다른 소명을 받았다고 생각하며 안티파스는 내심 큰 야망을 품었다. 야망을 실현하기 위한 큰 방향으로 그는 두 가지를 마음속으로 다짐했다. 첫째는 어떤 경우에도 로마와 맞서지 않겠다는 결심이었다. 그는 로마를 너무 잘 알았다. 절대로 로마 앞에 머리 들고 설 수 없다는 현실을 철저하게 깨달은 사람이었다. 둘째로 그는 자기에게 주어진 영지에서 이제까지 누구도 이뤄본 적 없는 새로운 이스라엘의 터전을 이뤄보겠다고 다짐했다. 다행스럽게도 갈릴리에는 유대의 예루살렘 성전처럼 안티파스의 왕권에 거치적거릴 장애물이 없었다.

번영하는 갈릴리를 만들겠다는 그의 포부는 로마를 염두에 둔 것이었다. 바로 로마를 모방하는 번영이었다. 헬라에서 시작하여 로마제국 곳곳에 세워져 번성하는 도시를 먼저 떠올렸다. 우선 갈릴리의 세포리스에서 새롭게 시작하기로 마음먹었다. 도시를 재건하고, 도시와 주변 농촌과의 관계를 잘 조절하여 도시도 번성하고 농촌도 나름대로 생산기반을 유지하는 이상적인 도시국가를 구상했다.

그런 계획을 구상하는 중에, 로마 시절부터 그를 따랐던 알렉산더가 찾아왔다. 사실 알렉산더가 먼저 찾아왔는지, 안티파스가 그를 찾았는지는 중요하지 않았다. 두 살 아래 알렉산더와는 남달리 뜻이 맞았기 때문이었다.

"저하! 갈릴리를 로마나 헬라처럼 도시로 발전시키겠다는 것은 정말 탁월한 생각이십니다."

"그래요! 내 꼭 헬라처럼, 로마처럼 만들겠소!"

두 사람의 눈에는 헬라와 로마의 도시들이 보였다. 알렉산더에게는 모든 것이 가능한 듯 보이는 중에도 가능하지 않은 것을 볼 수 있는 눈이 있었다. 그는 셀레우코스 제국의 안티오코스 에피파네스가 너무 급격하게 실시한 예루살렘 도시화 계획 때문에 결국 마카비 유다 형제들의 반란이 일어났던 일을 떠올렸다.

"저하! 좋은 구상이긴 합니다만, 저도 절대적으로 찬성합니다만 시행하는 데는 몇 가지 주의를 기울여야 할 것 같습니다."

"뭘?"

"아무리 여기가 갈릴리라지만 너무 헬라식, 로마식이면 보기에 따라 반감을 갖는 무리도 있을 것입니다."

"그래서 내가 그대 같은 사람이 필요하다는 말이오. 잘 조화를 시켜야지. 매사 내가 앞서는 것보다는 그대가 맡아야 할 역할이 있소."

"예, 저하!"

"생각해 보시오. 군데군데 커다란 도시를 건설해 그 도시가 번성하고 도시 주변에 있는 농촌마을이 도시를 지탱하는 배후가 된다면 로마처럼, 헬라처럼 발전하지 못할 이유가 하나도 없지 않겠소? 내가 생각하기로 도시가 핵심이 되고, 농촌은 핵심을 둘러싼 일차 주변이 되고, 언젠가 일차 주변도 그 도시 안으로 편입되고, 주변은 더 넓은 곳으로 확장될 수 있지 않겠소? 핵심이 확장되고, 그에 따라 도시를 중심으로 끊임없이 주변도 확장시키자는 말이오. 주변에 속한 농촌에게도 핵심으로 진입할 수 있는 기회와 터전을 마련해 준다면 핵심과 주변이 대립할 이유가 전혀 없을 것이오. 어떻소?"

"저하! 그런 원대한 계획의 일단계라는 생각으로 우선 이미 시작하신 세포리스 재건 공사부터 추진하면서 차근차근 확대하시지요."

안티파스는 갈릴리의 구원자로 불리고도 싶었다. 갈릴리의 구원자에서 시작해 어느 날 이스라엘의 구원자가 되겠다고 세포리스 언덕에서 다짐했었다. 그런 뜻을 알고 있던 알렉산더가 '구원자'라는 말을 입에 올리며 은근히 그를 부추겼다.

"저하! 두 가지 방향으로 온 힘을 기울이셔야 할 것입니다. 첫째는 황제 폐하에 대한 충성입니다. 누구도 의심하지 않을 만큼 조심하셔야 합니다. 늘 다른 사람보다 한발 먼저, 더 큰 충성을 보여야 합니다. 그건 저하와 제가 앞으로 갈릴리에서 재물을 마련하고 쌓아야 할 근본적인 이유입니다. 다른 한 가지는 갈릴리와 베뢰아, 이 두 지방 백성과의 관계입니다. 결국 그들에게서 거둬들인 것으로 그들을 돌보는 일 아니겠습니까? 이제까지 모든 왕들은 백성에게 거둬들이기는 했지만 베푸는 데 인색했습니다. 거둬들인 것의 10분지 1, 10분지 2를 다시 그들을 위해 쓴다면 백성들은 모두 저하를 두고두고 칭송하며 충성할 것입니다."

"으흠! 나보고 구원자가 되라는 셈이군요!"

"예, 저하! 구원자가 되시고 구원을 베푸시는 겁니다. 황제 폐하가 세상의 구원자가 되신 것처럼, 저하는 갈릴리와 베뢰아의 구원자가 되시는 겁니다. 그러면 저하의 구원을 온 이스라엘에게 베푸실 기회가 언젠가 올 수 있습니다."

"맞아! 그것이 내가 생각하던 계획이오."

당시에 사용되던 '구원'이란 말은 죽음 이후의 세계나 죄의 문제와 상관없었다. 따라서 '구원자'라는 칭호도 멸망할 세상에서 살아남도록 해주는 사람을 의미하지 않았다. 구원자는 누군가가 어려움에 처했을 때 그가 어려움에서 벗어날 수 있도록 도움을 주는 사람을 의미했다. 먹을 식량이 떨어졌을 때, 병이 들어 노동력을 상실했을 때, 집안에 누군가가 사망해서 장례를 치러야 할 때, 자식을 결혼시킬 때 대가 없이 도움을 받을 수 있는 사람, 도움을 받았더라도 똑같은 것으로 되갚지 않아도 될 사람이 구원자였고, 그런 도움이 구원이었다. 로마제국뿐만 아니라 당시 모든 사회에서 일반적으로 통용되던 후원자와 피후원자 관계를 나타내는 표현 중 하나가 구원이었다. 가장 높은 구원자, 최종적 구원자는 가장 큰 후원을 베푸는 사람, 곧 황제였다.

구원자는 구원의 대가를 받지 않는다. 사람들이 구원의 대가로 바칠 수 있는 물질적 대가라면 구원자는 이미 차고 넘치도록 소유하고 있기 때문이다. 구원자가 구원의 대가로 받는 것은 우정과 충성이었다. 구원자가 누리는 명예를 더 높이거나, 현재 누리는 명예를 유지하도록 좋은 평판을 만들어 퍼뜨리고, 그가 명예를 지키도록 돕는 일, 그것이 바로 구원받은 사람이 구원자에게 바쳐야 할 대가다.

황제가 구원자라는 얘기는, 구원이 필요한 사람들에게 황제가 그것을 베푼다는 얘기였다. 왕이 구원자라는 것은, 왕이 자기가 가진 것을 가지고 백성들이 겪고 있는 어려움이나 고통을 덜어주고, 그들에게 당장 필요한 것을 채워주고 베풀어준다는 얘기였다. 안티파스는 자기야말로 갈릴리와 베뢰아 지방의 구원자가 될 사람이라고 믿었다. 갈릴리 베뢰아 지방에 사는 모든 사람들의 후원자가 되기 위해 열여덟 살 나이에 분봉왕이 되었다고 그는 굳게 믿었다. 이 구원을 갈릴리에서 시작하여 로마가 유대라고 부르는 이스라엘 전체로 확대해 나가기로 목표를 세웠다.

안티파스는 우선 세포리스 재건 공사를 밀고 나갔다. 헬라의 도시를 본떠, 기지 역할을 할 수 있는 도시를 차곡차곡 건축하기로 마음먹었다. 처음에는 아버지 헤롯왕이 남겨준 재물로 시작했다. 그리고 재원이 모자라자 점차 영지에서 세금을 더 걷고 강제노역을 부과했다. 도시국가를 이루기 위해서는 당분간 농촌 마을들이 어려움을 감당해야 한다고 생각했다. 미래를 위해 현재를 희생해야 한다고 생각했다.

세포리스 건축공사의 시작은 서쪽 산봉우리에 있던 무너진 요새를 다시 세우고 왕궁을 짓는 일이었다. 갈릴리에 들어와 살던 헬라 사람들도 세포리스에 몰려들어 안티파스의 건축공사에 맞추어 자기들 저택을 지었다. 그때만 해도 세포리스 동쪽 봉우리에 있는 언덕까지는 손을 대지 않았다. 재원이 마련되면 그곳을 평탄하게 만들어 극장과 경기장을 지을 생각이었다.

안티파스는 늘 가슴속에 로마를 생각하며 살았다. 그에게는 로마가 세상의 중심이기 때문이었다. 로마에서는 사흘마다 한 번 꼴로 운동경기나 연극, 서커스가 열렸고 흥미로운 볼거리가 결코 끊어지지 않았다. 그리고 로마에는 세상에서 가장 지혜로운 사람들이 모여들었다. 이스라엘에서는 두 배 세 배 값을 치르고도 손에 넣을 수 없는 물건들도 로마에는 즐비했다. 로마 시민의 친구 로마황제는 그 모든 것을 제공하는 후원자였다.

헤롯왕에게 로마 시민권을 부여한 아우구스투스 황제는 헤롯의 자식들에게도 특별히 로마 시민권을 허용했다. 유대 왕 헤롯의 자식들도 로마 시민이 누렸던 풍요의 한 자락을 누리며 자랐다. 유대 역사상 어떤 왕도 누려보지 못한 제국의 풍요를 누릴 수 있게 된 헤롯의 자식들은 로마 시민이 되었다는 점을 늘 자랑스러워했다. 로마 시민들은 그런 풍요를 가져온 황제를 신으로 칭송했고, 헤롯의 자식들도 전혀 거리낌 없이 황제를 신으로 부르며 살았다.

안티파스는 어느 날 알렉산더에게 말했다.

"내가 세포리스에 꼭 극장을 세우고 싶은데⋯."

"극장이라고 하셨습니까? 저하!"

"그렇소. 극장이 얼마나 중요한지 내 로마에 있던 시절부터 잘 알지요. 극장을 세워 놓으면 내가 주최하는 행사도 거기서 치를 수 있고, 연극을 무대에 올릴 수도 있고⋯."

"아, 예! 헬라처럼 비극을 올려 사람들이 눈물 흘리게 만들면 할 수 있는 일이 많이 있습니다."

"글쎄, 그렇다니까! 내가 보니 연극이 끝난 다음, 시민들이 연극을 보고 한참 울고 난 다음 정치가들이 무대에 올라 멋진 연설을 하면 시민들이 모두 열렬하게 환호하더라고."

안티파스 눈에 그런 로마 정치가들이 얼마나 훌륭하게 보였던가?
눈물을 흘리며 서로 끌어안은 채 한바탕 울고 나면 사람들의 마음은
한없이 말랑말랑해지는 법이다. 그렇게 순화된 마음 위에 정치가들이
연설을 쏟아 부으면 그 내용이 무엇이든 시민들은 모두 기꺼이 받아들
였고 일어서서 박수쳤다.

"내가 이 안티파스가 세포리스 주민들에게, 갈릴리 사람들에게 꼭
그런 경험을 할 수 있도록 만들어주고 싶어요."

알렉산더는 극장을 건설할 수 있는 재원이 부족하다는 것을 알고 있
었지만 반대할 수 없었다.

"저하! 하시지요. 방법을 찾아보지요."

극장은 뜻만 가지고 지을 수 있는 일이 아니었다. 극장을 지을 터가
없었다. 세포리스 동쪽 봉우리를 깎아 터를 닦자니 그럴 만한 돈이 없
었다. 봉우리를 깎고 축대를 세워야 하기 때문이었다. 그렇다고 극장
을 짓기 위해 세금을 더 거둬들일 형편도 아니었다. 아깝지만 일차 계
획에서는 뺄 수밖에 없었고, 벼르고 별러 십몇 년 후에야 조그만 규모
의 극장을 세울 수 있었다.

처음에는 세포리스의 주민을 유대인, 헬라인 합하여 5천 명으로 계
획했다. 그 정도면 이미 건설되어 있는 수로 하나로 끌어오는 물이면
충분했다. 멀리서 세포리스로 물을 끌어온 다음 그 물길을 여러 갈래
로 나누어 10개 정도의 저수조를 만들어 그곳에 물을 담아 두었다. 그
리고 왕궁 안으로 물을 끌어들였고, 귀족들이 거주하는 지역에는 특
별히 그들만을 위한 저수조를 여럿 만들었다. 인구가 두 배, 세 배로

늘어나면 또 하나의 큰 수로를 건설하기로 계획하고 위치도 대충 잡아 놓았다.

세포리스 건설이 거의 끝나고 주민들이 입주할 무렵쯤 되자 처음 계획했던 것보다 인구가 급격하게 늘어났다. 그리고 안티파스가 애초 생각했던 도시와 농촌의 협력은 전혀 현실성 없는 구상이라는 사실이 곧 드러났다. 안티파스가 늘 마음속에 그리던 제국 로마의 수도 로마에서도 그런 협력은 불가능했다는 사실을 그는 무시했었다. 원래 제국의 수도든, 왕성이든, 군사도시든, 종교 활동의 중심이 되는 성전도시든 도시는 물자를 생산하는 곳이 아니고 순전히 소비하는 곳이다. 새로 재건한 세포리스도 당연히 그런 소비 위주의 도시였다.

세포리스 주민 숫자를 최소로 잡아 8천 명, 9천 명이라고 할 때, 그들이 1년 동안 먹어치우는 식량은 밀로 계산하면 나귀 2만 마리가 실어 날라야 할 양이었다. 마시고 먹는 포도주와 올리브기름을 실어 나르는 데도 5천 마리 나귀가 필요했다. 안식일을 빼고 1년 내내 실어 나른다고 치면 하루에 평균 80마리의 나귀가 식량과 포도주, 기름을 성안으로 실어 들여야 했다. 1년 내내 그런 농산물이 계속 생산되지 않기 때문에 추수 때에 집중적으로 실어 왔다. 그럴 때면 매일 1천 마리 넘는 나귀들이 물자를 싣고 들어왔다. 성안에 있는 창고는 물건을 받아들이고 쌓느라고 한 달 넘게 북적거리고 떠들썩했다.

그러던 어느 날, 세포리스 왕성에 안티파스와 알렉산더가 마주 앉아 이런저런 얘기를 나누고 있을 때였다. 알렉산더는 오랫동안 속으로 벼르고 벼르던 얘기를 꺼낼 기회를 노리다가 입을 열었다.

"저하! 제가 드릴 말씀이 있는데 저하께서 저를 어떻게 생각하실지 몰라 망설이고 있었습니다."

"어허! 천하의 알렉산더 공이 망설이는 일도 있소? 말해보시오!"

"저하의 심기를 거스를까 걱정됩니다."

"아니, 괜찮소."

"제가 이 말씀을 드리지 않고 그냥 넘어가면 저하의 충성스러운 신하도 아니고, 가장 가깝다는 친구도 아닙니다. 그래서 혼자 많이 생각하다가 말씀드리기로 마음먹었습니다."

"괜찮다는 데도 자꾸 그러시오?"

"예, 저하! 말씀드리겠습니다. 노여워하지 마시고 들어주십시오."

알렉산더는 드디어 입을 열었다. 그로서는 큰 모험이었다. 그러나 한 번은 겪어야 할 일이었다. 그 일로 안티파스가 그를 내친다면 그것도 어쩔 수 없는 일. 뒷일이 어떻든 감당하기로 단단히 마음먹었었다.

"저하! 세포리스를 재건하여 헬라나 로마처럼 도시로 키우는 일은 실패한 걸로 저는 생각합니다."

"으이? 그게 갑자기 무슨 말이오?"

"생각해 보십시오, 저하!"

그는 차근차근 안티파스에게 자기가 생각했던 문제점을 보고하기 시작했다.

"아무리 갈릴리가 비옥하고 농사짓기에 알맞은 기후라고 하더라도 세포리스 주변 농촌 형편으로는 이 왕성 세포리스를 지탱할 수 없습니다. 전하께서도 보셨듯 거의 날마다 곡식이며 마실 것이며 기름, 과일들이 성안으로 실려 들어옵니다."

"그래서 이 도시가 윤택하게 살 수 있게 되었잖소?"

"그렇습니다. 그런데 주변 농촌 마을들이 모두 무너져 내립니다."

"어허! 그 무슨?"

"예. 농산물 생산은 토지와 노동력 두 가지 요소와 농사짓기에 적합한 환경이 모두 일치해야 가능합니다. 이 도시 세포리스, 순전히 소비만 하는 이 도시 하나를 지탱하려면 지금까지 생산하던 것보다 농산물을 훨씬 더 많이 생산해야 합니다. 어디서 수입하는 것이 아니라면 여기 주변에서 더 생산하는 것 외에는 달리 대책이 없잖습니까?"

"그건 그렇지요."

"곡식 생산을 늘리려면 토지가 늘어나야 합니다. 그리고 농사짓는 사람 숫자도 따라 늘어나야 합니다. 토지는 그대로인데 사람만 더 붙여 놓는다고 소출이 늘지도 않습니다. 농산물을 훨씬 더 많이 생산할 수 있는 어떤 특별한 방법이 있으면 좋은데 그건 원래부터 불가능합니다. 그리고 농사짓는 일을 제가 가만히 살펴보니 소출의 3분지 1은 다음 농사를 위한 종자로 남겨두어야 합니다. 즉, 농사는 뿌린 씨앗의 3배 이상으로 소출을 거두기 어렵다는 말씀입니다."

"아니! 겨우 뿌린 씨의 3배만 추수로 거둔다는 말이오?"

"예! 저하! 그렇습니다. 씨를 뿌려도 모든 씨가 다 싹을 내거나 자라지 않기 때문에 그렇습니다. 싹이 난 씨는 10배, 20배의 결실을 볼 수 있지만, 10개의 씨 중에 한 개만 싹이 튼다고 생각해 보십시오. 그래서 그 토지에서 거둬들인 곡식의 3분지 1은 다음 농사를 위한 씨로 남겨 두어야 합니다."

"음!"

안티파스는 깊게 신음하더니 조금 전까지 화가 났던 표정을 풀었다. 알렉산더가 차근차근 설명하는 말을 들으니 그로서도 아니라고 우길 수 없었다.

"토지 면적당 소출을 크게 늘릴 방법이 없으니 남은 방법은 오직 하나, 농사짓는 토지를 늘려야 합니다."

"그건 가능한 일이 아니지! 땅을 어떻게 늘려?"

"예! 저하! 예전부터, 헤롯대왕 시절부터 도시나 예루살렘에 사는 부자와 귀족들이, 또 그리고 성전 측에서도 갈릴리 농촌마을 토지를 사들였고 그 땅들을 합쳐 큰 농장을 만들었습니다. 그 전에는 밀이나 보리를 생산하던 땅이 이제는 돈을 더 벌 수 있는 포도나 다른 상품작물을 집중적으로 생산하는 농장으로 변했습니다. 갈릴리 전체로 본다면 식량을 생산하는 토지는 예전보다 줄어든 셈입니다. 포도주를 더 마신다고, 올리브기름을 듬뿍 듬뿍 더 뿌린다고 빵을 덜 먹고 살 수는 없습니다. 게다가 농사는 땅과 농부에게만 달린 일이 아닙니다. 비도 와야 하고요, 햇볕도 내리쬐어야 하고요, 무엇보다 씨앗을 뿌려 싹이 나고 자라고 익을 때까지 시간이 걸려야 합니다."

"어찌하면 좋겠소?"

그제야 안티파스는 알렉산더에게 대책을 물었다. 그러면서도 속으로는 슬그머니 알렉산더를 원망하는 마음이 들었다. 처음부터 세포리스 재건부터 시작하여 갈릴리를 헬라나 로마처럼 도시국가로 만들자는 의견에 적극 찬동한 그였기 때문이었다. 그러나 안티파스는 자기 결정의 잘못을 다른 사람에게 묻는 사람이 아니었다. 그건 자기 명예에 관련한 일이었다. 분봉왕으로 자기가 결정한 이상 자기 책임이라는 생각이었다. 다른 사람의 말을 생각 없이 그대로 받아들인 멍청한 사람이라는 소리를 듣는 것이 싫었기 때문이었다.

알렉산더라고 뾰족한 생각이 있을 수 없었다. 부자들이나 귀족이나 예루살렘 성전이 가진 토지를 강제로 빼앗아 농부들에게 돌려줄 수도 없고, 포도밭을 모두 갈아엎어 밀밭으로 바꿀 수도 없는 일이었다. 그동안 분봉왕뿐만 아니라 그 자신도 갈릴리에서 꽤 많은 토지를 손에 넣었으니 남 탓만 할 수도 없었다. 대책을 묻는 사람이나 알렉산더나 무슨 좋은 수가 있을 수 없다는 점은 서로 잘 알고 있었다.

"알겠소! 좀 생각해봅시다."

대책이 없을 때 좀더 생각해보자고 말하는 것은 복잡한 문제를 당분간 생각하고 싶지 않다는 의사표시였다. 자기들이 움켜쥔 것을 내려놓지 않은 채 방법을 찾아보자는 얘기는 이미 방법이 없다는 사실을 깨닫고 체념했다는 말이었다.

알렉산더가 물러난 다음 안티파스는 로마의 경우를 생각하며 곰곰이 방안을 찾았다. 로마는 황제가 시민들에게 매일 빵을 나눠주고 운동경기, 서커스, 연극 등 끊임없이 볼거리를 제공했었다. 로마 시민이 굶으면 황제의 책임이었다. 마찬가지로 갈릴리 도성에 사는 주민들이 굶거나 헐벗으면 그건 분봉왕의 책임일 수밖에 없었다. 로마는 제국 구석구석 모든 정복지에서 물자를 끌어올려 시민들을 먹였는데, 안티파스는 오직 도성 주변 농촌에서 농사지은 것만으로 세포리스 주민이 굶지 않고 먹고 마시도록 하겠다고 나선 것이 처음부터 잘못이었다는 생각이 들었다. 도성에서는 먹고 농촌에서는 굶을 수밖에 없는 것이 당연한 결과였다. 황제로서는 로마 시민을 먹이기 위해 변방이나 속주 사람들이 굶주린다고 해도 눈도 깜짝하지 않을 일이지만 갈릴리 분봉왕은 달랐다.

'어떻게 한다?'

그러다가 퍼뜩 떠오른 생각이 있었다.

'그래! 갈릴리 호수! 호수로 가자!'

그 생각을 하니 금방 눈앞이 환해졌다. 어부를 풀어 호수에서 그물 가득가득 물고기를 잡아 올리는 광경이 떠올랐다. 갈릴리 호수에는 얼마든지 잡아 올려도 좋을 만큼 물고기가 많았다. 물고기를 햇볕에 말리고 소금에 절이고 기름을 짜서 양념을 만들자는 생각을 하니까 로마 귀족들이 갈릴리 생선을 특별히 좋아하여 상등품으로 쳐주던 일이 떠올랐다.

다음 날 알렉산더를 불러들였다. 그가 궁성에 들어와 인사를 드리자마자 안티파스가 입을 열었다.

"자, 자! 우선 앉아서 얘기합시다. 좋은 생각이 떠올랐어요."

"예? 저하!"

"갈릴리 호수로 갑시다. 거기서 물고기를 잡아 올립시다!"

"물고기 말씀입니까?"

"그래요. 호수에 무진장 헤엄쳐 다니는 물고기를 걷어 올려서 말리고 소금에 절이고 기름 짜서 양념 만들고 …."

"아하!"

"그래서 로마로 보내고 …."

"아하!"

"그 일을 그대가 맡아 주시오. 아! 물고기를 소금에 절이고 기름 짜는 일까지 책임 맡으시오."

"소금까지 … ."

"맞아! 소금도 맡아요!"

"그런데 호숫가에는 변변한 도시가 없어서요 … ."

"하나 세우지 뭐! 이참에 새로 도시를 세우고 거기로 왕성을 옮깁시
다. 여기 세포리스는 터가 좁아서 큰 도시로 발전할 가능성이 없어요.
그걸 늘 걱정하고 있었어요."

그 말이 나오자마자 두 사람은 머리를 맞대고 갈릴리 호수 서안에
새로운 도시를 세울 계획을 짰다. 20년이라는 짧은 기간 동안에 세포
리스를 완전히 큰 도시로 재건하고, 다시 새 도시를 세운다는 것이 얼
마나 무모한 계획인지 생각하지 않았다. 갈릴리가 그런 무리한 공사
를 감당할 수 없다는 현실도 생각하지 않았다. 분봉왕으로 부임했을
때부터 가졌던 갈릴리의 구원자가 되겠다는 계획도 안티파스에게는
이미 흐지부지해진 뒤였다.

처음 생각과 달리 새로운 왕도를 갈릴리 호수에 건설하는 사업은 곧
큰 도전에 직면했다. 터를 잡고 땅을 파서 기초공사를 시작하고 보니
예전부터 그곳 주민들이 사용했다는 무덤이 드러났기 때문이었다. 유
대 지방 사람들과 마찬가지로 공동묘지 땅은 갈릴리 사람들에게도 부
정한 땅이기는 마찬가지였다. 부정한 땅에 들어가면 그 이후 만 이레
동안 공공생활에서 스스로를 격리해야 했다.

우여곡절을 겪으며 강제로 일꾼이나 장인들을 동원하여 도시를 세
우기는 했지만, 공동묘지 위에 세운 새 도시에 들어와 살려는 사람이
없었다. 할 수 없이 안티파스는 알렉산더의 제안을 받아들여 누구도

생각하지 않았던 파격적 정책을 펼쳤다. 노예에서 풀려난 사람, 집 없이 떠돌던 사람, 분봉왕이 데리고 있던 종들에게 살림과 가구가 다 갖춰진 집을 무상으로 나누어주었다. 조건은 단 한 가지, 최소한 3년은 그 집에서 살아야 한다는 것이었다. 소문이 돌면서 어디에도 몸 붙일 곳 없는 사람들이 모여들어 겨우 도시를 채울 수 있었다.

헤롯왕과는 달리 안티파스는 새 도성에 신전을 짓지 않았다. 헤롯왕은 큰 바닷가에 지은 카이사레아, 그리고 사마리아에 새 도시 세바스테를 세울 때 로마황제를 위해 신전을 세웠다. 갈릴리 호수 건너, 그리고 호수 남쪽에 있는 10개의 헬라 도시, 즉 '데가볼리'라고 불리는 도시들에는 헬라식 신전, 황제를 섬기는 신전이 있었다. 그런 사정을 잘 아는 알렉산더가 도성을 세울 때 조용히 분봉왕을 설득했다.

"저하! 만일 갈릴리에 다른 신을 모시는 신전을 짓는다면 정면으로 이스라엘의 전통에 어긋나는 일이 되어 격렬한 저항에 부딪칠 것이 분명합니다."

"나도 그 점이 마음에 걸리오. 내가 일부러 백성들과 정면으로 맞설 필요는 없지요. 신전을 짓지 않아도 도성 이름은 황제 폐하의 이름을 따릅시다. 그러면 폐하께서도 내가 이 도시를 봉헌한다는 뜻을 알아주시겠지."

"그러시지요. 잘 생각하셨습니다. 역시 저하십니다. 그리고 저하!"

"예!"

"이제 우리 갈릴리 화폐를 주조해서 통용시키시지요."

"어? 갈릴리 돈?"

"예! 이제까지 페니키아의 두로에서 만든 돈을 썼는데 이제부터 저하가 돈을 새로 주조해 갈릴리에서 사용하도록 하는 겁니다."

"옳거니! 좋은 생각! 그러면 호수에서 잡아 올린 물고기를 손쉽게 사들일 수 있겠구먼."

호수에서 잡은 물고기 중 10에 2는 물고기 잡도록 허락해준 것에 대한 세금으로 걷고, 나머지는 새로 만든 돈을 주고 사들여 가공하기로 했다. 사실 화폐를 발행하는 비용만 조금 들이고, 물고기를 거저로 거둬들이는 셈이었다. 돈의 가치는 실제 돈을 주조하는 비용에다 돈을 강제로 통용시키는 권력의 가치였기 때문이었다. 이미 가진 권력으로 새로운 가치를 만들어 갈릴리의 물자를 거둬들일 수 있었다.

안티파스는 갈릴리 호수 어업에 힘을 쏟으면서 왕성에서 풍요로운 생활을 누릴 수 있게 됐다. 갈릴리가 정치적으로 안정됐다는 말은 갈릴리 사람들이 평화를 누리며 번영했다는 말이 절대 아니었다. 용병 부대를 주축으로 한 군사력과 각 마을까지 뻗친 감시의 눈길, 알렉산더를 앞세운 이권의 그물망이 효과적으로 작동했다는 말이었다.

갈릴리 호숫가에 새 도시를 건설하고 나니 생각지도 않았던 좋은 점이 있었다. 갈릴리 어느 마을이든 세포리스나 티베리아스 두 곳 중 한 곳에서 말을 타고 달리면 아무리 오래 걸려도 하루 안에 모두 닿을 수 있게 되었다. 갈릴리 역사상 처음으로 지배자가 두 눈으로 자기 영지를 감시하고, 세금을 철저하게 거둬들일 수 있게 된 셈이었다. 더구나 두 곳의 큰 근거지를 마련했기 때문에 아버지 헤롯왕과는 달리 일부러 여기 저기 요새를 짓고 병력을 분산 배치할 필요가 없었다.

티베리아스의 인구는 세포리스보다는 2천 명이 적은 6천 명에서 7

천 명에 이르렀다. 오랜 세월 이스라엘의 도성이었던 예루살렘 인구
가 2만 5천 명에서 3만 명 수준인데, 그에 비하면 세포리스나 티베리
아스는 갈릴리에 있는 2백여 개 마을과 성읍 중에서 현저히 큰 도시였
다. 그들을 먹이기 위해 세포리스에 실어 들어가는 양의 4분지 3에 달
하는 식량과 포도주, 기름이 새로 티베리아스로 실려 들어갔다. 도시
란 어디에서나 소비만 하는 사람들이 살기 때문이었다.

안티파스가 분봉왕으로 임명받아 부임한 갈릴리는 원래 이스라엘
의 남부 유대 지방과는 확연히 다른 역사적 배경을 가지고 있었다. 갈
릴리는 백여 년 전, 하스몬 왕조 시절에 처음으로 유대에 편입되었다.
그 말은 남왕국과 북왕국으로 나뉜 지 8백 년 만에 처음으로 예루살렘
성전에 성전세와 십일조 그리고 제사드릴 제물을 바치게 됐다는 의미
였다. 새로운 세금이 부과될 때 아무 말 없이 고분고분 바치는 사람은
아무도 없다. 갈릴리 사람들은 더욱 분개했다.

"왜 이렇게 세금 종류가 많아?"

"그거야 뻔하지. 얼마나 층층으로 눈을 부릅뜨고 빼먹으려고 노리
고 있어? 로마는 세금이네 공물이네 걷어 가고, 분봉왕도 세금이네 사
용료로 빼앗아 가고, 예루살렘 성전은 성전세에 십일조에 제사용 제
물로 긁어가고 … ."

"아주 삼중 사중으로 뜯어가는구먼. 그런데 이렇게 뜯어가면 우리
에게 뭐 그 대신 해주는 거라도 있어야지!"

"해주기는 뭘 해줘! 어떤 임금이 그랬어? 그저 때가 되면 들이닥쳐
빼앗아갔지. 저희들이 마치 주인인 것처럼 당당하게 와서 훑어가요
글쎄 … ."

"아무리 그래도, 농사지은 사람이 입에 넣을 것은 남겨줘야 되잖아? 이리저리 뜯어가는 것이 소출의 6할도 넘어요."

"그러니 우리보고는 죽으라는 게지. 농사란 원래 식구들이 1년 동안 달라붙어 일해서 겨우 식구들 먹을 것보다 조금 더 생산하는 법인데. 6할을 걷어 가면 우리는 씨종자 빼면 먹고살 식량이 안 남잖아."

그러나 갈릴리 농민들에게는 부족한 식량을 메울 수 있는 방법이 전혀 없었다. 뼈가 휘도록 농사지어서 세포리스나 티베리아스에 짊어져다 바친 식량을 얼마 지나지 않아 다시 높은 이자로 꾸어 먹고살아야 했다. 해마다 빚은 늘어났다. 한번 빚의 그물에 걸리면 벗어날 방법이 없었다. 시간의 문제였을 뿐 누구에게나 파국은 커다란 입을 벌리고 기다리고 있었다. 마치 거세게 소용돌이치며 흐르는 강물에 빠져 허우적거리다가 꼼짝 없이 폭포를 만나 떨어지는 꼴이었다. 그렇게 해마다 점점 추락하다가 결국에는 산적이 되거나, 아니면 마지막 남은 농토를 팔고 소작농이나 삯품 노동자가 되고, 어떤 사람은 빚을 못 갚아 빚쟁이에게 자식을 종으로 내줄 수밖에 없었다.

안티파스가 세포리스를 재건할 때, 처음에는 아버지 헤롯왕이 남겨준 재물을 사용했지만 그 재산도 원래 갈릴리 사람들에게서 거둬들였으니 따지고 보면 도성을 재건하는 비용은 모두 갈릴리 농민이 부담한 셈이었다. 건축공사가 벌어지면 기술이 있는 노동자는 그나마 공사기간 동안에는 일거리가 생겼다. 그러나 일거리는 생겼지만 하루 품삯을 온전히 다 셈해주는 지배자는 없다. 하루 품삯이 보통 한 데나리온이면 그 3분지 1이나 반을 삯으로 쳐주면 다행이었다.

건축공사에는 언제나 강제노역이 따른다. 왕성을 지을 때 동원되는 노동자, 길을 닦고 돌을 나르고 흙을 개어 벽돌을 만드는 노동자들은 바로 농사를 지어야 하는 농부들이었다. 그런 강제노역에 동원된 농부들에게는 품삯을 지불하지 않았다. 그저 한 마을에 몇 명, 어느 기간 동안에 며칠, 이런 식으로 인원과 기간을 지정하고 그만큼 동원할 뿐이었다. 제국은 언제나 백성에게서 재물을 걷고, 강제로 노역에 동원하고 징발해서 전장으로 끌고 갔다. 로마제국 영토 안에 있는 모든 건축물 중 가장 훌륭하다고 사람들이 칭송하는 헤롯 왕궁과 예루살렘 성전, 경기장과 극장, 사마리아에 황제에게 바치려고 새로 건설한 도시 세바스테, 지중해 바닷가에 세운 항구도시 카이사레아, 이런 모든 건축물은 모두 백성의 피와 땀을 뽑아 헤롯왕이 세웠다. 그 일에 동원돼서 죽어간 사람은 셀 수도 없을 만큼 많았다.

사람들은 눈앞에 세워진 멋진 건물을 보고 감탄한다. 그러나 돌 하나, 벽돌 한 장이 모두 강제로 동원됐던 이름 없는 사람들의 시간이었고, 땀이었고, 눈물이었다. 가장이 강제 노역에 동원되어 공사장에서 나귀처럼 일할 때, 나머지 가족은 맨손으로 서투른 농사를 지어 세금 내고, 공물 바치고, 성전에 보내고 남은 것 있으면 그것으로 연명하고, 남는 것 없으면 굶어야 했다.

세포리스 재건과 티베리아스 건설은 계획보다 시간도 오래 걸리고 돈도 더 많이 들어갔다. 안티파스가 아무리 다그치고 몰아붙이고 쥐어짜도 이미 갈릴리가 감당할 수 있는 한계를 넘었기 때문이었다. 로마에 바칠 세금을 우선 떼어 놓은 다음 남은 것을 놓고 안티파스는 결국 예루살렘 성전과 갈등을 겪을 수밖에 없게 됐다. 분봉왕이 먼저 세금을 걷어 가면 성전 몫이 없게 되고, 성전이 먼저 손을 쓰면 안티파스가 걷을 나머지가 없었다. 때로는 세포리스나 티베리아스에서 나온 왕궁 관리들과 예루살렘 성전이 보낸 성전 관리들이 타작마당에서 서로 경쟁하며 곡식을 빼앗아가는 일도 생겼다.

타작마당에 쌓인 곡식을 보면서 사람들은 서로 다른 생각을 할 수밖에 없었다. 농부는 식구들이 먹고살아야 할 목숨 줄로 보았고, 세금을 걷어 가는 사람은 그동안 못 받은 세금으로 보았고, 성전에서 내려온 사람은 십일조, 성전세, 성전 제사에 드릴 헌물로 보였다. 타작이 채 끝나기도 전에 이쪽에서 한 말 가져가면 식구 먹을 열흘 식량이 사라지고, 저쪽에서 또 한 말 가져가면 또 열흘치가 없어졌다. 처음에는 그런대로 마당에 수북하던 곡식이 이리 덜어가고 저리 담아가면 남은 곡식은 겨우 한두 달치 식량도 안 될 때가 많았다.

농부들의 생명을 덜어 가면서도 그들은 조금도 미안하거나 안됐다는 표정을 보이지 않았다. 다만 자기들이 맡은 임무를 달성했다는 안도뿐이었다. 그들은 그들대로 그만큼 걷어야 그중 자기 몫이 생기기 때문에 인정을 봐주고 사정을 들어줄 형편이 아니었다. 결국 농민들은 꾸어먹은 식량을 갚기는커녕 곧바로 또 꾸러 돌아다녀야 할 형편이었다.

그럴 때면 농부들은 차라리 짐승이 되고 싶었다. 짐승처럼 울부짖고 달려들어 되질하고 말질하는 사람을 물어 흔들고 싶었다. 모두 갈기갈기 찢어 놓고 싶었다. 욱하고 치밀어 오르는 마음대로 하자면 그게 안티파스의 관료든 성전 관리든, 닥치는 대로 낫으로 찍어 죽이고 싶은 심정이었다. 그런 생각이 안 든다면 오히려 이상한 일이었다.

"너희들 맘대로 다 가져가! 이 죽일 놈들, 천하의 악당들!"

어떤 사람은 곡식을 털던 도리깨를 마당에 휙 내던지며 집으로 돌아갔다. 그럴 때면 타작을 거들던 마을 사람들 중 나이 먹은 사람이 나서서 사람들을 다독이며 남은 곡식을 모아 자루에 담아 주인에게 날라주었다. 같은 타작마당을 동네 사람들이 공동으로 돌아가며 사용하기 때문에 어떤 사람에게 오늘 벌어진 일은 바로 다른 사람에게 내일 벌어질 일이었다.

사정이 그러하니 추수했다고 한들 지난 철에 꾸어 준 곡식을 돌려 달라고 이웃에게 독촉하고 나설 형편이 아니었다. 모두 자기 집 식량이 턱없이 모자라게 된 처지에 눈앞이 캄캄해졌다. 마을에 남아 있는 곡식을 모두 끌어모아도 다음 추수 때까지 마을 사람들이 먹고살 식량의 절반도 안 되는 형편이었다.

지배자가 궁성에서 부족함 없이 모든 것을 누리고 살고 성전 지도자들이 거드름을 피우며 느릿느릿 걸으면서도 살 수 있는 것은 모두 농부들이 땀 흘려 지은 농사 덕분이었다. 그런데 정작 농부들은 추수하고 몇 달 지나면 집집마다 양식 때문에 걱정할 수밖에 없었다. 양식이 떨어지기 전에 양식을 빌릴 만한 집의 사정부터 미리 알아보아야 했다.

"아랫집 아저씨네도 양식이 곧 떨어질 텐데요."

"그래도 거기라도 가서 사정해 봐야지 어쩌겠소?"

"저번에 꾼 것도 못 갚았는데 ⋯ ."

"달리 어디 손 벌릴 데가 있어야지."

"글쎄, 저번에 아저씨 댁 앞을 지나는데 문을 닫고 식사하더라고요."

문을 닫고 식사한다는 말을 듣는 사람이나 하는 사람이나, 그 말에 가슴이 콱 막히는 것은 어쩔 수 없었다. 몰래 숨듯 문을 걸어 닫고 식사를 하다니. 그러나 사람들 살아가는 형편이 그러했다.

"하기야 ⋯ ."

"지난봄에 얘기해 두었다는 그분, 성안에 산다는 그 무슨 관리라는 사람을 찾아가 부탁해 보지요?"

"그 사람 어지간히 지독해야지! 이 동네에서도 그 사람에게 식량 꾸어 먹었다가 땅을 빼앗긴 사람이 몇 집이나 되는데⋯ 갚을 때 못 갚으면 인정사정없이 내쫓고 집도 뺏고 땅도 뺏는 사람이오."

"그럼 어쩐대요?"

"글쎄 말이오, 아이구구!"

그렇지만 농민들은 마지막에는 안티파스 궁정에서 일하는 관료를 찾아갈 수밖에 없게 된다. 마을에서 좀 형편이 좋다는 사람이면 농사 지은 것으로 반년을 버티고, 어려운 사람은 세 달도 못 버틴다. 농사 지을 땅도 없는 사람은 하루하루 먹고 사는 일이 가장 큰일이다. 농토 값은 보통 그 땅에서 5년 동안 생산하는 곡식 값에 해당했다. 그러니 몇 년 빚내서 먹고 갚은 후에 다시 또 빌리다 보면 어느덧 농토 값만큼 빚이 쌓인다. 그때가 되면 땅은 빚쟁이에게 넘어간다.

다른 사람이 어려운 처지에 빠졌을 때 사람들은 보통 두 가지 중 한 가지로 반응했다. 하나는 조상들의 가르침에 따라 이웃이 곤궁한 처지에 빠졌을 때 그 기회를 틈타 이익을 취하지 않으려고 노력하며 살아가는 것이다. 마을 사람 모두 굶어 죽을 때까지 마지막 식량 한 톨이라도 서로 꾸어주고 빌려주고 함께 버티는 일이었다. 또 하나는 다른 사람의 곤궁을 나의 기회로 활용하여 내가 최대한 이익을 취할 수 있는 방법을 고안하여 그 안으로 다른 사람들을 밀어 넣는 일이었다.

처음에는 그래도 사람들의 형편을 생각해주던 안티파스나 알렉산더가 나중에는 갈릴리 사람들이 곤궁한 상태에 빠지면 바로 그 기회를 빌려 재산을 늘렸다. 이미 구원자 놀이를 걷어치웠기 때문에 더 이상 점잔 뺄 이유가 없어졌기 때문이었다. 농민들이 자기 땅을 지키며 버티는 한 안티파스나 알렉산더가 땅을 넓힐 기회는 멀어졌다. 갈릴리 사람들에게 구원자 역할은 포기했지만 로마황제와 원로원에게 선물을 보내고 뇌물을 보내는 일은 게을리 할 수 없었기에 더욱 그랬다.

사실 그때 안티파스가 로마에 보내는 선물과 뇌물은 갈릴리나 베뢰아에서 걷은 세금에서 장만한 것도 있지만 알렉산더가 만들어낸 것이 대부분이었다. 결국 로마에 보낸 선물이 오늘날까지 분봉왕이 그 자리를 차지할 수 있도록 뒷받침해주었다. 그 점은 서로 말 안 해도 안티파스나 알렉산더나 다 알고 있는 사실이었다.

알렉산더로서는 안티파스가 분봉왕 자리를 지키고 있어야 그동안 쌓아 올린 모든 것을 보존할 수 있었다. 그래서 그는 스스로 나서서 지난 밤 로마군 군영으로 총독을 찾아가 만났고, 이른 아침부터 늘어지게 하품만 하고 앉아 있는 안티파스에게 차근차근 거듭 보고하고 있다. 알렉산더가 안티파스의 얼굴을 똑바로 쳐다보며 입을 열었다.

"저하! 따지고 보면 3년 전 그때 세례자 요한의 입을 막은 일이 정말 잘한 일입니다."

"그러게 말이오."

"만일 그 때 요한의 목을 베지 않고 놔뒀더라면 지금보다 더 큰 소란을 겪어야 할 것입니다. 예수라는 자가, 제사장의 아들로 사람들이 예

언자라고 믿고 따르던 요한과 함께 어울려 예루살렘에 들어온다고 생
각해보십시오."

"그런데 요한은 직접 나를 공격했고, 예수라나 누구라나 그 자는 나
를 공격하지는 않잖아요?"

"저하께서는 그렇게 생각하실 수도 있습니다만, 예수가 요한보다
훨씬 더 위험한 사람입니다. 만일 요한이 살아 있어 지금 그 두 사람이
연합했다고 생각해 보십시오. 예수가 나서서 하느님 나라라느니, 하
느님이 아빠 아버지라느니 하면서 바닥 민심을 흔들어 대는데 요한까
지 합세한다면 사태가 정말 심각할 겁니다. 저하나 제가 지금 예수 한
사람 대응하는 방법과는 분명 다른 방법을 찾아야 했을 겁니다. 게다
가 요한에게는 제사장의 피가 흐릅니다. 그러니 예루살렘 성전이나
바리새파 사람들 중에 예수와 요한 연합세력을 따르는 사람이 생길 수
도 있습니다. 만일 요한이 예루살렘 성안에 들어와서 예전 그 일을 들
춰내면서 저하를 공격하고 나서면 완전히 분위기는 완전히 달라졌을
겁니다."

"그건 그렇겠지만…. 하여튼 수고했소. 빌라도 총독이 우리 얘기
를 알아들었다니 다행이오."

헤로디아와 결혼하면서 시끄러워졌던 그 일이라면 다시는 생각하
기도 싫다는 분봉왕의 마음을 눈치 빠른 알렉산더가 모를 리 없다. 그
러나 그는 왠지 옛일을 입에 올려 분봉왕에게 슬쩍 경각심을 불어넣어
주고 싶었다. 요한을 처형한 일이나 예수를 제거하기 위한 계획이나
모두 그가 나서지 않았더라면 분봉왕이 얼마나 큰 어려움에 빠졌을 것
인지 다시 일깨워주고 싶었다. 일은 언제나 분봉왕이 저지르고 수습

은 그가 맡아 하게 된다고 속으로 생각하고 있었기 때문이다.

만 4년 전, 갈릴리와 베뢰아를 안정적으로 다스리고 있다고 생각했던 분봉왕은 난처한 처지에 빠졌었다. 세례자 요한이라고 불리는 유대 지방 사람 때문이었다. 그는 요단강을 거슬러 올라와 갈릴리 땅에 들어와서 세례를 주며 안티파스를 거침없이 공격했었다. 대놓고 분봉왕을 공격하는 사람은 그가 처음이었고, 그의 말을 듣고 갈릴리에서도 그 비난에 동조하는 사람이 점점 늘어났다.

"형제의 아내, 헤로디아와 간음한 분봉왕 안티파스."

그 말을 전해들은 안티파스는 분해서 펄펄 뛰었지만 사실이 그러하니 난감했다.

안티파스가 결혼한 헤로디아는 로마에 살고 있는 헤롯의 아내였다. 아버지 헤롯왕과 이름이 똑같은 로마의 헤롯은 안티파스의 배다른 형제였다. 작은 마리암네라고 불리는 헤롯왕의 세 번째 아내가 낳은 아들이었다. 헤로디아는 헤롯왕의 두 번째 아내 마리암네 왕비의 아들 아리스토불루스의 딸이었으니 헤롯왕에게는 손녀였다. 사람들은 두 번째 아내로 하스몬 왕가의 공주였던 마리암네 왕비와 세 번째 아내 마리암네의 이름이 같아 세 번째 부인을 작은 마리암네라거나 둘째 마리암네라고 불렀다.

그러니까 헤로디아는 아버지의 배다른 형제로 삼촌이 되는 로마의 헤롯과 결혼했다가 이혼하고 다른 삼촌 갈릴리 분봉왕 안티파스에게 시집간 셈이었다. 헤로디아와 로마의 헤롯 사이에서 난 딸 살로메는 나중에 안티파스의 또 다른 배다른 형제 분봉왕 빌립에게 시집갔다.

헤롯 왕가의 일을 잘 아는 사람들도 열 명이나 되는 헤롯왕의 부인들이 낳은 아들들과 딸들, 그리고 손자 손녀들이 이리 얽히고 저리 설키며 결혼했다 헤어지고 집안의 다른 누구와 다시 결혼하는 바람에 혼동하기가 일쑤였다.

헤로디아는 할머니 마리암네 왕비 쪽 혈통으로 따지면 옛 하스몬 왕조의 외손녀였다. 백성들 중에는 하스몬 왕조에 대해 아직 향수를 느끼는 사람들이 많이 있었다. 아버지 헤롯왕이 하스몬 왕조의 공주였던 마리암네와 결혼했던 것처럼 안티파스는 그 마리암네의 손녀와 결혼함으로써 아버지와 아들이 대를 이어 마리암네 왕비와 연관돼 하스몬 왕조와 결혼의 연을 맺었다. 그에는 정략적 결혼을 통해 하스몬 왕조의 정통성에 한 뿌리를 뻗으려는 생각이 숨어 있었다.

헤로디아와 결혼함으로 간음했다는 비난을 받는 일 외에도 안티파스가 저지른 잘못이 또 한 가지 있었다. 그 결혼을 위해 첫 아내 파사엘리를 강제로 내쳤다. 그녀는 나바테의 왕 아레타스의 딸이었다. 딸이 강제이혼을 당한 모욕을 갚겠다고 나바테 왕은 복수의 기회를 노렸다. 세례자 요한은 안티파스에게 간음의 죄를 범했다고 비난을 퍼부으면서도 속으로는 언젠가 나바테와 치르게 될 전쟁을 더 걱정했다. 전쟁이 일어나면 갈릴리는 결코 나바테의 적수가 될 수 없었다.

세례자 요한이 분봉왕을 비난하고 나섰을 때 알렉산더는 그의 마음을 읽었고, 요한을 탁월한 전략가로 보았다. 눈에 보이지 않는 하느님보다 눈에 보이는 세상을 더 잘 아는 그였기에 얻은 결론이었다. 요한이 하느님과 사람의 문제, 죄와 세상의 종말을 선언하면서 한편으로는 분봉왕이 저지른 간음죄에 비난의 초점을 맞추기 때문이었다. 누구라도 쉽게 동의할 수 있는 간음죄에 초점을 맞춰 공격하다가, 세력이 모아지면 다른 일을 내세워 분봉왕을 공격할 사람이 요한이라고 알렉산더는 판단했다. 이스라엘 역사에서 죄는 언제나 정치, 사회체제와 상관이 있었다. 어떤 사람이 저질렀다는 죄는 곧 그 무리, 집단, 체제, 왕실의 죄와 마찬가지로 생각했다. 심지어 왕실이 저지른 죄를 백성이 지었다고 확대해석하기가 일쑤였다.

한편, 요한이 얘기하는 하느님의 심판은 결국 구원과 회복이라고 알렉산더는 보았다. 요한이 선언한 세상의 종말은 궁극적으로는 하느님에 의해 회복되는 세상이었다. 세례자 요한을 따르는 사람들이 언젠가는 회복으로 눈을 돌리는 날이 올 것이었다. 그날이 되면 대답 없는 하느님 대신에 분봉왕과 지배자들에게 회복을 요구할 수밖에 없었다. 결국 빼앗아간 사람이 구원자가 되고 뺏긴 것 중 조금 돌려받은 것이 구원이라는 약탈의 현실에 사람들이 눈뜨는 날이 올 것을 알았다. 알렉산더는 요한이 다음 단계로 옮겨가기 전에 제거하기로 마음먹었다.

"바구니에 썩은 무화과가 들어 있으면 반드시 신속하게 솎아 내야 합니다. 요한은 썩은 과일입니다."

알렉산더는 안티파스를 만날 때마다 계속 요한을 제거해야 한다고 충동질을 했다.

"요한은 유월절 빵을 먹기 전에 태워 버려야 할 누룩 같은 사람입니다. 이제 곧 죄의 문제를 땅의 문제로 점점 키워 나갈 사람입니다."

세례 요한으로부터 간음자라고 공격을 받고 분해서 마음이 부글거리던 안티파스와 헤로디아의 가슴에 알렉산더는 불을 질렀다. 그러나 안티파스는 한편으로 주저하는 마음이 들었다.

"그러다 말겠지. 괜히 긁어 부스럼 만드는 것 아니겠소?"

"아닙니다. 위험한 사람입니다. 그를 예언자로 믿고 따르는 사람 숫자가 점점 늘어납니다. 지금은 유대 지방과 베뢰아 지방 사이 요단강으로 내려갔는데 다시 갈릴리로 올라오면 잡아들이시지요."

"그렇게 유대로 갔다 갈릴리로 올라왔다 하다가 제풀에 수그러들겠지, 뭐 …."

"아닙니다. 베뢰아 지방 사람들도 술렁거린다고 들었습니다."

"어허!"

"저하! 요한은 저하의 갈릴리와 베뢰아 통치를 밑바닥부터 흔들어댈 위험한 사람입니다."

"그까짓 자칭 예언자라는 초라한 사람이 무얼 …."

"아닙니다. 그가 곧 저하의 통치에 대해 모든 것을 공격하고 나설 가능성이 큽니다. 지금은 단지 세력을 모으느라고 한 가지 일만 물고 늘어지지만, 사람들이 더 모여들면 큰일이 벌어질 수 있습니다. 그 소란은 저하가 크게 계획하시는 일에 분명 해가 될 것입니다. 예! 분명 유대 지방에까지 번질 겁니다."

그 말을 듣자 안티파스는 정신이 번쩍 들었다. 갈릴리를 넘어 이스라엘 전체를 다스리는 왕이 되어 아버지 헤롯왕의 뒤를 잇고 싶다는 욕망을 버리지 않았던 때였다.

"그럼 안 되지. 그렇잖아도 유대엔 골치 아픈 사람들이 많은데 …, 성전 사람들이 얼마나 완고하고 시끄러운데 …."

"그렇습니다. 저하! 다시 깊게 생각하시지요. 요한은 제사장의 아들입니다. 그가 유대에서 이런 저런 얘기를 크게 떠들어 대면 저하의 원대한 계획이 위험해집니다."

70여 년 전, 아버지 헤롯이 로마 원로원으로부터 이스라엘 전체를 다스리는 유대의 왕으로 임명받을 때는 무너져 내린 하스몬 왕조를 대신할 세력이 헤롯 일가밖에 없었다. 그러나 지난 23년 동안에 세상이 바뀌었다. 그동안 황제가 임명한 로마총독이 유대와 사마리아를 다스렸다. 그렇지 않아도 티베리우스 황제에게 유대까지 다스릴 수 있도록 허락해달라고 여러 번 청원했지만 반응이 없어 안티파스는 애를 태우고 있는 형편이었다. 만일 요한이 갈릴리와 유대를 오가며 소란을 일으키면 예루살렘 성전 측에서 얼씨구나 즉각 그를 거부하고 나설 것이 분명했다.

돌이켜 생각하면 안티파스로서는 후회되는 일이 한두 가지가 아니었다. 때로는 그때 로마에 가지 않았어야 했다고 후회했다. 로마에 갔더라도 이복형 헤롯의 집에 찾아가지 않았더라면 좋았을 뻔했다. 헤롯의 집에 갔더라도 헤로디아를 다시 만나지 않았더라면, 만났더라도 이미 이복형의 아내가 된 그녀를 보고 눈에 불이 번쩍 하지 않았더라면, 설사 그랬더라도 그저 꾹 참고 돌아왔더라면 일이 그렇게 잘못되지는 않았을 것을. 후회는 후회를 물고 끝없이 밀려왔다.

왜 그녀에게 미쳐서 세상 사람들로부터 비난받을 짓을 저질렀는지 스스로도 알 수 없었다. 그녀를 아내로 맞아들인 일로 형제의 아내와 간음했다는 비난을 두고두고 받는 처지가 됐다. 그런 수치와 모욕 비난을 감내하면서 끝내 그녀와 결혼해야 했던가를 다시 생각하면 스스로도 고개를 저을 수밖에 없었다.

더구나 헤로디아의 야심은 안티파스로서도 어쩔 수 없을 만큼 버거웠다. 그녀는 친오빠 아그리파를 끝없이 견제하며 모욕을 퍼부었다. 그럴 때면 도대체 그녀가 가슴 속에 품은 경쟁심과 질투와 야심의 끝이 어디인지 정말 알 수 없었다. 게다가 그녀는 야심이 부족하다고, 야망이 없다고 늘 안티파스를 몰아붙였다. 언젠가는 그녀의 야심 때문에 안티파스 자기가 몰락하리라는 예감까지 들었다.

그녀는 가끔 안티파스의 속을 확 긁어 놓았다.

"저하 옆에는 한시도 떠나지 말고 내가 꼭 붙어 있어야 해요."

"그래야지요."

"왠지 저하는 가끔 애들처럼 슬그머니 어디로 물러나고 사라지는 습관이 있어요."

"애들?"

안티파스의 코가 붉어지기 시작했다. 누구를 애들 같다고 부르는 것은 도저히 참을 수 없는 모욕이다. 사람을, 특히 남자를 가장 크게 모욕하는 말이 애 같다는 말이다. 그걸 모를 리 없는 헤로디아는 일부러 가끔 그렇게 안티파스의 복장을 질렀다. 애들이라는 표현은 그가 야심이 없고 야망을 쉽게 접는다는 비난이었다. 권력에 대한 욕망이 부족하다는 말이었다.

"잘못했어요, 저하! 저하가 사랑스럽다는 말이에요."

"그래도 그렇지!"

"잘못했어요."

헤로디아가 날름 혀를 내밀면서 무릎을 살짝 굽혀 사과했다. 그러면 그는 더 이상 화를 낼 수 없어 참았다.

언제부터인가 안티파스는 헤로디아만 생각하면 괜히 마음이 무겁고 짜증이 났다. 그녀 곁에서 아예 멀리멀리 떨어져 있고 싶고, 생각도 하기 싫고, 이름도 듣기 싫었다. 그런 마음을 읽은 듯 그녀는 더욱 예민해졌다. 끊임없이 투정을 부리거나 잔소리를 늘어놓고 성가시게 굴었다. 때로 엉뚱한 얼토당토않은 일을 가지고 심술을 부렸다. 조금 더 심술이 나면 그녀는 적개심 가득한 얼굴로 안티파스의 약점을 물고 늘어지며 싸움을 걸어왔다.

어찌된 여자인지 한번 시작하면 말다툼의 원인과는 직접 상관없는 얘기, 이미 다 잊고 살았던 지난 일들까지 줄줄이 모두 끄집어냈다. 한 가지 한 가지 새삼스럽게 입에 올려 불평하고 비난을 퍼붓기 일쑤였다. 날이 가고 해가 지날수록 그녀의 불평거리도 늘어났다. 그녀는 지난 모든 일을 차곡차곡 다 기억해두는 사람이었다. 심지어 어떤 때는 헤롯 가문은 유대인이 아니라 이두매 사람이라고 조롱했다. 그 말만 나오면 그러려니 불평과 앙탈을 그저 참고 듣던 안티파스도 갑자기 딴사람이라도 된 듯 돌변했다. 얼굴 전체가 시뻘게져서 화를 내며 숨도 제대로 못 쉬고 컥컥거렸다. 헤롯왕이나 그나 가장 싫어하는 말이 그 말이었다. 헤롯 가문이 이두매 출신이라는 사실은 세상이 다 아는 일이었지만 그들 앞에서 대놓고 그 말을 내뱉고도 살아남은 사람은 아무도 없었다. 그녀는 할 수 있는 끝까지 안티파스의 화를 돋워 놓고서 펄펄 뛰는 그의 모습을 즐기는 듯 보였다. 급기야 그가 미친 사람처럼 눈을 희번덕거리며 고래고래 소리 지르고 화를 내면 그때서야 슬슬 싸움을 접었다.

그런데 그녀는 눈이 참 아름다운 여자였다. 눈을 깜박이며 약간 겁먹은 듯 슬그머니 눈치를 보기 시작할 때면 그 눈이 정말 아름다웠다.

불같이 화를 내다가 그 눈을 보면 왜 자기가 그녀에게 빠져 들었는지 이유를 알 수 있었다. 그렇게 한바탕 소란이 벌어지고 난 다음, 언제 그런 일이 있었냐는 듯 천연덕스럽게 안티파스의 가슴에 안겨 들었다. 그리고 늘 하던 대로 자기가 얼마나 그를 사랑하는지 몰라준다면서 마음을 누그러뜨렸다. 그녀가 품 안에 안겨올 때 바로 확 밀어내지 못하고 그냥 받아들인 것을 그는 늘 뒤늦게 후회했다. 그런 일이 한두 번이 아니었다.

헤로디아가 매력적인 여자라는 말은 틀린 말이 아니었다. 그러나 스스로 생각하는 만큼 아름답지는 않다는 사실을 그녀는 몰랐다. 자기가 제일 아름답다는 착각에 빠져 사는 여자였다. 어쩌다 정말 아름다운 여자가 눈앞에 나타나면 질투에 눈이 멀어 어쩔 줄 모르는 광경이 참 볼 만했다. 무엇이든 흠을 찾아내려고 부지런히 상대를 훑어보고 살펴보고 잠시도 눈을 떼지 못했다. 으레 갑자기 눈이 확 커졌다가 작아지고 또 커지기를 반복했다. 그러면서 약간 양미간을 찌푸리며 눈을 가느스름하게 뜨고 한 발작 물러서서 보고, 곁눈질로 보고, 애써 모른 척 딴청부리면서 쳐다보았다. 아닌 척하면서 눈길은 상대를 부지런히 훑었다. 상대도 그런 눈길을 모를 리 없었다. 어느 때쯤 되면 상대 여자도 어느덧 헤로디아를 살피기 시작했다. 늘 똑같았다. 그때부터는 점점 긴장되는 분위기를 누구라도 느낄 수 있게 되었다. 두 사람 사이에 날카로운 시선이 슬쩍슬쩍 오고 가기 때문이었다.

두 여자 사이에 타오르기 시작한 불꽃을 보면서 안티파스는 어느 순간부터 팽팽한 긴장과 서로 쏘아 대는 치열한 질투의 화살을 느긋하게 즐기고 있음을 발견했다. 그러나 그건 곧 닥칠 성가신 일의 전조였다.

그런 일이 있고 나면 언제나 헤로디아는 그를 닦달하고 못살게 굴었다. 화살이 엉뚱하게 그에게 돌아올 때면 참으로 어처구니가 없었다.

"왜 그 여자를 그렇게 넋 놓고 보고 있었어요?"

"내가 언제?"

"언제는? 내가 보니까 넋이 빠져 입을 헤벌리고, 눈은 게슴츠레 ⋯ . 으이고 ⋯ , 아주 대놓고 뚫어져라 바라보더구먼 ⋯ ."

하기야 안티파스도 그 아름다운 여자에게 여러 번 눈길을 던졌지만 염치없이, 체통 없이 넋 놓고 빠지지는 않았었다. 그런데도 그녀는 안티파스가 한시도 그 여자에게서 눈을 떼지 못하더라고 하면서 그 여자가 그렇게 좋아 보이더냐는 등, 있는 말 없는 말 끌어다 붙이고 내뱉고 다그치고 마음을 긁어댔다. 그러다가 그제야 생각난 듯 불쑥 그 여자의 흠을 하나하나 늘어놓기 시작했다. 얼굴이 크다, 귀가 작다, 걸음걸이가 어떻다, 정 할 말이 없으면 그녀의 남편이 어떠하더라고 헐뜯으며 기어이 깎아 내려야 속이 풀리는 모양이었다.

헤로디아에게 점점 짜증이 나기 시작할 무렵부터 안티파스는 살로메, 이복형제인 분봉왕 빌립의 아내가 되어 떠난 그녀를 가끔 몰래 떠올렸다. 살로메는 로마의 헤롯과 헤로디아 사이에 난 딸이다. 시집오는 어미를 따라 온 살로메는 상큼하고 싱싱한 매력 덩어리였다. 엉덩이를 살랑살랑 흔들면서 매혹적인 눈웃음을 치는 그녀를 넋 놓고 바라보다가 언뜻 정신을 차리면 헤로디아가 눈꼬리를 높이 치켜뜨고 그를 노려보고 있었다. 살로메를 그저 눈으로 보고 마음으로 만져보는 일만으로도 흥분됐다. 나이도 잊은 듯 찌르르 몸을 타고 흐르는 전율을 느꼈다. 욕정이 몸 한 구석에서 스멀스멀 피어올랐다. 그 열기는 서서히 온몸으로 퍼져 나가고 자기도 모르는 사이 부르르 몸이 떨렸다.

살로메는 스스럼없이 안티파스에게 매달렸다. 몸을 비틀며 매달려 이것저것 요구하면 안티파스는 도저히 그 요구를 뿌리칠 수 없었다. 그녀도 그걸 알았고, 요구하는 것을 얻어 낼 때까지 끈질기게 매달려 칭얼댔다. 그런 장면이 눈에 띄면 헤로디아의 얼굴은 무섭게 일그러지고 평소에는 아름답던 눈이 섬뜩하게 표독스러웠다. 그건 딸의 애교 섞인 어리광을 바라보는 어미의 눈이 아니었다. 어미의 눈을 의식했는지 살로메도 그럴 때면 슬그머니 물러났다. 그러면서도 한쪽 눈을 찡긋하거나 혓바닥을 쏙 빼물면서 안티파스의 마음에 한 자락 미련을 깔아 놓고 살랑살랑 천천히 걸어 나갔다.

살로메가 분봉왕 빌립에게 시집가기로 결정되던 날, 안티파스는 갑자기 힘이 쑥 빠지고 세상이 막막했다. 귀중한 보물이 스르르 손에서 빠져나가는 느낌이었다. 미처 제대로 살펴보고 감상하기도 전에 보물이 다른 사람의 손에 들어간다는 서운한 생각이 들었다. 그녀를 떠내보내고 헤로디아의 얼굴만 보고 살아야 한다면 그건 무척 어두침침 무겁고 답답하고 괴로운 일일 뿐이라 생각했다. 아쉽고 서운하고 후회되는 마음을 숨기려는 듯 그는 살로메의 결혼에 푸짐하게 선물을 많이 실어 보냈다. 그때만은 헤로디아도 함박웃음으로 안티파스에게 감사하며 매달렸다.

사람들 보기에 안티파스는 종잡을 수 없는 사람이다. 어떤 충동에 빠지면 누가 말려도 눈 하나 깜짝하지 않고 자기 생각대로 밀고 나가지만, 때로는 모든 일에 무기력하고 소심했다. 과감하게 결정을 내려야 할 순간에 알 수 없는 이유로 머뭇거렸다. 오랜 시간 차곡차곡 추진했던 일도 막상 최종 단계에 들어섰을 때 슬그머니 손을 뺐다. 마지막 한 걸음만 더 나가면 바로 손에 넣을 수 있을 만큼 충분히 무르익었는데도 뒤로 빼는 일이 점점 잦아졌다. 아버지 헤롯왕을 빼어 닮았다는 소리 듣기를 좋아하고 스스로도 그렇다고 생각했지만 그를 만나본 사람들은 돌아서면서 모두 고개를 저었다.

알렉산더도 안티파스가 때로 놀랄 만큼 소심하다는 것을 잘 알았다. 바로 그런 점 때문에 큰 인물은 못 되어도 실수 없이 오랫동안 갈릴리를 다스릴 수도 있다는 생각도 했었다. 그는 갈릴리에 황제를 위한 신전을 짓지 않았다. 또한 화폐를 주조하면서도 사람들 반감을 사지 않기 위해 황제의 모습을 새겨 넣지 않았다. 겨우 한다는 것이 티베리아스 궁전에 화려한 벽화를 그려 넣었지만 그거야 다른 사람들은 알 수도 없는 일이었다. 말하자면 속으로는 하고 싶어도 사람들 눈이 두려워 덜컥 저지르지 못하는 사람이 안티파스였다.

일을 처리할 때도 그랬다. 명확하게 명령만 내리면 될 일을 굳이 자세하고 장황하게 설명했다. 분봉왕쯤 되는 사람이 아랫사람을 붙잡고 자기 생각을 설명하고 납득시킬 이유가 전혀 없는데도 그는 그럴듯한 명분을 끌어대며 이렇고 저래서 그렇게 결정했다며 이유를 설명했다. 현명한 결정이었다고 칭찬하는 소리를 들으면 좋아했다. 훌륭한 왕이며 지혜로운 사람이라고 불리기를 원했다. 특히 빈말이라도 칭송을 해주면 입을 크게 벌리고 기뻐했다.

"여봐요. 무슨 일이고 억지로 꾸미고 무리해서 밀어붙이면 나중 언젠가는 좋지 않은 일이 생기더라고⋯."

"예, 저하. 그렇지요."

"내가 이처럼 오랜 세월 분봉왕을 하면서 깨달은 것이 바로 그거요."

"예, 잘하셨습니다. 저하는 정말 신중하시고 지혜로우십니다."

"허허, 그렇게 칭송받자는 말은 아니고."

"아닙니다. 저하께서 다스리신 이후 얼마나 큰 업적을 남기셨는데요? 그동안 감히 어느 누구도 저하의 땅에서 소란을 피운 사람이 없지 않습니까? 예전, 그러니까 저하가 갈릴리를 다스리시기 이전에는 수없이 많은 사람이 죽고 다치고 잡혀갔습니다."

"그랬지요."

"예, 세포리스가 몽땅 무너졌고, 막달라 주민이 모두 잡혀갔고."

"그랬지요. 그랬지요."

"저하가 왕이 되신 후에는 그런 일이 없었지 않습니까? 잘 다스리신 저하의 덕입니다."

"허허, 그렇게 생각하면 그런가요?"

결단을 하지 못하고 미적거리거나 주민들의 환심을 사기 위해 가끔 물러서는 일을 그는 '지혜'라 부르고 '현명'이라 포장했다. 언제나 물러설 명분을 하나쯤 찾아두는 사람이었다.

아버지 헤롯왕을 닮았다고 사람들이 입에 발린 칭찬을 해주면 겉으로 드러날 만큼 안티파스는 입이 벌어졌다. 아버지 닮았다는 소리를 듣고 싶어 벌인 일들마다 그가 헤롯왕과 얼마나 다른 사람인지 곧 드러나곤 했다. 헤롯왕은 그야말로 전광석화 같은 사람이었다. 그리고 아무도 왕의 가슴속에 무슨 생각이 일어나고 스러지는지 알 수 없었다. 왕이 사람을 앞에 세워 놓고 말없이 바라볼 때는 마치 무서운 짐승과 맞닥뜨렸을 때처럼 도무지 어떤 생각도 할 수 없이 몸이 오그라들고 그저 굳어버렸다는 얘기는 많이 알려져 있었다. 안티파스는 그렇지 못했다. 대담한 듯 보여도 소심하고, 대충 넘어갈 일에 때로는 너무 치밀했다.

사람들은 분봉왕 안티파스가 처음 부임했을 때부터 어떻게 변했는지 모두 기억했다. 그래서 여우라고 불렀다.

"아이구! 저 여우가 애비보다 더 지독하구나!"

"무슨 말이야?"

"분봉왕 얘기지! 처음에는 백성을 위하는 척하더니 이제는 아예 숨도 마음 놓고 못 쉴 정도로 바짝 조이잖아."

"조심해, 이 동네에도 누가 밀정 노릇 하는지 모르잖아? 그러다가 쥐도 새도 모르게 잡혀 가서 큰 변을 당하지. 거 세포리스나 티베리아스로 한번 끌려가면 아예 사람 노릇 못할 정도로 두들겨 맞고 나오더구먼."

"나는 누가 밀정 노릇하는지 대충 알어."

"누구?"

"배고픈 사람!"

"이 사람아! 배고픈 건 나도 그런데, 그럼 내가 헤롯의 밀정이란 말이여?"

"누가 알어?"

"말 조심해! 한동네에서 같이 자란 사람보고 ⋯."

"말이 그렇다는 얘기지. 그렇게 밀정을 동네마다 심어 놓았다니, 어디 맘 놓고 말이나 하고 살겠어? 그 하는 짓은 제 애비 헤롯왕과 똑같지."

"하기야, 동네에 낯선 사람 들여보내 냄새 맡으러 다니라고 할 수는 없겠지. 대번에 눈에 띌 테니까. 그러니 그 동네 사람으로 밀정을 삼을 텐데, 그게 누구인지 알 수 없으니, 허 참⋯."

"내가 얘기했잖아? 배고픈 사람이라고. 안 그러면 그짓 하겠어?"

"배고픈 사람은 굶을 줄 알아서 그런 더러운 짓 안 해! 굶어보지 않은 사람은 굶는 것 무서워서 그럴 수 있겠지만. 그러고 보면, 음, 그 사람일까?"

"누구?"

"에이, 그만 두세. 그러나 저러나 이렇게 서로 못 믿게 돼서야 어디 사람 사는 동네인가!"

갈릴리에는 2백여 마을과 성읍이 있었고 상호부조 공동체 정신이 그런대로 이어져 내려왔다. 사람들에 따라서는 이집트 탈출의 정신은 갈릴리에 남아 있고, 유대는 그저 다윗왕만 끌어댄다고 말하기도 했었다. 이집트 탈출의 정신이란 결국 압제에 저항하는 전통과 이집트를 탈출한 이후 40년간 광야생활을 하면서 짙게 생겨난 공동체 정신이라고 말할 수 있었다. 그런 귀한 전통이 무너진 중요 원인으로 갈릴리 지방이 살기 어려워졌다는 사실과 더불어 헤롯왕 시절부터 작동한 감시체제가 꼽혔다.

마을에 밀정을 심어 두었다는 말이 도는 것만으로도 이미 서로 믿고 돕던 마을 전통이 무너져 내릴 수밖에 없었다. 게다가 안티파스가 거느리는 군대는 주로 이방인 용병으로 이뤄진 부대였다. 그 용병은 갈릴리의 전통이나 마을 공동체의 상부상조 정신을 조금도 존중하지 않고 오직 명령만 따랐다. 안티파스가 갈릴리를 다스리는 동안 커다란 소요사태나 민중봉기가 없었다고 해서 그의 통치가 안정되고 평화적이었다고 판단한다면 그건 큰 잘못이었다. 민중봉기가 일어날 수 없을 만큼 치밀하고 살벌한 경찰국가였기 때문이었다.

알렉산더가 예측했던 대로, 세례자 요한이 베푸는 세례가 점점 더 갈릴리를 흔들었다. 게다가 그의 차림새와 하는 짓이 모두 옛 예언자를 닮았을 뿐만 아니라 사람들이 그를 예언자로 받아들이기 시작했다.

"저러다가 요한이 무슨 변을 당하는 것 아닌가?"

사람들은 요한에게 닥칠 일을 걱정하기 시작했다. 요한을 찾아가는 길, 세례를 받고 돌아오는 길에 뒤를 살피면서 걱정스레 의견을 나누었다.

"아무리 …, 예언자를, 감히 예언자를 해치는 왕이 어디 있어?"

"아니야. 분봉왕은 달라. 그 사람은 로마황제 눈에만 안 벗어나면 그만이지, 사람들이 무어라고 생각하든, 예루살렘 성전이 뭐라고 하든, 심지어 야훼 하느님께서 나선다고 해도 꿈쩍 안 할 사람이야. 황제가 분봉왕으로 삼아줬잖아?"

"그건 그러네!"

요한을 따르는 사람들 중에 안티파스의 왕궁에 아라비아에서 들어오는 값비싼 유리를 공급해주는 사람이 있었다. 그는 왕궁에서 벌어지는 일을 재빨리 얻어들을 수 있는 사람이었다. 어느 날, 그가 조용히 요한에게 귀띔했다.

"선생님, 분봉왕 헤롯 안티파스가 선생님을 체포하라는 명령을 곧 내릴 것 같습니다. 분위기가 좋지 않습니다."

"그래요?"

요한은 대수롭지 않게 생각하는 것 같았다.

"예, 선생님! 알렉산더가 자꾸 분봉왕을 부추긴답니다. 알렉산더로 말하자면 끝을 알 수 없을 만큼 술수가 깊고, 넓고, 높이 날면서 먹이를 노리는 독수리 같은 사람입니다. 기회가 되면 순식간에 덮쳐 낚아챕니다. 저도 이제는 선생님 곁을 당분간 떠나 있을 수밖에 없을 것 같습니다."

이미 요한을 따르는 무리의 숫자가 몇십 명에 이르다 보니 하루에 한 번 무언가 먹는 일이 중요했다. 사람들이 모이면 먹여야 하고, 재워야 하고, 돌봐야 했다. 그러다 보면 자연히 돌보아야 하는 사람, 돌봄을 받는 사람들이 생겼다. 그런 일들은 요한이 미처 생각하지 못한 일이었다. 소식을 전해준 그 사람은 요한의 무리에게는 상당히 중요한 사람이었다. 이리저리 알아보고 전해주는 소식도 중요했지만, 그가 가끔씩 내놓는 돈으로 모여드는 무리들 입에 빵 한 조각이라도 넣어 줄 수 있었기 때문이었다.

요한은 무언가 생각하더니 별것 아니라는 말투로 이야기를 했다.

"그럴 줄 알고 있었어요. 벌써 얼마 전부터 첩자들 숫자가 부쩍 늘어났어요. 나를 따르는 사람들 속에 섞여 하루 종일 감시하고 있었지요."

"잠시 유대 땅으로 몸을 피하시지요."

"그럴 수는 없어요. 당장 헤롯 안티파스의 왕궁에 들어가 그가 저지른 일들을 온 세상이 다 들을 수 있도록 외치고 싶은 마음이오."

요한은 닥쳐오는 위험을 아랑곳하지 않고 계속 세례를 주며 요단강 가에 머물렀다. 소문이 점점 널리 퍼졌고, 세례를 받기 위해 갈릴리 지방 뿐 아니라 유대지방, 페니키아 지방, 그리고 빌립이 다스리는 지역에서도 사람들이 몰려들었다. 그들 중에는 바리새파 사람들과 율법학자들도 있었다. 요한이 혹시 메시아인지 아닌지 살펴보라고 예루살렘 성전이 내려 보낸 사람들이었다. 요한은 세례를 받기 위해 강물에 들어오는 사람은 한 사람도 거절하지 않았다. 그러나 강가에 서서 구경이나 하면서 수군거리는 사람에게는 거침없이 독설을 퍼붓거나 큰 소리로 그들의 잘못과 위선을 꾸짖었다. 분명 성전이 보낸 사람이거나 안티파스가 파견한 첩자라고 생각했기 때문이었다.

3년 전 어느 날, 드디어 안티파스가 알렉산더에게 심각한 표정으로 그의 의견을 구했다.

"요한을 처형해도 괜찮겠어요? 저렇게 예언자라고 따르는 무리가 많은데? 나도 그러고는 싶지만 … ."

"저하! 문제없습니다. 괜찮습니다. 한동안 이러쿵저러쿵 떠드는 사람이야 있겠지만 그런 말이야 듣고 무시하면 됩니다. 지금 처리하십시오. 늦으면 안 됩니다. 사람들 눈에는 예언자보다 분봉왕 저하가 더 큰 사람입니다."

안티파스는 우선 요한을 체포하여 베뢰아 지방에 있는 마케루스 감옥에 가두었다. 갈릴리보다는 사람들 눈에서 멀리 떨어진 베뢰아의 마케루스 감옥에 가둔 일도 알렉산더의 의견에 따른 일이었다. 그런데 그때 마침 예루살렘에서 큰 소동이 벌어졌다. 그 소동을 보면서 안티파스와 알렉산더는 요한에 대한 처형을 미루었다.

"지금은 때가 안 좋은 것 같으니 요한을 그냥 가둬두기만 합시다."

"예, 저하! 잘 생각하셨습니다. 유대에서 일어난 저 소동을 보면 굳이 예언자라고 사람들이 믿고 따르는 떠버리 세례자를 지금 당장 처벌할 필요는 없을 것 같습니다. 괜히 불에 기름을 붓는 셈이 될 것입니다. 그저 사람들이 잊을 때까지 감옥에 가두어두시지요."

"그런데 총독은 왜 그렇게 무모하게 … ."

"아마 이권을 가지고 충동질한 사람이 있었을 겁니다. 아, 로마 총독이 무엇이 그리 안타까워 예루살렘 사람들 위한답시고 새로 다리를 세워 물을 끌어들이겠습니까? 게다가 성전에서 보관하고 있는 돈까지 끌어 썼으니 스스로 화를 키운 셈입니다."

"사람이 많이 죽었다면서요?"

"예, 수천 명이 맞아 죽고 발에 밟혀 죽었습니다. 그것도 유월절 명절에 성전에서 말입니다. 이건 작은 일이 아닙니다. 분명 황제 폐하 귀에 들어갈 일입니다. 두고 보십시오."

그런데 로마에 있는 권력자 세자누스가 개입하여 빌라도가 저지른 일이 더 크게 번지지 않도록 막았다. 황제에게 보고하는 일은 무슨 일이든지 세자누스가 가로막았기 때문이었다. 노년의 황제 티베리우스는 세자누스에게 모든 일을 맡겨 놓고 카프리섬에서 거의 은퇴한 것이나 마찬가지로 편안한 노후를 보내고 있었다.

그 후, 유대 지방도 잠잠해지고 세례자 요한을 체포했다고 누가 나서서 시끄럽게 소동을 일으키는 사람이 없는 것을 본 안티파스는 마케루스 감옥에 가둬두었던 요한을 재판도 없이 목 베어 처형했다. 티베리우스 황제 15년에 시작된 세례자 요한의 회개운동은 요단강을 따라 유대와 갈릴리 지방에서 이어지다가 그가 처형되자 1년 만에 슬그머니 수그러졌다. 선생이 처형됐다는 소식을 듣자 요한의 제자들은 순식간에 흩어져 사라졌다. 언제 그런 무리가 갈릴리 요단강을 따라 떼지어 소란을 피웠는지 모를 정도로 모든 것이 스러졌다. 비를 잔뜩 품은 구름이 갈릴리 호수 위로 몰려오다가 언뜻 불어온 바람에 날려 어디로 사라져 버린 듯했다. 안티파스도 알렉산더도 정말 지혜롭게 일을 잘 처리했다고 안도했다.

돌이켜 생각해보면 요한을 그때 소리 없이 처형한 일은 잘한 일이었다. 그리고 그 일로 누가 나서서 시끄럽게 떠드는 사람도 없었다.

"저하는 때를 잘 타고 나신 분입니다. 지금 생각하면 그때 현명하게 잘 처리하셨습니다."

알렉산더가 일부러 추어주는 말도 제대로 못 알아들을 만큼 안티파스는 멍한 상태로 앉아 있었다. 아마 정원에서 들리는 단조로운 물소리에 끌려 어딘가를 헤매고 있는 모양이다. 아침 햇빛은 접견실 밖으로 비스듬히 물러났고 빌라도 총독 예루살렘 입성 환영행사 소리도 잦아들었다. 한참 만에 안티파스가 물었다.

"뭐가요?"

"아! 그때, 사람들이 예언자라고 따르던 그 요한 말씀입니다. 그때 그자의 목을 베신 것이 잘한 일이라는 말씀입니다."

"그야, 뭐!"

"아까 말씀드렸지만 이제는 예수 한 사람만 더 처리하면 됩니다."

"이왕 그대에게 맡겼으니 그 일도 알아서 잘 처리하세요."

"예, 저하!"

"나는 예수라나 그자 얘기를 처음 들었을 때는 깜짝 놀랐어요. 요한을 처형했더니 왜 또 갑자기 이런 자가 나타났나···. 죽었던 요한이 살아나기라도 했나···."

"그러셨을 겁니다. 그런데 예수라는 자는 사실 따지고 보면 요한보다 훨씬 더 세상에 위험한 자입니다."

"그렇지···, 위험하지요. 그런데···, 나는 아직도 그자가 했다는 말을 잘 모르겠어요. 당최 무슨 일을 하자는 사람인지···."

그는 토막토막 어눌하게 말을 이었다. 알렉산더가 보기에 안티파스로서는 그랬을 것이었다. 예수는 이전에 나타난 어떤 사람과도 달랐다. 만일 알렉산더 그가 주의 깊게 관찰하지 않았더라면 그저 떠돌이 선생이나 불한당 무리쯤으로 치고 넘어갔을 일이었다.

세례자 요한을 제거하고 나서도 알렉산더는 혹 그 일로 소란이 일어나지나 않는지 한동안 주의 깊게 살펴보았지만 별 일이 없어 안도했다. 그런데 요한을 처형한 지 채 두 달이 안 되어 수상한 보고가 연거푸 티베리아스 왕성에 들어왔다.

"갈릴리 호숫가 마을들에 불온한 공기가 돌고 있다는 소문입니다."

"어부들이 무슨 말썽을 부리나? 요즈음 생선공장은 잘 돌아가지?"

부하의 보고를 받자마자 알렉산더는 생선공장 일부터 물었다. 갈릴리 호수에서 잡은 물고기는 어부들이 직접 먹거나 갈릴리 마을들에 팔려 나가는 물량을 제외하고는 모두 티베리아스 북쪽 막달라에 있는 공장에서 가공했다. 생선공장을 운영하고 상품을 로마에 공급하는 일은 알렉산더에게 커다란 이익을 남겨주는 일이었다.

"공장은 잘 돌아갑니다. 그러나 소관의 판단으로는 곧 소란이 커질 것 같습니다."

"소란? 왜? 고기가 다 어디로 사라졌나?"

"그건 아닙니다만, 어부들이 술렁이고 있습니다."

"무슨 일로?"

"선생이라는 사람이 하나 나타나 어부들을 선동하고 있습니다."

"선생?"

"예! 별것 아닌 사람이긴 한데, 하여튼 어부들이 모여듭니다."

"얼마나 많은 어부들이?"

"꽤 많습니다. 곧 큰 무리를 이룰 것 같습니다. 처음에는 어부뿐이 었는데 얼마 전부터는 농사꾼, 날품팔이 일꾼들이나 떠돌던 부랑자까지 모여들어 무리 숫자가 점점 커지고 있습니다."

"으흠! 지금부터 그 무리에 관한 일은 모두 지체 없이 나에게 보고하시오. 필요하면 내가 바로 분봉왕 저하께 보고해서 조치하리다. 그리고 내가 사람 하나를 붙여줄 테니 그 무리 속에 끼워 넣으세요."

"사람이라 하시면?"

"그는 글을 읽고 쓸 줄도 알면서 영민하고 눈썰미가 뛰어난 사람이오. 몇 번 일을 맡겨보았는데 언제나 틀림없었소."

"그런데 그 무리는 막 굴러먹는 어부나 일용 노동자들, 땅이 없는 떠돌이 농부들인데 그들 무리 속에 그런 사람을 보냈을 때 쉽게 눈에 띄지 않을까요?"

"괜찮소. 그러면 아무 의심 없이 무리에 낄 수 있을 만큼 수단이 능한 사람이오."

"예, 그렇다면 안심입니다만."

"그에게 충분하고도 남을 정도로 돈을 대주시오. 언제든지 필요하다는 만큼 … ."

"예, 분부하시는 대로 따르겠습니다."

"내일 그가 궁 안에 들어올 것이니 그때 다시 얘기합시다."

"예, 잘 알겠습니다. 지시하신 내용 유념해서 받들겠습니다."

나사렛 출신 예수라는 어부가 무리의 중심이었다. 나사렛 사람이 호수에 가서 어부로 지냈다는 일도 특별했지만 그는 세례자 요한의 제자였다는 보고도 올라왔다. 요한이 마케루스에서 처형된 이후 가벼나움으로 피신해 숨어 있다가 움직이기 시작한 사람이었다. 알렉산더는 대수롭지 않게 여겼다. 요한도 처형했는데 기껏 그 제자야 크게 마음 쓸 일이 아니라고 생각했다. 그리고 불만을 품은 무리는 언제나 있는 법이었다. 거지나 과부, 고아는 하느님도 구제하지 못하기 때문이었다. 불만을 가진 무리에 하나하나 대응하려면 한도 끝도 없었다. 만일 그들이 문제를 일으키면 그때 가차 없이 대응하면 될 일이라고 생각했다.

예수에 대한 보고를 받으면서 알렉산더가 생각하기로는, 그는 그저 부랑자 무리를 끌고 다니며 어떻게 사는 것이 잘사는 것인지 계몽하는 선생으로 보였다. 계몽 선생, 그런 생각만 해도 알렉산더는 터져 나오는 웃음을 참을 수 없었다. 헬라나 로마 길거리에 가면 그런 선생은 흔하디흔했다. 거지처럼 차려 입고 거지처럼 살면서 인생을 읊조리는 무리, 그래서 그런 무리를 '견유철학자'라고, '개처럼 떠돌아다니는 철학자'라고 불렀다. 그러나 그 철학자들은 원래 거지가 아니라 일부러 거지처럼 사는 사람들이었고, 예수라는 사람은 원래부터 거지였다는 소문이었다.

"주제에 무슨 …. 누가 누구를 가르친다고 …."

"그래도 사람들은 모여듭니다."

"응달에서 썩어가는 죽은 쥐에도 파리는 꼬여 들지!"

더구나 예전에 요한을 따라다니던 무리에 비하면 크게 걱정할 필요도 없어 보였다. 요한이 제사장 가문 출신이어서 그런지 그를 따르던 무리 중에는 그래도 학식 있다는 바리새파 사람들이 몇 명 끼어 있었다. 불평불만을 가진 극렬 바리새파 사람들이나 이상한 환상에 사로잡혀 은둔생활을 하는 에세네파 사람들과 세례자 요한 사이에는 어느 정도 서로 생각이 통하는 부분이 있었기 때문이었다. 심지어 에세네파 사람들이 일부러 세상에 내보낸 사람이 바로 세례자 요한이라는 그럴듯한 소문도 떠돌았었다. 요한에 비한다면 예수를 따른다는 무리는 눈감고 무시해도 좋을 만한 사람들이었다. 아무리 떠들고 나서도 누구도 눈길조차 주지 않을 하층민, 천민, 더러운 사람들뿐이었다. 그저 유랑하는 거지 집단, 부랑자 집단으로 생각될 뿐이었다.

그러나 알렉산더는 곧 달리 생각하기 시작했다. 아무리 힘없고 가난한 백성들이라고 해도 숫자가 많아지면 그야말로 위협이 될 수 있었다. 더구나 그들이야말로 원래 농사를 지어야 하는 농부, 호수에서 물고기를 걷어 올려 바쳐야 할 어부들이었다. 지배자가 언제나 마음대로 값싸게 부려먹을 수 있는 노동력이었다. 지배자의 재산을 불려주고 창고를 채워주는 일꾼이었다. 얼마 안 되는 품삯만 받고도 하루 종일, 때로는 달이 뜨고 별이 뜰 때까지 밭과 들판에 엎어져 허리도 못 펴고 일하는 노동자들이었다. 거들먹거리며 사는 사람들의 입에 들어갈 빵을 만드는 사람들이었다.

그들이야말로 따지고 보면 안티파스보다 강력한 힘을 가졌고 예루살렘 성전보다 더 큰 목소리를 낼 수 있는 사람들이었다. 그들이 손을 놓고 모두 무리를 지어 떠돌기 시작하면 대단위 토지를 만들고 돈이 될 만한 단일작물을 재배하는 지주들에게는 큰 위협이 될 수 있었다. 호수에서 고기를 잡아 올리는 일을 제때 제대로 하지 않는다면 막달라 공장이 돌아가지 못할 뿐만 아니라 로마에 보내기로 약속한 절인 생선, 말린 생선도 제때 보낼 수 없게 될 형편이었다. 파종하거나 곡식이 익었을 때 수확하지 못하는 일도 생길 수 있었다. 갈릴리 호숫가에 사는 무지렁이 어부, 농부, 부랑자들이 눈을 뜨기 시작했는가? 그들이 자기 힘을 깨닫기 시작했는가?

시간이 지나면서 알렉산더 마음에 몇 가지 더 걸리는 것이 있었다. 예수가 철학자나 선생이 아니고, 그저 선동가라고 생각하기 시작하니 더욱 그랬다. 선동 내용도 내용이지만 왜 선동을 시작했는가 하는 목적이 종잡을 수 없을 만큼 애매했다. 선동가는 대개 어떤 목적을 가지고 선동을 한다. 어느 지역을 점령하고 자기가 왕이라고 주장하는 사람도 있고, 지배자에게 어떤 일을 해달라거나 하지 말라고 요구하기도 한다. 그런데 예수는 분봉왕에게 무엇을 해달라고 요구한 적이 없었다. 무엇을 내놓으라 하지도 않았다. 요구한다고 들어 줄 리도 없지만 아무런 요구가 없다는 것이 수상하고 이상했다.

좀더 조사하고 알아보았더니 예수가 내세운다는 주장은 그저 웃어

넘길 일이 아니었다.

'땅을 원래 주인에게 돌려주어라!'

'모든 빚을 취소해라!'

'빚 때문에 종이 된 사람들을 풀어주어라!'

알렉산더는 우선 분봉왕에게 보고하지 않을 수 없었다. 예상대로 그는 피식 웃었다. 분봉왕 입장에서는 크게 문제 삼을 일이 아니라고 보았기 때문이었다. 이스라엘의 예언자 전통에 따르면, 누구라도 예언자 놀음을 시작하려면 그런 정도의 얘기는 할 수 있었다. 그런 불온한 선동가들은 예전에도 여러 번 나타났고, 그 가르침이나 주장도 예수와 비슷했다. 예수가 사람들 병을 고쳐주고 귀신도 쫓아내고 이적을 행한다고 모든 사람들이 신기해 하지만, 그 말고도 병을 고치거나, 가물었을 때 비가 오게 하거나, 귀신 들린 사람을 고치는 기적이나 마술을 보여주는 사람은 갈릴리에만 해도 여러 명 있었다.

분봉왕은 별로 마음에 두지 않았지만 알렉산더의 눈에는 예수운동이 초래할 위험성이 뚜렷이 보이기 시작했다. 알렉산더는 안정을 첫째로 생각하는 사람이기 때문이었다. 안정을 지키기 위해서는 이미 이루어진 현상을 지키고 현상을 흔들려는 어떤 움직임도 사전에 막아야 했다. 아무리 작은 위험이라도 그것이 어떻게 커 가는지 주의를 기울여 살펴보았다. 그리고 치명적 위협이 될 수 있겠다고 판단되면 세례자 요한의 경우처럼 사전에 가차 없이 제거한다는 것이 알렉산더의 기본 생각이었다.

갈릴리 호수마을에서 자라기 시작한 위험의 뿌리를 깨달은 알렉산더는 그 우두머리 예수를 뒤쫓기 시작했다. 우선 잡아들여 조사할 필요가 있다고 느꼈기 때문이었다. 예수 무리 속에 심어 놓은 첩자를 통해 기회를 잡았다 싶어 손을 쓰려고 나서면 예수는 이미 눈치 채고 재빨리 몇 사람만 데리고 몸을 빼 달아났다. 배를 타고 호수를 건너 분봉왕 빌립의 영지로 빠져 나가거나 때로는 멀리 페니키아의 두로나 시돈 쪽으로 물러났다. 그럴 때면 그가 다시 갈릴리로 돌아올 때까지 기다리는 수밖에 없었다. 그가 돌아오면 무리들이 다시 모여 들었다. 이때만 해도 무리를 흩기 위해 우두머리를 제거한다는 생각이 더 컸다.

그러나 시간이 지나면서 문제는 생각보다 심각하게 변했다. 예수는 이전에 잠깐 나타났다 사라진 떠돌이와 달리 아슬아슬하고 위험한 내용을 떠벌리면서 돌아다녔다. 알렉산더는 처음에는 예수를 따르는 무리를 주목했다가 점차 예수라는 사람에게 관심이 옮겨갔다.

"하느님 한 분밖에는 누구도 주님으로 섬길 수 없다."

예수의 그 가르침이 문제였다. 언뜻 보면 이스라엘 역사에서 어느 예언자였든 반복적으로 선언한 내용이지만 적어도 알렉산더가 보기에 예수는 아주 위험한 선을 넘고 있었다.

같은 말이라도 시대와 환경에 따라 의미와 포함하는 범위가 달라진다. 옛 다윗 왕조나 남왕국, 북왕국 시대였다면 그건 왕이라는 지배자와 왕국에 해당하는 말이었다. 그러나 예수가 그런 말을 주장하는 때는 하늘 아래 모든 세계가 로마황제의 통치를 받는 때였다. 섬김을 받아야 할 분이 오직 하느님이라면 그 하느님 외에 섬기는 다른 대상, 곧 로마황제를 섬기는 일과 충돌이 일어날 수밖에 없었다.

아무리 갈릴리의 떠돌이 허풍쟁이라고 무시하고 싶어도 예수가 공개적으로 떠들고 다닌다는 그 위험한 말을 못들은 체 무시할 수 없게 되었다. 언뜻 그의 가르침과 행실을 살펴보면 서로 형제처럼, 한 가정의 가족처럼 도와가며 살아가라는 얘기 같았다. 하지만 실상 그 얘기는 황제와 로마제국의 통치를 부인하고 그 이후에 이루어질 새로운 세상을 말하고 있었다. 예수가 공격하는 세상 지배자는 분봉왕 수준이 아니라 로마황제를 의미했다.

알렉산더는 등골이 서늘해지는 것을 느꼈다. 그런 얘기라면 갈릴리 분봉왕 차원에서 대응할 일이 아니었다. 로마가 직접 개입할 일이었다. 로마가 당사자이기 때문이었다. 그렇게 판단한 후, 그는 대응방안을 차곡차곡 구상했다. 로마가 개입하도록, 그리고 결국 로마가 예수를 처리하도록 일을 몰고 가기로 작정했다. 로마가 직접 개입하든, 로마의 대리자 역할을 하는 성전이 개입하든 그건 추후에 생각할 문제라고 하더라도 예수 문제에 관한 한 갈릴리가 아니라 유대나 예루살렘 쪽에서 결판낼 일이었다. 하느님과 로마황제 사이의 문제라면 갈릴리는, 안티파스는, 그리고 알렉산더 자신은 적어도 표면적으로는 빠지는 것이 좋겠다는 생각이었다.

그렇게 알렉산더가 예수의 움직임을 주시하던 어느 날, 갈릴리 티베리아스 궁전에서 안티파스와 알렉산더 두 사람이 조용히 앉아 호수를 내려다보았다. 한참 침묵 끝에 안티파스가 입을 열었다.

"그런데 무슨 무리가 떠돌아다니며 시끄럽게 한다더니 요즘 어찌 돌아가나요?"

"저하! 그렇지 않아도 그 일로 좀 말씀드릴 것이 있습니다."

"나도 궁금해서요."

"저하! 제가 보기에 그 무리의 우두머리 예수라는 사람은 어찌 보면 오래 전에 끊어진 예언자 전통을 잇는 사람처럼 보입니다."

"그가 예언자라고요? 허허!"

"나사렛 출신 미천한 사람이라고만 생각할 수 없을 정도로 짧은 시간에 놀랍도록 많이 컸습니다. 그건 단순히 그자가 병을 고쳐준다거나 좀 이상스러운 능력을 보이고 귀신을 쫓아낸다는 일 때문에 그런 것은 아닙니다."

"그래요? 좀 특별한 점이 있는 사람인 모양이지요?"

"예언자들은 크게 두 부류가 있습니다. 하나는 야훼 하느님의 뜻을 선언하고, 그 뜻을 설명하면서 백성이나 왕이나 성전 지도층에게 돌이키도록 요구하는 사람, 말하자면 신탁을 선언하는 예언자입니다. 예언자의 입에 붙였다는 하느님의 뜻을 선언하고 외치는 일이지요."

"그런 사람은 많았지요."

"또 한 부류의 예언자는 새로운 삶을 살아가자고, 세상을 바꾸자는 운동을 벌이는 예언자입니다. 말하자면 신탁의 내용을 실현하자는, 그리고 그 일을 위해서 사회를 변혁하자는 운동가라고 할까요?"

"그래서요?"

안티파스는 점점 더 관심을 기울이기 시작했다. 알렉산더는 복잡한 문제를 쉽게 정리하여 이해시키는 능력이 탁월했다.

"그자가 예언자라면, 바로 새로운 삶 운동을 시작한 사람입니다."

"그건 내가 목을 베어 처형한 세례자 요한도 마찬가지 아니었나요?"

"말하는 내용이 다릅니다. 요한이 사람들에게 하느님의 심판이 임박했으니 돌이켜 회개하라고 얘기했다면, 예수는 억압에서 해방하는 일, 그리고 해방된 삶을 가르칩니다. 요한이 사람이 가지고 있는 본성을 얘기했다면 예수는 사람이 살아가는 세상, 사람과 사람 사이의 관계를 얘기합니다."

"그게 무에 그리 큰 문제요? 그 다르다는 것이 … ."

"다릅니다, 저하! 요한은 하느님 앞에 서 있는 나를 바라보았다면 예수는 하느님 앞에 서 있는 사람들 사이의 관계가 어떠해야 한다고 말하는 사람입니다. 그리고 요한이 사람이 하느님 앞에 저지른 죄를 회개하고 세례를 받으라고 했다면, 예수는 회개하여야 할 사람은 성전과 왕궁과 지배층과 부자와 억압하고 착취하는 사람이라면서 모든 억압이 죄라고 떠듭니다. 백성은 그 멍에를 가볍게 해주어야 할 불쌍하고 가난한 사람이라고 말합니다. 지배자가 백성들 살아가는 어떤 모습을 죄라고 정해 놓고 그 죄를 내세우며 백성들을 억누른다고 지배자, 성전, 왕을 비난합니다."

"그럼, 내가 죄인이네! 그대도 죄인이고!"

"그 얘기입니다. 그런데 예수는 그런 죄를 죄라고 부르지 않고 악이라고 말합니다."

"악이라?"

"예! 저하, 악이라고 부른다면 바로 하느님의 뜻에 거슬리는, 더 심하게 말하자면 하느님께 대적한다는 뜻이 있습니다."

얘기는 더 이상 깊게 들어가지 못하고 끊어졌다. 헤로디아가 들어섰기 때문이었다. 그녀는 시도 때도 없이, 사전 연통도 없이 불쑥불쑥 아무 데고 드나들었다. 안티파스는 고개를 절레절레 흔들며 입맛을 다셨다. 좋은 일이든 나쁜 일이든 한나절 그녀에게 시달려야 할 것이 뻔했기 때문이었다.

"여자란, 세상 모든 여자란 정말 가까이하기 무서운, 하여튼 무서운 그 무엇이오!"

"쉿! 저하! 들리겠습니다. 목소리가 …."

아쉬운 마음으로 알렉산더는 물러났다. 헤로디아에게 붙잡혀 그녀에게 시달리고 나면 안티파스는 한동안 제정신을 차리지 못하기 일쑤였다.

분봉왕에게 예수에 대해 좀더 설명해주지 못하고 물러났지만, 유대를 위해, 예루살렘 성전을 위해, 갈릴리를 위해 알렉산더는 예수를 제거하기로 마음먹었다. 예수를 그대로 놓아두고는 그가 지난 30년 넘는 세월에 걸쳐 갈릴리에서 이룩한 모든 성취가 그저 물거품처럼 사라질 위험이 있었다. 그는 이미 갈릴리에서 큰 부자가 되었기 때문이었다. 로마, 그리고 지중해 연안 다른 지방과 통상하는 권리가 그의 손에 있었고, 갈릴리에서 거래되는 모든 물자가 그의 손을 거쳤다. 그렇게 번 돈으로 그는 갈릴리에서 좋다는 땅을 쉬지 않고 끌어모았고, 지금은 분봉왕 다음으로 땅을 많이 가진 사람이 되었다.

분봉왕 안티파스를 욕하는 사람은 누구나 그 끝에 알렉산더를 싸잡아 욕했다.

"자네, 아까 분봉왕보고 여우라고 했지?"

"왜 쪼르르 쫓아가서 이르려고?"

"아니, 여우는 여우여! 얼굴이 몇 개는 되는 사람이니 …. 거만하고, 잔인하고, 거칠기도 하고, 약삭빠르기도 하고. 도대체 무슨 짓을 언제 어떻게 할지 알 수가 없으니 …."

"그게 다 알렉산더 그 사람 짓이래. 좋은 일이든 나쁜 일이든 다 그 사람이 꾸민 거래요. 그 사람 말이라면 무슨 일이든 분봉왕이 그러자, 그러자 따르고…."

"알렉산더 그자는 제 뱃속 채울 것 다 채우고."

"안티파스 배도 채워주고."

사람들이 자기에 대해 욕을 하든 말든 알렉산더는 마음에 두지 않았다. 그가 손에 쥔 권한은 모두 안티파스가 주었기 때문이었다. 대단한 권한을 주고 특혜를 베푸는 안티파스의 뜻을 그는 정확하게 알았다. 권한을 주면서도 분봉왕이 고삐만은 늘 틀어쥐고 있었다. 안티파스가 쥔 고삐가 팽팽해질 만큼 그는 거리를 둔 적이 결코 없었다. 생각이 있는 사람이라면 고삐를 쥔 사람에게 고삐의 끈이 팽팽하다고 느끼게 하지 않는다. 고삐를 쥐고 있는지 서로 모를 정도의 거리, 고삐가 느슨한 거리 이내에만 머문다면 불이익을 받거나 이해가 충돌할 이유는 없었다. 고삐를 통해 미세하게 전달돼 오는 안티파스의 호흡에 알렉산더는 언제나 숨결을 맞추었다.

"그런데 분봉왕이 들어서고 난 이후, 여기 갈릴리에 로마 군대가 들어와서 분탕질한 적은 없으니 그건 그 사람이 잘해서 그런가?"

"그렇게 보면 그렇고, 나쁘게 보면 로마에게 고분고분했고. 황제에게 보낸다고 얼마나 긁어 갔어? 황제 생일, 황제 즉위 기념일, 황후 생일에다 황제 딸 생일, 이런 일 저런 때에 있는 대로 긁어 싸 보냈으니 로마황제야 분봉왕을 예쁘게 보겠지. 아, 하다못해 호숫가에 새 도시를 세워 왕도로 삼으면서 '티베리아스'라고 이름 지었잖아? 그게 티베리우스 황제 이름을 딴 거여."

국가나 민족이라는 말은 모두 실체가 무엇인지 눈에 보이지 않고 추상적이다. 따라서 국가 사이에 관계가 좋다 나쁘다, 민족 사이에 갈등이 있다 없다 하는 거창하고 추상적인 말보다 통치자끼리 어떤 관계다, 라고 말하는 것이 정확했다. 통치자 간의 관계가 국가 간의 관계였다. 어떤 통치자에게도 좋아하는 사람과 싫어하는 사람은 있게 마련이었다.

그걸 꿰뚫어 본 사람이 알렉산더였다. 그가 누리는 권력과 부의 근본적 원천이 분봉왕을 거쳐 바로 로마에 닿아 있기 때문이었다. 로마 황제의 눈에서 벗어나지 않고 분봉왕의 자리를 지킬 수 있도록 안티파스를 지탱하는 기둥이 바로 알렉산더였다. 현실을 철저하게 이해하는 그는 로마에 복종한다기보다 로마와 그 자신을 동일하게 생각했다. 그는 로마제국의 속국 이스라엘 갈릴리 지방에 사는 로마인인 셈이었다.

"알렉산더 그 사람 있잖아? 헤롯 안티파스가 가장 신임한다는 사람. 그 사람이 이번에는 저 남쪽 소금호수에서 올라오는 소금을 모두 손에 틀어쥐었대요."

"그건 그전부터 그랬잖아?"

"예전에는 다른 사람도 소금을 사다 팔 수 있었는데, 이제부터는 그 사람 아니면 누구도 소금은 손을 못 댄다고 하더구먼."

"왜? 그 사람이 소금을 많이 먹나? 물깨나 켜겠는데?"

"생각해 봐! 여기 갈릴리 사람들이 먹는 소금에다가 생선을 절일 때 쓰는 소금까지 그게 얼마나 많겠어? 갈릴리 호수 그 넓은 어장 관리하고 세금 거둬들이는 것도 그 사람, 생선 절이는 일도 그 사람, 절인 생선을 로마에 보내는 것도 그 사람, 생선 기름으로 양념 만드는 것도 그 사람, 뭐 따지고 보면 돈 되는 일은 전부 그 사람이 다 맡았어요. 처음부터 끝까지 줄줄이 한 줄에 꿰어 몽땅 챙긴다는 소문이여."

"그 사람이라면 뭐 별로 놀랄 일도 아니네."

"자네는 어떻게 그 사람과 연줄이 없나? 뭐 언제 적 조상이라도?"

"없어! 삯일하는 어부 주제에 내게 무슨 그런 연줄이 있어?"

"그럼 누구라도 찾아봐! 혹 줄을 댈 만한 사람!"

"일 없네. 물길이 열렸다고 호수 물고기가 바다에 가서 살 수 있어? 저 수풀 아래, 얕은 호수 물에서 첨벙첨벙 그냥 저냥 먹고 삽니다, 나는…."

이렇게 사람들 입에 오르내렸지만 알렉산더는 전혀 상관하지 않았다. 돈이 된다면, 재산을 더 모을 수만 있다면 어떤 일에도 뛰어들었다. 대개 고귀한 신분의 사람이라면 물건을 사고파는 장사, 그리고 물건을 만들고 수송하는 일은 명예롭지 않은 일이라고 손을 대지 않았다. 그저 오로지 토지를 더 사들이고 농사를 짓는 소작농, 빚쟁이 노예, 그리고 품삯을 주고 부리는 일꾼들을 더 늘리는 일뿐이었다. 그러나 알렉산더는 달랐다. 마치 예수가 세상의 기준을 넘나들듯, 알렉산더도 부와 명예에 관한 세상 기준을 넘나들었다.

세상 사람들이 부자를 가리키는 말이 있었다.

"부자는 탐욕스러운 사람이고 도적이다. 아니면 최소한 도적의 후손이다."

"아무리. 모든 부자가 다 그럴까?"

"남의 것을 빼앗지 않고 부자가 될 수 있는 방법이란 없으니까…."

부자라는 소리를 듣거나 스스로 부자라고 자랑하고 내세우는 사람은 자기가 탐욕스러운 사람이라고 밝히는 사람이다. 부자라거나 가난하다는 말은 재산이 많고 적고 하는 상태를 나타내는 말이 아니었다. 경제상태를 나타내는 말이 아니라 세상을 구분하는 정치적 용어였다. 부자라는 말은 다른 사람이 지키고 살아야 할 몫을 빼앗아 자기 몫을 키운 사람, 권력과 힘을 가진 사람을 일컫는 말이었다. 권력은 부富를 손에 넣을 수 있는 가장 중요한 힘이었다. 부의 원천이 토지일 수밖에 없는 세상에서 마음에 드는 토지를 손에 넣을 수 있는 힘이 바로 권력이었다. 남보다 더 많은 토지를 소유했다는 말은 다른 사람이 그만큼 땅을 잃었다는 말이었다. 그래서 결국 땅을 늘리는 사람은 하느님의 명령을 거역한 사람으로 간주됐다.

부자라는 말이 권력자를 상징한다면 가난한 사람은 그가 처한 경제적 궁핍을 말하기보다 자기에게 주어진 몫을 지키고 살 수 없는 사람이라는 말이었다. 경제적 궁핍은 가난의 한 가지일 수는 있어도, 가난이 반드시 경제적 궁핍을 의미하지는 않았다. 지키고 살아야 할 자기 몫을 잃은 사람, 다른 사람에게서 정당한 대우를 받을 수 있는 사회적 위치나 보호수단을 잃은 사람이 가난한 사람이었다. 아들 없는 과부는 누구나 가난한 사람일 수밖에 없었다. 남자에게는 명예가 살고 죽는 문제인 것처럼 여자에게는 수치가 그러했고, 그 수치를 지켜줄 수 있는 남편이나 아들이 없다면 아무리 큰 땅과 저택을 지니고 살아도 가난한 사람이었다. 사회에서 배척받은 사람, 눈멀고 귀먹고 팔다리 중 어느 하나가 없는 사람, 병든 사람, 죄라고 부르는 일을 하는 사람은 아무리 재산이 많아도 가난한 사람이었다. 마을에서, 도시에서, 공동체에서 자기 자리를 상실한 사람은 가난한 사람이었다. 그 자리에서 스스로 걸어 나왔든, 밀려나고 쫓겨났든 그는 가난한 사람이었다.

사람들은 재산이 목적이 아니라 수단이라고 믿었다. 재산은 더 큰 명예를 얻는 데 유용하기 때문이었다. 재물과 마찬가지로 명예도 사회적으로 제한돼 있다. 누가 더 명예를 누리면 다른 사람 몫은 줄어들었다. 그처럼 사람 살아가는 세상에서 제일 중요한 것은 그가 누리며 사는 부가 아니라 명예였다. 명예는 영예를 말하기도 하고 그 사람의 가치를 말하기도 하고, 누리는 가치에 합당한 대우를 의미하기도 했다. 명예를 얻거나 지키려고 나라의 운명을 걸고 전쟁도 벌였다. 명예를 잃은 사람, 체면을 손상당한 사람, 남자로서 수치를 당한 사람은 사회적으로 죽은 사람이었다. 명예를 잃은 사람은 그 사회에서 그 몫을 잃은 사람이었다.

알렉산더는 묘한 사람이었다. 그렇게 재물을 모았다고 대뜸 탐욕스러운 사람이라고 몰아붙일 수는 없는 사람이었다. 알렉산더는 분봉왕 안티파스를 위한 일이라면 그동안 쌓은 부를 아낌없이 뿌렸다. 안티파스에게 알렉산더는 세상 어떤 사람보다 믿고 의지할 수밖에 없는 사람이 되었다. 돈을 벌 수 있는 일은 자연스럽게 모두 그에게 맡겼다. 그가 모은 재물이 안티파스의 재물이나 마찬가지였기 때문이었다.

분봉왕을 위해 재산을 선뜻선뜻 내놓는 일은 알렉산더가 펼쳐 놓은 덫이었다. 그가 재산을 모을 때 사람들의 시선은 자연히 안티파스에게로 옮겨갔다. 분봉왕이 그를 앞세워 수단방법 안 가리고 재산을 모으고 백성을 착취한다고 느꼈기 때문이었다. 흘겨보는 사람들의 눈길을 안티파스만 못 보았다.

알렉산더는 누구라도 첫눈에 반할 만큼 시원하게 잘생겼을 뿐만 아니라 말솜씨도 뛰어나서 그를 만난 사람은 단박에 그에게 끌렸다. 그러나 그는 생긴 모습, 겉보기와 달리 놀랄 만큼 냉혹한 사람이었다. 그는 맺고 끊는 것이 분명했다. 관심이 사라지고 흥미가 없어지거나 더 이상 이용할 가치가 없다고 판단하면 즉시 냉혹하게 관계를 끊었다. 특히 이스라엘 사람, 유대인들에 대한 태도가 그러했다. 반대로 로마에 있는 후견인들이나 친구들에게는 지속적으로 철저하게 헌신적이었다. 생일이나 특별한 일이 있을 때마다 정성을 다해 선물을 보내며 관리했다. 로마의 유력자들은 알렉산더의 우정에 언제나 더 깊고 큰 우정으로 보답했다.

알렉산더가 이뤄 놓은 명예와 부를 무너뜨릴 수 있는 사람, 생각했던 것보다 훨씬 더 심하게 갈릴리의 안정을 해칠 수 있는 사람이 예수라는 것을 알렉산더는 깨달았다. 예수는 세상이 죄인이라고 부르던 사람들에게 죄에서 놓여났다고 선언하면서 그들과 어울렸다. 죄인과 어울리는 죄인의 친구일 뿐 아니라 죄라고 불릴 수밖에 없는 일을 스스로 거침없이 저질렀다. 그의 말대로 하자면 백성들이 지배자에게 복종하고 순종할 이유가 사라지게 돼 있었다.

죄인이었던 사람들은 죄인이 아니고, 이제까지 자기들은 깨끗하다면서 죄인들을 구분하고 죄의 범위를 정하던 사람들이 오히려 죄인이라는 예수의 말은 세상을 뒤집는 말이었다. 이스라엘이, 더 나아가 세상이 발 디디고 서 있던 땅을 흔들어 무너뜨리는 일이었다.

지난 4년 동안에 갈릴리뿐만 아니라 호수 건너 분봉왕 빌립의 영지, 심지어 페니키아에도 예수를 따르는 무리가 생겼다. 무리는 점점 커졌다. 예수의 가르침에 끌려 모여드는지, 아니면 그 무리들이 살아가는 떠들썩한 분위기에 끌려 모여드는지 알 수는 없었으나 현실적으로 사람들이 모여 들었다. 두세 사람이 모이는 것도 막아가며 통제하던 갈릴리에 생각할 수도 없던 일이 벌어지고 있었다. 그건 여름이 되면 으레 호숫가 마을에 번지는 열병보다 더 무서운 열병이었다. 어떤 사람은 처자식 남겨 두고 무작정 예수를 따라 나선다는 얘기도 돌았다. 예수가 얘기하는 하느님 나라, 하느님이 이 땅을 다스리는 그 나라가 곧 실현될 것이라는 기대 때문에 생업을 내던지고 따라나선 사람도 많다는 소문이었다. 예수는 위험한 사람이 되더니, 어느덧 반드시 제거해야 할 사람으로 변했다.

예수를 가장 잘 아는 사람이 알렉산더였다. 그는 예수가 무너뜨리려는 세상에 속한 사람이기 때문이었다. 어느 날 그가 사람들이 예수의 가르침에 대하여 얘기하는 것을 들었을 때였다.

"아 글쎄, 예수라나 누구라나 하는 그 사람이 자기를 따르려면 가족을 버려야 한다고 말했답니다. '아버지 장사는 죽은 사람보고 치르라 하고 나를 따르라'고 했다니, 세상에 이런 망측한 얘기가 어디 있습니까?"

"그런 뜻이 아닐 텐데 ⋯."

"아닙니다. 분명 그렇게 말했습니다. 그리고 자기를 따르려면 각자 자기 십자가를 지고 따르라고 했다니, 모두 한꺼번에 로마 군인들에게 붙잡혀 죽자는 얘기인지 ⋯."

"예수가 가르치는 중요한 내용은 가족 공동체, 마을 공동체를 다시 일으켜 세우자는 것이 중심이오. 하느님이 아버지가 되는 공동체, 그는 그걸 하느님 나라라고 불러요. 그래서 그는 하느님을 부를 때 '아빠 아버지'라고 부릅니다. 어린애들이 '아빠, 아빠' 하고 아버지를 부르는 것처럼 하느님이 그렇게 가깝고 그분 하느님은 모든 자식을 사랑하는 아버지라는 말입니다. 그런 생각을 가진 사람이 부모를 버리고 떠나라고 한다는 말은 앞뒤가 맞지 않아요."

"아닙니다. 그자는 성전을 무너뜨리고, 로마를 몰아내고 자기가 임금 노릇할 생각이 분명합니다. 십자가에서 처형당할 각오를 가지고 일어서자고 선동하는 사람입니다."

"허허!"

알렉산더는 말을 더 계속할 수 없었다. 모든 사람이 예수의 가르침을 그렇게 받아들였다면 예수는 이미 실패한 사람일 뿐이었다.

그가 보기에 예수가 실패할 수밖에 없는 원인은 그가 사람 사는 얘기와 하느님 섬기는 얘기를 뒤섞었기 때문이었다. 하느님이든 사람이든, 하늘이든 땅이든 두 가지 중에 하나를 선택할 수밖에 없는 사람들에게 그 둘을 같이 어울리도록 만드는 일이어서 예수는 실패했다. 그리고 그는 사람들에게 영원히 이해될 수 없는, 받아들여질 수 없는 사람으로 남게 되리라고 알렉산더는 생각했다. 집이, 가정이 세상의 중심이라는 말은 이 세상에서는 이뤄질 수 없는 환상이었다. 그런 말을 하는 사람이 설 수 있는 자리는 세상에 없기 때문이었다. 어찌 보면 예수는 환상을 쫓는 사람이었다.

예수가 병자들을 고쳐주고 집으로 되돌려 보낸다는 얘기를 듣고 알렉산더는 고개를 갸웃할 수밖에 없었다. 선동가는 언제나 따르는 사람의 숫자를 불리려고 노력하기 마련인데 사람들을 되돌려 집으로 보낸다는 얘기로 미루어 보아 예수가 사람 숫자로 세력을 키우려 하지 않는다고 판단했다. 그 점이 오히려 숫자를 불리려고 나서는 사람보다 더 위험하다고 생각했다.

그러다가 그는 누룩을 생각해냈다. 반죽을 부풀리는 누룩, '집으로 돌아가 누룩이 되라'는 말로 생각했다. 누룩, 누룩은 이스라엘에서는 죄의 상징이었다.

'죄! 죄인의 수를 늘린다?'

'그게 무슨 뜻인가?'

'죄가 죄 아니라는 말인가?'

'누룩으로 부풀려 다 부풀면 끌어모으겠다는 말인가?'

'아니야! 그렇게 부풀리는 것이 목적이야!'

'목적? 부푼 것이 하느님 나라라고? 하느님 나라를 이룬다면서 ….'

'그래! 누룩으로 부푸는 나라, 부풀어진 나라! 반죽을 부풀리는 일과 부푼 반죽이, 그 일이 일어나는 가정이 하느님 나라야!'

그렇게 생각하니 깨달을 수 있었다. 모으는 것이 아니라 흩는 것, 집중하는 것이 아니라 분산시키는 것, 강한 것이 아니라 부드러운 것, 몰려드는 것이 아니라 흘러내리는 것, 아래로, 아래로, 한없이 아래로, 더 낮은 곳으로 흐르는 것, 그건 사랑이다. 아픈 사람을 끌어안고, 가장 연약한 사람을 품어주는 것, 그래서 그가 하느님을 '아빠 아버지'라 부른다는 것을 알렉산더는 깨달았다.

그건 위험한 나라다. 그건 이루어질 수 없는 나라다. 그건 물을 가득 담아 놓은 저수조에 구멍을 뚫는 일이다. 그건 다스리는 사람과 다스림을 받는 사람의 위아래를 뒤바꾸는 일이다. 예수가 이루려는 하느님 나라는 결코 로마가 용납할 수 없는 나라였다.

그렇게 생각하니 예수의 목적이 뚜렷하게 보였다. 예수가 병을 고쳐주면 그 사람은 빵을 구워오고, 형편에 따라 포도주도 한 자루 들고 와서 내놓았다. 그가 별도로 치료비를 받지 않았기 때문이었다. 그들이 내놓은 빵을 떼고 포도주를 돌려 마시면서 모인 사람들이 웃고 떠들고 춤추고 노래하며 잔치를 벌였다. 그래서 예수가 머무는 곳은 언제나 떠들썩한 잔치판이었다. 웃을 일이 전혀 없이 살던 사람들이 모여 웃었다. 웃음은 무슨 돌림병 같아서 어느 한 사람이 웃기 시작하면 옆사람도 따라 웃기 마련이다. 처음에는 소리 없이 웃다가, 덩달아 실실 웃다가, 나중에는 손뼉까지 치면서 옆사람을 잡아 흔들고 눈물도 흘리며 웃게 된다.

무겁게 메고 있던 멍에를 벗은 기쁨과, 가족으로 받아들여진 기쁨으로 사람들은 축하하며 먹고 마시고 노래했다. 그럴 때면 순식간에 그 자리에는 이제까지 경험하지 못했던 새로운 가족의식, 동류의식, 공동체의식이 생겨난다. 그리고 예수는 옆마을로 옮겨가서 똑같은 일을 했다. 예수가 얘기하는 하느님 나라는 빵을 부풀리자는 누룩 운동이었다.

예수가 한 번 거쳐 간 마을은 이웃이 이웃을 보는 눈이 따뜻하게 변했다. 문 걸어 닫고 몰래 숨어 식사하던 사람들이 지나가는 옆집 사람 불러들여 같이 빵을 떼었다. 워낙 모자라니 언제까지 그렇게 나누며 살 수 있을지 알 수 없지만 내집 양식 네집 살림 생각하지 않기로 하고 나누었다. 나누지 않고 움켜쥐며 벌벌 떨며 산다고 몇 달 더 버틸 수 있는 것도 아니고, 겨우 며칠 지나면 자신도 식량 떨어지기는 마찬가지였다. 이왕 언제 떨어져도 떨어질 양식, 당장 눈앞에 있는 이웃, 하도 굶어 얼굴 누렇게 변한 옆집과 나누며 살기로 했다. 나눠 먹으면서 마음이 너그러워졌다.

"참새도 살아가고, 두더지도 사는데 뭐 … ."

그렇게 마음먹으니 하늘에 둥그렇게 뜬 달도 여유로워 보였다.

누룩 넣은 빵이 부풀 듯 예수는 갈릴리를 온통 부풀려 놓았다. 그가 예루살렘 성전에 간다는 소식을 듣자 알렉산더는 예루살렘이 부풀어 오르는 광경이 떠올랐다. 유월절이 한 달 앞으로 다가왔을 무렵이었다. 예수 곁에 심어 둔 첩자의 보고가 없었더라도 알렉산더는 이미 예수의 생각을 다 읽고 있었다. 그도 부풀어 오르는 현장인 예루살렘에 올라가기로 작정했다. 안티파스는 거기에서 열락을 즐기고 그는 손에 피 한 방울 묻히지 않고 예수를 제거할 수 있으리라 생각했다. 덫처럼 보이지 않도록 예상치 못할 곳에 덫을 설치해 놓고, 그 안으로 그가 들어오기를 기다리기로 했다. 기다린다기보다는 그를 유인하는 일이었다. 예수의 걸음을 보면 덫을 놓을 곳이 보였다. 예수의 말과 행동을 보면 덫을 잡아 챌 때를 알 수 있었다. 때는 유월절, 장소는 예루살렘, 제격이었다.

알렉산더는 하인에게 보고받던 그날을 똑똑하게 기억하고 있었다.

"저 … 한 가지 더 드릴 말씀이 … ."

보고를 마친 하인은 말을 꺼내지 못하고 주저주저했다. 무슨 일이냐는 듯 알렉산더가 쳐다보았지만, 그래도 말을 못했다.

"뭔데 그러나?"

"저 … ."

"뭐냐니까?"

"마리아가, 막달라로 돌아갔던 마리아가 ….."

"뭐? 마리아가 여길 찾아왔어?"

"아, 아닙니다. 그게 아니고 …. 지금은, 그 마리아가 저기 예수 …."

"예수?"

"예. 방금 말씀드린 그 예수의 제자 무리에 들어갔답니다."

"뭐야? 마리아가 예수의 여자가 됐어?"

"그게, 제자로 들어갔다는데, 소문은 예수 여자가 됐다고도 …."

"으음! 그거야 뭐, 내가 상관할 일 아니지. 이미 언제 적 애긴데 …."

말은 그렇게 했지만 그 순간, 자기 얼굴에 더러운 물이 확 끼얹어진 듯 명예와 체면이 심각하게 손상됐다는 느낌이 들었다. 그는 마리아 뿐만 아니라 어떤 여자도 사랑해본 적이 없었다. 애달프거나 그립거나 가슴 두근거리며 생각하고 그리워한 여자는 일생에 단 한 사람도 없었다. 여자는 그저 손 뻗으면 닿을 수 있는 곳에서 자기를 기다리고 있으면 된다고 생각하며 살았다. 불편하지 않게 적당한 거리에 떨어져 기다리다가 생각나서 찾으면 다소곳 안기어 따르면 되는 존재였다.

알렉산더는 살아오면서 단 한 번도 낭패감을 느낀 적이 없었다. 그런데 마리아 소식을 듣자마자 낭패감이 밀려왔다. 질투하는 마음이 슬금슬금 일어나더니 당황스러울 만큼 활활 불타기 시작했다. 그녀가 예수와 함께 있다는 사실을 알렉산더는 용납할 수 없었다. 알렉산더는 참을 수 없는 모욕감에 휩싸였다.

마리아는 언제나 조용한 여자였다. 고개를 들어 알렉산더를 똑바로 바라본 적이 별로 없었다. 다른 여자들도 그러했지만 그녀는 더 그랬다. 두 손을 가지런히 앞에 모으고 언제든 부르면 바로 대답하고 나설 준비가 된 모습으로 알렉산더를 기다렸었다. 가슴에 품고 어르던 마리아, 싫은 내색 없이 언제나 그를 받아들이던 마리아였다.

그녀에게서는 늘 달착지근하고 따뜻한 입 냄새가 났었다. 그녀를 안을 때마다 기분 좋은 향수 냄새를 맡을 수 있었다. 말하지 않아도 그녀는 알렉산더가 원하는 모든 것을 알고 있었다. 구태여 이리 얘기하거나 저리 지시할 필요가 없었다. 성실하고 눈치 빠르고 늘 다소곳하고 헌신적인 여종이었다. 그녀는 결코 알렉산더의 생활 속에 깊게 들어오지 않았다. 언제나 스스로 적당한 거리를 둘 줄 알았고, 마음을 다해 알렉산더를 주인으로 섬겼다. 그 섬김은 무슨 대가를 특별히 바라는 것이 아니고, 그녀는 원래 그런 사람인가보다 생각할 정도였다.

마리아는 알렉산더의 아버지에게 진 빚 때문에 팔려와 7년간 종살이를 했었다. 대개의 그런 경우처럼 그녀는 알렉산더의 여자 노릇도 했다. 그녀를 내보내주기로 결정했을 때 그녀와의 관계는 그것으로 끝났다. 그녀를 아내로 맞아들일 생각도 없었고, 그녀에 대한 더 이상의 미련도 없었기 때문이었다. 처음에는 그도 특별히 마리아를 잘 대해주었고, 갈릴리를 돌아다닐 때마다 늘 그녀를 데리고 다녔다. 그뿐이었다. 그녀에 대한 다른 계획이나 생각은 없었다. 그건 그녀도 마찬가지인 듯 그에게 무엇을 요구하거나 부탁하거나 투정 부린 적이 없었다. 자기의 어려운 처지나 아버지 집에 대한 얘기를 한 적도 없었다. 그런 일은 그녀가 감당해야 할 어쩔 수 없는 운명으로 받아들이고 체념한 듯 보였다. 동생들을 생각하며 눈물짓다가도 알렉산더가 들어오면 언제 그랬냐는 듯 곧 평상시 여종으로 돌아왔다.

종살이 기간 7년이 지나자 그녀는 막달라에 사는 아버지 집으로 돌아가기를 원했고, 알렉산더는 보내주었을 뿐이었다. 담담하게 자기를 떠나 집 문을 나서던 마리아, 그 모습이 떠올랐다. 문을 나가기 전, 몸을 돌리더니 무덤덤하게 서서 바라보는 그를 향해 그녀는 깊숙이 허리를 굽혀 절했다. 가슴에 안고 있던 조그만 보퉁이가 서러워 보였다. 돌이켜 생각하면 그건 한마디 매듭을 짓는 의식이었다. 앞으로는 알렉산더 당신과 상관없는 삶을 살아간다는 선언이었다.

그 후 5년쯤 세월이 지난 어느 날, 막달라 밤거리에서 그녀를 봤다. 그 밤에 비가 왔다. 마리아는 맨발로 골목에 서 있었다. 흔들리는 희미한 불빛으로 겨우 그녀를 알아볼 수 있었다. 밤에 돌아다니는 여자, 사람들이 죄인이라 부르는 여자의 모습이었다. 하기야 그녀에게 일곱 귀신이 들렸다는 소문은 이미 들었기 때문에 그렇게 만났더라도 크게 놀라지 않았다. 생선 비린내가 진동하던 질척거리는 거리에서 마주친 그녀에게 아무런 감정도 느낄 수 없었다. 그녀도 역시 그런 듯 그저 그를 바라보았다. 밤거리에 그녀를 그냥 놔두고 돌아설 때 이상하리만치 아무 느낌도 없었다. 혹 바람 스치듯 연민의 마음이 한번 지나갔을 뿐이었다. 아비와 가족을 찾아 그녀가 집을 나갈 때도 그러했고, 그 밤에 우연히 다시 만난 이후에도 그러했듯 알렉산더에게 마리아는 이미 완전히 잊힌 여자였다. 쓰다 버린 가구처럼, 훌훌 벗어 내던진 옷처럼 아무런 미련도 생각도 느낌도 없었다. 우연히 그 밤에 다시 만났고 그저 스친 듯 잊었다. 잊었다고 생각하며 지냈다.

아무 상관도 미련도 없는 여자였던 마리아, 막달라 밤거리에서 돈 몇 푼 손에 쥐여주고 돌아설 수 있었던 여자였다. 그런데 예수의 제자가 돼 있다는 말을 들었을 때, 웬일인지 잊고 살았던 그녀의 모습이 다시 또렷이 떠올랐다. 부드러운 목소리와 검고 윤이 나는 머리, 그리고 그 시원하고 깊은 눈이 먼저 생각났다. 무어라 말할 수 없는 마리아의 따스한 체취가 알렉산더의 코끝에서 살아났다. 완전히 잊은 줄 알았는데 그렇지 않은 모양이었다. 어쩌면 가슴속 저 아래 아주 깊은 곳에 가라앉았다가 때가 되어 슬그머니 물 위로 떠오른 모양이었다. 마리아가 드리웠던 그녀만의 짙은 그림자가 가슴에 남아 있었던 모양이었다. 그녀의 소식을 듣자 그림자는 다시 몸을 차려 입고 눈앞에 나타난 듯했다.

그 마리아가 섬기는 사람이 다른 사람도 아니고 바로 예수라는 얘기를 듣고 불쾌감과 모욕감에 얼굴이 화끈거렸다. 그리고 알 수 없는 질투가 불같이 일어났다. 이제는 돌이킬 수도, 어쩔 수도 없다는 짙은 아쉬움이 피워 놓은 향처럼 가슴에 배어들었다.

알렉산더는 부끄러웠다. 마리아가 남겨둔 흔적이 부끄러웠고, 그 자취를 지우지 못한 자신이 부끄러웠다. 그러나 어떻게 생각해야 한다는 당위와 가슴속을 파고드는 느낌은 뿌리가 같은 듯했지만 어쩔 수 없는 모순이고 갈등이었다. 애써 지우려 해도 지워지지 않는 끈적거리는 무엇이 되어 가슴 천정에 달라붙었다. 마리아를 데리고 갈릴리 곳곳 돌아다니던 날들이 생각났다. 그때 갈릴리가 그렇게 풍성하고 아름다운 땅이라는 것을 처음 느꼈다. 그녀와 함께 서 있으면 봄도 아름다웠고, 구름이 낮게 드리운 여름도 아름다웠다. 세포리스 언덕에서 내려다본 들판이, 석양을 받아 황금빛으로 물들었다가 점점 어둠으로 짙어 가는 서쪽 하늘이 왠지 가슴 시리도록 슬프고 아름다웠다. 그건 모두 갈릴리에서 있었던 일이었다.

마리아를 생각하면 알렉산더에게는 예수를 제거해야 할 이유가 하나 더 늘어난 셈이 됐다. 지난밤에 하인을 여리고에 내려 보낸 일이 마음에 걸렸다. 그녀에게 전한 말도 마음에 걸렸다.

"즉시 갈릴리 막달라에 돌아가서 기다려라. 예루살렘 일이 끝나면 찾아가겠다."

왜 그랬을까? 마리아를 예수에게서 떼어 놓는 일이 그렇게 절절하고 중요한 일이었던가? 만일 그녀가 예수를 떠나 막달라로 내려간다면 정말 다시 그녀를 찾을 마음이었던가? 평소 그답지 않은 충동적 생각이었음이 분명했다. 예수라는 사람이 순간 그의 마음을 흔들었음이 분명했다. 그리고 마리아의 은은한 체취를 잊지 못했음이 분명했다.

여리고로 내려 보낸 하인이 아직 돌아오지 않아 보고를 받지 못했다. 그러나 마리아는 그의 말을 받아들이지 않았을 것이 분명하다. 그건 그녀가 보퉁이를 끌어안고 깊숙이 머리 숙여 인사하고 문을 나섰던 그날, 이미 결정된 일이었다.

✝

불쑥불쑥 떠오르는 이런 저런 생각에 마음이 복잡했지만 눈앞에 마주 앉아 있는 안티파스 얼굴을 계속 바라보는 일이야말로 더욱 답답한 일이었다.

안티파스는 아직 술이 덜 깨 몽롱한 정신으로 눈만 껌벅거리며 시큰둥한 표정을 짓고 앉아 있다. 그 모습을 보면서 분봉왕의 야망에 다시 불을 붙이기는 어렵다는 것을 알렉산더는 깨달았다. 그제야 헤로디아를 티베리아스에 애써 떼어 놓고 온 일이 잘못이었다고 스스로 인정할 수밖에 없게 됐다. 그녀가 옆에 있었다면 분봉왕은 그렇게 멍하고 게슴츠레한 눈으로 예루살렘에서 예수를 맞이하지 않을 것이 분명했다.

"저하! 좀 쉬시지요. 저녁에 다시 뵈러 들어오겠습니다."

"그러시오. 내가 웬일인지 몹시 피곤하군."

알렉산더는 자리에서 일어섰다. 비록 분봉왕이 세상만사 귀찮다는 듯 심드렁한 얼굴로 듣고 있었지만, 알렉산더는 그를 다시 일으켜 세울 방법을 찾아야 했다. 그 한 가지 방법이 갈릴리에 사람을 보내 헤로디아를 예루살렘으로 불러올리는 일이었다. 그녀가 옆에 나타나면 안티파스는 다시 번쩍 정신을 차릴 수밖에 없을 것이다. 로마 사람들이 다른 물고기의 뒤를 쫓는 험상궂은 물고기를 연못 속에 같이 넣어 기르는 이유가 그렇듯이.

궁전을 나오면서 알렉산더는 동쪽 성전산 위에 서 있는 성전을 바라보았다. 햇빛을 담뿍 받은 성전은 세상일은 내가 상관할 일 아니라는 듯 환하게 빛났다. 이제 많은 일이 예루살렘에서 벌어질 것이다. 비둘기는 여전히 푸드득 하늘을 날고, 올리브나무 가지는 바람에 흔들리고, 사람들은 변함없이 골목을 비로 쓸지만, 저들이 깨닫지 못하는 새에 위험이 서서히 스며들고 있다. 예루살렘이 어제처럼 살아갈 수 있을지, 아니면 불구덩이에 빠져 허우적거리다 스러질지 저들이 눈으로 지켜볼 때가 가까이 오고 있다. 어쩌면 그 일은 이미 시작되었음이 틀림없었다.

풀숲을 쳐서 뱀을 쫓는다는 속담이 있다. 알렉산더는 예수를 갈릴리에서 예루살렘으로 내몰았다. 그가 예상했던 길을 따라 예수는 예루살렘에 들어올 것이다. 분봉왕을 위해, 이스라엘을 위해, 그리고 그 자신을 위해 예수를 반드시 제거하겠다고 알렉산더는 성전을 두고 다짐했다.

사실 오랫동안 알 수 없는 불안이 알렉산더 마음 깊은 곳에 자리 잡고 있었다. 고개를 숙여 들여다보아도 우물바닥의 그 깊은 속에 무엇이 있는지 알 수 없는 것처럼, 그래서 아무리 말을 걸어도 웅얼웅얼 알수 없는 메아리로 대답하는 우물처럼 점점 커지는 불안의 정체와 원인을 알 수 없었다. 그러다가 문득 깨달았다. 그건 바로 예수였다. 살랑살랑 호수를 넘고, 들을 가로질러 은근하게 불어오던 바람은 예수라는 사람의 징조였다. 갈릴리, 유대, 세상이 맞닥뜨릴 미래였다. 눈앞에 불쑥 나타나고 말 도전, 사람들이 넘어질 수밖에 없는 걸림돌, 그는 예수였다.

알렉산더에게 예수는 바로 신비였다. 근본도 없고, 배움도 없는 가난한 시골 목수, 석수가 깜짝 놀랄 만한 지혜로 사람들을 가르치고, 병을 고치고, 무리를 끌어모아 세력을 만든 일도 신비였다. 어느 때부터 그는 '랍비'로 불리더니 '메시아'라고 부르며 따르는 사람이 생긴 일도 신비였다. 그가 보이는 행적과 치유와 가르침 자체가 기적이었다. 있을 수 없는 일을 벌이는 그는 위험한 기적이었다.

예수는 그런 일을 할 수 있는 사람이 결코 아니었다. 누가, 무엇이 예수의 뒤에서 그의 속에서 작용하는지, 그의 그런 가르침과 행적이 어디에서 연유한 것인지 알 수도 없고 상상할 수도 없기 때문에 더욱 문제였다. 그 근원을 알 수 없기에 예수는 그 자체로 알렉산더에게는 두려움이었다. 어딘지 모를 곳에서 날아와 세상 기둥을 쓰러뜨려 산

산조각 부수고 가루로 만드는 맷돌로 보였기 때문이었다.

예수가 지혜자라면 오히려 갈릴리 궁정으로 초대하여 대화를 해볼 수도 있겠지만 그는 지혜자가 아니었다. 지혜자라기보다는 지혜자의 지혜를 조롱하는 사람이었다. 누구나 쉽게 알아들을 수 있는 평범한 말로 사람들을 가르치는데, 그 한 마디가 세상의 질서, 권위, 지혜를 뛰어넘었다. 게다가 욕심이 없는 사람이어서 그를 회유할 방법도 없었다. 근본적으로 그는 세상의 질서를 질서로 보지 않는 사람이었다. 세상 질서를 무너뜨리려는 사람이었다. 질서를 무너뜨릴 뿐만 아니라 새로운 질서를 얘기하는 사람이었다. 그가 가르쳤다는 말을 들어보면, 귀족과 제사장과 왕족이란 애초부터 없다고 했다. 더러움과 깨끗함, 안과 밖, 위와 아래, 이제까지 세상 질서가 기초로 삼았던 기본적 틀을 그는 모두 인정하지 않았다. 그래서 그는 더욱 위험한 인물이었다.

그는 광야에 물러나 수행이나 하는 사람이 아니었다. 그는 사람들과 같이 먹고 함께 마시면서 마을과 마을로 돌아다녔다. 어느 한 곳에 머물며 사람들을 모아 가르치거나 병을 고치지 않고 사람들을 찾아 돌아다녔다. 말하자면 그는 어딘가에 뿌리를 내리는 사람이 아니었다. 그는 굶을 줄도 알고, 먹고 마실 줄도 알고, 힘든 일도 마다하지 않고 갈릴리 마을 밭에 들어가 농부들과 하루 종일 같이 일하는 사람이었다. 사람들은 그를 '선생'이라 부르지만 그는 사람들을 '친구'로서 사귀었다.

가르침과 행적, 크게 두 가지로 나누어서 예수를 설명할 수 있었는데, 그 두 가지는 명확하게 서로 구분되지 않고 서로 얽혀 있어서 이것과 저것을 따로 떼어낼 수 없었다. 하느님 나라를 가르쳤고, 하느님 나라에서 사람들과 더불어 살았다. 그에게는 하느님 나라는 이미 이루어진 세상이었다.

그는 누구를 만나든 말했다.

"하느님 나라가 이 땅에 왔습니다."

"하느님 나라가요? 언제요? 어디서요?"

"지금 여기에 하느님 나라가 이루어졌습니다."

"아이구, 그런 말씀 마시오. 어디 그런 말이 있을 수 있어요?"

"눈을 뜨면 보입니다. 받아들이면 마음속에 들어옵니다. 우리가 하늘 아버지의 자식입니다. 아들입니다. 딸입니다."

"그런데 하느님 나라가 왔다는 말은 무슨 뜻인가요?"

"우리가 이미 물속에 들어가 앉아 있다는 말입니다. 모든 사람이 모든 사람을 먹이고 입히는 때가 왔습니다."

그의 선언은 그가 얘기하는 하느님 나라에 합당하지 않은 지배체제에 대한 도전이고, 이스라엘이 지키는 계명과 예루살렘 성전의 가르침에 대한 엄청난 위협이다. 성전에 모여 제사드리며 섬기는 하느님을 부정하는 선언이다. 어떤 눈으로 세상을 보아야 하는지에 대한 일깨움이다. 먹고사는 일이 경제문제일 것 같지만, 그건 바로 하느님에 대한 신앙의 문제라고 말하는 사람이다. 재물이 어떻게 어디로 모이고, 어떻게 나뉘어져야 하고, 어디로 흘러야 하는지 일깨워주는 사람이다. 예수는 그 흐름을 꿰뚫어보았기 때문이다. 예수는 성전체제에 위협이 되는 사람이지만, 단순히 위협적인 사람일 뿐 아니라 체제를 뒤엎는 사람, 혁명을 꿈꾸는 사람이다. 성전의 잘못을 꾸짖는 사람이 아니라 아예 성전의 존재이유를 부정하는 사람이다. 하느님 나라가 이 땅에 이미 왔다면 다른 모든 체제와 제도는, 성전산 위에 서 있는 성전은 모두 서지 못할 곳에 서 있는 것들일 수밖에 없었다.

알렉산더도 성전에 대하여 거부감을 가지고 있는 것은 마찬가지였다. 성전은 그에게 발 들이기조차 싫은 곳이다. 성전 뜰에 들어서면 우선 속이 뒤집어졌다. 성전은 거룩함이라는 말과 전혀 어울리지 않았다. 제단에서 불살라지는 제물 냄새에 숨을 쉬기 어려웠다. 도살당하는 소와 양과 염소가 숨 끊어지며 지르는 소리는 며칠을 두고 귀에 남았다. 분주하게 들락거리며 살아 버둥거리는 짐승들을 끌고 들어가 도살하고 각을 뜨고 제단으로 옮기는 레위인들이 입은 흰 옷은 피로 범벅이 되어 붉은색으로 변했다. 얼굴에 튄 피를 제대로 닦지도 못한 채 제사 준비에 바쁜 제사장들, 레위인들은 전혀 성스러운 일을 하는 사람들로 보이지 않았다. 쏟아진 피와 내장, 그리고 짐승 뱃속에서 나온 오물이 섞여 말로 형언할 수 없는 비릿하고 더러운 냄새가 성전 구석구석에 배어 있었다. 물을 쫙쫙 뿌려 오물을 씻어 낸다지만 하수구를 통해 예루살렘 아랫구역으로 흘러내려가는 오물 도랑에는 늘 커다란 파리가 새까맣게 달라붙어 윙윙거렸다.

성전에는 밤낮 대략 2천 5백 명이나 되는 사람이 제각각 일을 맡아 우글거리며 먹고살았다. 예루살렘 도성 안에 사는 인구의 10분지 1에 해당하는 숫자의 사람이었다. 그들에게 최소 대여섯 명의 가족이 있다고 계산할 때 예루살렘 주민의 얼추 반 넘는 사람이 직접 성전 때문에 먹고사는 셈이었다.

성전에는 늘 고기가 있었다. 빵이 있고 밀과 보리가 창고 바닥에서 썩어갔다. 포도주와 값비싼 향료와 좋은 올리브기름이 물보다 흔했다. 그곳으로 사람이 모이고, 세금이 모이고, 소가 끌려오고, 양과 염소 떼가 양문이라 이름 붙은 북쪽 성전문을 통해 들어왔다. 성전은 큰 입이었다. 강물이 흘러들 듯 그 벌린 입으로 모든 것이 빨려 들어갔다. 입안에 들어온 먹이를 꿀꺽꿀꺽 잘도 삼켰다. 그런 생각을 할 때마다 알렉산더는 할 수만 있으면 성전과는 거리를 두고 살고 싶었다.

그러나 아무리 예루살렘 성전과 거리를 두고 싶어도 갈릴리에서 시작된 예수 문제에 대해서 손 놓고 있을 수는 없었다. 예수를 차곡차곡 예루살렘으로 밀어낸 사람이 그였기 때문이다. 전날 밤 빌라도 총독 야영군막에서 마티아스를 만났을 때 알렉산더는 다시 한 번 문제를 차근차근 짚어주었다. 그 얘기를 알아들은 듯 그는 거듭 고개를 끄덕이며 대제사장 가야바와 상의하겠다고 약속했다. 그의 경고를 받아들여 성전 측에서 철저히 대비하고 유월절을 조용히 넘기면 좋겠지만, 제대로 대응하지 않아 소요가 일어나도 분봉왕이 크게 안타까워할 일은 아니다. 어차피 소동은 갈릴리가 아니라 도성 예루살렘에서, 대제사장이 관할하는 영역에서 벌어질 것이고, 결국 총독이 개입할 수밖에 없을 것이기 때문이다.

일이 어떻게 되든 분봉왕에게 불똥이 튀지 않도록 관리하면서, 일이 커지든 조용히 수그러들든 두고 볼 일이었다. 어떤 일이 벌어지든 그에 대한 대응방안을 그는 이미 찬찬히 준비해 두었다. 이미 갈릴리에서 예루살렘으로 성공적으로 예수를 떠밀어낸 이상 분봉왕이나 알렉산더는 한 발 떨어진 곳에 서서 관망할 수 있는 여유를 얻었다. 직접 충돌하지 않으면서도 총독을 약화시킬 수 있는 계기를 마련했으니 좋은 일이었다.

총독과 분봉왕은 지난해 벌어진 황제를 칭송하는 명문이 새겨진 방패를 철거한 사건 이외에는 공개적으로 드러내놓고 충돌한 일이 없었다. 상대를 서로 거북하게 여기는 면도 있지만, 한편으로는 상대가 가진 현실적 힘을 잘 알고 있기 때문이었다. 안티파스와 빌라도는 한쪽 세력이 강성해지면 다른 쪽은 당연히 쇠퇴할 수밖에 없는 운명이라고 서로를 이해하고 있었다. 그렇다고 분봉왕 측에서 그 균형을 깨뜨리려고 나서는 일은 위험하기 짝이 없는 도박이다. 지켜보는 일이 가장 현명한 길이다. 어떤 계기로 균형은 갑자기 깨질 수 있다. 준비되지 않은 상태에서 균형이 깨지는 일이야말로 알렉산더가 가장 염려하는 일이다.

여섯 달 전, 티베리아스 왕성에서 분봉왕과 단둘이 마주앉았던 날이었다. 처음에는 마주앉아 그동안 벌어 늘린 재산에 관해 얘기하고 세상 돌아가는 일을 논의했다. 그때 마침내 안티파스가 입을 열었다. 그때만 해도 가끔 그의 가슴속에 야망이 불쑥 치솟고 불이 아직 꺼지지 않았었다.

"내가, 헤롯 가문의 계승자인 이 안티파스가 아버지의 뒤를 이어 유대를 다스리는 것이 옳은 일이 아니겠소? 나는 그 생각만 하면 자다가도 벌떡 일어날 수밖에 없습디다."

"예, 저하! 뜻을 알겠습니다만 아직 때가 아닙니다. 조금 더 기다리셔야 할 것 같습니다."

"근데, 기분 나쁘단 말이오. 빌라도가 주제넘게 갈릴리를 넘보는 듯해서⋯. 은근슬쩍 넘겨보는 눈이 영 불쾌해요."

"저하, 총독에게 그런 생각이 없으면 오히려 이상한 일입니다. 그 사람 나이 이제 마흔다섯, 한창 욕심을 키울 나이입니다. 저하는 그 나이 때에 한창이셨습니다. 물론 지금도 그러하시지만 …."

"우리 갈릴리에 비하면 유대에서는 별로 생산되는 것이 없으니, 황제나 원로원에게 바쳐야 할 물건이라면 결국 여기 갈릴리에서 유대로 올려 보낸 것뿐이니, 눈독 들이고 있겠지."

유대 지방에서 생산되는 물자 중에는 고작 포도나 올리브, 무화과, 대추야자, 아몬드 정도를 빼놓고는 어디에 특산물이라 내세울 만한 것이 별로 없었다. 예루살렘이 유대 지방과 이스라엘의 중심이기에 그곳에 모든 물자가 모이고 경제력이 집중되지만, 실제 먹고 마시는 식량은 모두 지방에서 끌어올려야 했다. 곡식이든 과일이든 생선이든, 어느 것을 생각하더라도 식량 생산에 있어 갈릴리에 비하면 유대는 별로 볼 것이 없었다.

서로 다스리는 영지가 다르다지만 갈릴리와 다른 지방 사이의 경계라는 것이 모호하기 그지없었다. 강이나 개울이 가장 눈에 띄는 경계가 되고, 어떤 곳에서는 그저 길가에 경계석 하나 세운 것에 불과했다. 양떼에게 풀을 뜯기다 보면 일쑤로 경계를 넘어가고 넘어오기 십상이었다. 언덕 하나를 넘으면 이쪽 비탈은 갈릴리, 저쪽 비탈은 사마리아다. 사마리아도 유대와 마찬가지로 총독의 통치관할이었다. 유대 지방과 사마리아는 산간지방 고지대에 위치했지만 이즈르엘 골짜기를 거쳐 갈릴리에 들어서면 벌써 산과 들이 달랐다. 거칠고 누런 광야와 돌무더기뿐인 유대와 달리, 갈릴리의 산은 푸른 나무로 덮여 있고, 들판에는 햇볕 아래 바람 따라 물결치며 곡식이 잘 자라는 곳이다. 주렁주렁 과일이 매달린 나무가 언덕마다 줄지어 서 있고, 비가 오는 계절이면 크고 작은 시내에 물이 가득하고, 그 여울목마다 물고기가 하얀 배를 드러내며 튀어 올랐다.

안티파스는 그렇게 비옥한 갈릴리에서 누구의 간섭도 받지 않고 세금이고 공물이고 거두어들일 수 있었다. 해마다 곳간을 새로 지었다. 로마에 곡식을 실어 보내고, 진귀한 물자들을 로마에서 들여왔다. 그는 로마에 사는 웬만한 귀족보다 더 풍요롭고 여유롭고 평화로운 날을 누리며 살았다. 갈릴리의 그런 풍요를 아무렇지 않게 무심하게 보아 넘길 빌라도가 아니었다. 총독은 총독대로, 성전은 성전대로 안티파스에 대해 배가 아플 수밖에 없었다. 빌라도 총독이나 성전의 가야바 대제사장이 어떤 눈으로 갈릴리를 흘겨보고 있을지 보지 않아도 알 수 있었다.

"저하!"

알렉산더가 은밀한 목소리로 안티파스를 불렀다. 그는 안티파스에게 무언가 간곡한 충고를 할 때 언제나 그런 목소리로 말을 시작했다.

"말하시오."

"로마 세자누스 각하가 처형당한 후 빌라도는 완전히 끈 떨어진 사람입니다."

"어, 그건 나도 비슷하지요. 그 사람이 로마에서 나를 후원하고 있었으니 … ."

"그렇습니다. 저하! 예전에는 저하와 총독 사이에 좀 불편한 일이 생길 형편이면 세자누스 각하가 사전에 적당하게 조절했습니다. 지금까지 저하와 총독 사이에 눈에 띄는 큰 충돌이 없었던 것은 뒤에서 그런 조정이 이루어졌기 때문이었습니다. 세자누스 각하를 생각해서 저

하나 총독이나 서로 상대에게 심하게 대할 수 없었습니다."

"그랬지요."

"그런데 이제 상황이 달라졌습니다. 세자누스는 사라졌고, 총독은 끈이 떨어졌습니다. 그러나 저하는 아직 옛적 로마 시절부터 맺어온 인연이 남아 있고, 더구나 황제 폐하께서도 아직 저하를 친구라고 부르시지 않습니까? 저 또한 로마에서 웬만한 후원자들은 동원할 수 있고요."

"그래서요?"

"그전에는 비슷한 처지였습니다만, 이제 저하의 위치가 총독보다는 좀 우위에 있습니다. 기회가 오면 밀고 나가도 될 때가 됐습니다."

"그러면?"

"문제는 총독의 군사력입니다. 게다가 유대에 어떤 사태가 벌어지면 시리아총독이 군대를 끌고 내려와 총독을 후원할 것입니다. 저는 시리아총독이 저하를 후원하는 일은 어떤 경우라도 기대할 수 없다고 판단합니다. 따라서 저하는 로마에 유지하는 정치적 후원관계, 그리고 현실적으로 갈릴리와 베뢰아에 가지고 있는 용병 위주의 군사력으로 빌라도 총독과 시리아총독의 군사력에 대응해야 합니다."

"우리가 뭐 서로 전쟁을 하는 사이도 아니고⋯. 그럴 일이 있을까요?"

"저하, 전쟁은 아닙니다만 분명 그런 때가 다가옵니다. 그런데 중요한 것은 그때가 왔을 때 예루살렘과 유대가 누구 편에 붙는가 하는 점을 생각해 두어야 한다는 것입니다."

"아⋯, 그야 당연히, 그놈들은 빌라도 쪽에 붙을 것⋯."

"저하! 아닙니다. 그 틈을 노려 벌려 놔야 합니다."

"어떻게?"

"저에게 계획이 있습니다. 아직 좀 덜 익었으니 때가 되면 말씀드리겠습니다. 다만…."

"다만?"

"예, 저하! 아무도 눈치 채지 못하도록 은밀하게 군대를 이동하여 집결시켜 두십시오. 하루 안에 예루살렘에 도착할 수 있는 거리에 모아 두십시오. 소문이 나면 오히려 되잡힐 염려가 있습니다. 그러니 유대인 부대가 아니고 용병부대라야 안전합니다."

"언제쯤?"

"예, 다가오는 유월절 무렵쯤 해서 그리 조치해주십시오."

"그럽시다. 강 건너 베뢰아 쪽에 집결시켜 놓겠소."

"예, 저하! 묻지 않고 제 진언을 받아주시니 감사합니다."

"뭘! 다 나를 위해 그러는 것일 텐데…."

알렉산더에게는 성전을 무력화할 무기가 있었다. 성전을 끌어들여 일차 목표를 달성하고, 그 다음 총독을 충동해서 성전을 무력화할 수 있는 길이 있었다. 대제사장 가야바가 모든 책임을 지고 물러나게 만들 방법이 있었다. 그런 면에서 갈릴리를 떠나 예루살렘 길에 오른 예수와 그 무리는 사용하기에 따라서는 누구에게나 치명적으로 깊은 상처를 입힐 수 있는 무기였다. 그때만 해도, 분봉왕은 이스라엘 전체의 왕이 되고 싶은 야망이 살아 있었기에 그런 계획을 세웠었다.

세상일이란 아무리 생각해도 참 이상하다. 하루 전 생각으로는 가장 현명했던 결정이 다음 날에는 가장 어리석은 일이 되니 말이다. 따지고 보면 오늘 결정한 일이 내일 어찌될지 알 수 없기는 마찬가지다. 그러나 예수 때문에 이스라엘이 피를 흘리고 혼란을 겪기 전에 그를 제거하는 일은 오늘이냐 내일이냐에 따라 달라질 일이 아니라고 알렉산더는 확신했다. 그래서 그는 덫을 놓았고, 올무를 마련하고 예수를 기다렸다.

덫에 걸린 하얀리본

—·—

지하 감옥에 끌려 들어왔을 때 곧 고문을 시작할 것처럼 채찍을 흔들거리고 을러대며 술 냄새 풍기던 사내가 나간 이후 아무도 들여다보지 않았다. 끝 모를 깊은 어둠 속으로 히스기야는 천천히 몸이 가라앉는 것처럼 느꼈다. 바닥에 발이 닿지 않고 이대로 계속 빠져 내려가면 자칫 정신을 놓을 것 같았다.

'저놈들이 이걸 노렸겠지. 내가 얼마나 버티는지 보려고⋯.'

'아니, 혹 나를 잡아다가 여기 가두어둔 걸 잊어버린 것 아냐?'

'흐흐, 뭘 서두르나? 어차피 다 겪어야 할 일, 닥칠 일인데. 맘 편히 먹고 그냥 기다려봐?'

혼잣말로 자신을 곧추세웠다. 금방이라도 덜컹 문이 열리고 씩씩거리며 들이닥쳐 무지막지한 고문을 시작할지도 모를 일이다. 암흑도 고문이라면 이미 고문은 시작된 셈이다.

보통 고문은 두 가지 목적으로 행한다. 첫째는 필요한 정보를 알아내기 위한 고문이다. 정보를 캐내거나, 이미 알고 있는 어느 정보를 확인하기 위한 경우다. 그럴 때는 오직 한 가지만 얘기하면서 죽음을 기다리는 마음으로 버텨야 한다. 둘째는 다짜고짜 고문을 가해 상대를 완전히 무너뜨리는 일이다. 그런 고문을 받고 나면 그 고문을 견디고 살아 있더라도 자기가 온전한 사람이란 생각이 더 이상 들지 않는다. 그럴 때는 고문하는 사람이 묻는 말에 대답해도 그만, 안 해도 그만이다. 어차피 사람의 가장 밑바닥이 드러날 때까지 고문은 계속된다. 그건 사람을 완전히 망가뜨려 노예처럼 부려먹겠다는 고문이다.

고문을 이기려고 버티면 고문에 지게 된다. 모든 것 내려놓고 죽어서 나가겠다고 생각해야 고문을 견딜 수 있다. 지켜야 할 것, 감추어야 할 것을 마음속에서 모두 내려놓아야 한다. 오직 죽음의 방법으로 고문을 받아들여야 한다. 죽음 바로 문턱까지 이르는 고문, 그건 고문하는 사람과 고문받는 사람의 싸움이다.

고문에 한번 무너지면 모든 것이 끝이다. 사소하다는 생각에 작은 것, 아무 상관없는 것부터 털어놓기 시작하면 곧 큰 것을 말해야 한다. 그건 이투레아 눈 덮인 산으로 현인을 찾아 들어갔을 때 느닷없이 무지막지한 고문을 겪으면서 깨달은 일이었다. 고문하는 사람과 당하는 사람 사이에는 겨우 거미줄 하나 들어갈 틈밖에 없다. 그 틈을 견뎌야 목숨을 부지한다. 고문받는 사람 숨이 넘어가면 그건 실패한 고문이다. 고문하는 사람도 그 틈을 안다. 이투레아에서 들었던 말이 생각났다.

"히스기야라고 했지? 내가 겪어본 사람 중에 가장 독한 사람이 그대요. 이제까지 그대만큼 고통을 견뎌낸 사람이 없었소. 미리 벌벌 떠는 사람은 고문할 가치도 없소. "

　그 말을 듣고 그 경황 중에도 혼자 피식 웃었었다.

　이투레아의 현인은 특별히 준비한 단련법으로 히스기야를 훈련했다. 훌쩍 죽음 쪽으로 넘어갈 수 있는 방법을 터득하는 일이었다. 육체가 받아들이는 고통을 스스로 조절할 수 있게 되었다. 죽음 쪽으로 몸을 슬쩍 밀어 넣는 수행, 그 수행을 통하여 히스기야는 세상을 버티며 이기는 법을 배웠다.

　스스로 목숨을 끊는 일이 그 수행의 마지막 과정이었다. 눈 덮인 산, 숨을 깊게 들이 쉬면 가슴과 온 몸이 얼어붙을 만큼 추웠다. 그 극한상황 속에서 아무도 모르게 숨을 놓고 떠나는 법을 수행했다. 지켜보던 현인이 중지시키지 않았더라면 아마 그는 목숨을 잃었을 것이었다. 다시 삶 이쪽으로 돌아온 히스기야를 끌어안고 현인은 물었다.

　"애야! 어찌 이 험한 길로 들어섰단 말이냐?"

　"선생님! 버릴 때와 장소를 제가 결정하기 위해서입니다. "

　"너무 모질구나!"

　"뒤에 남겨둘 것 없으니 모질다고 할 수도 없습니다. "

　"한번 건너가면 다시 못 돌아오느니라. 이건 마지막일 뿐이다. 나도 건너가 본 적이 없다. "

　"그러시겠지요, 선생님!"

　"그 문턱을 넘다 돌아온 사람이 이 세상에 너와 나뿐이구나. "

　"그 문턱 넘어 본 후에 선생님께 연락드리겠습니다. 허허!"

　"그러려무나, 허허허!"

　골짜기를 휘몰고 올라온 눈바람 속에 현인과 히스기야는 힘껏 서로 끌어안았다. 하얀 눈밭이었다.

　이투레아 눈밭을 생각하면서도 히스기야의 마음은 고문이 언제 시작
될지를 헤아리고 있었다. 아무것도 보이지 않는 어둠 속에서 고문을 기
다리는 시간은 참 묘하다. 기다린다는 말이 이상하지만 어차피 곧 닥칠
일이니 기다린다고 말할 수밖에 없다. 어둠은 시간이 아니라 공간과 관
계가 있다고 그는 믿었었다. 그런데 다시 생각하니 어둠이 사각사각 시
간을 갉아먹고 있다. 몇 가닥 엮었던 줄이 다 끊어졌는데 남은 한 가닥
이 그렇게 질길 수가 없었다. 그 마지막 가닥은 어둠에게 결코 지지 않
겠다고 팽팽하게 버티다가 갑자기 축 늘어지면서 어둠을 튕겨낸다. 철
렁 줄을 놓쳤던 어둠이 용케 다시 줄을 잡고 갉아먹기 시작한다.

　고문으로 빼앗아갈 것은 결국 목숨밖에 없다. 목숨을 내맡기지 않
고 스스로 버리겠다고 그는 마음을 굳혔다. 고통 끝에 목숨을 잃는 것
이 아니고 고통 속에 숨어 있는 한 줄기 아스라한 쾌감의 줄을 타고 놀
다가 탁 숨을 놓아 저들을 당황하게 할 생각이었다.

　그나저나 동지들이 걱정됐다. 무슨 일이 벌어졌고 모두 어찌 되었을
까? 곰곰이 상황을 분석했다. 이전에도 움막마을에 가끔 불이 났었다
는 소리는 들었지만 그건 성전이나 예루살렘성 관리들이 더 이상 마을
이 커지지 못하도록 저지른 일이라고 했었다. 그러나 지난밤에 일어난
불은 하얀리본을 목표로 했음이 분명했다. 성문 앞에서 새벽에 체포될
때까지 동지를 한 사람도 만나지 못했기 때문이었다. 모두 체포됐거나
불을 헤치고 빠져나갔거나 둘 중 하나였다. 더구나 그가 여리고에서
예수를 만나고 돌아오자마자 현장에서 체포된 사실이 중요했다.

　생각해보니 틀림없이 하얀리본 동지 중에 배신자가 있었다. 움막마

을이 불에 타 주저앉을 시간을 생각하면, 붙잡힌 어느 동지가 털어놓은 내용 때문에 그가 체포된 것이 아님은 분명했다. 고문을 못 이겨 히스기야가 돌아온다는 사실을 털어놓을 동지도 없겠지만, 따지고 보면 그럴 만한 시간도 없었다. 더구나 그를 다짜고짜 체포했다는 것은 그가 현장에 나타난다는 사실을 이미 알고 있었다는 것이다. 해뜨기 전에 움막마을로 돌아오겠다고 약속하고 여리고 길을 떠나지 않았던가? 하얀리본의 마지막 모임 자리에 배신자도 천연덕스레 앉아 있었다고 생각하니 도저히 믿고 싶지 않았다. 태어난 때와 장소는 달라도 한날한시에 한자리에서 함께 죽자고 굳게 맹세한 동지들, 죽음도 갈라놓을 수 없는 동지라고 다짐하고 또 다짐했던 하얀리본이었다.

'누구일까?'

'이제 그걸 알아내서 무엇 한담? 부질없는 일!'

'그래도! 누구일 수밖에 없을까?'

죽음보다 더한 고통, 그런 고통을 가슴에 안으면서까지 배신할 수밖에 없는 이유가 있는 동지, 그가 누구일까? 모임에 참석했던 동지 얼굴을 하나하나씩 떠올려 봤다. 누구일까? 누구일 수밖에 없는가? 그러자 한 사람의 얼굴이 떠올랐다. 눈이 유난히 슬퍼 보이던 동지, 그 사람이 틀림없다. 움막집 주인이다. 그는 이번 거사를 준비하기 위해 정보를 모아오는 사람이었다. 혹 모임 자리를 누가 눈치 챌까 봐 걱정할 때 그가 대답했었다.

"왼쪽 집은 지금 비어 있고, 오른쪽 집에는 제 아내의 오빠 되는 사람이 살고 있습니다. 오늘 이 모임 때문에 자리를 비켜주느라 아내와 애들이 그 집에 가 있습니다. 저 떠드는 소리 들리지요? 제 자식놈들과 처남네 자식들은 눈만 뜨면 저렇게 모여 잘 놉니다."

그가 하는 얘기를 그냥 흘려들었다. 그에게는 아내와 자식이 있고, 옆집에는 그의 처남이 살고 있었다. 그에게는 가족이 딸려 있었다. 그 말고 다른 동지들에게는 결사를 배신하면서까지 지켜야 할 만큼 귀중한 것은 아무것도 남아 있지 않았다.

더구나 하얀리본은 그에게 성안 정보를 얻어 오는 일을 맡겼었다. 정보를 얻어 오려면 언제나 상대방의 정보망과 선을 대고 있어야 한다. 그저 돌아다니며 얻어들은 정보, 아무라도 손에 넣을 수 있는 내용은 정보가 아니다. 잘해야 첩보다. 그런 첩보를 모아 정리하고 가공해서 정보로 만들려면 그 부분에서 일하는 사람의 도움이 필요하다. 움막집 주인이 가져오는 정보가 상당히 정리된 수준이고 믿을 만했다는 말을 바라바에게서 들은 적이 있었다. 그는 분명 성전이 운영하는 정보망에 선이 닿았음에 틀림없었다. 그때 주의하지 못했으니 그건 히스기야와 바라바의 잘못이었다.

모든 것이 분명해졌다. 움막집 주인, 그 사람의 슬픈 눈이 자꾸 떠오르고 연민마저 생겼다.

'무슨 사연이 있었을까?'

'가족 때문이었겠지.'

'애들 때문이었을까?'

'까만 눈을 반짝이는 자식들이 굶고 있었겠지.'

'아내에게는 말했을까?'

'아니겠지.'

'그래서 그 동지의 눈이 그렇게 슬퍼 보였나?'

동지들이 그 불 속을 헤치고 빠져나가지 못했다면 곧 그들을 감옥에서 만나게 되리라. 시작하기도 전에 줄줄이 묶인 동지들을 고문실에서 만나는 일은 생각만으로도 괴로운 일이다. 그는 그 모든 일이 자기 잘못처럼 생각됐다. 예수를 설득하러 간다고 자리를 비운 일이 후회됐다. 무슨 일이 생기면 어떻게 하냐고 걱정하던 바라바의 말이 이제 생각하니 옳았다. 알아서 처리하라고 그에게 맡기고 떠난 일이 잘못이었다. 침착하고 현명한 사람이지만 위기에 처했을 때 과감하게 뚫고 나갈 만큼 용맹스럽거나 순발력이 뛰어난 사람은 아니었다.

이투레아, 눈 덮인 산에서 있었던 일이 다시 떠올랐다. 현인은 소리 없이 몸 뒤로 다가오고 있었고, 히스기야는 그걸 알아채고 이미 대응할 준비를 하고 있었다.

"눈앞을 조심해라!"

현인이 말했다.

"뒤를 공격하는 사람 아니고요? 선생님이 다가오시는 것을 알고 대비하고 있었습니다."

"그 정도의 수련을 했으니 이제 아무도 소리 없이 네 뒤로 다가서지 못할 것이다. 그러나 명심해라! 너를 공격할 수 있는 사람은 사전에 네 눈으로 볼 수 있고, 그 소리를 들을 수 있고, 가까이서 냄새를 맡을 수 있던 사람이다. 그들이 바로 눈앞에서 접근하는 사람이다. 네가 접근을 허락한 사람이다."

"결국 그 말씀은?"

"그래. 공격자는 언제나 네 눈앞에 있다. 다만 알아보지 못했을 뿐이다."

현인의 그 말이 맞았다. 움막마을 그 모임에 공격자의 끄나풀이 뻗쳐 있었다. 알아보지 못했을 뿐이었다. 그런 생각이 들자 날카로운 칼로 가슴을 그어 댄 듯 상처가 생기고 그 상처를 따라 회한과 아픔의 피가 줄줄 흐르기 시작했다. 그러더니 누가 가슴을 열고 심장을 꺼내 날카로운 칼로 자근자근 저미고 찌르고 쑤시는 듯 아팠다. 소홀했음이 움막주인에게, 나아가 성전에게 앞문을 열어준 셈이었다.

시간이 많이 흘렀는데도 아무 기척이 없다. 웬일인지 자꾸 눈 덮였던 산이 생각났다. 옷자락을 펄럭이며 눈 위에 서서 히스기야를 말없이 배웅하던 현인이 생각났다.

"겨우 여기까지인가?"

나사렛 집을 떠날 때, 그 언덕을 내려오며 결코 눈물을 흘리지 않으리라 단단히 마음먹고, 그 이후 이 악물고 살았다. 가슴으로 바람을 맞받아가며 헤맸던 그날들이 어둠 속으로 사라지고 있다. 세포리스 성 앞 언덕, 십자가에 매달린 아버지가 보였다. 아버지는 눈을 크게 뜨고 그를 바라보고 있다. 그 눈이 하려는 말을 알아들을 수 없어 답답했다.

큰 뜻을 품고 하얀리본을 조직해서 갈릴리로, 유대 지방으로 돌아다녔던 일이 눈앞에서 부질없이 스러지고 있었다. 사람들이 하얀리본을 도적떼, 강도떼라고 부른다지만, 어떤 사람들은 좋은 뜻에서 의적義賊이라고도 부른다지만 하얀리본은 스스로 도적이나 강도라고 생각한 적이 없었다. 먹고살자고 하얀리본을 조직한 것이 아니었고, 단지 먹고살기 힘들다고 가입한 동지도 없었다. 하얀리본 전체 세력은 천여 명 가까이 되지만, 처음부터 같이 활동했던 핵심 동지 20명은 모두 삶의 가장 끝에서 스스로를 돌이킨 사람들이었다. 오늘 당장 삶을 내려놓고 떠나더라도 힘들게 끌고 살아온 몸뚱이 하나밖에 남겨 놓을 것 없는 사람들이다.

하얀리본은 한 마을에서 빼앗은 재물을 다른 마을로 옮기는 법이 없었다. 그 마을에서 가장 어려운 사람, 굶어 죽을 수밖에 없는 절박한 사람을 찾아내 꾸러미나 곡식 자루를 몰래 내려놓고 떠났다. 하얀 나비가 날개를 활짝 펴고 앉은 듯, 곱게 접은 리본을 꾸러미에 매달아 놓았다. 아침에 일어나 문 밖에 놓인 곡식자루를 발견한 사람이 그들을 '하얀 리본을 매단 의적'이라고 처음 부른 후, 사람들은 그 말을 따라 히스기야 무리를 '하얀리본'이라고 불렀다. 하얀 리본이 매인 꾸러미가 집 앞에 놓여 있다는 말은 그 마을 어떤 집이 털렸다는 얘기였다. 그렇게 표지를 남겨 놓는 것은 결사를 자랑하기 위함이 아니었다. 털린 사람이나 꾸러미를 받은 사람에게 남겨 놓는 신호, 지켜보는 사람이 있다는 신호였다. 누가 지켜본다는 말에 신이 나는 사람이 있고, 두려운 사람도 있었다.

"지난밤에 마을에 하얀리본이 들었대요."

"어떤 집이 털렸는지 알겠구먼."

"이제 좀 정신을 차리겠지요?"

"무섭겠지. 두렵겠지."

하얀리본이 빼앗은 재물을 그 지방 사람들에게 흩어 나눠주는 가장 큰 이유는 그것이 원래 그들의 재물이기 때문이었다. 먹고살아야 할 식량을 약탈한 귀족이나 토호, 관리들에게서 다시 찾아 빼앗긴 사람들에게 돌려준다는 것이 하얀리본의 생각이었다. 그러다 보니 또 하나 커다란 이점이 있었다. 하얀리본 결사를 가능한 한 가볍게 운영하겠다는 처음 방침과 맞았다. 원래 하얀리본은 위갈릴리와 이투레아 접경 북쪽 산속에 정해 둔 연락처를 빼 놓고는 어느 지방에도 근거지를 마련하지 않았다. 근거지를 정해 둔다는 말은 스스로 몸을 위험에 매어 두는 일과 같았다. 필요하면 하루 이내에 다른 지방이나 더 깊은 곳으로 옮겨갈 수 있을 만큼 행장이 가벼워야 했다. 재물이나 곡식을 털어 어느 한 곳에 모으는 일은 몸을 무겁게 하는 어리석은 짓이라고 생각했다. 그 지방에서 턴 재물은 그 지방에 골고루 흩어 나누어 주고 바람같이 떠나는 것이 가장 좋은 방법이었다.

하얀리본이 주로 공격하는 표적은 도시 부자들이 지방 성읍이나 농촌마을에 보유한 장원이었다. 이 땅 저 땅 탐욕스럽게 합치고 끌어모은 지주들은 유대 지방에서는 예루살렘과 엠마오와 여리고, 갈릴리 지방에서는 세포리스와 티베리아스처럼 큰 도시에 살면서 주변 성읍이나 마을에 커다란 장원을 마련했다. 장원이야말로 귀족이나 부자들, 궁성의 관리들, 성전의 대제사장 가문 사람이나 제사장이 큰 도시에서 명예를 즐기며 떵떵거리고 살 수 있는 부의 원천이었다. 그들은 큰 도시에서 귀족, 지배자, 세력가 그리고 다른 부자들끼리 사귀며 정보를 교환하고, 장원에는 1년에 몇 번 내려와 머무르며 빚놀이를 했다. 예루살렘 주변 백 리 이내에 그런 장원이 수십 군데, 갈릴리 티베리아스와 세포리스 주변에도 각각 열 군데가 넘었다.

대제사장을 지냈던 안나스의 이즈르엘 장원도 그중 하나였다. 이즈르엘은 두 산줄기 사이에 동서로 길게 뻗어 있는 골짜기지만 워낙 골짜기가 크고 넓어 사람들이 '이즈르엘 들판'이라고도 불렀다. 서쪽은 좁고 동쪽으로 퍼져 나가다가 그 끝에서 양 갈래로 나뉜, 마치 화살촉같이 생긴 지형이다. 들판 남쪽 끝에는 사마리아 지방에 속하는 오래된 옛 도시 므깃도와 이즈르엘이 있고, 북쪽은 아래갈릴리에 속했다. 대제사장 가야바의 장인이며 오랫동안 대제사장을 지냈던 안나스는 일찍부터 그 이즈르엘 들판 북쪽에 꽤 넓은 토지를 가지고 있었다. 이즈르엘 토지는 예전부터 대부분 헤롯왕의 왕실재산으로 편입되었고, 나머지 땅은 예루살렘 귀족이나 대제사장 가문 그리고 제사장, 그들의 앞잡이들이 차지했다. 갈릴리 분봉왕도 꽤 넓은 토지를 움켜쥐고 있었다.

안나스의 이즈르엘 큰 장원을 하얀리본이 솜씨 좋게 털었다. 느닷없이 들이닥쳐 장원을 관리하는 집사와 가솔 그리고 부하들을 가볍게 제압했다.

"아이구, 대인, 대인! 그저 목숨만 살려 주십시오."

"대인이라니, 우리가 무슨 대인? 딴소리 말고 곳간 문을 열어라."

"죄송합니다, 대인. 곳간 열쇠를 가진 사람이 마침 집 안에 없습니다. 일이 있어 멀리 출타 중입니다."

"그래? 그러면 할 수 없군. 곳간만 털어가려고 했더니 안 되겠군. 어이, 동지들! 이 집을 즉시 불 질러 태우시오. 어차피 밀 한 자루도 못 가져갈 바에는 몽땅 불살라 버립시다."

히스기야의 명령에 동지들이 금방 불을 지를 준비를 시작했다. 한 사람이 성큼 방안으로 들어가더니 불이 켜져 있는 등을 들고 나왔다. 그리고 한 사람은 덜덜 떠는 하녀를 앞세워 기름 항아리를 찾아왔다. 그러자 또 한 사람이 나서서 가장 불이 잘 붙을 장소를 지목했다.

"여기, 그리고 저기. 저쪽 바깥채는 주로 나무로 지었으니 그쪽부터 불을 지릅시다. 한쪽이 타기 시작하면 이곳저곳으로 옮겨 붙이면 돼요."

동지들은 여러 번 집을 불태운 경험이 있는 사람처럼 척척 손발을 맞추었다. 집사는 금방 얼굴이 하얗게 변하더니 항복했다.

"대인. 제발 불은 지르지 마십시오. 제가 예비로 만들어 둔 열쇠가 있습니다. 당장 찾아오겠습니다."

"진즉 그럴 일이지!"

"대인, 몽땅 가져가지 마시고 다만 얼마라도 남겨 주십시오. 아니, 얼마 말고, 그냥 반만 가져가시고 반은 남겨주시면 감사하겠습니다."

히스기야는 속으로 웃음이 나왔다. 집사의 말이 정말 제정신으로 하는 말 같지 않았다. 목숨만 살려달라고 빌다가, 얼마만이라도 가솔들 식량을 남겨달라고 사정하다가, 이제는 반은 남겨달라고 사정했다. 아마 눈을 부릅뜬 안나스의 무서운 얼굴이 떠올랐기 때문이었으리라.

"원래 우리는 그렇게 사정하면 10에 2는 남겨두는 사람들이오. 그래야 굶지 않고 지낼 수 있을 테니까. 당신이 하도 그렇게 간절하게 사정하니 10에 3을 남겨 두겠소."

그렇게 곳간을 털어 그 동네 가난한 사람들에게 골고루 나눠주고 떠났다. 곡식자루를 받은 사람들은 곱게 접혀 매달려 있는 하얀 리본을 보면서 가뭄에 단비라도 내린 듯 눈이 번하게 떠졌다. 몇 달은 몰라도 최소한 한 달이나 두 달은 버틸 양식이었다. 그 사람들로서는 최근에 지녀본 중 가장 많은 양식이었다.

다음 날, 장원에서 나온 사람들이 콕 짚어 찾아왔다. 그들도 눈치가 있어서 하얀리본의 도움을 받았음직한 사람들을 틀림없이 찾아냈다.

"받았지요?"

다짜고짜 묻는 장원 집사 눈을 제대로 받아 넘길 수 있는 사람은 없었다. 그는 더 길게 묻지 않았다. 그저 한마디면 족했다.

"받았지요?"

아니면 찍어 누르듯 반말로 물었다.

"자네, 받았지?"

하루가 채 지나가기 전에 집사는 하얀리본이 빼앗아 나누어준 곡식을 거의 모두 다시 거둬들였다. 아무 일 없었던 듯 시침 뚝 떼면 예루살렘에 살고 있는 안나스는 그런 일이 있었다는 것을 알 턱이 없었다. 집사는 가슴을 쓸어내리며 안심했다.

그날 밤, 하얀리본이 다시 장원에 들이닥쳤다. 거칠게 대문을 부수고 들어오더니 아무 말도 하지 않고 나무로 지은 집에 대뜸 불을 질렀다. 지난밤만 해도 집사와 곧잘 말을 주고받던 히스기야는 그저 짧은 명령과 간단한 수신호만으로 무리를 지휘했다. 무리들 중 아무도 무엇을 묻거나 더듬거리지 않고 척척 한 사람이 움직이듯 움직였다.

"대인, 대인, 살려주십시오."

"우리는 사람을 죽이지 않소."

"대인, 잘못했습니다."

"무얼?"

"도로 거둬들인 것 말씀입니다."

"알기는 아는구먼."

"대인, 대인!"

"그 입 다무시오!"

"대인! 그저 조그만 ….."

"시끄럽소! 정말 큰일 당하고 싶소?"

하얀리본은 순식간에 곳간에 있는 모든 곡식을 끌어냈다. 집 안 하인들과 가솔들은 불끄기에 정신이 없었다. 어디에서 끌고 왔는지 나귀도 열 마리가 넘었고, 무리는 늘 하던 일 한다는 것처럼 나귀마다 짐을 가득가득 실었다. 나귀 한 마리에 제대로 짐을 실으면 보통 장정 두세 사람이 짊어질 만큼 실을 수 있는 법이었다. 어지간히 곡식을 실어내자 짧은 칼에 하얀 리본을 매달아 곳간 문에 콱 박아 놓고 바람처럼 사라졌다.

그 밤 안으로 부근 마을 가난한 사람들 집에 다시 곡식자루가 나뉘어졌음은 물론이고, 그 자루마다 하얀 리본이 매달려 있었다. 다음 날 아침 집 앞에 다시 놓인 곡식자루를 발견한 사람들은 안나스의 집사가 쫓아올까 봐 자루를 집에 들이지 않고 하루를 지켜보았다. 그다음 날에도 장원에서는 아무런 움직임이 없었다. 그제야 사람들은 곡식자루를 열고 한 되, 두 되 곡식을 퍼서 먹다가 아예 자루를 집 안으로 들였다.

하얀리본은 자기들이 나누어준 곡식을 다시 거두어 간 집은 반드시 다시 털었다. 그리고 그건 법이 되었다. 한번 털렸으면 그것으로 그만, 잊어야 했다. 그 이후부터 자루를 받은 사람들은 다른 사람 눈에 띄기 전에 얼른 집에 들여 고맙게 양식으로 삼았다.

유대 광야에서 예수와 함께 수행하던 히스기야는 혼자 광야를 떠났다. 그리고 3년 반 동안에 하얀리본을 조직하고 급격하게 키울 수 있었다. 하얀리본 결사에 가입하고 싶어 하는 사람들은 각양각색 많았지만 동기는 거의 비슷했다. 농토를 잃고 떠돌이로 살아가는 사람들 중 적은 숫자만 받아들였는데도 전체 인원은 어림잡아 천 명 가까이 되었다. 하얀리본의 목표는 군대를 조직하자는 것이 아니었기 때문에 중무장할 필요가 없었다. 그저 자기 자신을 보호하고 상대를 제압할 수 있을 정도면 충분했다. 더구나 털고 빼앗은 재물이나 곡식은 언제나 그 지방 사람들에게 나누어 주었기 때문에 혹 숨은 조직원이라고 의심받을 만한 사람이 한동네에 살더라도 주민들이 쉬쉬하며 감춰줬다.

하얀리본에서는 결코 한 번에 전체 인원을 동원하여 일을 치르지 않았다. 무리무리, 많게는 사오십 명, 적게는 열두어 명의 인원만으로도 웬만한 '잔치'는 벌일 수 있었다. 그들은 부잣집이나 관리의 집을 습격해서 훔치고 빼앗는 일을 '잔치'라고 불렀다. 어느 지방에서나 며칠만 준비하면 그만한 숫자의 동지를 충분히 동원할 수 있었다.

유대와 사마리아, 갈릴리, 베뢰아 등 지방의 경계를 넘나들며 일을 치르는 동지가 얼마쯤 있고, 날품팔이 일꾼으로 도시에서 어슬렁거리며 지내다가 번개처럼 합류했다 흩어지는 사람들이 얼마쯤 있고, 농촌이나 갈릴리 호숫가 어촌에서 품꾼으로 일하면서 때때로 그 지방에서 벌어지는 잔치에 참여하는 사람들이 얼마쯤 되었다. 내 것, 내 형제의 것, 내 이웃의 것을 되찾는다는 생각이었기 때문에 도적이 되어 부끄럽다는 생각은 전혀 없었다. 잔칫날은 도적질, 강도질 하는 날이 아니라 억울함을 푸는 날, 빼앗긴 것을 되찾는 날, 말 그대로 잔치를 벌이는 날이었다.

하얀리본은 한 번도 사람을 살해하지 않았다. 사람을 죽이지 않았다는 말은 특별한 의미가 있었다. 아무도 하얀리본 조직이 덮쳤을 때 반항할 엄두를 내지 못했다는 뜻이었다. 조직의 엄정한 기율이 로마 군보다 더 세고 분명했다고 하얀리본에게 당한 사람들이 한결같이 말했다. 갑자기 들이닥쳐서는 마치 제집 곳간에서 식량 실어내듯, 지휘자의 수신호에 맞추어 척척 싣고 떠나는 것을 보면, 자기 재산을 빼앗기면서도 아무 말 못하고 벌린 입을 다물 수 없었다고 말하는 사람도 있었다.

짧은 시일 안에 하얀리본이 그만큼 조직을 키울 수 있었던 데는 바라바의 역할이 대단히 컸다. 히스기야가 조직 전체를 이끌고 큰 걸음을 걷는다면, 조직을 운영하는 일은 전적으로 바라바에게 맡겼기 때문이다. 그는 대단히 침착하고 사려 깊고 지혜로운 사람이다. 결사 안에서 글을 읽고 쓸 줄 아는 거의 유일한 사람이다.

바라바는 예루살렘에서 북쪽으로 얼마 떨어지지 않은 마을, 그러니까 예루살렘에서 북쪽 벤엘로 가는 길에 있는 마을에서 헤롯이 죽던 해에 바리새파 학생의 유복자로 태어났다. 아버지는 당시 유대에서 가장 유명한 바리새파 선생 마티아스의 제자였다. 결혼한 지 1년도 채 안된 새 신랑이어서 다른 제자들이 그를 빼주려고 했는데도 그는 자청해서 예루살렘 성전 정문 위로 올라갔다. 그리고 도끼를 휘둘러 헤롯왕이 성전 문 위에 걸어 놓은 커다란 황금독수리 상을 직접 찍어 내렸다. 그 일로 40여 명이 붙잡혀 헤롯 왕 앞으로 끌려갔다.

병이 깊어 죽을 날이 얼마 남지 않았던 헤롯은 노발대발, 마지막 힘을 다해 바리새파 선생들과 제자들을 심문했다.

"말하라! 누가 너희들에게 그 일을 시켰느냐?"

"허허! 영감! 야훼 하느님께서 시키셨소!"

헤롯은 격노하여 고래고래 소리를 지르며 눈을 희번덕거렸다.

"저놈들을 모두 불에 태워 죽여라! 황금독수리 상을 찍어 내려 불태 웠으니 저놈들과 저놈들을 선동한 선생 유다와 마티아스 두 놈도 함께 산 채로 불태워 죽여라!"

성문에 직접 올라가 독수리 상을 찍어 내린 바라바의 아버지와 몇 명, 그리고 두 선생은 산 채로 화형을 당했고, 함께 붙잡혔던 40여 명 중에서 나머지는 감옥에 갇혔다.

아버지가 처형되던 해에 태어난 바라바는 예루살렘 성안에 사는 큰 아버지 밑에서 자랐다. 큰아버지도 바리새파 사람이었다. 그는 하나 밖에 없는 동생의 혈육을 맡아 정성으로 가르치고 길렀다.

큰아버지에게 절하고 떠나던 날. 바라바는 한시도 그날을 잊지 않 았다.

"애야! 이제 내가 너를 더 이상 내 우리 안에 가두어둘 수 없구나!"

"큰아버님! 그동안 기르시고 가르쳐주셔서 그 은혜 한이 없습니다. 죽을 때까지 잊지 않겠습니다."

"네가 나를 아비처럼 잘 따라주어 고맙다."

사촌형이 바라바를 만류하며 붙잡았다. 바라바보다 다섯 살 위였 고, 어떤 일에서든 어디에서든 바라바를 돌보고 편을 들어주던 형이 었다.

"바라바, 떠나지 말고 우리와 계속 같이 지내자! 내가 성전에 네 일 자리를 알아보마."

"애야! 바라바를 놓아주어라! 사자 새끼가 너무 오랫동안 우리 속에 갇혀 자랐다. 바라바야! 네가 단 한 번에 세상을 바꿀 수는 없을 게다. 그러나 너 같은 사람이 끊어지지 않고 계속 뒤이어 나온다면 언젠가 세상이 바뀌지 않겠느냐? 한 가지만 약속해 다오. 언제나 어디서나 야훼 하느님을 잊지 말고 공경하며 섬겨라!"

"예, 큰아버님!"

"왜 내가 네 이름을 '바라바'라고 지었는지 잊지 말아라!"

"예! 큰아버님. 바라바, '아버지의 아들'이라는 그 이름을 통하여 아버지를 잊지 말라는 뜻을 압니다. 제가 어찌 그날 그 일을 잊을 수 있겠습니까?"

"그래! 야훼께서 널 보호하시고 인도하실 게다. 그리고 네 아비의 장한 뜻이 네 몸속에 흐르고 있으니 어려움에 굴하지 말고 살아가거라. 바라바! 그래, 떠나라!"

큰아버지는 바라바가 살아갈 험난한 날을 예상하고 있었다. 우리를 벗어난 사자가 유대 땅을 누비고 이스라엘의 강과 산을 헤매는 모습을 내다보았다. 외로움은 어떠할 것이며 배고픔은 얼마나 클 것인가. 결국 어느 날 어딘가에서 마지막 날을 맞이하면서 하늘을 우러러 바라바를 미리 보았다. 어떤 어려움을 겪더라도 야훼 하느님으로부터 멀어지지 않는 사람이 되길 바랐다.

"애야! 이걸 받아라! 그리고 지켜라!"

"예, 큰아버님!"

바라바는 큰아버지가 건네주는 것을 두 손으로 공손히 받았다.

"옛날, 북왕국의 예언자 아모스가 남긴 글이니라. 네 아버지가 손으로 베껴 가지고 읽고 또 읽었다. 닳고 닳아 해어진 그 양피지 두루마리를 내가 가슴에 품고 얼마나 눈물을 흘렸던고! 네 아버지는 내 동생이었지만 나보다 큰 사람이었다. 나는 지킬 것이 많아 동생의 뒤를 따르지 못했다. 늘 그것을 부끄럽게 여기며 살았다. 성전을 들어가고 나오며 수없이 두 눈으로 보았던 황금독수리 상을 찍어 내려 불태운 내 동생, 자랑스러운 동생의 그릇을 나는 너에게서 보았다."

바라바는 어머니에 대하여 한마디도 남기지 않았다. 그마저 떠나면 어머니는 오갈 데 없고 의지할 곳 없는 홀로 남은 여인이 될 것이었다. 그 뜻을 살핀 큰아버지가 약속했다.

"애야! 네 어머니 걱정은 하지 마라. 네 사촌형이 이제부터 아들이 모시듯 네 어머니를 돌볼 것이다. 어디에서도 여자로서 수치를 지키고 살 수 있도록 나와 네 형이 돌볼 것이다. 지아비를 불 속에서 잃은 유대의 여인이 하나밖에 없는 아들을 유대 광야에 내보내는데, 그 뒷일은 내가 맡으마."

"예!"

그건 여인의 운명, 유대의 운명, 이스라엘의 길이었다.

바라바는 갈릴리 호수 동북쪽에 있는 가말라로 갔다. 사람들이 갈릴리의 유다라고도 불렀던 가말라의 유다와 바리새인 사독을 생각해 냈기 때문이었다. 27년 전에 그들이 이끌었던 민중봉기 세력이 혹 남아 있는지 가말라와 주변 마을을 샅샅이 뒤졌다. 모두 사라지고 아무도 없었다. 심지어 사람들은 그 일을 떠올리는 일마저 두려워하며 입을 다물었다.

실망하여 어깨를 늘어뜨리고 커다란 나무 밑에 앉아 있는 그에게 나무 그림자 반대쪽에서 쉬고 있던 히스기야가 말을 걸었다.

"길은 멀고 하늘에는 구름 한 점 없으니 나무 그늘밖에 찾아들 곳이 없군요."

"나무 그늘이라도 고맙지요."

"나는 이투레아에서 내려온 히스기야라고 합니다. 원래 갈릴리 사람이었지요."

"나는 유대 사람, 아니 떠돌아다니는 바라바입니다."

"허허! 떠돌기는 마찬가지네요."

"그렇군요."

그렇게 주거니 받거니 인사하고 얘기를 나누다 보니 두 사람의 과거가 놀랄 만큼 비슷했다. 나이도 같았다. 한낮이라 그런지 나무 밑에 다른 사람이 아무도 없어서 둘은 오래오래 얘기를 나눌 수 있었다.

바라바가 보기에 히스기야는 당당한 남자였다. 히스기야는 몸으로 겪는 거친 훈련을 모두 이겨낸 사람으로 보였다. 히스기야의 눈은 불타는 듯 이글거렸지만 때로는 허허로워 보였다. 가말라에서 벳새다까지 같이 걸었다. 둘이 얘기를 나누면 나눌수록 마치 잃었던 쌍둥이 형제를 만난 듯, 따로 떨어져 헤매던 자기의 다른 반쪽을 만난 듯 서로 상대를 찾고 있었다는 생각마저 들었다.

따지고 보면 기구한 운명이었지만 히스기야와 바라바는 만나야 할 사람끼리 만난 셈이었다. 로마군에 의해 산 채로 십자가 처형을 당한 유다의 아들 나사렛의 히스기야, 로마가 임명한 이스라엘의 왕에 의해 산 채로 화형을 당한 바리새파 학생의 아들 바라바, 그 두 사람이 세상을 떠돌다가 30년 후에 만나 동지가 되었고, 하얀리본 결사를 조직했다.

세상을 뒤엎자고, 아비의 한을 풀자고, 평생을 눈물 흘리며 살았던 어미의 마음을 어루만져 주자고, 하느님의 백성이 다시는 그런 끔찍한 일을 속절없이 당하며 살지 않도록 하겠다고 결심한 두 사내는 함께 목숨을 걸기로 했다. 그때까지 살아온 날과 땅은 달랐어도 한날 한시에 같이 죽기로 맹세했다. 죽는 날과 죽는 장소는 자기들이 스스로 결정할 수 있다고 믿었기 때문이었다. 그것이 사람에게 주어진 권리라고 믿었다. 죽는 그날까지 서로 잡은 손을 끝까지 놓지 않기로 했다. 온 천지를 덮은 흙탕물에 휩쓸려 빠지더라도 포기하지 말고 건너편까지 손잡고 헤엄쳐 건너가자고 약속했다.

두 사람은 그렇게 맹세하고 하늘을 보고 울다 웃다, 목이 쉬도록 고함을 지르다 서로 끌어안고 서럽게 울었다. 서로 목을 엇걸고 울었다. 등을 쓸어주며 울었다. 아비 없이 살았던 날들, 서쪽 하늘에 저물어 가는 해를 보면서 돌아갈 곳 없어 그저 땅에 주저앉아 울던 날들, 푸른 달밤 벌판에 울려 퍼지는 늑대 울음소리를 들으면서 시린 가슴을 끌어안고 스스로 위로하던 날들, 그 모든 것을 걸고 울었다. 그 모든 것을 떠나보내기로 하고 울었다.

벳새다 마을 뒤 언덕에서 바라바의 제안으로 단을 쌓았다. 불살라 제사드릴 제물은 마련하지 못했어도 포도주 한 자루를 제단에 모두 쏟아 붓고 죽음을 같이하자고 둘은 굳게 맹세했다. 그 이후, 히스기야는 하얀리본 결사의 살림을 모두 바라바에게 맡겼다. 그는 글을 읽고 쓸 줄도 알고 이스라엘의 법과 계명을 배우고 익힌 사람이기 때문이었다.

그때는 히스기야가 유대 광야에 예수를 홀로 남겨 놓고 떠난 지 얼마 안 되는 때였다. 그는 해야 할 일은 많고, 눈앞에는 온 세상이 무너지고 있는데 광야 동굴에 들어앉아 수행만 하는 일이 의미 없다고 생각해서 떠났었다. 그리고 광야를 벗어난 히스기야는 예수를 떠나 바라바를 만났다.

나귀를 탄 구원자

예루살렘으로 올라가는 예수를 배웅하려고 삭개오와 여리고 사람들이 성문 밖까지 따라 나왔다. 예수는 그들의 손을 맞잡고 오래오래 다정하게 인사했다. 삭개오의 집 여자 하인들도 사람들 눈을 피하지 않고 굳이 성문까지 쫓아오며 아쉬워했다. 유월절을 맞아 예루살렘에 가려고 마음먹었던 여리고 사람들까지 일행에 끼었기 때문에 그 숫자가 모두 합치니 50여 명이나 되었다. 예수가 첫날 여리고 성에 들어올 때 다소 뻣뻣하고 거만했던 사람들도 그 며칠 사이에 태도가 많이 바뀌었다. 그중 어떤 사람은 서슴없이 예수를 선생님이라고 부르며 말을 걸었다. 사흘 낮밤이 사람들을 바꾼 셈이다.

"선생님!"

"잘 계시오. 마음 밭에 뿌려진 씨를 돌보시오. 때가 되면 싹이 트리다."

"예, 선생님! 그런데 예루살렘에서 제사드리고 갈릴리 돌아가실 때 여기 다시 들르시겠지요? 그때 다시 뵙겠습니다."

"허허!"

예수는 그 말에 그저 웃었다. 그가 웃으니 사람들은 그러마 약속한 것으로 생각했다. 제사드린 후 다시 오던 길을 걸어 갈릴리로 돌아갈 때 들러 달라고 좋은 뜻으로 얘기를 건넸지만, 그건 예수가 가르쳤던 내용이 아직 그들 마음속에 들어가지 않았다는 말이었다. 그들은 예수도 토라의 가르침대로 유월절 제사를 드리려고 성전에 올라가는 것이라 믿었다.

유대인들이 믿고 따르는 가르침인 토라에 따르면 유대 지방에 사는 모든 유대인은 1년에 세 번씩 제사를 드리러 예루살렘 성전에 올라가야 한다. 갈릴리 지방처럼 멀리 떨어진 곳에 사는 사람은 일 년에 한 번, 이방에 나가서 사는 사람은 일생에 한 번은 꼭 성전에 올라가야 한다. 그건 제사 지내러 성전에 올라간다는 이상의 의미를 가진 중요한 일이었다. 성전에 나가는 일은 사람들이 살던 현장을 떠나 신성의 영역, 신이 구분해준 거룩함의 경계 안으로 들어가는 의식이었다. 성전 길에 오르려면 집을 떠나기 전에 먼저 정결의식을 치러야 했다. 그리고 성전이 있는 예루살렘에 이르는 길 한 걸음 한 걸음이 거룩함으로 나가는 길이었다. 길을 걷는 일이 바로 제사의식의 하나였다. 성전으로 다가간다는 말은 그동안 살았던 일상의 삶에서 신의 영역으로 들어가는 일이었다.

토라의 가르침은 분명했다.

"오직 한 분이신 하느님을 오직 한 곳 예루살렘 성전에서 예배드리고 제사드려야 한다. 모든 사람은 오직 한 가지 가르침 토라에 따라 살아야 한다."

하느님이 거룩한 것처럼 성전이 거룩하고, 성전이 거룩한 것처럼 가르침인 토라도 거룩했다. 토라는 거룩한 것과 거룩하지 않은 것을 분별하는 기준이었다.

성문 밖까지 따라온 여리고 사람들과 헤어져 예루살렘 길에 접어들자 예수는 문득 이스라엘과 이방을 구별하는 가장 커다란 기준으로 토라가 규정한 의식, 할례割禮에 생각이 미쳤다. 종의 몸에 문신하듯, 할례는 하느님이 이스라엘을 내 백성이라고 표시한 기호였다. 거룩해질 수 있다는 자격이었다. 유대 광야에서 수행을 시작하기 훨씬 이전부터 토라에 대하여 깊게 생각했던 것처럼, 하느님의 음성을 듣기 이전부터 예수는 하느님의 기호를 몸에 받은 사람으로 살았다.

할례를 생각하면 나사렛 밤하늘, 별 하나를 어디에 더 이상 끼워 넣을 수 없을 만큼 그렇게 별이 총총한 밤이 생각났다. 그런 밤이면 어머니는 무어라도 먹을 것을 만들어 냈었다. 시원한 바람이 불어오는 기분 좋은 밤, 마당에 펴놓은 밀짚 멍석에 드러누우면 이미 여러 번 아버지에게 들었던 애기를 다시 들려 달라고 졸랐다.

"아버지! 제가 할례받던 날 애기 다시 해주세요."

"그 애기가 좋으냐?"

"예, 정말 좋아요."

"왜?"

"다른 사람들과 마찬가지라는 생각이 들어서요."

그런 소리를 하면 아버지는 예수를 꼭 끌어안았다. 그럴 때, 어머니는 하늘을 올려 보았다. 나이답지 않은 예수를 보며 아버지와 어머니는 소리 없이 한숨을 쉬었다.

토라의 가르침에 따라 아들이 태어나면 모든 아버지는 우선 여드레째 날에 할례의식을 치러야 한다.

'하느님이 또 아브라함에게 이르시되, 그런즉 너는 내 언약을 지키고 네 후손도 대대로 지키라. 너희 중 남자는 다 할례를 받으라. 이것이 나와 너희와 너희 후손 사이에 지킬 내 언약이니라. 너희는 포피를 베어라. 이것이 나와 너희 사이의 언약의 표징이니라. 너희는 대대로 모든 남자는 집에서 난 자나, 또는 너희 자손이 아니라 이방사람에게서 돈으로 산 자를 막론하고 난 지 8일 만에 할례를 받을 것이라. 너희 집에서 난 자든지, 너희 돈으로 산 자든지 할례를 받아야 하리니, 이에 내 언약이 너희 살에 있어 영원한 언약이 되려니와, 할례를 받지 아니한 남자, 곧 그 포피를 베지 아니한 자는 백성 중에서 끊어지리니 그가 내 언약을 배반하였음이니라.'

할례를 받도록 하는 것은 모든 아버지에게는 가장 영광스러우면서도 결코 피할 수 없고 소홀히 할 수 없는 의무였다. 예수도 태어난 지 여드레 만에 다른 사람들처럼 할례의식을 치렀다. 더구나 요셉의 첫아들이라서 예수를 하느님께 바치는 의식도 같이 치렀다. 첫아들은 하느님께 헌신하도록 특별히 구별했다는 말이었다.

"오늘은 날이 유난히 춥네요. 아기가 추울 것 같아 걱정이에요."

"그러게 말이오. 바람까지 부네요. 포대기로 잘 감싸요."

으스스한 겨울 날씨에 요셉도 몸을 떨었다. 사내아이라면 누구나 치르는 의식이지만 마리아는 안고 있던 예수를 걱정스럽게 내려다보았다. 아기는 엄마의 목소리를 기억하는 듯 마리아의 얼굴을 빤히 올려다보았다. 입을 오물오물할 때마다 젖 냄새가 퐁퐁 났다. 태어난 지 여드레가 지나서 이제 제법 눈도 또렷하게 뜨고, 팔다리도 버둥거렸다.

"아가야, 아플 텐데 어쩌나!"

"아기 때 할례해야 한다고 법으로 정해졌으니 …, 하기야 아기 때 하면 살도 잘 아물고, 덜 아플 거요. 어른이라면 얼마나 무섭고 아프겠소?"

"그런데 마을 마당은 바람이 너무 세고 추우니 우리 집 마당에서 하면 어떨까요? 아기가 너무 추울 것 같아서 …. 그리고 날씨도 추운데 장만한 음식을 한데서 먹는 것보다 집 안으로 손님들 모셔 대접하면 좋을 텐데요."

"알았어요. 내가 시몬 삼촌에게 그렇게 말씀드리고 오겠소. 요새 삼촌 건강이 좋지 않으시니 그게 좋을 것 같아요. 추운데 밖에서 수고하시는 것보다 …."

베들레헴 요셉의 집은 세 집이 마당을 가운데 두고 양 옆으로 꺾어져 붙은 'ㄷ자' 형태였고 가운뎃집이 요셉이 마리아를 데리고 와서 사는 집이었다. 한쪽으로는 삼촌 시몬의 집이 있었고, 다른 한쪽에는 동생 크로파가 아내와 아들 셋을 데리고 살았다. 스물몇 집 모여 사는 동네 사람 모두 요셉의 친척이었다.

해가 뜨고 좀 시간이 지난 후 날씨가 어지간히 풀렸다. 너무 추우면 할례를 받기 위해 아랫도리를 내놔야 하는 아기가 고통스러울 수 있었다. 그래도 더운 여름날보다는 피가 잘 멎고 상처도 쉽게 아물 수 있어서 다행이었다.

"쉘라마!"

시몬 삼촌을 비롯하여 사촌과 친척들이 모여들며 인사했다.

"쉘라마!"

요셉도 인사하며 그들을 맞아들였다. 쉘라마라는 말은 서로 평화를 빌어주는 인사였다. 특히 아기의 할례를 치르는 날, 요셉의 첫아들을 하느님께 구별하여 바치는 날 인사로서는 더할 나위 없이 적절했다. 의례적으로 주고받는 인사가 아니고 진심으로 평화를 빌어주는 인사라고, 요셉은 감사하게 생각했다.

좀더 있다가 한 사람, 두 사람 친척들이 거의 다 모였고, 유일하게 친척이 아닌 사람으로 베들레헴에 흘러 들어와 사는 친구도 마당으로 들어섰다. 그는 광주리에 빵 몇 덩어리와 포도주 자루를 담아 들고 왔다.

"고맙네, 이렇게 와준 것도 감사한데 뭘 이렇게까지 신경 쓰시고."

광주리를 받아들며 요셉이 말했다.

"어이, 이 사람. 내가 이 마을에 살면서 자네 집 이런 기쁜 일에 참석 안 한다면 말이 되나? 싸가지 없다고 마을에서 내쫓으려고?"

"어이, 자네! 친구라면서 이렇게 싸가지고 온 것이 싸가지 없는 거여. 오늘은 그냥 와도 되는 날이여!"

"그래도 내가 예전에 살던 데서는 뭐라도 하나씩 가져가더라고."

요셉과 그 친구는 가끔 둘이 짝을 이루어 일을 다니는 사이였다. 일이 없으면 그는 늘 집에서 돌을 쪼아 그릇도 만들고, 물 항아리도 만들었다. 손재주가 아주 좋아 요셉도 다른 마을에 일을 다닐 때면 그 친구에게서 돌그릇을 받아 나귀에 싣고 가서 팔았다.

'베들레헴'이란 말은 원래 '빵 굽는 집'이라는 뜻이다. 어느 마을에나 빵을 굽는 집이야 있는 법인데 마을 이름이 옛날부터 베들레헴으로 불렸다는 것으로 미루어 보아 특별히 빵을 잘 굽는 사람이 살았던 모양이었다. 예루살렘 남쪽에 다윗왕이 태어난 '유대 베들레헴'이 있다. 그래서 다윗왕을 생각하는 사람들은 베들레헴이라고 하면 으레 다윗의 고향 유대 베들레헴을 생각했다. 그러나 이스라엘이 가나안으로 이주하여 열두 지파에게 땅을 나누어 준 기록에도 '갈릴리의 베들레헴'이란 성읍 이름이 나와 있다. 그로 보아 아마 그 무렵에는 주변에 있는 갈릴리 다른 마을보다 갈릴리 베들레헴이 훨씬 더 컸던 모양이라고 갈릴리 사람들은 믿었다.

베들레헴 사람들은 예로부터 돌을 잘 다룬다고 소문이 자자했다. 베들레헴 마을에서 만든 돌 접시, 사발, 조그만 항아리 그리고 곡식을 갈 때 쓰는 맷돌은 으뜸으로 쳐주었다. 베들레헴 사람이라 돌을 잘 다룬다기보다 좋은 돌이 많이 나서 자연히 돌을 다루는 기술이 발전했다고 믿는 사람들도 있었다. 베들레헴은 나사렛보다 바위가 좀 많았지만 경치는 거의 비슷했다. 산이 마을 뒤에 버티고 있고, 그 옆으로 조그만 산이 하나 더 있다. 마치 사발 두 개를 엎어 놓은 듯해 사람들은 여자들 유방 같다고 부르기도 했다. 산자락에서 시작하여 완만한 언덕이 이어지고 그 아래 농사를 지을 수 있는 평지가 펼쳐져 있었다. 아몬드, 석류, 대추야자가 나고, 불그스레한 포도가 생산됐다. 그 포도로 사람들은 포도주를 꽤 많이 담갔다.

사내아이에게 할례를 베푸는 일은 오직 남자들만 참석하여 치르는 의식이라서 마리아는 낄 수 없었다. 그녀는 포대기로 감싼 예수를 요셉에게 넘겨주면서 아기의 이마에 입을 맞췄다.

"아가야, 이제 이스라엘의 남자가 되는 거란다. 아프더라도 참고 이겨내야 한다."

요셉이 아기를 안고 방 밖으로 나갈 때 마리아는 마치 말을 알아듣는 아이에게 말하듯 예수에게 말을 건넸다. 마리아의 안타까운 마음을 아는지 모르는지 요셉은 아침부터 싱글벙글 입을 다물지 못했다. 나이가 서른 살이 됐는데 이제 처음 아들을 얻은 그는 마치 들뜬 어린애 같았다. 첫 아내가 아기를 낳다가 죽은 이후 그는 늘 혼자였다. 동생 크로파가 낳은 아들들의 할례의식에 참석하면서 속으로 무척 부러워했는데 이제 그도 아들 할례의식을 치를 수 있게 되었다.

"어이구, 저 요셉 입 좀 봐. 입이 귀에 걸릴 만큼 쩍 벌어졌네! 허허!"

"아이구, 그러네요. 왜 안 그러겠어요? 얼마나 기다리던 아들인데!"

좀 멋쩍은 듯 요셉이 작은 소리로 말했다.

"뭘, 다른 사람 다 보는 아들인데!"

하느님의 축복을 받을 때까지는 너무 기뻐하면 안 되었다. 전해지는 말로는 너무 기뻐서 어쩔 줄 모르면 나쁜 영靈이 시기를 해서 아기한테 해코지를 한다는 말도 있었다.

"그래, 우선 첫아들이니 하느님께 이 아이를 바치는 의식을 먼저 하겠습니다. 그 다음 하느님의 명령과 전례에 따라 할례를 합시다."

삼촌 시몬이 주변을 정리할 겸 의식을 시작하는 말을 떼었다. 그 말을 듣고 이제까지 떠들썩하게 요셉을 두고 농담하던 사람들이 모두 경건한 자세를 취했다. 두 손을 가지런히 모아 앞으로 내린 사람, 손바닥을 펴서 하늘을 우러르는 사람, 여러 사람이 제각기 자세를 취했다.

집 안에 있던 마리아와 크로파의 아내, 그리고 삼촌 시몬의 아내도 경건한 자세를 취했다. 크로파의 세 아들 중 어린 막내를 빼고 위 두 아들은 호기심 가득한 눈으로 아버지 옆에 나란히 서서 어른들이 취하는 자세를 따라했다. 시몬이 아기를 받아 높이 들었다.

"지극히 높으신 하느님. 세상을 지으시고 궁창穹蒼을 만드시고 해와 달과 별을 만드신 하느님. 이 땅 위에 사람을 지으셔서 번성하라고 축복하신 하느님. 허락하신 축복에 감사하며 요셉의 일가친척이 모여 하느님께 특별한 예를 올립니다."

시몬의 목소리는 떨렸다. 그의 눈에는 요셉이 마리아를 나귀에 태워 나사렛에서 베들레헴 마을로 오던 날의 광경이 눈에 선했다. 요셉이 마리아를 자기 마을로 데려온 것은 이 마을에서 태어나는 아기에게 이스라엘의 혈통을 확인하자는 생각이었다. 나사렛에서는 마리아 가족이 외톨이로 살았지만 베들레헴은 대대로 요셉의 친척 일가가 살았다. 요셉의 삼촌과 형제와 친척들은 어떤 경우에도 요셉의 말을 믿고, 요셉 편에 서서 증인이 되어줄 사람들이었다.

"하느님, 저희에게 내리신 그 명령을 기억합니다. 첫아들을 통하여 내려주시는 은총도 믿습니다. 이제 하느님의 뜻을 받들어 요셉에게 허락하신 첫아들을 하느님께 바칩니다. 이 아이가 어디에 가서 살든 하느님께서 우리 조상 아브라함을 어여삐 여기시고 끝까지 함께 하셨던 것처럼, 이삭과 야곱을 끝까지 보호하시고 인도하셨던 것처럼 이 아이를 인도하소서. 이 아이의 삶을 하느님께서 주관하소서. 그의 걸음을 이끄소서. 하느님께 바쳐진 아이입니다. 하느님께서 합당하게 들어 쓰시옵소서. 하느님께 바쳐진 아이니 그를 통해 하느님의 뜻을 이루소서. 하느님께 바쳐진 아이니 하느님의 영광을 드러내는 일에만 들어 쓰소서."

기도를 마치자 시몬은 아기를 가슴에 폭 안았다. 겹겹이 둘러싼 포대기를 열자, 아기가 드러났다. 버둥거리며 꽉 쥔 주먹을 입에 대고 빨면서 눈을 빤히 뜨고 세상을 바라보는 아기가 드러났다.

"오, 하느님! 이 얼마나 놀라운 기적입니까? 제 손으로 신비를 받아 안을 수 있는 귀한 축복에 감사합니다."

아기를 안고 시몬이 요셉에게 물었다.

"요셉! 아기 이름을 무엇이라고 지을 텐가?"

"예, 예수! 여호수아의 이름을 따라 예수라고 짓겠습니다."

"좋은 이름이네."

시몬은 아기를 머리 위로 높이 들어 올리며 다시 기도했다.

"하느님, 여기 예수가 있사옵니다. 무슨 명령이든 하느님 명령을 예수가 그대로 받들어 따를 것입니다. 좌로나 우로나 치우치지 않고 오직 하느님께서 줄로 금 그어 놓으신 그 길만 걷도록 하소서."

"아멘!"

둘러서 있던 모든 사람이 경건히 머리를 숙이며 '아멘'이라고 화답했다. '아멘'이라는 말은 시몬이 드린 기도가 모두 그대로 이뤄지길 바란다는 기원이었다. 시몬은 예수를 요셉에게 다시 안겨주었다. 팔에 안겨 팔과 다리를 버둥거리는 아기를 내려다보는 요셉의 눈에 눈물이 고이기 시작했다. 그건 첫아들을 보았다는 것 이상의 벅찬 감격 때문이었다.

요셉의 어깨는 가볍게 떨렸다. 마리아의 몸을 통해 지극히 높으신

분의 뜻이 이루어졌듯, 요셉을 통하여 그분은 뜻을 몸으로 만드셨다. 그분이 아내 마리아의 몸을 통해 이루신 일, 요셉 자기에게 맡겨주신 일을 성취하는 귀한 소명이 가슴 벅차게 느껴졌다. 마리아가 읊조리던 노래가 바로 요셉 자신이 하느님께 드리는 찬양일 수밖에 없었다.

할례로 포피를 잘라낼 때 고통이 덜하도록 아기 입에 포도주 몇 방울을 떨어뜨려주었다. 크로파가 하얀 세마포를 헤치고 아기의 아랫도리를 드러냈다. 그리고 조심스럽게 아기 고추 포피를 잡아 늘였다. 시몬이 품에 지니고 있던 날카로운 돌 조각으로 단번에 포피를 잘라냈다. 갑작스러운 아픔에 아기는 자지러지듯 몸을 떨며 울기 시작했다. 마치 준비라도 되어 있었던 듯 그 어린 몸에서 붉은 피, 선명하게 맑은 피가 철철 흘러나왔다. 크로파는 고운 솜으로 그 피를 닦더니 걸쭉한 붉은 포도주와 올리브기름을 섞어 만든 액체를 듬뿍 쏟아 발라주었다. 시몬은 파르르 떠는 고추를 솜으로 꼭꼭 눌러 싸맸다.

크로파는 잘라낸 포피와 시몬이 사용한 돌 조각, 그리고 피 묻은 솜과 천을 모두 조그만 항아리 속에 넣었다. 그리고 마을 밖으로 그 항아리를 들고 나가 비탈 올라가는 길에 땅을 파고 묻었다. 그리고 그는 잔치 자리로 돌아오지 않고 자기 집으로 돌아가 오래오래 손을 씻고 집 안에 머물렀다. 시몬은 솜을 만지고 상처를 싸매주었지만 한 번도 피에 직접 손이 닿지 않았기 때문에 마을의 장로로, 할례의식의 집전자로 잔치에 참가할 수 있었다. 따지고 보면 크로파가 시몬의 부정한 것까지 대신 담당한 것으로 간주하기 때문이었다.

요셉은 고통에 떨며 우는 아기를 안고 방으로 들어갔다. 눈물 가득한 얼굴로 안타까워 안절부절못하던 마리아가 얼른 아기를 안고 돌아

앉았다. 아기가 울 때 어미는 언제나 가슴을 풀어 헤친다. 엄마의 젖을 입에 문 아기는 흑흑 느끼던 울음을 뚝 그치고 마치 젖으로 모든 것을 잊을 수 있는 듯 젖을 빨았다.

"그렇게 할례를 했어요?"

"그럼, 그리고 모여든 모든 친척들이 취하도록 먹고 마시며 밤늦도록 잔치를 벌였단다."

"할례를 하지 않으면 이스라엘 사람이 못되는 거예요?"

"할례는 지극히 높으신 분, 하느님의 명령이다. 할례야말로 이스라엘과 이방을 구분하는 표시란다. 할례는 하느님과 사람이 연결되어 있다는 표시다. 할례를 통하여 하느님께서는 '너는 내 사람이다!'하고 도장을 찍으신 거란다."

"아버지! 제가 이스라엘 사람으로 할례를 받았다는 것은 다행스러운데요, 어찌 보면, 할례를 받지 않아서 이방인이라고 불리는 사람이 불쌍해요."

그럴 때면 나이답지 않게 깊은 생각을 하는 예수가 대견스러운 듯 요셉은 아들의 어깨를 꽉 끌어안았었다.

태어난 지 여드레 만에 이스라엘의 전통에 따라 할례를 받았으니 예수도 다른 사람들과 마찬가지로 이스라엘 사람이다. 그도 다른 사람들과 마찬가지로 할례받은 이스라엘 사람으로 성전에 들기 위해 예루살렘 길에 올랐지만 길을 걷는 뜻은 달랐다.

기억은 늘 서로 연결되어 있다. 한 기억은 다른 기억을 끌어내고 저 기억은 이 기억을 건져 올린다. 때로 기억은 시간과 연결되어 있다.

장소도 마찬가지로 어떤 시간이나 사건을 떠오르게 만드는 장치다. 예수는 오르막길을 만나면 나사렛 집으로 올라가는 언덕길이 눈에 선했고, 내리막길을 걷다 보면 나사렛 집을 나와 언덕을 걸어 내려가던 생각이 났다. 아침이 되면 나사렛 마을의 아침 무렵 풍경이 떠올랐다. 집이라는 말을 들으면 언제나 아버지 어머니와 살았던 나사렛 집이 떠올랐다.

예수네 집은 언덕마을 나사렛에서도 제일 위쪽에 따로 떨어져 있었다. 뒤편의 돌 절벽에 잇대어 지은 집이었다. 마치 언덕이 갑자기 푹 꺼진 듯 집 높이 두 배쯤 높이로 깎인 절벽은 여러 가지로 쓸모가 많았다. 돌 절벽에 두 개의 동굴이 평평하게 안으로 뻗어 있었다. 하나는 장정 걸음으로 열 걸음 정도 길이였지만 높이가 낮았고, 하나는 다섯 걸음 정도로 길이는 짧았지만 입구가 사람 키보다 높았다. 입구가 높은 동굴은 요셉이 일하러 다닐 때 쓰는 연장들을 보관하는 곳으로 썼고, 길고 낮은 동굴에는 어머니 마리아가 살림살이를 넣어두었다. 동굴 안은 늘 시원하고 선선해서 음식물, 곡식, 과일 등을 넣어 두면 상하지 않고 오래 보관할 수 있다고 어머니가 은근히 자랑하곤 했다. 아주 더운 여름날이면 동굴 입구에 멍석을 깔고 앉아 있을 수 있었다. 그 동굴 안에서 웬일인지 시원한 바람이 불어 나오는데 그렇게 좋을 수가 없었다.
나사렛에서는 늘 이른 아침부터 들리는 새 소리가 잠을 깨웠다. 아버지와 예수는 누가 먼저라고 말할 것 없이 늘 거의 동시에 잠자리에서 일어났다. 눈이 마주치면 아버지는 씩 웃었다. 어머니는 언제나 먼저 일어나 마당에서 무언가 먹을거리를 준비하고 있었다. 나란히 마당으로 내려오는 아버지와 아들을 보면서 그녀는 쿡쿡 웃었다.

"너는 어쩌면 잠자는 것까지 그렇게 아버지를 꼭 빼다 박았니?"

"아버지 아들인데 어디 다르겠어요?"

그럴 때면 요셉은 예수의 어깨를 꼭 끌어안고 장난스럽게 흔들어댔다. 그리고는 등을 툭툭 치면서 말했다.

"자아! 예수야, 오늘도 힘차게 움직여 보자!"

세포리스 공사장에 제때 도착하려면 해가 뜨자마자 집을 나서야 했다. 일 나가는 아버지와 요셉에게 어머니는 꼭 무어라도 아침을 먹고 나가도록 준비해주었다. 대개 딱딱한 빵 몇 조각을 올리브기름에 찍어 먹는 것이 전부였지만 때로는 어머니가 정성스레 말린 무화과 열매도 곁들였다. 무화과를 아삭아삭 오래 씹어 조금씩 삼키는 그 맛을 예수는 참 좋아했다. 작은 씨가 톡톡 씹히면서 무언가 입안을 시원하게 해주는 것처럼 느껴졌다.

그때만 해도 아직 나귀를 팔기 전이었다. 일을 나갈 때면 언제나 예수가 나귀를 맡아 끌고 다녔다. 언덕을 조금 내려가면 히스기야가 집 앞에 먼저 나와 기다렸다. 아버지는 히스기야 어깨를 한번 부드럽게 감싸 안아 흔들어주고는 성큼성큼 앞장서서 걸어 내려갔다. 히스기야는 자기 연장통을 나귀 등에 매달 때마다 미안한 표정을 지으면서 나귀의 긴 얼굴을 쓰다듬어 주었다. 그러면 나귀도 그의 몸에 얼굴을 비비며 반갑다는 표시를 했다.

"히스기야, 아침 먹었냐?"

"응, 먹었어. 그리고 빵 한 덩어리 싸 왔으니 오늘은 일하다가 아저씨랑 셋이 나누어 먹어도 돼."

346

"웬일로 싸오기까지?"

"일하다가 조금씩 요기하라고 엄마가 싸주셨어."

히스기야 어머니 마음이 고마웠다. 마음은 그러고 싶어도 형편이 어려워 먹을 것을 싸주지 못하는 어머니는 늘 그 일을 마음 아파했다.

히스기야는 언제나 활달했다. 그는 무슨 일이건 꾸물꾸물 오래 생각하지 않았다. 심각하게 걱정하는 법이 없었다. '잘 되겠지' 그 한마디로 넘겼다. 하기야 걱정한다고 무엇이 달라질 일도 없었다. 나서서 어쩐다고 바뀔 일은 세상에 아무것도 없었다. 사람들은 자기 배가 고프니 다른 사람 살펴줄 형편이 아니었다. 나사렛 언덕마을의 열두어 살배기 예수와 히스기야에게 세상의 벽은 너무 높았고, 앞에 놓인 골짜기는 건널 수 없을 만큼 깊었다.

늘 다니던 길이지만 세포리스성 가까이 이르면 예수의 마음은 조마조마했다. 성으로 들어가는 길 바로 오른쪽 언덕. 아침 길이든, 저녁에 나오는 길이든 그 앞을 지날 때면 아버지나 예수나 히스기야의 안색을 살피지 않을 수 없었다. 히스기야는 애써 태연한 척, 무심한 척했다. 그러면서도 고개를 돌려 외면했다. 그런 모습을 볼 때마다 예수는 그가 너무 안쓰러웠다. 차라리 겁먹은 표정을 짓든지, 분해서 주먹을 부르르 떨든지, 꺼이꺼이 소리 내어 울었더라면 보는 사람 마음이 그렇게 아프지 않았을 것이었다. 티를 안 내려고 애쓰는 그에게서 소리 없는 처절한 울음을 들을 수 있었다. 화살 맞고 달아나다가 쓰러진 짐승처럼, 창에 찔린 사슴처럼 거친 숨을 내쉬고 쿨렁쿨렁 피를 토하며 그는 속으로 울고 있음이 분명했다. 예수의 눈길을 받으면 그는 어깨를 한번 으쓱하고 휘적휘적 앞서 걸어갔다. 때로는 저만치 앞장서서 걷던 아버지가 걸음을 멈추고 히스기야와 예수를 기다렸다. 히스기야를 바라보는 아버지의 눈에는 안쓰러움과 미안함과 아픔이 가득했었다. 세 사람은 할 수 있는 가장 빠른 걸음으로 언덕 밑을 지나다녔다.

그 언덕에 세워졌다는 십자가를 생각하면 머리끝이 쭈뼛쭈뼛 무서운 공포가 가슴속으로 파고들었다. 십자가. 사람을 십자가에 못 박아 죽이다니, 주검이 흔적 없이 사라질 때까지 그렇게 매달아 놓다니, 도대체 그런 일이 일어나는 세상을 알 수 없었다. 세 사람 중 누구도 그 무서운 일을 입에 올리지 않았다. 그러나 십자가에서 죽는다는 것이 무슨 의미인지 말하지 않아도 다 알았다.

몸부림치며 그 언덕 위 십자가에서 죽어갔다는, 시체마저 어느 날 흔적 없이 사라졌다는 히스기야의 아버지 유다, 그는 어떤 사람이었을까? 그저 평범한 나사렛 사람이리라는 생각이 들었다. 평범한 사람들이 평범하지 않게 죽어가는 세상, 그것은 로마제국의 속주 이스라엘에 드리운 운명이었다. 십자가형은 누구에게나 닥칠 수 있는 일이었다. 십자가는 오랜 옛날, 멀리 떨어진 어느 나라에서 있었던 일이 아니었다. 잊으려 한다고 잊히는 일도 아니었다. 길가 언덕을 바라보면 옛적 그날이 바로 오늘일 수밖에 없었다. 그 언덕 밑을 지날 때마다 예수는 설명할 수 없는 마음이 되어 히스기야에게 미안했다.

세포리스 공사장에 도착하면 예수는 늘 하던 대로 나귀를 나무 밑 그늘에 매어 둘 수밖에 없었다. 그의 눈에는 비탈 옆 풀밭이 보였다.

"저쪽 풀 있는 곳에 매면 안 돼요?"

"그냥 여기 매 둬라. 그렇게 하란다."

아버지도 예수처럼 풀밭을 바라보지만 이내 고개를 흔들었다. 공사장 감독이 매어 두라고 정해준 나무 밑에 매어 두어야 했다. 일이 끝날 때까지 나귀는 하루 종일 거기 매여 풀밭을 바라보았다.

아무리 복잡한 일이 있더라도, 쪼르륵 소리가 날 만큼 배가 고파도 돌을 타고 앉아 망치질을 시작하면 곧 모두 잊을 수 있었다. 그 순간에는 한 조각 한 조각 돌을 떼어내는 일이 세상에서 가장 중요한 일이 되었다. 끝없는 단순노동은 다른 세계로 들어가기 위해 치르는 의식과 마찬가지였다. 돌에 집중하면 깊은 고요를 경험할 수 있었다. 신비는 엄청난 일에 대한 보상이 아니고 땀 흘리는 일에 주어지는 경험이었다. 그렇게 집중하다 보면 이상하게도 돌이 눈앞에서 자기를 열어 보여주었다. 다음 끌 댈 자리를 보여주고 한 조각 떼어내면 다음 떼어낼 조각이 눈에 들어왔다. 끌을 댈 자리, 끌을 세우는 각도, 망치질하는 간격과 내려치는 세기는 쪼개지는 돌과 쪼는 사람 사이에 이뤄지는 대화였다. 그러지 않으면 한 조각도 떼어낼 수 없었다. 욕심껏 큰 조각을 한 번에 떼려고 깊게 끌을 대거나, 너무 세게 때리면 돌이 아프다고 한다. 돌도 아프면 꿈틀 몸을 비튼다. 타고 앉았던 돌이 몸을 움찔하면 바로 알아차려야 한다. 예수는 아버지를 따라 일을 다니기 시작한 지 얼마 되지 않았을 때부터 바로 그걸 깨달았다.

아버지는 언제나 일을 시작하기 전에 예수와 히스기야에게 그날 일에 대하여 찬찬하게 주의를 주었다. 처음 시작한 날부터 아버지는 주의 주는 일을 한 번도 잊은 적이 없었다.

"애들아, 끌은 항상 바깥 방향으로 비스듬하게 대야 한다. 안 그러면 돌조각이 내 얼굴로 튀어 온다."

"예."

"망치질할 때 눈을 깜빡 감아야 한다. 제때 제대로 감아야 한다. 돌가루가 눈에 튀어 들어가면 큰일 난다."

"예."

"일 시작하기 전에 끌 자루나 망치 자루를 단단히 새로 감아라."

"예."

"망치로 내리칠 때는 반드시 끌을 보아라. 끌 잡은 손을 보면 망치가 손을 친다."

"예."

"잘 알았지? 자! 안전하게, 잘하자!"

그러고 나서야 아버지는 백 걸음쯤 떨어진 곳, 숙련된 석공들이 일하는 돌무더기로 걸음을 옮겼다.

아직 어른처럼 일에 익숙하지 않은 예수와 히스기야는 요셉이 이르는 대로 잔 망치질하는 일을 주로 맡았다. 망치를 크게 휘두르는 일이 아니라 돌을 타고 앉아 조금씩 조심하면서 잘게 쪼아내고 턱을 다듬는 일이었다. 그런 일도 생각보다는 어려웠다. 한참 마음을 집중해서 일하다 보면 땀방울이 뚝뚝 돌 위에 떨어지고, 가끔 허리를 펴고 일어나 언덕 위로 불어오는 바람 쪽으로 가슴을 펴면 그렇게 시원할 수가 없었다. 방금 전까지 타고 앉았던 돌을 내려다보면 신기하고 자랑스러웠다. 어떻게 그 단단한 돌을 저리 다듬을 수 있었을까?

예수나 히스기야나 모두 오른손잡이라 망치질이 생각처럼 쉽지 않았다. 끌 방향을 몸 반대쪽으로 향하도록 쥐고 망치질하려면 비스듬히 돌에 걸터앉아 오른쪽 엉덩이만 겨우 돌 위에 걸쳐야 했다. 한참 그런 자세로 일하면 허리가 아프고 온몸이 뒤틀렸다. 가끔 일어나 허리를 폈다 굽혔다 하며 왼쪽 오른쪽으로 돌리고, 옆구리도 비틀어 몸을 풀어야 했다. 그럴 때면 언제나 아버지가 멀리서 바라보며 고개를 끄덕이고 손을 흔들어 주었다. 그렇게 몸을 가끔 풀어야 한다는 신호였다. 그러면서도 아버지는 그냥 묵묵히 앉아 하던 일을 계속했다. 그런 아버지 모습을 보노라면 짠한 아픔이 마음 가장 아래쪽에서부터 서서히 번져 올라왔다.

그날, 히스기야가 싸온 빵을 아버지와 셋이 나눠 먹고 난 다음 뜻밖의 일이 벌어졌다. 예수에게는 태어나서 처음 채찍을 맞은 날이 되었고, 히스기야에게는 하늘거리는 하늘색 옷을 입은 여자를 만난 날이 되었다.

"야이, 이놈들아! 너희들이 왜 여기에서 물을 긷는 거냐!"

호통 소리가 들리는가 싶더니 채찍이 휙 예수의 등판을 후려쳤다. 갑자기 강한 채찍을 맞고 픽 옆으로 쓰러졌다. 길어 올린 물을 히스기야가 아가리를 벌려 들고 있던 물자루에 막 부어 넣으려던 순간이었다. 두레박은 저만치 나가떨어져 뒹굴었다. 두 번째 채찍이 쓰러져 있는 예수 얼굴 쪽으로 날아왔다. 피하지도 못하고 꼼짝없이 맞을 수밖에 없게 생겼다. 그때 히스기야가 튕기듯 몸을 움직였다. 그리고 날아오는 채찍 한끝을 잽싸게 한 손으로 낚아챘다. 휘두른 채찍을 맨손으로 잡는다는 것은 거의 불가능한 일이다. 그런데 히스기야는 그걸 손으로 잡아챘다. 그리고는 잡아채자마자 재빨리 팔을 두세 바퀴 휙 돌려 채찍을 팔뚝에 단단하게 감아 말았다. 넘어진 채 엉거주춤 아직 일어나지도 못한 예수는 히스기야를 올려보았다. 그는 당당했다. 나이

답지 않게 다부진 체격이었다. 원래 예수보다 키가 한 뼘은 더 컸다. 채찍을 감아 버티고 선 그의 팔뚝이 눈에 들어왔다. 금방 터질 듯 튀어 나온 힘줄이 꿈틀댔다.

"이놈이? 어딜! 감히!"

채찍을 휘두르던 사람은 호통을 지르며 히스기야가 한끝을 감아 잡고 버티는 채찍을 잡아 빼려고 얼굴이 붉어질 만큼 힘을 썼다. 그 사람 옆에 젊은 여인이, 하늘하늘 푸른색 옷을 입은 여인이 놀라서 손으로 입을 가린 채 서 있었다. 푸른 색 옷과 커다란 눈이 가장 먼저 눈에 띄는 여자였다. 채찍을 휘두른 사람은 예수와 히스기야보다 열댓 살쯤 나이가 많아 보였다. 체격이 당당했고 언뜻 보아도 얼굴이 아주 잘생긴 남자였다. 입은 옷으로 보아 고귀한 신분임이 분명했다.

"알렉산더, 그만 하세요! 제발 …."

젊은 여인은 그 남자를 만류했다. 그러면서 자꾸 예수와 히스기야를 번갈아 바라보며 무슨 신호를 보냈다. 용서를 빌라는 표정 같았다. 히스기야는 어디에서 그런 강기가 나왔는지 조금도 위축되지 않고 버텼다. 여전히 채찍 끝을 팔뚝에 단단히 감고 있었다. 그러더니 그는 놀랄 만큼, 정말 놀랄 만큼 침착하고 단호한 어조로 말했다.

"물은 나누어 먹어야 한다고 배웠습니다. 그건 이스라엘의 법입니다. 목마른 사람이 물 좀 긴다고 채찍 맞을 일은 아닙니다. 더구나 우리는 이 도시 세포리스를 건설하는 일을 위해 분봉왕께 부름받은 일꾼입니다. 나사렛에서부터 먼 길 걸어 일 나왔습니다. 그럼 일하다가 나사렛에 돌아가서 물을 길어다 먹어야 합니까?"

그 몇 마디 말은 당당했다. 사람이 더불어 살아가는 이치와, 세포리스 건축 사업에 일꾼을 동원한 분봉왕 얘기까지 골고루 포함한 내용이었다. 남루한 옷을 입은 일꾼에게서 당찬 항의를 듣게 된 그 사람은 순간 멈칫했다.

"나사렛?"

"그렇습니다."

"그런 놈들 사는 데서 왔으니 도둑처럼 물을 훔쳐 가지!"

"이 물은 어디서 왔는데요?"

히스기야도 지지 않았다. 놀라웠다. 그때 털고 일어난 예수가 히스기야 옆에 섰다. 아무 말도 하지 않았지만 나란히 선다는 것은 연대의 표시였다. 부당한 일에 같이 맞서겠다는 표현이었다. 나사렛에서 왔다고 도둑으로 취급당하는 일은 예수도 참을 수 없었다. 나사렛을 모욕하는 말은 그냥 넘어갈 수 없었다. 그건 아버지와 어머니도 싸잡아 모욕하는 말이기 때문이었다. 보통 때는 결코 화를 내지 않는 예수였지만 이번에는 그 분노가 얼마나 크고 깊은지 얼굴만 보고도 알 수 있었다. 그러나 예수는 아무 말도 하지 않았다. 입을 다물고 히스기야와 나란히 서서 그저 알렉산더라고 불린 그 남자의 눈을 정면으로 바라보았다.

눈과 눈이 마주치면 그 순간 마주선 두 사람 사이에 존재하던 신분의 차이는 사라진다. 눈을 마주보며 말하는 사람은 자기의 온 존재를 걸고 말하는 사람이다. 상대방이 준 모욕을 이기는 길은 그가 한 존재를 모욕하고 있다고 깨우쳐주는 일이다. 모욕당하는 사람이 모욕하는 사람 앞에 한 존재로 서는 일이다. 신분의 차이, 힘의 차이 앞에 당당히 존재로 서는 일, 그건 차이를 극복하고 존재 대 존재로 맞서는 일이다.

그건 '왼뺨을 때린 사람에게 오른뺨을 돌려 대는 일'이다. 마주보고 선 사람의 왼뺨은 오른손으로 때릴 수 있다. 그가 오른뺨을 돌려대면 왼손으로 오른뺨을 때리든지 오른쪽 손등으로 때릴 수밖에 없다. 왼손으로 때리거나 손등으로 때리는 일은 가장 비천한 사람에게 가하는 모욕이다. 주인이 노예를 때리는 것처럼 상대는 그렇게 맞아도 되는 존재로 간주했을 때나 하는 일이다. 오른뺨을 돌려 대면 '당신은 지금 한 존재를 가장 깊고 크게 모욕하고 있다'고 알려주는 셈이다. 때리는 사람이 주인이 아니고, 맞는 사람이 노예가 아니기 때문이다.

갈릴리, 이스라엘 그 어느 곳에서도 그런 눈길을 보내는 사람을 알렉산더는 만나본 적이 없었다. 사람들은 그와 눈길이 마주치면 금방 눈을 내리깔거나 비굴한 웃음을 지으며 물러섰다. 그러나 나사렛에서 왔다는 나이 어려 보이는 두 일꾼은 조금도 위축되지 않고 당당하게 그 앞에 버티고 섰다. 그렇게 맞서는 모습은 그가 일찍이 경험해보지 못한 충격이었다. 마음속에 '나사렛이란 곳이 어떤 곳인가' 의문이 들었다. 한쪽 일꾼의 눈에는 적개심과 젊은 분노가 가득했지만 옆에 선 사람의 눈길에는 맞설 수 없는 힘이 담겨 있었다. 존재의 힘을 깨우치는 눈빛이었다. 한번 따끔하게 꾸짖고 싶었지만 그럴 수도 없었다. 그러기에는 그 눈빛이 너무 깊고 엄정했다.

"나사렛이라?"

"그렇습니다."

"그래? 오늘은 내가 이만 참겠다. 그러나 너희들이 왔다는 '나사렛'은 내가 기억해 두겠다."

그는 팽팽하게 맞잡아 끌며 히스기야와 대치하던 채찍을 슬쩍 낮추었다. 그건 더 이상 휘두르지 않을 테니 잡고 있는 채찍을 놓으라는 신호였다. 히스기야가 채찍을 놓아주자 그는 채찍을 둘둘 감으며 돌아서 성큼성큼 걸어갔다. 젊은 여인은 안심이라는 듯 예수와 히스기야에게 가벼운 목례를 보내며 한두 걸음 뒷걸음질로 물러서더니 몸을 돌려 남자의 뒤를 따라갔다. 그들, 잘생긴 높은 신분의 남자와 하늘하늘한 푸른색 옷을 입은 여자는 저수조 건너편 집으로 들어갔다. 그 여자의 눈매는 아주 서늘하고 시원했다. 그리고 여자는 한 번도 맡아 본 적 없던 은은한 향기를 남겼다.

히스기야는 무언가에 홀린 듯 말이 없었다. 당당하던 모습을 풀고 그들이 들어간 집만 멍하니 바라보고 서 있었다.

"고맙다, 히스기야! 나 때문에 괜히 네가 채찍을 맞을 뻔했구나!"

예수는 히스기야에게 말을 건넸다. 물끄러미 그 집을 바라보던 히스기야는 예수가 자기를 쳐다보고 있다는 것을 깨닫자 갑자기 눈을 크게 끔벅끔벅했다. 마치 어느 먼 곳을 헤매다 돌아온 사람처럼 갑자기 무척 어색했다. 왠지 허둥댔다. 그리고 나뒹굴던 두레박을 얼른 집어 들었다. 물을 다시 길어 물자루 두 개를 가득 채웠다. 두레박에 남은 물은 늘 하던 대로 둘이 꿀꺽꿀꺽 마셨다. 한 모금이라도 더 마셔 두면 그만큼 자루에 담은 물을 아낄 수 있기 때문이었다. 평소에는 예수가 권하면 별 생각 없이 히스기야가 먼저 마셨는데 그날은 예수에게 먼저 마시라며 자꾸 뒤로 물러섰다. 그는 예수의 눈을 똑바로 바라보지 않고 자꾸 시선을 피했다. 물자루를 나누어 들고 다시 작업장으로 돌아왔다. 앞장서서 걷는 히스기야의 어깨가 왠지 한쪽으로 기울어져 있었다. 물자루가 무거워서 그런 것이 아니라 무언가 골똘히 생각에 빠지면 나타나는 그의 버릇이었다. 히스기야의 어깨는 처지고 얼굴은 침울했다. 그 가슴에 일어났다가 스러지고 다시 일어나는 흔들림을 예수는 알아챘다. 그러나 묻지 않았다.

얼마나 채찍을 세게 얻어맞았는지 등허리가 쓰리고 아팠다. 아마 채찍 끝에 달렸던 쇠붙이 때문에 살이 파이고 등허리를 따라 살이 길게 터진 모양이었다. 히스기야는 자기 돌 위에 털썩 주저앉더니 다시 골똘한 생각에 빠졌다. 아버지에게 물자루 하나를 건네고 돌아왔을 때까지 그는 그렇게 멍하니 앉아 있었다. 예수가 돌을 쪼기 시작하자 그도 망치질을 시작했다. 평소와 달리 망치소리는 엇박자를 냈다. 그는 그런 것도 모르는 듯했다.

아버지는 예수와 히스기야에게서 심상치 않은 기운을 느꼈던 모양이었다. 저수조에서 돌아와 물자루 하나를 넘겨줄 때 눈으로 히스기야를 가리키며 물었다.

"무슨 일이 있었냐?"

"아니에요."

"히스기야도?"

"예, 괜찮아요."

"돌 다룰 때 부드럽게 다루어라. 이런 날 꼭 다친다."

"예! 부드럽게 … ."

"그래라! 마음을 가라앉히고 … ."

눈으로 보지 않고서도 서쪽 봉우리 저수조에서 일어났던 일을 이미 다 아는 듯, 짧은 말로 주의를 주는 아버지였다. 예수는 아버지의 깊은 마음이 고마웠다.

아버지는 하찮은 일을 하면서도 어떻게 큰 정신과 연결될 수 있는지 깨우쳐 주는 선생이었다. 예수가 처음 공사장에 나왔을 때였다. 아버지가 그날 들려주었던 얘기를 예수는 마음속에 오래오래 간직했다. 그건 그냥 돌을 다루는 얘기가 아니었기 때문이었다.

"이렇게 천년만년 제 모습을 지켜온 돌을 쪼개고 떼어내고 다듬으려면 돌에게 미안한 마음을 가져야 한다."

"돌에게 미안해요? 돌에게 뭐 마음이 있어요?"

"일을 하다 보면 돌의 마음을 알게 된다. 돌이 내는 소리를 듣게 된다."

"돌이 뭐라고 해요?"

"네 귀로 들어봐라. 분명 말하는 소리를 듣게 될 거다. 어디 돌만 그런 줄 아니? 세상 만물이 다 그렇다. 그리고 그것들 모두 결을 가지고 있단다."

"결이오?"

"그래. 나무에는 나무의 결, 돌에는 돌의 결이 있다."

"왜 결이 있어요?"

"그게 생명이란다. 시간이란다."

"돌에게 생명이오?"

"그래. 돌에게도 생명이 있고, 돌에게도 숨결이 있고, 돌마다 각각 간직하고 있는 얘기가 있단다."

아버지는 돌을 쪼개고 쪼고 다듬는 석수, 나무를 자르고 켜고 대패질하고 끌로 홈을 파고 구멍을 뚫는 목수였다. 그러나 예수에게는 매일 다루는 나무와 돌, 그 속에서 세상 살아가는 이치를 깊이 깨달은 큰 사람으로 보였다. 예수는 세상을 깨닫도록 가르쳐주는 아버지가 너무 고맙고 좋았다. 아버지는 그저 먹고 살기 위해 마지못해 일에 매달리는 사람이 아니었다. 땀 흘리는 일을 통해 다른 세상으로 문을 열고 들어가는 선생이었다.

히스기야가 처음 일을 배우겠다고 세포리스로 따라왔을 때, 돌을 타고 앉자마자 예수는 아버지에게서 들었던 얘기를 전해주었다.

"돌에게도 생명이 있고, 숨결이 있어. 돌마다 사연이 다르고. 나도 아버지에게 처음 그 얘기를 들었을 때는 좀 이상하게 생각했는데 일을 하다 보니 정말 그렇다는 걸 깨닫게 됐어."

그는 아주 진지한 표정으로 그 말 한 마디 한 마디에 고개를 끄덕이며 들었다. 그리고 문득 말했다.

"예수, 너는 아버지가 계셔서 좋겠다."

그는 천천히, 나지막하게 한 마디씩 끊어서 말하더니 눈을 들어 그날 아침에 지나온 세포리스성 앞 언덕을 바라보았다. 그 눈이 그렇게 허허로워 보일 수가 없었다. 언덕 쪽을 바라보고 있었지만 거리 너머, 시간 너머 어딘가 먼 곳을 그 눈은 더듬고 있었다. 가보지 못했던 과거를 바라보는 듯했고, 어느 먼 훗날 걸어갈 길을 내다보는 듯했다.

그때 갑자기 어떤 생각이 예수 마음속으로 훅 파고들었다. 히스기야도 그 아버지 유다가 걸었던 길을 걷게 되리라는 생각이었다. 그는 아버지를 만나러 언젠가 떠날 것이라는 생각이 들고, 아버지를 찾아 골짜기를 헤매는 모습이 보였다. 그 길 끝에서 그는 분명 아버지를 만나리라.

예수는 히스기야가 느끼는 가슴 떨림을 알 수 있었다. 그가 마음속으로 그리워하는 아버지가 왠지 예수에게도 아버지처럼 느껴지자 언뜻 그를 아버지와 이어주고 싶었다.

"히스기야야, 너도 우리 아버지를 아버지라고 부르면 안 될까? 아버지도 안 된다고 안 하실 것 같은데 … ."

"고마워. 그러나 됐어!"

그 일은 그렇게 끝났다. 그러나 사실은 끝나지 않고 예수의 마음속에 남아 있었고, 히스기야 가슴속에도 남았다. 히스기야의 아버지가 예수에게도 아버지가 되고, 예수의 아버지가 그의 아버지 되는 날이 그때부터 시작됐다.

돌을 다루는 일은 생각보다 훨씬 어려운 일이었다. 자칫 돌의 결에 맞지 않게 끌을 대면 한순간, 정말 단 한 번의 작은 망치질로도 돌 한쪽이 뚝 떨어져 나갔다. 예수는 처음 배울 때부터 한 번도 그런 일을 겪지 않았다. 그러나 일이 서툴러서 그런지 히스기야는 처음 배우던 며칠 만에 두 번이나 그런 일을 겪었다. 돌 모서리가 떨어져 나갈 때 마음 한 쪽이 뚝 떨어져 나가듯 아프더라고 그는 말했다.

그렇게 돌 하나를 못 쓰게 만들면 감독은 꼭 품삯에서 돌 값을 제했다. 쌓여 있는 평범한 돌이라도 그 돌 하나 값이 히스기야 며칠 품삯보다 더 비쌌다.

"어이! 또 일 저질렀네! 이 돌 말이야, 그냥 여기 이렇게 쌓여 있어도 얼마나 멀리서 끌어온 건지 알아? 이 돌이 얼마나 비싸다고! 아이고, 이런! 네가 못쓰게 만든 돌은 네 품삯 닷새치보다 비싸단 말이야. 요셉이 데려온 일꾼이니 내가 하루치 품삯만 제한다. 다음에 또 그러면 돌 값 다 제할 거야! 조심해!"

하루 일이 허무하게 사라진 셈인데 히스기야는 이상하리만치 태연했다. 나사렛에서 오고 가는 먼 길, 해 뜰 때부터 긴 그림자 앞세우고 집으로 돌아갈 때까지 걸린 시간, 뜨거운 햇볕 아래 하루 종일 땀 흘린 일이 떨어진 돌조각 하나로 그냥 허무하게 사라졌다. 그런데도 그는 그저 입 꼭 다물고 아무렇지도 않다는 표정이었다.

　"히스기야야, 어쩌냐?"

　"괜찮아! 돌이란 원래 쪽이 떨어지게 돼 있으니. 근데 나에게는 왜 하필 그런 돌만 걸리나 몰라!"

　"그럼 앞으로 내가 고른 돌과 바꾸어 해볼까?"

　"고르기는 무얼 골라? 저 많은 돌 중에 …. 걸리는 대로 하는 거지. 또 그런 돌이 걸려도 할 수 없고, 안 그러면 다행이고 …."

　"그래, 그 돌이 결이 나빠서 그래. 돌 다루는 솜씨로는 네가 나보다 훨씬 낫다고 아버지가 그러셨어, 나보다 늦게 배웠지만."

　"그래? 정말? 고맙다."

　말은 그렇게 해도 큰 위안이 될 수는 없었다. 공사장에서는 가장 값싸고 가치 없는 것이 일꾼이었다. 돌을 다루다 사람이 다치면 그냥 별일 아니니 참아 보라고 하면서도 돌이 깨지거나 연장이라도 부서지면 감독은 꼭 품삯에서 변상했다.

　그렇게 몇 달 지나자 히스기야도 먼저 시작한 예수만큼 일에 손이 익어 갔다. 둘이 나란히 돌을 타고 앉아 망치질을 하다 보면 마치 일부러 그러는 듯 박자가 잘 맞았다. 기분 좋게 맞아 돌아가는 망치 소리를 들으면 멀리서 일하던 아버지도 만족한 듯 고개를 끄덕였다.

　"엄마가 너무 대견해 하셔! 내가 저번에 품삯 받은 것 다 드렸더니.

'아이구! 우리 아들 다 컸네' 하면서 꼭 끌어안아 주었는데 나도 기분이 좀 으쓱하더라고. 그런데 엄마는 왜 기쁘다면서 우는지 몰라 …."

"다행이다. 아마 네가 너무 대견하고 자랑스러워서 눈물이 나는 모양이지."

"그럴까? 그런데 엄마는 안 울었으면 좋겠어. 엄마 눈물을 보면 내가 너무 슬퍼. 그리고 예수야! 고맙다. 내가 말을 제대로 못 해서 그러는데, 요셉 아저씨에게 내가 정말 고마워한다고 말씀드려줘! 우리 엄마도 그러셨어, 사람은 고마움을 잊으면 안 된다고. 그리고 네가 아저씨께 잘 말씀드려줘서 내가 이만큼 일을 배웠으니, 너에게도 정말 고맙고."

"네가 좋아하니 다행이야."

"그럼! 나중에 더 배우고 익혀서 아저씨만큼 일할 수 있으면 나도 엄마 잘 모시고 살 수 있겠지. 요새 동네에 일 다니는 게 너무 힘든가 봐."

히스기야는 그렇게 몇 년 동안 정말 열심히 일했다. 그런데 그의 어머니가 갑자기 세상을 놓고 떠났고, 결국 며칠 있다가 그도 언덕을 내려가 나사렛을 떠났다. 나사렛도, 갈릴리도, 그리고 세상도 무너져 내리던 때였다.

생각할 수도 없었던 일을 겪고 히스기야가 나사렛을 떠난 후 요셉과 예수는 다시 때로는 같이, 때로는 떨어져서 일을 다녔다. 히스기야와 어울려 일 다닐 때도 이미 그랬지만, 세포리스에 벌어졌던 극장 건축 공사도 끝난 뒤라서 고정적으로 할 수 있는 일거리가 거의 없었다. 어디서든 일을 찾아야 식구들이 먹고 살 수 있었다. 나사렛 작은 마을에는 예수네가 맡을 만한 일거리가 없었다. 조그만 시골 마을에 목수나 석수가 할 만한 일거리가 없기도 했지만, 혹 지붕 고치고 문짝 손질하는 일이 있더라도 그건 대개 남의 손 빌리지 않고 자기들이 직접 할 수 있는 일이었기 때문이었다.

그전까지만 해도 세포리스에 가면 허드렛일이라도 하루 일거리는 얼마든지 있었다. 그러나 품삯 일꾼 숫자가 늘어나기 시작한 후부터는 그런 일거리조차 맡기 어려워졌다. 일거리 얻기가 힘들수록 그날 품삯을 뒤로 미루는 사람도 많아졌다. 그럴 때면 품삯 달라고 떼쓰듯 졸라댈 수도 없고 참 난감했다.

"죄송하지만 지난번 일해 드린 품삯을 오늘 좀 해주실 수 없을까요? 형편이 어려워서요."

그렇게 어렵게 부탁하고 사정하면 사람들은 대개 표정이 싹 바뀌면서 동전 몇 닢을 던지듯 주고 돌아섰다. 돌아서면서 들으라고 하는 말이 참으로 분하고 서운했다.

"에이! 다시는 일 못 시킬 사람이네 … . 그거 얼마나 된다고 못 참고 그새 독촉을 하네. 다시는 일을 시키나 봐라!"

그 사람이 소문을 냈는지 그다음부터는 며칠 동안 하루에 일거리를 하나도 얻지 못하는 경우가 많았다. 아마도 나사렛에서 왔다는 아버지와 아들 그 두 사람은 품삯 독촉이 심한 사람들이니 일거리를 주지 말자고 자기들끼리 말을 돌렸음에 틀림없었다. 양식이 떨어졌는데 빈손으로 터덜터덜 집에 돌아가는 것처럼 민망하고 속상한 일은 없었다. 어떤 때는 집에 들어가지 않고 차라리 길 어디에서 그냥 하룻밤 자고 다음 날 일거리를 찾아볼까 하는 생각마저 들었다. 그래도 어머니는 마당에 들어서는 요셉과 예수를 아무렇지 않은 표정으로 맞이했다. 이미 언덕 아랫길을 내다보고 또 내다보며 기다리다가 부자가 빈손으로 올라오는 것을 보았을 것이었다. 어머니는 무엇으로든 금방 먹을 것을 만들어냈다. 나뭇잎 줄기나 풀도 말리고 찧고 기름을 둘러 볶으면 훌륭한 먹거리였다. 또 어머니는 국물을 좋아하는 아버지를 위해 후후 불며 마실 것을 늘 끓여냈다. 이가 빠져 홀쭉해진 볼이 볼록볼록해지도록 불어 식혀가며 아버지는 국물 한 그릇을 언제나 맛있게 비웠다. 나중에 나사렛을 생각할 때마다 아버지의 그런 모습이 떠오르고 후후 불어 가며 국물 마시는 소리가 귀에 들렸다.

어느 날, 길게 그림자를 앞세우고 나사렛으로 돌아갈 때였다. 십리 길이 이십 리, 삼십 리로 늘어난 듯 너무 멀었다.

"아버지! 왜 세상이 이렇대요? 무엇이 잘못되어 이리 되었지요?"

예수도 대답을 기대한 건 아니었지만 요셉은 아무 말 없이 걸었다. 그런데 한참 지난 후, 예수가 질문했던 것마저 잊어 버렸을 만큼 시간이 지난 후에 갑자기 걸음을 멈추더니 아버지가 대답했다.

"그건 누구의 잘못이 아니라 깨달음의 문제다. 세상이 원래 그런 거라고 믿고 사는 사람들을 비난할 수는 없다. 그들에게는 하늘이 닫혀 있기 때문이다. 마음이 닫혀 있어서 하늘을 보지 못한다."

짧은 대답이었다. 그 후 며칠을 두고 예수는 아버지의 말을 곱씹어 생각하고 또 되새겼다. 마음이 닫혀 있어서 하늘을 보지 못한다는 말은 참 슬픈 얘기였다. 귀로 듣는 것보다, 손으로 만지는 것보다 눈으로 무엇을 보는 일은 언제나 사람들에게 훨씬 중요했다. 영이 내미는 손을 눈이 마주 잡아 가슴으로 전달한다고 믿기 때문이었다.

마음은 가슴속에서 영의 부름에 응답한다. 응답은 부름에 마주하여 일어나는 떨림이다. 하늘이 굳게 닫혔다고 미리 포기한 사람들, 그저 엎드려 땅만 파고 살던 사람들에게 열려 있는 하늘을 보여주면 그들도 속에서 퍼져 올라오는 떨림에 허리를 펴고 일어설 수 있다. 하늘 아래 모두 손잡고 덩실덩실 춤추며 사는 세상을 이룰 수 있다. 살아간다는 것이 기쁜 일이라는 것을 깨닫게 된다. 나와 상관없이 흘러간다고 믿었던 세상 한가운데 몸을 덤벙 담그는 일이 된다. 그건 세상에 사람마다 자기 몫이 있다는 것을 깨닫는 일이다. 눅눅한 양피지, 냄새 퀴퀴한 두루마리 속에 가두어 두었던 하늘이 성큼 사람 살아가는 세상으로 내려오는 일이다. 누구나 자기 눈으로 하늘을 보고 하늘 아버지를 만나는 일이다.

그 일이 바로 그가 할 일이라고 예수는 생각했다. 나사렛을 떠나 가버나움으로 걸어갈 때도 그렇게 생각했고, 배를 타고 밤의 호수에서 그물을 던질 때도 그렇게 생각했고, 세례자 요한을 찾아 요단강을 따라 내려갈 때도 그렇게 생각했고, 이제 제자들을 이끌고 예루살렘 길에 오른 것도 그 일을 위해서다. 그 일로 인해 세상이 어떻게 그에게 손가락질하고 그를 내칠지 눈에 보였다. 완강하게 도리질하며 그를 쳐다보려고도 하지 않는 세상이 눈에 보였다.

예수가 요단강 가에 차려진 공동체에서 세례자 요한과 함께 생활하고 있을 때였다. 무리 중 한 사람이 예수에게 말을 전했다.

"어이, 예수! 저쪽 강가에 어떤 사람이 자네를 찾아왔다고 전갈이 왔네."

"예!"

그렇게 대답하고도 예수는 일어날 생각을 않고 앉아 있었다. 매일 경전을 암송하는 요한의 제자 앞에 한 번도 빠지지 않고 자리 잡고 앉아 예수는 처음부터 끝까지 그 암송을 들었다. 토막토막 아버지에게 들어 알고 있었지만 처음부터 끝까지 두루마리 몇 개에 해당하는 암송을 들어본 적은 없었다.

세례자 요한은 제자를 몇 무리로 나누어 어떤 사람에게는 요단강 물 속에서 세례를 주는 일에 참여시켰고, 어떤 사람에게는 경전을 공부할 수 있는 자리를 마련해주었다. 유대 제사장의 아들이었던 요한은 매일 하루 종일, 그 일이 어려우면 적어도 한 나절만이라도 경전 공부를 할 수 있는 자리를 마련했다. 예수는 공부하는 무리에 끼어 날마다 경전 암송하는 소리를 들을 수 있었다. 암송을 들을 때면 예수의 눈과 귀는 예민할 대로 예민해졌다. 들은 내용 한 마디 한 마디 차곡차곡 가슴속에 저장했다. 가슴속 커다란 석판에 기호로 빼곡하게 새겼다.

요단강까지 예수를 찾아 올 사람은 아무도 없었다. 그러다가 혹 나사렛 집에서 무슨 일로 누가 찾아왔을 수 있다는 생각이 들자 갑자기 마음이 급해졌다. 가버나움에서 고깃배를 타며 지낼 때, 오랜만에 집에 돌아갔더니 예수를 그렇게 잘 따르던 여동생 요한나가 죽었다는 사실을 알고 가슴이 무너지는 듯 아픈 적이 있었다. 그때 생각을 하며 부지런히 강가로 걸음을 옮겼다.

"예수!"

"아!"

찾아온 사람은 바로 히스기야였다. 그는 예수가 걸어 내려오는 쪽을 바라보며 서 있었다. 예수의 모습이 눈앞에 나타나자 그는 큰 소리로 부르며 팔을 벌렸다. 가버나움에서 어부로 지낼 때도 이투레아에서 내려온 그가 찾아왔었다. 예수와 그는 어릴 적 나사렛 마을 동무 이상이었다. 그가 겪는 일은, 아무리 거리가 멀리 떨어져 있어도, 언제나 고스란히 예수에게 전달됐다. 가슴이 울렁거리고 찌르르 아프면 분명 그에게 안 좋은 일이 일어나고 있다는 징조였다. 예수와 히스기야의 가슴에는 눈에 보이지 않는 질긴 줄 하나가 연결되어 있는 셈이었다. 예수의 떨림이 줄을 타고 그에게 전달되고, 반대로 그의 가슴이 출렁거릴 때 예수도 그걸 알 수 있었다. 요즘 들어 이따금씩 그의 모습이 떠오르고 그가 무엇을 찾아 헤매는 것 같이 느껴졌지만 요한 공동체까지 그가 찾아올 줄은 몰랐다.

"어찌 왔나?"

"자네와 함께 지내고 싶어서!"

"잘 왔네!"

"나를 받아줄까?"

"그럼, 그럼!"

"나도 조금 전에 요한에게서 세례를 받았네."

"아하! 그랬군."

"눈을 뜬 채로 강물 속에서 머리를 들고 일어났더니 하늘이 철렁 내 가슴속으로 들어오더군."

"하늘을 가슴에 담을 수 있는 사람이면 세례가 필요 없었을 텐데?"

"듣자하니, 자네도 받았다며? 예수가 세례를 받았는데 히스기야가 안 받아?"

"허허! 그런가?"

"내가 요한 선생에게 자네를 만나보고 싶다고 얘기했어."

"그래서 사람을 보내 기별하셨구나!"

"눈치를 보니 요한 선생님이 자네를 특별하게 챙기는 것 같더군."

"그리 생각되었나?"

"그럼, 그건 분명 그렇더라고."

"요한은 제사장의 아들이야. 그 어머니는 옛 제사장 아론의 후손이고."

"예언자 놀음을 할 자격은 갖추었군!"

예수의 말에 그는 무언가 심사가 뒤틀리는 듯 대답했다. 예수는 그 마음을 알 수 있었다. 히스기야로서는 이스라엘에서 지도자, 학자라고 불리는 사람, 권력을 가졌다는 사람이면 그가 누구든 불편할 수밖에 없었다. 그건 요한을 향한 적대감은 아닌 듯 보였다. 제사장의 아들이라는 신분이 그를 울컥하게 만든 듯했다. 그는 가슴에 품고 살아온 그 아픔에서 아직 벗어날 수 없었던 모양이었다. 하기야 그런 아픔을 겪고, 그런 슬픈 일을 당한 사람이니 어찌 보면 당연할 수밖에 없었다.

몇 년 전, 그가 이투레아에서 내려온 지 얼마 안 됐을 때 그는 가버나움으로 예수를 찾아왔었다. 그때 히스기야가 남겼던 말, 마치 피를 토하듯 힘겹게 그가 쏟아냈던 말을 예수는 떠올렸다. 그는 격렬하게 몸을 떨며 말했다. 그런 모습을 예수는 처음 보았다.

"뽕나무에 몸을 걸어 놓고 떠난 어머니가 말할 수 없을 만큼 가벼웠어. 영혼의 무게가 빠져나가서 그런지, 이 땅에서 살아온 여자는 원래 그리 가벼운 건지 … . 나는 어머니의 그 가벼움이 너무 슬프네. 가슴 아프네. 잘났다는 사람, 로마에 협조하며 떵떵거리고 사는 사람, 제사장, 율법학자, 세상에 금을 긋는 사람들에게, 그 금 밖으로 밀려 떨어진 어머니 무게가 덜어져 넘겨졌다고 느껴지네. 그럴수록 분통이 터지네."

그는 결코 어머니의 죽음을 자주 입에 올리는 사람이 아니었다. 그는 어머니가 목을 매달았다고 말한 적이 한 번도 없었다. 걸치고 살던 몸을 뽕나무에 걸어놓고 어딘가로 떠났다고 담담하게 얘기했었다. 나사렛에서, 갈릴리에서, 이스라엘에서 더 이상 살아갈 수 없어 몸을 걸어놓고 떠난 어머니의 한을 그는 절절하게 느끼고 있었다. 예수는 그런 히스기야가 가슴 시리도록 안쓰러웠다.

그날, 예수는 고깃배를 타지 않았고, 두 사람은 호수 가장자리에 있는 바위에 앉아 밤새도록 얘기를 나누었다. 그는 예수의 어깨에 얼굴을 묻고 오래오래 울었다.

그랬던 히스기야니, 요한이 제사장의 아들이었다는 말에 울컥했다고 그를 나무랄 생각은 전혀 없었다.

그날 저녁, 강에서 돌아온 요한에게 예수는 히스기야를 소개했다.

"선생님, 제 동무 히스기야입니다."

"알고 있어요. 아까 강에서 만났어요."

히스기야가 정중하게 고개 숙이며 인사했다.

"예수와 같이 있고 싶어 왔습니다."

"잘 오셨소! 함께 길을 걸읍시다."

요한은 길게 말하지 않았다. 그러면서도 그의 눈은 한없이 따뜻했

다. 예수에게 요한은 경이였고 신비였다. 나이야 겨우 네댓 살 차이가
날 뿐인데 그는 이미 충분히 익은 사람이었다. 강 한가운데 서서 흐르
는 물살을 버티며 회개를 외칠 때는 그렇게 강하고 날카롭지만, 따로
만나서 얘기해 보면 한없이 깊고 부드러운 사람이었다. 그 부드러움
은 꾸며낸 것이 아니라 그의 마음의 샘에서 자연스럽게 흘러나오는 것
이었다. 예수는 그 부드러움이 사람들에게로 향하는 그의 연민에서
시작되었다고 믿었다. 사람을 사랑하지 않으면 오라고 부를 수 없다
고 믿었다. 연민은 관계다. 타인을 그냥 따로 떨어져 있는 존재로 생
각하면 연민이 생길 수 없다. 상대와 내가 무엇으로든 연결되어 있고,
상대의 가슴이 내 가슴을 향해, 내 가슴이 상대의 가슴을 향해 열릴 때
연민의 마음이 생긴다.

그 후, 요한이 예수에게 광야 수행을 마련해줄 때 히스기야도 동행
하도록 주선했다.

"예수, 그대는 이 과정을 거쳐야 해요. 사흘 후에 떠나시오."

"예, 선생님! 따르겠습니다. 감사합니다."

"히스기야도 같이 가시오, 그러나 같은 굴 속에 머물지 마시오."

"예, 알겠습니다. 그런데 따로 있어야 되는 특별한 이유가 있습니
까?"

"철저하게 혼자 있어 봐야 합니다."

그때 히스기야가 나섰다.

"선생님, 저는 이투레아에서 사람이 견딜 수 있는 고통의 가장 끝까
지 견뎌 가며 수행한 적이 있습니다."

"다행이오. 그러나 이 수행을 이겨내기는 어려울 것이오."

"아닙니다. 자신 있습니다."

"육체의 고통이 3분지 1이라면, 겪어야 하는 마음의 시련과 고통은 그것보다 훨씬 더 크기 때문이오."

예수가 물었다.

"선생님도 수행을 하셨습니까?"

"나는 다른 수행이었소. 나에게는 그런 수행을 주선해줄 선생이 없었소."

"그러셨습니까?"

"그렇기는 해도 그대가 수행하면서 겪을 고통은 내가 알 수 있어요. 나도 그 문 앞까지는 다녀왔으니까 … ."

"수행을 마치면 어찌 됩니까?"

"나를 깨닫게 되지요. 어쩌면 나를 잊기도 하고."

"붙잡는 것입니까, 놓는 것입니까?"

"붙잡는 것도 아니고 놓는 것도 아니고, 내가 서 있는 것도 아니고 없어지는 것도 아니고."

"어렵습니다."

"그대는 그 수행을 잘 마칠 것이오."

"감사합니다."

"붙잡으려고 하면 놓칩니다."

"예, 알겠습니다."

사흘이 지나고 광야로 떠나는 날 아침, 요한이 예수에게 물었다.

"예수, 깨달음을 받은 후, 지극히 높으신 그분을 만난 후 여기로 돌아올 생각이오?"

돌아오는 것이 당연하다고 믿는 사람이면 그렇게 묻지 않을 터였다. 당연하지 않을 것을 그는 알고 있기에 그런 물음을 던졌다.

"아직 모르겠습니다."

"예수, 그대의 깨달음을, 그대가 만나 뵌 그분을 나에게 꼭 전해주고 가시오!"

전해주고 가라는 그의 말이 예수 가슴속에 들어와 박혔다. 그리고 예수는 그 말이 참 이상하다고 생각했다. 광야 수행은 공동체에 머물면서 역할을 맡을 사람을 훈련하는 과정으로 마련한 것으로 알고 있었기 때문이었다.

그는 예수에게 광야에서 수행이 끝난 다음 돌아와 공동체를 이끌어 달라고 부탁하지 않았다. 그는 예수가 깨달은 하느님을 전해 받을 마음의 준비가 이미 되어 있었다. 선생이라는 사람이 제자였던 사람에게 결코 부탁하지 않을 일을, 그는 예수에게 부탁했다. 그는 예수가 걸어갈 길이 자기가 걸어온 길을 이어 걷는 일이 아니라는 것을 그때 이미 확실히 알고 있었다. 자기로부터 출발했으나, 더 먼 곳, 다른 곳으로 걸어갈 것을 알고 있었다. 그건 샘을 떠나는 물줄기를 다시 불러들여 가두지 못하는 것과 같은 이치였다. 자식은 언젠가 부모 품을 벗어나는 것과 같은 이치였다. 해가 지면 새로운 하루가 시작된다는 것과 같은 이치였다.

그러나 요한은 예수를 다시 보고 싶어 했다. 그를 통해 자기가 한 일이 헛되지 않았다는 것을 확인하고 싶었다. 그런 요청을 매정하게 물리칠 예수가 아니었다. 예수에게 요한은 또 하나의 세상이었기 때문이었다.

"예, 그러겠습니다. 선생님!"

"내가 언제까지 그대에게 선생으로 불릴 수 있겠소. 내가 그대의 제자가 되리다."

"그게 무슨 큰 차이가 있겠습니까?"

광야 수행에는 요한이 말한 대로 커다란 고통이 따랐다. 예수는 왜 요한이 붙잡으려 하면 놓치게 된다고 말했는지 깨달았다. 히스기야는 수행을 중단하고 하늘에 푸른 달이 흐르던 밤에 광야를 떠났다. 요한이 준비해 두었던 수행의 첫 과정을 마쳤을 때, 요한이 광야로 찾아와 예수에게 이제 됐다고, 수행을 끝내도 된다고 말했다. 그러나 예수는 깨달음의 끝, 그 밖으로 넘어갈 때까지 광야에 머물렀다.

광야 수행을 마치고 요단강으로 돌아가 보니 세례자 요한은 분봉왕 안티파스에게 체포되어 베뢰아 지방 마케루스 감옥에 갇혀 있었다. 선생이 잡혀 들어가자 공동체는 혼돈에 빠져 많은 사람이 뿔뿔이 흩어지고, 일부만 남아 선생이 무사히 감옥에서 나오기만을 기다리고 있었다. 어떤 제자들은 마케루스에 머물면서 감옥에 갇힌 요한의 뒷바라지를 하고 있었다. 요한의 남은 제자들은 다음 날 다시 불붙이려고 모래로 덮어둔 불 꺼진 나무토막처럼 다시 공동체에 불이 붙을 날을 기다리고 있었다. 흩어진 공동체가 다시 일어설 날을 기다리고 있었다.

예수를 보자 남아 있던 요한의 제자들은 무척 반가워했다. 특히 빌립이 그러했다. 그는 예수의 손을 잡고 자꾸자꾸 흔들었다.

예수는 빌립에게 물었다.

"선생님은 어디 가셨어요?"

"소문도 못 들었어요, 예수?"

"못 들었습니다."

"그 여우새끼 같은 헤롯 안티파스가 선생님을 체포해 갔어요. 지금 저 남쪽 마케루스 감옥에 갇혀 계세요."

"아하! 드디어 그들이 … ."

예수는 말을 잇지 못했다. 무슨 일이 일어났는지, 앞으로 어떤 일이 벌어질지 알 수 있었다. 생각보다 일은 빨리 벌어지고 있었다.

예수의 제자가 되어 따른 지 한참 지난 후에 빌립이 그에게 말한 적이 있었다.

"선생님, 그때 제가 선생님 손을 잡았을 때 가슴으로 찌르르 무엇이 흘러들었습니다."

"그랬어요?"

"예. 알 수도 없고 설명할 수도 없지만 기분 좋을 만큼 적당히 데워진 따스한 물결이 가슴으로 밀려들어 오는 것 같았습니다. 쏟아 부은 듯 덜컥 밀려오는 것이 아니고, 잔잔하게, 부드럽게, 따스하게, 말갛게 찰랑찰랑 적시며 밀려 들어왔습니다. 어린아이 손을 잡았을 때처럼 선생님 손이 따뜻했습니다. 선생님은 어릴 적부터 망치질도 했고, 갈릴리 호수의 넘실거리는 파도를 타고 고깃배도 저었다고 하시지 않았습니까? 그전에는 낙타 발바닥처럼 딱딱하고 거칠던 손이었습니다. 그런데 광야에서 돌아오셨을 때 그 손에 박혀 있는 굳은살이 조금도 딱딱하게 느껴지지 않았습니다. 예, 좀 이상한 말처럼 들리지만 말랑

말랑하게 느껴지는 굳은살이었습니다. 아기 손같이, 어머니 손같이 부드러웠습니다. 왜 그랬을까요?"

"아마 빌립이 굳은 것보다 부드러운 것을 그리워하고 있었던 모양이지요."

"아, 그럴 수 있겠습니다. 요한 선생님이 잡혀간 다음 참 외롭고 답답하고 분하고 슬펐거든요. 바로 그 얼마 후에 선생님은 한없이 부드러운 사람으로 바뀌어서 돌아오셨어요. 늘 좀 우수에 젖었던 눈은 하늘을 품은 듯 깊어지셨고요. 몸 어디에서도 이제 단단함은 느낄 수 없었습니다. 모든 것이 그 속으로 흘러들어 갈 수 있는 듯, 모든 것을 품을 수 있는 듯 선생님은 크고 넉넉하고 한없이 부드러운 사람이 되어 돌아오셨습니다. 저는요, 그런 선생님이 너무 좋았습니다."

빌립은 정녕 그랬을 것이었다.

예수를 다시 만나고 보니 빌립은 예수가 광야로 나가던 날이 떠올랐다. 빌립도 예수와 함께 광야 수행을 떠나고 싶었다. 그러나 요한은 고개를 가로저으며 말렸다.

"사람은 올라가는 사다리가 각각 달라요. 자기에게 맞는 사다리를 마련하고 올라가야 해요. 예수에게는 그의 사다리가 있어요. 그러니 그대 빌립은 다음에 다른 사다리를 오르도록 해요."

"선생님, 그런데 왜 들어온 지 며칠 되지 않은 히스기야는 광야 수행을 같이 갑니까?"

"그 사람은 …."

요한이 말을 흐렸다.

"뭐가 저하고 다른데요? 왜 그는 되고 저는 안 되는지요?"

어린애처럼 보채니 선생은 그의 눈을 한참 들여다보다가 긴 한숨을 내쉬며 힘겹게 입을 열었다.

"예수나 히스기야나 모두 짊어진 멍에가 같아요. 사람이 길을 걷다 보면 여기서 헤어졌다가 저기서 다시 만나게 되고 그러다가 또 갈라지는 것처럼, 저 두 사람은 다른 길을 걷고 있지만 결국 하나의 길을 걷는 사람들이오. 모처럼 여기서 만났는데 내가 떼어놓을 수는 없어요. 그건 내가 할 수 있는 일이 아니오. 그들은 다시 헤어질 것이오. 그러나 마지막 날에는 같은 사다리에 오를 것이오. 그들의 사다리는 오직 한 가지뿐이오."

알 듯 모를 듯한 표현으로 타이르던 요한의 말이 빌립의 가슴에 깊이 가라앉았다. 그가 보기에 예수는 분명 선생의 친척이 아니었다. 왜 선생은 처음 만난 예수를 친척이라고 제자들에게 소개했을까? 알 수 없었다. 물어볼 수 없었다. 다만 그가 보기에도 예수는 남과 다르다는 것만은 알 수 있었다.

"그런데 선생님, 왜 사다리가 다른지요?"

예수의 사다리와 그의 사다리가 다르다는 말이 빌립의 마음에 걸렸다. 어찌 보면 선생이 예수는 높게 평가하고 그는 낮추어 평가한다는 생각이 들어 자기도 모르게 못마땅한 기색을 보였던 모양이었다.

"허허허, 긴 사다리, 짧은 사다리가 있소. 그러나 서두르지 마시오. 그가 오르락내리락하던 그 사다리를 자기 혼자 독차지하지는 않을 것이오. 그대도 그 사다리 오르내릴 날이 오겠지."

그렇게 말한 다음 요한은 입을 다물었다. 그는 눈을 들어 아스라이 먼 저쪽 유대 광야를 바라보고 있었다. 언젠가 요한이 제자들에게 말했다. 그곳에서 들리는 것은 배고픈 승냥이와 이리의 울음소리뿐이고, 먹을 수 있는 것은 굴러다니는 돌덩이뿐이고, 마실 물은 흐르는 땀뿐이라고. 그러나 빌립이 살펴보니 요한의 눈은 광야를 넘어 하늘을 허허롭게 헤매고 있었다. 무언가 아쉬워하는 듯 보였고, 또 외로워 보였다.

공동체로 다시 돌아온 예수를 만나니 빌립은 분봉왕의 군인들에게 잡혀 끌려가면서 요한이 남긴 은밀한 부탁이 떠올랐다.
"빌립! 나는 예수가 수행을 잘 마치고 여기로 돌아올 것을 믿소. 그는 해낼 거요. 그가 돌아오면 나를 기다리지 말고 그를 따르시오. 그는 내 뒤를 이을 사람이 아니고, 새로운 길로 사람들을 인도할 사람이오."
빌립에게 그 말을 남긴 요한은 군인들에게 끌려 허청허청 걸어갔다. 그 뒷모습을 바라보면서 빌립은 요한이 다시 돌아오지 못하리라는 예감이 들었다. 몇 사람의 용감한 제자들이 선생을 끌고 가는 군인들을 따라갔지만 언젠가 그들도 어깨를 늘어뜨리고 속이 빈 사람처럼 걸어 돌아오리라고 그는 예상했다.
마침내 마케루스 감옥에 갇혔던 요한이 처형됐다. 처형하면서도 안티파스는 사람들 앞에서 공개적으로 요한을 모욕하며 목을 베지는 않았다. 그건 예언자라고 불린 사람에 대하여 그가 갖출 수 있는 마지막 예의였다. 마케루스까지 따라가 감옥에 갇힌 요한의 시중을 들던 제자들이 요한의 시체를 넘겨 달라고 요구했고, 안티파스는 뜻밖에 그 요구를 받아들였다. 제자들은 목 없는 요한의 시체를 땅에 묻었다. 사홀 낮 사흘 밤을 무덤 곁에 머물며 선생을 애도하던 제자들이 요단강으로 돌아왔다.

예수를 만나자마자 마케루스에서 돌아온 요한의 제자들은 목 놓아 울면서 하소연했다.

"예수! 우리는 선생님을 묻은 다음 그대로 발걸음 돌려 떠나올 수 없었소. 마음 같아서는 끝까지 무덤 곁에 머물면서 선생님의 원수를 갚을 방법을 궁리하고 싶었지만 예수 그대가 돌아왔다는 소식을 듣고 돌아왔어요. 선생님께서 생전에 예수 그대에게 맡긴 일이 있으리라고 믿었기 때문이었어요."

"잘 돌아왔습니다. 그들이 선생님을 언제까지나 무덤에 묻어 둘 수는 없을 것입니다."

"그러면?"

"선생님은 이미 여러분과 함께 여기 돌아왔습니다. 선생님의 마음이 여러분 가슴속에 깊이 심어져 있기 때문입니다."

그러나 요한의 제자들은 예수의 말을 알아듣지 못했다.

"하여튼 안티파스가 처형했기에 그나마 선생님의 몸 일부라도 수습할 수 있었지, 만일 로마군이 개입해서 십자가 처형을 했더라면 뼈 한 조각도 수습할 수 없었을 거요. 끔찍한 일이 일어날 뻔했지요."

예수는 말없이 듣기만 했다. 그가 생각하는 죽음과 삶이 이미 그들과는 많이 달랐기 때문이었다. 제자들은 요한의 뒤를 이어 예수가 계속 세례를 베풀 줄로 믿었다. 그때 빌립이 나섰다.

"선생님! 여기 이렇게 남아 있다가는 우리 모두 곧 큰 변을 당할 것 같습니다. 잠시 몸을 피하는 것이 좋겠습니다. 안티파스가 언제 마음을 바꾸어 우리 모두 잡아들일지 알 수 없습니다. 그 여우는 변덕이 심해 누구도 그가 무슨 일을 저지를지 예측할 수 없습니다."

"아니! 요한 선생님이 예수에게 여기 머물면서 계속 세례를 베풀라고 부탁하신 것 아니었어요? 어디로 도망가자는 말이오?"

"도망이 아니라 피하는 겁니다."

"그게 그 말이지! 예수! 저번에는 경황없이 당했지만 이제 다시 분봉왕이 군대를 보내면 우리가 모두 나서서 저 강물 속에 빠뜨려 버릴 테니 걱정 말고 여기서 선생님 하던 일을 이어갑시다."

빌립과 나머지 제자들이 옥신각신하는 동안 예수는 말없이 흘러가는 강물을 바라보았다. 때와 장소를 가늠하고 있었다.

"여러분! 선생님이 끌려가시면서 마지막으로 나에게 당부하셨습니다. '그가 돌아오면 나를 기다리지 말고 그를 따르시오. 그는 내 뒤를 이을 사람이 아니고 새로운 길로 사람들을 인도할 사람이오.' 이제 생각하면 그건 선생님의 유언입니다. 명령입니다. 여기서 예수 선생님이 세례 주면서 새로 걸어야 할 그 길을 포기할 수는 없습니다. 나는 예수 선생님이 가시는 곳이면 어디든 따라가겠습니다."

빌립이 단호하게 나서자 다른 제자들은 어찌해야 할지 모르는 당황한 모습을 보이며 수그러졌다. 더구나 그가 주저 없이 예수를 '선생님'이라고 부르는 것을 보면서 예수를 다시 바라보았다. 그러고 보니 그들 앞에 서 있는 예수는 예전의 그가 아니었다. 왠지 알 수 없었지만 달라진 사람으로 보였다. 그들은 사람이 살아가면서 달라질 수 있다고 한 번도 생각해 보지 않았다. 사람은 모두 태어난 대로 살아간다고 믿었다. 악인은 원래 악인으로 태어나고, 하느님의 일을 맡을 사람은 큰 징조와 함께 이미 하느님의 사람으로 태어난다고 믿었다. 수행을 통하여, 혹은 어떤 일을 겪고 사람이 바뀐다는 말은 들어본 적도 없었고, 있을 수도 없는 일이었다. 그러나 실제로 변화되어 나타난 예수를 눈앞에서 만났기 때문에 그들은 혼란스러웠다.

"어디로 가자는 말이오?"

한 사람이 엉거주춤 빌립에게 물었다.

"분봉왕의 영지를 벗어나 멀리 갈릴리 북서쪽을 넘어 페니키아 지방으로 물러나는 것도 생각해 봤으나, 아래 갈릴리를 비스듬히 가로질러 이동해야 하는 길이라 위험하기는 여기 요단강에 머무는 것과 마찬가지요. 하여튼 … ."

빌립이 말을 멈추자 무슨 말이 그의 입에서 나올지 모두 긴장한 표정으로 기다렸다.

"우선 이 요단강 지역은 벗어나는 것이 좋겠습니다. 여기는 요한 선생님이 처형된 마케루스와 너무 가깝습니다."

"맞아요! 그리 생각해 보니 이왕이면 한시라도 빨리 여기를 떠나야 할 것 같네요."

피신한다는 의견에 반대하던 제자들 모두 이제는 어디로 갈 것인지 그 방향을 생각하고 있었다. 그건 빌립이 선생님의 유언이며 명령이라고 강하게 주장하며 그들을 설득한 결과였다.

"갈릴리 호수 쪽으로 가서 당분간 몸을 숨기는 것이 어떨까요?"

빌립의 말에 다른 사람이 반대했다.

"아니, 왜 하필 갈릴리로 걸어 들어간단 말이오? 거기도 안티파스의 영지인데? 게다가 갈릴리 호수에는 안티파스의 왕성 티베리아스도 있는데?"

"그래도 거기는 배를 타면 호수 마을 어디로든 갈 수 있고, 걸어서
라도 북쪽으로 빠져나갈 수도 있잖아요."

그랬다. 뭍에서는 몇 군데 길목만 막으면 꼼짝할 수 없지만, 배를
타면 쉽게 호수를 건너 어디로든 빠져나갈 수 있었다. 그렇게 생각하
니 가버나움으로 돌아가는 것이 좋을 듯 생각됐다. 예수가 결정했다.

"가버나움으로 갑시다."

가버나움이라면 호수로든 육지로든, 갈릴리를 벗어나 안티파스의
손길이 미치지 않는 분봉왕 빌립의 영지로 쉽게 빠져나갈 수 있는 장
점도 있었다. 그 지방 지리라면 예수도 눈에 훤했다. 요한의 제자였던
빌립은 예수를 따라 함께 이동하기로 했고, 나머지 제자들은 각자 편
한 대로 흩어졌다가 가버나움 근방에서 모이기로 했다. 열 명도 넘는
사람들이 우르르 길을 떠난다면 분봉왕에게 위치를 고스란히 노출시
키는 것밖에 안 되기 때문이었다. 안티파스도 아버지 헤롯왕처럼 사
람들이 모이거나 집단으로 이동하면 즉시 체포하거나 제지했다. 여기
저기 동네마다 은밀하게 첩자들을 심어 놓고 감시했기 때문에 서로 조
심할 수밖에 없었다.

"그런데 나는 나사렛 마을에 잠시 들렀다가 갈 테니 먼저 가버나움
으로 가서 기다리시오. 그 마을로 직접 가든지 다른 마을에 흩어져서
고깃배를 타든지."

예수가 나사렛을 들러 가겠다고 말하자 빌립이 물었다.

"선생님, 저도 같이 나사렛에 같이 갔다가 가버나움으로 가면 안 될
까요?"

"안 될 일이 무엇이겠소. 같이 갑시다."

그렇게 나사렛 길에 빌립이 따라나섰다. 그는 예수가 나사렛 집에 돌아가서 발목 잡혀 주저앉지 않을까 걱정했다. 그러는 것이 정상이고, 가족을 두고 다시 떠나는 것이 비정상이었기 때문이었다. 그러나 요한 선생의 은밀한 당부를 받은 이후, 빌립은 이제 예수를 선생으로 모시기로 마음먹고 모든 것을 그에게 걸었다.

나사렛 집에 들러 하룻밤 어머니와 동생들을 만난 다음 예수는 곧바로 길을 떠나 가버나움으로 돌아갔다. 세례자 요한을 찾아 떠난 지 일년 정도 흘렀는데 그새 가버나움 집은 퇴락할 대로 퇴락해 곳곳이 무너져 있었다. 뜰에서 바로 방 앞까지 온통 무성한 풀로 덮여 있었다. 그래도 치우고 정리하면 그런대로 아직 사람이 살 만은 했다. 옆집에 사는 시몬과 안드레 형제가 와서 집 청소를 거들었다. 게다가 예수가 빌립까지 데리고 다시 나타나자 그들은 더욱 기뻐했다. 시몬, 안드레 형제와 빌립은 벳새다에 살 때 서로 가깝게 지낸 사이였기 때문이었다. 그들 형제는 빌립이 예수를 선생님이라고 부르는 것이 이상하다는 표정이었지만 대놓고 물어보지 않았다.

"예수, 우리는 자네가 다시 가버나움으로 돌아오리라고는 꿈에도 생각 못했네. 돌아온다고 귀띔만 했어도 우리가 이 집을 이렇게 만들지는 않았을 텐데 … ."

안드레가 미안하다는 듯 말했다. 그들 형제는 예수가 가버나움을 떠날 때와 다른 사람이 되어 돌아왔다는 점을 느끼고 있었다. 무뚝뚝하고 말주변이 변변치 않은 시몬은 아무 말도 없이 거덩거덩 이것저것 주워 내고 세우고 치우기만 했다.

뉘엿뉘엿 해가 지더니 곧 금빛 은빛으로 출렁이던 갈릴리 호수에 어둠이 내려앉기 시작했다. 어둠이 밤이 되어 호수를 덮었는지 호수에서 밤이 퍼져 올라와 저녁 안개처럼 사방을 덮었는지 알 수 없었다. 네 남자가 치우고 쓸고, 무너진 곳은 다시 세우고, 헌 곳은 흙을 퍼와 채우고, 맥질도 하고 보니 한나절 만에 사람이 살 수 있는 집 꼴을 갖추었다. 어느덧 집 안에도 어둠이 성큼 들어와 있었다.

그때 시몬의 작은아들이 깡충깡충 뛰어 뜰에 들어섰다.

"식사하시래요."

"그래, 알았다."

시몬이 예수를 보며 말했다.

"가세, 식사하세."

"아닐세! 나는 그냥…."

"어허! 가자니까!"

"그래, 예수! 같이 식사하세."

안드레까지 거들고 나섰다.

"뭘 우리까지…."

"아니, 자네가 오랜만에 만난 우리 고향 친구 빌립을 굶기실 생각이신가? 뭐, 그럼 우리도 같이 굶지."

그때 시몬의 아들이 고개를 갸우뚱하며 말했다.

"할머니가 예수 아저씨도 꼭 함께 식사하러 오시라 했는데요?"

더는 사양할 수 없어서 예수와 빌립은 시몬 형제를 따라 나섰다. 그때 앞장서서 걸어가던 시몬의 작은아들이 슬그머니 예수 옆으로 오더니 그 작고 앙증맞은 손으로 예수의 손을 가만히 잡았다. 무척 작고 보드라운 손이었다. 따뜻하고 말랑말랑했다. 순간 나사렛에 있는 동생들이 생각났다. 갑자기 어둠이 내려앉은 호수 위를 아픔이 슬쩍 날아오더니 가슴을 긁고 지나갔다.

가족과 떨어져 있을 때 유난히 더 가족이 생각나는 시간이 있는 법이다. 예수에게도 그런 시간이 있었다. 해가 지고, 어두워지기 시작하는 시간, 옹기종기 붙은 집들 위로 어둠이 안개처럼 내려앉기 시작하는 시간, 집집마다 조그만 불빛이 새어 나오는 시간, 하루 종일 무겁게 끌고 다니던 그림자가 몸을 놓아두고 떠나는 시간, 그때면 왠지 슬픔이 목을 타고 올라오고, 어디라도 주저앉아 꺼이꺼이 울고 싶어졌다. 비단 가족이 그리워서 그런 것만은 아니었다. 갈 길을 찾아 헤매는 그 자신이나 길을 잃고 헤매는 이스라엘의 삶이 슬프기 때문이었다.

그런 시간이면 언제나 나사렛에서의 저녁식사 자리가 생각났다. 왜 사람은 무엇을 생각하든 누구를 생각하든 같이 둘러앉아 빵을 떼었던 기억을 먼저 떠올리는지 모를 일이었다. 어머니는 없는 살림에도 언제나 무엇이든 먹을 것을 만들어 내놓았다. 솜씨 좋은 아버지가 잘 짜맞춘 식탁에 가족이 둘러앉으면 아버지는 두 손을 들고 하느님께 감사 기도를 드렸다. 어린 동생들은 그 시간을 못 참고 눈을 떴다 감기를 여러 번, 기도가 끝나기 무섭게 모두 입맛을 다시고 식탁 앞으로 바짝 다가앉았다.

다른 집과는 달리 아버지, 어머니는 제일 어린 동생 몫부터 먼저 챙겨 주었다. 그때는 깨닫지 못했는데 나중에 가버나움에서 함께 배를 타는 동료들과 둘러앉아 빵을 뗄 때 알게 되었다. 예수가 빵을 떼어 나누는 방식과 다른 사람이 나누는 방식이 달랐다. 예수는 언제나 가장 배고파하는 사람, 가장 불편한 사람, 가장 몸이 부실하고 허약한 사람 몫부터 떼어 챙겨 주었다. 그건 어머니에게서 배운 일이었다. 어머니는 어린 동생들부터 빵을 나누어 주면서 늘 잊지 않고 주의를 주었다.

"천천히 꼭꼭 오래오래 씹어 먹어라."

허겁지겁 금방 먹어치우고 양이 차지 않아 아버지의 빵조각을 넘겨보는 동생들을 경계하는 뜻도 있었겠지만, 천천히 오래오래 씹어 삼키면 이상하게 조금 먹어도 배가 부르다는 것을 예수도 알게 됐다. 빵조각을 조금 찢어 스프에 살짝 담갔다가 입안에 넣고 오물오물 씹으면 그렇게 맛있을 수가 없었다. 햇볕에 잘 말린 건포도나 무화과 열매, 어렵게 구한 대추야자라도 곁들이면 그야말로 진수성찬이었다. 어머니는 언제나 싱싱한 푸성귀를 식탁에 올렸다.

집 위쪽 언덕에 만든 밭에는 언제나 야채가 자라고 있었다. 어린 동생까지 온 식구가 달라붙어 돌을 주워 내고 흙을 갈아엎어 만든 밭이었다. 그 밭에서 갓 뜯어온 채소에 올리브기름 조금, 포도주를 익혀 만든 식초를 조금 섞어 뿌려 먹으면 참으로 상큼하니 맛있었다. 다른 집에서는 식사 시간에는 말없이 경건해야 한다지만 예수네는 달랐다. 아버지, 어머니는 식사하면서 이런저런 얘기를 나누고 그러다가 꼭 자식들의 의견도 물어 보았다. 일부러 어려운 말을 끌어대서 대답하려고 끙끙거리는 동생들 모습에 식구들 모두 갑자기 폭소를 터트리곤 했었다.

그렇게 즐거운 식탁이었다. 지나간 어떤 시간의 기억은 늘 맛과 함께 냄새와 연결되어 있었다. 집을 떠난 이후 예수에게 저녁시간은 언제나 어머니가 차려 준 식탁의 맛과 냄새로 기억됐다. 식탁에서 가족은 서로의 존재를 더욱 깊게 새긴다. 누구와 함께 빵을 뗀다는 일은 언제나 중요한 일이고, 매우 즐거운 일이다.

나사렛 가족을 생각하다가 예수는 시몬의 작은아들 어깨를 꼭 끌어안았다. 시몬과 안드레 그리고 빌립은 앞장서서 걸으면서 무엇이 우스운지 갑자기 큰 소리로 웃음을 터뜨렸다. 아마 벳새다에서의 옛날에 대한 얘기이리라. 언제 얘기인지는 모르지만 그들에게도 즐거웠던 옛 기억이 있을 것이었다. 호수에 어둠이 짙게 내려앉았고, 마을에서 깜빡깜빡 따스한 불빛이 보였다. 일찍 나간 저녁 고기잡이배들이 켜놓은 불빛도 이리저리 천천히 호수를 흘렀다.

시몬네 집은 가버나움 다른 어부들보다 딸린 식구가 많았다. 장모와 아내, 그리고 아들 둘에다가 벳새다에서 찾아온 동생 안드레 부부까지 한집에 같이 살았다. 안드레는 매일 밤 시몬과 함께 호수에 나가 고기를 잡았다. 그렇게 식구가 많았지만 호수 속에 헤엄쳐 다니는 물고기 씨가 마르지 않는 한 굶는 일은 없었다. 그런 면에서 어부 형편이 농부들보다는 훨씬 나았다. 더구나 시몬 네는 집 뒤에 조그만 텃밭을 가꾸었다. 시몬과 두 아이들 안드레까지 때때로 거들지만 주로 집안 여자들이 나서서 채소를 골고루 가꾸었다. 언제나 굽거나 튀긴 생선에 야채를 곁들여 먹을 수 있었다.

식사는 정갈했다. 둘러앉을 자리 한가운데 넓적한 광주리에 갓 굽거나 튀긴 생선이 여러 마리 담겨 있었다. 한 사람이 두 마리씩은 먹을 수 있는 양이었다. 광주리에 빵도 수북하게 쌓여 있었고, 올리브기름, 소금에 절인 짭짤한 올리브, 싱싱한 파와 이파리 넓은 채소도 있었다. 더구나 그 귀하다는 꿀도 조그만 종지에 담긴 채 놓여 있었다. 싱싱한 레몬도 대여섯 개 생선 광주리에 담겨 있었다.

"와!"

시몬의 큰아들, 작은아들이 한꺼번에 환호성을 올렸다. 푸짐한 빵과 꿀에 신이 났던 모양이었다.

모두 둘러앉았고, 시몬의 장모와 아내, 그리고 안드레 아내까지 아이들 뒤에 두 손을 가지런히 모으고 섰다. 남자들 식사하는 동안 시중을 드느라고 여자들은 부엌에서 일하는 것이 보통이지만 그날은 예수가 한자리에 모두 모이라고 얘기했다. 예수가 빵을 들고 하늘을 우러러 기도했다.

"하늘 아버지, 감사합니다. 이 풍성한 자리를 축복하소서. 이 음식을 준비한 손길도 축복하소서. 이 저녁 시간에 아버지가 사랑하시는 모든 사람들이 가족들과 함께 빵을 뗄 수 있도록 돌보소서. 감사히 먹고 마시겠습니다. 아버지의 영광이 이 땅에 충만하게 이루어지는 일에 저희를 쓰소서. 아멘."

집을 치운다고 일어났다 앉았다, 허리를 굽혔다 폈다 하며 한나절 움직여서 그런지 음식이 정말 맛있었다. 꿀을 찍지 않아도 빵이 달았다. 더구나 잘 구운 생선 위에 곱게 간 소금을 살짝 뿌려 살을 떼낸 다음 채소와 함께 빵에 싸서 올리브기름에 찍어 먹으니 오랜만에 식사다운 식사를 할 수 있었다. 시몬의 장모가 잘 익은 포도주 단지를 조심스럽게 들고 나와 커다란 대접에 가득 따랐다. 먼저 시몬이 한 모금 마시고 잔을 돌려 예수가 마시고 빌립이 마시고 안드레가 마시고, 그렇게 생선과 빵을 먹고 또 잔을 돌려 마시고, 자리는 점점 무르익었다.

가끔 예수와 눈이 마주치면 시몬의 장모는 멀리 떠났던 자식을 바라보는 어머니 표정으로 고개를 끄덕이며 흐뭇해했다. 작은 손자들 뒤에 서서 마냥 기쁜 표정으로 여러 사람이 맛있게 먹는 모습을 둘러보았다. 손자들이 빵에 싼 생선을 입 크게 벌리고 우적우적 먹는 것을 볼 때는 한껏 행복한 표정이었다.

말없이 눈만 두리번거리던 시몬도 포도주 잔이 몇 차례 돌고난 다음부터 점점 움직임이 커지고 목소리도 커졌다. 얘기는 주로 예수가 이끌었다. 시몬 형제와 헤어져 요단강을 따라 요한을 만나러 내려간 후 참 많은 일을 겪었기 때문이었다. 예수의 얘기를 들으면서 시몬과 안드레는 연신 눈을 크게 뜨며 놀라기도 하고, 눈을 가느스름하게 뜨고 그의 말을 가늠하려고 애썼다. 다시 만난 예수는 예전의 그가 아니라는 사실이 점점 확실하게 느껴졌다. 1년 남짓 떠나 있던 세월이 그렇게 큰 변화를 불러왔다는 사실이 때로는 믿기지 않았다. 그는 더 이상 이 배 저 배 불려 다니며 고기를 잡을 품꾼이 아니었다. 빌립이 왜 그를 깍듯이 '선생님'이라고 부르는지 알 수도 있을 것 같았다.

참으로 오랜만에 예수는 사람 사는 분위기를 맛보았다. 가족의 따스함이 예수의 몸을 푸근하게 감쌌다. 시몬의 아내와 안드레의 아내는 부지런히 음식을 만들어 내왔다. 밀가루로 빚어 올리브기름에 파삭하게 튀겨 내온 과자와 함께 대추야자 말린 것도 내오고, 포도주가 떨어질 때쯤 되니까 아예 큰 항아리를 통째로 들고 나왔다. 모두 기분 좋을 정도로 취했지만 아직 무언가 해야 할 일, 더 들어봐야 할 말이 남아 있었다.

영리하면서도 형보다 성격이 급한 안드레가 먼저 입을 열었다.

"예수, 앞으로 어떻게 하실 생각인가? 계획이 무엇인가? 이제는 어디 가지 마시고 이 가버나움에서 우리와 함께 지내세!"

그는 참 오랜만에 계획이란 말을 입에 올렸다. 사람들은 보통 앞날의 계획을 세우지 않고 그날그날 살기 때문이었다.

"그럴까 보다!"

"아니, 그러라니까? 우리와 같이 다시 고기를 잡고 싶으면 배를 타고, 그동안 배운 것 가르치는 선생 일을 하고 싶으면 우리가 사람들을 불러 모을게. 그래도 갈릴리에서는 어디를 둘러보아도 여기 가버나움이 가장 적합한 장소일 걸? 티베리아스와 적잖이 거리가 떨어졌으니 언제든 위험한 일이 생기면 미리 알 수도 있을 것이고."

그가 티베리아스 얘기를 꺼내자 갑자기 분위기가 철렁했다. 요한의 제자가 되어 따라다녔다는 예수가 선생이 처형당한 후에 가버나움으로 돌아온 것으로 보아 분명 분봉왕 안티파스를 피해야 할 형편이라는 점은 말 안 해도 알 수 있었다. 더구나 예수와 같이 온 빌립이 두 형제에게 은근히 눈 꿈쩍꿈쩍하며 낮에 한두 마디 던진 내용으로 보아 현재 예수에게 닥친 가장 큰 위험은 안티파스임이 분명했다. 가버나움으로 돌아온 것도 사실 그런 뜻이 있으리라고 그들은 믿었다.

"형편 보아 가면서 하세."

예수는 당장 그렇게 하자고 맞장구치며 나서지 않았다. 아직 그는 어떻게 시작해야 할지 마음속으로 결심하지 못했다. 그러나 언제까지 미루고 있을 일은 아니었다. 무슨 일이든 가버나움에서 시작하는 것이 가장 좋은 선택이라는 점은 분명했다.

"그런데 말이야."

얘기를 듣고 있던 빌립이 나섰다.

"내가 제자로 요한 선생님을 따를 때, 나보다 예수가 꽤 늦게 들어왔는데 내가 지금 예수를 '선생님, 선생님' 부르잖아? 이상하게도 어느 때부터 그리 되더라고……. 요한 선생님이 체포돼 들어간 이후, 누군가는 선생님의 뒤를 이어야 하는데 마침 예수가 수행을 마치고 돌아왔거든. 만나자마자 대뜸……."

"그래서?"

안드레가 그 점이 이상했기 때문에 얼른 말을 받으며 빌립을 쳐다보았다. 어서 들어보고 싶다는 몸짓이었다.

"따지고 보면 나나 예수나 요한 선생님의 제자였기는 마찬가지였는데, 왜 내가 선생님이라 부르게 됐는지 나도 모르겠어. 누가 나에게 좀 가르쳐줘 봐!"

우스꽝스러울 만큼 이상한 얘기였다. 그러나 그 점이 궁금하기는 모두 마찬가지였다. 사람은 그 사람 그대로였으나 예수는 달라져 있었다. 늘 조용하게 미소 짓던 사람이었는데 오랜만에 다시 만나보니 활달해졌다. 무언가로부터 풀려났음이 분명했다. 그를 짓누르고 있던 그 무엇, 갈릴리의 하늘이 그에게는 더 이상 버거운 무게가 아니라는 점은 분명했다.

예수는 아직 시몬의 마음이 닫혀 있음을 보았다. 다른 사람들처럼 고개를 끄덕였지만 안드레와는 달리 그는 새로운 무엇을 받아들일 처지가 아니었다. 고기잡이 하면서 자기 몫으로 받은 생선 중 먹을 만큼만 남겨 놓고 나머지는 모두 막달라 생선가공공장에 넘기며 돈을 모으고 있지만 아직 자기 배를 가지려면 5년도 더 일해야 가능할지 말지 답답한 형편이었다.

형편으로 말하면 안드레는 더 답답했다. 벳새다에서 가버나움으로 형을 찾아와서 아직도 형에게 얹혀살고 있는 셈이었다. 형과 달리 헬라 말을 좀 할 줄 알았고, 안드레라고 이름도 헬라식으로 아버지가 지어주었지만 그렇다고 헬라 도시에 들어가 살 용기는 없었다. 예전에 빌립이 그랬던 것처럼 이것저것 다 버리고 요한을 찾아가 제자가 될 수도 없었다. 아내와 가정을 꾸렸기 때문이었다. 그런데 예수가 돌아왔으니, 그가 무언가 남다른 것을 배워 왔다면 가까이 지내면서 새로운 기회를 잡을 수 있으리라는 생각이 들었고, 그래서 시몬보다 더 적극적이었다. 그런데 예수는 엉뚱한 말을 했다.

"안드레, 내일 밤에는 나도 같이 배를 타고 고기잡이 나가세. 오랜만에 뱃전에 부딪치는 파도소리 좀 듣고 싶네. 그 소리가 그렇게 그립더라고."

그 말은 안드레와 빌립에게 더 이상 그 문제는 얘기하지 말라는 말과 같았다. 그들은 예수의 마음을 눈치 챘다. 시몬은 아직 예수가 아무 계획도 세우지 않은 모양이라 생각했다.

시몬의 집은 호숫가에서 장정 걸음으로 3백 걸음쯤 떨어져 있었다. 밤 파도가 하얗게 거품을 일으키며 몰려오고 쓸려 나갔다. 파도야 하루 종일 철썩거렸겠지만 잠시 대화가 끊기고 보니 그 소리가 귀에 들어오기 시작했다.

"오늘 저녁에는 고기 잡으러 안 나가나?"

예수의 물음에 시몬이 대답했다.

　"지금은 술도 좀 마셨고, 자네와 빌립도 왔고. 오늘은 배 안 탄다고 미리 얘기해 두었네."

　"두 사람이나 빠지면 배가 나갈 수 있나?"

　"낮에 얘기해 두었으니 저쪽 마을 사람으로 머릿수를 채웠을 거야."

　"그럼 다행이고. 잘 먹었네. 내일 보세."

　예수는 시몬의 장모와 아내, 안드레 아내에게도 인사하며 자리에서 일어났다. 졸린 눈을 비비던 시몬의 아들들은 이미 잠자리에 든 지 오래됐다.

　생각보다 시간이 꽤 지나 깊은 밤이 되었다. 호수 위에 안개가 자욱이 내려앉았다. 빌립은 아무 말도 하지 않고 묵묵히 예수 옆에 서서 걸었다. 안개 속에서 밤 갈매기가 울었다.

✠

　예수가 가버나움에서 사람들을 가르치기 시작했을 무렵, 물이 얕은 곳에 고깃배 몇 척이 떠 있었다. 밤새 고기잡이 하고 들어온 사람들이 잡은 고기를 나누고, 집에 들어가 한숨 자고 나온 후 뱃전에 앉아 그물을 깁고 있었다. 한번 고기잡이 나갔다 오면 늘 그물을 수선해야 했다. 고기 떼를 찾아 낮은 물가에 그물을 내린 날이면 손질할 일이 더 많았다. 그래서 사람들은 특별한 경우가 아니면 늘 깊은 곳에 배를 몰고 나가 그물을 던졌다.

　그물을 기우면서 하는 얘기는 늘 신세 한탄이었다. 그들에게 앞날을 미리미리 계획한다는 일은 바랄 수 없는 사치였다. 하루하루 살아 가는 일이 문제였다.

"우리 같은 무지렁이가 무얼 할 수 있겠어?"

"그럼. 자네나 나나 아무리 외치고 떠들어도 누가 눈 하나 깜짝할 까? 그저 '찍 소리 말고 매일 배 타고 나가 고기를 잡아라. 잡은 물고 기의 2할은 어김없이 바쳐라' 그런 소리만 들을 뿐이지."

"바칠 때까지 기다려주면 고마운 사람이게? 조금만 늦으면 죽이네 살리네 난리치며 몰려와 빼앗아가잖아!"

"무슨 결단을 내야지, 정말 이러고 살아야겠어?"

"무슨 결단? 원래 타고나기를 그렇게 타고난 걸. 그나저나 세상이 왜 이리 뒤숭숭한가?"

"글쎄 말이야. 뭐가 목까지 가득 차 올라온 것 같네."

어부들은 배를 타고 나가 그물질하기 편한 장소, 물 가까운 호숫가에 마을을 이루고 살았다. 마을마다 배가 파도에 휩쓸려 떠내려가지 않도 록 매어 둘 수 있는 조그만 곶을 이룬 장소 부근에 마을이 형성됐다. 때 때로 비를 가득 품고 서쪽에서 불어오는 바람이나 호수 동쪽 고원을 넘 어 불어오는 매서운 바람이 느닷없이 호수에 큰 파도를 일으켰다.

남자들은 주로 밤에 배를 타고 나가 그물질을 하고, 여자들과 아이 들은 집에서 뒷산 비탈에 이르기까지 일구어 놓은 밭에서 농사를 지었 다. 어부들 중 부지런한 사람은 밤새 그물질을 하고 돌아와서도 아침 에 잠시 눈을 붙이는 둥 마는 둥 하고 바로 뒷밭에 나가 농사일도 했 다. 아무리 여자들에게 맡겨 놓았다 해도 힘 좋은 남자들이 해야 할 일 이 있기 마련이었다. 그러나 대부분 어부들은 낮 시간에는 그물을 깁거나, 잠을 자 두어야 밤에 배를 타고 나갈 수 있었다.

그물을 수선하다 말고 나이 젊은 몇 사람이 서로 손짓하며 수군거리더니 우르르 몰려갔다.

"왜! 왜들 그래?"

"글쎄 가보자니까요!"

"아, 바쁜데 가서 뭐해? 들어보나 마나 뻔하지!"

"그래도 이 사람은 좀 달라요."

"뭐가 달러? 그놈이 그놈이여!"

"선생이래요!"

"아이구, 무슨 선생이 나사렛에서 나오고, 무슨 선생이 배 타고 물고기 잡아?"

"그럼, 관두세요, 우리끼리 다녀올게요."

"오늘밤 배 나갈 때 늦으면 안 돼!"

"아이구, 안식일이 시작되는 저녁인데 오늘은 쉬지요! 그나저나 가보고 올게요."

매일매일 똑같은 일에 매달려 살아가는 호수마을 사람들, 다른 생각이라고는 한 번도 해본 적 없던 사람들이 술렁였다. 가버나움에 돌아와 사는 예수 때문이었다.

그물을 깁다 말고 예수를 만나보겠다고 몰려가는 젊은이들을 보며 나이 먹은 어부는 근심스러운 표정으로 옆사람에게 말했다.

"그 사람, 무슨 일을 저질러도 저지르고 말 사람이더군."

"알다가도 모를 일이야. 그 사람과 한번 만나 얘기를 나눈 사람은 모두 그를 선생님이라고 부르며 따르니, 모르기는 몰라도 무슨 특별한 점이 있나 봐."

"어허! 별일이네! 사람들이 이렇게 술렁이는 것은 처음 보겠네. 그나저나 오늘은 비가 오려나? 배 몰고 돌아올 때 보니 아침 해가 뜰 무렵 동쪽 하늘이 많이 붉더라고 ⋯ ."

나이 먹은 사람들은 걱정이 앞섰고, 젊은이들은 괜히 흥분되어 가슴이 설렜다. 때때로 지나가는 시리아 상인들을 만나보는 것 외에는 늘 그 일이 그 일인 양 변함없이 살아가던 사람들이었는데, 무언가 새로운 물결이 흘러든 듯 술렁거렸다. 그리고 외지 사람들까지 선생을 찾아왔다고 가버나움을 기웃거리는 일도 생겼다.

"근데 말이유."

그물을 깁던 사람이 끝났는가 싶었던 얘기를 다시 이어갔다. 그도 그물을 뱃전에 걸어 두고 선생이라는 예수를 찾아가 보고 싶은 마음이 생겼기 때문이었다.

"그 사람이 했다는 얘기를 들어 보면 이제까지 우리가 잘못 살아온 거여."

"그러게 말이야!"

"하루 한 끼 먹고, 고기 잡고, 누워 자고, 애 낳고 사는 것보다 더 중요한 일이 있었다니! 저놈들은 왜 그걸 여태까지 우리에게 숨긴 겨?"

예수가 했다는 말을 전해 들으면서 그들은 조금씩 눈을 떴다. 아무 의미도 희망도 없이 그저 하루하루 쪼들리며 살아가던 사람들이 천하보다 더 귀한 생명이고, 귀하게 돌봄을 받아야 할 사람이라는 것을 예수가 일깨워 주었기 때문이었다.

잔잔한 물결에 햇빛이 쏟아지고, 그러면 햇빛은 찰랑찰랑 반짝이며

물가로 밀려왔다. 밀려왔던 파도는 쭈쭈 쭈우 소리를 내며 금방 밀려
나갔다. 호수를 건너 선득 불어온 바람이 그날은 유달리 시원했다. 호
수 갈매기가 날개를 퍼덕이며 날았다. 날개에 실린 햇빛이 또그르르
물 위에 떨어졌다. 주위에 모여 앉은 사람들에게 예수가 물었다.

"여러분, 누가 이제까지 여러분을 돌봐주었습니까?

"예, 저를 고깃배에 태워준 선주 어른이요."

"어려운 일이 있을 때마다 찾아가는 촌장이요. 그분으로부터 빌려
먹은 곡식이 지금까지 다 합치면 한 섬도 넘어요."

"돌아가신 아버지요. 참 고생 많으셨어요."

"저도 그래요. 아버지는 아침에 집에 돌아오실 때 언제나 한 바구니
가득 물고기를 들고 오셨어요."

"다른 분은 더 없습니까? 임금님, 장군, 제사장, 그런 분 도움을 받
은 적은 없습니까?"

"도움이요? 코빼기도 못 보았어요. 긁어가지만 않으면, 군졸을 풀
어 느닷없이 들이닥쳐 끌어가지만 않으면 그나마 다행이지요."

"맞아, 여기 분봉왕은 그래도 전쟁은 안 벌였잖아? 우리 아버지만
해도 몇 번이나 전장에 끌려갔다던데. 나는 아직 전쟁터에는 끌려 나
간 적 없으니 다행이네. 그렇다면 안티파스가 우리 보호자구면."

누구로부터 실질적으로 도움을 받아본 적 없었던 사람들, 그저 내
버려만 두면 어디에서나 뿌리내리고 사는 들풀 같은 사람들. 햇빛에
그을린 검붉은 얼굴, 이마에 볼에 깊게 주름이 파인 사람들, 젊은 나
이에 이미 이가 다 빠져 홀쭉해진 볼을 볼록거리며 얘기하는 사람, 그
얼굴을 한 사람씩 바라볼 때 예수의 가슴에 쏴아쏴아 아픔이 밀려들었

다. 그 아픔은 호수 건너 어렴풋이 보이는 고원에서 언덕을 내리달려 쏜살같이 호수를 건너 밀려들기도 했고, 갈매기 날갯짓에 아른아른 호수에서 피어올라 가슴으로 파고들기도 했다.

"그렇다면 여러분을 보호하겠다고 나서는 사람과 얘기해 본 적 있습니까?"

"누가요?"

"없는데요!"

말 그대로 그들은 그저 잊힌 사람이었다. 세상은 누구와 서로 도움을 주고받는 후원관계로 맺어져 있다. 자기를 후원해줄 사람이 이 땅에 단 한 명도 없지만, 세상이란 서로 베풀고 받는 후원관계로 이어졌다는 사실만은 그들도 들어 잘 알았다.

가장 강력한 힘을 가진 자, 로마제국 황제 밑으로 끊임없이 주고받는 후원관계가 이어졌다. 지방이나 속주의 왕은 황제의 신임이라는 후원을 받고, 그들은 황제에게 충성을 바쳤다. 가장 꼭대기에 황제가 있고, 그 아래 수없이 많은 크고 작은 피라미드가 황제를 떠받치고 있다고 볼 수 있었다. 달리 보면 황제가 가장 가운데에 있는 점이고 그 점을 둘러싼 작은 원, 그 밖에 또 다시 그 원을 둘러 싼 원이, 그 밖에 또 그 원을 둘러싼 원이 있다고 볼 수도 있다. 가장 가운데에 있는 한 점을 둘러싸고 수없이 많은 여러 형태의 원을 그릴 수 있다. 동심원, 타원, 찌그러진 원. 그 원 내부에 조그만 원이 또 그려질 수는 있지만 결국 중앙에 있는 한 점 로마황제를 중심으로 삼는 큰 원의 일부였다.

가버나움은 갈릴리라는 원, 갈릴리는 이스라엘이란 원, 이스라엘은 로마제국의 변방이라는 더 큰 원 속에 포함된 작은 원이었고, 그 원

속에는 겹겹의 크고 작은 원들이 속해 서로 밀고 당기며 살아갔다. 복종은 피라미드 형태를 이뤘고, 관계는 여러 층위에 그려져 있는 원 속에서 이루어졌다. 땅을 중심으로 원이 그려지기도 하지만, 대부분 사람을 중심으로 원이 그려졌다. 황제를 중심으로 가장 먼 곳에 있는 원에 속한 사람은 황제와 연결되기 위해서는 좀더 안쪽에 있는 원, 다시 그 안쪽, 또 그 안쪽, 수없이 많은 중개인이라는 원을 거쳐야 했다. 중개인이 핵심과 가까우면 거쳐야 할 단계를 줄일 수 있고, 만일 핵심으로부터 먼 자리를 차지한 중개인이라면 핵심에 이를 수 있는 길은 원천적으로 차단된 것이나 마찬가지였다.

로마황제, 유대총독, 갈릴리 분봉왕과 같은 큰 단계와 연결 맺는 일이 애초부터 불가능한 사람은 갈릴리의 분봉왕을 중심으로 한 작은 원의 세계, 더 작게 말하면 갈릴리 호수를 관장하는 책임자 알렉산더를 중심으로 하는 더 작은 원의 세계에 자기 자리를 잡아야 했다. 가버나움 촌장은 그래서 티베리아스에 있는 알렉산더의 부하에게 줄을 대고 있었다. 알렉산더를 중심으로 그려진 원들 중 어느 바깥 원에 끼어 있어야 가버나움 사람들을 이끌고, 좀더 나은 어장을 확보할 수 있기 때문이었다. 대개 촌장은 마을마다 있는 회당장을 겸했다.

"여러분에게 후원자는 누구입니까?"

예수가 다시 질문을 던지자 모여 앉아 제각기 자기 후원자를 얘기하던 사람들이 입을 닫았다. 예수가 같은 질문을 계속하는 이유를 그들은 어렴풋이 느낄 수 있었다. 예수는 다른 대답을 원하고 있었다. 사람들이 각기 내세운 그들은 후원자가 아니라는 암시였다.

"예, 아는 사람이 티베리아스 분봉왕 궁정에서 일하는데 그 사람에게서 … ."

"뭐, 그 사람은 별로 가까운 사람도 아니라며?"

옆에 앉은 사람이 퉁명스럽게 말했다. 그때 예수가 다시 물었다.

"누가 여러분에게 가장 가까운 후원자입니까?"

"로마 군대 백부장이요!"

"에이! 그 사람은 이방인이고 … ."

갈릴리에 있는 성읍과 마을들에 회당 건물을 가진 곳은 별로 없었다. 큰 도시 몇 군데, 아니면 가버나움처럼 특별히 누가 기여한 경우에만 가능했다. 마을 북쪽 산비탈에 주둔하고 있는 로마 군대의 한 백부장 도움을 받아 가버나움 사람들은 조그만 회당을 세울 수 있었다. 그래서 그 로마 군대의 백부장을 후원자라고 생각하는 사람이 가버나움에는 여럿 있었다. 그러나 가버나움 촌장으로부터 도움을 받았다는 사람도, 안티파스 궁정에 아는 사람이 있다는 사람도, 로마 군대 백부장을 들먹이던 사람도 더 이상 끌어댈 사람이 없었다.

"내 후원자가 누구인지 더 말할 사람 있습니까?"

예수가 질문을 계속하자 사람들 마음이 조금씩 불편해지기 시작했다. 도와줄 사람 하나 없다고 생각하며 살기는 했지만 그렇게 꼬치꼬치 파고드는 예수의 질문을 받고 보니 사실 그들에게는 아무도 없었다. 잊힌 사람이라는 생각뿐만 아니라 세상으로부터 내팽개쳐진 사람이라는 생각도 들었다. 누가 나를 도와주는 사람이라고 애써 믿으며, 그나마 그 사실을 위안삼아 살았는데 따지고 보니 모두 헛것이었다. 비참했다. 더 이상 무얼 붙잡고 매달릴 수도 없이 가장 밑바닥에 떨어져 있음을 깨달았다. 그렇지만 왜 그렇게 비참한 자기 위치를 거듭 생각하게 만드는지 예수의 뜻을 알 수는 없었지만 마음으로는 거북스러웠다.

"후원자는 무엇으로 여러분을 도와주었습니까?"

예수는 묻는 방향을 바꾸었다. 예수가 묻는 뜻을 사람들이 충분히 깨달았다고 생각했기 때문이었다.

"여러분이 후원자에게서 받은 것을 그대로 다시 돌려주거나 갚아야 한다면 그 사람이 후원자입니까, 아니면 빚쟁이입니까?"

"뭐 그렇게 말씀하시니, 따지고 보자면 빚쟁이네요."

식량이 떨어졌을 때 밀 한 말을 꾸어 오면 한 말 세 되로 갚아야 했다. 이자를 주고받는 것이 금지됐다고는 하나, 꾸어 온 한 말에 세 되를 덧붙여 주는 계산은 다음 어려울 때에도 또 빌려 달라고 바치는 뇌물 내지 선물이었다. 크게 인심 쓰는 후원자라면 한 말에 한 되를 받기도 하고, 친척이라면 그냥 꿔줬던 대로 한 말만 받았다. 그런데 한 섬을 내어 주면서 '되갚을 생각 말고 그저 잊어버리고 잘 살아' 하고 말하는 후원자는 어디에도 없었다.

"원래, 후원자와 후원을 받는 사람 사이에는 준 것을 똑같은 것으로 갚지 않습니다. 왕이 그 신하들에게 후원을 베풀면 신하들은 왕에게 충성을 바칩니다."

사람들도 그런 관계를 말로는 들어 알고 있었다. 후원자는 후원을 받는 사람이 가지지 못한 것을 베풀어주고 그걸 받은 사람은 후원자가 필요로 하는 것으로 보답했다. 후원자가 베풀 수 있는 것은 누구나 손에 넣을 수 없는 매우 한정되고 귀한 것일 수밖에 없었다. 마을 사람들이 배곯고 있을 때 부자가 자기 곳간을 헐어 곡식을 나눠줘 굶주림에서 벗어나게 해준다면 마을 사람들은 그 부자에게 존경으로 갚는다. 부자에게 어떤 어려운 일이 생기면 마을 사람들이 스스로 발 벗고 나서서 돕는다.

재물로 명예를 산다는 말이 있다. 때로는 명예가, 때로는 안전이, 때로는 높은 자리가 재물을 풀어 얻으려는 목적이었다. 재물은 그런 목적을 달성하는 수단이었다. 재물을 얻기 위해 명예와 신용을 잃거나 수치스러운 일을 하면 그건 사람들의 손가락질을 받는 부끄러운 일이었다. 값을 쳐서 재물이나 곡식을 주고받는 일은 그저 거래일 뿐 후원이 아니었다. 식량을 빚진 부자에게 식량으로 되갚으면 후원관계는 끝이다. 밀 한 말을 꾸고 밀 한 말 몇 되로 되갚으면 더 이상 후원자와 후원을 받는 관계가 유지되지 않는다. 후원자의 집에 강도가 들었을 때 후원 받은 사람이 힘을 합쳐 강도를 물리친다든지, 이웃마을 사람들이 후원자 밭에 들어와 곡식을 베어 갈 때 모두 함께 몽둥이를 들고 달려간다든지, 후원자의 집에 혼사나 장례가 있을 때 어느 한 가지씩 일을 맡아 예식을 잘 치르도록 돕는 것과 같은 일을 하는 것이 바로 후원자에 대한 보답이다.

"얼마만큼 갚아야 후원에 보답하는 겁니까? 한번 나서서 후원자에게 보답하면 끝나는 겁니까?"

그 말을 들으니 사람들은 고개를 꼬기 시작했다. 도저히 무슨 이유로 그런 말을 묻는지 예수의 뜻을 가늠할 수 없었기 때문이었다.

"속담에 물에 빠진 사람 구해줬더니 보따리 내놓으라고 한다는 말이 있지요? 그 말을 들으면 참 염치도 없는 사람이라는 생각이 들지요? 그러나 내 생각으로는 '보따리 내놔라! 그렇지 않으면 앞으로 나 살아갈 일 책임져라!' 요구할 수 있어야 후원자가 됩니다."

"어이구! 선생님, 그건 좀…."

"누군가를 친구라고 부르려면 그 친구를 나와 똑같이 대우해줘야 합니다. 내가 누리는 것을 친구도 누릴 수 있어야 합니다. 그런 마음 없이 그 사람을 친구로 부를 수 없습니다. 그런 마음 없이 누구를 후원한다고 나설 수 없습니다. 끝없이 후원해주는 후원자! 그분을 만나야 합니다. 게다가 후원자는 후원받은 사람들이 보답할 수 있는 것보다 언제나 더 크게 베풀 수 있어야 합니다. 후원받은 사람이 자기는 충분히 보답했다고 믿게 되면 후원관계는 끝납니다."

후원과 후원에 보답하는 일의 관계는 그래서 언제나 불균형일 수밖에 없다. 예수는 그 말을 하고 있는 것이었다.

'도와주셔서 고맙습니다.'

그렇게 감사 인사를 하면 '더 이상 도움은 필요 없습니다'라고 말하는 것과 같았다. 감사와 보답은 도움받은 것보다, 받은 후원보다 언제나 작아야 한다. 후원받은 사람이 후원받은 것과 똑같은 것으로 되갚을 수 없어야 한다. 주고받는 것이 같거나 같은 가치를 가진 것이라면 그건 후원이 아니고 상호이익을 취하는 거래관계일 뿐이었다.

"그런 면에서 본다면 여러분이 받은 후원은 후원이 아니고, 여러분에게 베풀었다고 으쓱거리며 고개를 세우고 어깨를 넓게 벌리는 사람은 후원자가 아닙니다. 여러분은 여러분이 바치는 것보다 더 큰 후원을 받을 권리가 있습니다. 더구나 후원을 베풀지 않고 바칠 것만 요구하는 사람들은 절대로 후원자가 아니고 강도입니다. 곳간을 털어가거나 밤새 그물질해서 잡은 고기를 그물째 통째로 빼앗아가는 강도일 뿐입니다."

정신이 번쩍 났다. 이 사람이 지금 무슨 일을 하려고 이렇게 무시무시한 말을 쏟아내는지 모두 긴장해서 들을 수밖에 없었다.

"누가 여러분의 후원자입니까?"

예수가 다시 처음 물었던 질문을 던졌다. 모두 잠잠했다. 이제는 아무도 입을 열지 않았다. 사람들은 이미 예수의 말을 모두 이해했다. 그리고 받아들였다.

"여러분은 무엇으로 보답했습니까? 같은 것으로 갚았습니까? 이자를 선물이라고 부르며 덧붙여 갚았습니까? 그건 후원이 아닙니다."

도움을 주고받았다고 생각했던 일들이 사실 모두 잘못되었음을 사람들은 알게 됐다. 살아오는 동안 예수가 말하는 그런 후원은 한 번도 받아 본 적 없었다는 것을 깨달았다. 재물이나 곡식을 빌려주고 돌려받으면 후원이 아니다. 받은 것보다 더 많이 갚는다면 후원이 아니다. 받은 것 없는데 바치라고 하면 강도다. 이제까지 살아오면서 겪었던 일을 모두 한꺼번에 뒤집는 놀라운 얘기였다.

"자, 여러분. 정말 여러분을 도와줄 후원자는 없습니까? 어디에도 없습니까?"

"예, 말씀을 듣고 보니 정말 아무도 없네요. 얼마나 우리가 불쌍한 사람인지 이제 알게 됐습니다. 정말, 정말 아무도⋯. 그저 '네가 가진 것 모두 내놔라' 하는 사람들만 있고⋯. 아무도, 아무도 없네요. 으흐흑!"

이렇게 말한 사람, 이가 빠져 볼이 홀쭉한 그 젊은 사람은 말을 잇지 못하고 눈물을 흘리기 시작했다. 세상 천지에 도움받을 사람 하나 없다는 깨달음이 고통스럽게 그의 마음속을 헤집었다.

"정말, 힘들게, 힘들게 살고…. 평생 일해도 다 못 갚을… 빚만 쌓여 가고. 이제 버틸 힘이 없어요."

그는 눈물을 흘리며 흐느끼다가 터져 나오는 울음을 더 이상 억누르지 않았다. 곧 꺼이꺼이 목을 놓아 울기 시작했다. 그 사람의 처지를 알고 있다는 듯 다른 사람들은 말없이 고개를 끄덕였다. 아픔은, 흘리는 눈물은 누구도 막을 수 없는 전염병이다. 그 한 사람만 그런 것이 아니었다. 가슴 가장 깊은 곳에서 끓어 올라오는 울음소리를 들으면서 옆에 앉아 있던 사람들도 한 사람, 두 사람 눈이 붉어졌다. 그건 한 사람만의 형편이 아니고 둘러앉아 있는 모든 사람이 겪으며 사는 일이었다.

어떤 사람이든, 그 사람이 살아온 날들은 그에게는 세상 전체였고 역사였다. 어느 옛 임금의 영화가 그들에게 무슨 소용이 있으랴? 이스라엘이 저 멀리 눈 덮인 산 밑까지 정복하고 다스렸다는 옛날이 무슨 의미가 있으랴? 그들이 몸으로 겪으며 살아온 날들이 입을 벌려 호소하는 소리를 예수는 들었다. 삶 갈피갈피 배어 있던 말없는 깊은 슬픔이 그에게 호소했다. 보는 것을 듣게 되었고 아픔이 내는 마음의 소리를 그는 그대로 보았다.

원래도 그랬지만 광야에서 한없는 허무와 깊은 어둠을 경험한 예수는 마음에 공명줄을 걸어 둔 사람이 되었다. 비파의 현 가닥가닥이 함께 떨려 울리듯, 아파하는 사람의 마음은 틀림없이 그의 마음에서도 같이 떨려 울렸다. 꾹꾹 누르고 참았던 신음, 깊게 가라앉고 감춰졌던 아픔을 알아들었다. 형편에 따라 사람마다 아픔이 배어 있는 모양이

다르기는 했지만 근원은 모두 같았다.

"정말 후원자가 될 수 있는 분에게 내가 여러분을 이끌겠습니다. 결코 연결될 수 없다고 여러분이 믿었던 분, 세상에서 가장 힘 있는 분을 여러분이 직접 만나도록 하겠습니다."

예수의 말을 듣고 사람들은 눈을 반짝이며 몸을 곧추세워 앉았다. 가장 힘이 있다는 그 사람이 누구든, 무엇을 바치라고 요구하든 직접 관계를 맺을 수 있다니 지금보다 더 나빠질 일은 없겠다고 생각했다. 그들은 한 번도 힘 있다는 사람과 직접적인 연결을 가져 본 적이 없기 때문이었다.

"여러분, 하늘 아버지, 야훼 하느님을 만난 적 있습니까?"

"예, 그분은 지극히 높으신 분이고 예루살렘 성전에 머물고 계신 분입니다."

"여러분, 그분, 지극히 높으신 하느님을 만난 적 있습니까?"

예수가 다시 똑같은 말을 물었다.

"예루살렘에 올라가면 만나 뵐 수 있습니다."

"예루살렘에 가면 그분을 만나 뵐 수 있습니까?"

"아니오! 성전에 올라가야 만날 수 있습니다."

"성전에 올라가면 아무 때고 그분을 뵐 수 있습니까?"

"그건 아니고요. 성전에 올라가서 제사를 드리면 대제사장이나 제사장 어른들이 그분의 말씀을 전해줍니다."

"직접 만나 뵌 적은 없습니까?"

"만나지는 못하고, 대제사장이나 제사장을 통해야 그분의 말씀을 듣습니다."

"대제사장이나 제사장은 늘 그분을 만나 뵙니까?"

"아니라던데요? 1년에 한 번, 속죄일 제사 때 대제사장 어른만 그분 앞에 나갈 수 있답니다."

"그러면 여러분은 언제 그분을 만나 뵐 수 있고, 언제 직접 말씀을 들을 수 있습니까?"

"에이, 그건 없지요."

"없어, 없어! 우리는 못 만나요."

"중간에 대제사장, 제사장이 없으면 우리는 그분과는 연결이 안 돼요."

"여러분, 그렇다면 장소로 말하면 꼭 예루살렘 성전에 올라가야만 하고, 날짜로 말하면 1년에 한 번, 속죄일에 만나 뵐 수 있고, 여러분 은 직접은 못 만나 뵙고 대제사장이 만나 뵌 그분의 말씀을 대제사장 을 통해서 듣기만 한다고요?"

"그렇게 돼 있다고요. 그게 법입니다."

"그러면 그분은 대제사장에게 무슨 말씀을 하신답니까?"

"우리야 뭐, 대제사장 말을 직접 들어본 적이 없지요. 그분은 성전 에 있는 자기 아랫사람에게 말을 전하고, 그 말이 또 아랫사람 거치고 거쳐 유대인들에게 퍼지고, 한참 지나면 여기 갈릴리 시골구석에 사 는 우리 귀에까지 들리는데 그분 말씀인지 중간에 들어선 사람 말인지 는 알 수 없지요."

대화를 나누면서 사람들은 스스로 깨달았다. 로마황제나 유대총독 이나 갈릴리 분봉왕 안티파스와 마찬가지로 대제사장도 높은 사람이 었다. 직접 연결할 선을 찾을 수 없을 만큼 높은 사람이었다. 네댓새는 걸어가야 올라갈 수 있는 먼 곳, 출발하기 전에도 몸을 씻어야 하고, 성전에 들어가기 전에도 씻어야 하고, 헌물이나 제물을 준비하지 않고 맨손으로는 들어가지 못하는 곳, 성전세도 잊지 말고 준비해야 찾아갈 수 있는 곳, 그곳이 성전이었다. 성전에 들어가도 하느님을 직접 만나 뵙지는 못한다. 법에 따라 이래야 한다, 저래야 한다, 지킬 것도 많고 가릴 것도 많지만, 그분을 만나거나, 최소한 말씀을 직접 듣는 일마저 보통사람은 꿈도 꿀 수 없었다.

"여러분, 그렇게 따지고 보면 여러분은 지극히 높으신 그분, 야훼 하느님을 한 번도 직접 만난 적도 없고, 말씀을 직접 들어 본 적도 없고, 여러분이 부탁드리고 싶었던 일을 터놓고 부탁해 본 적도 없었지요? 말씀을 듣고 따를 기회는 애당초 없는, 멀고 높은, 내가 매일 살아가는 일과는 관계없는 분이군요."

"말하자면 그렇습니다."

사람들과 마주앉았던 바위에서 예수가 몸을 일으켰다. 호수가 은빛으로 조용히 넘실거렸다. 호수를 뒤로하고 일어선 예수는 호수 전체를 덮을 만큼 크고 확고했다. 선득 불어온 바람이 그가 입은 겉옷을 한번 펄럭 부풀리고 지나갔다. 앉은 자리에 따라서는 그의 모습이 호수 건너 고원보다 높아 보였다.

"하늘 아버지, 그분의 이름으로 내가 선언합니다. 이제 누구도 거치지 않고 여러분은 하늘 아버지를 언제나 어디에서나 만날 수 있습니다. 여러분은 그분을 '아버지'라고 부를 권한이 있습니다. 그분의 아들이기 때문입니다. 세상에서 후원자라고 불리는 사람들은 여러분에게서 이자를 포함하여 빚을 받아가는 빚쟁이지만, 하늘 아버지는 여러분에게 그분이 가지신 모든 것을 한없이 아무 조건 없이 내어주십니다. 하늘 아버지는 예루살렘, 그 높은 성전에 머무시는 분이 아니고 여기 이 호숫가에 여러분과 함께 계십니다. 제사장, 대제사장을 통하여 제사드릴 때만 말씀 내려주시는 분이 아니고, 여러분과 함께 계시면서 여러분에게 직접 모든 일을 말씀하십니다. 한 아름 제물을 들고, 몸을 몇 번씩 깨끗하게 씻고, 씻은 몸을 제사장에게 검사받은 다음 들어갈 수 있는 곳, 그곳에 높게 혼자 앉아 계신 분이 아니고, 고깃배 위에서, 여러분이 땀 흘리며 엎드려 땅을 파던 밭고랑에서 만나 뵐 수 있는 분입니다."

예수의 말을 들어보니 알 듯도 했고 모를 듯도 했다. 고개를 주억거리는 사람도 있고 가로로 흔드는 사람도 있었다.

"그분은 제물을 받아야만 여러분을 생각하시는 분이 아니고, 제물조차 바칠 수 없는 가난하고 힘없는 사람의 하느님입니다. 그분은 깨끗하고 흠 없는 제물만 받으시는 분이 아니고, 그분이 가지신 것을 여러분에게 골고루 나누어주시는 분입니다. 몸을 씻어야 만날 수 있는 분이 아니고 여러분의 몸을 따뜻한 물로 정성스럽게 씻어주시는 분입니다. 마치 갓 태어난 자식을 어머니가 정성스럽게 씻어주듯 여러분 마음과 몸과 지나온 날들과 아픈 상처를 깨끗이 씻어주고, 싸매주고, 기름 부어 아픈 상처를 치유해주시는 분입니다."

"그런 분이 왜 여태까지 우리를 팽개치고 내버려 두셨대요?"

"버려두신 것이 아니고 끊임없이 여러분을 찾고 기다리셨습니다."

"기다리셨어요?"

"예, 말하자면 그분은 깨닫는 사람에게만 존재하시는 분입니다. 그분을 느끼는 사람에게만 나타나시는 분이라고 말할 수도 있습니다. 여러분이 물속에 들어가 몸을 온전히 담글 수는 있어도 손으로 물을 움켜잡을 수는 없는 것처럼, 여러분이 그분 안에 몸을 담글 수는 있어도 형상과 형체 속에 그분을 가둘 수는 없습니다."

"그 말씀을 잘 알아들을 수 없습니다."

"그분의 뜻 안에 살면 모두 그분과 함께 있는 셈입니다."

"어떻게 사는 것이 그분의 뜻에 따라 사는 것이 됩니까? 저도 그러고 싶습니다."

"그건 완성이 아니고 이루어 나가는 것입니다. 그분의 뜻은 무엇이라고 정해져 있어서 단번에 그 뜻을 실현하는 것이 아니고, 하루하루 살아가면서 우리가 매일 겪는, 서로 지켜주고 돌보며 사는 일 속에 있습니다."

"어느 곳이라고 정해져 있는 것이 아니고 걸어가는 길이라고 말씀하시는 것 같습니다."

"그렇습니다. 잘 말씀하셨습니다. 저와 같이 그 길을 걸어갑시다. 두려워 마십시오. 하늘 아버지가 우리와 함께하십니다. 우리뿐이라 외롭고 두렵다고 생각하지 마십시오. 하늘 아래 모든 사람이 결국 그 길을 걸을 것입니다. 우리가 그 모든 사람들을 만나고, 서로 손을 잡고 함께 길을 걷게 됩니다. 이루려는 길에 들어서면 이미 우리는 이룬 사람이 됩니다."

"혼자 갑니까? 같이 갑니까?"

"그 길은 혼자 걸어가는 길이 아닙니다. 모두 같이 가야 하는 길입니다. 왜냐하면 그건 관계이기 때문입니다."

"좀더 얘기를 듣고 싶습니다."

벌써 한낮이 지났다. 사람들은 예수 곁을 떠나기 싫었다. 각자의 집으로, 컴컴하고 답답하고 아무 빛이 없는 집으로 돌아가라고 말할까 봐 걱정되기 시작했다.

"선생님 가시는 곳에 우리도 따라 같이 가고 싶습니다."

"그럽시다."

그렇게 예수는 사람들을 깨우쳤다. 가버나움에서 시작하여 호숫가 부근 마을들을 돌아다녔다. 어떻게 살아야 하느님의 뜻 안에서 사는 것인지는 따르는 사람들에게 말로 설명할 수 있는 일이 아니었다. 누구도 한꺼번에 삶을 바꿀 수는 없었다. 그는 그걸 알고 있었다. 요단 강에서 요한을 만나 세례를 받을 때, 모든 사람이 한 걸음 한 걸음 강물 속으로 걸어 들어갔다. 발목을 물에 담그고, 물이 정강이까지 차고, 허리까지 오르고 가슴을 채우고 마지막에 뒤로 누워 몸을 물에 맡겼다. 강물 속에 몸을 뒤로 뉘일 때 요한이 사람들 등 뒤에 손을 대고 받쳐주었다. 새로운 삶도 그리해야 했다. 누가 강제로 물에 던져 넣지 않고 스스로 한 걸음씩 걸어 들어가야 했다.

예수는 스스로 자기가 맡아야 할 역할을 결정했다. 요한이 그러했던 것처럼 강물을 두려워하지 않고 몸을 뉘일 수 있도록 받쳐주는 사람, 강물 깊은 곳에 서서 사람들이 그곳까지 걸어 들어오도록 지켜보는 사람, 누군가를 통하지 않고도 하느님을 만날 수 있다는 것을 깨닫게 해주는 사람, 그것이 그에게 주어진 일이라 생각했다. 주어진 해방을 그저 받게 하는 것이 아니라 스스로 자유의 땅으로 걸어가도록 인도하는 사람이어야 한다. 사람을 태우고 강을 건너는 배가 되든지, 배에 탄 사람을 건너편 약속의 땅에 내려주는 사람이 되기로 마음먹었다.

예수는 지배자들이 보일 반응을 이미 꿰뚫어 보았다. 세상의 모든 지배자들은 사람을 억압하며 지배하고, 경제적으로 착취하고, 정신적으로 노예를 삼아 부리려고 힘을 조직하고 휘두르는 사람들이기 때문이다.

✠

"형, 나는 그물을 깁고 수선하고 배 청소하는 일이 제일 싫어! 정말 싫어!"

"누구는? 나는 뭐 좋아서 하는 줄 알아?"

요한의 말을 받으며 야고보는 슬쩍 아버지를 살폈다. 아버지 세베대는 다른 일꾼들과 옆 배에서 그물을 손질하고 있었다. 보통 밤에 나가서 아침까지 밤새 그물을 던진다. 고기잡이에서 돌아오면 잡은 물고기를 처분하고 그물을 수선하는 데 많은 시간이 걸린다. 때로는 전날 밤 고기를 잡으면서 그물이 통째로 망가져 하루 종일 손을 보아야 했다.

"아함! 졸리다. 집에 들어가 한잠 늘어지게 자고 나오면 좀 풀릴 것 같은데 …."

"그런 소리 하지 마. 밤새 그물 던지며 고기 잡은 사람은 너뿐이 아니야. 모두 똑같이 일했잖아? 아버지도 밤을 꼬박 새우셨어. 내가 좀 주무시라고 말씀드려도 고개만 저으시더라."

"근데, 근데 형! 아까 왜 고기 잡은 광주리 넘겨줄 때, 내 팔뚝만큼 컸던 그 고기 이름이 뭐라고 했지? 그건 집으로 가져가서 우리가 구워 먹어야 되는 거 아냐? 크고 통통하고, 살이 참 많던데."

"그렇게 좋은 물고기를 넘겨주면 값을 비싸게 쳐서 받아주지 않아? 그러면 넘기는 물고기 양을 줄여 주고."

"좋은 물고기는 저놈들이 먹고, 우리는 매일 가시 많은 작은 놈만 골라 먹고."

나이가 어려 아직 마냥 팔팔한 요한에게 제일 귀찮고 싫은 일이 그물 수선하는 일이었다. 아버지의 엄한 눈빛과 다른 일꾼들 얼굴을 봐서 눌러앉아 일은 해도 눈은 늘 호숫가에 나 있는 길을 더듬었다. 낯선 사람이 지나가면 '그가 누굴까? 어디에서 와서 어디로 가는 사람일까? 무엇 하러 길을 가는 사람일까?' 하고 온갖 상상을 하며 얘깃거리를 만들어 내기에 바빴다.

세베대는 원래 아들만 다섯 낳았는데 첫째와 셋째, 넷째가 어려서 죽어서 둘째 야고보와 막내 요한만 남았다. 어려서부터 어머니 옷자락에 매달려 어리광만 부리던 요한이 좀 컸다고 고깃배를 타기 시작할 때부터 아버지는 누가 뭐라고 하든 말든 요한만 챙겼다. 요한은 야고보와 여덟 살이나 나이 차이가 났다. 원래 그 정도면 형 앞에서 꼼짝 못하고 어려워하련만, 특별히 사랑해주는 아버지 어머니의 뒷심을 믿고 요한은 형을 마치 친구처럼 스스럼없이 대했다. 신중하고 말수가 적은 야고보는 때로 그렇게 버릇없이 구는 동생을 혼내주고 싶지만 형과 두 동생을 잃은 아버지 어머니가 얼마나 막내를 끔찍하게 사랑하는지 잘 알기 때문에 그냥 꾹꾹 눌러 참으며 지냈다. 어디에서도 나서기 좋아하고 끊임없이 얘깃거리를 만들어 내는 동생, 누구에게나 붙임성 있게 말을 잘 거는 동생이 때로 예쁘기도 했다.

꾀부리지 않고 별말 없이 그물만 열심히 깁고 접던 야고보가 갑자기 요한에게 작은 목소리로 말을 건넸다.

"야, 요한!"

"응? 왜? 배고파? 물 떠올까?"

핑계거리만 있으면 배를 놔두고 집으로 갔다 왔다 하는 요한이었다. 배를 대놓은 곳에서 집까지는 장정 걸음으로 5백 걸음도 안됐지만 진득하게 일하는 것보다 심부름 다니는 걸 그는 더 좋아했다. 언제든 요한이 집에 들어서면 어머니는 몇 달 집 나갔던 자식 돌아온 듯 그를 맞아들였다.

"아니, 그게 아니고. 예수 말이야!"

"예수?"

"그래, 예수! 나사렛 촌놈!"

"그래도 형은 '촌놈, 촌놈' 하면서도 예수하고 잘만 지내더라."

시큰둥하게 야고보의 얘기를 듣던 요한이 갑자기 신중한 얼굴을 야고보에게 들이밀며 속삭였다.

"그런데 왜 그래, 형?"

"아냐!"

야고보는 아버지에게 말을 꺼내 보고 싶은 일이 있었다. 그러나 그 엄한 얼굴을 마주 대하면 마음 단단히 먹었던 일을 슬그머니 내려놓을 수밖에 없었다. 지난번 안식일에 쉬는 일만 해도 그랬다. 다른 지방에서는 안식일마다 쉰다는데 갈릴리 호수 어부들은 대개 안식일을 한 번씩 건너 쉬었다. 야고보에게는 그 일이 불만이었다. 만일 안식일마다

412

쉴 수 있으면 예수를 찾아가 그동안 못한 얘기를 하루 종일 나누고 싶었다.

며칠 전에도 야고보가 눈을 꿈쩍꿈쩍 하면서, 요한더러 아버지에게 말 좀 해보라고 재촉했었다. 요한에게는 늘 관대한 아버지를 잘 알기 때문이었다. 형이 시킨 대로 요한은 아버지에게 조심스럽게 말을 건넸다.

"아버지, 이번 안식일에는 쉬나요?"

"야야! 그런 소리 하지도 마. 지난 안식일에 쉬었잖아?"

"그래도 안식일은 쉬어야 한다고 …."

"물고기가 저 물속에 그득한데 어찌 놔두고 쉰단 말이야?"

"그래도 …."

"그럼 물고기 버릇 나빠져!"

안식일에 어부들이 안 나타난다고 물고기 버릇 나빠질 일이야 없겠지만 세베대에게는 안식일에 잡는 물고기야말로 고스란히 자기와 어부들 몫이었다. 안식일에는 안티파스 궁성 측에서 호수에 사람들을 내보내지 않기 때문이었다. 어부들 중에 안식일에도 고기잡이 나가는 사람들이 있다는 것을 뻔히 알지만 그건 그냥 눈감아주었다. 대신 엿새 동안 그물질해서 바치는 양을 크게 표 나지 않도록 조금씩 올렸다.

어부들도 안식일이라고 집에서 하루 종일 빈둥거리며 쉬기보다는 배를 타고 나가 그물 던지는 것을 더 좋아했다. 배를 타고 호수에 나가면 사느라 쌓인 걱정과 근심을 모두 잊을 수 있기 때문이었다. 그물 가득 물고기를 걷어 올리면, 한 짐 잔뜩 짊어지고 배에 올라왔던 근심걱정이 호수 깊은 물속에 쏟아 부은 듯 사라졌다.

큰 그물을 던지면 그물 던진 쪽으로 사람이 많이 몰려 끌어올려야 해서 자칫 잘못하면 배가 뒤집힐 수도 있다. 그래서 대부분 한두 사람이 끌어당길 만한 그물을 각자 던진다. 뱃전에 발을 단단히 디디고 서서 거리를 가늠하고, 그물에 몇 번 흔들흔들 반동을 주다가 휘휫 하는 숨소리와 함께 물위에 확 던지면 그물은 쫙 퍼지며 마치 커다란 통발같이 벌어져 물속에 가라앉는다. 물에 그물 떨어지는 첨벙 소리가 그렇게 듣기 좋을 수 없었다. 그럴 때면 무언가가 맺혔던 가슴속이 후련해졌다.

그물을 던지는 일까지는 사람이 하지만 물고기가 그물에 걸려 올라오는 것은 하느님에게 달린 일이라 믿었다. 부지런히 던지고 천천히 조심스럽게 끌어올렸다. 다른 사람들이야 몸에 익은 일이라 하루라도 건너뛰면 몸이 근질근질하지만 야고보와 요한은 그런 매일이 너무 답답했다.

승낙을 받지 못한 채 고개를 절레절레 흔들어 야고보에게 신호를 보내며 걸어오던 요한은 아버지가 바라보고 있는 것을 알아챘다. 그는 얼른 목을 움츠리고 야고보가 일하는 배로 뛰어올랐다.

"틀렸어요!"

"뭐라고 하시던?"

"물고기 버릇없어진대요."

"흐흐흐, 그러실 줄 알았다. 흐흐, 갈릴리 호수 물고기들! 이제까지 버릇 단단히 잘 들어 있었거든. 흐흐, 하하!"

"뭐가 그리 우스워?"

"아버지가 얼마나 대답을 잘 하셨냐? 버릇? 물고기가? 흐흐흐."

두 아들은 계속 낄낄거렸다. 그러다가 아버지가 저쪽 배에서 목을

414

길게 빼고 바라보고 있다는 것을 알고 입을 다물었다. 그리고 안식일에 쉬자는 말은 없던 일로 치고 지나갔다.

그렇게 안식일 하루 더 쉬는 일마저 안 된다는 아버지가 야고보 말을 절대로 들어줄 것 같지 않았다. 그 생각을 하면 가슴이 답답하고 손은 점점 느려졌다. 그물을 깁다 말고 무언가 할 말이 있다는 듯 야고보가 요한을 빤히 쳐다보았다. 그러더니 아무 말 없이 다시 그물을 기웠다. 그런 형의 모습을 본 요한이 턱을 쳐들면서 무슨 얘기냐고 눈으로 물었다.

"나사렛 촌놈은 촌놈인데 이상한 촌놈이야, 예수는 … ."

뜬금없이 내뱉는 말 같아도 요한은 야고보가 계속 예수 생각을 하고 있었다는 것을 눈치 챘다. 형에게서 예수 얘기를 더 끌어내려고 요한이 말을 던졌다.

"그런데 형! 어째 시몬과 안드레가 예수에게 단박에 그렇게 푹 빠졌대요?"

"너 못 들었구나?"

"뭘?"

"예수가 시몬에게 말했대. '내가 너로 하여금 사람을 낚는 어부가 되게 하리라!' 허허!"

"그게 무슨 소린데?"

"말 그대로, 이 호수에서 물고기 잡던 어부 시몬에게 사람을 끌어모아 큰일을 하도록 일을 맡긴대."

"재미있는 말이네. 흠흠! 그런데 왜 예수가 그런 말을 했대요?"

"고기잡이 구역을 넘어 들어가 그물 던지는 것을 겁냈더니 그랬다더라.”

“어이쿠!”

야고보는 시몬에게서 들은 얘기를 차근차근 요한에게 들려주었다. 그러면서도 저쪽 배에서 일하는 아버지를 슬쩍슬쩍 넘겨보았다. 야고보가 생각해도 예수가 시몬 형제를 불러 제자로 삼은 일이 참 신기했다. 일찍이 옆집에 살던 친구였는데 어느 날부터 사람들 앞에서 착 무릎을 꿇고 선생님이라 부르고 제자가 되어 따르다니 그들 형제에게 일어난 일이 믿어지지 않았다. 야고보는 시몬에게서 직접 들었던 얘기를 요한에게 들려주었다.

며칠 전, 그날은 밤새 오락가락 비가 내린 날이었다. 농부들은 밤에 내리는 늦은 비를 ‘단비’라며 반가워한다. 그러나 밤에 배를 타고 호수에 나가 그물질하는 어부들에게 밤에 내리는 비는 이른 비든 늦은 비든 하나도 반갑지 않고 죽을 맛이었다. 그날 밤에도 비가 내렸다. 세베대는 초저녁부터 비가 내리는 것을 보고 일찌감치 배 띄우는 것을 포기했는데 시몬과 안드레가 일하는 배는 그냥 호수에서 밤을 새웠다. 호수에 나가자마자 금방 비에 흠뻑 젖어 덜덜 몸이 떨렸다. 그러나 이왕 나왔으니 내처 고기를 잡자는 생각으로 버텼다. 비만 왔으면 괜찮았겠는데 풍랑도 제법 심해서 밤새 애만 썼지 빈 그물질 헛수고만 했다.

밤새 떨고 한숨도 눈을 붙이지 못한 채 빈 배로 선착장에 도착했는데 아침 일찍 예수가 나와서 기다리고 서 있었다.

“웬일로 아침 일찍 이렇게?”

배에서 펄쩍 뛰어내리려다 말고 뱃전에 한 발을 올린 채 시몬이 예수에게 말을 걸었다. 시몬의 말을 못 들은 듯 예수는 고개를 이쪽저쪽으로 거푸 삐딱하게 기울이면서 앉았다 일어났다, 이상한 자세로 호수 수면을 살펴보고 있었다. 시몬은 예수가 무얼 찾는 줄 알고 고개를 돌려 방금 지나온 물 위를 둘러보았지만 아무것도 눈에 띄지 않았다. 밤새 그렇게 사람을 떨게 만든 비도 그쳤고, 호수 여기저기에서 연기 올라오듯 아침 안개가 퍼져 올랐다. 호수 동쪽 하늘 위에 붉은 구름이 너울거렸다. 시몬이 중얼거렸다.

"오늘 또 비가 오겠구면. 에이!"

그때 예수가 몸을 일으키더니 시몬의 배 가까이 언덕 비탈을 걸어 내려왔다. 예수가 시몬에게 물었다.

"고기 좀 잡았는가?"

"잡긴? 밤새 헛고생만 했네. 이 비 맞은 꼴 좀 봐."

"춥겠네그려."

"글쎄, 고기도 못 잡고 비 맞으며 떨긴 엄청 떨었네."

"저기 고기가 많네!"

"어디?"

"배 길이로 50길쯤 되는 저쪽 왼쪽에 고기가 많네. 거기에 다시 그물을 내려 보시게!"

"에이, 거기는 우리 구역이 아니야. 여기에서 똑바로 호수 건너에 있는 저 골짜기까지 금을 긋고 이쪽에서 저 아래쪽 큰 나무 보이는 곳까지 우리가 고기 잡을 수 있는 구역이야."

"저기 그렇게 고기가 많이 튀어 오르는데도 그만둘 생각인가?"

"그 구역은 왕성에 바치는 고기 잡는 곳이거든."

"그런데 고기가 왜 왕성 구역에만 몰려 있나? 혹 자네가 무서워서 그쪽으로 고기들이 모두 달아났나?"

"허허! 물고기가 이 시몬이 두려워 왕성 구역으로 달아났다? 허허, 호호!"

"시몬! 그물을 던져 보시게. 이건 고기 잡는 일 그 이상이야!"

시몬은 안드레와 서로 얼굴을 바라보았다. 안드레는 안 될 일이라는 듯 고개를 저었다. 다른 동료를 보았다. 그도 고개를 저었다. 어선의 주인을 쳐다보았다. 그도 고개를 저었다. 둘러보아도 시몬의 눈길을 똑바로 받으며 한번 해 보자고 나서는 사람이 없었다. 스스로 안 된다고 생각했던 시몬이었지만, 그렇게 모두 안 된다고 고개를 저으며 물러서자 은근히 부아가 치밀어 올랐다.

넓은 갈릴리 호수에 눈에 보이지 않는 금이 그어져 있었고, 그 금을 넘어 그물을 던지는 일은 허가받아야만 할 수 있었다. 노를 저어 그곳으로 배는 끌고 갈 수는 있어도 그물을 내릴 수는 없었다. 고깃배가 그물을 내릴 수 없다니, 그리고 그런 금지에 대하여 부당하다거나 있을 수 없는 일이라고 누구에게 따져볼 생각도 한번 못해 보며 살았다니 시몬의 가슴속에서 무엇이 벌렁거리며 요동쳤다.

그저 배를 띄우고 흔들흔들 물결 흔들리는 대로, 빈 그물이면 빈 그물인 대로 견디며 살던 그였다. 허망한 생각이 들었다. 갑자기 한번 흔들어 보고 싶어졌다. 눈에 보이지 않는 그 금을 넘어가 시원스럽게 그물을 첨벙 던져 보고 싶었다.

"안드레!"

시몬이 안드레를 불렀다. 안드레가 바라보니 형의 눈에 이상한 불길이 보였다. 눈 속 들판에 불이 붙어 막 타 들어가기 시작하고 있었다. 시몬은 원래도 때론 걷잡을 수 없는 성정이었지만 예수의 손끝이, 저기 보라는 그 손이 시몬을 통째로 흔들어 놓은 것 같았다. 심상치 않은 그를 바라보고 있는데 무언가 다짐하듯 시몬은 고개를 한번 크게 끄덕이면서 말했다.

"안드레, 여기서 물러서면 더 이상 갈 곳이 없어!"

그 말을 들으니 안드레는 벳새다를 떠나 가버나움으로 옮겨오던 날이 생각났다. 그날은 눈발이 흩날렸다. 먼저 떠난 형을 찾아 짐을 꾸려 길을 나설 때 더 챙겨올 것 없이 가볍고 초라한 등짐을 하나씩 메고 아내와 나섰던 일이 생각났다. 가버나움에서 더 이상 바닥으로 떨어질 수는 없다는 절박한 생각이 들었다. 형을 바라보고 있으니 안드레의 가슴속에서도 꿈틀꿈틀 분노인지 슬픔인지 무겁고 아리고 쓰린 것이 치밀어 오르기 시작했다.

시몬은 배 바닥에 길게 누워있던 노를 집어 들었다. 그리고 뱃머리 왼쪽 두 번째, 늘 그가 앉아 노 젓던 자리에 앉았다. 물속에 노를 쑥 밀어 넣은 시몬은 손잡이 부분으로 뱃전을 두드렸다.

딱 딱 딱 딱.

그건 이제 일을 시작하자는 그들의 신호였다. 각자 자기 자리에 앉아 노를 잡으라는 신호였다. 고물에 앉을 사람 고물에 앉고, 오른쪽에 앉을 사람 오른쪽에, 왼쪽에 앉을 사람 왼쪽에 앉으라는, 모두 자기 자리에 앉으라는 부름이었다.

딱 딱 딱 딱.

시몬이 뱃전을 두드리자 안드레가 바로 시몬 뒷자리에 앉았다. 그도 노를 물속에 첨벙 큰 소리 나도록 집어넣고 시몬의 두드리는 소리에 맞추어 뱃전을 두드렸다.

딱 딱 딱 딱 딱.

전장에 나간 사람이 북소리를 들으면 자기도 모르게 앞으로 내달리는 것과 같았다. 그때가 되면 눈은 멀고 귀만 열린다.

딱 딱 따닥 딱.

시몬이 뱃전을 두드리고 안드레도 뱃전을 두드리고, 한 사람 한 사람 뒤를 이어 자기 자리를 찾아 앉더니 같이 뱃전을 두드렸다. 물끄러미 그 광경을 보고 있던 고물잡이도 자기 자리를 잡았다. 어선 주인도 어슬렁어슬렁 뱃머리 쪽으로 가더니 오른손을 앞으로 힘차게 내뻗었다.

"영차!"

시몬이 굵고 단단한 소리와 함께 노를 저었다. 그 소리를 신호삼아 모두 노를 저었다. 마치 처음 배를 탄 신입 어부를 훈련시킬 때처럼 한목소리로 구령을 맞추었다.

"영차, 영차, 영차!"

배는 선착장을 벗어나 호수 가운데로 미끄러지듯 나아갔다. 배는 제 몸 너비만큼 빠른 물결을 일으키며 나아갔다. 아침 파도가 하얗게 부서지며 양쪽으로 퍼져 나가고, 호수 갈매기는 배 위를 날았다.

예수는 둑 위에 올라가 다시 배를 저어 나가는 그들을 바라보았다. 그들은 이미 갈릴리 호수의 어부가 아니었다. 그들은 금을 넘기로 작정한 사람들이었다. 그들은 고기가 있는 곳이면 어디라도 그물 내릴 권리가 있다고 몸으로 외치는 사람이 되었다. 동쪽 고원 위에 떠오른 아침 햇빛을 받으며, 찰랑이는 파도를 가르며 앞으로 나가는 작은 고깃배 한 척은 호수 전체를 가슴에 품은 정신이 됐다. 곧 떠들썩한 함성이 배에서 터져 나왔다. 왁자지껄 떠드는 소리가 마치 어린애들 환호성처럼 밝고 맑고 높았다.

"예수! 우리는 이 일을 감당할 수 없네."

배 바닥에 은빛 비늘을 퍼덕이며 수북이 고기가 쌓여 있었다. 언뜻 보기에도 엄청나게 많이 걷어 올렸다. 아이처럼 떠들썩하게 환호를 지르며 고기를 잡아 올리고 돌아온 그들이 배에서 내릴 생각도 하지 않고 그저 무거운 침묵으로 서 있었다.

"그럼 다시 물속에 모두 놓아주든지!"

예수의 목소리는 평소 그답지 않게 단호했다. 그건 그들에게 던진 도전이었다. 배를 띄워 그물을 내리라 하더니 이제 잡은 물고기를 놓아주라 했다. 잡은 고기를 한 번도 놓아준 적 없는 어부들이었다. 다만 물고기 종류에 따라 너무 어린 물고기가 그물에 걸리면 놓아주기는 했지만, 어부란 원래 그물로 물고기를 잡아 올리는 사람이다. 물고기를 잡을 수 있도록 허가된 구역이라는 금을 넘어본 사람들에게, 고기를 잡는 일이나 놓아주는 일이 모두 그들의 손에 달려 있다고 예수는 일깨워주었다.

시몬은 예수가 던진 도전을 받아넘길 힘이 없었다. 무슨 맘으로 다른 사람들 이끌고 다시 그물을 던지러 배를 저어 나갔는지 알 수 없었지만, 수북이 쌓여 퍼덕이는 고기를 눈앞에 놓고 자기들이 저지른 일의 의미를 깨달았다. 그건 갈릴리 어부가 지키며 살아왔던 규칙을 한꺼번에 무너뜨린 결과였다. 한 번도 넘어본 적 없는 선을 넘었고, 내 것이라고 생각해 본 적 없던 고기를 한 배 가득 싣고 돌아왔다.

"내가 여러분에게 얘기합니다."

예수가 아직 배 안에 엉거주춤 서 있던 무리에게 말했다. 어조는 부드러웠으나 거역할 수 없는 힘이 배어 있었다.

"여러분은 물고기를 잡을 수도 있고, 놓아줄 수도 있습니다."

안드레가 무슨 말을 할 듯 입을 떼려 할 때 예수의 말이 이어졌다.

"여러분은 눈에 보이지 않는 금 안에 갇혀 살 수도 있고, 그 선을 넘어갈 수도 있습니다."

그때 갑자기 시몬이 배 안에서 그대로 무릎을 꿇었다. 누구도 생각하지 않은 갑작스러운 행동이었다. 어떤 사람이 다른 사람에게 무릎을 꿇는다는 것은 상대방의 권위와 명예를 존중하고 자기가 그 아래에 있다는 표현이다. 예수가 나사렛을 떠나 처음 가버나움으로 흘러들어왔을 때 그에게 어부로 살아가는 법을 알려준 사람이 시몬이었다. 자기가 사는 집 바로 옆의 빈 집에 예수를 끌어들인 사람이 시몬이었다. 요한을 따르다가 다시 가버나움에 돌아온 예수와 빌립을 맞아 준 사람도 시몬이었다. 시몬이 예수의 인도자고 후원자라면 말이 돼도 그 반대는 누구도 상상할 수 없었다.

"예수, 아니, 선생님!"

시몬은 아예 예수를 선생님이라고 불렀다. 그는 더 이상 예수의 이름을 대놓고 부를 수 없었다. 자기들 무리 속에 섞여 살았지만 예수는 그가 함부로 대할 수 없는 존재로 이미 커져 있었다. 예수를 선생님으로 부르는 시몬의 말을 들으면서 안드레는 조금도 놀라지 않았다. 그건 배 안에 서 있던 사람, 시몬을 알고 있던 사람, 예수를 알고 있던 모든 사람에게도 마찬가지였다.

"저는 더 이상 이 일을 감당할 수 없는 사람입니다. 그저 이 호수에서 갈매기처럼 매일 몇 마리 물고기 잡아 먹고사는 사람일 뿐입니다. 저는 선생님이 생각하시는 일에 낄 수 없는 죄인입니다. 저를 이대로 그냥 놓아주십시오. 무섭고 두렵습니다."

그 짧은 얘기 속에 시몬은 평소 그답지 않게 많은 말을 담았다. 우직하고, 앞뒤 재지 않고 생각대로 밀고 나가던 예전의 시몬이 아니었다. 아무 생각 없이 단순하게 정해진 대로 살아가던 그가 아니었다. 더 이상 하루 벌어 하루 먹고 사는 가버나움의 어부로 남아 있을 수 없는 충격이 몸을 휘감았다. 사회가 그어 놓은 선을 넘어가고 다시 넘어오면서, 그 선 밖에서 배에 그득 차도록 고기를 잡아 올려본 사람으로 한 발 더 내디디면 그가 어디로 들어가게 되는지를 이미 깨달은 사람이었다.

한 걸음 앞은 더 이상 갈릴리 호수가 아니었다. 더 이상 한몫 잡아 고향 벳새다로 돌아갈 꿈을 꾸는 어부일 수 없었다. 아무도 걸어 본 적 없는 길, 그 길을 같이 걷자고 예수가 손을 벌리고 서 있다는 사실을 그는 깨달았다. 예수를 따른다는 것이 무엇을 의미하는지 제대로 알 수는 없으나 시몬이 감당할 수 있는 길은 분명 아니었다.

"저를 떠나소서. 그저 친구로만 생각해주시면 그것만으로 저는 평생 기쁘겠습니다."

"시몬!"

"예!"

부르고 대답하는 두 사람의 눈길이 맞부딪쳤다. 시몬의 가슴속에는 겨울 갈릴리 호수보다 더 거센 풍랑이 일어나 몰려왔다. 배를 타본 사람은 안다. 노를 저어 배를 댈 수 있는 한계를 넘으면 오직 파도에 맡길 수밖에 없다. 그럴 때의 파도는 사람의 힘으로 대항할 수 없다. 파도에 맡기는 순간 오직 기도하는 것밖에는 할 수 있는 일이 없다. 파도는 배를 깨어 가라앉게도 하지만, 거센 파도는 배를 들어 바위에 내동댕이치기도 하지만, 때로는 한 번도 생각해 보지 않았던 곳으로 배를 밀고 간다. 그런 파도를 만나면 그저 내맡기고 기다리는 수밖에 다른 길이 없다.

"시몬!"

예수는 다시 불렀다. 그렇게 이름을 부르는 것은 그냥 불러 보는 것이 아니다. 그건 부름이다. 누구라도 자기 이름을 부르면 고개를 들고 바라볼 수밖에 없다. 눈을 뜨고 자기를 부르는 상대를 쳐다봐야 한다. 그 부름을 피하려면 고개를 깊이 숙이고, 눈을 감고, 귀를 막고 그 자리에서 달아나야 한다. 고개를 숙이고 애써 눈을 피하고 있는 그를 예수는 다시 불렀다.

"시몬!"

"예!"

"나를 따르시오!"

"선생님!"

"내가 그대 시몬을 이제부터 물고기 대신 사람을 낚아 올리는 어부로 삼겠소!"

시몬은 뱃전을 잡고 몸을 일으켰다. 눈물 때문에 온 세상이 물속에 잠긴 듯 희미하게 보였는데 오직 저만치 떨어진 곳에서 두 팔 벌리고

서 있는 예수의 모습은 유난히 뚜렷했다. 그가 벌린 두 팔 안으로 하늘 바람에 휩쓸린 듯 세상이 빨려 들어가는 모습이 보였다. 구름 가득하던 하늘도, 철렁이던 호수도, 검은 바잘트 돌을 쌓아 지은 집들도 빨려들듯 흘러들어갔다. 시몬 그도 예수의 가슴으로 흘러들었다.

그 자리에서 시몬과 그의 동생 안드레가 예수를 따르기로 작정하고 배에서 내렸다. 그들은 고기잡이배를 떠났다. 그물을 손에서 놓았다. 갈릴리 호수에 물고기가 떼로 몰려 있든 말든, 큰 고기든 작은 고기든 그것들은 더 이상 그들이 배를 타고 쫓을 대상이 아니었다.

시몬 형제가 예수를 따르게 된 얘기를 요한에게 전하면서 야고보는 무언가 꿈꾸는 사람처럼 호수 건너편과 푸른 하늘을 눈으로 더듬었다.

"사람을 낚는 어부. 그물로 사람을 건져 올리는 어부!"

야고보가 나지막하게 중얼거렸다.

"사람을 낚는 어부!"

요한도 그 말을 따라했다. 이제 알 것 같았다. 왜 지난 며칠 동안 시몬 형제가 고깃배를 타지 않았는지 깨달았다. 왜 사람들이 호수에 그물을 내리면서도 자꾸 뭍을 바라보는지 알 수 있었다.

"형!"

"응?"

"갈까?"

"아버지는?"

"잠깐 다녀오겠다고 말씀드리고."

"어림도 없어."

"그럼?"

"그냥! 어머니에게는 네가 살짝 말씀드려라. 너 없어지면 어머니는 까무러치신다. 더구나 너는 아직 애도 안 낳았잖아?"

이미 장가간 지 한 해가 지나갔는데 요한에게는 아직 애가 없었다. 요한의 아내는 어머니의 고향 이즈르엘 들판에 사는 삼촌의 딸이었다. 그녀는 요한보다 두 살 많았는데, 아직 요한과 아내 사이에는 아기가 없었다. 막내아들에게서 손자 하나를 얻어 안아보고 죽으면 더 남은 소원이 없다고 어머니는 늘 요한을 채근했다.

여자는 결혼해서 남편 집에 살아도 자식, 특히 아들을 하나 낳을 때까지는 늘 외인이다. 그때까지는 남편의 식구들도, 남편도 아내에게 거리를 두며 대하고, 아들을 낳아야 식구로 받아들인다. 그 아들이 장성하여야 아내는 비로소 평생 의지할 수 있는 보호자가 생긴다. 남편보다는 아들, 남편보다는 친정아버지나 남자형제들이 아내가 믿고 의지할 보호자다. 요한의 아내는 마침 요한 어머니의 친정 조카였기에 그래도 요한 어머니가 싸고돌았지만 아직 아들이 없는 여자로서 가정에서 취약한 위치에 있는 것이 사실이었다.

요한과 달리 야고보는 아내에게서 아들 둘과 딸 하나를 이미 낳았고, 더구나 아내의 아버지와 오빠들이 가버나움에 살고 있어서 뒤가 든든했다. 아마도 요한이 예수를 따라 먼 길 떠나겠다고 한다면 어머니가 펄쩍 뛸 것이고 아내도 불안해 할 것이 틀림없다.

야고보는 요한까지 데리고 예수를 따르고 싶었다. 시몬이 자기 동생 안드레, 고향 친구 빌립을 끌어들였는데 야고보 혼자 합류한다면 여러모로 시몬에게 밀릴 것이 눈에 뻔히 보였다.

"형, 우리가 잠깐 다녀온다고 말하면 안 될까요?"

"그 사람 따라다니는 일은 이웃 마을 구경 가는 일과는 다르다더라."

"그런데 예수는 지금 어디 있대요?"

"저 아랫동네에 내려갔대, 어제."

"시몬과 안드레도?"

"빌립까지."

"거기까지 쫓아갈까?"

"아니, 기다려봐. 며칠 내로 예수가 여기로 돌아올 거야."

"맞아. 우리가 쫓아가는 것보다는 예수가 우리에게 '같이 가자' 하고 말할 때 따라가는 것이 좋겠지."

"녀석, 영리하긴 정말 ⋯."

✠

예수를 따르는 사람이 하나 둘 불어났다. 게다가 세례자 요한을 따르던 제자들도 몇 명, 약속한 대로 가버나움으로 그를 찾아왔다. 예수가 가버나움이나 부근 마을에서 새로 맞아들인 제자들은 스스로 예수를 찾아온 사람들이 아니고 그가 직접 나서서 설득하고 끌어들인 사람들이었다. 아직 그의 이름이 널리 알려지지 않았기 때문이었다. 그는 사람을 끌어들일 때 '무슨 일을 어떻게 같이 하자'고 설득하는 사람이 아니었다. 사람 마음의 문을 열고 그대로 쑥 들어가는 사람이었다.

호수 서쪽 마을을 돌아다니다가 가버나움에 돌아온 날, 시몬이 야고보 형제를 끌어들이자고 제안했다.

"선생님, 야고보는 그야말로 신중하고 듬직한 일꾼이고 요한은 영
악합니다. 그 둘이 우리 일에 낀다면 그 두 사람이 얼마나 부지런히 사
람을 끌어들일지 안 보아도 눈에 훤합니다. 이 가버나움에서 두 사람
은 꼭 함께 해야 할 중요한 사람입니다"

"그럽시다. 나도 이미 그 형제를 생각하고 있었지요. "

"그런데 선생님, 한 가지 여쭤보고 싶은데요, 사람을 끌어모을 때
우리가 가리거나 주의해야 할 일이 있습니까?"

"아니오. 가리는 일은 내가 할 일이 아니오. 나는 부르는 사람이
오. "

"그래도 하시려는 일을 생각할 때 혹 꺼려지는 사람은?"

"오로지 누룩뿐이오. "

"누룩이라면?"

"이미 익었다고 생각하는 사람들이지요. "

"익었다는 것은 무슨 말씀인지요?"

"항아리 속에 물이 가득 차 있으면 새로 맑은 물을 부어도 소용없지
요. "

"예에, 흠!"

"이미 배운 사람은 배웠다는 것이 가림이 될 것이오. "

그날 밤, 안드레가 야고보와 요한을 예수에게 데려왔다.

"어이, 예수!"

마당에 들어서면서 요한이 한 손을 번쩍 들며 예수에게 말을 걸었
다. 그전에는 예수를 형이라고 부르며 말을 붙이던 요한이 웬일인지
처음 보는 사람처럼 거칫거칫했다. 시몬이 나서서 요한을 제지하려고

428

하자 예수가 눈으로 말렸다.

"어서 오시오, 요한!"

"아니 뭐, 소문을 듣자하니 재미있는 일을 꾸미고 다니신다고?"

"재미있지요."

"좋아, 좋아!"

그때 참지 못하고 시몬이 나섰다.

"어이, 요한! 좀 나대지 말고 먼저 … ."

"놔두시오, 시몬!"

예수가 말렸다. 마치 큰형이 막냇동생을 바라보듯, 늙은 아비가 철
없이 나대는 아들을 바라보듯 빙긋이 웃는 얼굴, 부드러운 눈빛으로
예수는 요한을 바라보았다. 시몬이 계속 눈치를 주었지만 아랑곳하지
않고 요한은 여기저기 부지런히 눈을 굴려 집 안을 두루 살폈다. 야고
보는 동생이 그렇게 건방지게 행동하는데도 말리지 않고 그저 쳐다보
고 있었다. 요한을 데려온 안드레가 입을 열었다.

"야 요한! 이제 그만하고, 선생님 말씀을 좀 들어봐라!"

"선생님? 선생은 무슨!"

이제 모두 요한이 그 나름 무슨 생각이 있어서 짐짓 그러는 줄 깨달
았다. 보통 그런 자세는 상대방에 대한 도전이었다. 예수도 시몬도 안
드레도 빌립도 안중에 없다는 듯 요한은 건방을 떨었다.

갈릴리 호수 마을들은 대부분 고기잡이로 살아가는 사람들이라 다
른 마을이나 다른 지방에서 옮겨 온 사람들도 비교적 쉽게 어부 사회
에 끼어들 수 있었다. 그러나 같이 배를 타고 고기를 잡으며 살아도 원
래 그 마을에서 태어난 사람과 다른 지방에서 온 사람 사이에는 차별

이 있었다. 품삯의 많고 적음에도 차이가 있었지만 같은 배를 타는 사람이라도 맡은 일이 달랐고, 안식일이나 고기잡이 쉬는 날 끼리끼리 모이는 모임이 달랐다.

야고보나 요한은 가버나움에서는 사람을 부리는 위층에 속하는 집의 아들이었고, 더구나 세베대의 막내아들 요한은 그 부모가 끔찍하게 아끼는 사람이었다. 요한을 건드리면 아무도 세베대가 부리는 배에 탈 수 없었다. 가버나움 사람을 중심으로 원을 그린다면 야고보와 요한은 가장 안쪽에 그어진 원 안에서 사는 사람이고, 시몬처럼 가버나움에 들어와 오래 산 사람은 두 번째 원에서 사는 사람이고, 흘러들어 온 지 얼마 안 되는 예수는 중심원의 밖의 밖에 그어진 세 번째 원에 속해 사는 사람이었다.

어떤 사람이 무슨 능력을 새로 얻게 됐다고 하더라도, 그건 사람 살아가는 데 직접 쓸 수 있는 일이 아니면 아무런 의미가 없었다. 공동체를 이뤄 살아가는 사람들 중에 어떤 사람이 갑자기 뛰어난 능력이 있다고 나선다면 그건 공동체를 흔드는 일, 위협이기 일쑤였다. 아무리 좋게 생각하려고 해도, 아무리 예수가 뛰어난 능력을 가지게 됐다고 해도 한 1년 동안 사라졌다가 갑자기 나타난 그를 대뜸 선생이라고 부르기에는 격이 맞지 않는다고 요한은 생각했다. 가버나움에서 무슨 일을 벌이려면 고깃배를 부리는 세베대와 그의 아들 형제의 도움이 꼭 필요하다는 사실을 예수가 깨닫고 손을 벌릴 것으로 요한은 생각했다. 세베대의 아들에 합당한 대우를 놓고 흥정을 벌이기로 요한은 마음먹고 있었다. 예수를 먼저 찾지 않고 예수가 부르기를 기다린 일도 그러했다.

"그래, 예수 형이 재미있는 일을 꾸민다고 소문이 났길래 내가 한번 들어 보려고요. 더구나 안드레가 꼭 한 번 들르라고 하도 여러 번 얘기도 했고."

"재미있는 일은 아니지만 두 손에 움켜쥔 것은 놓아야 하는 일이오, 요한!"

"나, 지금 손에 들고 있는 것 아무것도 없는데?"

요한이 장난스럽게 뒷짐 지고 있던 손을 앞으로 내밀어 손바닥을 펴 보이며 말했다. 역시 요한은 제 형 야고보보다 영리하고 재치가 있었다. 그는 예수의 말뜻을 알아들었다. 주고받는 일이 아니라고 예수가 말한 셈이었다. 다른 사람은 예수가 말하는 의미를 못 알아들었지만 요한은 알아들었다. 서로 주고받는 일이 아니라면 하기에 따라서는 기대하던 것보다 더 좋은 대우를 받을 수도 있겠다는 생각도 퍼뜩 들었다. 그리고 짐짓 말을 걸었다.

"맨손으로 뭘 해요? 손에 쥔 것이 있어야 뭐든 시작해보지요."

"손에 쥔 것을 놓아야 잡을 수 있으니까."

"그게 뭔지도 모르고요?"

요한의 그 말에 느닷없이 예수가 물었다.

"먹어도 먹어도 배고프지 않던가요?"

예수의 물음에 대답하지 않고 요한이 다시 물었다.

"무슨 일을 할 건데요? 듣자 하니 '사람을 낚는 어부'를 모은다던데요?"

"하느님 나라를 이루는 일. 이루어진 그 나라를 알고 그 나라의 백성이 되는 일."

"그러면 할 일이 많겠네요."

"추수할 일꾼을 모아야지요. 그래서 사람이 많이 필요해요."

영리한 요한은 부지런히 생각을 굴렸다. 예수가 입에 올린 '추수'라는 말에 무척 구미가 당겼다. 아버지 어머니를 따라 어머니가 태어난 마을, 이즈르엘 들판에 있는 마을에 가본 적이 있었다. 그 넓은 들판에, 그리고 나지막한 산등성이에 누렇게 익은 밀밭. 바람에 갈릴리 호수 물결치듯 누런 밀밭이 출렁거렸다. 그 밀밭에서 낫을 휘두르며 척척 밀을 베는 일이 생각났다. 하느님 나라, 추수, 일꾼이라는 말을 들으니 눈에 슬그머니 떠오르는 일이 있었다. 티베리아스 왕성에서 나와 부하들에게 턱으로 지시하며 거들먹거리던 관리가 생각났다. 그 앞에 머리 조아리던 아버지 모습도 겹쳤다. 잘만 하면 그런 자리에 오를 수 있다는 생각도 들었다.

"그런데 예수 형."

요한의 말이 예전처럼 부드러워지고 자세가 좀 나긋해졌다.

"누가 그 일을 뒤에서 밀어주나요?"

"하느님이 함께하시는 일이오."

"그러면 틀림없는 일이네요."

요한이 생각하기에 적어도 하느님이 뒤를 봐 주신다면 일은 틀림없을 것 같았다. 시몬, 안드레, 빌립의 자신만만한 태도로 보아 예수가 분명 높고 강력한 줄을 잡았음이 분명해 보였다.

그 순간 요한은 요단강에서 사람을 물에 자빠뜨리며 죄를 용서해주었다는 그 예언자, 세례를 베풀던 요한의 소문을 예수에게 전해준 일을 떠올렸다. 그 소문을 듣자마자 세례자를 찾아간다고 예수는 가버나움에서 사라졌었다. 그 이후, 세례자가 분봉왕 안티파스에게 밉보여 처형당하고 제자 무리들이 모두 뿔뿔이 흩어졌다더니 예수가 아마 그 뿌리를 이어받은 모양이었다. 그렇다면 세례자의 소문을 전해준 자기에게도 몫이 있다고 요한은 스스로 생각했다. 크게 위험한 일만 아니라면 더 늦기 전에 예수가 하려는 일에 가담해야 이왕 가지고 있던 몫을 키울 수 있겠다는 판단이 섰다.

늦은 비 내리는 것도 뜸해지고, 곧 뜨거운 건기가 시작될 때였다. 어머니의 고향 이즈르엘도 건기가 시작되면 농부들 일손이 덜 바빠지니 필요한 만큼 농부들도 모을 수 있고, 아버지에게 부탁해서 호숫가 마을에 흩어져 사는 어부들도 모을 수 있다. 그동안 부지런히 돌아다니며 무리를 모아들인다면 먼저 시작한 시몬 형제보다 더 많이 더 빨리 사람을 모을 수 있으리라는 계산도 했다. 하는 데까지 한패가 되어 해보다가 뜻대로 안 되면 그때 형편을 보아 손을 떼도 될 것 같았다. 그렇게 생각을 굴리는데 시몬이 끼어들었다.

"선생님께서 지극히 높으신 분으로부터 직접 명령을 받으시고 나선 일이네."

"아하!"

"우리는 선생님을 따라나서면서 그 일을 이룰 때까지 한 발도 물러서지 않고 그날까지 앞으로만 나가기로 했네."

안드레도 끼어들었다.

"그럼, 선생님이셔, 이제는. 옛날처럼 그렇게 막 이름 부르고 그러면 안 돼!"

"아하, 선생님!"

요한은 무어라 더 말하려다가 입을 벌리고 '아하, 아하' 신음하듯 감탄했다. 예수는 그들끼리 주고받는 얘기에 끼어들지 않고 그저 조용히 웃었다. 저들의 눈을 뜨게 하는 일은 시간이 많이 걸릴 일이었다. 시간도 시간이지만 그들 스스로 겪으면서 깨닫게 될 일이었다.

그날 밤, 야고보와 요한이 예수를 따르기로 다짐했다. 먼저 요한이 불쑥 예수 앞에 무릎을 꿇었다. 사전에 얘기해 두었던 것과 다른 동생의 태도가 못마땅했지만 야고보도 어물어물 무릎을 꿇었다.

"선생님, 이제부터 선생님을 따르겠습니다."

"요한!"

"저도 선생님을 따르겠습니다. 저희 형제를 잊지 말고 하느님 나라이루는 일에 꼭 일을 맡겨 주십시오."

그래도 야고보는 처음에 생각했던 대로 한마디 덧붙이면서 은근하게 오금을 박아 두었다.

"야고보, 요한, 일어나시오. 무릎은 오직 하느님 한 분 앞에서만 꿇으시오."

예수가 두 손을 내밀어 야고보와 요한을 일으켜 세웠다. 오직 하느님 앞에서만 무릎을 꿇으라는 예수의 말은 야고보와 요한에게는 충격이었다. 옆에 서 있던 시몬, 안드레, 빌립에게도 마찬가지로 충격이었다. 살자면 수도 없이 무릎을 꿇고 머리를 조아리고 허리를 굽혀야 했다. 만일 티베리아스 왕성에서 나온 관리 앞에서 뻣뻣하게 머리를 들고 서서 얘기했다가는 그를 따라 나온 사람이 들고 있던 장대로 사정없이 다리를 후려칠 것이다. 그 장대에 한번 얻어맞으면 아무리 장정이라도 그 자리에서 무릎이 턱 꺾이지 않을 수 없었다. 높은 사람에게는 무릎을 꿇고, 그보다 낮은 사람에게는 허리를 굽히고, 더 낮은 사람에게는 머리를 숙인다.

"선생님, 저희 형제를 받아주시는 겁니까?"

"그럼요. 두 사람이 형제이듯 우리는 모두 형제입니다. 그건 시몬과 안드레도 마찬가지입니다. 낳아주신 아버지의 아들에서 하늘 아버지의 아들이 되는 겁니다. 하늘 아버지의 이름으로 야고보와 요한을 형제로 기쁘게 받아들입니다."

철썩철썩 파도가 밀려와 바위에 부딪치고 쏴아 부서지는 소리가 들렸다. 아직 둥지에 들지 않은 갈매기 몇 마리가 끼룩거리면서 날아다녔다. 호수에 내려앉은 달빛은 찰랑찰랑 소리를 내며 뒹굴었다. 요한은 아무 말도 없이 성큼성큼 앞서서 걸어갔다. 무언가 좀 찜찜한 기분을 안고 야고보는 말없이 요한의 뒤를 따랐다.

"야!"

야고보가 요한을 불렀다. 요한은 뒤도 안 돌아보고 그냥 걸어갔다.

"야, 요한!"

"왜요?"

"너 왜 그랬어?"

"뭘?"

"아니, 예수에게 물어볼 것 물어보고, 약속받을 것 제대로 단단히 약속받는 일이 먼저라고 했잖아! 함께 일하자는 제안을 받으면 '생각해 보마' 말하고 나오기로 해 놓고서, 왜 갑자기 털썩 무릎을 꿇고 따르겠다고 나섰느냐고?"

"형은 왜 그럼 무릎을 꿇었어요?"

"네가 그러니까 나도 따라했잖아?"

"그럼 됐지! 그건 되돌릴 수 없는 일이야!"

되돌릴 수 없는 일, 요한의 그 말이 야고보 가슴속에 날아 들어와 콱 박혔다. 되돌릴 수 없는 일이었다.

"되돌릴 수 없는 일!"

야고보가 혼잣말로 요한의 말을 따라했다.

"그래, 형! 그건 되돌릴 수 없어! 나도 모르게 더 묻지 않고 따지지 않고 예수를 선생님으로 모시고 따라야 한다고 생각했어. 나도 모르게 무릎이 꿇어졌어."

요한에게 왜 그랬냐고 몰아붙였지만 사실 야고보도 마찬가지였다.

"근데 형, 왜 내 가슴이 그렇게 떨리고 무언가 뜨거운 것이 울컥울컥 올라오려고 그랬는지 모르겠네!"

"너도 그러던?"

"형도?"

"그래!"

형제는 다시 말없이 걸었다. 그러다가 집에 가면 아버지와 어머니에게 얘기해야 한다는 생각이 퍼뜩 떠올랐다. 그러자 지금과는 다른 걱정이 자꾸 가슴속에서 밀고 올라왔다.

"야! 어쩌지?"

"아버지?"

"그래."

"아버지한테는 형이 얘기해요. 어머니한테는 내가 얘기할게."

"오늘 밤에?"

"오늘 밤에는 아버지가 배 몰고 나가셨으니 내일 아침 돌아오시면 얘기해야지."

"아!"

야고보는 짧게 한숨을 내쉬었다. 그날 저녁 일이 생각났기 때문이었다. 배를 타라는 아버지 말을 듣고도 대답 않고 우물우물 뒤로 빼자 아버지는 무섭게 호통을 쳤다.

"늙은 애비는 배 타고 고기 잡으러 나가는데, 너는 뭐 하는 게 있다고 꽁무니를 빼려고 해?"

"속이 울렁거리고 꽉 막혀서 도저히 오늘은 못 나가겠어요."

"에이! 자식놈하고는 ….."

그물 끌어올리는 갈고리를 메고 아버지는 휭하니 나갔다. 야고보가 뒤로 빼는 걸 보면 요한도 틀림없이 어디 숨어버렸을 것이 분명했다. 요한이 숨었을 때 야고보 혼자 아버지를 따라 배를 탄 적은 있어도 야고보 없이 요한 혼자 고기잡이 나간 적은 한 번도 없었다. 막내자식은 늘 애물단지였다. 남편에게 늘 순종하던 아내도 요한 얘기만 나오면 눈에 불을 켜고 역성을 들고 나섰다. 그럴 때면 아내가 아니라 꼭 새끼 딸린 암사자 같았다. 세베대는 그렇게 아들 둘을 놔두고 배를 타고 나갔다.

"형!"

"왜?"

야고보의 대답은 퉁명스러웠다. 일꾼들 끌고 밤배를 타고 혼자 나간 아버지가 영 마음에 걸렸다. 그리고 일도 뭔가 생각과는 다른 방향으로 틀어지고 있었고, 요한에게 그 책임이 있는 것처럼 느껴졌다. 줄 렁줄렁 안드레를 따라가서 예수를 만났고, 요한이 하는 대로 엉겁결에 무릎을 꿇기도 했지만 처음 생각했던 것과는 영 딴판으로 일이 풀려 마음이 편치 않았다. 더구나 예수를 따르겠다고 약속하고 나왔지만 아버지를 어떻게 설득해야 할 일이 걱정이 됐다.

"형이 무얼 걱정하는지 알겠는데, 나도 은근히 걱정이 되기는 마찬가지요. 그런데 잘 생각해 보면 아버지가 우리 말을 들어주시게 할 방법이 있어요."

"방법? 그런 방법이 있어? 어림도 없을 것 같은데!"

"아니! 형이 차근차근 아버지에게 잘 말씀드리면 아마도 좋아하실 수도 있어요. 형이나 나나 고기 잡는 데는 큰 일꾼 못 되는 사람이니 잘만 하면 허락받을 수도 있어요."

"그게 뭔데?"

"형이랑 나랑 이제 큰 자리를 맡게 돼 있다고 말씀드려 봐요. 그리고 우리가 그렇게 출세하려면 아버지가 도와주셔야 한다고, 어부들을 빠른 시일 내에 많이 모아야 되는데 그걸 아버지가 도와주셔야 된다고…."

"가만, 가만."

야고보가 갑자기 밝은 목소리로 말을 끊었다.

"우리가 하느님 나라에서 높은 자리를 차지한다! 예수가 그걸 약속했다!"

"그래요."

"그건 좋은데, 하느님 나라를 뭐라고 설명하지? 우리도 아직 모르잖

438

아?"

"그러니까, 우선 사람을 모아서 예수 선생님에게 끌고 가야 선생님이 하느님 나라를 이룰 수 있다고⋯."

"왜 사람을 모아야 하는지 아직 말이 안 되는데 어떻게 사람을 모아 달라고 말씀드려?"

"하느님 나라는 예수 선생님이 앞장서서 할 일이고 우리는 사람을 모으는 역할을 맡았다고. 추수하는 일꾼을 모으고, 사람을 낚는 어부가 된다고."

"하여튼 잘은 모르겠지만 그렇게 말씀은 드려 보자!"

"그리고 형, 중요한 것이 하나 있어요. 몇 년씩 떠나야 한다고 하면 분명 아버지는 안 된다고 하실 거예요. 그러니 이번 건기, 딱 여섯 달만 말미를 달라고 말씀드려요."

"야, 너는 여섯 달 안에 그 일이 된다고 보니?"

"여섯 달 지났는데 아무것도 안 이루어지면 우리가 손을 떼야 하지 않겠어요?"

"그건 그래."

"아버지가 나서서 도와주신다면 형이나 나만큼 사람 모아들이고 끌어올 만한 사람이 이 근방에는 없어요."

"맞아. 시몬이나 안드레 그 벳새다 출신들은 우리 상대도 안 되지."

"우리가 제일 많이 사람을 끌어들인다고 봅시다. 그럼 우리 형제 말고 누구에게 더 높은 자리를 주겠수? 그래서 나는, 꼭 높은 자리 달라고 약속 안 해도 그건 당연히 우리 자리라, 그렇게 생각했어요."

"네가 나보다 낫다."

"원! 아버지가 늘 말씀하셨잖아요? '형보다 나은 아우는 없다. 그러니 늘 형을 따르라!'"

"너, 나를 따라?"

"그럼!"

그렇게 주거니 받거니 얘기를 하다 보니 집 앞에 다다랐다. 형제는 조용히 집 안으로 들어섰다. 불이 켜진 초롱이 문 앞 나무에 걸려 있었다. 집안 식구 누군가 고기를 잡으러 호수에 나가면 늘 그렇게 밤새 불을 켜두는 것이 관습이었다. 그건 세베대의 집뿐만 아니고 갈릴리 호숫가 마을 사람이라면 누구나 그랬다. 어두운 밤, 멀리 호수에 나가 있어도 자기 집 방향에 불이 보이면 누구나 그 불이 내 집 초롱불이려니 생각하며 그물을 던졌다. 어둠 속 등불 하나는 그저 제자리만 밝히는 불빛이 아니다. 그 불빛이 보이는 곳까지 전달되는 마음이다. 호수에서 밤새 고기 잡는 남편이나 아들을 생각하는 마음이다. 가족이 없는 사람도, 호숫가 마을에 흘러 들어온 사람에게도, 배에서 내려도 기다리는 사람이 없는 사람에게도 불빛은 누군가 걱정하며 기다리는 사람이 있다는 마음을 전해준다.

야고보 형제가 떠난 다음 예수와 시몬, 안드레, 빌립이 둘러앉았다. 안드레는 자기가 끌어들인 야고보 형제가 예수를 따르겠다고 약속하고 돌아간 뒤라서 뿌듯한 마음이었다. 그때 빌립이 입을 열었다.

"선생님! 야고보 형제가 선생님을 따르겠다고 약속은 했는데, 제가 보기에는 뭔가 좀 믿음이 덜 가는 구석이 있습니다."

"허허, 빌립! 그래요?"

예수는 빌립이 생각 밖으로 날카로운 눈을 가지고 있어서 그를 다시 보았다.

"예, 저는 그렇습니다."

그때 안드레가 끼어들었다.

"무릎까지 꿇고 약속했는데 뭘 못 믿어?"

"아이, 그 사람들은 제 욕심 차리자고 선생님 따르겠다는 말을 했다는 말이야!"

"욕심은 무슨? 뭐 약속해준 것도 없는데?"

"두 사람 말이 다 맞아요. 아직 한 가지 더 할 일이 남아 있어요. 그 아버지와 일꾼들 보는 데서 해주어야 할 일이 있어요. 내일 아침에 세베대가 배를 댈 무렵 같이 나갑시다. 내게 생각이 있어요."

그전부터 예수에게는 요한을 아끼는 마음이 있었다. 버릇없고 촐랑대기는 해도 그만큼 신선한 생각을 하면서 마음이 열려 있는 사람은 만나기 어려웠다. 그들이 세베대의 아들인 이상 그에 맞는 일을 해주어야 할 것으로 이미 예수는 판단하고 있었다.

다음 날 아침, 세베대의 배 다섯 척이 마을에 들어왔다. 그리고 막달라에 보내는 고기를 실은 배도 떠났다. 야고보는 부지런히 고기를 나누는 일을 도왔다. 집에서 내온 아침을 먹고 난 다음 그물을 수선할 시간이 되자 야고보는 슬그머니 아버지 옆에 앉았다. 그리고는 조곤조곤 제 생각을 얘기하며 세베대를 설득하기 시작했다.

"무어라?"

"예, 아버지! 분명히 우리에게 좋은 자리, 높은 자리가 보장되는 일입니다. 비 안 오는 이번 여섯 달만 일하고 돌아올게요."

저쪽 배에 따로 앉아 열심히 그물을 손보는 척하면서 요한은 귀를 기울여 형이 아버지를 설득하는 말을 듣고 있었다.

"네 동생까지?"

"예! 그러면 틀림없습니다. 여섯 달이면 된답니다."

그때 요한이 갑자기 소리를 질렀다.

"형! 어어! 형! 저기, 저기!"

요한이 가리키는 쪽을 바라보니 예수가 배 쪽으로 걸어오고 있었다. 그 뒤로는 시몬, 안드레, 빌립이 따랐다. 그리고 세례자 요한의 옛 제자라며 며칠 전에 가버나움에 나타난 사람들도 몇 명 줄렁줄렁 따라왔다. 데리고 올 수 있는 사람은 모두 데리고 나온 모양이었다.

"안녕하세요? 어른! 고기는 좀 잡으셨는지요?"

"뭐 별로! 시원찮아!"

예수는 물가로 내려왔다. 그렇게 다가오는 예수와 그의 일행을 세베대는 뜨악하게 바라보았다. 야고보에게서 들은 얘기가 있는지라 예수가 자기에게 직접 부탁하러 온 걸로 미리 짐작했다.

물가까지 내려온 예수는 아무 말도 없이 세베대의 배 다섯 척을 훑어본 후 다시 호수를 둘러보았다. 예수가 무슨 말을 할지 기다리고 있는데 그는 그저 조용히 호수를 바라보았다. 답답할 만큼 긴 시간 그는 말이 없었다.

"어르신! 힘드시지요? 참으로 오랜 시간 애쓰셨습니다."

뜬금없는 말을 세베대에게 건넨 후 그는 다시 호수로 눈을 돌렸다. 배가 들어오면 갈매기가 몰려든다. 잠깐 한눈을 팔면 휙 날아들어 얼른 고기 한 마리 물고 날아간다. 한두 마리라면 몰라도 백 마리 넘는 갈매기가 떼를 지어 고기를 노리고 날아드니 그걸 지키는 일도 보통일이 아니다. 빈 광주리가 있으면 그것으로 덮고, 없으면 하다못해 그물을 그 위에 덮어 놓아야 했다. 늘 있던 일이고 하루도 빠지지 않고 겪는 일이었는데 그날은 유달리 더 심한 듯 느껴졌다.

"밤 새워 그물질을 했어도 손에 들어오는 건 한 광주리 남짓뿐이니… ."

예수의 말은 정확했다. 이리 떼이고, 저리 넘기고, 그렇게 나누면 그저 배 한 척에 한 광주리 남짓 남는다고 할까 말까였다. 그 고기를 얻겠다고 밤새 어두운 호수에서 그물질을 했다. 그나마 세베대는 자기가 직접 배를 타고 나가기 때문에 그만큼이라도 남기지, 일꾼들만 내보내면 그것의 반도 못 건질 때가 많았다.

귀족이나 지배자들에게 생선은 고급 음식이었다. 도시나 왕성으로부터 생선을 더 넘기라는 얘기를 수도 없이 들었다. 먹는 사람, 찾는 사람이 점점 더 늘어나기 때문이었다. 로마 사람들이 갈릴리 호수에서 잡은 생선을 특별히 좋아한다는 얘기가 들리기 시작하면서 이런저런 명목으로 막달라에 넘기는 생선의 비중이 열에 셋까지 올랐다. 고기를 더 많이 잡는 것도 아닌데 더 많이 바치라니 잡은 사람에게 남는 양은 점점 줄어들 수밖에 없었다.

고기 잡는 허락을 받은 대가로 얼마, 배를 가졌다고 배마다 붙이는 세금이 얼마, 고기 잡는 구역을 지정받은 대가로 얼마, 세금으로 얼마, 로마에 바치는 공물로 얼마… . 광주리마다 수북하게 잡은 생선도 그렇게 퍼주고 빼앗기고 일꾼에게 나눠주고 나면 정작 배 주인에게 남는 것은 한 광주리였다. 집안 식구가 그걸 다 먹을 수 없고 간수하기도 어려우니 그마저 몇 마리 남기고 모두 막달라에 넘겼다. 그러면 대가로 돈이나 절인 생선을 받는데, 그것도 제때 받는 것이 아니고 미뤄지고 미뤄져서 사정사정 매달려야 받을 수 있었다. 잡은 생선은 헐값에 넘겨주고, 공장에서 소금에 절여 말린 정어리는 비싸게 쳐서 받을 수밖에 없었다. 그나마 안티파스가 화폐를 만들어 돌린 이후에는 막달라에 넘긴 물고기 값을 돈으로 받았지만 그전에는 그저 물건으로 받을 수밖에 없었다. 어부들이 잡아 싸게 넘긴 고기를 자기들이 가공했다고 비싸게 쳐서 받게 될 때는 그저 한숨만 나왔었다.

막달라 공장에서 소금에 절인 생선은 어부들에게서 사들인 생선 값의 다섯 배, 여섯 배로 팔려 나간다니 갈릴리 어부들은 말 그대로 호수에 사는 생선을 지배자 금고 속을 채우도록 건져 올려주는 사람일 뿐이었다. 그런 일을 맡은 왕성 관리나 세금을 걷는 사람들이 호숫가에 나와 생선을 골라 갈 때 떠는 유세와 거만을 보고 있노라면, 차라리 퍼덕이는 생선을 산 채로 다시 호수에 쏟아 놓아주고 싶은 마음이 들 때가 한두 번이 아니었다.

"어르신, 새 세상을 이루어야 합니다. 그것이 지극히 높으신 분, 하늘 아버지의 뜻입니다."

세베대가 그의 형편과 갈릴리 어부들 살아가는 형편을 돌이켜 생각하며 호수를 바라보고 있는데 예수가 입을 열었다.

"하늘 아버지께서는 자기가 먹을 만큼만 고기를 잡아도 되는 세상을 만들라고 부르십니다. 어르신의 두 아드님 야고보와 요한에게 그 일을 맡기려 합니다. 어르신의 두 아들을 통해서 하느님 나라가 여기 이르게 됩니다. 저와 같이 그 일을 이루도록 저에게 보내주십시오."

세베대는 그래도 선뜻 대답을 못하고 머뭇거렸다.

"예언자를 통하여 하느님께서 말씀하셨습니다. '농부는 자기가 거둔 밀로 가족이 먹는 빵을 만들어 먹고, 자기 무화과나무 아래에서 자기가 담근 포도주를 마시고 자기 무화과 열매를 먹는 나라', 그 나라가 하느님 나라라고 말씀하셨습니다."

그러더니 예수는 허리를 꼿꼿하게 펴고 두 손을 높이 들었다. 마치 두 팔을 벌려 홍해가 갈라지게 했다는 옛 예언자 모세처럼 그렇게 높이 든 두 팔로 갈릴리 호수를 향해 외쳤다.

"하느님 나라가 이미 이 호숫가에 임했습니다. 여러분이 눈을 뜨면 그 나라를 눈으로 볼 수 있습니다. 귀를 열면 하느님이 내려 주시는 음성을 들을 수 있습니다. 하느님은 말씀하십니다. 호수에 사는 고기는 로마 사람을 위해 헤엄치지 않고, 왕성에서 비단옷 입고 천천히 뜰을 거니는 사람들을 위해서 알을 낳지 않는다고 가르치십니다. 이 갈릴리 호수 물고기는 호수를 살아가는 터전으로 삼은 사람들의 몫입니다. 농부가 자기 땅에 곡식 가꾸며 살아가듯, 양 떼를 치는 사람이 풀밭에 의지해서 살아가듯, 어부는 호수에 그물 내리며 살아가기 때문입니다."

예수는 눈을 들어 호수를 바라보았다. 호수를 덮으며 아침 안개가 올라오고 있었다.

"여러분, 들으십시오. 땅이 1년에 한 번 곡식을 내듯, 양이 뜯어 먹은 풀도 시간이 지나야 다시 자라는 것과 마찬가지로 호수에 사는 물고기도 한없이 욕심껏 그물로 거둘 수는 없습니다. 하느님이 정해준 만큼, 그 땅에 살아가는 사람에게 허용된 만큼, 그 몫만큼만 누리며 살아가라는 뜻입니다. 그것이 각자 하느님에게서 받은 몫입니다. 이제 내가 선언합니다. 땅에서 생산된 곡식이 농부들의 몫이듯 밤새 힘들여 걷어 올린 물고기도 여러분의 몫입니다. 그리고 잊지 마십시오. 땅이, 풀밭이, 호수가 여러분에게 내어주도록 정해진 한계를 넘어서지 마십시오. 힘으로 빼앗아가는 사람을 위해 더 이상 한계를 넘어 일하지 않아도 되는 새 세상, 그 세상이 여러분 눈앞에 이미 왔습니다."

세베대는 자기도 모르게 가슴이 울컥했다. 무엇을 하면서 살았던가? 비바람 치던 밤에도 배를 타고 호수에 나갔던 날들이 생각났다. 흔들리는 배에서 고기를 찾아 하염없이 들여다보던 깜깜한 물속이 생각났다. 저 멀리 깜빡깜빡 불빛을 바라보고 아내와 어린 자식새끼들을 생각하며 그물을 던졌다. 누가 어부의 마음을 알아주었단 말인가? 누가 자기 먹을 만큼만 호수의 물고기를 잡으라고 얘기했단 말인가? 누가 물고기와 더불어 살아간다고 선언했던가? 누가 사람이 제 몫을 누리며 지키며 사는 것이 하느님의 뜻이라 알려주었던가?

"여러분은 이제까지 누구를 위해 고기를 잡았습니까? 배를 타고 나가 밤새 그물질할 때 누구를 생각했습니까? 배를 끌고 돌아왔을 때 배 바닥에 가득하던 고기는 다 어디로 갔습니까? 갈매기는 한 마리 물고 날아갔지만 지배자들에게는 광주리로 가득 담아 배로 실어다 바쳤습니다. 그렇게 바친 것은 물고기지만 실상은 밤 내내 떨고 일한 여러분의 눈물이고, 시간이고, 한숨이었습니다. 이제 그 고리를 끊어야 할 때가 왔습니다. 호수에 눈에 보이지 않는 금을 긋고 여러분더러 이래라저래라 하는 사람, 호수에서 저절로 자란 물고기를 내 물고기라며 빼앗아가는 사람, 그들은 하느님의 뜻을 거스르는 사람입니다. 하느님께서는 여러분에게 남한테 넘길 수 없는 여러분 몫이 있다고 말씀하십니다. 그 말씀을 듣고 눈을 뜬 사람에게는 갈릴리 호수는 더 이상 분봉왕의 호수가 아닙니다. 하느님이 여러분에게 내려준 여러분의 호수입니다."

예수가 말하는 중에 야고보와 요한은 물가로 나와 예수 앞에 무릎을 꿇었다. 할 수만 있으면 자기 배라도 팔아 예수를 후원하고 싶다는 생각이 그 광경을 본 세배대의 가슴속을 파고들었다.

"선생님! 따르겠습니다. 받아주십시오."

야고보가 말했다. 요한도 그 말을 따라 약속했다.

"선생님! 저도 따르겠습니다."

"야고보, 요한! 나를 따르시오! 내가 그대들을 세상 사람을 걷어 올리는 어부로 삼겠소."

세배대가 말했다.

"그리 하소서, 선생님!"

예수는 세배대를 향해 깊게 허리 굽혀 인사했다. 세배대는 예수가 자기에게 깊게 인사하는 것을 보고 황급히 두 손으로 뱃전을 짚고 인사했다. 세배대의 두 아들 야고보와 요한은 그 아버지와 일꾼들과 배를 뒤로 하고 예수를 따라갔다.

제자라고 부르든 추종자라고 부르든 사람을 모아 무리를 이룬다는 말은 그 사이에 말로 표현하지 않은 어떤 합의가 있다는 말이다. 장래 어느 시점에 생기는 충돌에서 자기편을 들어 달라는 합의까지 포함한다. 가버나움과 갈릴리 호수 위쪽 마을을 돌아다니며 예수가 제자들을 모을 때 예수의 부름에 따라 제자가 되기로 작정한 사람들 사이에도 암묵적으로 그런 합의가 이루어졌음은 물론이었다.

"나를 따르시오."

물가에 댄 고깃배를 내려다보며 좀 떨어진 언덕 위에 서서 예수가 한 젊은이에게 말을 건넸다.

"따르라 하심은?"

잡은 물고기를 부지런히 광주리에 주워 담아 배에서 내리던 젊은이가 엉뚱한 소리를 하는 사람이라는 듯 허리를 펴고 서서 자신에게 말을 건넨 사람을 바라보았다. 소문으로 듣던 예수라는 사람이 분명했다. 자연스럽게 예수의 제자 무리에 낄 수 있는 기회라고 그는 생각했다.

"사람을 낚는 어부가 됩시다."

"어부요? 우리가 어부인데!"

"맞소. 그런데 이제 물고기를 잡는 어부에서 사람을 낚는 어부가 돼 보는 거요."

"낚시질하자는 말씀인지요?"

"낚시질이라 해도 좋고 그물질이라 해도 좋고, 무어라 부르든 새로운 일을 맡기려고 합니다."

"그럼, 우리는 낚시질의 미끼입니까?"

그 젊은 사람은 꽤나 당돌했다. 그 말 속에는 '고기 잡는 어부라고 얕잡아 보느냐'고 묻는 듯, 마치 갈릴리 호수에서 많이 잡히는 잔가시 많은 물고기처럼 까칠한 마음이 배어 있었다.

"허허! 그런 뜻은 아니오. 다만 우리가 하려는 일에 같이 참여할 사람을 모으는 중이오."

"무슨 일인지요?"

"와서 보면 알 수 있는 일이오. 그러나 한 가지, 이제까지 보지 못했던 세상을 보게 될 것이고, 이제까지 받아 보지 못했던 보호를 받게 될 것이오."

"그대가 보호를 베푼다는 말입니까?"

"아니오. 그 보호는 하늘 아버지, 가장 높으신 분이 베풉니다."

"그럼 그대는 그분을 대리해서 일하시는 분입니까?"

"우선은 그렇소만 그건 나뿐만 아니고 모든 사람이 맡게 될 일이오."

"궁금합니다."

"올라오시오. 같이 얘기해봅시다."

그 고깃배에 젊은이와 같이 타고 있던 서너 명의 어부들도 젊은이와 예수가 주고받는 말을 흥미롭게 들었다. '사람을 낚는 어부'라는 말이 벌써 그들에게는 벗어날 수 없는 낚싯바늘처럼 가슴으로 들어와 마음을 꿰었다. 대충 고기 광주리를 정리한 후에 젊은이를 따라 그들도 언덕에 올랐다.

"앉으시오."

예수가 젊은이와 함께 언덕 위로 올라온 어부들에게 언덕 여기저기 흩어져 있는 돌 위에 앉으라고 권했다.

"누구시오?"

자리에 엉덩이를 붙이면서 젊은이가 물었다. 햇빛에 그을린 얼굴이 검붉게 번들거렸지만 두 눈은 매우 초롱초롱했다.

"가버나움에 사는 예수라는 사람이오."

"가버나움? 아 호수 위쪽 동네?"

"그리고, 선생님은 서쪽 세포리스와 가까운 나사렛 마을 출신이시오."

예수 뒤에 서 있던 다른 사람이 예수의 출신지를 덧붙여 설명해주었다. 젊은이가 보기에 그 사람은 눈에 익었다. 막달라에 물고기를 넘겨주러 갔을 때 얼굴을 마주한 적이 있었고, 얼마 전 풍랑이 몹시 심해 호수 건너편에 배를 대고 풍랑이 가라앉을 때까지 같이 기다린 일을 기억해냈다. 한 손을 들어 손짓으로 아는 체를 했다. 예수 뒤에 서 있던 그도 따라서 고개를 끄덕하며 마주 인사를 했다.

"우리가 보호를 받게 해준다고 했는데, 그러면 그분이 우리를 보호한다는 말씀인지요? 저는 그렇게 들었습니다만."

"예, 맞습니다. 온 백성이 모두 하늘 아버지 보호를 받는 아들딸입니다."

"그렇다면 벌써 우리는 보호받고 있다는 말씀처럼 들리기도 합니다."

"예, 그렇습니다. 이미 태어나기 전부터 우리를 보호하고 계셨지요"

"잠깐! 그런데 왜 우리는 전혀 보호받지 못하고 이렇게 내던져졌지요?"

그 젊은이의 말을 듣고 예수는 미소를 띤 채 그 사람의 얼굴을 바라보았다. 눈싸움을 하려는 생각이 아니고 그가 불쑥 던진 말의 흔적을 그의 얼굴에서 보았기 때문이었다. 예수 얼굴에 잔잔한 미소가 번졌다. 이미 한 사람의 새로운 제자를 얻는 순간이었다. 예수가 무어라 말을 건네도 무덤덤하게 눈만 껌벅거리며 빨리 고기 광주리를 챙겨 들고 집으로 돌아갈 생각만 하는 사람은 아직 때가 되지 않은 사람이었다. 그동안 익숙했던 일에만 매달리고 새로운 일이나 말에 귀를 막는 사람이었다. 이 젊은이처럼 예수가 하는 말에 직접 대꾸하고 질문도 하고 더 나아가서 다른 의견도 강하게 내놓는 사람은 이미 거의 제자가 될 수 있는 사람이었다. 끊임없이 질문하고, 예수가 하는 말을 의심하고 확인하려 덤비는 사람을 그는 찾고 있었다.

예수는 그 사람에게 말했다.

"구하는 사람은 얻을 수 있고, 묻는 사람은 그 대답을 들을 수 있습니다."

그렇다. 의문을 갖지 않은 사람에게 해답을 주는 일은 불가능하다. 묻지 않는 사람에게 대답할 수는 없다. 그건 일방적으로 가르치려고 덤비는 것과 같다.

"이 갈릴리 호수로 흘러드는 물은 어디에서 오지요?"

예수의 느닷없는 질문에 그는 순간 주춤했다. 누가 무슨 말을 할 때 속셈을 파악하여 잘 대답하지 않으면 가끔 생각지도 못한 낭패를 당하는 일이 보통이었다. 그는 이 사람이 무슨 꿍꿍이속으로, 무슨 올가미를 뒤에 감추고 그런 질문을 하는지 가늠하려고 노력했다.

"그건, 저 … ."

"어려울 것 없어요. 아는 대로 말해보시오"

"예, 그럼, 음, 저 북쪽 헤르몬산 자락의 샘물에서 시작해서 중간중간 흘러들어 합쳐진 크고 작은 개울물을 보태고 또 보태서 요단강이 되어 흘러듭니다."

"예, 그렇습니다. 그러면 호수의 물은 어디로 흘러 나가지요?"

"갈릴리 호수 남쪽 끝에서 아래 요단강이 되어 흘러 나갑니다."

"그렇습니다. 여러분은 매일 이 호수에 배를 타고 나가 고기를 잡습니다. 그런데 이 호수물이 언젠가는 헤르몬산 샘에서 솟아나온 샘물이었고, 언젠가는 아래쪽 요단강으로 흘러내려갈 물이라고 생각해 본 적 있습니까?"

"아니오!"

그 자리에 모여 있던 모든 사람들이 입을 맞춘 듯 한꺼번에 대답했다. 한목소리로 대답했다는 것을 깨달은 그들은 갑자기 서로 얼굴을 쳐다보며 웃었다. 그렇게 웃다 보니 분위기가 한결 누그러졌다. 뾰족하게 날카롭던 마음이 둥글어졌다.

다시 예수가 물었다.

"배가 물보다 무겁습니까, 가볍습니까?"

고개를 갸웃하며 대답할 말을 궁리해보았다. 아는 대로 말하자면 배는 분명 물보다 무거웠다. 그렇다고 무겁다고 하자니, 그럼 왜 배가 물에 뜨느냐 물으면 마땅하게 대답할 말이 없었다. 사람이 물에 들어가면 곧장 물속에 빠지는데 배를 타면 호수도 건너고 강도 건널 수 있기 때문이었다.

"여러분, 물속에 들어가 본 적 있지요?"

예수가 또 다른 질문을 했다. 호숫가에 사는 사람치고 물속에 안 들어가 본 사람 있으랴?

"예, 예!"

배가 물보다 가벼운지 무거운지 대답하기 어려운 문제를 비켜 가고 누구나 겪었던 일을 묻자 모두 안도하는 마음이 들었던 듯 가벼운 마음으로 대답했다.

"하늘 아버지는 바로 물 같으신 분입니다."

잘 이해되지는 않았지만, 예수가 무언가 가르치려고 그렇게 이리저리 말을 던져 놓았다는 생각이 사람들에게 들었다. 그리고 사람들은 그의 말 한 마디라도 놓치지 않겠다는 듯 귀를 기울였다.

"여러분 몸을 그대로, 있는 그대로 물속에 받아주시는 분이기도 하고, 배를 타고 있으면 그냥 물 위에 띄우기도 하시는 분입니다."

알 듯 모를 듯, 손에 잡힐 듯 말 듯, 보이는 것도 같고 형체가 없어 안 보이는 것도 같이 애매한 말이었다.

"배를 띄우는 것은 물입니다. 배 안에만 타고 있으면 물이 아무리 깊어도 물 위에 떠다닙니다. 배 안에만 있으면 가장 안전하다고 생각하지요. 배는 물 위에 떠다니고, 그래서 사람들은 물에 발목을 적시지 않고도 호수를 건넙니다."

"예, 그렇습니다."

배를 타고 호수에서 고기를 잡아 올려도 예수가 얘기하는 그런 일은 한 번도 깊게 생각해 보지 않았었다.

"하느님은 여러분이 배에 타고 있는 동안 그 배가 엎어지지 않고 물 위에 떠다니도록 받쳐주시는 분입니다. 여러분이 살아가는 일이란 결국 물 같은 그분의 품 안에서 가능한 일입니다. 그래서 하느님은 물 같은 분이라고 말했습니다. 배는 물 위에 떠야 배이고, 물가에 매어 두면 그저 그 자리에 머물 뿐입니다."

사람들이 고개를 끄덕였다. 이제 한 단계 올려야 할 때가 됐다. 예수는 그럴 때를 잘 아는 사람이었다.

"물을 모르고 배만 타는 사람은 그저 튼튼한 배만 만들면 아무 위험이 없다고 생각합니다. 그러나 배에는 언제나 사람을 태우든 물건을 태우든 어느 정도껏 실어야 합니다. 너무 많이 싣게 되면 배는 호수 가운데에서 물속에 가라앉게 될 것입니다."

"예, 저번에 저 아래쪽 마을에서 그런 일이 있었습니다."

누군가가 예수의 말에 맞장구를 쳤다.

"그렇지요. 하느님은 배를 타고 물고기 잡도록, 호수를 건너도록 받쳐주시지만 욕심이 무거워지면 물에 빠질 수밖에 없습니다. 물속에 빠지면, 헤엄쳐 뭍으로 나오지 못한다면 목숨을 잃게 됩니다. 그런데 여러분, 사람 몸이 물보다 가볍습니까, 무겁습니까?"

"예, 무겁습니다."

"그렇습니다. 그래서 사람은 물에 빠지면 허우적거리며 헤엄치려고 합니다. 안 그러면 물속에 가라앉게 되지요. 목숨을 잃지요."

예수는 모든 사람이 다 알고 있는 아주 쉽고 평범한 얘기 속에 그들이 언젠가는 깨달을 수 있도록 씨앗을 숨겨둔 사람처럼 말했다.

"그냥 물에 몸을 맡겨 둔 적 있습니까?"

"예, 예. 손발을 휘젓지 않고 가만히 힘을 빼고 있어 본 적이 있습니다."

"그랬더니, 어떻던가요?"

"가라앉지 않고 물에 그냥 떠 있었습니다."

"물속에 서 있었습니까, 누워 있었습니까?"

"예, 서려고 하면 가라앉고 누우면 떠 있을 수 있었습니다."

"맞습니다. 물에 몸을 완전히 맡기고, 힘을 빼고 누우면 몸이 떴지요? 내 몸을 일으켜 세우고 버둥거리며 무언가 해보려고 허우적거리면 물속에 가라앉고?"

"예, 예, 맞습니다."

"내가 여러분에게 그분의 뜻을 전합니다. 배를 타고 세상을 살아갈 때 배가 견딜 수 있는 만큼만 물건을 실으세요. 물에 몸을 맡겨야 할 때는 그분에게 온전히 맡기세요. 그분은 누구도 거절하지 않으시지만 오만한 사람은 스스로 물에 빠져 목숨을 잃을 수밖에 없습니다."

"그런데 선생님!"

처음 예수에게 질문했던 젊은이가 무언가 불만인 듯 입을 열었다. 그러나 그가 부르는 호칭은 어느덧 '선생님'으로 바뀌었다.

"그분은 왜 이제까지 우리를 이대로 내버려 두셨습니까? 왜 그분은 우리를 돌보지 않고 내팽개쳐 두셨습니까?"

처음 얘기로 되돌아가서 궁금했던 점을 다시 묻는 그 젊은이의 집중하는 마음이 예수에게는 무척 귀하게 생각됐다.

"내가 호수에 흘러드는 강과 호수에서 흘러나가는 강 얘기를 했지요? 호수 물과 강물이 서로 다르지 않은 물입니다. 그러나 여러분은 그 물을 호수 물로도 만나고 강물로도 만납니다."

그게 무슨 얘기냐는 듯 젊은이는 예수를 빤히 쳐다보았다. 무언가 더 묻고 싶은 듯 입을 달싹거리는데 예수는 자기 말을 이어갔다.

"호수 물이 저토록 철렁 채워져 있어도 여러분 앞에 위 요단강, 아래 요단강이 아무리 굽이치며 흘러도, 물속에 몸을 담가 보지 않으면 여러분은 그 물과 상관없는 사람입니다. 그 물은 여러분과 상관없이 흘러가는 시간과 같습니다. 그러나 물에 들어가 온몸을 담그고 나면 여러분은 물을 만난 사람입니다. 물은 여러분 몸을 형상 그대로 받아 줍니다. 물은 여러분 다리가 기분 나쁘다고 다리를 밀어내지 않고 어깨가 좁다고 밀어내지 않습니다. 볼록 튀어나오고 오목 들어간 몸의 형상대로 물은 여러분을 받아줍니다. 물속에 가만히 서 있으면 몸을 휘감고 돌아 흘러가는 물살도 느낄 수 있고, 몸을 지그시 눌러주는 물의 힘도 느낄 수 있습니다. 그 강물은 이제 더 이상 예전처럼 출렁이며 그냥 흘러내려가는 강물이 아닙니다. 여러분은 이미 그 강물을 몸으로 겪고 느낀 사람입니다. 더 이상 강은 강이고 나는 나인 것이 아니고 나는 그 강물 속에 들어갔다 나온 나이고, 강물은 여러분을 품으며 흘러가는 강물입니다. 여기에 하느님의 뜻이 있습니다. 여러분은 강물처럼 흘러가는 시간의 어느 한 부분에 잠겨 있었고, 그 시간이 어찌 흘러가는지도 알게 된 사람입니다."

눈을 반짝이며 듣는 사람도 있고, 예수의 말뜻을 헤아려보려고 애쓰는 사람도 있었다. 그들의 표정을 보면서 예수는 손을 내밀었다.

"하느님은 물가에 서 있던 여러분에게 물속에 들어와 그분을 느껴보라고 부르십니다. 몸으로 그분과 얘기를 해보자고 부르십니다. 하느님은 온 땅에, 온 세상에 가득 찬 분이지만, 그리고 여러분은 한 사람도 빠짐없이 그분 속에서 살아가지만, 쉽게 설명하느라고 강물 얘기를 했고, 호수 얘기를 했고, 호수를 떠다니는 배 얘기도 했습니다."

요한은 예수가 하는 말을 거의 다 이해했다. 예루살렘에서 내려온 바리새인 선생들이 늘 쓰는 어려운 말을 예수는 하나도 섞어 말하지 않았기 때문에 조금 늦고 빠르고 하는 차이는 있지만 그 자리에 있던 모든 사람들이 곧 그 말을 다 알아들을 수 있었다.

"그분 안에 살아가지만, 그분을 느끼고 그분과 얘기를 나누는 일이 바로 물속에 들어가는 일과 같습니다. 흘러가는 시간 어디쯤에서 그분을 깨닫는 것과 같습니다. 이제까지 그분이 여러분을 팽개치고 돌보지 않으신 것이 아니고, 여러분이 그분의 말씀을 듣지 못하고 있었고, 그분과 상관없이 살았고, 그분은 그저 멀리 어느 곳에 따로 계신 분으로 생각했기 때문입니다. 그분이 여러분과 함께 계셨고, 앞으로 도 함께 계실 것을 믿는다면 이미 그분이 여러분을 그분의 품 안에 품고 계셨다는 것을 알 수 있고, 앞으로 어떻게 살아야 한다는 것을 깨닫게 됩니다."

"그런데 왜 우리는 이렇게 어렵게 살아야만 합니까?"

그 젊은이는 무언가 깨달았지만 그것만으로는 아직 불만이라는 듯 입을 열었다.

"그건 세상이 잘못되었기 때문입니다. 그런 세상 때문에 여러분이 신음하는 소리를 하느님 그분은 들으셨습니다. 그래서 여러분을 깨우 쳐야 하겠다고 생각하셨고, 그래서 여러분을 이렇게 모았습니다. 여러분이 그분의 뜻을 깨달았다면 그 순간 여러분은 하느님이 사랑하시는 귀한 아들이 된 것입니다. 그분의 아들이 이제는 더 고통받지 않도록 먼저 깨달은 사람이 나서야 합니다. 잘못된 세상을 바로잡아 세상 사람 모두 그분의 아들이라는 것을 깨닫고 함께 어울려 살도록 여러분이 나서야 합니다."

"저희가 어찌해야 합니까? 당장 왕성에 쳐들어가 뒤엎어야 합니까?"

"아닙니다. 왕성을 뒤엎는 것보다, 성전을 무너뜨리는 것보다, 제국을 패퇴시키는 것보다 더 큰 일을 해야 합니다."

"그런 일이 가능합니까? 정말 우리는 어찌 살아야 합니까? 선생님!"

"깨달을 사람을 모아 깨닫는 운동을 해야 합니다. 강물은 애초부터 강물이 아니었습니다. 헤르몬산 자락 조그만 샘에서 흘러나온 물이 아래로 아래로 흘러내려오면서, 흘러드는 물이란 물은 모두 하나로 받아 요단강이 되었습니다. 물이 늘 낮은 곳으로 흐르듯, 우리는 더 낮은 곳으로 흘러내려가야 합니다."

"선생님, 그 일이 언제쯤 가능합니까?"

"그렇게 물이 모여 개울이 되고 다시 모여 강물이 되고, 호수에 머물다가 다시 아래로 내려가는 세상, 그것이 바로 하느님이 세우신 나라입니다. 그 나라는 물에 들어가서 몸을 적셨던 사람에게는 이미 주어진 나라, 여러분은 그 나라의 백성입니다. 더 많은 사람이 그 나라의 백성이 되도록 사람들에게 외쳐야 하고, 물에 몸을 담그라 해야 합니다."

"세례를 베풀다가 목이 잘린 요한처럼 말입니까?"

"요한은 나의 선생이었습니다. 그분은 사람들이 죄에서 돌이키라 외쳤습니다. 그러면 하느님 나라에 들어갈 수 있다고 외쳤습니다. 그러나 나는 여러분에게 말합니다. 그 나라는 예전부터 이제까지 여러분에게 이미 와 있었습니다. 그걸 깨닫는 순간 여러분은 그 나라 백성이고, 하늘 아버지의 아들입니다. 내가 얘기하는 물에 몸을 담그라는 말은 하느님이 여러분 속에, 여러분이 하느님 안에 있다는 사실을 깨달으라는 말입니다."

"그러니 선생님, 이제 우리는 어찌해야 합니까?"

"나를 따르시오. 내가 여러분에게 하느님과 함께 살아가는 길을 보여주고 그 길을 같이 걸어가겠습니다."

"예, 선생님을 따라 그 길을 걷겠습니다. 저는 시몬이라고 합니다. 저 아래쪽 사람입니다. 그런데 여기 사람들이 저를 가나안 사람이라고 놀립니다."

"허허! 그래요? 가나안 사람이라! 까마득한 옛날 얘기네요."

"그렇다고 제가 옛날 사람은 아닙니다. 선생님! 이렇게 선생님 눈앞에 서 있잖습니까."

그는 말도 시원시원하고 조금도 굽힘이 없는 사람이었다. 그런 것으로 보아 원래부터 어부를 하던 사람이 아니고, 무슨 사연이 있어 호숫가 어부들 사이에 몸을 숨긴 사람처럼 보였다. 그렇다고 해도 예수에게는 조금도 문제될 일이 아니었다. 따지고 보면 자기도 안티파스에게 쫓기는 처지였기 때문이었다. 안티파스 왕성이 펴 놓은 그물에 걸리기 전에 좀더 많은 사람을 모아야 했다.

그때 예수 뒤에 서있던 시몬이 나섰다.

"어? 나도 시몬입니다. 여긴 내 동생 안드레. 그리고 이 사람은 나와 고향이 같은 벳새다 사람 빌립입니다."

"그럼 나는 '작은 시몬'이라고 합시다. 내 나이가 좀 어린 듯하네요."

"그래요! 작은 시몬! 자, 나를 따르시오!"

작은 시몬은 같이 고기를 잡던 동료 어부들을 떠나 예수를 따랐다.

"선생님! 제 동지 … , 아니 제 친구 중에 유다라는 사람이 있습니다. 그도 늘 저처럼 세상을 한번 들었다 놓고 싶어하는 사람입니다. 그가 며칠 후면 저를 만나러 오기로 약조가 돼 있습니다. 그도 제자로 받아주실 수 있는지요?"

"물론입니다. 하느님 나라에서는 어떤 사람도 거절하지 않습니다."

"감사합니다."

작은 시몬은 예수에게 감사를 표하고 그를 따라나섰다. 남아 있는 사람들도 그 광경을 보면서 언젠가 그들도 일어나 예수를 따르겠다고 마음먹었다. 세베대의 아들 요한은 작은 시몬을 눈여겨보다가 그가 하는 말을 듣고 고개를 갸웃했다.

✠

일행이 다시 가버나움 마을로 돌아온 며칠 후, 그날은 장날이었다.

"선생님! 무얼 그리 자세히 살펴보시는지요?"

요한이 턱을 앞으로 쑥 내밀고 물었다. 예수 옆에 늘 바짝 붙어 그가 하는 일이라면 무엇이든 꼼꼼하게 마음속에 새기는 요한을 예수는 많이 아꼈다.

한 달에 네 번, 안식일 전날마다 가버나움에 장이 서면 부근에 사는 사람들이 꽤 많이 모여들었다. 어떤 사람은 아끼고 남겨 두었던 밀이나 보리를 자루에 담아 어깨에 메고 나오고, 닭을 두어 마리 들고 나오는 사람도 있었다. 장에 나와 자리 잡고 앉아 있으면 누구든 그가 가져온 물건을 들고 찾아와 서로 필요한 물건끼리 주고받고 바꾸어 갔다. 막달라 공장에서 밀린 돈을 받는 때면 제법 동전을 절렁거리며 장바닥을 어슬렁거리는 어부도 있었다. 돈을 주고 물건을 사면 다른 물건과 맞바꾸는 것보다는 값을 잘 쳐주었다. 돈을 가지고 있으면 필요한 물건은 무엇이든 살 수 있다는 것을 사람들이 알기 때문이었다.

"저 사람 말이오."

예수는 장터에서 세금을 걷으러 돌아다니는 레위를 가리켰다.

"예, 세관에서 일하는 레위예요. 저 사람 거의 거지처럼 살았는데, 헬라어를 할 줄 알아서 세리 자리를 얻을 수 있었답니다. 레위라는 이

460

스라엘 이름이 있는데 헬라어를 할 줄 아는 사람들은 '마태'라고 부릅
니다. 그중 어떤 사람은 두 가지를 합쳐서 레위 마태라고도 부르는데,
레위 저 사람은 부르고 싶은 대로 부르라면서 그냥 웃기만 한다더군
요. 그렇지만 누가 세리를 이름으로 불러줍니까? 그저 더러운 세금쟁
이, 죄인으로 부르지요. 장터를 돌아다니며 세금을 걷고 있네요."

"그런데 가만히 보니 그냥 집에서 물건 들고 나와 파는 사람은 놔두
고 장사꾼한테는 꼭 세금을 받네요."

"예, 세관에 세 사람이 있는데, 다른 두 사람은 아주 악질이라고 소
문이 났고, 레위는 좀 다르다고 합니다."

"어떻게 달라요?"

"벳새다 쪽에서 오는 장사꾼이나 유대에서 올라온 장사꾼들이 여기
가버나움을 통과하려면 통행세를 내야 합니다."

"그래서요?"

"어떤 때는 세관 앞에 사람들이 길게 줄을 서서 기다립니다. 세관에
서 짐 검사를 받고 세금을 낸 다음 가버나움을 지나갈 수 있기 때문이
지요."

"그냥 슬쩍 지나가는 사람은 없는 모양이지요?"

"왜요? 그렇게 지나간 사람은 다음에 지나는 세관에서 세금을 두
배, 세 배, 많게는 다섯 배까지 물린답니다. 여기를 지나갔다는 표를
받아가야 한답니다. 길목마다 세관이 지키는데 세금 안 내고 빠져나
갈 수는 도저히 없답니다."

"그렇게 철저하군요."

"예, 여기 세관뿐만 아니고 한 열 군데 세관을 몽땅 맡은 사람이 저

아래 왕성 티베리아스에 삽니다. 그 사람은 세관뿐만 아니라 갈릴리 호수 북쪽에서부터 분봉왕 빌립의 영지와의 경계까지 굉장히 넓은 지역에서 세금 걷는 일을 도맡은 사람입니다. 그래서 그 사람이 규칙을 만들면 모두 꼼짝없이 따라야 합니다.

"예, 그런데 저 사람이 뭐가 다르다고요?"

"아 참, 그 말씀 드리려다가 다른 얘기로 빠졌네요."

"그래요, 말해 봐요."

"다른 세리는 밖에 상인들이 아무리 기다리고 있어도 제 할 일 다 하고, 졸리면 낮잠 자고, 집에 들어가서 뭐 먹고 나오고, 그렇게 유세를 부립니다. 그러면 갈 길이 급한 사람은 집으로 쫓아가기도 하고, 전날 사람을 보내 미리미리 뇌물을 바친답니다. 세리 몇 년 하면 부자 안 되는 사람이 없어요."

"그래서요?"

"그런데 레위는 세관 밖에 기다리는 사람 줄이 길어지면 일부러 밖에까지 나와 미안하다고, 빨리빨리 처리해 주겠다고 말해주고 들어간답니다."

"허어!"

"그뿐 아니고, 다른 세리들과는 달리 레위는 상인들의 짐을 자기가 직접 풀어 검사하지 않고, 상인들이 무엇무엇 얼마 있다고 얘기하고 스스로 짐을 풀어 보여주면 그대로 확인한답니다. 그래서 사람들이 다른 세리 말고 특별히 레위에게 짐 검사받기를 원한답니다. 그는 꼼꼼하게 확인은 해도 자기 손으로 짐을 뒤적이지 않습니다. 사실 다른 사람이 물건을 뒤적거리면 부정하거든요."

"다른 세리들은?"

"그 사람들은 짐 검사받는 사람은 아예 짐에 손도 못 대도록 멀리 떨어져 있으라고 윽박지르면서 자기들이 마구 짐을 뒤져 다 까발려 놓는답니다. 짐 중에는 팔려고 운반하는 물건이 있고, 별도로 자기들 돌아다니며 사용하는 옷가지며 마른 곡식이나 고기 말린 육포도 있는데 그걸 구분하지 않고 마구 뒤집니다. 틀림없이 값비싼 귀중품을 어디에 숨겨 놓았을 거라고 떠들면서요. 그러면 보통 시끄러운 것이 아닙니다. '이건 뭐냐?', '그건 내가 쓸 물건이다', '아니다! 세금 내라!', '봐 달라!', '못 봐준다' 하며 쌈질하는데 시끄러울수록 괘씸하다고 세금 액수가 올라간답니다. 그렇게 온통 손으로 주물럭주물럭 뒤적뒤적 다 까뒤집어 놓고는 '됐어! 이제 짐 싸!' 하고 뒷짐 지고 물러난대요. 제가 생각해도 더러운 세금쟁이예요."

"그런데 레위 말이에요. 왜 내가 저 사람 소문을 그전에는 못 들었을까요? 여기 장터에서도 나는 처음 봤어요."

"아, 그건 선생님이 떠나신 다음에 저 사람이 세리가 됐거든요. 그러니 선생님이 여기서 배를 타셨을 때에는 레위는 세금쟁이도 아니고 그가 누구인지 아무도 알지 못했거든요."

말하자면 레위라는 사람은 세리가 됐기 때문에 사람들 눈에 띄기 시작했고, 그가 다른 세리들과 다르다는 점도 알려지기 시작했던 모양이었다. 별것 아닌 것 같아도 레위가 다른 세리들과 무엇이 다른지 예수는 바로 알 수 있었다. 세리들이야말로 사람들이 통치자의 정치를 몸으로 직접 겪을 수 있는 가장 말단에 있는 통로였다. 세관만 여럿 관리하는 사람, 세관뿐만 아니고 다른 세금까지 모두 관리하면서 그 지방에 부과되는 세금의 총액을 거둬들이는 세리장 등이 있는데, 레위는 그런 세리장 밑 세관에서 일하는 말단 세리였다.

레위 마태의 아버지 알패오는 원래 호수 동쪽 분봉왕 빌립의 영지에 살았다. 그가 살던 마을에 로마군이 들어와 주둔하면서 주민들을 모두 쫓아냈다. 알패오는 로마 병사에게 대들다가 거의 죽을 만큼 두들겨 맞고 가버나움으로 쫓겨 왔다. 귀신에게 붙잡힌 알패오는 비가 오는 날이면 괴상한 소리를 지르며 가버나움 길거리를 내달리더라는 얘기를 요한도 형에게서 여러 번 들은 적이 있었다. 알패오가 살았던 옛 마을에는 귀신에 들려 정신이 온전치 못하고 말썽을 부리는 사람들이 아직도 꽤 많다고 부근에 소문이 자자했었다.

알패오가 죽은 후, 레위는 어렵게 세관 일자리를 얻었다. 드물게도 그는 헬라 글을 읽고 쓸 줄 알았다. 원래 알패오가 살던 지방은 셀레우코스 제국이 다스리던 시절부터 헬라 사람들이 많이 살았고, 그래서 그런지 알패오는 물론 레위도 헬라 글을 배웠다. 가버나움 주민 1천 5백 명 중에 글을 아는 사람이 겨우 스무 명 남짓 손꼽을 정도인데, 레위는 글을 알기 때문에 세관 일을 맡을 수 있었다. 아무리 주위 사람들이 따돌리고 싫어하는 세관 일이라지만 그 자리라도 맡게 된 이후부터 어머니와 아내 그리고 동생, 네 식구가 굶지 않고 먹고살 수 있게 되었다. 그러나 그가 세리라는 직업을 가지고 있어서 동생은 아무나 쉽게 탈 수 있는 고깃배마저도 못 타고 한동안 따돌림을 받았다. 그러다가 동생과 이름이 같은 요한의 형 야고보에게 사정해서 세베대의 배를 타기 시작한 지 아직 1년도 채 안됐다.

요한은 젊고 활발하고, 게다가 세베대의 아들이기 때문에 가버나움

464

돌아가는 일을 훤하게 꿰고 있었다. 시몬이나 안드레가 요한 형제를 끌어들이자고 말을 꺼낸 이유를 알 수 있었다. 그에게 물어보면 무슨 일이든 막힘없이 대답했다. 마치 그런 질문이 있을 줄 알고 준비한 사람 같았다.

"여기 가버나움에서 땅이나 배, 사람 수에 따라 세금 걷는 사람도 알아요?"

"그럼요! 아버지가 그 사람 집에 자주 찾아가요. 마을 저 뒤쪽 산자락 가까운 곳에 큰 집 짓고 사는 사람이에요."

"그 사람이 그럼 마음대로 세금 매기나요?"

"그런 셈인데, 우선 티베리아스 사는 높은 사람에게서 가버나움 세금 걷는 권리를 사들인 사람입니다."

"아! 세금 걷는 권리를 사고판다는 말 들었어요."

"예! 선생님. 그 사람이 가버나움 세금을 총액으로 얼마, 먼저 자기 돈을 주고 삽니다. 티베리아스 사람은 가버나움 세금을 미리 받는 셈이지요. 그 사람은 또 그 사람대로 왕성에 먼저 돈을 주고 세금 걷는 권리를 샀기 때문에 자기에게 남길 이윤을 합해서 권리를 쪼개 팝니다. 가버나움 세리장은 자기가 산 금액보다 세금을 더 거둬들이면 그만큼 이익이 남는 셈이지요."

"그렇게 권리를 사들인 사람이 자기 몫을 더하여 세금을 걷는다?"

"예! 그런 사람들은 다 압니다. 누가 땅을 얼마 가지고 있고, 누가 배를 몇 척 가지고 있고, 가버나움 인구가 몇 명이니까 사람 수대로 치면 세금이 얼마고."

"만일 어떤 사람이 세금을 못 내면?"

"그러면 땅을 뺏든지 배를 잡아 두든지 하지요."

"집을 비우고 식구가 다 다른 곳으로 달아나면?"

"그러면 그 동네 사람이나 친척이 내야 합니다. 어떤 마을에 몇 사람 있고 그래서 사람 머릿수대로 얼마 내야 한다는 것은 이미 정해져 내려왔으니까요."

예수가 살던 나사렛 마을에서도 그랬다. 동네에 사람 수대로 얼마 세금이 나오면 첫해는 그 금액을 마을이 연대해서 걷어 바쳐야 했다. 다음해에는 사람을 보내 마을사람 수가 늘거나 줄었다고 신고하고 그에 맞추어 사람 수에 따라 세금이 조정됐다. 마을로 나오는 총 세금 액수라도 줄이겠다고 짐을 싸서 떠나가던 아랫마을 마음씨 좋은 아저씨가 그런 경우였다. 그 집 아저씨와 아이들이 마을을 떠나던 일을 예수는 오래오래 잊지 못했다.

땅에 매기는 세금, 그 땅에서 나오는 소출에 대한 세금은 많이 가진 사람은 많이 내고 적게 가진 사람은 적게 내는 세금이었다. 그런데 소득이나 재산과 달리 사람 수에 따른 세금도 있다. 남자든 여자든, 심지어 나이 먹어 아무 일도 못하는 사람이라도 세금을 내야 했다. 그리고 그 마을에 들어와 사는 사람이면 이방인이라도 빠짐없이 정해진 액수를 바쳤다. 말하자면 한 마을에서 걷을 세금을 일단 총액부터 결정하고 땅과 사람 숫자로 나눈 셈이었다.

그와 달리 세관에서는 사람이나 재물이 다른 지점으로 이동할 때 세금을 걷었다. 통행세였다. 갈릴리에서 분봉왕 빌립의 영토로 나가거나 그곳에서 갈릴리로 들어올 때 사람이나 물건에 대해 통행세를 걷었다. 수레나 나귀, 낙타도 세금을 내야 했다. 다리가 있다면 다리를 건널 때, 배를 타고 내릴 때, 이렇게 무슨 일을 하든지 세금을 내야 했다. 그런 통행세는 왕성이나 총독부나 성전에 직접 찾아가 바치는 것이 아니고 길목에 자리 잡은 세관을 지키는 세리에게 내야 했다. 주민들과 가장 많이 접촉하는 사람이 바로 그렇게 통행세를 걷는 세리였다. 갈 때 내고 올 때 내고, 배 탈 때 내고 배에서 내릴 때 내고, 그러다 보니 끊임없이 주민들과 마찰을 빚을 수밖에 없었다.

오고 가는 물건이 십일조를 뗐는지 아닌지 구분할 수가 없고, 오가는 사람이 깨끗한 사람인지 아닌지 구분하지 않고 모든 사람과 접촉해야 하기 때문에 세리들은 당연히 부정한 사람, 죄인이라고 불렸다. 누구를 시켜서 걷든 세금이란 지배자를 거쳐 로마로 흘러 들어가기 마련이라 세금 걷는 일을 맡은 사람은 모두 로마에 충성하는 사람, '로마의 개'라고 손가락질을 받았다. 세리장은 예외 없이 돈을 끌어모아 부자였지만 그 아래에서 일하는 세리들은 그 일밖에는 다른 일을 할 수 없는 사람들이 대부분이었다. 세관을 지키는 대부분 말단 세리들은 가난하고 정직했지만, 가버나움 세관에서 레위와 같이 일한다는 다른 두 명의 세리처럼 재산을 악착같이 모으는 사람도 있어 특별히 미움을 더 받았다.

세리라도 하려면 글을 알아야 했다. 게다가 세리를 하려면 지배자나 통치자에게 자발적으로 협력하고 복종한다고 서약해야 했다. 그들에게는 이스라엘이 지켜야 하는 토라보다 세금을 걷어 바치라는 지배자의 명령이 더 중요했다. 이스라엘의 법 토라가 지배자, 통치자의 탐욕을 제어하지는 못했기 때문에 세리들은 당연히 토라 밖에서 살아가는 사람, 죄인이 되었다. 사람들은 세리를 죄인으로 불렀고 세리들도 스스로 죄인을 자처했다. 그리고 죄인의 삶을 감당하며 살았다.

"그런데 선생님! 왜 그렇게 저 사람을 지켜보십니까?"

"나는 그의 마음을 보고 있소."

"마음이오? 그게 보이십니까? 레위는 다른 두 사람보다는 좀 낫기는 하지만 그래도 세리, 죄인, 그리고 귀신 들렸던 알패오의 아들입니다."

"나에게는 신음하며 울고 있는 사람으로 보여요. 양 떼에서 떨어져 나와 길을 잃었는데 아무도 찾으려 나서지 않고, 사방은 이미 어두워졌고, 굶주린 늑대 울음소리가 점점 가까이 다가오고 ···."

"저 사람 지금은 먹고살 만큼 벌었어요!"

"그가 고픈 건 배가 아니고 가슴이오. 그는 텅 빈 가슴을 안고 살아가는 사람이오. 나는 그가 사람들에게 베푸는 조그만 호의를 보면서 그가 사람들에게 내 손 잡아달라고 호소하는 울음을 듣고 있소."

"선생님! 세금쟁이는 우리 모임에 맞지 않습니다."

요한이 하는 말을 들었으면서도 예수는 세관을 향해 발걸음을 옮겼다. 장마당을 한 바퀴 돈 레위는 세관으로 돌아가 땀을 닦고 있었다.

레위는 갑자기 이상한 것을 느꼈다. 아무도 들여다보지 않던 세관 구석구석에 알 수 없는 밝은 빛이 부드럽게 비치는 것 같았다. 눈을 콕 쏘는 눈부신 빛이 아니고 세상에 태어나서 처음 빛을 받았을 때의 바로 그 빛이었다. 무슨 일인가 둘러보다가 밖으로 난 문으로 고개를 내밀었다. 한 사내가 걸어오고 있었다.

그는 분명 걷고 있었지만 마치 물 위에 둥실 떠서 흘러오는 사람 같왔다. 그의 뒤로 몇 사람이 따라왔다. 세관을 찾아오는 사람들은 보통 두 부류가 있다. 세관 앞에 무리를 끌고 찾아와 버티고 서서 고래고래 소리 지르고 침을 뱉는 사람, 그리고 물건 보따리를 들고 짐 검사를 받으려고 비실비실 다가오는 사람이었다. 그런데 지금 세관을 향해 다가오는 사람은 이제까지 만났던 사람과는 달랐다. 장마당을 돌며 세금을 걷고 있을 때 그를 계속 주시하던 사람이었다. 나사렛 예수, 사람들이 선생이라고 부르기 시작한 사람이었다.

자기와는 아무 상관없는 그가 세관으로 다가오고 있었다. 갑자기 가슴이 덜컥했다. 알 수 없는 무엇이 가슴속으로 흘러 들어오더니 두근두근 박자를 맞추어 가슴을 쳤다. 그러는 사이에 그 사람이 드디어 세관 앞에 섰다. 아무 말도 못 하고 그를 바라보기만 했다. 자기도 모르게 반쯤 벌린 입으로 레위는 무어라 쉴 새 없이 중얼거렸다. 눈을 뜨고는 있지만 예수라는 그 사람만 보였다. 그 뒤에 서 있는 사람이 전혀 눈에 들어오지 않았다. 문턱을 잡은 레위의 두 손이 덜덜 떨렸다. 문턱을 잡지 않았더라면 다리가 풀려 그냥 주저앉았을지도 몰랐다.

"레위!"

"예, 예수님!"

"나를 아시오?"

"예, 선생님! 들어 알고 있습니다."

어쩐지 자꾸 턱이 떨렸다. 힘을 꾹 주어 입을 다물었다.

"힘들었지요? 레위!"

예수, 사람들이 선생님으로 부른다는 예수, 어쩌면 이스라엘이 기다리던 예언자일지 모른다고 사람들이 수군거리며 입에 올리던 사람.

그가 던진 말이 레위의 가슴속으로 파고들었다. 그가 자기 이름을 '레위'라고 불러주었다. 사람들은 그를 일쑤로 세금쟁이, 로마의 개, 죄인이라고 불렀다. 그는 이름이 없는 사람이었다. 누구에게도 이름으로 불릴 자격을 잃은 사람으로 살았다. 사람들도 그렇게 알았고, 스스로도 그리 믿었다. 까마득하게 잊고 살았던 이름 레위, 예수가 그를 이름으로 불러주었다. 그렇게 자기 이름을 부를 때 그 음성은 아버지가 부르던 음성과 같았다. 아버지는 언제나 '레위야' 하고 불렀다. 무슨 말을 할 때든지 늘 먼저 이름을 부르고 말을 시작하는 아버지였다.

더구나 예수는 레위의 가슴을 부드러운 말로 어루만져 주었다. '힘들었지요?' 그 말은 누구에게도 말하지 못하고 살아온 레위의 삶을 그가 다 알고 있다는 뜻으로 들렸다. 세관 문을 닫고 어두워지는 호수를 바라보면서 흘렸던 눈물도 그가 안다는 듯 들렸다. 웃통을 다 벗어 던진 채 가슴을 쥐어뜯으며 가버나움 길거리를 내달리던 아버지를 끌어안고 울던 그날도 그가 알고 있다는 듯 들렸다. 겨우 아버지를 수습해서 집 안으로 모셔 들어가면 죽은 듯 쓰러진 아버지를 붙잡고 슬프디슬프게 울던 어머니와 가족을 그는 눈으로 직접 본 사람처럼 말했다. 굶기를 몇 날 며칠, 세관 일을 시켜 달라고 세리장을 찾아가 머리 조아리던 캄캄했던 그 마음을 알고 있었다는 듯, 안타까운 마음이 가득 담긴 말이었다. 산다는 건 참 힘들었다. 죄인이라고 따돌리고, 부정하다고 침 뱉고 돌아서던 사람들의 완고한 어깨, 눈앞에서 손 씻던 사람들의 모습이 떠올랐다.

"선생님!"

엉거주춤, 그는 문턱을 잡고 머리를 밖으로 내민 채 예수를 바라보았다. 지금 눈앞에 벌어지고 있는 일이 언젠가 한 번 일어났던 일처럼 생각됐다. 예수 앞에, 언젠가 이 자리에서 똑같은 일이 있었던 것처럼 느껴졌다. 입이 바짝 말랐다. 무엇이 속에서 힘껏 잡아당기고 있어서 목소리가 입 밖으로 나오지 못하고 붙잡혀 있었다.

"선생님! 저는 … , 죄인인데 … !"

"레위! 나를 따르시오!"

그가 따르라고 말했다. 어디로 간다는 건지, 따르는 일이 무엇인지, 앞으로 무슨 일을 할 건지, 대가가 무엇인지 아무런 설명 없이 그저 따르라고 했다. 레위. 잊고 살았던 이름을 되찾고 이제는 이름을 가진 사람으로 살라고 자신을 부르는 것만은 알 수 있었다. 이것이고 저것이고 무어라 물어보고 따져 볼 계제가 아니었다. 그건 분명 따지고 알아보아서 결정해야 하는 일의 범위 저 너머에 있는 어떤 사건이리라 생각했다. 마음이 급했다. 갈릴리 호수마을 가버나움, 손가락질 받고 하루하루 모욕을 견디며 살던 세리에게는 기회든 운명이든 오래 문 열고 기다려주지 않는다는 사실을 그는 잘 알고 있었다.

갈릴리에서 어부로 살아가는 사람이든, 하루 종일 허리 펴볼 시간도 없이 밭에 엎어져 일하는 농부든 거의 모든 사람에게 기회를 잡고 결단해야 하는 일이란 아예 없었다. 그저 하던 일을 하면서 평생을 살고, 죽어서도 살아서 하던 일로 기억될 수밖에 없었다. 레위는 알았다. 예수라는 선생의 부름을 지금 당장 여기에서 받아들이지 않는다면 가버나움 세관에서 세리로 평생을 살아야 한다. 훗날, '내가 예수를 따랐더라면 …' 하고 뒤돌아보며 회상하고, 끝없이 후회하게 될 것도 알았다. 세리가 필요해서 자기를 부른 것이 아니라는 점도 알았다.

세리든 어부든 깔고 앉았던 자리 둘둘 말아 들고 따라 나서야 할 일이라는 것도 알았다. 그의 부름은 지금까지 하던 모든 일을 뒤로하고 벌떡 자리에서 일어나서 따라야 할 만큼 엄중한 일이었다. 그의 부름은 부드러웠지만 항거할 수 없었다.

"예, 선생님! 레위가 따르겠습니다."

그는 문턱에 엉거주춤 기대고 섰던 몸을 벌떡 일으켜 걸어 나갔다. 세관 문을 나섰다.

동료 세리들은 입을 벌린 채 문 밖을 내다보았다. 걸어 나간 레위와 예수, 제자들 머리 위에 어깨 위에, 그리고 그들이 서 있는 땅 위에 햇빛이 떨어졌다. 호수에 부슬비 내리는 것처럼 햇빛은 부드럽게 스며들고 있었다. 걸어 나간 레위는 다시 세관으로 돌아오지 않았다. 세관은 더 이상 그가 머물러 있어야 할 자리가 아니었다. 자기 스스로 결단하고 떠나가는 사람의 뒷모습을 바라보면서 남아 있는 사람은 늘 아쉬운 마음과 안도가 교차하는 것을 느낀다. 자기 자리를 털고 일어날 수 있는 사람이 부러우면서도 주저앉아 지킬 것이 아직 자기에게 남아 있다는 사실에 안도한다.

그날 세관 앞에서 일어났던 일은 해가 떨어지기도 전에 이미 가버나움의 많은 사람들이 알게 되었다. 더구나 안티파스 왕성과 연결된 사람들에게 그건 분명 큰 사건이었다. 매일매일 그렇고 그런 일밖에 없었던 가버나움이 어떤 소용돌이 속으로 천천히 빠져 들어가고 있다는 신호였기 때문이었다.

그건 바짝 마른 들판을 한번 슬쩍 불고 지나가는 그런 바람이 아니라 제자리를 맴돌면서 점점 더 커지고 거세지는 회오리였다. 우기가 그치고 건기가 시작되면 호수 가까운 작은 들판에 가끔 그런 바람이 일어난다. 그처럼 가버나움 어부들 사이에 불기 시작한 작은 회오리 바람이 점점 크기를 키우고 있었다. 나사렛에서 왔다는 사람, 호수에 나가 고기잡이 하던 사람, 어디로 훌쩍 사라졌다가 나타난 사람, 그 사람 예수가 회오리바람의 한가운데 서 있었다.

그날 밤, 레위의 집에 사람들이 모여들었다. 평소 같으면 세관에서 같이 일하는 세리 두 사람만 불렀겠지만, 그날은 레위가 평소에 초대하고 싶었던 사람들을 다 불렀다. 어떤 사람은 기쁘게 찾아왔고, 어떤 사람은 감히 세리 따위가 자기를 청한다는 사실에 심한 모욕감을 느끼고 고개를 돌렸다. 밤에, 더구나 식사 초대를 받아 세리의 집에 찾아간다는 것은 아무리 열린 마음을 가진 사람이라도 생각할 수 없는 일이었다.

레위의 어머니는 무엇이 그리 즐거운지 신이 나서 집 마당에 들어서는 사람은 일일이 쫓아나가 맞이했다. 손님을 맞는 일이야 레위나 동생 야고보가 맡아야 할 일이지만 그의 어머니는 그런 것을 따지지 않고 직접 나가서 맞았다. 레위도 어머니를 말리지 않았다. 레위의 아내는 고향마을 사람이었다. 그녀도 자기 집에 손님이 그렇게 많이 찾아왔다는 사실이 믿기지 않는 듯 얼굴이 발갛게 상기됐다. 세관 뒤에 있는 작은 돌집에 살면서 가버나움을 지나는 장사꾼들에게 웃음을 짓던 두 여자도 찾아왔다. 그 여자들을 보고 사람들이 깜짝 놀라자 레위는 자기가 초대했다고 말했다. 여자와 남자, 세리와 어부, 장사꾼, 모두 일고여덟 명이나 되는 사람들이 웃고 시끌벅적하게 떠들 무렵에 예수가 레위의 집에 들어섰다. 그 뒤에는 시몬과 안드레 형제, 야고보와 요한 형제, 빌립 그리고 호수 아랫마을에 사는 작은 시몬이 따랐다. 갑자기 많은 손님이 모여들자 모두 한방에 앉을 수가 없어 마당으로 자리를 옮겼다. 레위의 동생 야고보가 얼른 마당에 등을 내걸었다.

레위 어머니와 아내가 정성껏 준비한 음식이 나왔다. 돌집 여자들까지 나서서 음식을 나르고, 곧 평상시와 다르게 푸짐한 음식이 차려졌다. 여자들도 같이 멍석 위에 자리를 잡았다. 예수가 앞에 놓인 빵 덩어리를 들고 자리에서 일어나 기도를 드렸다.

"하늘 아버지! 이 자리에 모인 당신의 아들딸 모두를 축복하소서. 이들 중 한 사람도 이날 이후로 거친 들길 혼자 걷지 않도록 보호하소서. 이 저녁 시간, 고픈 배를 움켜쥐고 잠자리에 들어야 하는 형제들이 하늘 아버지가 주시는 식량으로 배불리 먹을 날이 속히 오게 하소서. 맛있는 음식을 허락하신 아버지, 감사하오며 저희를 위해 수고하며 준비한 여인들의 손길도 아버지 빼놓지 말고 기억하시고 축복하소서. 하늘 아버지가 모든 사람의 아버지시라는 사실을 깨닫는 자리 되게 하시고 아버지 나라를 이 땅에서 이루는 시간이 되도록 축복하소서. 감사히 먹고 마시겠습니다."

그리고 빵을 두 조각으로 떼어 한 조각은 오른쪽, 다른 한 조각은 왼쪽에 있는 사람에게 넘겨주었다. 다른 식사자리에서는 보통 수북이 쌓인 빵 중에 각자 하나씩 가져가 찢어서 주인이 내어 놓은 올리브기름이나 양념에 찍어 먹는다. 그런데 예수는 빵을 쪼개어 양쪽으로 나누어주었고, 그 빵을 받은 사람은 자기 몫으로 조금 떼고 다시 옆자리 사람에게 넘겼다. 누가 뭐라고 하지 않았지만 각자 자기 몫을 떼고 다음 사람에게 넘기는 새로운 식사법이 그들에게 소개되는 밤이었다. 예수도 자리에 앉아 편안한 자세로 앞에 앉아 있던 세관 세리들, 그 옆자리 돌집 여자들과 스스럼없이 얘기하며 빵을 먹고 포도주를 마셨다. 결코 같은 자리에서 먹고 마실 수 없는 사람들이, 늘 그렇게 모였던 사람들처럼 즐겁게 먹고 마셨다.

한참 자리가 무르익었을 무렵 알패오의 아내인 레위의 어머니가 예수 옆에 다가왔다. 그녀는 예수가 앉은 자리 바로 뒤, 멍석도 깔지 않은 맨땅에 무릎을 꿇었다.

"선생님!"

모두 예상하지 못했던 광경에 놀라 입을 다물었다. 음식이 눈앞에 있으면 참지 못하고 손과 입이 바쁜 시몬마저 입에 든 빵조각을 씹지 못하고 놀란 눈을 크게 떴다.

어머니의 그런 모습을 보면서 웬일인지 레위는 고개를 가슴에 묻고 흐느끼기 시작했다. 레위뿐 아니고 동생 야고보도 마찬가지였다. 사람들 앞에서 눈물을 흘리는 것은 사내로서 수치라고 생각하며 살았다. 사내란 울면 안 된다고 배우며 자랐다. 남자는 강해야 한다, 모든 어려움과 싸워 이겨야 한다고 배우고, 그렇게 큰다. 그런데 그 자리는 레위와 동생 야고보가 어깨를 들썩거리며 흐느끼는 이상한 자리가 되었다.

아직 레위 어머니가 아무 말도 하지 않았지만, 어떤 부탁도 하지 않았지만 레위의 아내가 굳은 표정으로 지켜보는 것으로 보아 집안 식구 모두 무언가 단단히 결심한 사람들처럼 보였다. 예수는 레위 어머니가 소리 없이 눈물 흘리는 것을 바라보았다. 주고받는 말은 없어도 예수는 그 여인의 말을 듣고 있었다. 때로 고개를 끄덕이며 말없이 바라보면서 예수는 그들이 하려는 말과 하소연하는 고통을 다 알아듣고 있었다. 예수는 사람의 마음을 알고, 말하지 않아도 하려는 말을 알아듣는 사람이었다. 예수가 한참 만에 입을 열었다.

"이 댁 사람들이 겪은 일들, 그 아픔을 압니다. 얼마나 외로웠을지 압니다. 이 집에 하늘 아버지의 위로가 임했습니다. 이제부터는 결코 외롭지 않을 것입니다. 이제는 문 밖에서 울며 서 있는 사람들이 아닙니다. 아버지가 알아들으셨고, 같이 가슴 아파하셨고, 앞으로 늘 함께하마 약속하십니다."

"예, 선생님! 이 애들 아버지가 죽을 만큼 두들겨 맞고 내던져졌을 때, 집터를 빼앗은 나쁜 귀신들이 자기들 부대를 만들면서 저희를 여기로 쫓아냈을 때, 귀신에 붙잡힌 애들 아버지가 이 가버나움 거리를 내달릴 때, 아들 레위가 세리가 되어 그 좁은 세관에 갇혀 있을 때 저는 늘 지극히 높으신 분께 기도했습니다. 저희의 아픔을 위로해주고 슬픔을 어루만지고 상처를 싸매줄 분이 오실 날을 기다렸습니다. 그날이 오늘입니다. 그분이 선생님이십니다. 감사합니다. 하늘 아버지! 아버지라고 부를 수 있어 감사합니다."

띄엄띄엄, 쉬엄쉬엄, 가슴을 진정하며 레위 어머니는 오랜 사연을 토막토막 풀어냈다. 어머니의 그런 말을 듣는 레위와 야고보의 어깨는 더욱 크게 출렁거렸다. 저쪽 끝 멍석에 앉았던 레위 아내도 자기 시어머니처럼 어느덧 멍석 밖에 무릎을 꿇고 있었다.

그 모습을 본 세관에서 온 다른 두 세리도 멍석 밖으로 기어나가 무릎을 꿇었다. 세관 뒤 돌집 여자들도 마찬가지로 무릎을 꿇고 울었다.

나중에는 마치 막혔던 둑이 터진 듯 큰 소리로 울었다. 그동안 누구에게도 털어놓은 적 없던 슬픈 사연이 토막토막 울음 속에 섞였다. 그 여자들과 세리들 때문에 마음이 거북해 다리를 모아 도사리고 앉아 있던 요한도 무릎을 꿇었고, 눈을 끔벅이던 시몬도, 아랫마을 작은 시몬도 모두 하나둘 멍석 밖으로 나가 무릎을 꿇었다. 레위가 초대한 어부도, 장터거리 장사꾼도 모두 멍석 밖으로 나가니 예수 혼자 멍석 위에 남아 있었다. 예수는 조용히 일어섰다. 그리고 모두 끌어안는 듯 두 팔을 벌렸다. 밤바람이 그의 옷자락을 펄럭이며 지나갔다.

"모두 일어서세요! 내가 여러분 무릎 꿇으라고 온 것 아닙니다. 일으켜 세우려고 왔습니다. 일어나세요. 그리고 서로서로 손을 잡고 둥글게 서세요. 자, 내 손을 잡으세요."

예수는 먼저 레위 어머니의 손을 잡았다. 비록 나이 차이가 많더라도 남자가 여자의 손을 잡을 수는 없었다. 여자는 남자와 같은 자리에 앉을 수 없었다. 그 밤에 예수는 그 모든 거리를 단숨에 뛰어넘었다. 수줍게 예수의 손을 잡고 레위 어머니가 일어섰다. 그 옆에 작은아들 야고보가 어머니의 손을 잡고 섰다. 예수 오른쪽에는 원래 레위가 있었는데 저쪽에서 슬그머니 요한이 다가와서 예수와 레위 사이에 섰다. 아무 말 없이 예수는 요한의 손을 잡았고, 만족한 듯 요한은 다른 손으로 레위의 손을 잡았다. 세리 레위와 세베대의 아들 요한이 처음 손을 잡은 셈이었다. 좀 어색한 표정을 짓던 사람들이 모두 일어서서 옆사람 손을 잡고 원을 그렸다. 그런데 예수가 바라보니 돌집 두 여자들의 손을 잡는 사람이 아무도 없었다. 예수가 그쪽에 신경을 쓰는 듯 보이자 시몬 형제가 성큼성큼 걸어가서 두 여자를 가운데 두고 손을 잡고 섰다. 예수는 시몬의 그런 모습을 보고 고개를 끄덕였다.

"아버지 감사합니다. 누구라 할 것 없이 모두 형제자매이고 어머니이고 자식입니다. 이렇게 둥글게 손을 잡았으니 누가 처음이고 누가 마지막이라 할 것 없이 그저 손잡은 한 가족입니다. 이들 중 한 사람도 잃지 않게 보호하소서. 이들을 저에게 맡기셨으니 모두 다 데리고 하느님 나라에 들어가겠습니다. 날이 새면 다시 하던 일로 돌아가지만 오늘과 내일이 같지 않을 것입니다. 살아가는 그 길에 어려움 있을 때 오늘 그러했듯 아버지 앞에 무릎 꿇고 아버지의 가호를 간구하게 하옵소서. 아버지가 이루시려는 그 나라가 여기에서 지금 이루어졌음을 마음속에 새기고 살게 하소서."

기도를 마친 예수는 옆사람 잡은 손을 앞뒤로 흔들면서 말했다.

"자, 손을 그대로 잡은 채로 빙글빙글 큰 원을 그리며 돌아봅시다. 기쁜 마음으로 돌아봅시다. 우선 왼쪽으로 돌까요?"

그건 어릴 때 동네 동무들과 하던 놀이였다. 동네 큰 마당에 모여 서로 손을 잡고 둥글게 서서 빙빙 돌면서 노래를 불렀었다. 깡충깡충 뛰는 아이, 춤추듯 경중거리는 아이, 그렇게 손잡고 놀았었다.

"동무 동무 모여라! 둥글게 둥글게 모여라!

누구 누구 모였나? 모두 모두 모였다!

누구하고 놀 텐가? 모두 같이 놀란다!"

그건 모든 사람이 가진 경험이었다. 어릴 때 모두 그렇게 놀았다. 그리운 시절이었다.

그러나 예수는 그 원에 끼지 못했었다. 나사렛에서 아이들이 모두 모여 그렇게 둥글게 원을 그리며 뛰어놀 때, 아이들은 예수와 히스기

야를 끼워주지 않았다. 노래는 모두 같이 논다고 불렀지만 정작 끼워
주지는 않았다. '이제 그만 집에 올라가자'라고 예수가 말해도 동생 야
고보는 듣지 않고 그 아이들과 함께 원을 그리며 놀았다. 예수와 히스
기야는 그림자를 끌며 아무 말 없이 언덕을 올라갈 수밖에 없었다. 그
런 날이면 둘이 뒷산 등성이 독수리바위 앞가슴에 앉아 오랫동안 마을
을 내려다보았었다.

레위의 집 마당에서 손잡고 둥글게 둘러선 그 놀이에서는 아무도 빼
놓는 사람 없이 모두 그렇게 손을 잡고 돌았다.

"왼쪽!"

누가 그렇게 외치면 모두 다 똑같이 외쳤다.

"왼쪽!"

그러면서 왼쪽으로 돌았다.

"오른쪽!"

돌집 여자가 외쳤다.

"오른쪽!"

모두 그 소리를 받아 같이 따라 외치며 오른쪽으로 돌았다.

어릴 때 그렇게 원을 그리며 놀던 일은 누구나 기억하는 결코 특별
할 것 없는 일이었다. 그러나 가버나움, 세리라고 따돌림 받던 레위의
집 마당에서 따돌림 받고 손가락질 받던 사람들이 모여 손잡고 빙빙
돌며 한 입으로 그동안 잊었던 노래를 부르는 일은 무척 특별한 일이
었다.

"아휴, 좋아라!"

돌집 여자가 정말 좋아했다. 어린애처럼 팔짝팔짝 뛰었다. 어린 시

절로 돌아간 듯했다. 몹시 슬프게 울더니 마음이 풀어진 모양이었다.

"선생님!"

놀이가 끝나고 모두 제자리에 멈춰 섰을 때 레위 어머니가 예수 앞에 나왔다. 예수의 말을 따라 이제는 더 이상 무릎을 꿇지 않았다.

"예!"

"제 아들들을 잘 부탁합니다."

아들이라 하지 않고 아들들이라 했다. 예수는 구태여 묻지 않아도 알 수 있었다. 그 마음을 읽었기 때문이었다.

"어머니!"

레위가 무슨 소리냐는 듯 나섰다.

"선생님! 작은아들 야고보도 받아 주십시오!"

"예! 선생님! 저도 … ."

야고보가 나서서 간청하는 눈빛으로 예수를 바라보았다. 희미한 등불이지만 그의 얼굴에 간절한 마음이 절절히 배어 있는 것을 알 수 있었다.

"어머니, 그러면 집안 살림은?"

"괜찮다. 네 아내와 다 얘기했다. 우리 여자 둘이 모두 해낼 수 있다."

"아니 그래도 당장 … ."

"산 사람 입에 거미줄 치겠냐? 뒤 텃밭도 있고, 그동안 너와 동생이 들여온 것, 모아 둔 것도 있고, 그만하면 우린 부자다."

"예, 예. 그렇습니다."

레위의 아내까지 나섰다.

예수가 나직한 목소리로 입을 열었다.

"알패오의 아들 야고보! 나를 따르시오!"

"예! 선생님! 선생님을 따르겠습니다."

그때 세관에서 일하는 세리 두 사람이 예수에게 말을 걸었다.

"선생님! 때가 되면 저희도 선생님을 따르겠습니다."

"그러시오!"

돌집에 사는 여자 둘도 한입으로 말했다.

"선생님! 저희도요."

"그러시오! 그대들에게 때가 이르면 분명 나를 따르게 될 것이오."

그 밤 레위 집에서 벌어진 작은 잔치는 예수에게도 큰 자신감을 불어넣었다. 레위의 집을 나와 멀지 않은 각자의 집으로 돌아가면서 어떤 사람은 마음이 설렜고, 어떤 사람은 계산에 바빴다. 그러나 모든 사람에게 정말 특별한 밤이었다. 빌립은 친구 나다나엘을 생각했다. 날이 밝으면 그를 찾아가 얘기를 꺼내 보리라고 마음먹었다. 세리들과 돌집 여자들까지 예수를 선생님으로 받들고 따르겠다는 것을 보고 다른 사람들도 용기를 얻었다. 자기 나름대로 더 끌어들여야 할 친구나 아는 사람들을 여러 명 마음속에 떠올렸다.

마을에서 무슨 일이 일어났든, 밤 호수에는 고깃배들이 떠 있었다. 깜빡깜빡 배에 달아 놓은 불빛이 뭍으로 신호를 보내는 듯했다. 예수는 그 불빛 안에 부지런히 그물을 내리고 거두어 올리는 어부들이 있다는 것을 알고 있었다. 저들에게는 호수마을 집집마다 달아 놓은 등불이 연결 신호이고, 배에 달아 놓은 등불은 그 불빛 아래 사람이 있다는 신호였다. 그들은 예수가 돌보아야 할 사람들이었다. 밤새 그물질

을 하면서 다른 사람의 입에 들어갈 물고기를 잡는 사람들, 그들에게
도 하느님 나라가 열려 있었다.

　다음 날 아침부터 가버나움에 소문이 돌았다. 평상시 사람이 찾지
않아 한적했던 세리 레위의 집에 밤늦게까지 여러 사람이 모여 북적거
리고 웃고 떠들었으니 궁금한 사람들이 기웃거리고 알아본 것은 당연
한 일이었다. 원래 사람들 사는 데는 비밀이란 없다. 누구나 아침 일찍
일어나 문을 열면 밤늦도록 닫아걸지 않는다. 만일 어떤 집에서 낮에
도 문을 닫아걸고 있다면 그 집에는 분명 남에게 보일 수 없는 비밀이
있거나, 마을 사람들에게 숨겨야 할 무슨 위험한 일을 꾸미고 있는 것
이라 생각할 수밖에 없다. 마을 사람들과 같이 나누고 상의하지 않는
일이란 결국 마을 공동체에 위협이 될 일이라는 평가를 받게 되고, 그
런 일을 하는 사람은 그 마을에서 더 이상 몸 붙여 살 수 없는 사람으로
배척받는다.

　비록 다른 사람들이 세리라고 따돌렸지만 레위는 스스로 문을 걸어
잠그고 사는 사람은 아니었다. 그러니 당연히 주위에 사는 사람들이
지난밤 집 안을 기웃거렸다. 마당 가득 유쾌하게 판을 벌이고 먹고 마
시고, 남자 여자 손을 잡고 춤추는 해괴한 장면을 보았으니 그야말로
말거리였고 별일이었다.

　"가버나움 죄인이란 죄인은 어젯밤 그 집에 다 몰렸다는군!"

　"세베대의 아들들도, 벳새다 사람 시몬과 안드레도 끼었다면서?"

　"그 정도면 말도 안 해요. 어부들도 끼고 장사꾼도 끼고, 게다가 세
관 뒤 돌집 여자들도 끼어서 같은 자리에서 먹고 마시고 울고 웃고. 아

482

이구, 이런 일이 이 가버나움에서 벌어지다니 ….”

“여자들까지? 허허, 참, 여자가 어디 남자들 모이는 데 끼어들어? 별일이네! 아무리 돌집 여자라고 해도 그렇지, 밤에 여자들이 나돌아다니고 ….”

“아, 그 뭐냐, 수치를 모르는 여자들에게 못 갈 곳이 어디 있어?”

“못 갈 곳? 사방 천지가 갈 수 없는 곳이지! 더구나 그런 여자들과 어울려 식사를 한다? 그럼 안 되잖아?”

“안 되지. 내 생각인데, 가버나움 선생이 나설 때가 된 거여. 마침 예루살렘에서 내려온 선생도 그 댁에 머물고 있다니 그 사람도 함께 나서겠지. 윤리 도덕이 깨지고 법이 무너졌으니 누가 나서든 나설 거 아녀?”

“아니, 선생 체면이 있지. 겨우 저런 사람들 상대하려고 나설까?”

“가버나움 선생인데? 마을에 오랫동안 선생 노릇한 사람이 엄연히 있는데 저 예수가 선생입네 멋대로 휘젓고 돌아다니니 선생이 안 나서겠어? 예수 저 사람 태도를 좀 봐! ‘어디 나한테 어쩔 테냐? 네가 선생이면 나도 선생이다’, 그런 심보 아녀? 말하자면 누가 더 선생인지 겨뤄보자는 것 같은데!”

“그나저나 누가 예수를 제대로 선생이라고 인정이나 해주고?”

“그건 그런데, 저녁이고 낮이고 그 사람 따라서 몰려다니는 사람이 계속 불어나데? 내가 보니까 ….”

그렇지 않아도 얼마 전부터 가버나움 사람들은 길에서 누구를 만나면 너나 할 것 없이 예수 이야기를 입에 올렸다. 좋게 말하는 사람보다 나쁘게 말하는 사람이 더 많았지만 이미 예수는 화제를 몰고 다니는 사람이 되었다. 예수가 직접 만나 제자로 삼은 사람들을 제외한 다른 사람들은 공연히 눈을 흘기고 입을 비죽거렸다. 예수가 유명해지는 것과 마찬가지로 예수를 선생으로 모시고 몰려다니는 사람들도 덩달아 유명해졌기 때문이었다. 야고보와 요한은 원래 세베대의 아들이라 그럴 만하다고 치더라도, 벳새다 출신의 어부들까지 고기 잡는 일은 팽개치고 턱을 쳐들고 예수를 따라다니는 모습은 다른 어부들에게는 눈꼴사나운 일이었다.

그렇게 사람들이 수군거리고 빈정거리는 것을 아는지 모르는지, 그날 낮에 예수와 제자들이 세관 앞 큰길에 나타났다. 벳새다로 가는 큰길은 가버나움 마을 앞 호수 쪽으로 나 있고, 세관은 그 길에서 마을 쪽에 붙어 있었다. 세관 안에 있던 세리 두 명은 예수 일행을 보자 얼른 쫓아 나왔다. 지난밤 레위의 집에서 예수의 말을 듣고 그들도 밤새 마음이 설렜기 때문이었다. 길 가는 사람들이나 멀리 있는 사람들도 들으라는 듯 그들은 큰 소리로 예수에게 인사했다.

세관 앞에 사람들이 모여 떠들썩하자 돌집 여자들도 나왔다. 그러더니 얼른 예수에게 쪼르르 달려가 오라버니에게 인사하듯 반갑게 웃으며 인사했다. 세리들과 여자들이 예수에게 인사하는 것을 보더니 세관 앞에 줄 서 있던 시리아에서 온 상인들도 엉거주춤 허리를 굽혀 인사했다. 무슨 일인지는 모르지만 세리들이 깍듯이 인사하는 것으로 보아 자기들도 예의를 표해야 되나 보다 생각했다. 길을 지나가던 사람들도 기웃기웃 모여들었다. 세관 앞에 이상스럽게 사람들이 많이 모여 웅성거리자 호숫가에 배를 대고 그물을 손질하던 어부들도 일손을 멈추고 어슬렁어슬렁 걸어왔다. 세관 앞마당에는 순식간에 몇십 명의 사람이 모였다.

그렇게 사람이 모이면 안티파스 왕성에서 심어 놓은 첩자도 끼어들기 마련이었다. 원래 대여섯 사람 이상 모이면 반드시 끼어들어 오고 가는 내용을 세세히 왕성 쪽 사람에게 전하는 일을 맡았기 때문이었다. 왕성으로부터 한 철에 밀 몇 자루씩 남몰래 받아먹기 때문에 맡은 일을 절대로 소홀히 할 수 없었다.

돌집 여자가 예수에게 물었다.

"선생님! 어제 저녁 말씀하신 것 중에 정말 궁금한 것이 있는데 여쭤 봐도 될까요?"

많은 사람 앞에서 예수와 친분이 생겼다는 것을 밝혀 놓고 싶기도 하고, 예수에게서 들었던 얘기가 정말 궁금했기 때문이었다. 둘러서 있던 사람들이 눈살을 찌푸렸다. 외지 사람들이 많이 드나들고, 이레마다 장도 서고 하니 다른 마을보다 좀 개방적인 마을이 가버나움이라지만, 여자들이, 더구나 돌집 여자들이 대낮에 큰길가로 쪼르르 달려 나와 모임에 끼는 일은 일찍이 없던 일이었다.

어디에서나 여자들에겐 여자들만 드나들 수 있는 장소가 몇 군데로 제한되어 있었다. 공동으로 사용하는 방앗간이나 우물이나 빵 굽는 화덕이 그런 장소였다. 남자들은 그런 장소에 결코 드나들지 않았다. 남자가 갈 수 있는 장소, 여자가 갈 수 있는 장소가 명확하게 구분되어 있기 때문이었다. 여자가 길에 나서려면 아버지나 남편 남자형제와 동행해야 했고, 그도 아니면 남자아이라도 데리고 가야 했다. 다른 여자들은 모두 그렇게 사는데 돌집 여자들은 아예 내놓은 여자들, 제멋대로 사는 여자들, 지켜야 할 수치마저 이미 다 잃어버린 사람들이었다. 사람들 눈을 피해 돌집을 드나드는 남자들을 빼놓고는 아예 그 여자들과는 얼굴도 마주하지 않았다.

이방인 상인들을 제외하고는 드러내 놓고 돌집을 드나드는 가버나움 사람은 없었다. 돌집에 드나든다고 비난받지는 않더라도, 공공연하게 드나든다는 소문이 돌면 집안의 평온이 깨질 수밖에 없기 때문이었다. 그런 사정을 잘 아는 돌집 여자들은 예수에게는 반갑게 인사하면서도 다른 남자들과는 알고 지내는 표를 안 내려고 노력했다. 돌집 여자들은 가버나움 사람들에게는 아예 존재하지 않는 사람들이었다. 세관 세리들도 마찬가지로 그런 취급을 받았기 때문에 그 여자들은 종종 세리들과 어울려 서로 말을 섞으며 지냈다.

그러나 그 여자들에게 예수라는 선생은 달랐다. 마치 오라버니라도 되는 듯 친근한 마음이 들었다.

"허허! 말해 보세요. 그렇지 않아도 묻고 싶은 것이 많을 줄 알았어요."

"역시! 선생님은 다르셔요."

여자는 너무 기뻤다. 여러 사람들이 다 둘러서서 보고 있는 밝은 대낮에 예수가 조금도 꺼리지 않고 말을 받아주고, 어젯밤에 만났던 일도 감추지 않았기 때문이었다. 더구나 선생님이라는 분이 조금도 여자를 낮추어 부르지 않고 마치 누이동생을 대하듯 말을 받아주어 가슴 울컥할 만큼 고마웠다

"왜 말씀하시던 중에 '누구라 할 것 없이 전부 형제이고 자매이고 어머니'라고 하셨잖아요. 저는 그 말씀이 정말 너무 좋았어요. 그런데 다른 사람들은 그렇게 생각하지 않을 때 어떻게 해야 하나요? 그렇게

대접해 달라고 대놓고 말할 수도 없고. 저 같은 처지에 … ."

말을 채 끝내지 못하고 그녀는 목이 메었다. 아마 더 말을 이을 수 없을 만큼 설움이 복받친 모양이었다.

그때였다. 가버나움 사람들에게 늘 이래야 한다, 저래야 한다 간섭하며 가르치는 선생이 세관 앞마당에 들어섰다. 그는 예루살렘에서 내려왔다는 선생과 함께 왔다. 못마땅한 기색이 얼굴에 가득했다. 분명 무언가 단단히 벼르고 나온 모양이었다. 얼굴이 벌게진 모습으로 보아 한바탕 혼을 내주겠다는 생각인 듯 보였다.

그는 마당에 들어서다 돌집 여자들까지 그 자리에 있는 것을 보더니 그 자리에 주춤 발을 멈췄다. 돌집 여자들을 경멸하듯 훑어보고, 세리들을 째려보면서 멈칫멈칫했다. 선생이라고 불리는 사람이, 더구나 예루살렘에서 내려온 선생까지 동행하여 돌집 여자들, 세리들, 장사꾼들이 우르르 모여 있는 자리에 나타나는 것이 체면에 걸렸기 때문이었다. 뒤돌아가기에는 너무 늦었다고 생각했는지 마음을 정한 듯 마당 안으로 들어섰다.

모든 사람의 시선이 그를 향했다. 사람들이 그에게 길을 터주고 머리를 숙이거나 허리를 굽혀 인사했다. 가버나움에서 가장 귀찮고 까다로운 사람이기는 해도 이스라엘의 법에 대하여 그만큼 잘 아는 사람이 없었다. 게다가 그는 말을 하도 잘해서 그가 내리는 결론에 대하여 아무도 이렇다 저렇다 반대할 수 없었다.

그들이 마당에 들어오거나 말거나 예수가 돌집 여자에게 막 대답을 하려는데, 가버나움 선생이라는 사람이 손을 흔들면서 말을 막고 나섰다.

"에, 잠깐! 그렇게 말고, 내가 한마디 먼저 해야겠네!"

예수는 조용히 그를 바라보았다. 사람들을 모으고 하느님 나라를 선포하기 시작한 이래 처음으로 명예와 체면이 걸린 싸움이 제대로 벌어지는 자리가 됐다.

"뭐라고 불러야 하나! 듣자 하니 무식한 사람들이 그대를 '선생, 선생' 한다던데 나도 그렇게 부를 수는 없고."

"편하게 부르세요."

말은 점잖게 받았지만 예수도 그 사람의 도전에 뒤로 물러설 수는 없었다. 드디어 뚫고 나가야 할 첫 상대를 만난 셈이었다.

"그래. 그럼 내가 말하지. 자네는 어디에서 온 사람인고?"

"선생은 어디에서 오셨나요?"

그 사람은 멈칫했다. 듣는 사람에게는 그저 어디 출신이냐고 서로 묻는 듯 보였다. 그러나 묻는 층위가 달랐다. 그는 예수의 출신지를 물었고, 예수는 그가 몸담고 사는 세상을 물었다. 그의 물음 속에는 나사렛 출신 목수, 석수, 가버나움에 흘러 들어와서 고깃배를 타고 호수에 나가 물고기나 잡던 어부, 그런 사람이 어찌 감히 선생 노릇을 하느냐는 뜻이 깔려 있었다. 그것도 아주 거만하게. 가버나움에 오래전부터 살아온 원주민으로, 글깨나 배우고 경전을 알고 해설하는 선생으로 예수에게 물었다. 따끔한 교훈을 해줄 셈이었다.

그 사람은 예수가 걸어온 땅 위의 길을 물었고, 예수는 그가 뿌리 내리고 사는 세상을 물었다. 그 사람이 누리고 있는 명예와 권위의 근원을 물었다. 가버나움의 선생은 멈칫할 수밖에 없었다. '나사렛 사람입니다' 하고 대답해야 예수에게 꾸짖을 다음 말이 나오는데 엉뚱하게 뒤집어졌다.

예루살렘에서 내려왔다는 선생도 놀라기는 마찬가지였다. 서로 한마디 주고받아 보면 알 수 있었다. 하수는 팔을 걷어붙이고 팔뚝을 비교하지만 고수는 상대가 발 디디고 선 자세만 보고도 안다. 그런 자리에서 아직도 내 팔뚝이 굵다고 팔을 걷어 내보이는 것은 상대에게 뭘 해보지도 못하고 싸움에 지는 일이다. 그는 자기가 나서야 할 때라고 생각했다. 던지고 받아치는 형태를 바꾸지 않으면 여러 사람 보는 앞에서 웃음거리만 될 뿐 좋을 일이 없다고 재빨리 판단했다.

"선생!"

예루살렘에서 온 바리새파 선생은 우선 예수를 선생이라고 불렀다. 선생이란 이스라엘의 법, 계명을 지키고 장로들의 가르침을 따르면서 하느님의 말씀을 연구하는 사람에게 붙여주는 존칭이다. 예수를 선생이라고 부르는 것은 예수에게 그런 이스라엘의 법 위에서 싸움을 하자고 던지는 말이다.

"예, 예루살렘에서 오셨다고 들었습니다."

"그렇소!"

"그럼 성전에서 일하십니까?"

"아니 그런 것은 아니지만 성전의 일에 참례는 합니다."

이제 예수는 상대를 알 만큼 알았다. 그는 예루살렘 성전에 협조하며 살아가는 힐렐 학파에 속하는 바리새파 사람이 분명했다. 사람들이 누구를 처음 만나면 묻고 대답하며 서로 신분을 확인하는 방법을 그대로 써서 예수는 예루살렘 선생이 힐렐파에 속하는 사람이라는 것을 단번에 알아냈다.

예루살렘에서 내려온 선생은 엉겁결에 예수가 묻는 대로 대답을 하긴 했는데 자기가 예수에게 묻거나 가르쳐야 할 말은 한 마디도 못한 것을 깨달았다. 이미 싸움이 시작되었는데 자기 정체만 드러낸 꼴이 되었다. 반격을 해야 했다. 묻는 대로 대답만 하다가 갈릴리 시골사람에게 망신을 당할 형편이 되었다. 그는 예수가 무어라 더 묻기 전에 얼른 먼저 입을 열었다.

"듣자 하니 어젯밤에 시끌벅적 잔치를 벌였다고요?"

"예, 잔치였습니다. 큰 잔치였습니다."

"그런데 선생이라는 분이 죄인들과 한자리에서 먹고 마실 수 있는 겁니까?"

"죄인이라 하셨습니까?"

"그렇지요. 죄인이지요."

지난밤 레위 집에서 저녁을 같이 먹은 사람들이 고개를 숙였다. 사람들은 그들을 죄인이라고 불렀고, 그들 스스로도 죄인이라는 말을 받아들이며 살았다. 죄인과 죄인 아닌 사람들이 한자리에 모여 같이 음식을 먹는 것은 이스라엘의 법에 어긋나는 일이었다. 그들 중에서도 특히 세리들과 돌집 여자들은 더욱 그런 생각이 들었다. 자기들 때문에 예수가 여러 사람 앞에서 곤경에 처하게 되었으니 미안할 따름이었다.

"죄란 무엇인지요?"

"선생이라는 분이 죄가 무엇인지 몰라 묻는지요?"

"그들을 죄인이라고 부르시기에 묻습니다."

"그래요? 그럼 말하리다. 거룩함의 자리에서 벗어난 모든 것이 죄고, 그런 사람들이 다 죄인이지요."

"그럼 거룩함이 무엇입니까?"

"허허! 선생! 나와 농담하자는 얘기입니까?"

"농담이라니요? 예루살렘에서 오신 선생님께 여쭤보는 것입니다."

"'내가 거룩한 것같이 너희도 거룩해라!' 하느님의 말씀입니다. 하느님이 정해주신 길, 그 길을 걷기 위한 법, 그 법을 따르는 삶 모두 거룩해야 하고, 그 법을 벗어난 것이 죄이지요."

"거룩함은 결국 구분하는 것이지요?"

"그렇습니다. 하느님이 세워 주신 구분에 따라야 하지요."

"온전하지 않은 것도 거룩하지 않은 것이지요?"

"잘 아시네요. 그렇습니다."

"온전하지 않은 것은 내쳐야 하는지요?"

"그렇습니다. 온전한 것만 따로 떼어 놓아야 합니다."

예수가 묻는 대로 대답하다가 보니 예루살렘에서 온 선생은 조금씩 당혹감이 들기 시작했다. 죄인들과 어울려 먹고 마시면서 무슨 선생이냐고 공박하려고 했는데, 뜻하지 않게 거룩함과 온전함에 대해 따지는 논쟁으로 번졌다. 그때 예수가 천천히 돌아섰다. 그리고 자기를 바라보고 있는 사람들, 특히 돌집 여자들과 세리들을 향해 팔을 폈다. 마태라고 불리는 레위, 전날까지 세리로 세관에 앉아 일하던 그도 죄인이라고 불리는 사람들 곁에 서서 고개를 떨구고 있었다. 예수는 마치 그들 모두 가슴에 끌어안듯 팔을 폈다.

"건강한 사람에게는 의사가 필요 없고 병든 사람에게만 의사가 필요합니다. 나는 의롭다는, 온전하다는 사람을 부르려고 온 것이 아니고 세상 밖으로 밀려난 죄인을 안아주러 왔습니다. 그것이 하늘 아버지의 뜻입니다."

그 소리를 듣는 순간 지난밤과 마찬가지로 돌집 여자들이 그 자리에서 무릎을 꿇고 머리를 가슴에 묻었다. 멈칫멈칫하던 세리들도 무릎을 꿇었다. 얼마나 오랫동안 그들은 문 밖에 내던져 있었던가? 세상 밖으로 밀려나서 살아가는 일이 얼마나 외롭고 슬프고 가슴 아픈 일이었던가? 따스한 불빛이 얼마나 그리웠던가? 식구들이 모두 모여 둥그렇게 둘러 앉아 도란도란 얘기하며 먹을 것 서로 밀어주고 당겨주는 저녁을 얼마나 원했던가? 손가락질하는 손이 아니라 잡아 이끌어주는 손을 얼마나 간절히 기다렸던가? 그런 죄인들, 아무도 눈 바로 뜨고 보아주지 않던 죄인들, 같이 빵을 떼는 자리는 고사하고 한 마당에 같이 설 수도 없는 죄인들. 그런 사람을 안아주러 왔다고 예수는 선언했다. 나를 따르라, 이리 와라, 저리 가라 부르며 부리려고 온 것이 아니고 안아주려고 왔다고 했다. 자기들 같은 죄인을 안아주는 일이 하느님의 뜻이라고 했다. 기쁘고 고맙고 가슴 벅차고, 꾹꾹 누르며 살았던 울음이 절로 터져 나올 수밖에 없었다.

"일어나세요! 여러분은 오직 한 분 하늘 아버지 앞에서만 무릎을 꿇으세요. 그래서 나는 여러분과 내가, 우리 모두가 다 하늘 아버지의 아들이고 딸이라고 말했습니다. 하늘 아버지 앞에 우리 모두 형제이고 자매라고 했습니다. 날숨과 들숨을 쉬는 모든 사람은 하느님을 숨쉬는 사람입니다."

무릎 꿇었던 사람들이 일어났다. 예수는 돌집 여자의 물음에도 그렇게 대답을 준 셈이었다. 돌집 여자에게 예수는 선생이었지만 동시에 하늘 아버지 앞에 함께 손잡고 서 있는 오라비였다. 가슴 벅찬 일이었다.

예루살렘에서 왔다는 선생은 예수의 말을 듣고 조용히 무언가 생각하더니 발걸음을 돌렸다. 그는 태어나서 처음으로 사람 가슴이 그토록 빠르게 뛴다는 것을 알았다. 그리고 자기도 숨을 쉬고 사는 사람이라는 것을 새삼 깨달았다. 갈릴리의 시골 선생의 말이 가슴속에 와서 콱 박혔다. 그건 왜 그런지 설명할 수 있는 일이 아니었다. 책상 높게 쌓아 올린 경전 두루마리를 모두 다 읽어도 깨달을 수 없는 빛을 그는 보았다. 눈을 톡 쏘며 찌르는 밝은 빛이 아니고, 어디가 빛 밖이고 어디가 빛 안인지 알 수 없는, 둥글고 부드럽고 은은하고 밝은 빛을 보았다. 그 빛은 그보다 덜 밝은 빛을 밀어내지 않았고 그 안에 은은하게 포용하는 따스한 빛이었다.

예수에게 등을 보이고 돌아서면서 그는 생각했다.

'이 사람은 내가 상대할 사람이 아니다.'

바리새파 선생이 감당하기에 예수가 던지는 질문은 근원적 질문이었다. 성전과 율법학자들과 서기관들, 그리고 바리새파 선생들이 예전부터 가르치고 지도해 온 것과 전혀 다른 길을 예수가 제시하기 때문이었다. 그에 대하여는 한 사람 바리새파 선생이 아니라 성전이 나서서 대응할 일이었다. 한 번도 의심해 본 적 없던 과녁을 예수가 단번에 옮겨 놓은 셈이었다.

예루살렘 선생의 뒤를 따라 무거운 발걸음을 옮기며 가버나움 선생은 여러 사람 앞에서 당한 부끄러움이 더 크게 느껴졌다. 예수를 붙들고 다시 하나씩 시비를 가리고 싶었지만 더 고집부리고 버틸 수 없었다. 예루살렘 선생에 대한 예의가 아니기 때문이었다. 가버나움에서 권위를 가지고 명예를 누린 사람은 자기였다. 이제 그 명예가 예수라는 떠돌이 허풍쟁이 때문에 무너지고 체면을 잃게 되었다. 사람들이 예수 옆으로 모여들 것이 눈에 보였다.

가버나움 선생은 정말 분했다. 오로지 죄인들만 모인 자리에서 죄인들을 자기편으로 끌어들인 예수에게 패배한 것은 어쩌면 당연할 수밖에 없었다. 처음 마당에 들어서면서 아차 주저하는 마음이 생겼던 것도 그런 이유였다. 예수와 정당하게 명예를 겨루려면 그래도 가버나움에서 나름대로 행세하는 사람들, 적어도 죄인이라고 불리지는 않는 사람들 앞에서 다시 겨루겠다고 생각했다. 예수가 다시는 얼굴을 들고 다니지 못하도록 여러 사람 앞에서 꺾을 방도를 찾겠다는 마음뿐이었다.

가버나움 선생이 분하게 여기는 점은 명예를 다투는 첫 싸움이 잘못된 장소에서 벌어졌다는 것이었다. 명예란 결국 자기 스스로 생각하는 자기의 가치를 다른 사람들이 얼마만큼 인정해 주느냐 하는 문제이기 때문이다. 그렇게 명예에 도전하고 응전하면서 명예를 두고 다투는 일을 평결하는 것은 언제나 본인이 아니고 주변 사람들이다. 세관 마당 가득 둘러섰던 죄인이라 불리는 그 사람들이 예수가 선생으로 명예를 획득하는 현장을 지켜보았고 증인이 되었다.

예루살렘에서 온 사람과 가버나움 선생이 떠난 자리는 곧 둘러서 있던 사람들로 메워졌다.

"나는 여러분에게 말합니다. 하늘 아버지 품에 안기어 사는 세상, 서로 다름이 없고 차별이 없는 세상, 그 세상이 하느님 나라입니다. 여러분은 그 나라에서 하느님을 아버지로 모시고 살도록 부름 받았습니다."

호숫가에는 언제나 약간 비릿한 냄새가 난다. 사람 사는 마을이 생명을 담은 호수와 연결됐다는 냄새다. 생선 비린내처럼, 호수 비린내처럼 생명의 본래 냄새도 그럴 것 같다. 물과 바다가 나뉘기 이전, 구분 없이 하나일 때 세상은 슬쩍 비린내를 풍겼을 것 같다. 예수는 그리 느꼈다. 주위를 천천히 돌아보면서 예수는 다시 크게 숨을 들이쉬었다. 그리고 말을 이었다.

"꽃마다 이름을 붙입니다. 그런데 수많은 꽃, 서로 다른 이름을 가진 꽃, 피고 지는 때가 다른 꽃, 그런 모든 꽃들까지 전부 포함하여 한번에 부를 때 그냥 꽃이라고 합니다. 그렇게 꽃이라고 부르면 세상에 있는 모든 꽃을 아우르는 꽃의 원형이 생각날 겁니다. 나무도 마찬가지입니다. 이 나무 저 나무 또 다른 이름을 가진 모든 나무를 다 한번에 부를 때는 그저 나무라고 부릅니다."

사람들은 예수의 얘기를 한 마디도 놓치지 않겠다는 듯 좀더 바짝 다가와 귀를 기울였다. 이제 가버나움에서 예수를 선생님이라고 대놓고 불러도 누가 흉보거나 시비를 걸 사람이 없게 됐다. 예루살렘에서 내려온 선생이라는 사람도 뒤로 물러나지 않았던가? 가버나움 선생은 아예 예루살렘 선생이 물러나자 더 이상 아무 말도 못하고 뒤로 빠지지 않았던가? 예수, 그가 가버나움에서 가장 유명하고 권위 있는 선생으로 단번에 사람들에게서 인정받게 되었다.

"세상 밖으로 밀려난 사람을 안아주려고 왔습니다. 그것이 하느님의 뜻입니다."

예수가 자신이 '왔다'고 얘기하는 것은 나사렛에서 가버나움으로 옮겨왔다는 뜻이 아니고 하느님 나라를 이루고 그 백성으로 모든 사람을 부르기 위해 하느님이 보냈다는 선언이었다. 층위가 다른 질문을 던지고 선언을 하면서 그는 눈앞에 벌어지고 있는 세상일을 사람들이 다시 바라볼 수 있도록 만들었다.

"여러분, 조금 전에 선생들이 '죄' 그리고 '죄인'에 대하여 말하면서 여러분을 윽박지르려고 했지요? 말은 나에게 건넸지만 그들은 이 자리에 서 있는 여러분 모두를 모욕하고 경멸하면서 싸잡아 죄인이라고 부른 것입니다."

그 말에 사람들은 고개를 끄덕였다. 그리고 속으로 말했다.

'죄인이라고 불려도 우리는 할 말이 없는 사람들인데 ….'

"그런데 나는 여러분에게 말합니다. 여러분은 죄인이 아닙니다. 그런 죄는 처음부터 하늘 아버지께서 만드신 적이 없습니다."

갑자기 예수가 목소리를 높였다. 그 마당에 모인 사람들뿐만 아니고 좀더 떨어진 곳에서 아직 배에 남아 있는 사람까지도 모두 똑똑히 알아들을 수 있는 만큼 크고 강하며 권위가 있는 음성이었다.

"여러분이 알고 있는 죄는 그어진 금 밖에 나갔다고 생각되는 것입니다. 금이란 무엇입니까? 하늘 한가운데, 땅 한가운데, 물 한가운데, 시간 한가운데, 사람 한가운데, 물건들이 모여 있는 한가운데에 커다란 작대기로 금을 힘껏 크게 쭉 그은 것입니다. 그 금 밖은 더럽고 부정하고 온전하지 못하고 성스럽지 못하고 변태적이라서 더불어 살 수 없다는 선언입니다. 그 금 안쪽은 깨끗하고 온전하고 거룩하고 정상적이고 더불어 같이 살 만하다고 하고요. 여러분은 모두 그 금 밖으로 밀려난 사람들이었습니다."

이스라엘이 지키는 토라는 시간, 장소, 사람, 사물을 거룩한 것과 거룩하지 않은 것으로 구분하는 가르침이다.

"시간 중에도 거룩한 안식일이 따로 있어서 그날을 거룩하게 지켜야 하고, 땅도 거룩한 땅과 더러운 땅, 이방인의 땅이 있습니다. 온 세상에서 이스라엘이 거룩하고, 이스라엘 안에서는 유대 땅 예루살렘이 거룩하고, 예루살렘에서는 성전이 더 거룩하다고 말합니다. 사람을 이방인과 이스라엘로 나누어, 이스라엘은 거룩한 백성이고, 성전에서 일하는 사람은 더욱 더 거룩하다고 합니다. 물건도 거룩하고 깨끗하고 온전한 것과 더러운 물건으로 나눕니다. 먹을 수 있는 것과 먹으면 안 되는 것으로 나눕니다. 손을 맞잡을 수 있는 것과 반대로 결코 같은 그늘 아래 있어서도 안 되는 것으로 나눕니다. 하는 일에도 거룩한 일과 그렇지 않은 일로 나눕니다. 여러분은 거룩하다고 그어 놓은 금 안으로 들어가지 못하고 살았고, 거룩하다고 정해진 일이 아니라 물고기 잡고, 세금 걷고, 통행료 받고, 몸으로 벌어먹고 삽니다. 법대로라면, 가르침대로 말하자면 거룩함의 밖에 사는 죄인입니다."

예수는 얘기를 잠시 멈추고 사람들의 반응을 살폈다. 듣는 사람들이 얘기를 알아들었는지, 그때까지 한 말을 제대로 듣고 따라왔는지 살펴보았다.

"아까 꽃 얘기를 했습니다. 꽃이 봄에 피어야 한다고 정해 놓으면 가을에 피는 꽃은 죄를 지은 꽃입니까? 꽃이 이쪽 산비탈에 피어야 한다고 정해 놓으면 저쪽 언덕에 핀 꽃은 죄를 지은 꽃입니까? 꽃이란 빨간색이어야 한다고 정해 놓으면 노란색 꽃은 죄를 지은 꽃입니까?"

"아닙니다! 절대로 그럴 수 없습니다. 그건 말도 안 됩니다."

돌집 여자 중 나이를 좀더 먹은 여자가 큰 소리로 대답했다. 자기도 모르게 큰 소리를 내더니 쑥스러운 표정을 지으며 한걸음 물러났다.

"정해진 것을 벗어난 모든 것을 죄라 부르고, 그런 일을 하는 모든 사람을 죄인이라 부릅니다. 안식일에도 배를 띄워 고기를 잡으러 나가야 할 때가 있지요? '안식일에는 일을 하지 말라'는 계명을 어겼으니 호수에 나간 사람은 죄인이고 고기 잡는 일은 죄를 짓는 일이라고 정해 놓았습니다. 그렇게 잡은 물고기는 깨끗하지 않은 물고기입니다."

예수 말이 맞다는 듯 고개를 끄덕거리는 사람, 크게 한숨을 내쉬는 사람, 절레절레 고개를 내젓는 사람 모두 예수가 하는 말에 깊게 빠져들었다.

"그들은 꽃 이파리 하나, 꽃 색깔 하나, 이쪽 산비탈 한 곳, 그 꽃이 피는 봄철 하나, 그렇게 가장 끄트머리에 있는 것, 다른 것과 경계를 이루는 그 끝에만 눈을 둡니다. 꽃 전체, 나무 전체, 시간 전체, 사람 전체, 물건 전체, 그 전체를 아우르는 큰 원리, 바로 하느님을 보지 못한 사람들입니다. 하느님 이름을 내세워 금을 긋고 선을 만들고 넘어가거나 넘어오지 못하도록 장벽을 세우고 그 장벽을 지키고 그 장벽 안에서 자기들끼리 살아갑니다. 그 금 밖, 선 밖에 내팽개쳐진 물건과 사람과 시간은 자기들 소관 아니라고 눈을 돌립니다. 그 금 밖에 있는 사람과 시간과 장소와 물건을 누가 돌봅니까? 누가 그 사람들을 금 밖으로 밀어냈습니까?"

예수가 한발 더 앞으로 몸을 움직여 나가며 말했다.

"내가 말합니다. 하늘 아버지의 뜻에 따라 선언합니다. 세상에 그어진 어떤 선도 하느님 뜻 아닙니다. 나누고 가르고 구분하고 배제하는 어떤 선도 하느님 뜻 아닙니다. 여러분을 금 밖으로 쫓아내고 죄인이라고 부르는 일은 원천적으로 무효입니다. 여러분은 금 밖으로 쫓겨난 사람이 아니고 하늘 아버지의 가슴에 안겨 있는 사람입니다. 아버지는 그런 분입니다. 하늘 아버지의 아들과 딸 된 여러분이 하느님 나라의 소중한 백성입니다."

눈을 깜박이며 듣고 있던 요한이 무슨 할 말이 있는 표정을 지었다. 그러자 그 옆에 서 있던 형 야고보가 무슨 일이냐는 듯 고개를 돌려 요한의 얼굴을 들여다보았다. 말을 마치면서 예수가 요한을 바라보았다.

"요한! 무슨 할 말이 있는 것 같은데?"

"예! 선생님!"

예수는 사람들의 마음을 늘 정확하게 알아채는 능력이 있었다. 상대가 아무 말 않고 있어도 그 마음속에 오고가는 생각을 알았다. 그런 예수의 능력에 시몬과 안드레가 깜짝깜짝 놀란 적이 한두 번이 아니었다. 그럴 때마다 예수는 웃으며 말했다.

"그냥 내 마음속에 그대들의 마음이 울려 들어옵니다."

예수는 상대의 마음속 생각의 줄에 자기의 줄을 맞출 수 있었다. 그건 아버지로부터 배운 일이었다. 마음이 예민해지면 모든 소리, 멀리 산속에서 여우가 마른 나뭇가지 밟아 뚝 부러지는 소리도 들을 수 있다고, 언제나 마음의 문을 열어 두라고 요셉은 늘 말했다. 그런 소리는 귀로 듣기도 하지만, 가만히 상대의 눈을 들여다보면서 참으로 많이 들을 수 있었다. 눈이 하는 말은 그의 마음이 하는 말이었다. 입과 눈이 서로 다른 말을 할 때, 눈이 하는 말을 예수는 더 잘 알아들었다. 눈은 곧바로 마음과 연결되어 있다고, 어쩌면 눈이란 마음의 한끝이라고 그는 믿었다. 제자에 합류한 지 얼마 되지 않았지만 요한은 다른 어떤 사람보다도 예수의 말을 잘 알아들었다. 그도 늘 예수의 눈에 시선을 고정하고 있었기 때문이었다.

"예, 선생님. 그런데 제가 드리는 말씀은…, 아이구, 어떻게 말을 해야 하나…. 하여튼 제가 아버지를 나쁘게 말하려는 것은 절대 아닙니다."

"허허! 하려는 말을 좀 알겠소."

"예, 선생님! 그런데 왜 선생님은 '하늘 아버지'라고 그분을 부르십니까?"

"요한, 부르고 싶으면 '하늘 어머니'라고 불러도 상관없어요."

"예에? 어머니요? 그건 좀….."

"아버지는 무섭고, 엄하고, 무정하고, 당당하고, 굳세고, 집안을 위해 세상과 맞서는 분이지요?"

"예!"

"그렇습니다. 아무리 다정한 아버지라도 위엄을 가지고 여러분을 꾸짖고 가르칩니다. 여러분은 아버지에게는 한마디도 거역하지 못하고 꼼짝없이 명령과 지시에 복종합니다. 그건 아브라함, 이삭, 야곱, 우리의 수많은 조상들이 늘 아버지 앞에서는 절대적으로 복종하며 살았다고 들어왔기 때문입니다. 아버지는 어딘가 좀 멀게 느껴지고, 그 눈은 두렵고, 그 말씀은 거역할 수 없습니다. 우리 조상들이 섬기던 하느님도 그런 아버지의 모습이었습니다. 하느님은 그분의 뜻을 거스른 이스라엘에게 회초리를 들어 벌을 내렸다고 여러분은 듣고 배웠습니다. 이방인의 손에 붙여져 성읍은 처절하게 무너지고 주민들은 하나도 남김없이 칼에 엎어졌습니다. 어린애는 돌에 던져지고 남은 사람들은 줄줄이 쇠사슬에 묶여 노예로 팔려가도록 하느님이 벌을 내리셨다고 들었습니다."

"예, 그러셨습니다."

"아버지에게는 그처럼 무서운 하느님의 모습이 겹쳐 있습니다."

"예, 선생님. 저는 아버지가 무서워서 늘 그 눈을 피하려고 뒤로 숨는 일이 많았습니다."

"아버지는 작은아들 요한을 누구보다 많이 사랑했지만 막상 요한은 아버지를 두려워했지요? 그런데 어머니는 늘 자애로웠습니다. 세상 어머니는 모두 똑같습니다. 어머니 품에 안기면 그 젖 냄새가 포근하고, 아들딸이 일을 저질러도 우선 품에 안아주십니다. 무서운 아버지 눈을 피해 어머니 뒤에 몸을 숨길 수 있었습니다."

어머니, 그 이름을 듣자마자 사람들은 일순 숙연해졌다. 어머니의 품을 떠난 후에 다시 안겨 보지 못했지만 생각만으로도 그 가슴은 늘 따스했다. 어머니에게는 언제나 젖 냄새가 나는 것 같았다. 눈 감고도 더듬을 수 있었던 어머니 가슴 냄새는 아버지 냄새와는 전혀 다른 냄새였다. 아버지에게는 언제나 들판, 산판의 냄새가 났었다. 산줄기를 타고 넘던 바람이 풍기는 냄새였다. 갈릴리 호수를 건너 거세게 불어오는 바람의 냄새였다.

"여러분, 사랑이란 무엇인가요? 자비란 무엇인가요? 바로 어머니의 마음입니다. 그래서 여러분을 자식으로 삼아 아끼고 돌보아주시는 하느님을 어머니라고 불러도 된다고 말했습니다. 사랑이란 말은 어머니가 그 뱃속에 자식을 받아 키운다는 말입니다. 어머니의 자궁이 바로 사랑입니다."

'자궁'. 사람들은 보통 그 말을 입에 올리지 않았다. 누구나 알고는 있지만 꺼려지는 말이었다. 그러나 예수가 그 말을 할 때는 조금도 이상하게 느껴지지 않았다. 오히려 그 말보다 더 적합한 말을 찾을 수 없을 만큼 분명하게 사랑이라는 말의 뜻을 알 수 있었다.

"자식을 열 달 자궁 안에서 키운 후 새로운 생명으로 세상에 내어 놓습니다. 헤르몬산 자락 샘에서 솟구쳐 올라온 물이 여기 갈릴리 호수로 강이 되어 흘러 들어온 것처럼 어머니는 생명의 샘입니다. 그 어머니가 자식을 위해서 밤이나 낮이나 걱정하고 기도하는 마음, 그 마음이 하느님 마음입니다."

그러더니 예수는 한 발을 앞으로 내디뎠다.

"그러면 아버지는 어머니 품에 자식 맡겨 놓고 나 몰라라 하십니까? 아닙니다. 여러분은 기억할 것입니다. 긴 밤, 열이 올라 펄펄 끓는 아픈 자식을 가슴에 안고 밤새 집 안을 서성이던 아버지, 자식 걱정에 늘 가슴이 타고 속이 시커멓게 타들어갔습니다. 자식의 일로 가슴이, 그리고 창자가 오그라들듯, 때로는 칼에 에이는 듯 고통을 겪는 분이 아버지입니다."

예수는 그렇게 애태우며 자식을 돌보았던 아버지의 사랑을 남달리 크게 기억하는 사람이었다. 아버지 요셉의 모습이 언뜻 떠올랐다. 예수는 한 번 병이 나면 심하게 앓곤 했다. 어린 예수에게 그 넓고 큰 등 내밀어 업어준 아버지였다.

"내가 얘기하는 하늘 아버지는 그렇게 자식을 안고 서성이는 아버지입니다. 꿇어앉히고 꾸중하고 벌을 주는 아버지의 모습이 아니라 여러분을 안고 밤새우던 아버지의 모습을 생각하세요. 여러분이 어릴 때 '아빠, 아빠', 아버지를 부르며 매달리던 대로 하늘 아버지도 아빠 아버지라고 부르세요. 여러분에게 아무리 무섭고 두려운 아버지라도 그 마음속에는 어린 아들딸을 걱정하던 아버지의 그 마음이 배어 있습니다."

요한이 적절하게 묻고 나섰기 때문에 예수는 한발 더 나가서 아버지이며 어머니가 되는 하느님을 설명해주었다.

"눈에 보이는 아버지의 모습이 아니라 그 아버지의 가슴속에 깊이 자리 잡은 사랑을 생각하십시오. 그 마음이 하늘 아버지 마음입니다. 그 마음이 하늘 어머니의 마음입니다. 부르고 싶은 대로 '하늘 아버지' '하늘 어머니' 마음대로 부르세요. 나는 어려서부터 아버지라고 부른 습관이 있어 그렇게 부릅니다. 내 아버지 요셉으로부터 받고 자란 사랑은 바로 하늘 아버지의 사랑과 잇닿아 있었고, 하늘 아버지의 사랑을 알게 한 길잡이였습니다. 다시 한 번 말합니다. 하늘 아버지는 벌 주시는 아버지가 아니고 끝까지 우리를 사랑하시는 아버지입니다."

어머니의 사랑이라는 뜻에서 하느님을 어머니라 부른다는 말이 그럴듯하게 들리기는 했지만, 공동체와 가정에서 차지하는 어머니의 위치를 생각하면 듣는 사람 모두 무언가 성에 차지 않았다. 어머니라면 너무 약한 위치로 하느님을 끌어내린다는 생각이 들었다. 예수는 제자들이 갖는 그런 생각을 모르지 않았다. 그러나 사람들의 삶 속에서 하나님이 함께 지내는 나라, 높고 낮음, 힘이 센 사람과 약한 사람이 맞추어 자리에 앉는 순서가 사라지고 어머니가 자식 돌보듯 사랑으로 공동체를 유지하는 하느님 나라, 그 나라는 사람들 속에서 태어나고 자라는 나라였다. 때가 되면 예수가 그 문을 활짝 열어 신비를 보여주고, 때가 되면 제자들도 깨닫는 날이 올 것이었다.

그때 작은 시몬이 한 손을 번쩍 들더니 큰 목소리로 질문했다. 성격이 괄괄하고 키도 크고 힘도 좋고, 그는 곧 무슨 일을 저지를 준비가 된 사람처럼 보였다. 맺고 끊는 것도 시원시원했다. 이런저런 생각으로 우물쭈물하다가 때를 놓치는 것이 제일 싫다는 사람이었다. 작은 시몬이 제자 무리에 합류했을 때부터 요한이 슬그머니 예수에게 와서 귀띔한 적이 있었다.

"선생님! 시몬, 저기 작은 시몬 말씀입니다. 제가 보기에는 열혈당원이 분명합니다."

"왜 그런 생각을?"

"제 나름대로 짚이는 것이 있습니다. 조심해야 할 것 같습니다."

"두고 봅시다. 열혈당원이라도 상관없습니다."

"아닙니다, 선생님! 저런 사람이 끼어들면 곧 분봉왕이 우리를 쫓기 시작할 것입니다. 위험합니다. 열혈당원이 아니더라도 분명 무슨 조직에 끼어 있는 사람이 틀림없습니다. 저는 그 냄새를 맡았습니다."

"어허!"

예수는 요한의 눈이 정말 날카롭다고 생각했다. 입 밖에 내지는 않았지만 그도 작은 시몬을 생각할 때마다 히스기야가 떠올랐기 때문이었다. 하기야 가버나움 세베대의 아들은 열혈당원이든 다른 무슨 조직이든, 분봉왕이 쫓는 사람들과 어울릴 수 없는 것은 분명했다. 예수 나름 짚이는 것이 없지는 않았지만 제자들을 가려 뽑을 이유가 없었다. 그는 중간에 제자로 합류한 므나헴도 그런 사람이라고 보았다. 제자로 따라다니다 보면 무슨 목적으로 끼어들었든 나중에는 그도 예수의 말을 기억하고 지키며 살게 되리라고 믿었기 때문이었다. 요한이 생각하는 대로 보자면 예수 자신이야말로 분봉왕이 밤낮으로 쫓는 사람이다.

손을 들고 앞으로 나섰던 작은 시몬이 큰 목소리로 질문을 시작했다. 요한은 눈을 반짝이며 작은 시몬을 유심히 관찰하기 시작했다.

"선생님! 저희들을 불러서 제자로 삼으신 뜻이 무엇입니까? 하늘 아버지, 아 참, 어머니도 되신다고 했지요, 하늘 아버지가 선생님을 통하여 직접 역사하시면 충분한 일인데요. 왜 저희까지 선생님 하시는 일에 필요한지 잘 모르겠습니다."

"좋은 질문입니다. 내가 설명할게요. 그런데 이렇게 길에 우르르 몰려서서는 얘기 듣기가 불편할 테니 좀 자리에 앉아서 얘기합시다."

"아! 좋은 생각이 있습니다. 선생님!"

"무엇이오? 요한!"

"아버지가 선생님과 우리가 필요할 때 쓰라고 배 한 척을 내주셨습니다. 호수를 건너가고 건너올 때도 쓰고 물고기도 잡고. 아버지가 맡은 구역에서 그물을 내려도 좋다고 하셨어요. 그 배에 가서 … ."

"예, 그러셨습니다. 요한이 하도 졸라 대서."

야고보까지 거들고 나섰다.

"그런데요? 배에 가서?"

"예, 선생님. 선생님은 배에 앉으시고, 우리는 물가에 앉으면 돼요. 저쪽 배 대놓은 쪽에 그럴 만한 자리가 있습니다."

"그게 좋겠네요. 자, 갑시다."

그때 세리 중 한 사람이 나섰다.

"저희는 세관을 비워 두면 안 되는데요. 저희도 말씀을 꼭 듣고는 싶은데 …."

시몬이 세리에게 말했다.

"아, 저기에서 여기 세관이 빤히 보이는데 뭘 걱정해요? 일이 있으면 얼른 돌아오면 되지!"

그때 벳새다에서 짐을 싣고 왔던 상인 몇 명이 나섰다.

"저희도 선생님 말씀 듣고 난 후에 세관 수속을 받으면 어떨까요? 그러면 세관 어른들도 편하실 테고, 저희도 말씀을 들을 수 있고. 허락하시면 배 있는 쪽으로 나귀를 끌고 가겠습니다."

"선생님! 저희도 가도 되지요?"

돌집 여자가 예수에게 물었다. 그때 얼른 요한이 나섰다.

"그럼! 모두 형제요 자매인데, 걱정 마요! 자, 모두 함께 갑시다!"

요한은 상황을 파악하는 데 기민했다. 그리고 자기가 차지할 자리를 잘 찾는 사람이었다. 일행이 필요한 데 쓰도록 아버지에게서 고깃배를 받아 내놨으니 당연히 자기가 중요한 인물이라고 생각했다. 여자들과 시리아 상인들까지 그곳에 데려가는 일 정도는 자기가 알아서 결정해도 된다는 듯 조금도 망설임이 없었다. 그러나 시몬은 좀 걱정이 되었다. 세관 뒤에 사는 돌집 여자들이 세관 앞마당까지 나오는 거야 누가 뭐라고 할 수 없다. 그러나 그 여자들을 배가 있는 곳까지 데려가는 일은 누구든 비난하려고 든다면 충분히 비난할 수 있었다. 지난밤 레위의 집에 그 여자들이 온 것만으로도 방금 전까지 죄인과 어울리네, 어쩌네 하며 비난을 받았는데, 이제 예수의 제자 중 한 사람이 그들을 데리고 몰려간다는 점이 마음에 걸렸다. 그러나 이미 요한은 여자들을 데리고 배 있는 쪽으로 저만치 앞서 걸어가고 있었다. 시몬은 어쩔 수 없다는 듯 줄렁줄렁 그 뒤를 따르다가 야고보에게 넌지시 일렀다.

"야고보! 요한이 좀 가볍게 처신하네!"

"뭘?"

"저 여자들 끌고 앞장서는 것 좀 봐!"

"뭘 새삼스레 그래?"

"사람들 눈이 있으니 그러지."

"자, 자! 시몬. 우리도 이제 알껍데기를 벗어 던지세. 그래야 날지!"

"그래도 … ."

"이제 할 수 없어. 이미 일은 벌어졌고. 선생님 말씀이나 잘 듣자고."

"자넨 태평하군?"

"태평? 일은 이미 벌어졌다니까!"

그때 안드레가 끼어들었다. 둘이 주고받는 말을 들었기 때문이었다. 빌립도 발걸음을 맞추어 일행에 끼었다.

"형, 이제 그런 걱정 말고 쭈욱 밀고 나갑시다."

시몬은 여전히 걱정했다.

"나도 그러고 싶지만 마음에 좀 걸려. 빌립은 안 그래?"

"다른 길 없지. 세상을 흔들어야 길이 생기지. 아까 선생들이라고 나섰던 그 사람들 말 못 들었어? 죄인들하고 어울린다고 혼내려고 덤벼들었잖아? 그런데 선생님은 조금도 수그러들지 않고 당당하셨고.

나는 선생님 말씀에 진짜 가슴이 막 울렁거리더라. '나는 온전한 사람이 아니고 병든 사람, 죄인을 부르려고 왔다' 그러면서 '하느님이 보내셨다'라고 탁 치고 나가셨잖아? 이건 천하를 뒤집는 일이야. 안티파스가 목을 벤 예언자 요한 선생님도 이렇게까지 당차게 말하지는 못했어. 시몬! 그걸 알아야 돼! 이미 돌아서고 우물쭈물 하기에는 너무 늦었어. 시작했으니 그냥 쭈욱 나가자고……."

"나는 정말 걱정이 되네!"

시몬은 고개를 흔들며 배를 대어 놓은 쪽으로 천천히 걸어갔다. 여러 사람이 그를 앞질러 빠른 걸음으로 배를 대어 놓은 호숫가로 몰려갔다. 배가 매여 있는 자리는 도도록한 둔덕 옆이었다. 그곳은 물이 깊었다. 배 밑바닥이 땅에 닿지 않으면서도 호숫가 둑에 배를 댈 수 있는 장소였다. 세베대가 배를 매어 두는 몇 군데 중 한 곳이었다.

"잠깐 잠깐! 선생님, 먼저 제가 다리를 놓을게요."

야고보가 둑 옆에 놓아둔 다리를 끌어 배에 댔다. 날렵한 어부들이야 그냥 펄떡 뛰어 배에 오를 수 있지만 익숙하지 않은 사람은 뒤뚱 배가 기울어지고 풍덩 물에 빠질 수도 있었다. 예수가 호수에서 배를 타기 시작한 지 이미 꽤 오래됐지만 그래도 다리를 놓아 배에 오르도록 하는 것이 선생님에 대한 예의라고 야고보는 생각했다.

"고마워요, 야고보."

예수는 배에 올라앉았다. 요한은 부지런히 둑에 사람들을 앉혔다. 상인들도 나귀를 나무에 붙들어 매고 자리를 같이 했다. 그때 상인 중 한 사람이 나귀에게 되돌아가서 등에 실린 짐을 내려놓아 나귀가 잠시라도 쉬도록 해주었다. 그가 짐을 내리는 것을 본 다른 상인들도 다시 돌아가 나귀에서 짐을 내렸다. 예수는 그들을 주의 깊게 바라보며 고개를 끄덕였다. 사람들이 다 모이자 예수는 차근차근 하느님 나라를 다시 설명해주었다. 고개를 끄덕이면서, 어떤 사람은 몸까지 앞뒤로 흔들면서 그가 하는 말을 한 마디도 놓치지 않으려는 듯 귀를 기울이고 들었다.

"여러분은 내가 선언하는 복음, 하느님 나라는 예루살렘 성전의 가르침이나 바리새파 선생들이 말하는 것과 매우 다르다는 것을 알았을 것입니다."

"예, 하시는 말씀을 다 깨닫지는 못해도 뭐가 다른지 대강은 알았습니다."

여러 사람이 입을 모아 대답했다. 마치 어른이 들려주는 옛이야기를 눈 반짝이며 듣는 아이들 같았다. 아이들 같다고 하면 사람들은 크게 모욕당한 것으로 생각하고 싸우자고 덤비지만, 그 자리에 모인 사람들을 아이들 같다는 말보다 더 정확하게 설명할 수는 없었다.

"좋습니다. 하느님 나라를 나 혼자 깨닫고 즐기고, 그 나라에서 나 혼자 산다고 기뻐하면 되겠습니까?"

"아니오!"

모두 약간 기분 좋게 들뜬 듯 일제히 대답했다. 그러면서 서로 얼굴을 마주보고 크게 웃었다. 누구라 할 것 없이 예수가 이끄는 대로 묻고 대답했다.

"예, 안 되지요. 되도록 많은 사람, 나중에는 이스라엘 모든 사람, 그리고 이 땅 위에 살고 있는 모든 사람이 그 나라에 들어가 살도록 우리가 힘을 합쳐 일해야겠지요?"

"그런데 선생님, 그렇게 모두 들어가면 우리에게 특별히 더 좋을 일은 없을 것 같은데요?"

"하느님 나라는 다른 사람도 같이 들어간다고 내 몫이 줄어들거나 내가 낮아지거나 손해 보는 곳이 아닙니다."

"그래도 다른 사람이 나보다 더 높아질 수 있지 않습니까?"

"그렇지 않아요. 하느님 나라에는 높은 사람 낮은 사람, 큰 사람 작은 사람, 공부 많이 한 사람 배우지 못한 사람, 글을 읽을 줄 아는 사람 모르는 사람, 십일조와 성전세를 바친 사람 못 바친 사람, 이스라엘인이나 이방인, 남자와 여자, 그런 차이가 없습니다. 구별이 없습니다. 모두 하늘 아버지의 아들딸입니다. 그러니 이제까지 여러분이 배우고 지키려고 노력했던 일과는 전혀 다릅니다."

"예, 그렇기는 하겠습니다."

"그러면, 현재 예루살렘 성전의 지도자들, 그러니까 대제사장 제사장, 율법과 계명에 대하여는 한 점 한 획까지 모두 다 잘 안다고 생각하는 바리새파 학자들이나, 로마황제에게 임명받은 분봉왕, 그 궁성에서 일하는 관리들, 말하자면 지배자들이 우리를 좋아하겠습니까? 싫어하겠습니까?"

"아이구, 선생님도. 당연히 싫어하지요."

"많은 사람들이 우리가 새로 선포하는 하느님 나라를 믿고, 그 나라 백성이 된다면 지배자들이 어떻게 하겠습니까? 그들도 하느님 나라의 일에 귀를 기울일 수밖에 없을 것입니다. 하느님 나라가 점점 확장되는 일, 하느님 나라가 이미 왔다는 복음을 그들이 깨닫게 될 것입니다."

"에이! 지배자들이 정말 깨닫겠습니까?"

"백성들이 다 돌아서면 결국 지배자들도 돌아설 수밖에 없습니다. 백성은 큰 바다이고, 지배자는 바다 위에 떠 있는 배입니다. 결국 모든 지배자는 언젠가 바다의 품에 안길 수밖에 없습니다."

"그럴까요?"

"여러분과 나는 온 갈릴리를 돌아다니며 하느님 나라 복음을 선포하고, 예루살렘에도 함께 가야 합니다. 성전에 들어가 거기에서도 사람들이 돌이켜 하느님 나라의 백성이 될 수 있도록 이끌어야 합니다."

"그런데 선생님! 복음이라고요?"

"그렇습니다. 좋은 소식, 세상 모든 사람에게 큰 복을 내려주는 소식입니다. 하느님이 우리의 아버지, 아까 어머니라고 해도 된다고 말했지요? 하느님이 아버지가 되어 세상을 다스리고, 우리는 하느님 품 안에서 가족이다, 하느님 나라가 이제 이 땅에 왔다, 하는 소식입니다. 그러니 복음이지요!"

"그 복음을 예루살렘 성전에까지 올라가 선포해야 합니까?"

"예, 그들이야말로 하늘 아버지 보시기에 돌이켜야 할 사람들입니다."

"쉽지 않을 텐데요!"

"그래서 여러분과 내가 부지런히 하느님 나라를 선포하고, 많은 사람들이 하느님 나라에 들어가도록 해야 합니다."

"아하! 그래서 사람을 그물로 건져 올리고 낚아 올리는 어부가 되라고 저희를 부르셨군요?"

"그렇습니다. 그런데 왜 하느님 혼자 크신 능력으로 바꾸지 않고 우리까지 그 일에 참가하여야 하느냐? 그 부분이 궁금했지요?"

작은 시몬이 나섰다.

"예, 선생님! 바로 그 점이 궁금했습니다."

"예, 여러분. 농사를 지으려면 씨가 있어야 하지요?"

"맞습니다. 씨가 있어야 합니다."

"그렇습니다. 한 해 농사를 지으면 거둬들인 곡식 중에서 가장 좋은 씨를 3분지 1쯤 남겨두어 다음 해에 씨로 뿌리지요. 그래야 그 뿌린 씨의 세 배, 다섯 배, 열 배의 곡식을 추수할 수 있고요."

몰려 앉은 사람들이 알아들었다는 듯 고개를 끄덕였다.

"예, 여러분은 밭에 뿌려질 좋은 씨앗이면서 한편으로는 씨를 뿌리는 사람이 됩니다. 그리고 추수 때가 되면 들에 나가 잘 익은 곡식을 거두어들이는 추수꾼입니다. 세상은 씨를 뿌릴 수 있는 큰 밭입니다. 그러니 여러분은, 숫자가 많으면 많을수록 좋지요, 나와 손잡고 일해야 할 일꾼입니다. 먼저 하느님 나라에 들어간 사람은 더 많은 사람이 그 나라에 들어오도록 일할 책임이 있습니다."

"선생님, 잘 알아들었습니다. 그리고 한 가지, 이건 제 생각입니다만, 우리가 하려는 일, 하느님 나라의 복음을 전하는 일에 대하여 지배자들이 기분 나쁘게 생각하고 싫어하고, 어쩌면 억누르고 잡아들이려고 덤벼들 테니 그때 선생님 편을 들어 같이 싸우고 선생님을 보호해야 할 전우라고 할까 동지라고 할까, 뭐 하여튼 그런 일도 해야 한다고 봅니다."

작은 시몬의 말이 끝나자마자 요한이 고개를 갸웃하며 물었다.

"동지요?"

전우나 동지라는 말이 요한의 마음에 걸렸다. 어려움이 있으리라고 생각은 했었다. 그러나 지배자가 억누르고 잡아들이고, 제자들이 선생 편에 서서 싸워야 하고, 때로는 선생을 보호할 일도 생기다니 그건 요한으로서는 한 번도 생각해보지 않은 일이었다. 갑자기 으스스한 기분이 들었다. 작은 시몬의 정체에 대하여 처음부터 가졌던 의문이 가슴속에서 다시 일어났다. 그때 예수가 먼저 입을 열었다.

"작은 시몬이 잘 말했습니다. 우리가 한 형제자매가 되어 하느님 나라를 선포하면 훨씬 더 강력할 것이고 지배자들이 함부로 우리를 쳐서 흩어지게 할 수 없을 것입니다. 그러나 사실은 그날이 오면 모두 흩어져 달아날 것입니다."

"아니, 선생님! 절대로 그런 일은 없습니다. 선생님 말씀대로 추수할 때가 됐는데 추수꾼이 낫을 내려놓고 어디로 떠난다는 말씀입니까? 안 그래, 이 사람들아?"

걸걸한 목소리로 시몬 게바가 제자들 무리를 둘러보며 말했다. 예수는 그 말을 듣고 그저 조용히 웃다가 입을 열었다.

"시몬 게바, 그러면 더욱 좋지요."

그때 빌립이 물었다.

"선생님, 그날이 언제 올지 저는 모르겠습니다만, 예루살렘에는 꼭 가야 합니까? 세례를 주던 요한 선생님이 당한 일을 생각하니 좀 걱정이 됩니다. 갈릴리 분봉왕만 생각해도 걱정이 많은데, 예루살렘에 가면 성전에 있다는 대제사장, 제사장들, 그리고 로마총독까지…… . 어휴!"

"예, 빌립! 가야 합니다. 거기에 가서 지배자들을 만나고 로마 사람들을 만나고, 그 사람들에게 하느님 나라에서는 씨를 어떻게 뿌리는

지, 누가 씨가 되고 누가 씨 뿌리는 사람이 되는지 그들 눈으로 똑똑하게 볼 수 있도록 해주어야 합니다."

"선생님! 꼭 그래야 합니까, 우리가?"

"예, 그 길이 우리가 걷는 길입니다. 여러분은 나의 동료요, 형제요, 또 한편으로는 제자입니다. 내가 가는 길을 따라나선 사람들입니다, 여러분은 ⋯ ."

그때, 벳새다를 통해 다메섹에서 온 시리아 상인들이 부스럭부스럭 자리에서 일어났다.

"선생님! 지금은 장사 때문에 곧 떠나야 합니다. 때가 되면 저희도 선생님을 따르겠습니다."

"예, 잘 가시오. 때가 되면 그대들도 나를 따를 것입니다."

"선생님! 저희도요."

돌집 여자들도 자리에서 일어나며 말했다.

"때가 되면!"

예수가 대답했다.

"저희도요, 선생님!"

세리들도 일어섰다. 상인들이 일어나 나귀에 짐을 싣기 시작했으니 그들도 세관에 돌아가야 했다.

"그래요. 그대들도 때가 되면 나를 따를 것입니다."

그들이 얘기하는 때는 아직 올지 안 올지 알 수 없는 먼 미래였고, 예수가 얘기하는 때는 현재이기 때문에 곧 눈앞에 닥칠 미래였다.

사람들은 아직 눈앞에 보이지는 않지만 현재 상태로 미루어 보아 확실하게 일어날 거라 믿어지는 미래는 현재로 간주했다. 임신한 아내

514

의 배가 나날이 불러오는 것을 보니 곧 아기 낳을 때가 되었다든지, 밀이 누렇게 익어가고 있으니 곧 거둘 때가 온다는 말처럼 눈에 보이는 현재와 연결되어 있어서 틀림없이 일어나게 될 장래는 현재의 일부로 받아들였다. 그러나 돌집 여자들은 다른 사람들이 현재로 받아들이는 임박한 미래조차 오늘로 받아들일 여유가 없었다. 그날 찾아오는 손님이 없으면 당장 그날 굶어야 했기 때문이었다. 돌아가는 돌집 여자들 뒷모습은 골이 고스란히 드러난 헐벗은 민둥산처럼 황량하고 쓸쓸했다.

⊹

제자들을 모으고 가르치고 채 1년이 안 되었을 때였다. 어떤 사람은 끝까지 예수를 따르고, 어떤 사람은 이런저런 사정으로 떠나갔다. 가족을 생각하며 떠나는 사람을 예수는 나무라지 않았다. 가족을 생각하는 마음은 그도 다르지 않았기 때문이었다. 나사렛 집으로 올라가는 언덕길에 박힌 돌 하나, 길가에 푸르던 풀포기 하나 모두 눈에 선했다. 그 집에 어머니와 동생들이 살고 있었다. 어린 동생들은 어려서 아리아리하게 마음이 아프고, 큰 동생 야고보를 생각하면 그에게 짐 지워 놓고 떠난 일 때문에 가슴이 저렸다. 생각해보니 그 착한 동생 야고보를 한 번도 껴안아주며 미안하다는 말 한마디를 못했다.

더 늦기 전에 어머니와 동생들을 찾아 고향집에 잠시 다녀오려고 마음먹었다. 세례자 요한이 처형되었을 때 요단강을 떠나 가벼나움으로 피신하는 중에 하룻밤 들른 이후 한 번도 찾지 못했다. 그때, 무사히 돌아온 아들을 보며 반가워하던 어머니는 다음 날 아들이 다시 떠난다는 말을 듣고 난 후 밤새 밭은기침을 하며 영 잠을 못 이루었다. 떠나던 날 아침, 빌립이 억지로 쥐여준 몇 데나리온의 돈을 여러 번 사양하다가 슬그머니 받아 든 어머니의 손이 아직 기억 속에 남아 있었다. 그 가늘고 거친 손이 미세하게 떨리는 것을 보면서 아무리 단단히 각오한 예수라 해도 마음이 흔들릴 수밖에 없었다. 그 이후, 한 번도 찾아보지 못했으니 동생들과 어머니가 걱정됐다.

예수가 나사렛 집에 잠시 다녀오겠다고 제자들에게 얘기하자 너도 나도 따라간다고 나섰다. 나사렛 고향집에 가보면 선생을 좀더 잘 알 수 있겠다는 기대를 가졌으리라. 아버지 요셉 얘기를 빼놓고는 가족 얘기를 거의 한 적 없던 예수였다. 제자들이 알고 있는 예수는 그들과 만난 이후의 모습일 뿐이었다. 말하자면 제자들은 선생을 전혀 모르는 셈이었다. 나고 자란 곳, 부모와 형제, 그 마을 사람들의 평판, 그가 하던 일과 직업을 모르면 어떤 사람을 안다고 말할 수 없었다. 예수가 어떤 사람이라고 한마디로 말할 수 없다는 것이 제자들이 겪는 큰 어려움이었다.

"자네, 요새 바쁘게 다닌다던데 뭐 하나?"

"예수라는 선생님을 따릅니다."

그 말을 들은 사람이 백 명이라면 백 명 모두 한마디 더 물었다.

"누군데?"

그건 예수가 무엇을 가르치는지, 어떤 일을 하는지 묻는 것이 아니었다. 예수라는 사람에 대한 질문이었다.

"그분은 병도 고쳐 주고, 귀신도 쫓아내고, 하느님 나라가 이제 여기 와 있다고 가르쳐주는 선생님이에요."

"아, 글쎄, 누구냐니까?"

어떤 사람이 가진 신분이나 자격과 그가 하는 일이 일치하지 않을 때 세상은 당연히 그를 거부한다. 제자들도 예수가 하는 일이, 가르치는 말이 예수라는 사람과 일치하는지 아직 확인하지 못한 상태였다. 그렇다고 대놓고 선생에게 물어볼 수도 없었다. 선생을 모욕하는 일이 되기 때문이었다. 그걸 묻는다면 선생이 그동안 쌓아 올린 명예의 탑, 그 가장 밑바닥 벽돌 하나를 슬쩍 빼는 일과 마찬가지였다.

예수라는 선생의 존재에 대하여 그 근거를 확신하지 못하면서 제자라고 우르르 따라다니는 자기들이 정말 바보처럼 느껴졌다. 눈치 빠르고 생각이 많은 요한이 어느 날 형 야고보에게 말했다.

"형! 우리가 바보인가?"

"왜?"

"정말 바보 같은 짓을 하고 다니니까!"

"뭐가 바보 같은데?"

"이게 바보짓이지!"

그들이 예수를 존경하고 따르지만 그 예수가 누구인지는 아직 알지 못했기 때문이었다. 그들은 가버나움에 나타나 배를 타고 고기잡이하기 이전의 예수를 알지 못했다. 세례자 요한 공동체를 떠나 가버나움에 돌아온 이후 그를 선생님으로 따르지만 그가 진정 누구인지는 알지 못했다. 예수 스스로 자신은 누구라고 밝히지 않았을 뿐만 아니라, 예수를 잘 알고 있는 사람으로부터 그에 대한 평판과 출신과 배경을 들어본 적이 없었기 때문이었다.

제자들 스스로 선생을 명예롭게 생각하여야 사람들에게 선생을 자랑스럽게 내세울 수 있다. 그때까지 선생을 존경하고 따르기는 했지만 이스라엘 전통에 따른 명예의 조건을 예수에게서 찾을 수 없었다는 점이 문제였다. 명예란 다른 사람이 인정해 주는 가치이기 때문이다. 다른 사람은 인정하지 않는데 자기는 그런 가치를 가지고 있는 것처럼 믿고 행동한다면 사람들은 그를 어리석은 사람이라고 부른다. 말하자면 선생도 그러하지만 제자들도 어리석은 사람으로 불릴 위험이 있었다.

하기야 예수도 그런 점을 생각하고 있음이 분명했다. 그도 제자들에게 가끔 물었다.

"사람들이 나를 누구라고 하던가요?"

하나도 이상할 것 없는 물음이었다. 사람들은 예수가 무슨 일을 하는 사람이냐고 묻지 않고 누구냐고 묻기 때문이었다. 아직 그런 물음에 대답할 수 있을 만큼 예수에 대한 사람들의 평판이 충분히 좋게 쌓이지 않았다. 오히려 아직까지는 예수가 하는 일과, 그가 누구냐고 묻는 질문 사이에는 건널 수 없을 만큼 깊은 간격이 놓여 있었다. 그러니 제자들 중 아무도 예수의 그 물음에 자신 있게 대답하지 못했다. 선생이 나고 자란 마을에 가 보면 모든 것을 알 수 있으리라고 믿었다.

제자들은 나사렛에 따라가는 준비를 한답시고 분주했다.

"선생님, 저렇게 여러 사람을 이끌고 나사렛 집에 가실 일이 아닌 듯 생각됩니다."

여자 제자로 받아들인 지 몇 달 되지 않은 막달라 출신 마리아가 걱정스러운 얼굴로 조용히 자기 의견을 말했다. 그 모습이 여간 조심스럽지 않았다. 예수는 마리아가 무엇을 걱정하는지 알았다.

"어차피 나를 따르려면 한번 눈으로 직접 보고 싶을 게요."

"그 마을에서 괜찮겠습니까?"

"허허! 한바탕 난리가 나겠지요. 그 일도 겪어야 할 일입니다."

"선생님! 제 생각으로는 아직 …."

"걱정 마시오. 앞으로 3년이 더 지난다고 해도 마찬가지일 것이오. 고개를 넘고 모퉁이를 도는 날, 세상이 캄캄해서 아무것도 볼 수 없는 그날, 위턱 아래턱이 덜덜 부딪치고 온몸을 와들와들 떠는 그 일을 겪어야 저들은 깨닫게 될 것이오."

"저는 걱정됩니다."

"마리아! 마리아가 알다시피 나는 나사렛 마을에 살던 돌 깎는 사람이었어요. 무슨 수로 돌을 가르고 홈을 파고 문양을 새긴단 말이오? 그저 끌을 대고 한 번, 두 번, 천 번, 만 번 망치로 쪼고 또 쪼아야 됩니다. 그러면 어느 날 내가 새겨 넣은 문양을 눈으로 보게 됩디. 이 일도 그런 일이오."

"그렇기는 하지만 아직 저들은 준비가 안 됐습니다."

"내가 하는 일들이 모두 준비요."

오직 마리아만 앞으로 일어날 일을 정확하게 보고 있었다. 가보지 않고, 겪지 않고도 나사렛에서 무슨 일이 일어날지 그녀는 알았다. 예수는 이미 눈뜬 제자 한 사람을 얻은 셈이었다.

나사렛 길에 오른 제자들은 마치 어느 잔칫집에 초대받아 가는 사람들 같았다. 적당히 들뜨고 기대에 부풀었다. 시몬과 큰 야고보가 우기고 또 우겨서 선물 보따리도 준비했다. 응달에서 말렸다가 다시 햇볕에 말리기를 여러 번, 상등품으로 아주 잘 말린 크고 좋은 생선을 여러

마리 샀다. 좋아서 입이 쩍 벌어질 동생들 모습을 생각하며 예수도 더 말리지 않았다. 어머니는 아마 아랫마을 여러 집에 골고루 한 마리씩 나누어줄 것이 틀림없었다. 부지런히 집집이 찾아다니며 생선 나누어 주는 동생들 모습이 이미 눈에 보였다.

"좋지요. 자, 같이 갑시다."

마을 사람들이 어찌 반응할지 예수는 알았다. 사람들은 모두 수군 거릴 것이었다. 그리고 마당에 나와 언덕 위 예수네 집을 바라보며 고 개를 흔드는 사람도 있겠고, 끄덕이는 사람도 있을 것이었다.

그래도 집에 간다고 생각하니 마음은 벌써 나사렛 언덕을 성큼성큼 걸어 올라가고 있었다. 고향집을 생각하면 몇 년 전에 죽은 어린 여동 생 요한나가 먼저 떠올랐다. 늘 예수를 졸졸 따라다니던 동생이었다. 그 동생만 생각하면 가슴 한쪽을 도려낸 듯, 가슴이 그냥 폭삭 무너진 듯 아리고 쓰리고 먹먹했다. 까만 눈이 무척 예뻤던 애였다.

"오빠! 자꾸 와! 집에!"

그애는 자주 오라는 말을 자꾸 오라고 했었다. 집에만 가면 그 동생 이 예수를 독차지했다. 남동생들은 왠지 예수를 어려워했고, 다른 여 동생 둘은 그저 손을 잡고 옷을 잡고 맴돌았다. 그 요한나는 열병에 걸 려 신음하면서 마지막 숨을 거둘 때까지 그렇게 오빠를 찾았다고 했 다. 어머니는 그 말을 하다 끝을 맺지 못하고 목이 메었고, 야고보도 눈이 뻘게지더니 자리를 떴다.

예쁜 동생 요한나가 아직 살아 있을 때였다. 고깃배 타는 일에서 며 칠 말미를 얻어 큰마음 먹고 식구대로 선물을 사가지고 나사렛 집에 간 적이 있었다. 가버나움 시장에는 다메섹이나 그보다 먼 유프라테스,

티그리스 강가에 있는 도시에서 흘러 들어오는 진기한 물건이 꽤 있었다. 식구들 수대로 가죽 샌들을 하나씩 샀고, 특별히 어린 동생들 몫으로 아라비아에서 들어왔다는 유리구슬도 샀다. 맑은 구슬 속에 하얀 구름이 하나 둥실 떠 있었다. 바로 아래 동생 야고보 몫으로 산 샌들은 유달리 발이 큰 그 아래 동생 요셉에게 맞았고 요셉 몫으로 산 샌들이 야고보에게 맞았다. 동생들이 나이대로 자라지 않았기 때문이었다. 유리구슬과 가죽 샌들을 받아 든 여동생들은 깡충깡충 뛰며 좋아했다. 옆에 바싹 붙어 앉아서 오빠의 얼굴을 찬찬히 올려보던 요한나, 언뜻 내려다보니 새 샌들을 신은 발이 보였다. 햇빛에 그을린 작은 발, 가무잡잡하고 조그만 발가락이 샌들 안에서 귀엽게 꼬물거렸다.

"좋아?"

"오빠 너무 좋아, 엄청 좋아!"

"그렇게 좋아?"

"오빠, 신발도 좋고 구슬도 좋지만 오빠가 집에 와서 더 좋아. 선물 안 사가지고 와도 되니까, 그냥 와도 되니까, 자꾸 와! 그런데 오빠! 나 이렇게 잘 달릴 수 있다! 보여줄까?"

예수의 대답도 기다리지 않고 벌떡 일어나더니 어른 걸음으로 열 걸음쯤 되는 마당 저쪽 끝까지 달려갔다. 끝에 이르자 휙 뒤돌아보면서 오빠가 보고 있다는 것을 확인하더니 순식간에 달려왔다.

"오빠! 봤지? 얼마나 빨리 달릴 수 있는지! 새 신을 신어서 더 빨리 달려지네. 근데 이것도 할 수 있다!"

그러더니 이번에는 좀 특이하게 한 발로 두 번씩 춤추듯 깡충깡충 뛰면서, 그렇게 발을 바꾸어 가며 달려가고 달려왔다. 어머니도 웃었고, 늘 무표정하던 야고보도 이를 드러내고 웃고, 그 아래 동생들은 일부러 큰 소리로 깔깔대며 웃었다. 그때 야고보가 슬그머니 옆으로 다가왔다. 그리고 다른 사람 안 듣게 낮은 목소리로 말했다.

"형, 고마워. 사실 식량이 거의 떨어졌었거든. 며칠 못 넘어갈 형편이었어. 형이 가져온 돈으로 앞으로 한 달은 지낼 수 있게 됐어. 그런데 요즘 일거리도 별로 없고, 나도 형하고 같이 호수에 가서 배 타고 고기 잡으면 안 될까?"

예수는 가슴이 턱 막히는 것을 느꼈었다. 얼마나 머뭇거리다 그 입 무거운 동생 야고보가 말을 꺼냈을까? 유리구슬이 너무 신기해서 한참 요리 굴리고 저리 굴리다가 구슬을 눈에 대고 하늘을 보는 동생이나, 새 샌들을 손으로 자꾸 쓰다듬는 동생이나, 집안을 책임지고 있는 동생 야고보의 침울한 표정이나, 좋아서 뛰어다니는 어린 딸을 바라보는 어머니나, 그 모습을 보고 있는 자기나, 생각해 보면 모두 너무 가슴이 아팠다.

행복해 보이지만 행복하기만 한 순간은 아니었다. 아무도, 그 무엇으로도 눈앞에 현실로 모습을 드러내는 추락을 막을 수는 없었다. 행복해 보이는 시간의 뒷모습은 어쩔 수 없다는 체념이었다. 예수네 집만 그런 것이 아니었다. 어떤 집은 다른 집보다 형편이 좀 나아 보이지만 끝없이 추락하는 길로 들어섰기는 마찬가지였다. 누가 먼저냐 누가 좀 나중이냐, 시간의 문제일 뿐이었다. 결국 나사렛 모든 사람, 갈릴리, 유대, 이스라엘 모든 사람이 똑같이 아래로, 끝없이 아래로 떨어져 내려가는 길에 들어섰기 때문이었다. 가족이 모두 모였을 때 기쁘고 반갑기만 하지 않고 저녁거리 아침거리를 마련할 수 없어 타들어가는 사람들 마음을 예수는 알았다.

그 후에도 간간이 전해들은 나사렛 집 형편은 아무런 대책 없이 답답할 뿐이었다. 그야말로 한 끼 먹는 일이 문제였다. 그나마 텃밭에 심은 야채와 몇 마리 집에서 기르는 양과 염소에서 짠 젖, 그리고 집 안팎을 헤집고 돌아다니는 암탉마저 없었더라면 굶을 수밖에 없는 형편인 때가 많았다. 아무리 양 젖, 염소 젖, 야채로 배를 채울 수는 있다고 하더라도 한두 덩어리 빵이 없으면 식사는 늘 부실하고 허전하기 마련이다. 농토가 없는 예수네 집에서 빵을 만드는 밀과 보리는 꼭 돈을 주고 사거나 무엇하고 바꿔야 구할 수 있었다.

가버나움으로 찾아왔던 작은 동생 요셉이 전한 말로는 식량 떨어질 무렵이 되면 어머니의 조바심이 특별히 눈에 띈다고 했다. 가벼워진 곡식자루를 들고 또 들어 흔들어 보고, 항아리를 열어 보고 또 열어 본다고 했다. 철없는 어린 동생들 중에는 빵이 없으면 식사자리에서 그냥 일어나는 애도 있었다. 푸성귀는 질렸다고 그만 먹는다고 투정을 부리면 큰 동생 야고보가 눈을 크게 뜨고 바라보고, 그러면 어머니가 그 동생 손을 끌어다 앉혀 무어라도 입에 넣어준다고 했다.

가버나움에서 어부 생활을 하는 동안 예수는 굶지는 않았다. 물고기를 잡으니 생선이라도 늘 먹을 수 있었다. 비릿한 물고기를 원래 좋아하지 않았지만 그것 말고는 달리 먹을 것이 없으니 억지로라도 익숙해지려고 노력했다. 시간이 지나자 구운 생선 한 마리 정도는 거뜬히 다 먹을 수 있을 만큼 그도 적응했다. 배를 타고 나갈 때마다 시몬의 아내와 장모는 꼭 밤참을 들려 보냈다. 시몬 얘기로는 예수 때문에 더 챙긴다고 했다. 아무리 함께 식사하자고 청해도 그냥 집에서 혼자 지내는 예수가 이만저만 마음 쓰이지 않는 모양이었다. 바로 옆집에서 굶는지 먹는지 걱정은 되지만 남자 혼자 사는 집을 들랑거리며 들여다 볼 수도 없고, 같이 먹자면 오지도 않으니 그저 혀만 찼다고 했다. 그렇게 밤참이라고 싸 주는 것이 사실 예수에게는 한 끼 식사였다. 저녁마저 굶은 채 밤새 그물질할 수는 없었다.

가버나움에서 배라도 소유한 사람들 사이에는 예수가 절대로 남에게 폐를 끼치거나 신세지지 않으려고 애쓰는 사람이라고 처음부터 소문이 났었다. 남들처럼 덤벙덤벙 아무 자리나 편하게 끼어 같이 어울리는 사람이 아니었고, 누구에게 쉽게 말 붙이며 가까이 다가가는 사람도 아니었다. 사람들이 우르르 몰려가 구경해도 그는 그저 한 걸음 떨어져 바라보기만 했다. 누구를 싫어하거나 무시해서 같이 안 어울리는 것이 아니었다. 어릴 적부터의 버릇 때문이었다. 그러나 더 큰 이유는 사람들 틈에 낄 수 없었던 나사렛 마을 경험이었다. 그는 사람들 틈에 끼어서 같이 들여다보지 못하고 멀찌감치 떨어져서 바라보는 사람이 되어 있었다. 그렇다고 그저 무심히 바라보는 사람이 아니고 마음으로 말을 거는 사람이었다.

갈릴리 호수에서 고깃배를 타고 일을 배운 지 얼마 지나지 않아 예수는 돈을 조금씩 모을 수 있었다. 다른 사람들이야 품삯으로 잡은 물고기를 받아도 그만이지만 예수는 반드시 돈이 필요했다. 고깃배 주인들은 막달라 공장에 그날 잡은 고기를 넘길 때, 예수에게 챙겨줘야 할 몫은 안티파스가 찍어 낸 돈으로 받아냈다. 예수의 형편을 그들 모두 잘 알기 때문이었다. 그렇게 돈으로 받아야만 나사렛 집에 보태 줄 수 있었다. 나사렛이나 인근 마을 사람들은 서로 물건으로 바꾸는 것보다는 돈을 받고 파는 것을 훨씬 더 좋아했다. 그래서 그런지 돈을 주고 산다면 상대는 언제나 좀 넉넉하게 물건을 내놓았다. 나사렛 마을에서 그나마 돈을 들고 물건을 사는 집은 예수네뿐이었다.

어린 동생들, 특히 오빠가 오는 날을 손꼽아 가면서 기다리는 여동생을 생각해서 할 수 있으면 몇 달에 한 번이라도 집에 갔었다. 그럴 때면 가버나움 장터를 기웃거리며 식구들 선물을 골랐다. 아버지 요셉이 살아 있었더라면 꼭 사다 주고 싶은 물건도 많이 있었다. 물건을 사다 머리맡에 놓고 잠이 들면 밤새 나사렛 집 마당에서 동생들과 지내는 꿈을 꾸었다.

예수는 제자들을 여럿 이끌고 부지런히 하룻길을 걸어 나사렛 집에 돌아왔다. 다음 날 아침, 동네 사람들이 수군거렸다. 그날은 안식일이었다.

"어젯밤에 예수가 집에 돌아왔다네요."

"누구?"

"왜, 요 언덕 위, 맨 끝 집에 사는 마리아네 있잖아요? 그 집 아들 예수요. 좀 숫기도 없는 데다 늘 뭔가 생각하는 듯했던 사람, 집을 나가 호수에서 고기잡이 한다며 가끔 집에 들르던 그 아들 말이오. 그때, 왜 요셉이 죽었을 때 말이오. 저희 아버지 죽기 전날인가 집에 왔다가 장사 지내자마자 바로 떠났다고 동네 어른들 사이에 말이 많았던 그 아들!"

"뭐, 소문을 들어보니 잘못됐다더구먼!"

"예, 미쳤다는 얘기도 있고, 좀 이상하다는 말도 돌고 …."

"그런데 갑자기 왜?"

"어제 제자라는 사람들을 잔뜩 끌고 집에 왔대요. 밤새 동네가 시끌시끌하게 웃고 떠드는 소리가 그 집에서 얼마나 요란했는데요?"

"나는 몰라요. 일찍 잠들어서."

"그런데요. 그게 미친 게 아니고 공부를 많이 해서 그렇대요. 예수가 이제 선생님이 됐대요. 제자들도 참 많이 모았고."

"글쎄 나도 전에 그런 소문 듣기는 했지만, 그건 말도 안 되는 소리여! 어디에서 무슨 공부를 해? 원래 배움이 없는 사람인데! 이 동네에 글 배운 사람 누가 있어?"

"그래도 선생이래요. 왜 한동안 소문이 떠들썩하게 돌던 예언자라는 사람 있었잖아요? 요단강에서 사람을 물속에 빠뜨리며 세례를 주던…. 그때 구름처럼 사람들이 몰려가고 그랬잖아요? 요한인가 그 예언자한테 배워 가지고, 예수가 지금은 아주 유명한 선생이 되어 떵떵거린대요."

"떵떵거리면 뭐해! 그 어미나 우그르르한 동생들은 거지나 마찬가지로 사는데! 그나마 동네 사람들이 돌보지 않았으면 그 집 식구들 일찌감치 다 굶어 죽었어, 벌써! 그런 사람이 무슨 선생이야? 자기 앞가림도 못하고, 자기 식구들도 돌보지 않고, 장가도 못 가고 떠도는 주제에?"

"그거야 그렇지요. 근데, 촌장네는 요셉 아들 야고보를 사위로 정했대요? 그전에는 예수를 사위 삼으려고 했다는 말이 돌더니만."

"촌장 마음이 지금은 바뀐 것 같습니다. 야고보네가 워낙 볼 게 없는 집이라…."

예수의 어린 시절을 잘 알고, 현재 곤궁하게 살아가는 가족의 처지도 속속들이 아는 나사렛 동네 사람들은 예수 얘기가 나올 때마다 가슴에 턱 걸리는 무엇을 느꼈다. 목구멍을 넘어가던 생선가시 같기도 했고, 돌담에 드리운 나무 그림자 같고, 이른 겨울 뒷산 언덕에서 불어 내려오는 바람같이 불편했다. 예수는 나사렛 마을을 떠난 사람이기 때문에 더 그랬다. 사람 떠난 자리에는 베어낸 나무 등걸처럼 언제나 상처가 남기 마련이었다.

언덕마을 나사렛에 오르면 큰 마당 못미처 오른쪽에 오래된 나무가 서 있다. 나이가 줄잡아 2백 년도 넘었다는 나무였다. 장정 두 사람이 팔을 한껏 벌려 껴안아야 두 손끝이 겨우 닿을 만큼 기둥이 굵었다. 넓은 잎사귀가 빡빡한 커다란 가지가 위엄 있게 뻗어 있고 그 아래에 꽤 넓은 공터가 있었다. 그 공터에는 크고 작은 납작한 돌들이 놓여 있는데, 그냥 아무렇게나 놓인 것이 아니고 적당한 간격으로 나무 몸통 쪽을 향해 두 줄로 놓여 있었다. 두 줄 끝 나무 앞 중앙에는 더 크고 넓적한 돌이 하나 따로 놓여 있다.

안식일 아침, 마을 남자들이 하나 둘 나무 아래 모여들었다. 안식일이라 그런지 평소보다 좀더 정중하게 서로 인사를 나누었다. 각자 정해진 자리가 있는 듯 빈자리가 있어도 띄엄띄엄 자리 잡았고, 나이가 젊은 남자들은 빈자리가 있어도 앉지 않고 그냥 서성였다. 누구도 나무 몸통에 기대서지 않았다. 나사렛 마을 전체 남자 중 3분지 1은 자리에 앉고 나머지는 그냥 서 있는 셈이었다.

거의 모든 자리가 채워졌을 무렵 마을 촌장이 나타났다. 앉아 있던 사람들은 일어서고 서 있던 사람들도 자세를 바로 하며 그에게 예를 표했다. 안식일에는 촌장이 아니라 회당장이었고, 그 모임은 나사렛 마을 회당이었다. 제일 넓적하고 큰 중앙 돌에 회당장이 앉자 일어섰던 남자들도 모두 자리에 앉았다. 자리에 앉은 사람은 대개 서른 살이 넘은 사람들이었고 회당장은 이미 예순 살이 넘었다. 마흔 살 넘은 사람도 두세 명 보였다. 앉지 못하고 주위에 둘러선 사람들은 열댓 살에서 스물 대여섯 살의 나이였다.

"오늘, 지극히 높으신 분께서 구별하여 지키라 명령하신 안식일을 맞이하여 …."

회당장이 자리에서 일어나 두 손으로 하늘을 우러르며 말을 시작하는 순간 예수가 제자들을 이끌고 나타났다. 그들이 나타나자 갑자기 분위기는 어수선해졌고 막 입을 떼던 회당장은 미간을 찌푸렸다. 그는 회당에 모인 사람들과 그 자리에 들어서는 예수 일행을 번갈아 바라보았다. 우락부락하게 생긴 건장한 사내 십여 명이 예수 뒤를 줄렁줄렁 따랐다. 회당장은 그가 바로 자기가 눈여겨보며 마음속으로 아끼고 잘 대해주었던 그 예수라는 것을 믿을 수 없었다.

"어! 어?"

누가 나서서 무슨 말을 하기도 전에 이미 예수는 벌써 일행을 이끌고 나무 밑에 들어왔다.

"촌장님, 예수입니다. 인사드립니다."

회당장은 인사마저 안 받을 수는 없어 그저 머리를 끄덕였다. 그는 쓴 입맛을 다셨다. 예수는 회당에 참석할 수 없는 사람이었다. 그의 아버지 요셉이 다시 살아나 부탁한대도 그는 회당에 참석할 수 없었다. 비록 소문을 별로 믿지 않았고, 한때 예수를 사위 삼을 생각을 한 적도 있었지만 그는 이처럼 버젓이 회당에 나올 수 있는 사람이 아니었다.

"자네는⋯."

회당장은 마음을 모질게 먹고 예수가 회당에 참석할 수 없는 이유를 선언하려고 했다. 그건 회당장 마음대로 참석을 허락할 수 있는 일이 아니었다. 예수가 어렸을 때는 그가 회당에 참석할 나이도 아니어서 그런 선언이 필요 없었다. 그러나 무리를 이끌고 버젓이 회당에 참여하겠다고 나선 것을 본 이상 밝혀야 할 일은 분명하게 선언할 수밖에 없었다.

"촌장님! 저 예수가⋯."

"오늘은 법에 따라 촌장님이 아니고 회당장이시네."

자리에 앉아 있던 한 사람이 불쾌하다는 듯 예수에게 쏘아붙였다. 누가 보든 예수가 무리를 이끌고 갑자기 회당에 나타난 것은 나사렛 마을 사람 모두를 향한 도발이었다. 예수야 아직 나사렛 사람이라고 말할 수 있다고 치더라도, 같이 온 사람들은 누가 누구인지 근본도 알 수 없는 사람들이었다. 안식일 나사렛 회당에 참가할 수 없는 사람들이었다.

"오늘 이 회당에서 전할 말이 있어 왔습니다."

예전의 예수와 달랐다. 조용한 음성이었지만 그의 목소리에는 질긴 울림이 배어 있었다. 끊으려 해도 끊을 수 없는 힘줄 같았고, 그냥 듣고 넘기려 해도 마음의 통을 흔들어 울리게 하는 메아리 같은 공명이 섞여 있었다. 당장 떠나라고 벌떡 일어나 소리치려던 사람들도 멈칫했다. 자기도 모르게 쓴 침을 꿀꺽 삼켰다. 마치 쓴 약초를 찧어 만든 물약을 삼킨 듯 입이 쓰디썼다. 그러는 사이 예수는 회당장이 앉아 있는 자리로 걸어왔다.

"자네는 말이야, 여기 이 회당에 … ."

예수는 손을 들어 회당장의 말을 막았다. 그리고 회당장 옆에 조용히 서더니 자리에 앉은 사람과 주위에 둘러선 사람들을 천천히 둘러보았다. 모두 눈에 익은 사람들이었다. 어떤 사람은 예수에게 늘 따뜻한 미소를 보였고, 어떤 사람은 한 번도 그를 똑바로 쳐다보지 않던 사람이었다. 그들과 한마을에서 살아가던 날이 예수 마음속에 흘러 지나갔다.

"여러분은 안식일마다 회당에 모여 무엇을 구합니까?"

예수가 뜬금없이 물었다. 아무도 그가 왜 그런 질문을 하는지 알 수 없었다. 회당장은 매우 불쾌했다. 회당에 나올 자격도 없는 사람이 마치 회당이 쓸모없다는 듯 말을 하다니. 더는 그를 용납할 수 없었다. 회당 모임은 지극히 높으신 분이 정해준 법이었다.

"이봐, 자네는 회당에 나올 자격이 없어!"

"회당에서 엎드려 구하는 것이 이루어졌습니다. 이미 이루어진 것을 구하려고 회당에 모이는 일은 알맹이가 빠져나간 껍데기를 아직 귀중하다고 간직하는 꼴입니다."

"자네는 말이야, 여기에 나올 자격이 없는 사람이야! 예수! 예수!"

자리에 앉을 나이가 되지 못해 서 있던 젊은 사람 하나가 피식 웃었다. 실실 웃기 시작하더니 도저히 못 참겠다는 듯 돌아서서 킥킥거렸다. 옆에 서 있던 또래의 젊은이가 그에게 고개를 돌려 왜 그러느냐는 듯 말을 걸었다. 둘이 뭐라고 소곤거리더니 그 사람도 마찬가지로 도저히 못 참겠다는 듯 웃음을 터트렸다. 킥킥거리다가 나중에는 '아이구, 아이구' 하며 몸을 앞뒤로 흔들면서 웃었다.

"자네들은 왜?"

갑자기 분위기를 깨뜨리며 낄낄거리는 젊은이들이 못마땅해서 회당장이 젊은이들에게 엄한 표정으로 꾸짖었다.

"아이구, 어르신! 죄송합니다. 그런데 아이구, 아이구, 호호!"

"왜? 왜!"

회당장이 거듭 역정을 냈다.

"어른 성함이 예수이신데 저이도 예수잖아요. 예수께서 다른 예수에게 '예수, 자네는 자격이 없어!' 그러시니 얼마나 이상해요? 아이구, 호호호!"

"뭐야?"

이미 분위기는 촌장이든 회당장이든 그의 위엄과 권위로 어찌 누를 수 없을 만큼 우스워졌다. 근엄한 표정을 짓고 자리에 앉아 있던 사람도, 아직 나이가 되지 못해 서 있던 젊은이들도 모두 실실 웃기 시작했다. 그렇게 웃다가, 어떤 사람은 눈물까지 흘리며 깔깔거리며 웃었다. 그 광경을 바라보며 서 있던 예수도 웃고, 같이 온 제자들도 웃고, 나중에는 회당장 예수도 웃을 수밖에 없었다.

"자네는 말이야, 자네는 여기 회당에 나올 … 자격이 …, 허허허!"

이미 더 이상 그런 말은 의미가 없게 됐다. 뜻하지 않게 실컷 웃고, 어떤 사람은 아직도 웃고, 어떤 사람은 손으로 눈물을 닦아가며 웃고, 그러면서 회당 분위기는 완전히 변했다.

뜻하지 않게 여러 사람이 크게 한바탕 웃고 나면, 눈물까지 흘리며 웃고 나면 더 이상 상대가 계속 미워 보이기만 할 수는 없다. 웃음이 마음을 흔들고, 한 통에 집어넣고 위로 아래로 흔들어 놓으면 그 마음이 내 마음이 되고 내 마음이 그 마음이 되기 때문이다. 너무나 슬퍼서 같이 가슴 치며 통곡하면서 한마음이 되는 경우도 있다. 아무리 미워하던 사람이라도 그렇다. 옛날 조상 이삭의 쌍둥이 아들들, 평생 원수가 되어 미워하며 살았던 쌍둥이 형 에서와 쌍둥이 동생 야곱이 수십년 만에 얼굴을 맞대게 되자 서로 끌어안고, 옛 원한을 잊고 목을 엇걸어 오래오래 울고 난 후 화해했다는 얘기가 있었다.

"회당장 어른, 이왕 말이 나왔으니 이 예수가 무슨 말을 하려는지 얘기를 한번 들어나 보지요."

자리에 앉았던 사람이 말했다. 예수라는 이름을 입에 올리다가 그는 다시 실실 웃었다. 회당장은 그러자 말자 하는 말없이 그저 예수를 한번 쳐다보았다. 그건 말할 게 있으면 한번 해보라는 표시였다. 나사렛 회당이 생긴 이후 처음으로 회당장보다 먼저 입을 여는 사람이 나타난 셈이었다. 예수는 회당장에게 가볍게 예를 표했다.

예수는 문득 어렸을 적 일을 떠올랐다. 어느 날, 아버지와 촌장 예수 집에 일하러 갔을 때 그가 예수를 빤히 쳐다보며 하던 말이 생각났다.

"너랑 나랑 이름이 같은데 말이야, 예수! 무슨 일이든 처음부터 차근차근 잘 시작해야 한다. 한번 잘못되기 시작하면 그걸 바로잡을 수 없단다. 조심해라."

왜 그때 그는 어린 예수에게 그렇게 말했을까? 알 수는 없지만 그가 예수를 아꼈기 때문이었음에 틀림없었다. 대개 어른들은 나이 어린 사람을 만나면 자기의 어린 시절을 비추어 생각해 보고, 해보고 싶은데 하지 못했던 일, 살아가면서 겪었던 좌절을 되돌아보게 된다. 누구든 나이 어린 사람을 만나면 축복해주고 싶고, 도와주고 싶고, 슬쩍 내다보이는 그의 앞날에 대해 걱정해주고 싶어진다.

"이렇게 동네 어르신들을 만나 뵙게 되니 참으로 여러 생각이 듭니다. 그리고 압니다. 마을 위로 아래로 동무들과 뛰어다니던 어릴 적 예수가 생각나면서 지금 내 눈앞에 나타난 저자가 도대체 어찌된 일인가 갑작스럽다는 생각을 하실 겁니다."

예수가 옛날 얘기부터 꺼내자 그 자리 모여 있던 마을 사람들은 정말 어릴 적 예수 모습을 회상했다. 늘 조용한 아이, 수줍어하던 아이, 사람들 앞에 잘 나서려고 하지 않던 아이, 무언가 생각하는 듯 꿈꾸는 듯 보이던 아이, 기를 쓰고 가파른 언덕을 올라 산등성이 바위 밑에 쭈그리고 앉아 있던 아이, 그 예수를 생각했다. 연장통 달그락거리며 요셉의 뒤를 따라 언덕을 내려가고 올라가던 모습도 생각났다.

"세상에는 여러 가지 기준이 있습니다. 여러 어르신들, 기준 아시지요? 제가 어려서부터 아버지를 따라 목수 일을 하러 다닐 때나, 돌을 깎고 쪼는 일을 하러 다닐 때 연장통 속에 꼭 넣고 다니는 것이 있었습니다. 한 번은 그걸 빠뜨리고 나갔다가 10리 길을 돌아와 가지고 나간 적이 있습니다. 기준 중에 첫째는 바로 자였습니다. 줄자하고 나무자가 있었는데 그걸 가지고 길고 짧은 길이와 크기를 쟀습니다. 또 하나는 평형을 잡아주는 잔이 있었습니다. 아라비아에서 들어왔다는 그 유리잔을 아버지는 보통 아끼시는 것이 아니었습니다. 석판이든 목판이든 그 위에 잔을 떡 올려놓으면 그게 똑바른지 기울어졌는지 대번에 알 수 있었습니다. 그리고 먹줄도 가지고 다녔습니다. 돌이고 나무판이고 그 위에 먹줄을 탁 튀기면 까만 줄이 한 줄로 주욱 그어집니다. 돌을 쪼든 나무를 켜든 그 줄을 똑바로 따라가면서 작업해야 합니다."

예수가 말을 시작하자 모두 조용히 들었다. 앉아 있던 사람은 앉은 대로, 서 있던 사람들은 모두 땅 위에 주저앉아 자세를 취했다. 안식일 회당이라고 해도 예수가 하는 얘기는 편안하게 앉아 들어도 될 듯해서 마음을 풀고 귀를 기울였다. 알기 쉬운 얘기인 데다 어릴 적 얘기까지 곁들이니 예수에게 가졌던 거부감이 약간 사라졌다. 그는 미우나 고우나 같은 마을에 살면서 매일 마을을 지나 일 나가고 집에 돌아가던 젊은이였다. 들리는 소문이야 이상하고 거북했지만 눈앞에 서 있는 그는 그들이 옛날에 알고 있던 그 사람이었다.

"기준이 있으면 그것에 벗어나는 것은 버리게 되지요. 자를 갖다 댔을 때 길면 잘라야 했지요. 짧으면, 조금이라도 짧으면 아예 못쓰는 것으로, 다음에 쓸 일이 있을 때까지 젖혀 두었고요."

"그랬지."

마을 사람들 중 나이 좀 먹은 사람이 추임새를 넣듯 말을 거들었다. 그렇게 추임새를 넣는 일은 그들에게는 익숙한 일이었다. 누가 경전 구절을 암송하다가 멈추고 숨을 쉴 때면 모두 '아멘' 하고 화답했고, 회당장이 누구를 축복하는 기도를 하면 '그대로 이루어지이다' 하고 응답했다. 그렇게 함으로써 모두 한마음으로 그가 하는 말에 참여하는 셈이었다. 한 사람이 넣는 추임새는 언제나 모든 사람의 마음을 모으는 역할을 한다. 예수의 말에 반응하는 사람이 있다는 얘기는 그 자리 나무그늘 아래 이루어진 회당에 예수의 말에 동조하는 사람도 있다는 신호였다.

"그렇게 기준을 생각해 보면 세상 살아가는 데도 기준이 있습니다. 가지가지 기준이 있지만, 저는 오늘 시간이라는 기준에 대하여 말씀드리려고 합니다."

"시간이니 기준이니 그건 애매한 얘기여. 그런 것 말고 자네가 저 호숫가 마을 돌아다니며 병든 사람들 고쳐준 얘기를 좀 듣고 싶네."

"그건 나중에 다시 말씀드리지요. 제가 병을 고쳐주었다고 소문이 난 모양인데 사실은요⋯."

예수가 말을 끊자 모두 비상한 관심을 보였다. 그러면 그렇지, 사실은 그 모든 것이 헛소문이라고 말하려는 모양이라고 생각했기 때문이었다. 앉았던 자리에서 몸을 곧추세우는 사람, 비스듬히 앉았다가 바로 앉는 사람이 있다.

"그건, 제가 고친 것 아니고, 그 사람들이, 아파서 저를 찾아온 사람들이 제 말을 듣고 스스로 고친 것입니다."

"스스로?"

"예. 그 마음속에 이미 병을 고치는 법을 깨닫고 있었어요. 다만 제가 밖에서 살짝 밀어 도와준 것뿐이에요. 어미닭이 품고 있던 알에서 때가 되면 병아리가 나오지요? 알껍데기를 깨고요. 그때 안에서 병아리가 알을 깨려고 애쓰고 몸부림칠 때 어미닭이 밖에서 부리로 한 번 톡 쪼아주면 병아리가 그 쪼아 주었던 곳부터 깨뜨리고 나오잖습니까? 그런 셈이에요."

"에이, 별거 아니네!"

"네, 별거 아니에요. 그럼 다시 말씀드리던 것 계속 말씀드릴게요."

"그래, 얘기 좀 들어봅시다."

"시간의 기준에 대해 말씀드린다고 했습니다. 왜냐면 우리는 시간 속에서 사는 사람이기 때문입니다. 그 시간에 옛날이 있고, 지금 우리가 살아가는 현재가 있고, 미래가 있습니다."

회당에 모인 사람들은 도대체 예수가 왜 시간이라는 기준을 얘기하는지 알 수 없었다. 그건 제자들도 마찬가지였다. 그리고 어느새 예수의 말투가 바뀌어 있었다. '어른', '어르신', '회당장님' 그렇게 마을 어른을 대접하여 높여 부르던 호칭을 쓰지 않고 가르침을 듣기 위해 모여든 사람들에게 하던 것처럼 말하기 시작했다.

　"여러분은 시간을 주재하시는 분이 지극히 높으신 분, 야훼 하느님이시라고 고백합니다. 그런데 따지고 보면 세상에 두 가지 시간이 있습니다. 하느님께서 역사하시는 시간이 있고, 세상 지배자가 들고 다니는 시간이 있습니다. 제가 아까 줄자 나무자를 말씀드렸지요? 그렇게 자로 재서 길고 짧다는 것은 아버지와 제가 일하는 데 필요한지를 결정하기 위해 사용했습니다. 길면 잘라내야 하고, 짧으면 버리든지 그 일에는 못쓰고 다음에 써야 했습니다."

　얘기를 듣던 사람 중에 한 사람이 짜증난 어투로 말했다.

　"어이! 자네 일판 다닌 일은 오늘 안식일하고 상관없고. 뭔 소리를 하려고 그러는가?"

　"예! 제가 들고 다녔던 자와 마찬가지로 여러분은 법이라는 시간의 기준을 들고 다니는 사람을 따르며 살고 있습니다. 율법의 시간, 예루살렘 성전이 정해준 시간입니다."

　"그래서?"

　"하느님이 이미 여러분에게 허용해주시고 베푸신 것을 찾아 헤맵니다. 이미 와 있는 시간을 올 시간으로 기다립니다. 무슨 말이냐 하면 율법의 시간으로 하느님의 시간을 재고 있다는 얘기입니다. 성전이 보는 세상, 율법이 가리키는 세상, 율법의 자로 재는 세상은 하느님이 이미 여러분에게 허락하신 일을 그저 기다리게만 합니다."

그러더니 예수는 한 걸음 앞으로 나왔다.

"여러분은 이런 예언을 들어본 적이 있을 겁니다. 예언자 이사야가 한 말입니다."

예수는 나사렛 마을 사람들을 둘러보며, 한 사람 한 사람 눈을 맞추며 성경을 암송했다.

"주님께서 나에게 기름을 부으시니, 주 하나님의 영이 나에게 임하셨다. 주님께서 나를 보내셔서 가난한 사람들에게 기쁜 소식을 전하고, 상한 마음을 싸매어 주고, 포로에게 자유를 선포하고, 갇힌 사람에게 석방을 선언하고, 눈 먼 사람에게 눈 뜸을 선포하고, 주님의 은혜가 내릴 해임을 선언하고, 모든 슬퍼하는 사람들을 위로하게 하셨다."

마을 사람들이 들어본 적 있던 구절이었다.

"그런데 여러분, 저는 예언자 이사야가 한 말에 '눈 먼 사람에게 눈을 뜨게 해주다'라는 말을 덧붙였고 '보복의 날을 선언하다'라는 말을 뺐습니다. 하느님은 누구에게도 보복하시는 분이 아니십니다."

예수가 어릴 적부터 성경구절을 많이 기억하고 암송한다는 말을 듣고 사람들은 기이하게 생각했었다. 나사렛 마을에는 예수에게 그렇게 성경을 가르쳐줄 만한 사람이 없었기 때문이었다. 누구에게 들어봤어야 암송해도 암송할 텐데 그럴 만한 사람이 없었다. 설마 요셉이 그랬으리라고는 아무도 생각지 못했었다.

"그런데 이제 저는 선언합니다. 그 예언은 이미 여러분의 눈에 실현돼 있습니다. 그 시대가 왔고, 기쁜 소식을 전하는 사람이 왔고, 이루

어지리라는 예언, 자유를 얻고 감옥에서 놓여나는 해방을 얻고 눈을
뜨고 귀가 열리는 때가 왔습니다. 은혜가 이미 여러분에게 허락됐습
니다. 다만 깨달음의 문제입니다. 법으로 따진 시간으로 치자면 아직
언제 올지 알 수 없는 예언이지만, 하느님의 시간으로는 여러분 눈앞
에 지금 이루어졌습니다."

"잠깐, 잠깐!"

그때 예수 또래의 한 사람이 예수 말을 가로채며 나섰다. 예수와 어
울려 같이 놀던 마을 동무였다. 촌장 예수의 조카였다. 동무였지만 놀
이 끝판에는 꼭 무언가 트집을 잡아 예수를 모욕했었다. 그때는 알지
못했지만 예수는 나중에 깨달았다. 예수를 괴롭히고 모욕하던 촌장의
조카라는 그 동무는 예수를 경쟁자로 생각했던 모양이었다. 그 집에
서 촌장의 딸을 며느릿감으로 마음에 두고 있다는 소문을 들었기에 알
수 있었다.

"그러면, 예수 자네가 바로 예언이 이루어진 그 사람이라는 얘기를
하는 거여? 자네 머리에 기름이 부어졌다고, 그래서 자네가 메시아라
는 얘기인 거여? 그래서 마음대로 예언자의 말에 자네 말을 보태고,
자네 맘에 안 드는 말은 빼는 거여?"

예수가 예언자 이사야의 말을 암송할 때부터 예수에게 따라다니는
이상한 소문이 그의 마음에 떠올랐다. 특별히 그 구절을 암송한 의도
가 의심스러웠다. 게다가 예언에 자기 말을 보태거나 뺐다는 사실은
더 큰 문제였다. 암송하는 사람에 따라 성경구절을 놓치거나 더듬는
일은 늘 있는 일이었다. 그러나 예수처럼 대놓고 말을 빼거나 보태면
서 바꾸는 사람은 일찍이 본 적도 들은 적도 없었다. 예언자는 자기 멋

대로 자기 생각을 예언이랍시고 말하는 사람이 아니었다. 오직 자기 입에 붙여준 하느님의 말씀만 대신 말할 뿐이었다.

사람들은 우러르고 두려워하는 마음 때문에 감히 하느님 이름도 못 부른다. 감히 그분의 말씀에 자기 생각을 넣고 빼는 일은 더구나 생각할 수도 없었다. 그건 정말 불경스러운 일이기 때문이었다. 하느님의 말씀은 다만 따르고 지켜야 할 뿐이었다. 마을 사람들이 그렇게 생각하는 것은 그들의 잘못이 아니었다.

원래 사람들은 듣고 싶은 말만 듣고, 믿고 싶은 말만 가슴에 담아둔다. 듣고 싶고, 믿고 싶은 말은 갈릴리 나사렛마을 사람들이 스스로 결정하지 않았다. 나사렛의 관습, 갈릴리의 문화, 그런 것들은 이스라엘의 전통과 유대의 성전이 가르치고 강제한 내용이었다. 그 틀 안에서 듣고 믿으며 살아온 사람들이었다. 예수의 말을 그 자리에서 같이 들었던 사람들 중에 모두 알아들은 사람은 거의 없었다. 듣기는 같이 들어도 각자 자기 편한 대로, 자기 생각하는 대로, 자기 형편대로 어떤 부분은 가슴에 들어가고 어떤 말은 흔적도 없이 그저 귀에서 바로 밖으로 흘러 떨어졌다.

"듣고 보니 그러네! 그 말이 그 말이네!"

다른 한 사람도 거들고 나섰다. 회당장의 표정을 살피고 있던 사람이었다.

예수의 말을 들으면서 회당장의 표정이 점점 일그러졌다. 처음에는 예수가 조리 있게 말하는 소리를 듣고 고개를 끄덕였지만 듣고 앉아 있자니 점점 마음이 불편했기 때문이었다. 더구나 그가 맡고 있는 회당장 자리는 지극히 높으신 분이 내려준 법을 풀어 회중에게 설명해주는 역할이었다. 듣고 보니 예수는 작게는 회당장, 크게는 예루살렘 성전을 비난하고 있었다. 하느님의 시간과 다른 성전이 정해준 시간의 기준을 들고 이사야의 예언을 가로막는 사람이라고 공격하는 것처럼 들렸다. 회당장의 표정을 살펴보던 사람들이 먼저 입을 열기 시작했던 것이었다.

"그런데 예수, 자네 이제 보니 아주 예의가 없는 사람이네."

"그러네. 어찌 회당장 어른, 촌장님을 생각하면 어찌 그렇게 말을 함부로 할 수 있나? 그러지 않아도 사실 자네가 나사렛 사람이라고 말하고 다닌다는 소식을 듣고 마음으로 부끄럽게 생각하던 중이네."

"사람이 그러면 안 되는 법이여!"

이참에 나서지 않고 입을 다물고 있으면 촌장이 서운할지도 모르겠다는 생각이 들자 모두 앞다투어 나서서 한마디씩 거들었다. 예수가 한 말을 제대로 알아듣지 못한 사람이라도 예수의 태도나 평판에 대해서는 한마디 말은 할 수 있었다. 모두 같이 웃고 잠시 마음이 풀어지긴 했지만, 따지고 보면 예수의 출현은 이미 도전이었다. 특히 나사렛 회당과 회당장에게 정면으로 도전한 것과 마찬가지였다.

"자네가 말이여, 이 자리가 어느 자리라고 패거리를 끌고 나타나서 회당장 어른의 말씀을 거스르며 떠드는 거여? 회당에서는 법이 있고 순서가 있는데 어찌 오늘 회당 순서와 상관없는 말씀을 들고 나서고."

"그건 회당장님의 명예를 넘보는 일이지. 암, 그렇고말고!"

"예수, 자네 듣자하니 어제 집에 돌아와서도 촌장 어른 찾아뵙고 인사도 드리지 않았다면서? 그동안 집에 드나들면서 한 번도 인사드리러 찾아 뵌 적 없다며? 그러면 못쓰네. 그건 사람의 도리도 아니고,

마을 어른에 대한 예의도 아니지. 내가 언제 자네 한번 만나면 꼭 얘기하려고 했네. 이 동네에서는 집안 대소사 모두 촌장님께 상의드리며 산다는 것 자네는 몰라? 어떻게 자네가 감히 그렇게 촌장님을 무시하고 다니나? 그건 촌장님을 모욕하는 일이라는 것 몰라?"

"원래, 회당이란 회당장님이 지도하는 곳이야. 성경말씀을 설명하는 일도 회당장님이 하시는 일이고. 어디라고 감히 … ."

조금 전까지 예수의 말을 듣고 고개를 끄덕이던 사람들이라고는 믿을 수 없을 만큼 비난은 점점 날카로워졌다. 한 사람 한 사람, 자기가 빠지면 안 된다는 듯 차례로 나서 예수를 꾸짖고 그가 잘못한 점을 지적했다.

"자네, 동네 어른들을 어찌 가볍게 보고 그러나? 촌장님께 그리 대하는 것은 우리 마을 모든 사람도 그리 대하는 것이네. 어찌 감히 자네가 살던 마을 어른들을 우습게 생각하나? 못된 사람 같으니 … ."

회당장의 명예를 흔들었다고 비난하다가 나중에는 마을 사람의 명예를 실추시켰다며 공격의 강도가 점점 심해졌다. 그건 어느 사회에서나 벌어지는 비난의 확대였다. 안전을 위해서, 평화를 위해서, 번영을 위해서 어떤 사람을 위험한 사람이라고 이름 붙이고 모든 사람이 비난을 퍼부어 대는 것과 같다.

사람들 눈에 예수의 동생 야고보가 걱정스러운 얼굴로 서 있는 것이 보였다. 사실 예수가 돌보지 않은 가족들은 마을 사람들의 도움으로 겨우 살아가고 있었다. 맏아들의 의무를 저버리고 홀연히 떠난 예수였다. 마을에 남겨진 예수의 가족, 어머니 마리아, 둘째아들 야고보, 그 아래로 요셉, 유다 시몬이 있고 이미 세상을 떠난 요한나 말고도 여

동생이 둘이나 더 있었다. 그들은 모두 동네 사람들의 도움으로 살고 있었다. 가족을 돌보고 마을 일에 참여하면서 함께 살아가는 일보다 더 큰 일이 세상에 어디 있는가? 그 어머니와 동생들은 조그만 마을에서 거지와 다름없이 살아가는데, 가족을 팽개친 맏아들은 갈릴리 마을들을 떠돌아다니면서 무슨 하느님 나라라느니, 가난하고 병든 사람의 친구라느니, 병을 고친다느니 헛소리를 하면서 살아간다는 말인가? 그렇게 생각하니 동네 사람들은 도저히 예수를 용납할 수 없었다.

"어험, 어험!"

회당장 예수가 기침을 했다. 모두 입을 다물고 그를 쳐다보았다. 이제까지 오가는 말을 듣고 있었지만 이제 자기가 나서겠다는 신호였다. 그렇게 회당장이 신호하고 나서면 모두 입을 다물어야 했다. 이제까지의 얘기로 충분하다는 신호였고, 이제는 내 차례가 됐으니 모두 물러서라는 신호였고, 재판을 하는 경우라면 판결을 내리겠다는 신호였다. 이제까지 진행되던 절차나 순서를 끝내고 새로운 단계로 옮겨간다는 신호였다. 예민하게 상황을 살핀 사람은 그가 기침하는 자세나 소리를 듣고도 그의 입에서 나올 말을 미리 알아챘다.

지방을 다스리는 수령이나 통치자는 각 지방, 각 마을에 구성된 친족 공동체에게 회당 등의 형태로 자치권을 부여할 때 통치가 가장 안정적이고 효과적이라는 것을 알았다. 건물을 지을 수 없는 빈한한 마을에도 회중이 모이는 공동체의 형태로 회당은 늘 있었고, 대개 마을의 어른으로 대접받는 촌장이 회당장을 겸했다. 말하자면 작은 마을이라고 해도 마을을 다스리는 촌장이 회당장을 겸하므로 종교가 정치에 아주 효과적으로 편입되어 기능했다. 회당에서는 안식일에 모여 공부할 뿐 아니라, 공식적으로 마을 일을 함께 상의하고, 마을 사람들 사이에 발생하는 분쟁을 조정하고 판결했다. 필요하면 마을 전체의 의견을 받아들여 어떤 사람에게 제재를 내릴 수도 있는 재판정이 되었다.

"예수 자네 듣게. 그리고 회당원 모두 들으시오. 회당장으로서 내가 최종적으로 한 마디 해야겠소."

그가 회당장의 위엄을 내세우는 것은 바로 이런 경우 판결을 내린다는 말이었다. 이제까지 여러 사람이 나서서 한마디씩 예수에게 비난을 던진 말들은 모두 예수를 고소한 말로 간주하겠다는 선언이나 마찬가지였다. 나사렛 마을 회당은 갑자기 예수에 대한 재판정이 됐다.

예수는 그저 조용히 서 있었다. 오히려 동생 야고보가 놀랐다. 형이 회중 앞에 서서 차근차근 설명했던 얘기를 그는 충분히 알아들을 수 있었다. 단순히 알아듣고 모든 내용을 이해한 것만이 아니라, 예수가 하는 말이 맞다고 생각했다. 성경구절을 암송한 것도 형의 잘못이 아니었다. 이미 오래전, 몇백 년 전에 예언자가 했다는 말을 형은 암송했을 뿐이다.

예수가 그 구절을 입에 올린 이유를 그는 알 수 있을 것 같았다. 그런 예언이 먼 훗날의 얘기가 아니고 지금 회중이 살아가고 있는 이 세대에 일어난다는 말을 하기 위해서 그랬다. 예언은 먼 훗날의 얘기가 아니고 늘 눈앞에 벌어지고 있는 일들에 대한 예언이 아니었던가? 문제는 예언이 말하고 있는 그 상황이 어느 때 한 번만 나타나지 않고 계속해서 반복적으로 일어나고 있다는 것이며, 그때마다 그 예언은 다시 적용될 수 있는 것 아니겠는가?

하느님을 아버지라고 부른다고 죄를 짓는 일도 아니었다. 이미 그분은 이스라엘을 '내 아들아'라고 부르시지 않았던가? 예수가 이 자리에서 말하는 태도는 문제가 될 수 있겠지만 내용이 잘못된 것은 아니라는 생각이었다.

"어르신!"

야고보가 조심스럽게 손을 들고 나섰다.

"자네는 물러나게. 자네에게 말할 수 있도록 허락하지 않았네."

"그래도 어르신. 저는 예수 형이 말한 내용을 동네 여러 어르신들께서 잘못 받아들이신 것으로 생각합니다. 다시 차근차근 …."

그가 더 말을 하려고 하자 회당장이 자리에서 벌떡 일어났다.

"언제부터 나사렛 회당이 이렇게 무질서하고 법이 사라졌는가? 분명 이 동네에 나쁜 귀신이 들어왔음에 틀림없다!"

일은 걷잡을 수 없이 커졌다. 회당장 입에서 귀신이라는 말이 떨어지자마자 두 손으로 머리를 감싸는 사람, 하늘을 우러러 기도하기 시작하는 사람, 어떻게 진정시켜 보려고 안절부절못하는 사람 등으로 갑자기 소란스러워졌다. 예수가 눈짓으로 야고보를 말렸다.

'야고보야! 나서지 마라! 이건 내가 감당할 일이다. 너는 여기서 저 사람들과 더불어 살아가야 할 사람이다, 야고보야!'

그렇게 마음으로 타일렀다. 예수는 어차피 마을을 떠난 사람이었고, 마을에서 내놓은 사람이었고, 이제 곧 다시 떠날 사람이었다. 그러나 야고보는 어머니 마리아와 동생들과 함께 나사렛 집을 지키며 살아가야 할 사람이었다. 회당장의 태도로 보아 분명 야고보와 집안에게도 불리한 결정을 선언하고도 남을 기세였다.

그런 타이름이 마음속으로 전달됐는지, 회당장의 강경한 발언에 기세가 눌렸는지 야고보는 눈을 내리깔고 뒤로 한 발 물러섰다. 꽉 다문 입을 보니 예수의 마음이 무척 아팠다. 원래 분하고 억울하면 못 참는 동생이었다. 끝까지 나서서 아니라고 항변하고도 남을 동생이었다. 형이 떠난 뒤 집안을 이끌고 이 마을에서 살아가면서 얼마나 어려운 일을 많이 겪었을지 보지 않았어도, 듣지 않았어도 알 만했다. 경험하고 살았던 아픔이, 어쩔 수 없다는 무력감이 그를 뒤로 물러서게 했으리라.

야고보가 뒤로 물러서자 회당장은 목소리를 가다듬고 엄숙한 표정을 지으며 입을 열었다. 표정이 얼마나 비장한지 그가 드디어 큰 결심을 했다는 것을 알아챌 수 있었다. 마치 마을과 이스라엘의 법을 수호해야 하는 고뇌를 잔뜩 짊어진 사람 같았다.

"회당에 모인 회중은 모두 들으시오."

회당은 사람들의 삶을 지도하는 기구였다. 한 마을이든 성읍이든 관할 회당에서 내려진 결정이나 평결은 반드시 따라야 했다. 이제 나사렛 회당장이 예수에게 무슨 선언을 할 것인가? 사람들은 들어보지 않고도 이미 그 결과를 알 수 있었다. 예수네는 나사렛 마을에서는 아직 외지인이나 마찬가지였기 때문이었다.

예수의 어머니 마리아는 요아킴과 안나 사이에 태어난 외딸이었다. 요아킴 때부터 치자면 나사렛에 들어와 살기 시작한 지 3대가 됐지만, 친족끼리 모여 사는 마을에서는 아직도 외지인처럼 살아야 했다. 그나마 그 외지인 가족을 거둔 사람이 촌장 예수였다. 게다가 배가 불러

오는 마리아를 요셉이 나귀에 태워 마을 밖으로 데리고 나갔다가 갓난 아기 예수를 안고 요셉과 마리아가 마을에 들어왔을 때, 그래도 그 집을 거둔 사람이 촌장 예수였다. 그런 관계만 따진다면 한번 따끔하게 꾸짖고 가르치면서 끝낼 수도 있겠지만, 회당장으로서는 안식일에 회당에서 소란을 떤 예수를 용서할 수 없었다. 더구나 회당장도 마음대로 할 수 없는 이스라엘의 엄중한 율법에 관련된 일이 있었다.

"나는 회당장으로서 마리아의 아들 예수를 나사렛 마을에서 추방합니다. 앞으로 예수는 어디에 가서 나사렛 사람이라고 말해서는 안 됩니다. 어머니와 동생들을 만나겠다는 핑계로 이 마을에 발을 들여 놓을 수 없습니다."

회당장은 예수에게 내릴 수 있는 가장 가혹한 벌을 내렸다. 어디 사람이라고 자기를 말할 수 없다는 말은 한 사람이 세상 살아가는 뿌리를 완전히 뽑는 일이었다.

누구나 고향을 떠나면 외지인이다. 외지인이 다른 지방이나 마을에 들어가려면 자기의 신분을 밝혀야 한다. 그저 마을을 지나가든, 마을 누군가를 방문하든, 마을에 눌러 앉아 살려는 목적이든 외지인은 우선 늘 거부당하게 마련이다. 언제나 위험한 사람, 불법을 저지를 사람, 야만인으로 간주된다. 외지인이 가지고 있는 물건은 빼앗아도 괜찮았고, 외지인 여자나 어린애라면 강제로 능욕하는 일도 당연했다. 외지인은 때리고 모욕하고 아무리 심하게 다뤄도 무방한 사람으로 간주된다. 다만 예외가 있다면 그 지방이나 마을 어떤 사람의 친척이나 친구로 방문했을 때였다. 그럴 경우면 친척이나 친구의 보호를 받으며 손님 대접을 받는다. 손님은 때가 되면 떠날 사람, 원래 자기가 왔던 곳으로 돌아갈 사람이기 때문이다.

외지인이 어떤 마을 사람들로부터 손님으로 받아들여지려면 손님에 합당한 사람인가 하는 시험을 통과하여야 한다. 출신과 신분을 따져 보는 일이 시험이었다. 누구의 아들, 어떤 지파 소속, 어느 지방에 있는 어떤 마을 출신인지, 유대 사람이냐 사마리아 사람이냐 갈릴리 사람이냐 따진다. 서로 다른 지방이면 우선 배척하는 조건이 된다. 나무나 풀도 군락을 이루어 살듯 사람도 어느 곳에 공동체를 이루어 살기 때문이다. 사람은 반드시 어디에 속해 살아야 했다. 그 소속이 바로 사람이 가진 최소한의 신분이다.

그런데 예수는 이제부터 나사렛 사람이라고 스스로 신분을 밝힐 수 없게 되었다. 예수는 앞으로 어느 마을이나 성읍에 들어갔을 때 밝힐 신분이 없는 사람이 되었다. 그 말은 어느 공동체에도 낄 수 없는 영원한 외지인, 언제나 어디서나 외지인으로 살 수밖에 없는 사람이 되었다는 것이다. 쫓겨난 사람이 되었다. 배제돼야 하는 사람이 되었다. 더구나 회당장은 파문에 해당하는 더 무서운 굴레를 예수에게 씌웠다.

"마리아의 아들 예수!"

사람은 부모와 나고 자란 지방, 두 가지 뿌리를 가지고 산다. 지방에 내린 뿌리를 뽑은 회당장은 예수가 이스라엘에서 살아갈 수 있는 다른 또 하나의 뿌리마저 뽑았다. '마리아의 아들.' 그 말을 듣고 속으로 '그러면 그렇지' 하고 고소하게 생각하는 사람도 있고, 야고보처럼 눈앞이 캄캄해지는 사람도 있었다. 예수는 이제 이스라엘에서는 머리를 들고 살 수 없는 사람이 되었다. 회당장의 입에서 떨어진 그 말은 비록 갈릴리 작은 마을 나사렛 회당장의 말이지만 이스라엘의 어느 지방 어느 땅에서나 예수가 누구인지 알려주는 공식 신분이 되었다.

언제 어디서나 사람은 그 아버지를 통해 신분이 확인된다. 아무개의 아들이라고 불릴 때 반드시 아버지의 이름을 댄다. 결코 어머니의 이름으로 불리는 법은 없다. 만일 누가 어머니의 이름을 따라서 불린다면 그건 아버지를 모른다는 말이었다. 요셉의 아들이 아니라 마리아의 아들이라 불린다면 예수는 마리아에게서 태어난 사생아라는 말이다. 그 아버지 이름을 댈 수 없는 경우는 두 가지 중 하나다. 정상적으로는 아버지가 될 수 없는 사람의 아들, 불륜이나 불법한 관계에서 태어났을 경우였다. 다른 하나는 말 그대로 아버지가 누구인지 알 수 없을 경우였다. 씨를 받았지만 씨 뿌린 사람을 모른다는 얘기였다. 그런 여자는 '수치를 모르는 사람'이라고 불린다. 남자에게 명예와 체면, 위신이 생명보다 소중하다면, 여자에게는 수치를 아는 것이 생명보다 소중한 사회였다. 수치는 여자가 지키고 살아야 할 덕목이었다.

회당장 예수가 그를 '마리아의 아들'이라고 부른 것은 요셉의 아들이라는 것을 부인한 선언이었다. 당연히 그의 어머니 마리아는 사생아를 낳은 여자, 수치를 모르는 여자, 지켜야 할 수치를 상실한 여자가 됐다.

이스라엘이 따르는 가르침 토라에 분명하게 기록되어 있었다. 토라는 가르침일 뿐만 아니라 이스라엘의 법이었다.

'사생아는 그를 포함하여 10대에 이르기까지 이스라엘의 회중에 참여할 수 없다.'

이스라엘 사람으로 회중에 참여할 수 없다는 선언은 그 사람을 이스라엘에서 끊어내 밖으로 내치는 조치였다. 이스라엘의 하느님을 믿고 정결법을 지키고 할례를 받으면 이방인도 이스라엘 사람으로 받아들일 수 있는데 사생아는 그로부터 열 세대가 지날 동안 이스라엘에 낄 수 없었다. 그것이 법이고, 그 선을 넘도록 허락할 재량은 누구에게도 없었다.

예수가 회당에 참여할 수 없다고 회당장이 처음부터 저지하고 나설 때 그는 이미 예수가 사생아라고 선언한 셈이었다. 회당장과 이름이 같아 재미있다고 웃고 넘어간 상황이었지만, 사실 회당장으로서는 마리아의 아들 예수가 회당에 참여할 수 없는 사람이라고 이미 말을 내뱉으며 공식적으로 선언한 셈이었다.

그런 엄청난 선언을 듣고서도 아무 말 없이 그저 바라만 보는 예수의 모습에 회당장은 더욱 분이 치올랐다. 잘못했다고 빌지도 않고, 사정하지도 않고, 그런 뜻이 아니라고 해명하지도 않았다. 그는 이제는 하늘 아래 회당장 예수와는 함께 설 수 없는 사람이 되었다. 화가 난 회당장은 몇 마디 덧붙였다.

"여러분은 저자의 어렸을 때 모습을 기억할 것입니다. 여러분은 그의 어머니 마리아와 마리아의 아버지 요아킴도 잊지 않았을 것입니다. 예수를 끔찍하게 아끼며 거두던 요셉의 일도 알고 있을 것입니다. 그렇게 착했던 사람들이 정성을 쏟고 이스라엘의 하느님 앞에 간구하며 저자를 키웠습니다. 그런데 저자가 이제 옛일과 예언을 뒤섞고, 지극히 높으신 분이 위대한 조상에게 내려준 법과 대대로 그 법을 지켜온 이스라엘의 전통을 무시했습니다. 하느님의 시간이 하느님을 모신 예루살렘 성전의 시간이 아니라며 이스라엘이 힘써 지킨 법을 비웃었습니다. 분명 저자의 가슴속에는 다시 입에 올리기도 무서운 불경스러움이 가득하고, 세상을 뒤집고 소동을 일으킬 불온한 생각이 가득합니다. 이런 일은 나쁜 귀신이 그에게 들어가지 않고서야 있을 수 없는 일입니다. 나쁜 기운이 씨앗을 뿌리기 전에 마을을 깨끗하게 지켜야 할 의무를 지고 있는 사람으로 저자를 추방할 수밖에 없습니다."

그렇게 말이 끝났는가 싶었는데, 회당장은 한 마디 더 덧붙였다.

"그리고."

사람들은 또 무슨 놀라운 말이 떨어질지 긴장해서 회당장을 지켜보았다.

"여러분도 이미 말했지만 저자의 가족은 이 마을에서 눈뜨고 볼 수 없을 만큼 어렵게 살아가고 있습니다. 우리는 저자가 가족과 마을에서 자기 맡은 일을 하나도 하지 않았다는 것을 기억합니다. 형이 떠난 자리를 묵묵히 지키며 그 어린 동생들을 돌보는 야고보를 생각하면 한편으로는 대견하고 다른 한편으로는 안쓰럽기 짝이 없습니다. 그런 생각을 할수록 저자의 행실이 괘씸할 뿐입니다."

회당장은 예수와 그 형제들 사이에 깊게 쐐기를 박았다. 그리고 말을 이었다.

"한 마디 더하자면, 나는 저자가 이 마을에 다시는 들어올 수 없다고 명령했습니다. 그는 여러분들이 알고 있는 사실처럼 이스라엘의 회중에 들 수 없는 사람입니다. 오늘날까지 긴가민가했지만, 그래도 한마을 사람이라고 그저 눈감으려는 사람도 있었지만 오늘 저자의 행실로 보아 분명히 깨달을 수 있었습니다. 늦었지만 지금이라도 깨달을 수 있어서 다행입니다. 나쁜 귀신에게 잡혀 있음도 분명하고 회중에 낄 자격이 없다는 사실도 분명합니다."

마을 사람들 대부분은 회당장이 내린 결정이 아주 당연하다고 머리를 끄덕였다. 그들은 요셉을 따라 공사장에 삯일 다니던 사람으로 예수를 기억하고 있었다. 비록 그가 요셉을 아버지라 불렀고, 요셉도 그를 아들이라며 데리고 다녔지만 어떤 사람은 그가 요셉의 아들이 아닐 것이라고 이미 짐작했었다. 더구나 지극히 높으신 분이 영으로 머리에 기름을 부어 예언자로 세웠다고 스스로 지껄이는 것을 볼 때 그건 바로 그가 미친 사람이거나 나쁜 귀신에 사로잡혔다는 분명한 증거였다.

그를 '선생님, 선생님' 부르며 따라온 무리는 겉으로 보기에도 가관이었다. 어찌 그를 선생이라 부를 수 있겠는가? 선생이 되려면 최소한 글은 읽고 쓸 줄 알아야 했고, 선생을 기르는 학당에서 그 어렵다는 토라 교육을 받아야 했다. 가장 중요한 것은 옛 기록이 보관된 예루살렘 성전에서 기록을 비교하며 연구할 수 있는 자격을 얻어야 했다. 그런 면에서 그는 선생이라고 불릴 수 있는 사람이 아니었다. 혹 누군가가 잘 모르고 그를 선생이라 불렀다 하더라도 자기는 선생이 아니라고 스스로 분명히 밝혀야 했다.

또 하나, 그가 언제 어디서 누구로부터 병을 고치는 훈련과 교육을 받았겠는가? 병을 고친다고 허풍떨며 사람을 몰고 다니는 일은 거짓 선생만큼이나 무책임하고 무모하고 부도덕했다. 그야말로 사람들의 몸과 마음을 두루 망치는 사람이었다. 그의 집안이나 내력을 모두 알고 있는 나사렛 사람들에게는 결코 통할 수 없는 허풍이었다. 여기저기 떠돌며 세상을 소란스럽게 하더니 감히 나사렛에 몰려와 동네 사람을 미혹하려고 수작을 부린 사람으로 보였다. 예수는 나사렛 마을의 이름을 더럽힐 사람임에 분명했다. 그 자리에서 못 본 체 안 들은 체 그냥 넘기면 온 갈릴리를 돌아다니면서 나사렛에서 떠들고 가르쳤다고 소문내면서 스스로 예언자인 척, 선생인 척 행세할 것이 분명했다. 회당에 모인 사람들은 바로 그 점을 회당장이 적절하게 지적했고, 그래서 다시는 마을에 발붙이지 못하도록 추방하는 결정을 내렸다고, 그것은 아주 마땅한 일이라고 받아들였다.

"저자가 여기저기 다니면서, 호숫가에서 기적을 보였다는 얘기는 뭘 모르는 사람들만 잔뜩 모아 놓고 미혹했을 뿐이야. 나는 그리 생각해!"

회당장의 말을 받아 다른 사람이 말했다. 적어도 나사렛 사람들은 예수의 미혹에 절대 넘어가지 않는다는 자부심이 배어 있는 말이었다. 감히 나사렛 사람을 속여 먹을 생각이었느냐고 질책하는 말이었다.

그때까지 아무 말 없이 서 있던 예수가 몸을 돌렸다. 그러다가 야고보와 눈이 마주쳤다. 동생의 눈에서 갈릴리 저녁 호수만큼이나 여러 가지 색깔을 볼 수 있었다. 안타까워하는 마음, 안쓰러워하는 마음, 무엇 때문에 그러고 사느냐는 질책의 마음, 결국 어머니를 욕보인 형에 대한 분노, 그리고 훌쩍 떠날 수 있는 형에 대한 부러움이 모두 짙게 섞여 있었다. 동생의 눈빛을 받고 예수는 동생을 위해, 남은 가족을 위해 마지막으로 한 가지 일을 하기로 마음먹었다.

그는 몸을 돌렸다. 그리고 회중을 향해, 회당장을 향해 깊게 몸을 숙여 인사했다. 숨을 여러 번 들이쉬고 내쉴 동안 몸을 일으키지 않았다. 이제까지 누구도 그렇게 오래 인사하는 사람이 없었다. 그건 이제 떠나겠다는 인사가 아니었다. 그 인사를 받으면서 조금 전까지 앞장서서 예수를 비난하던 사람들도 조용해졌다. 깊고 긴 인사를 통하여 예수와 마을 사람들은 말없이 대화를 나누었다. 그건 그가 남기는 당부였다. 이렇게 떠나지만 문은 열려 있다는 확인이었다. 그가 가깝게 끌어내린 새 하늘로 마을 사람들을 초대하는 부름이었다. 그가 걸어가야 할 길에 대한 선언이었다. 나사렛을 뒤로 하고 길을 떠난다는 인사였다. 남은 가족을 보살펴 달라는 부탁이었다. 예수가 말하는 하느님 나라는 마을과 이웃과 형제와 불화하고는 이룰 수 없는 나라였기 때문이었다.

예수는 천천히 몸을 일으킨 다음 다시 회당장에게 목례를 했다. 회당장 예수는 떠나는 예수를 바라보며 깊은 한숨을 쉬었다. 회당장은 마음속에서 예수에게 말을 걸었다.

'결국, 이렇게 끝나는구나, 예수야!'

표정은 단호해도 눈은 떠나는 예수를 뒤쫓았다.

어린 예수에게 촌장이 물었던 적이 있었다.

"애야! 네 이름도 예수, 내 이름도 예수. 그런데 예수라는 이름이 누구에게서 내려온 건지 아니?"

"예, 아버지에게 들었어요. 우리 조상을 이끌고 이 땅에 들어온 예언자이자 지도자였던 여호수아의 이름이라고 알고 있습니다."

"왜 너나 나나 그렇게 큰 이름을 받았을까? 이 작은 시골 언덕마을에서! 도대체 무얼 하라고!"

한 사람은 전통의 끝자락을 붙잡은 채 남아 있고, 한 사람은 새 하늘을 꿈꾸며 떠났다. 마을 사람들 중 나이가 젊어 앉을 자리를 차지하지 못하고 둘러서 있던 사람들이 예수와 일행이 떠나도록 길을 터줬다. 열 가지, 스무 가지 복잡한 표정을 짓고 서 있는 동생 야고보 앞을 지나면서 예수는 손을 뻗었다. 야고보도 같이 손을 뻗어 형제는 서로 스치듯 손바닥을 마주쳤다. 예수가 바라보니 동생의 깊은 눈에 눈물이 고였다. 예수는 일행 맨 앞에서 걸으며 언덕 마을을 내려갔다. 동생은 마을 어귀에 나와 언덕을 내려가 산모퉁이를 돌아 사라지는 형을 오래오래 바라보았다.

가벼나움으로 돌아가는 예수의 발걸음은 한없이 무거웠다. 그저 어머니 마리아를 만났고, 겨우 동생들 하나하나 등 쓸어주고 어깨 토닥거려 주었을 뿐이었다. 그동안 애쓴 야고보를 끌어안았을 때 마치 나무토막처럼 뻣뻣하던 동생이 새삼 안타까웠다. 얼마나 힘들었을까? 얼마나 맏아들인 형을 원망했을까? 거칠고 수척해진 동생의 얼굴이 자꾸 눈앞에 어른거렸다. 나이 어린 동생들이야 예수가 사다준 머리빗 하나, 알록달록 유리구슬 하나로도 좋아했지만, 그동안 몰라보게 나이든 어머니 얼굴은 또 하나의 아픔이었다.

✠

예수는 그렇게 마지막으로 나사렛을 떠난 다음 다시는 돌아가지 못했다. 집안이, 그리고 나사렛 마을이 온통 피폐해질 대로 피폐해진 것을 보면서 자기에게 맡겨진 하늘 아버지의 사명을 거듭 다짐했다. 무너진 마을공동체가 가슴 시리도록 저려왔다. 예수를 밀어낸 나사렛 사람들 하나하나가 모두 불쌍한 사람이었다. 동네 사람들과 함께 밭을 갈고 언덕에 새 밭을 일구는 것만으로는 해결이 안 되는 근본적인 문제를 다시 확인했다.

가벼나움으로 돌아가는 길, 언덕을 하나 넘으면 또 언덕이 나오고,

골짜기를 돌면 다른 골짜기가 기다렸다. 가버나움으로 돌아오는 내내 떠버리 요한도, 게바라고 불리는 시몬도, 야고보도, 안드레도, 그리고 다른 제자들도 모두 입을 다물고 묵묵히 걸었다. 앞서거니 뒤서거니 왁자지껄 유쾌하게 웃고 떠들며 걷던 평소와 달리 느릿느릿 언덕을 오르고 내리고 내를 건너 걸었다. 생각이 무거우면 짧은 길도 멀게 느껴지는 법이다. 가버나움까지의 길이 그렇게 먼 길인지 처음 알았다.

말이 없다고 생각마저 없지는 않았다. 제자들은 모두 큰 충격을 받았다. 그들 눈으로 똑똑히 보았다. 고향마을에서 선생이 쫓겨났다는 일이 좀처럼 현실이 아니라 한바탕 꿈처럼 느껴졌다. 쫓겨난 것만 아니고 그의 존재가 철저하게 부정당했다.

'마리아의 아들.'

'고향에서 쫓겨난 사람!'

앞으로 두고두고 예수에게 따라붙을 이름이 되었다. 천 마디 만 마디로 그를 설명하고 변명한다고 해도 모두 소용없는 일이 될 뿐이었다. 짧은 그 두 마디로 예수는 이스라엘에서 어디에도 낄 수 없는 사람이 되었다. 차지한 자리, 근본을 설명할 근거를 모두 잃은 사람이 되었다. 근본 없는 사람, 철저히 패배한 사람이 되어 그는 가버나움으로 돌아왔다.

예수를 따르던 제자들에게도 중요한 결단의 순간이 닥쳤다. 선생으로 모시며 계속 그를 따라야 할지, 이참에 손을 떼고 원래 자기 자리로 돌아갈지 결정해야 할 때가 됐다. 나사렛 회당장이 예수에게 내린 꾸지람과 배척하는 선언이 제자들 눈에도 지극히 당연하게 보였다. 이스라엘 자손이라 불리는 사람이라면 누구에게 물어봐도 조상들의 가르침에 비추어 볼 때 예수에게 내려진 조치 외에 다른 조치를 할 수 없는 상황이었다. 고향 사람들조차 받아들이지 않는 사람, 출생이 지극히 부끄러운 선생, 가족을 내팽개치고 떠도는 부랑자. 앞으로 예수가 가슴에 달고 다녀야 할 패찰이었다.

사람들이 예수의 가르침을 받고 눈이 열리고 귀가 트여도 이제 소용없게 되었다. 병으로 고생하던 사람을 회복시켜 가족의 품으로 돌려보내도 이스라엘은 그를 더 이상 선생으로 받아들이지 않을 것이었다. 그는 사람들을 가르치고 병을 고쳐주도록 허락받은 신분이 아니고 그런 자격을 갖춘 사람이 아니었다. 그는 고향 사람들이 내친 사람이었다. 그의 존재와 그가 하는 일이 전혀 일치하지 않는다는 것을 제자들은 모두 두 눈으로 보았고 귀로 들었다.

제자들은 새삼 깨달았다. 예수는 이미 이스라엘이 지키는 전통으로부터 멀어진 사람이었다. 하느님 나라, 율법, 계명, 이스라엘이 지키며 살아온 일들이 그에게는 더 이상 같은 의미가 아니라는 점을 깨달았다. 무언가를 깨닫기에 언제나 더딘 시몬마저 그 점을 이제 알게 됐다.

마리아, 일곱 귀신이 들렸다고 소문났던 막달라 출신의 마리아, 예수가 제자로 받아들인 지 몇 달 되지 않은 마리아, 그녀가 나서지 않았더라면 나사렛에서 돌아온 제자들은 모두 뿔뿔이 흩어졌을 것이 분명했다. 제자들 모두 자기 눈으로 세상을 보았지만 그녀는 이뤄야 할 새 세상의 눈으로 세상을 볼 수 있었기 때문이었다.

밀이 밭에서 익어갈 때 시간과 햇빛과 바람을 거쳐야 한다. 같은 땅에 씨 뿌려져 자라는 다른 밀이 있어야 밭이 된다. 그리고 만일 밀 한 가락지로 밭을 채우려면, 그 밀알이 땅에 떨어지고 싹을 틔우고 자라고 익는 과정을 수없이 거쳐야 한다. 그건 신비다. 자기를 내려놓고 떠나는 일이다. 비록 가다가 돌아오더라도 찾아 떠나야 가능한 일이다. 나사렛에서 돌아와서도 설명하거나 변명하지 않던 예수를 대신해서 마리아는 그녀가 깨달은 신비의 문을 제자들에게 열어 보였다. 그 문안으로 들어가지는 못했어도 그들은 문밖에서 그 신비를 넘겨다보았고, 그리고 예수를 계속 따랐다.

몇 년 동안 갈릴리 들을 건너고 산을 넘으면서 제자들은 예수의 가르침을 조금씩 붙잡았다. 그러나 추수하도록 익으려면 예수가 생각했던 마지막 길, 예루살렘 길을 같이 걸어야 했다. 예루살렘의 그 무서운 밤과 낮을 겪어야 했다.

✟

유월절까지 예루살렘에 도착하기 위해 예수는 한 달여 전에 가버나움을 출발했다. 장정 걸음으로 닷새길이지만 그동안 들르지 못했던 갈릴리 마을과 성읍들을 찾기로 했다. 길을 걸으면서 둘러보니 정말 갈릴리에는 밭이 많았다. 밭마다 하루가 다르게 밀이며 보리가 점점 푸른색으로 변했다. 바람이 선뜻 불면 밀밭에서 서걱서걱 소리가 났다. 밀밭 사이 좁은 길을 걸으면서 예수는 아버지 요셉을 많이 생각했다. 그건 어쩔 수 없는 일이었다. 돌이켜 생각하면 아버지는 예수가 그 길을 걸어 예루살렘에 갈 것을 알았던 것 같았다. 아버지도 그 길을 걸었던 사람이라는 생각도 들었다.

밀이 패기 시작하면 유대 사람들 달력으로 새해 첫 달, 니산월이 시작된다. 가버나움을 떠나 여러 마을을 거친 지 거의 한 달 무렵 됐을 때 유대 지경으로 들어섰다. 예수가 계획하기로는 사마리아 지방을 거쳐 유대 지방으로 내려갈 생각이었다. 이즈르엘 들판을 가로질러 므깃도도 들르고, 이즈르엘도 들르고, 북왕국의 첫 수도였다는 옛 세겜도 들를 생각이었다. 사마리아, 갈릴리, 유대가 그에게는 다르지 않기 때문이었다. 사람 사는 땅은 어느 곳이나 하느님의 땅이었기 때문이었다. 그러나 갈릴리에서 사마리아 지경에 들어서자 그 지방 사람들이 완강하게 길을 가로막고 나섰다. 일행이 아무리 설득해도 그들은 통과할 수 없다고 고개를 저었다.

할 수 없이 갈릴리로 되돌아 올라가다가 중간에서 동쪽으로 방향을 틀었다. 사람들이 아라바라고도 부르고 요단강 골짜기라고도 부르는 남북으로 길게 걸쳐 있는 큰 골짜기로 내려간 다음, 요단강을 따라 남쪽으로 걸었다.

요단강은 이리저리 굽이치며 흐르지만 곳곳에 경사가 심한 곳이 많아 그런 곳에서는 물줄기가 매우 거셌다. 강을 따라 습지가 뻗어 있거나, 강바닥이 진흙이거나, 울퉁불퉁 돌이 박혀 있어서 걷거나, 헤엄치거나, 말이나 나귀를 타고 강을 건너기가 무척 위험한 곳이 많이 있었다. 요단강을 끼고 양쪽으로 이어져 있는 둑은 덤불과 잡목 숲으로 덮여 있었다. 강 양쪽 둑은 폭이 장정 걸음으로 좁은 곳은 3백 걸음, 넓은 곳은 2천 5백 걸음 정도 되는데 백양나무, 능수버들, 버드나무, 갈대, 수수 등이 빽빽했다. 홍수가 나면 강둑에 있던 나무들이 완전히 물에 잠긴다. 예전에는 사자, 표범, 자칼 등 사나운 짐승들이 이 숲에 살았기 때문에 특별히 강을 건널 때를 제외하고는 강둑 부근에는 사람들이 가축을 끌고 지나가는 일을 가급적 피했다고 전해졌다.

요단강 골짜기로 들어섰을 무렵부터 그 지방은 자기가 잘 안다는 듯 유다가 앞장서서 걷기 시작했다

"선생님, 예전에 이곳을 아라바라고 불렀는데요, 종종 지진이 일어나서 강을 완전히 막은 적도 있었다고 합니다. 갈릴리 호수에서 머물던 물이 다시 흘러내려 아래 요단강이 시작되는 곳에서부터 저 아래 먼 남쪽 홍해까지 뻗쳐 있는 골짜기입니다."

"어허! 유다가 아는 것이 많군요!"

유다는 신이 났다.

"선생님, 다른 지방에 높은 산이 솟아 있는 것처럼 여기 아라바는 땅 아래로 깊게 파져 있는 셈입니다. 그만큼 낮아서 그런지 이 강물은 더 흘러갈 곳을 찾지 못하고 저 아래쪽 소금호수에 이르면 물이 소금이 됩니다."

"그렇군요."

"그리고, 저기 저 동쪽에는 길리앗 산들이 있고요, 서쪽에는 므낫세와 에브라임의 산이 있습니다. 누가 그러는데 이 골짜기를 위에서 내려다보면 형상이 꼭 주렁주렁 덩굴에 열리는 열매, 뭐라고 부르는지 저는 잘 모르겠습니다만 꼭 그 열매 비슷하답니다. 북쪽은 폭이 약 25리쯤 되고 중간에서는 15리 채 못 되게 좁아졌다가 저 아래쪽, 우리가 들르려고 하는 여리고 부근에 이르면 50리로 확 넓어집니다. 북쪽에는 비가 충분히 와서 곡식이 잘 자라지만, 남쪽으로 내려가면 비가 거의 안 오는 때가 많습니다. 겨울에는 따뜻하고 풀이 좀 나서 양이나 염소를 끌고 풀을 뜯길 수도 있지만, 여름에는, 예, 아이구! 여름에는

너무 더워서 어림도 없습니다."

그때 요한이 불쑥 나섰다.

"그런데 유다! 어찌 그리 잘 알아요? 이 부근에 강도들이 숨어 지낸다던데, 혹시 유다도 강도였어요? 아니면 … ."

"예끼! 이 사람, 요한! 하는 말이라고는 …, 내가 그래 강도로 보여?"

"아니면 말고. 뭘 그리 화까지 내시나?"

예수는 요한이 유다를 한번 쿡 찔러보는 뜻을 알았다. 눈치 빠른 요한은 이미 유다를 알고 있었던 듯 보였다. 유다는 말을 이었다.

"선생님, 강을 따라 오르고 내리는 배를 보셨습니까? 못 보셨지요? 물이 너무 얕은 곳도 많고, 물살이 센 여울이 오십 곳도 넘습니다. 그러니 배를 띄울 수가 없지요. 강을 건너는 다리도 없고, 그저 나루마다 조그만 배를 타고 강을 건너야 하지요."

그때, 다시 요한이 나섰다.

"선생님, 선생님께서 늘 말씀하시던 강, 이스라엘이 배를 타고 오르내리기만 하고 건너지 않은 그 강, 이 요단강을 말씀하시는 게 아니라는 것은 저희도 압니다."

"그걸 깨달았어요?"

예수가 대견하다는 듯 물었다.

"아이구, 선생님! 제가 누굽니까? 요한입니다."

그때, 시몬이 불쑥 나섰다.

"그렇지! 가버나움 세베대의 아들, 야고보의 동생! 그 요한이지!"

모두 한바탕 웃었지만 예수는 시몬의 눈에서 불편한 기색을 보았다.

"게바!"

"예! 선생님!"

예수는 아무 말 없이 시몬의 눈을 바라보았다. 한참 예수의 눈길을 맞받던 시몬이 눈길을 거두며 말했다.

"예! 선생님, 알겠습니다."

그 제자들을 끌고 이제 예수는 예루살렘 성전에 나아간다. 서로 다른 제자들의 모습을 보면서 아버지의 말을 떠올렸다.

"예수야! 궁전 건물을 보면 모두 잘 다듬은 크고 좋은 돌만 골라서 지었지 않던? 그러려면 같은 돌을 골라야 하고, 같은 크기로 잘라야 하고, 같은 문양을 새겨야 한단다. 그건 궁전이 원래 억압이고 강제고 폭력이기 때문이다."

"예! 아버지, 그렇겠습니다."

"좋은 석수는 오직 한 가지로만 집을 짓지 않는단다. 검은 돌, 흰 돌, 화강암, 사암, 큰 돌, 작은 돌, 둥근 돌, 뾰족한 돌. 그저 있는 돌로 집을 짓는다. 버릴 돌은 하나도 없다. 그렇게 지은 집에는 사람 사는 냄새가 난단다. 왜냐면 너나 나나 나사렛 사람이나, 세상 살아가는 사람들, 서로 아끼고 사랑하며 사는 사람들이 그런 집에 살기 때문이다. 궁전이 억압이고 폭력이라면, 너와 내가 지어야 할 집은 가족이 들어가 살아가는 사랑의 집이란다."

그랬다. 예수가 이루려는 세상은 왕이 다스리는 세상이 아니라 아버지가 가족을 돌보는 가정이었다. 예수가 지으려는 건물은 왕이 사는 궁전이 아니라 한 가족이 오손도손 어울려 사는 집이다. 그에게는 어떤 제자도 귀한 사람이다. 누구를 빼고 누구는 끌고 예루살렘에 가

지 않고, 예수는 따르는 제자들을 있는 모습 그대로 이끌고 성전으로
나아갈 것이다.

 예루살렘 길, 가파른 산길로 60리 길이다. 예수는 걸음을 재촉했
다. 늦어도 성전 문을 닫기 전에 들어가 그날 성전을 한번 둘러볼 생각
이었다. 길을 걸어 오르면서 문득 오래전 나사렛 집을 떠나 가벼나움
으로 옮겨갈 때 생각이 났다. 가보지 않았던 길을 떠나는 아들, 언덕
길 걸어 내려가는 아들 뒷모습을 바라보며 마당가에 서 있던 아버지와
집 안에서 울고 있었을 어머니는 무슨 생각을 했을까? 예수가 한 걸음
내딛어 한 걸음 더 멀어질 때 아마 가슴을 한 점씩 베어내듯 아팠으리
라. 예수가 뒤돌아 언덕 위의 집을 바라볼 때를 기다리고 있었을 것이
다. 얼른 손을 흔들어 줄 양으로 그의 한 걸음도 놓치지 않고 눈으로
따라 걸었으리라.

 산모퉁이를 돌기 전, 뒤돌아서 올려보았을 때 마당가에 하얀 옷을
입고 서 있던 아버지의 모습을 잊은 적이 없었다. 한 줄로 죽 늘어서서
손 흔들던 동생들도 늘 눈에 밟혔다. 그때만 해도 마음 돌리면 언제든
다시 걸어 올라갈 수 있던 길이었다. 집이란, 부모란 아무 때고 지친
몸을 끌고 돌아갈 수 있는 곳이기 때문이었다. 그러나 예루살렘 길은
예수가 마음 바꾸고 물러설 수도 뒤돌아설 수도 없는 길이다. 한 걸음
걸어 올라가면 다시는 그 길을 걸어 내려올 수 없는 길이다. 한 걸음
한 걸음이 그에게는 마지막 길이다.

 가파른 산등성을 올라 좀 평평한 길에 다다랐을 때였다. 갑자기 요
한이 슈샥슈샥 입으로 이상한 소리를 내면서 예수 곁을 휙 지나 저만

큼 앞으로 걸어 나갔다. 그의 걸음걸이와 하는 양이 무척 우스꽝스러웠다. 아마도 산길에 지쳐 축 처진 일행에게 힘을 불어넣어 준답시고 장난기가 발동한 모양이다. 목을 꼿꼿하게 세워 정면을 바라보고, 두 팔을 구부정하게 굽혀 앞뒤로 휘저으며 걸었다. 무릎을 굽히지 않는 듯, 발이 땅에서 떨어지지 않는 듯 이상한 자세로 걸어 일행보다 한 백 걸음쯤 앞으로 나가더니 뒤돌아서 일행을 기다렸다. 한 손은 허리에 대고 다른 한 손으로는 손바닥을 편 채 이마에 대고 마치 멀리 있는 사람을 찾는 것처럼 장난스러운 몸짓이다.

"아니, 어디까지 왔는데 아직 내 눈에 보이지 않을까?"

"여기다! 여기! 이제 보니 요한은 눈 뜨고도 못 보는 사람이구나?"

"아하! 나는 또, 아직 저 아래 산 밑에서 어물어물하고 계신 줄 알았습니다요. 그런데 이렇게 눈앞에 계신 걸. 에구, 너무 몸집이 작아 눈에 안 보였습니다. 그게 제 잘못일까요? 형님들 잘못일까요?"

"허허허, 사람하고는!"

요한의 익살에 일행은 무거웠던 마음이 좀 풀어지기라도 한 듯 일부러 큰 소리로 웃었다. 그날 아침에 대산헤드린 의원 니고데모의 전갈을 받고 모두 기분이 가라앉아 있었는데, 그가 익살을 부리자 분위기가 좀 바뀌었다.

예수는 제자들의 마음을 헤아렸다. 그들 한 사람 한 사람 생각하면 안쓰럽기 짝이 없다. 그들이 손에 잡으려 허우적거리는 그 무엇을 예수는 결코 쥐여줄 수 없다. 아무리 얘기해줘도 그들은 믿지 않는다. 예루살렘 지배자들과 성전 지도자들이 예수를 해치려고 음모를 꾸미고 있다는 니고데모의 전갈을 듣고도 갈릴리로 돌아가자고 말하는 사람은 아무도 없었다. 오직 마리아만 눈을 내리깔고 몸을 떨었다.

따지고 보면 제자들은 예수를 따라 예루살렘 길에 오르는 것이 아니다. 각자 자기 욕망의 줄을 붙잡고 언덕길을 오르고 있었다. 그들도 니고데모의 경고가 걱정은 됐겠지만, 그건 해를 잠시 가리고 지나간 구름 같은 것이리라 생각하고 있었다. 기적을 기대하는 마음을 그들의 눈에서 예수는 읽었다.

사람으로서 할 수 없는 일을 누군가 한다면, 사람들은 눈속임이거나 신이 역사하는 기적이라고 생각했다. 기적은 하느님이 부여해준 능력을 떨쳐 보이는 것이고, 표적은 자기가 누구라는 것을 밝혀 보여주기 위한 특별한 행위였다. 그리고 그 근원은 언제나 하느님이 불어 넣어 준 특별한 힘이었다. 광야에서 만난 하느님은 예수에게 그런 기적을 일으키는 신비한 힘을 불어넣어준 분이 아니었다. 예수는 자기가 누구라는 것을 드러내기 위해 표적을 보여줄 필요가 없었다.

하느님은 이미 온 세상에 가득한 신비 속에 계신 분이다. 별도로 새로운 신비를 베풀어 세상을 감짝 놀라게 하고 사람들이 그 앞에 벌벌 떨며 엎드리게 만들지 않는다. 하느님이 광야에서 예수에게 맡긴 일은 사람들 눈을 뜨게 해주는 일이다. 귀를 열어주는 일이다. 굳었던 혀를 풀어 사람의 말을 하도록 입을 터주는 일이다. 그건 밖에서 불어 넣는 능력이 아니고, 이미 스스로 가지고 있던 것을 열어주고 풀어주는 일이다. 새로운 신비를 베푸는 일이 아니고 그들 속에 자리 잡은 신비의 힘을 일깨우는 일이다. 그래서 예수는 제자들이나 사람들이 그를 특별하게 부르거나 떠받드는 일을 막았다. 먼저 깨닫기는 했지만 결코 스스로 특별한 사람이라고 생각하지 않았기 때문이었다.

고개 하나를 더 넘으면 곧 베다니에 이르게 되고, 베다니 뒷산, 올리브산 중턱을 옆으로 돌아 넘어가면 예루살렘이다. 먼 길의 끝에 이르렀다. 그때 므나헴이 슬그머니 예수 곁에 따라 붙으며 말을 걸었다.

"선생님. 저는 그동안 선생님이 하시는 일을 모두 잘 보았고 그 뜻을 늘 마음속에 깊이 간직했습니다."

"그래요? 반가운 얘기네요."

"그런데 선생님, 선생님 말씀을 들어 보면 선생님은 분명 지극히 높으신 분, 그분이 보내신 분이 틀림없습니다."

예수는 므나헴이 무슨 생각으로 그런 말을 하는지 알 수 있었다. 그에게는 일행이 예루살렘에 도착하기 전에 끝마쳐야 할 일이 있기 때문이리라. 아직 제자들은 눈치 채지 못한 듯 보였지만 예수는 그를 알아보고 있었다. 그는 다른 제자와 달랐다. 예수는 한없이 그가 안쓰러웠다. 그는 예수가 처음 제자를 모아 가르치기 시작할 무렵부터, 그러니까 갈릴리 가버나움으로 찾아와 따라다닌 제자였다. 지난 4년 동안 한 번도 예수에게 그처럼 따로 접근한 적이 없었다. 늘 있는 듯 없는 듯 표가 안 나는 사람이었다. 예수는 그의 마음에 씨를 심어 놓는 듯 꼭꼭 눌러 몇 마디 말을 심었다.

"나는 이 길을 다시 걸어 내려오지 못하지만 그대는 다시 이 길을 거푸 걷게 될 것이오."

"선생님은 왜?"

"여우에게도 집이 있고, 토끼에게도 굴이 있지만 나에게는 하늘 아래 머리 둘 곳이 없기 때문이오."

"그 말씀은?"

"때가 되면 그대도 알게 될 거요. 모든 사람에게는 돌아서면 찾아들 곳이 있지요. 그대도 마찬가지고, 저기 웃으며 따라오는 게바나 야고보나 유다나 모두 돌아갈 곳이 있지요. 나를 따르다가 원하는 것을 얻지 못하면 시작했던 곳으로 뒤돌아 가려고 하겠지요. 돌아가면 거기 기다리는 가족이 있지요. 나를 따르던 일은 다 잊고 예전에 살던 대로 살 수 있겠지요. 그들은 그렇게 믿고 따라오고 있지요. 그러나 나는 떠나온 곳으로 다시 돌아갈 수 없소."

"선생님!"

"다른 제자들은 집을 떠나 무언가 손에 잡으려고 여기까지 왔지요. 그대는 다른 목적, 집으로 돌아가기 위해 여기까지 따라왔지만 그러나 실상 그대도 이미 집에서 많이 떠나왔어요. 여기 있는 누구보다 그대는 더 멀리 떠나왔어요. 고개를 넘으면 집에 온 듯싶어도 이미 너무 멀리 떠나왔다는 것을 그대는 나중에 알게 될 거요. 나는 그대의 눈을 보고 알았어요."

"선생님은 지금이라도 돌아설 수 있는데 …."

그가 한숨을 쉬며 말했다. 예수가 물었다.

"그대가 하려는 일을 한 후에 내가 한 말을 잊지 않고 모두 다시 생각해 낼 수 있겠소?"

"선생님이 하신 모든 말씀은 한 마디도 잊지 않고 다 기억하고 있습니다."

"그랬겠지요. 다행이에요. 잘 됐어요. 그대가 그 말대로 살기 바라요. 그렇게 될 것이오."

"그 말씀은?"

"잊지 않으면 그 말을 안고 살아갈 것이오. 그대는 결코 옛날로 돌아갈 수 없을 거요. 그대도 이미 길을 떠났기 때문이오."

므나헴은 갑자기 헉 숨을 들이쉬었다. 그리고 부르르 몸을 떨었다. 무언가 주체할 수 없는 것이 가슴속에서 탁 치고 올라오면서 막 목을 넘으려는 듯 보였다.

"선생님, 선생님, 저는 사실 … ."

"말 안 해도 알아요. 그대에게 주어진 일을 하시오. 나는 나에게 주어진 시간 동안 내 일을 하리다. 므나헴! 그대를 축복하겠소!"

므나헴은 그 자리에 걸음을 멈추고 우뚝 섰다. 예수는 잠시 걸음을 멈추고 그를 바라보다가 다시 걸음을 옮겼다. 마치 말뚝을 박은 듯, 그 자리에 뿌리 내린 나무가 된 듯 므나헴이 그렇게 서 있는데 제자들은 어느 누구도 왜 그러느냐 묻지 않고 그 앞을 지나갔다. 이미 벳바게와 베다니 마을이 눈에 들어오기 시작할 때였다.

✠

그날, 올리브산 동쪽 기슭 베다니 마을에 사는 마리아가 조심스럽게 언니 마르다의 눈치를 살피며 말을 걸었다.

"언니! 갈릴리 예수 선생님이 여기 베다니를 지나는 날이 오늘인데… ."

"그래, 오늘이라고 했지? 큰어머니도 좋다고 하셨으니 이따 선생님 일행 만나면 우리 집에 묵으시라고 말씀드려 놓자."

"좋아, 언니! 큰어머니가 무척 좋아하시더라. 원래 갈릴리 사람이라면 무조건 좋아하셨으니까 ….."

"눈이라도 잘 보이시면 훌륭한 선생님 만난다고 얼마나 좋아하실
까?"

"그런데 언니! 오늘 손님 들지 않는 빈방이 몇 개지?"

"아직 방이 두 개 비어 있어. 그 방에 드시라고 하지."

"선생님 일행이 많다고 들었는데?"

"아, 그러면 제일 큰 방 차지하고 있는 손님보고 방을 좀 바꿔 달라
고 하자. 제자들은 모두 그 방에서 한꺼번에 자라고 하고."

"말을 들을까? 아! 방값을 깎아 주겠다고 해보자, 언니! 그럼 그 손
님도 좋아할걸?"

"그런데 선생님 따르는 제자 중에 여자들도 있다고 들었는데?"

"그 여자들은 언니랑 나랑 한방에서 같이 자야겠지, 뭐!"

"그러자. 그런데 나사로는 어디 갔냐? 길가에 나가서 선생님을 맞아
들여야 할 텐데."

"오빠는 아마, 또 뒷산 바위 위에 올라가 꿈이나 꾸고 있겠지!"

베다니에 사는 마르다, 나사로, 마리아 삼남매는 원래 갈릴리 출신
이었다. 어려서 부모가 차례로 일찍 세상을 떠난 후 베다니에서 여인
숙을 하는 큰아버지 집에 얹혀살았다. 큰아버지도 갈릴리 사람인데
안티파스가 갈릴리의 분봉왕으로 부임하자마자 시작한 세포리스 건설
공사장에서 나름대로 돈을 모았다. 부지런한 그는 마을마다 돌아다니
며 사람들을 모아 공사장에 투입하는 일을 맡았다. 그렇게 사람들을
모아 일거리를 맡고, 또 다른 공사장을 찾아 일꾼을 대주면서 어느 정
도 돈을 모으자 예루살렘 가까운 베다니로 옮겨와서 제법 큰 여인숙을

차렸다. 큰아버지가 자식 없이 죽고 난 후, 큰어머니를 도와 삼남매가 여인숙을 운영했지만 몇 년 전부터는 나이도 들고 눈도 안 보이는 큰어머니 대신 아예 삼남매가 주인 노릇을 했다.

여리고에서 예루살렘으로 넘어가려면 베다니 마을을 꼭 지나야 한다. 아침 일찍 여리고를 떠나지 않은 사람이라면, 더구나 걸음이 더딘 사람이라면 예루살렘에 이르기 전에 해가 떨어진다. 8시간 가까이 산길을 올라 베다니쯤 이르면, 아무리 젊은 사람이라도 한 걸음도 더 걷기 싫을 만큼 지치기 마련이다. 대개는 베다니 여인숙에 들러 하룻밤 묵고 다음 날 예루살렘에 들어간다. 베다니에서 예루살렘은 장정 걸음으로 한 시간도 채 안 걸리는 짧은 거리이기 때문이다.

마르다 삼남매는 큰어머니의 뜻을 받들어 갈릴리 사람이면 무조건 방값을 반으로 깎아 주었다. 혹 여비가 부족한 사람에게는 다음 기회에 갚으라며 외상으로 방을 내주고, 형편이 어려운 사람에게는 오히려 노자를 보태주었다.

마르다 마리아 자매는 갈릴리에서 유명한 선생이 유월절을 맞아 예루살렘에 올라온다는 소문을 듣자마자 선생님을 여인숙에 모시려고 생각했다. 방값 비싸고 복잡한 예루살렘보다 베다니에서 묵으며 매일 성안으로 드나들도록 권유할 생각이었다. 마르다 자매의 계획을 알게 된 베다니 사람들은 모두 좋은 생각이라며 혹 부족한 것이 있으면 자기들도 조금씩 부조하고 빵 덩어리라도 내놓겠다고 나섰다. 예수 일행에게 식사 대접을 못할 만큼 여인숙 형편이 어려운 것은 아니지만 사람 숫자도 많은데다가 동네 사람들이 스스로 동참하겠다고 나서니 그 또한 좋은 일이었다. 삼남매는 기쁘게 베다니 사람들의 부조를 받아들이기로 했다.

예수 일행이 올리브산 동쪽 중턱, 베다니 마을 입구에 이르렀을 때였다. 나무 그늘에 앉아 기다리던 나사로가 일행을 보자마자 벌떡 일어나 쫓아왔다. 그는 스무 살이 채 안 돼 보였다.

"예수 선생님 일행이시지요?"

제자들 중에서는 역시 요한이 나섰다. 비슷한 나이로 보이는데도 그는 자기가 꽤 어른이나 되는 듯 나사로를 대했다.

"그렇소만?"

"예, 저는 나사로라고 합니다. 여기 베다니 마을에서 여인숙을 하고 있습니다. 저희 큰어머니와 마르다 누님께서 오늘 선생님께서 이 길로 지나가신다는 소식을 듣고 저를 내보냈습니다. 다른 곳에 숙소 잡지 마시고 저희 여인숙에서 묵으시라 말씀드리라고요."

"고맙기는 한데 이 많은 인원이 여인숙에 묵을 만큼 노자가 든든한 것이 아니라서 … ."

요한은 여인숙 비용을 흥정하려는 듯 말을 받았다. 그러자 조금 뒤처져 따라오던 유다가 얼른 앞으로 나섰다.

"우리 인원이 명절기간 내내 묵으려면 얼마나 내야 하나요? 사람 숫자가 워낙 많아서 … ."

"아니, 그게 아니고요. 저희 집에 그냥 묵으시라는 얘기입니다."

"돈도 안 내고 그냥 묵으라고요? 이 사람들 모두?"

"예."

그때 시몬이 끼어들었다.

"아하, 여기에 갈릴리 사람 여인숙이 있다더니 그 집인 모양이군!

잘 됐네요. 고맙소. 그렇게 합시다. 이따가 저녁 늦기 전에 예루살렘에서 돌아올 테니 준비해주시오. 지금은 우리가 성으로 들어가는 시각이 좀 촉박하니 그리 알고 가보겠습니다."

그때 요한이 마리아를 쳐다보며 말을 걸었다.

"성안에 들어간다 해도 어차피 곧 다시 돌아올 테니 마리아하고 여자들은 여기 이 사람 따라가서 여인숙에서 기다리지요? 산길 올라오느라 힘도 들었을 테고, 숙소나 저녁 준비도 좀 거들어주고."

요한은 마리아와 여자 제자들을 위하는 듯 말했지만 실상은 여자들을 끌고 예루살렘에 들어가는 일이 은근히 마음에 걸렸기 때문이었다. 그 말에 갈릴리에서부터 따라온 다른 여자들은 베다니에 남아 있겠다고 뒤로 물러났다. 시몬도 그게 좋겠다는 듯 고개를 끄덕였다. 그러나 마리아는 달랐다. 갑작스러운 요한의 말에 당황하더니 곧 단호한 표정으로 말을 받았다.

"선생님, 저도 따라가도록 허락해주십시오. 하나도 피곤하지 않습니다. 그리고 만일에 어떤 … ."

그녀는 말을 끝마치지 못하고 그저 애원하듯 예수를 바라보았다. 예수는 그녀의 마음을 알았다. 예수와 일행만 예루살렘에 들어가게 놔두고 베다니에 남아 있을 그녀가 아니었다. 그 눈이 부탁하는 내용을, 그녀가 걱정하는 일을 예수는 모두 알았다.

"그래요. 마리아! 같이 갑시다."

그 말에 요한도 더 이상 다른 말 않고 뒤로 물러섰다. 다른 여자들을 떼어 놓은 것만으로도 그는 홀가분했다. 더구나 숙소가 마련돼서 다행스럽게 생각했다.

산길을 걸어 올라오면서 유다는 경비가 모자란다고 걱정하는 말을 일행에게 늘어놓았다. 삭개오한테서 백 데나리온이라는 큰돈을 받아 온 얘기는 제자들에게 말하지 않았다. 장정 백 사람 하루 품삯에 해당하는 돈이었다. 돈이 있는 눈치만 채면 무턱대고 쓰자고 덤벼드는 시몬 게바나, 배고픈 것을 절대로 못 참는 야고보와 요한 형제를 생각할 때 목돈 생겼다는 것을 아예 숨기고 아껴 쓸 생각이었다. 그러나 뜻밖에 베다니에 걱정 없이 묵을 수 있는 숙소가 마련됐으니 그는 크게 안심했다. 남는 돈으로 제자들 몫으로 시카리 칼 하나씩 장만할 수 있겠다고 생각했다.

그때, 유다는 하얀리본 동지를 발견했다. 그는 무심한 듯 큰 나무 아래 그늘에 앉아 자꾸 오른손을 무릎 위에 들었다 놓았다 했다. 유다가 주목하자 바로 왼쪽 어깨를 두 번, 오른쪽 어깨를 세 번 짚었다. 그건 하얀리본 동지들끼리 서로 주고받는 신호다. 유다는 그곳에서 동지를 만나리라고는 예상하지 않아서 의아하게 생각했다. 그도 알았다는 신호를 보냈다. 유다는 기회를 보다가 일행이 예루살렘으로 넘어가려고 발걸음을 떼기 시작할 때 슬그머니 뒤처졌다. 그 동지는 주위의 눈치를 살피면서 슬금슬금 유다 곁으로 다가왔다. 숨소리가 들릴 만큼 거리가 가까워지자 그는 작은 소리로 소곤거리며 물었다.

"동지! 히스기야 동지는?"

"왜 히스기야 동지 소식을 나에게 묻소?"

"우리는 히스기야 동지가 일행과 어울려 같이 올라오는 줄 알고 기다리고 있었소."

"아니오. 어젯밤 여리고에서 선생님을 만나 상의했지만 별 소득을 못 거두고 바로 예루살렘으로 돌아갔는데요?"

"그게 언제쯤이오?"

"왜요? 무슨 일이 있어요?"

"히스기야 동지도 안 돌아왔고, 오늘 새벽에 일이 터졌어요. 움막마을에 모여 있던 동지들은 모두 뿔뿔이 흩어졌다가 아까 낮에 겨우 여기에 모였었소. 그리고 지금은 다시 흩어져 은신하고 있어요."

"그게 무슨 말이오?"

"움막마을 우리 은신처가 드러난 모양이오. 성전 놈들이 그물을 쳐놓았다고 생각되오. 움막마을에 불을 지르고 우리를 잡으려고⋯. 바라바 동지가 그 경황 중에도 눈치를 챘기 망정이지, 정말 큰일 날 뻔했어요. 움막 앞 골짜기를 굴러 빠져나왔어요. 잘못했더라면 모두 꼼짝없이 붙잡힐 뻔했어요."

"어이쿠, 움막마을이 드러났다면 누군가가 밀고한 것 같네요?"

"틀림없이 움막 주인 놈 같아요. 그런데 우리는 히스기야 동지가 돌아오지 않아 큰 걱정을 하고 있는 중이오. 혹 예수와 같이 올지 모른다는 생각에 내가 여기서 기다렸어요."

"아니, 어젯밤에 바로 올라갔다니까요!"

"그럼 어찌된 일일까? 바라바 동지 말로는 혹 무슨 일이 있어서 흩어지게 되면 나중에 여기에서 만나기로 미리 정해뒀다고 하던데."

"무슨 일이 생긴 것 아닐까?"

"글쎄 말이오. 그런데 어제는 웬일인지 히스기야 동지가 늘 함께 다니던 동지마저도 굳이 떼어 놓고 혼자 여리고에 내려갔는데."

"글쎄, 나도 동지가 혼자 내려왔기에 좀 걱정했었지요. 혹시 성안에서는 무슨 소식 없나요?"

"오늘은 성안 정탐 활동을 모두 중지하고 은신 중이오. 우리 은신처를 밀고한 자가 성전 경비대 곁에 붙어 서서 성문 출입을 감시하고 있을 것 같아서요."

"그자가 움막 주인이라고 했지요?"

"예, 바라바 동지 말로는 그자가 분명하대요. 거의 틀림없다고 판단하더라고요."

"그렇다면 그자가 내 얼굴을 기억할 텐데. 나도 예전에 만난 적이 있어요."

"언제 적에? 최근 일이 아니면 걱정 안 해도 될 거요."

"아니오. 그자와 처음 만났을 때 시비가 좀 있어서 분명 나를 기억하고 있을 거요."

"그럼 어쩌지? 저 사람들 따라 줄렁줄렁 예루살렘 성안에 들어가는 건 위험할 것 같소."

"그렇겠네요."

생각이 빠른 유다는 이미 대충 상황을 파악했다. 예수를 따라 성안으로 들어간다면 분명 성문을 통과할 때 체포될 위험이 컸다. 그뿐만 아니라 예수도 당장 성으로 들어가다가 무슨 일을 당할지 모를 일이었다. 예루살렘까지 예수를 잘 끌고 올라오긴 했는데 앞일이 걱정됐다.

막상 거사를 일으킬 하얀리본에게 문제가 생겼으니 정말 낭패스러웠다. 더구나 내부 밀고자가 있었다면 하얀리본의 거사계획과 예수 일행을 합류시키겠다는 계획까지 모두 드러났을 것이 분명했다. 성전 측에서는 예수라도 체포하려고 경비대를 풀어 놓고 기다릴지 모를 일이었다. 유다는 마음이 급했다. 예수의 발걸음을 멈추어야 한다. 대책을 세우지 않고 그냥 우르르 몰려 성안에 들어갈 일이 아니라고 생각했다. 니고데모가 보낸 전갈을 무시하고 예루살렘에 가자고 혼자 나서서 우겼던 아침 일이 잘못이라는 생각이 들었다. 만일 예수에게 무슨 안 좋은 일이 생기면 모두 유다 때문이라고 제자들이 비난하고 나설 것 같았다.

"동지, 잠깐 여기서 기다리시오. 내가 선생님과 상의하고 돌아오리다. 그러나 저러나 다른 동지들은?"

"그건 걱정 마시오. 다들 무사히 은신하고 있어요."

유다는 더 묻지 않았다. 그것이 규칙이다. 이런 경우에는 각자 자기의 일만 아는 것이 좋았다. 누구에게 무슨 일이 생길지 아무도 모를 위급한 순간이기 때문이다.

유다는 부지런히 일행을 뒤쫓아 갔다. 그 사이에 벌써 일행은 예루살렘이 보이는 중턱을 넘어가고 있었다.

일행이 올리브산 동쪽 비탈에 있는 베다니를 떠나 산중턱을 끼고 남쪽으로 돌아 예루살렘을 내려다볼 수 있는 언덕마루에 이르렀다.

예루살렘은 커다란 광주리 안에 사발 두 개를 엎어 놓은 듯한 지형이다. 꽤 높은 산들이 예루살렘 주변을 둘러 에워쌌고, 성전이 있어서 성전산이라 불리는 모리아산, 그리고 다윗왕이 여부스 족속을 물리치고 처음 자리 잡았다는 시온산이 바로 붙어 있었다. 시온산에서 성전산으로 이어지는 위쪽을 윗구역, 그 아래를 아랫구역이라 부르는데 일반 사람들은 주로 아랫구역에 몰려 산다. 윗구역에는 헤롯이 지은 왕궁, 옛 하스몬 왕조가 지은 왕궁이 있고, 대제사장이나 귀족들이 사는 대저택이 자리 잡고 있다. 윗구역으로부터 성전까지 깊지 않은 튀로포에온 골짜기를 건너는 다리가 놓여 있다.

예수와 일행이 산마루에서 예루살렘을 내려다보고 서 있는 그때, 유다가 땀을 뻘뻘 흘리며 뒤쫓아 왔다. 누구도 그가 뒤처진 것을 눈치채지 못했다. 언덕길을 내려가기 전에 일행을 따라잡아 다행이라는 듯 예수 앞에 서자마자 몸을 굽혀 두 손으로 무릎을 잡고 숨을 헐떡였다.

요한은 아무 말 없이 유다를 지켜보았다. 보다 못해 시몬이 참견하고 나섰다.

"아니, 유다! 어디 갔다가 이렇게 숨이 턱까지 차오르게 달려왔소? 무슨 일이오?"

"게바, 게바! 잠깐, 잠깐만. 숨 좀 쉬고 …."

유다는 손을 저으며 잠시 기다리라고 말했다. 그렇게 무릎을 짚은 채 숨을 고르면서도 눈으로는 이 사람 저 사람 살펴보고 있었다. 가쁜 숨을 쉬던 어깨가 점점 잦아들었다. 모두 심상치 않은 낌새를 챘다. 아무 말 없이 유다를 지켜보는 예수 뒤로 제자들이 슬금슬금 모여들었다. 몇 사람은 허리를 굽혀 유다의 얼굴을 들여다봤다.

"선생님!"

그제야 유다가 허리를 펴고 일어나며 바로 섰다. 예수는 그를 그저 바라보았다.

"선생님, 오늘 성안으로 들어가시는 일은 미루시지요!"

유다의 뜬금없는 말에 제자들은 말도 안 된다는 듯 술렁이고 수군거리기 시작했다. 아침에, 여리고에서 출발하기 전에 니고데모가 보낸 하인의 전갈을 받고도 누구보다 강경하게 예루살렘에 가야 한다고 주장한 사람이 유다가 아니었던가? 예수는 여전히 조용히 그의 말을 기다렸다. 그때 유다는 마치 무슨 주문이라도 외듯 토막토막 다른 사람은 이해할 수 없는 말을 내뱉기 시작했다.

"움막마을. 화재. 하얀리본. 모두 피신. 히스기야 행방불명. 성전 경비대. 성문 통과. 체포."

말이 아니라 신호다. 마치 깊은 밤, 저 멀리 산 위에서 불을 흔들며 신호를 보내듯, 바람에 실어 토막토막 신호를 보내듯, 펄럭이는 깃발로 신호를 보내듯, 귀 있는 사람만 알아들을 수 있는 토막 신호다. 그렇게 토막말을 내던지고 유다는 가만히 예수를 가늠하고 서 있었다. 그제야 요한이 나섰다.

"아니, 유다! 그 무슨 이상한 말이오? 알아듣게 설명을 좀 해 보시오. 허, 참!"

예수는 손을 저어 요한을 말렸다. 그리고 유다를 보고 알았다는 듯 고개를 끄덕였다. 모든 사람이 예수의 입을 바라보았다. 뜻밖의 상황, 무슨 일인지 알 수는 없지만 결국 선생이 결정을 내려야 할 중요한 일이라고 믿었다. 50명 넘는 사람들이 모두 숨을 죽이고 예수의 입을 주목했다.

"나는 갑니다."

"아니, 선생님!"

예수는 눈을 들어 다시 도성 예루살렘을 내려다보았다. 올 수밖에 없었던 예루살렘, 햇빛 아래 환하게 빛나는 성전이 가장 먼저 눈에 띄었다. 대리석과 커다란 돌을 깎아 세운 성전은 군데군데 금으로 만들어 붙인 장식들이 빛을 받아 번쩍번쩍했다. 번쩍이거나 환하게 빛날 물건이란 아무것도 갖지 못한 예수는 성전에 비하면 한없이 초라했다. 성전은 예수의 접근을 완강하게 거부하는 듯 도도하게 성전산 위에 서 있다. 산비탈을 타고 올라온 바람에 예수의 옷자락이 펄럭였다.

그가 만났던 하느님은 그 밤, 광야에서 그에게 명령했었다.

'가라!'

'저보고 그냥 가라 하십니까?'

'땅 위 어느 곳인들 네가 못 갈 곳이 있느냐?'

'가겠습니다.'

'내 땅 위에 그어 놓은 금을 넘고, 내 땅 위에 세워 놓은 모든 장벽을 허물라.'

구분을 넘고 구별을 무너뜨리는 일, 그 일을 위해 예수는 예루살렘 성전에 들어가야 한다. 그 일을 위해 부름 받았고, 그 일을 위해 보내졌다. 예루살렘은 그가 걸어온 길의 끝이 아니다. 시작의 첫 지점이다.

마리아는 유다가 하는 수수께끼 같은 말을 모두 알아들었다. 전후 사정을 모두 아는 사람만 들을 수 있는 토막말이었다. 히스기야가 행방불명 됐다는 말이 가슴을 깊이 찔렀다. 어젯밤 그렇게 떠난 후 히스기야가 어느 곳에서 체포되었음에 틀림없었다. 하얀리본 무리는 모두 피신했고, 예수가 성문을 통과할 때 체포될 것이란 얘기였다. 예루살렘은 예수가 성안으로 들어오는 것조차 거부하며 접근을 허락하지 않았다.

그때, 예수가 아무 말 없이 손을 들어 가리켰다. 모두 고개를 쭉 빼고 그 쪽을 바라보았다.

"요한, 저 언덕 아래 모여 있는 사람들 보이지요?"

올리브산 아래턱, 그러니까 기드론 골짜기를 사이에 두고 성전과 마주한 지점에 모여 있는 무리를 그는 가리키고 있었다. 움막마을 사람들이다. 지난밤 불에 타 마을이 무너진 후 골짜기를 건너 올리브산 아래턱에 모여 있었다. 좀 평평한 자리를 다듬어 성전이 마련해준 천막 몇 개를 세워 놓았다. 여자와 아이들, 나이 먹은 사람들은 천막 속에 들어 있고 나머지는 모두 바위나 나무 밑에 널브러져 있었다.

"예, 선생님."

"거기 가면 나귀를 가진 사람이 있을 것이오. 먼저 내려가서 내가 좀 쓰고 돌려 보내준다고 말하고 빌리세요. 내가 그곳까지 천천히 내려갈 테니."

"나귀가 없으면요? 말이라도 빌릴까요?"

"있어요. 가보시오. 말은 나에게 맞지 않소."

요한을 앞서 보내고 예수는 산을 내려가기 시작했다. 무슨 일인지 아직 파악도 못한 제자들과 여리고에서 따라온 사람들 모두 주춤주춤 예수를 뒤따랐다. 유다는 그 자리에 꼼짝 않고 서 있다. 마리아가 목례를 하면서 고개를 숙이고 지나갈 때 그가 얼른 조그만 소리로 귀띔했다.

"히스기야 동지가 행방불명인데, 아마 어젯밤 여리고를 떠난 후 어디에서 체포된 것 같소. 그들이 나를 지목하여 성문에서 체포할 테니 나는 같이 내려갈 수 없소. 선생님이 아주 위험해요. 그 옆에 꼭 붙어 있으시오."

마리아는 아무 말도 하지 않고 그를 쳐다봤다. 한 번도 마리아와 그렇게 정면으로 가까운 거리에서 얼굴을 바라본 적 없던 유다는 갑자기 당황한 듯, 눈이 부신 듯 어색한 표정을 지으며 한 걸음 물러섰다.

"예."

마리아는 짧은 대답을 남기고 부지런히 예수의 뒤를 따랐다. 두려워하던 일이 이제 일어나고 있다. 눈 아래 내려다보이는 성전이 거리로는 그리 멀지 않지만, 그 길에 영원히 잊지 못할 일들이 겹겹이 기다리고 있는 듯 느꼈다. 그런 일은 아무것도 아니라는 듯 예수는 두려움 없이 산길을 내려갔다.

갑자기 저 아래 쪽에서 커다란 환호가 터져 나왔다. 왁자지껄한 소리가 들리고, 웃는 소리, 기쁨에 겨워 외치는 소리, 무언지도 모르고 덩달아 떠드는 애들 목소리도 들렸다. 아마 재주 좋은 요한이 뭐라고 얘기해서 그 무리가 모두 기뻐하는 모양이었다. 바라보니 요한이 새끼 딸린 나귀를 끌고 길가에 나와 서서 의기양양한 표정으로 기다리고 있다. 나귀를 끌고 올라오려는 요한을 예수는 손짓으로 말렸다. 요한의 뒤로 2백 명도 넘어 보이는 사람들이 손을 흔들거나 겉옷을 벗어 흔들며 예수를 기다렸다. 마리아는 부리나케 걸음을 재촉하여 앞서 내려가는 예수 일행 속에 끼어들었다.

움막마을 사람들이 모여 있는 곳에 예수가 다다르자 요한이 큰 소리로 외쳤다. 마치 세포리스나 티베리아스의 극장에서 중요한 역할을 맡은 배우가 등장할 때 소개하는 해설자처럼 외쳤다. 그의 목소리에는 좀 허풍스러운 기운이 배어 있었다.

"여러분! 예수 선생님이십니다."

"예, 선생님!"

"선생님!"

"와아!"

모두 한목소리로 환호성을 올렸다. 그중에 한 사람이 예수 앞에 주춤주춤 나섰다. 두 손을 앞으로 모으고 공손히 머리 숙여 인사했다.

그리고 입을 열었다.

"선생님, 저희들은 너무 억울합니다. 지난밤에 집이 모두 불타 버리고 남은 것은 아무것도 없습니다."

그러자 뒤에 서 있던 남자가 큰 소리로 외쳤다.

"그 난리 통에 성전 사람이라고는 한 사람도 내다보지 않았습니다. 저들은 우리를 사람으로 취급 안 합니다."

그들은 스스로를 불쌍한 사람이라 부르지 않고 억울한 사람이라고 불렀다. 받아야 할 대우를 제대로 받지 못한 사람이란 말이었다. 그들에게 예수는 무엇을 베풀어줄 사람이 아니라 억울한 사정을 풀어줄 사람으로 받아들여진 것이다. 그들도 갈릴리 예언자가 일행을 이끌고 예루살렘으로 오고 있다는 소문을 들었다. 그들에게 베풀어줄 사람들은 왕이나 총독이나 성전이다. 그러나 억울함을 풀어주고 정의를 세울 사람은 예언자다.

그들은 이제까지 예수가 만났던 사람들 중 가장 형편이 어려운 사람들이다. 산 중턱에서 유다가 전해주는 말로 그는 상황을 다 알았다. 하얀리본을 체포하는 과정에서 불이 났고, 그나마 몸 붙여 살던 집을 잃고 올리브산에 버려진 사람들이 그들이었다. 유대 땅 어느 곳에서도 살 수 없었던 사람들, 겨우 예루살렘 성벽에 기대 움막을 짓고 살다가 그마저 지난 새벽 화재에 잃어버리고 골짜기 건너로 밀려난 사람들이다. 성안과 성밖이 다르듯, 그들에게는 골짜기 저쪽과 밀려난 이쪽이 다를 것이다. 아마 그들 중 많은 사람이 올리브산을 넘고 이 언덕을 걸어 내려가 골짜기를 건너 움막마을에 자리 잡았을 것이었다. 그곳에 움막이라도 마련하기 전에는 골짜기 이쪽, 올리브산 자락의 나무 밑에서 살아가던 사람들이었으리라. 움막만 불타 없어진 것이 아니고, 그것이라도 마련하려고 발버둥 쳤던 날들도 잃은 사람들이다.

그들 틈에 눈을 반짝이며 예수를 올려보는 어린 여자아이가 있었다. 예수는 성큼성큼 걸어가 어린아이 앞에 섰다. 예수와 눈을 마주친 아이는 웃음 가득한 얼굴로 예쁘게 인사했다. 예수의 따뜻한 눈과 아이의 맑은 눈길이 마주쳤다. 예수는 아이를 번쩍 들어 가슴에 안았다. 조금도 무서워하지 않고, 마치 늘 그랬었다는 듯 아이는 폭 안겼다. 아이 어머니가 손짓으로 얼른 내려오라는 표시를 했다.

"내려와! 선생님 힘드시다. 저 산을 넘어 먼 길 걸어 올라오셨는데."

"놔두세요. 괜찮습니다."

예수를 따라온 무리, 그 산자락에서 만난 무리, 모두 250명 훨씬 넘는 사람들이 예수를 둘러싸고 그가 무슨 말을 할 것인지 기다렸다.

"여러분, 내가 여러분에게 선언합니다. 하느님 나라는 이처럼 어린아이의 나라입니다."

"와!"

소리를 지르며 여자들이 박수를 쳤다. 여자는 원래 감수성이 예민하고 세밀한 말뜻을 잘 알아듣는다. 예수가 어린 여자아이를 안아 올릴 때 이미 그들은 예수에게 마음을 열었다. 마음을 열면 이미 상대방은 열린 마음 안으로 성큼 들어와 있는 법이다. 말을 하지 않아도 여자들은 예수의 마음과 이미 하나가 돼 있었다. 예수는 무리 중 나이 먹은 남자를 찾지 않았다. 누가 지도자인지 묻지도 않았다. 가장 어린 아이, 누구도 눈길 주지 않던 아이를 품에 안고 그 아이에게 하느님 나라가 그의 나라라고 선언했다.

"가장 가난한 사람, 가장 약한 사람, 가장 힘없고 불쌍한 사람, 가장 슬픈 사람, 누구도 돌보아주지 않는다고 슬퍼하며 얼굴을 들어 하늘을 우러러 볼 수 없는 사람, 내가 선언합니다. 하느님 나라는 그 사람의 나라입니다. 여기 있는 여러분의 나라입니다."

들어본 적도, 생각해본 적도 없는 엄청난 축복이다. 하느님 나라가 자기들에게 열려 있다니, 떠나온 고향에서도, 그리고 이곳 예루살렘에서도, 누구에게서도 들어보지 못했던 얘기다. 성전의 어떤 사람도, 율법 선생 중 누구도 그런 얘기를 해주지 않았다.

"그 하느님 나라는 먼 훗날에 들어가는 나라가 아닙니다. 지금 여러분에게 주어진 나라입니다. 여러분은 하느님 아버지의 아들딸입니다. 우리에게 아버지 되시는 하느님께서 여러분을 끌어안고 돌보십니다. 이 말은 여러분에게 그저 말로 하는 위로가 아니고 확인입니다."

언제나 그러했듯 축복은 약속이 아니고 실현이라고, 그 확인이라고 예수는 말했다.

"하느님이 여러분의 아버지이시고, 여러분의 어머니이시고, 여러분의 보호자이십니다. 지난밤 여러분 집이 불에 타며 무너질 때 하느님 가슴도 무너졌습니다. 여러분이 불덩이가 된 집을 보면서 가슴을 칠 때 하느님도 가슴을 치셨습니다. 왜 그런 일이 일어났는지 하느님께 묻지 마십시오. 하느님은 그렇게 사람에게 시련을 주시는 분이 아닙니다. 하느님은 그 뜨거운 불길 속에서 바삐 뛰어다니며 여러분을 잠에서 깨워 구해주신 분입니다. 왜 이처럼 가혹한 일이 여러분에게 일어나는지 묻지 마십시오. 그건 하느님 뜻이 결코 아닙니다. 하느님 뜻을 가린 사람들, 하느님 이름을 빙자해서 여러분 등에 무거운 짐 지운 사람들이 저지른 일입니다. 무거운 짐 지고 허덕이던 여러분, 이제 그 짐을 내려놓으십시오. 이 세상 누구도 여러분에게 그런 짐을 지우고 채찍질할 권리가 없습니다. 이제 끝내야 합니다. '더 이상은 안 돼' 하고 단호하게 외쳐야 합니다."

"와!"

"옳습니다. 감사합니다."

그들이 외쳤다.

"여러분! 왜 하필 우리 집에 불이 일어났는지 하느님께 묻지 마십시오! 대신 왜 내가 거기에 살아야 했던가를 생각하십시오. 왜 여러분은 태어난 고향집을 떠나 낯선 예루살렘까지 떠밀려올 수밖에 없었는지 생각하십시오. 왜 성안에도 못 들어가고 겨우 성벽에 기대 얽어 놓은 까마귀집, 까치집, 새 둥지처럼 작은 집에 겨우 들어가 살 수밖에 없었는지 생각하십시오. 왜 여러분은 떠나왔던 고향으로 돌아갈 수 없는지 생각하십시오. 여러분이 대대로 농사짓고 살던 그 밭이 지금 누구 밭이 되어 있는지 생각하십시오. 여러분이 서로 등 기대며 살던 그 마을이 통째로 누구 손에 들어가 있는지 생각하십시오. 여러분의 밭을 합쳐 새로 경계석을 세운 사람들, 그들이 여러분을 어떻게 내쫓았는지 생각하십시오.

지난 새벽 일어난 불은 여러분이 겪고 살던 그 험한 삶 끝에 일어난 것입니다. 끝자락만 보고 시작을 보지 못하면 여러분은 아직도 그 사람들에게 꺼들릴 수밖에 없습니다. 여러분, 요단강이 흘러내려 왔다가 바다에 이르지 못하니 결국 어떤 생명도 살 수 없는 소금호수가 되었습니다. 흐르지 않으면, 그리고 생명을 살리지 않으면 제 아무리 힘센 나라라도 죽을 수밖에 없게 됩니다. 권세와 명예를 누린다고 거들먹거리려도 생명을 품지 않으면 소금호수가 될 운명입니다."

누구나 알아들을 수 있는 쉬운 얘기였지만 그 쉬운 말 속에 깊은 뜻이 담겨 있었다. 예수의 말은 갈릴리부터 그를 따라온 제자들로서는 이미 수없이 들었던 말이었다. 그 말을 들었을 때는 그들도 마음이 뜨거워졌지만 며칠 지나면 전혀 나와는 상관없는 뜬구름 같은 얘기가 됐었다. 하느님이 나 때문에 그렇게 가슴 치고 마음 아프셨다면 왜 나의 이 처절한 고통이 사라지지 않고 계속된단 말인가? 당장 집도 없어지고 저녁에 먹을거리가 없는 사람들에게 하느님 나라의 백성이라는 말이 무슨 위로가 된다는 말인가? 배가 고프면 무언가 목으로 넘겨 배를 채워야 하고 목이 마르면 한 방울이라도 물을 마시게 해주어야 하지 않겠는가? 제자들은 그렇게 생각하며 지켜보았다.

갑자기 예수는 바로 옆에 있던 돌 위에 올라섰다.

"내가 이제 여러분에게 선언합니다. 여러분 때문에 가슴 아파하시는 지극히 높으신 그분, 우리가 감히 이름도 못 부르고 가슴만 치던 그 아버지, 하늘 아버지의 뜻을 받들어 선언합니다. 세상은 여러분의 것입니다. 가장 어리고 힘없는 어린 아이가 하느님 나라에 제일 먼저 들어가듯, 이 세상 어느 곳에도 몸 붙일 곳 없는 여러분을 하늘 아버지가 가장 먼저 아들로, 딸로 받아 주십니다."

예수는 숨을 한번 고르더니 말을 이었다.

"나 예수는 하늘 아버지의 뜻에 따라 선언합니다. 세상 안에서 주인 노릇하며 살아가야 할 사람이 바로 여러분입니다. 이제까지 여러분 눈앞에 버티고 서 있던 세상 권세자들이 하느님의 뜻에 따라 어떻게 물러나고 무너지는지 여러분은 두 눈으로 똑똑히 볼 것입니다."

예수의 말은 점점 격렬해졌다.

"나는 말합니다. 여러분은 예루살렘 성전 맞은편, 이 비탈에 서 있습니다. 더 이상 물러설 수 없는 가장 끝까지 여러분은 밀려난 셈입니다. 그러나 여러분, 슬퍼하지 마십시오. 하느님께서 사랑으로 여러분을 위로하시고 큰 팔로 여러분을 얼싸안고 계십니다. 하느님은 여러분에게서 희망의 싹을 보고 계십니다. 여러분이 받은 상처가 그만큼 크고 깊기 때문입니다."

그리고 그는 말을 이었다.

"이 비탈에 서 있는 여러분은 여러분에게서 빼앗아간 사람들이 베푸는 자선에 감사하며 머리 숙일 것이 아니라, 원래 여러분이 가지고 있었던 몫을 요구해야 합니다. 선심 쓰듯 나누어주지 말고 원래 주인에게 돌려 달라고 요구해야 합니다."

그때 예수의 말을 듣고 있던 움막마을 사람이 입을 열었다.

"그래도 그들이 좀 나눠주면 당장 좋아지지 않습니까? 오늘 저희들은 성전이 내려주는 빵을 세 덩어리나 받았습니다."

"아닙니다. 그건 눈속임입니다."

"그래도 …."

"내가 말합니다. 그가 누구든, 지금 움켜쥔 사람은 그 사람 자신이나 그 조상이 분명 도적입니다. 달리 부자가 될 수 없는 세상에 부자가 된 사람은 남의 것을 훔치고 하느님의 것을 훔친 도적입니다. 재물을 쌓아 놓았다면, 그곳이 성전이든 왕궁이든 바로 도적의 소굴입니다."

"아하!"

사람들은 벌린 입을 다물지 못했다. 그들은 성전이 내려준 빵을 받고 성전이 다른 때보다 신속하게 베풀어준 자선에 감사하고 있었기 때문이다.

"개인이 부자면 그는 도적입니다. 빵은 오직 한 덩어리밖에 없는데, 운이 좋아서, 축복을 받아서, 더 열심히 일한 사람이라고 열 사람이 먹어야 할 빵에서 다섯 사람 몫을 먼저 먹어서야 되겠습니까? 우물은 하나밖에 없는데 양 5백 마리, 염소 1천 마리를 끌고 온 사람이 자기 양과 소를 먼저 먹이겠다고 염소 다섯 마리 끌고 온 사람을 하인 시켜 밀어내면 되겠습니까? 어느 마을 앞에 좋은 풀밭이 있고, 마을 사람 골고루 양과 염소를 풀어 놓는데 양 5백 마리, 염소 1천 마리 가진 사람이 자기 양과 염소 떼를 먼저 풀어 놓으면 양 다섯 마리가 뜯어 먹을 풀은 남지 않을 것입니다. 본래 세상에 태어날 때 자기 양을 끌고 어머니 뱃속에서 나온 사람은 없습니다. 탐욕스럽게 다른 사람 몰아내고 내 양만 물 먹이고 내 양에게 먼저 풀 뜯긴 사람의 아들이 그 양을 그대로 유산으로 물려받아 다시 아비가 한 짓을 그대로 뒤따르면 양 다섯 마리 키우던 사람의 아들로 태어난 사람은 어찌 세상은 공평하고 하느님은 정의로우시다 할 것입니까?"

그 말을 듣는 사람들 눈은 휘둥그레졌다. 그건 바로 그들이 고향에서 밀려난 원인이기 때문이다.

"어떤 사람, 개인이라도 그러한데, 하물며 왕궁과 성전에 재물이 쌓이고 부가 모인다면 그건 하느님의 뜻을 거역한 악이 뭉쳐 있다고 말할 수 있습니다."

"선생님, 그래도 왕이나 대제사장이나 대대로 하느님이 뽑아 세운 사람들 아닙니까?"

"아닙니다. 누가 그들에게 대대로 그렇게 누릴 수 있는 권한을 허용했습니까? 하느님이 하신 일입니까? 아닙니다. 하느님 앞에 모든 사람은 똑같은 사람, 아기로 태어났을 뿐입니다. 왕관을 쓰고 태어난 아기가 있습니까? 대제사장 옷을 걸치고 태어난 아기가 있습니까? 모두 똑같은 아기였습니다. 무엇이든 대대로 누린다면 그건 바로 아비가 움켜쥐었던 악의 과실을 아들이 상속받았기 때문입니다."

예수의 목소리는 엄정했다. 그는 이미 모든 것을 각오한 사람으로 보였다.

"권한을 손에 쥐고 태어났다고 주장하면, 그 권한이나 힘으로 사람을 억누르면, 바로 하느님의 뜻을 어기는 일입니다. 하느님을 대적하는 일입니다. 그러니 내가 말합니다. 그건 바로 악입니다. 귀 있는 사람은 들으세요. 눈 있는 사람은 보세요. 여러분 눈앞에 우뚝 서 있는 세상의 악은 결국 하느님 심판을 받고 말 것입니다. 이제 나는 여러분에게 말합니다. 새로운 세상의 문이 여러분 눈앞에 열려 있습니다. 새 세상은 밤에도 크고 낮에도 크는 세상입니다. 그 안에 생명이 충만하기 때문입니다. 생명은 자라기 때문입니다."

성전 건너편 비탈에 선 예수는 다른 예언자와 달랐다. 그는 이스라엘이 하느님의 뜻을 어겼고, 하느님 앞에 죄를 지었으니 돌이켜 회개하고 하느님이 내려준 옛 질서를 회복하고 하느님 앞에 바로 서자는 사람이 아니었다. 그는 이제껏 한 번도 실현된 적 없던 세상을 얘기하고 있다. 있어 본 적 없는 새로운 질서, 하느님 나라에 들어가자는 애기였다. 그 새로운 세상이 하느님의 뜻이라고 그는 믿기 때문이다. 새 세상은 기존의 모든 질서가, 체제가 녹아들어 하늘 아버지와 함께 살아가는 가정이 돼야 한다고 생각했다. 결국 그는 예루살렘 성전체제를 정면으로 거부하는 사람이다. 그리고 성전을 뛰어넘는 일이 가능하다고 가르치는 사람이다.

말을 마치자 예수는 훌쩍 바위에서 뛰어내렸다. 예수의 그런 모습을 이제까지 제자들, 그를 따른다는 무리 중 누구도 본 적이 없었다. 예수의 몸짓은 격렬했다. 그의 어조는 굳셌다. 그에게는 감히 누구도 조롱하거나 넘볼 수 없는 위엄이 서려 있었다.

"세상 권세자는 말을 타고 도도하게 성에 들어갑니다. 그러나 나는 세상에서 가장 낮은 사람들과 함께 나귀를 타고 성에 들어갑니다. 나를 따라 성에 들어가려는 사람은 그 누구도 칼과 몽둥이를 내려놓아야 합니다. 가장 힘없고 약하고 부드러운 힘이, 이제까지 세상을 지배했던 가장 무겁고 두껍고 굳센 것을 녹이는 광경을 여러분은 눈으로 직접 볼 것입니다."

예수는 나귀 위에 몸을 얹었다. 이미 마을 사람들 중 누가 자기 겉옷을 벗어 나귀 등 위에 펴 놓고 기다리고 있었다. 예수를 태우고 천천히 골짜기로 내려가던 나귀가 갑자기 발을 삐끗했다. 예수는 나귀 등에서 내렸다. 그리고 나귀의 긴 얼굴을 두 손으로 감싸 흔들더니 타지 않고 끌고 앞장섰다. 그가 나귀의 얼굴을 감싸고 나귀의 눈을 들여다보는 모습을 보면서 사람들 마음속에는 이제까지 느껴보지 못했던 따스한 마음이 일어났다. 마치 사랑스러운 사람의 얼굴을 잡고 장난스럽게 흔드는 듯, 그가 보인 몸짓과 눈길이 따스했기 때문이다.

삽시간에 불어난 사람들을 이끌고 예수는 기드론 골짜기를 따라 아래쪽으로 얼마쯤 내려갔다. 그리고 힌놈 골짜기에서 성으로 들어가는 오르막길로 접어들었다. 그때 시몬이 마리아에게 다가오더니 걱정된다는 듯 물었다.

"선생님이 어쩌시려고 이 많은 사람들을 끌고 성으로 올라가시요? 뭐 생각나는 일이라도 있나요?"

"아닙니다. 저도 잘 모르겠습니다. 그러나 성문에서 경비병이 못 들어가게 가로막지는 않을 것 같습니다. 제 생각은 그렇습니다, 게바!"

"아하!"

눈치가 무딘 시몬도 마리아의 말을 알아들었다. 힌놈 골짜기를 벗어나 성으로 들어가는 오르막길에서 예루살렘에서 나오던 사람들을 만났다. 길 옆으로 비켜서서 예수를 바라보더니 무슨 생각이 들었는지 그들도 발길을 돌려 예수를 따랐다. 움막마을 사람들이 버려진 듯 모여 있던 곳에서 성문 앞에 이르는 그 짧은 시간에 골짜기 부근, 산자락에 모여 있던 사람들이 모두 예수를 따라 올라갔다. 그들은 모두 성에서 밀려난 사람, 성문이 닫히면 성으로 들어갈 수 없는 사람들이었다. 4백 명 가까이 숫자가 불어났다. 어떤 사람들은 올리브나무 가지, 야자나무 가지, 이파리 파란 나뭇가지면 무엇이든 가리지 않고 꺾어 들고 춤추듯 흔들며 예수 뒤를 따랐다. 아이들은 날쌔게 앞으로 달려 나가더니 예수 앞에서 나뭇가지를 흔들었다.

✠

성문 앞 큰 마당에 들어섰다. 성문을 지키던 병사들이 앞을 막아서 며 나섰다. 그들은 창으로 일행을 겨냥했다. 그들 맨 앞에는 성문을 지키는 경비병들의 대장인 듯 보이는 사람이 허리에 손을 척 올려놓고 눈을 가느스름하게 뜬 채 지켜보고 있다. 그의 자세로 보아 이 많은 사 람을 효과적으로 제압하려면 어떻게 공격하는 것이 좋을지 궁리하는 것으로 보였다.

"무슨 일로 이렇게 떼를 지어 소란을 떨며 몰려오는 거냐?"

그도 보통사람은 아닌 듯했다. 성전에서는 예루살렘에 들어가는 성 문마다 경비장교 한 사람과 병졸 10명을 배치하여 성문 출입을 철저하 게 통제했다. 성문을 지키는 사람들은 이레마다 한 번씩 다른 문으로 이동하여 경비하도록 정해져 있다. 때로는 왼쪽 성문으로 이동하고 어떤 때는 오른쪽 성문으로 이동하여 다른 쪽 성문 경비를 맡는다. 붙 박이로 어떤 성문을 맡으면 그 문을 드나드는 사람들과 너무 친해지거 나 문제를 일으킬 수 있다는 이유로 그렇게 교체했다. 이레마다 위치 를 교대하는 일은 성전 경비대장이 새로 만들어 낸 규칙이었다.

늘 성문을 드나들면서 성문 경비병의 위세에 눌려 지내던 움막마을 사람들이나, 골짜기 부근에서부터 따라온 사람들은 다부지게 호통을 치는 경비장교의 말에 움찔 뒤로 물러났다. 그들은 모두 예수의 얼굴 을 쳐다봤다. 마치 '이제는 선생님 차례네요' 하는 표정이었다. 그때 예수 제자 중 당차고 씩씩한 도마가 앞에 나섰다.

"갈릴리 예수 선생님께서 유월절 명절을 맞아 제자들과 함께 성전에 참배드리러 왔소이다. 왜, 우리는 성전에도 못 들어갈 사람이오?"

도마의 말은 흠잡을 데가 없었지만 듣기에 따라서는 도전한다고 느낄 만큼 당당했다. 그때 역시 나서기 좋아하는 요한이 뒤이어 나섰다. 이미 도마가 만만치 않은 기세를 보였기 때문에 요한도 은근 그 뒷심을 본 것이다.

"우리는 정말 먼 길을 걸어 왔소이다. 오늘은 이미 시간이 많이 늦어졌으니 성전 뜰까지만 들어가 둘러보고 참배는 내일 드릴 생각이오. 여기까지 왔으니 성전 뜰까지라도 들어가는 것이 합당하다고 우리는 생각합니다."

예수도 그 누구도 그렇게 사전에 상의한 적이 없었다. 그건 눈치 빠른 요한의 생각이었다. 성전 참배를 한다면서 준비한 제물이 없었다. 게다가 곧 성전과 성문을 닫을 시간이 가까워졌기 때문이다. 이방인들도 성전 뜰에는 들어갈 수 있는데 경비병이 이스라엘 사람을 못 들어가게 막을 수 없으리라는 계산도 했다. 그리고 경비병들이 모두 성전 경비대 소속 병졸인 것으로 미뤄보아 아직 로마군이 성문을 접수하지 않은 것을 알았다. 아침나절 입성한 로마군이 늦어도 다음 날이면 예루살렘 성안 치안을 정식으로 접수하고 모든 성문을 통제하기 시작할 것이다. 오늘 유대인 경비대가 성문을 지킬 때 성안으로 들어가야 다음 날 로마군이 성문을 지키더라도 성안에 들어가는 데 문제가 없을 것이다. 그 짧은 시간에 요한은 그만큼 상황을 빨리 판단했다.

"그런데 왜 이리 떼를 지어 소란을 떤다는 말이냐!"

그 얘기를 듣자마자 예수는 끌고 올라왔던 나귀 등에 올랐다. 그 모습은 누가 무어라 해도 이제 성안으로 들어가겠다는 자세였다. 예수를 따라온 사람들이 그 장면을 보고 일제히 함성을 지르며 나뭇가지를 흔들어 댔다. 그때 성안에서 한 사람이 재빨리 걸어 나와 장교 곁에 붙어 서서 손으로 입을 가리고 무슨 말을 했다. 아마도 높은 사람이 전갈을 보낸 모양이다.

"들어가시오!"

장교는 길을 터주는 자세를 취하며 한 걸음 물러났다. 그리고 한 마디 다짐하는 말을 덧붙였다.

"당신들 무리 중에 혹 이방인이 끼어 있을지 모르니 오늘은 성전 이방인의 뜰까지만 들어가시오. 더 안으로 들어가는 것은 내일 정결 절차를 밟은 다음에 허락될 거요."

기세가 오른 일행은 모두 다시 '와!' 하고 함성을 질렀다. 그러나 마리아는 걱정이 커졌다. 예수가 성전에 들어가도록 저들이 순순히 허락한 일이 수상했다. 예수 일행을 꽉 막힌 성전 뜰 안에 끌어들여 무슨 일을 저지를지 알 수 없다. 아니면 성전 뜰에서 무슨 꼬투리 잡힐 일을 하는지 감시하려는 음모일 수도 있다. 일행이 성안으로 들어오도록 일부러 사람을 보내 길을 터준 성전의 속셈을 그녀는 헤아리려고 애썼다.

예루살렘성 아랫구역에 사는 사람들이 소식을 듣고 몰려나와 올리브나무 가지를 흔들며 기다리는 광경이 보였다. 예수는 나귀를 타고 성문을 지나 성안으로 들어섰다. 그때 얼른 도마가 나서더니 나귀 고삐를 쥐었다. 예수를 경호하는 일이야말로 자기 책임이라고 그는 생각했다.

예수 뒤를 따르던 무리의 끝이 성문을 채 통과하기 전에 맨 앞에서 걸어가던 사람들이 성안에서 마중 나온 예루살렘 주민들과 만났다.

도마가 큰 소리로 외쳤다.

"예루살렘 형제 여러분! 갈릴리 예수 선생님이십니다."

"와!"

"우와!"

그중에 나이 먹은 사람이 외쳤다.

"선생님, 예수 선생님! 선생님 소문은 많이 들었습니다. 오신다는 소식을 듣고 기다리고 있었습니다. 환영합니다. 이 늙은이가 예루살렘 모든 형제를 대표하지는 않지만 이 자리 모인 모든 형제들은 대표할 만합니다. 환영합니다. 기쁩니다. 어서 오세요!"

그때 성안 사람들 중 몇 명이 들고 있던 올리브나무 가지를 길에 깔았다. 누군가를 진심으로 공경하며 환영할 때 사람들은 그렇게 들고 있는 나뭇가지를 길에 깐다. 심지어 어떤 사람은 걸치고 있던 겉옷을 벗어 길에 깔기도 한다. 예수에 대해서는 소문으로만 들었지만, 예수는 그런 환영을 받을 만한 사람이라고 그들은 믿었다.

그들은 이른 아침부터 예루살렘 북서쪽 성문에 강제로 끌려 나가 로마총독 빌라도의 입성을 환영했던 사람들이다. 누구도 빌라도 수레 앞에 나뭇가지를 깔지 않았다. 군장을 갖춘 기병대와 화려한 총독 행렬에 위축되기는 했지만, 마음속에서 부글부글 일어나는 거부감마저 없앨 수는 없었다. 성전사람이 보내는 수신호에 따라 환영하는 소리를 질러 댔다. 환호를 외치라니 외쳤고, 손을 흔들라고 하니 흔들었지만 총독에게 기대할 수 있는 일이란 아무것도 없었다. 신호를 멈추면 함성도 그냥 수그러들었다.

그랬던 사람들이 누가 시키지 않았고 부르지도 않았는데 그 사람들

594

이 스스로 예수를 맞으러 동남쪽 성문으로 몰려나왔다. 따각따각 기병대를 앞세우고, 저벅저벅 보병부대를 앞세우고, 절그럭절그럭 군대를 이끌고 말이 끄는 수레를 타고 총독은 북서쪽 성문으로 아침나절에 들어왔다. 갈릴리의 예언자는 초라하게 나귀를 타고 저녁나절에 남동쪽 성문으로 예루살렘에 들어왔다. 로마 군대는 아침 햇빛을 가슴에 받았고, 예수는 저녁의 부드러운 햇빛을 가슴에 받았다. 아랫구역 사람들은 기대하는 마음으로 예수를 맞았다. 흔들던 나뭇가지를 길에 깔았다. 유대 사람들은 야훼 하느님이 예언자를 통해 약속했던 메시아가 그인지 궁금하게 생각했다. 때가 유월절이기 때문이다.

생각이 있는 유대인이라면 제국 로마의 지배 아래 놓인 유대의 현실에 눈을 감을 수 없다. 유월절에는 총독이 이끌고 들어온 로마 병사들이 거리를 순찰하고 모든 성문을 통제한다. 성전 뜰과 마당을 둘러싼 주랑건물 위에 명절기간 내내 로마 군인들이 촘촘하게 배치되어 엄중하게 성전을 감시하고, 성전 건물 서북쪽 모퉁이에 있는 로마군 안토니오 요새에서도 성전을 굽어 내려다보며 감시한다. 그 아래에서 유대인들은 해방을 기념하여 제사드리고 명절을 지내야 한다.

로마의 지배를 받으면서 1천 삼사백 년 전 이집트에게서 해방됐다는 유월절을 기념한다는 일이 얼마나 어울리지 않는지 모두 잘 알았다. 스스로 묻고 대답하며 가슴을 칠 수밖에 없다.

'유월절이란 무엇인가?'

'조상이 노예에서 해방된 기념일이지.'

'해방이란?'

'압제에서 풀려났다는 얘기지.'

'그런데 지금은? 지금 유월절은 무슨 의미가 있는가?'

유월절은 그래서 환상이다. 로마와 유월절은 어떤 명분으로도 조화시킬 수 없었다. 그저 옛 전설을 기념하면서 눈앞에 벌어지는 현실을 잊고 싶고 고통을 밀어내고 싶어한다. 성전 마당을 가득 채운 동료 유대인들 속에 끼어 의식을 치르면서 까마득한 옛날에 일어났다는 해방의 기적을 눈으로 보고 있는 듯 생각한다. 고통스러운 오늘을 그때 조상들의 울부짖음에 얹어 성전 제사의 검은 연기로 하늘에 바친다. 해마다 계속되는 현실과 상관없는 의식을 통하여 불가능한 일이 이루어진다는 유월절 환상에 동참할 수 있다.

환상 속에서 현실의 불가능을 극복하고, 그것으로 위로를 받고 만족을 얻는다. 성전 뜰을 둘러싼 주랑건물 위에 쭉 늘어선 로마 군인들이 성전 마당을 굽어보며 낄낄거리고 유대인들의 제사를 비웃어도, 하느님이 자신들을 해방했다는 옛 전설이 현실에서 고달픈 삶을 잊게 해준다.

유월절이 환상이라면 그런 환상을 만들어 낸 신을 믿는 일도 환상이었다. 현존하지 않는 것을 현존하는 것처럼 믿으면서 그 현존 앞에 슬픔과 고통과 울부짖음을 내려놓고, 애초부터 불가능한 위로를 환상의 존재로부터 받으려 하기 때문이다. 특히 로마의 통치기간에 예루살렘에서 벌어지는 종교의식이 바로 그런 허망한 빈껍데기일 뿐이다.

대제사장 제사장들이 누구보다 유월절이 환상일 뿐이라는 것을 더 잘 알고 있다. 온갖 정성을 다해 희생제물을 준비하고 화려한 의문과 의례로 제사를 드려도 하느님은 꿈쩍하지 않는다는 것을 안다. 오히려 하느님의 대답이 없다는 것이 그들에게는 다행이다. 그럴수록 장엄하게 치르는 의식은 더할 나위 없이 중요하다. 빈껍데기 허망한 제사에 의식이라는 휘장을 둘러쳐서 화려하게 치장한다.

빌라도 총독에게도 그동안 해마다 치렀던 유월절은 분명 연극놀이였다. 유월절 축제기간에 직접 군대를 이끌고 지중해변 주둔지 카이사레아에서 예루살렘으로 내려와 도성을 장악하는 일은 거대한 유월절 환상놀이의 한 부분으로 자리 잡은 상징이었다. 군대를 끌고 내려오는 일은 비록 유월절이 연극놀이더라도 달리든 걷든 오직 한 방향으로만 움직이라고 유대에 벽을 쌓는 일이었다. 말에게 재갈을 물리고 소에게 멍에를 지우는 일이었다.

뻔히 알면서 환상놀이에 참여하는 사람들에게 예수의 출현은 환상을 비참하게 깨는 일이다. 잠에서 깨어 일어나라고 흔드는 일이다. 억지로 쓰고 있던 평화라는 가면을 확 벗기는 일이다. 도대체 무슨 생각으로 환상에서 깨어나라고 외치는 걸까? 깨어나면 로마제국의 가혹한 통치 아래 신음하고 있는 비참한 현실이 있는데, 그는 왜 굳이 깨우려하는가? 헤롯 왕조도, 성전도, '좋은 것이 좋은 것'이니 조용히 넘기자고 유혹했고, 그것이 좋겠다고 암묵적으로 동의했던 사람들에게 '좋은 것이 좋은 것 아니고 옳은 것이 좋은 것'이라고 말하는 예수, 그는 누구인가?

예루살렘 사람들이 이제 깊은 잠에서 깨어날 수밖에 없는 때가 됐다. 그들을 깨우는 소리가 들리기 때문이다. 예수가 성안에 들어왔기 때문이다.

"호쉬아나! 호쉬아나! 지극히 높으신 분 이름으로는 오시는 이여! 찬양을 받으리로다!"

"호쉬아나! 호쉬아나! 다윗의 자손이여!"

갑자기 예수 일행 맨 앞에 나서서 성전 언덕길을 안내하던 아랫구역 사람이 큰 소리로 외쳤다. 그러자 다른 사람들도 덩달아 '호쉬아나, 호쉬아나' 소리 높이 외쳤다. 구원하여 달라고, 예수가 구원해줄 사람이라고 외쳤다. 예수를 다윗의 자손이라고 부르며 구원자라고 외치는 소리였다. 그 소리를 듣자 마리아는 더욱 걱정이 됐다. 그런 일 하나하나 모두 성전이 트집 잡고 나설 것이 분명했기 때문이다. 그녀는 더 이상 사람들 눈을 아랑곳하지 않고 예수 곁에 바싹 따라붙었다.

내막을 모르는 사람들은 마리아가 당연히 예수의 아내이거나 일행 중 누구의 가족일 것으로 지레짐작했다. 그런 사정을 잘 아는 마리아는 가능하면 다른 사람들이 있을 때는 예수에게 접근하는 일을 삼가며 지냈다. 그런데 수백 명이나 되는 사람들이 지켜보는데 그녀가 예수 곁에 바싹 접근한 것은 그만큼 중요한 사정이라고 생각했기 때문이다.

"선생님!"

마리아는 걱정스러운 목소리로 예수를 불렀다. 그녀가 무슨 말을 하려는지 이미 예수는 알고 있었다. 그가 먼저 입을 열었다.

"걱정하지 마세요."

"선생님, 그래도…."

"저 소리 때문에 성전 사람들이 귀를 열 수밖에 없을 거요."

그녀는 예수가 하는 말을 즉시 알아들었다. 가볍게 눈인사를 하고 뒤로 물러났다.

생각해 보면 눈앞에 예루살렘 성전이 보였을 때부터, 올리브산 중턱을 내려올 때부터 예수는 다른 사람 같아 보였다. 마치 오래전부터 계획했다는 듯, 제자들이 생각지 못했던 일을 성큼성큼 진행했다. 움막마을 사람들을 이끌고 기드론 골짜기를 거쳐 힌놈 골짜기로 내려가고, 거기에서 성문 길을 오를 때 이미 그는 왼쪽으로도 오른쪽으로도 길을 바꾸지 않는 사람이 되었다. 탔다가 내려 걷고, 걷다가 다시 타기를 반복했지만 나귀를 탄 일은 정말 뜻밖이었다. 움막마을 사람들처럼 가난하고 힘없는 사람들에게 하느님 나라가 먼저 임한다고 선언하자마자 나귀를 탔다. 그의 말과 행동이 절묘하게 맞아 떨어졌다.

로마총독은 거만하게 수레에 앉아 군대를 이끌고 예루살렘성으로 들어왔고 예수는 나귀를 타고 들어갔다.

도성 시온아, 크게 기뻐하여라.
도성 예루살렘아, 환성을 올려라.
네 왕이 네게로 오신다, 그는 공의로우신 왕, 구원을 베푸시는 왕이시다.
그는 온순하셔서, 나귀 곧 나귀 새끼인 어린 나귀를 타고 오신다.

옛 예언자의 말을 어렴풋이 기억해낸 마리아는 나귀를 타고 성안에 들어가는 일이 무엇을 의미하는지 깨달을 수 있었다. 알았든 몰랐든 이미 예수는 오랜 예언에 몸을 실은 사람이 되었다. 따르는 무리가 지르는 함성과 찬양이 예수를 성전과 마주설 수 있는 사람의 신분으로 단박에 밀어 올렸다. 사실 예수는 그 신분이나 갈릴리에서 쌓은 명성으로는 성전과 마주설 수 없는 사람이었다. 고작해야 성전의 낮은 계

급 제사장 한두 사람, 율법학자 몇 명이 나서서 상대해줄까 말까, 공
식적으로 주목받을 위치에 있는 사람이 전혀 아니었다. 늘 그렇듯 성
전 관리나 율법학자가 엄숙한 표정으로 나서서 따끔하게 꾸짖고 성전
에서 쫓아내도 될 만한 사람이었다.

그러나 예루살렘 성문 경비대가 그를 통과시킬 수밖에 없었다. 몇
백 명의 예루살렘 사람들이 그를 맞이하여 환영하고 뒤를 따랐다. 출
신이 어떠하든, 신분이 어떻든 5백 명 넘는 사람들이 한목소리로 환영
하고 찬양하는 소리를 높이니 성전도 내세우는 사람의 격을 높일 수밖
에 없게 됐다. 어쩌면 대제사장 스스로 몸을 드러내야 할지도 모를 정
도로 예수는 갑자기 커졌다. 그건 예수 스스로 다른 모습을 드러냈기
때문이다. 그는 때로는 가장 낮은 곳, 거기서 더 낮은 곳으로 물처럼
흐를 줄도 알았지만, 때로는 스스로 자신을 확실하게 드러낼 줄도 아
는 사람이다.

생각해 보면 제자들만 몰랐을 뿐 예수는 끊임없이 변했다. 가버나
움에서 제자들 몇 명과 함께 예루살렘 길에 오를 때만 해도 그는 갈릴
리 시골 마을을 떠돌던 선생일 뿐이었다. 갈릴리 바리새파 사람들, 다
른 일로 예루살렘 성전에서 갈릴리에 내려 보낸 서기관이나 율법학자
들이 나서서 옳으니 그르니 예수와 시비했을 뿐이었다. 분봉왕 헤롯
안티파스의 궁성에서도 겨우 하급관리들이 나서서 예수를 잡는다, 쫓
는다 하며 몰고 다녔었다.

그러나 한 걸음 한 걸음 걸어 예루살렘에 이르면서 예수는 커졌고
깊어졌고 한없이 넓어졌다. 어떤 장애물도 그 도도한 흐름을 막을 수
없게 되었다. 산자락 조그만 샘에서 솟은 작은 물줄기가 예루살렘 성

전을 뒤덮고도 남을 큰 강이 되었다. 예수는 더 이상 갈릴리의 떠돌이가 아니라 예루살렘 성전과 당당히 마주설 수 있는 선생이 되어 성전에 들어가고 있었다.

마리아는 앞서 가는 예수를 경이로운 눈으로 바라보았다. 예수는 자기가 생각하던 사람보다 훨씬 더 큰 사람이다. 나름 예수를 잘 안다고 생각했는데, 지나고 보니 그의 아주 작은 부분만 알고 있었던 듯 느껴졌다. 그가 탄 나귀마저 큰 의미가 있다. 사람을 태우고 그냥 끄덕끄덕 올라가는 나귀가 아니다. 성전을 향해 올라가는 예언의 실현이다.

곧 예수와 그를 따르던 무리는 성전 앞 남쪽 큰 광장에 이르렀다. 광장 앞 길고 높은 계단을 걸어 올라가면 왼쪽에는 두 개의 문이 나란히 붙어 있었고, 오른쪽에는 3개의 문이 나란히 붙어 있었다. 그 문을 들어가면 길게 지하통로가 뻗어 있고 통로 끝에서 계단을 올라가면 이방인의 뜰이다.

예수는 나귀에서 내렸다. 그를 따르던 무리가 모두 광장에 도착할 때까지 조용히 기다렸다. 그는 크게 숨을 몇 번 들이쉬면서 계단을 올려다보았다. 계단이 높아 성전 뜰을 둘러싼 주랑건물 윗부분만 겨우 보였다. 성전을 바라보자 행방불명이라는 히스기야가 그곳 어느 깊숙한 곳에 갇혀 있으리라는 생각이 들었다. 그러나 아직 그에게 어떤 큰 일이 일어나지는 않았다는 느낌이다. 그가 어떤 극심한 고통을 겪고 있으면 예수에게 그 느낌이 언제나 고스란히 전해지기 때문이다. 따지고 보면 예수는 히스기야와 늘 같이 고통을 겪으며 살아온 셈이다.

"들고 있는 모든 나뭇가지, 나뭇잎을 저쪽에 내려놓으세요."

사람들이 얼추 다 모이자 도마가 큰 소리로 외쳤다. 역시 그다웠다. 성전 뜰에는 제사드릴 제물 외에는 어느 것도 가지고 들어갈 수 없다. 예수가 뭐라고 얘기하기 전에 이미 그들은 예수의 마음을 알고 있다. 그날만은 쓸데없이 충돌하지 말자는 생각은 예수나 그들이나 마찬가지였다.

✝

"선생님, 아까 낮에, 올리브산 저쪽에서 예루살렘 들어갈 때요. 선생님은 어떻게 그 산자락에 모인 사람들이 나귀를 가지고 있는지 아셨어요? 저는 긴가민가하며 내려갔더니 진짜로 나귀가 있어서 깜짝 놀랐어요."

예루살렘에서 베다니로 돌아왔을 때는 해가 막 질 무렵이었다. 마르다의 여인숙에서 마련해준 식사가 끝나자 요한이 예수 곁에 바짝 붙어 앉으며 물었다. 예수는 말없이 빙그레 웃었다. 그런 일마저 궁금하다는 듯 눈을 반짝이며 자기를 쳐다보는 요한이 귀하게 보였다. 끊임없는 호기심과 궁금증이, 그리고 남보다 앞서 이리저리 생각을 굴리는 그의 성격이 조금 더 닦이고 조금 더 깊어지면 그는 큰 그릇이 될 사람이다. 요한에게는 세상 모든 일이 설명될 수 있어야 했다. 그는 자기가 납득할 수 있을 때까지 묻고 또 묻는 사람이었다. 그냥 주어진 대로 받아들이는 사람이 아니었다. 그런 요한이 보지 않고도, 보고 듣지 않고도 들을 수 있도록 눈과 귀를 열어주어야 한다.

다른 제자들도 예수의 대답을 기다리고 있었다.

"내 눈에 보였어요."

"아니, 거리가 그렇게 먼데 어떻게 선생님은 그걸 보셨어요?"

"으이! 선생님이시잖아? 당연히 보이지!"

옆에 앉았던 다른 제자가 말참견을 했다.

"움직이는 것을 보는 것은 쉬운 일이오. 무엇이고 제 소리를 내는 것을 듣는 것도 쉬운 일이오. 그러나 움직이는 것 중에서 움직이지 않는 것, 소리 내는 것들 중에서 소리 내지 않는 것, 제각기 빛을 내는 것 중에서 빛 안 내는 것, 그렇게 조용히 있는 것, 정지해 있는 것, 빛 뒤에 있는 것을 알아보려면, 여러분이 마음의 가장자리 저 밖 어딘가로 나갈 수 있어야 하고, 세상 모든 것을 여러분 마음속 가장 깊은 안에서 품을 수 있어야 해요."

제자들은 또 갑자기 알 수 없는 길로 떠밀려 넣어진 듯 멍하니 예수를 바라보았다. 마음 끝 그 밖으로 나가라니, 게다가 세상 모든 것을 마음 안 가장 깊은 곳에 품어야 한다니, 그건 어디로 가라 하는 말, 이리로 들어오라는 말과 달랐다. 제자들이 모두 눈만 껌벅거리면서 말을 못 알아듣자 예수는 다시 입을 열었다.

"귀는 소리를 듣고 코는 냄새를 맡지요. 그리고 들은 것과 냄새 맡은 것을 가슴에 전달합니다. 말하자면 세상에서 알게 된 것을 안으로 전달하는 통로지요. 그런데 마음은 눈까지 뻗어 올라와 있습니다. 눈이 마음입니다. 눈으로 보는 것은 마음으로 보는 것입니다. 마음은 눈이고, 그 마음에는 귀와 코가 있습니다. 얼굴에 있는 귀와 코는 마음에 있는 귀와 코를 통하여 마음에 전달합니다. 그러나 마음은 눈과 하나입니다."

"그러면 선생님, 제 이 눈이 마음이라는 말씀입니까?"

"그래요. 그래서 세상을 보려면 마음으로 보아야 한다고 말한 것입니다."

"입은 그럼 무엇인가요?"

"입은 손발처럼, 마음이 생각한 것을 밖으로 나타냅니다. 말하고 누구를 돕고 어디를 가고, 그건 마음이 정해준 대로 하는 것입니다."

"입은 맛도 봅니다."

"맞아요. 그렇지요. 그러니 맛을 의지하지 마세요."

"예?"

"맛이 항상 똑같던가요? 배가 고플 때와 배가 잔뜩 부를 때의 맛이 같던가요?"

"아닙니다. 배부르니까 그만 먹고 싶어지고 맛이 별로입니다."

그때 불쑥 시몬이 나섰다.

"나는 배가 부를 때까지 실컷 좀 먹어 보고 싶다!"

"어허허! 아이구, 게바!"

모두 한참 웃었다. 시몬다운 말이었다. 웃음이 그칠 때까지 기다렸다가 예수가 말을 이었다.

"먹는 음식이 변했습니까?"

"아닙니다."

"그렇지요. 입은 믿을 수가 없습니다. 입은 맛을 받아들이는 것도 형편 따라 바꾸고, 말해야 하는 것도 형편 따라 이리 바꾸고 저리 바꿉니다. 손발뿐만 아니고 입도 사람을 해칩니다."

"눈도 그럽니다. 악한 마음을 가진 악마의 눈이 그렇습니다."

"그렇지요. 마음과 눈이 하나니까."

"그리 생각하니 여러 가지가 참 이상합니다."

묻고 답하면서 얘기는 점점 깊은 곳으로 흘러갔다. 마르다 여인숙 마당에 앉거나 서 있던 많은 사람들도 예수의 말에 귀를 기울였다. 예수를 따라 올라온 여리고 사람들 대부분은 예루살렘에서 숙소 걱정은 안 해도 되는 사람들이었다. 그런데도 그중 몇 사람은 예수를 따라 다시 베다니로 나왔다. 좀더 예수 곁에 머물고 싶었기 때문이다.

마르다는 여인숙에 묵고 있던 손님들을 설득해서 서로 잠자리를 나누도록 마련했다. 그래도 방이 모자라서 뜰에 커다란 천막을 쳤다. 천막 아래 자리를 깔고 홑이불을 여러 장 마련해 두었다. 밤 기온이 차갑더라도 홑이불을 덮고 자면 그런대로 하룻밤 지낼 수는 있었다. 준비한 빵이 부족하자 마르다의 큰어머니는 자기 돈을 더 내놓아 빵을 마련하도록 했다. 마르다 삼남매 중 가장 나이 어린 마리아는 이름이 같다고 막달라 마리아를 무척 친근하게 따랐다.

마당에 여러 사람이 서거나 앉아서 예수의 얘기에 귀 기울이는 것을 본 예수는 제자들을 끌고 마당으로 나갔다. 다른 방에 들었던 손님들도 모두 방 밖으로 나오거나 방의 휘장을 걷고 문턱에 앉아 마당에서 벌어지는 예수의 가르침에 빠져들었다. 마르다 큰어머니는 매우 흡족한 듯 가끔 손뼉을 치기도 하고 손을 비비기도 하면서 연신 고개를 끄덕였다. 베다니 마을 여인숙, 그 마당은 밤 깊도록 묻고 답하고 가르치는 학당으로 변했다.

"그런데 선생님, 아까 해주신 말씀은 좀더 천천히 새기고 삼켜야 할 것 같습니다. 저는 그런 말씀을 빨리 삼킬 수가 없어서요."

시몬의 말이 끝나자마자 요한이 또 익살을 떨었다.

"에이, 게바! 왜 그래요? 뭐 빵 먹을 때는 꿀꺽꿀꺽 잘도 삼키시더니!"

"아, 선생님이 하신 이 말씀은 빵이 아니고 신선한 풀이에요, 맛있는 풀! 그러니 우선 받아먹고 되새김질해야지, 양이 언제 꿀꺽 뱃속에 넣고 그만두는 것 봤어?"

"하하, 게바 말이 그럴듯하네요."

모처럼 시몬이 무언가 그래도 깊은 생각을 한 듯 주위 제자들과 말을 주고받았다. 그 모습을 보면서 이제 시몬도 한 발짝 한 발짝 깊은 곳으로 걸어 들어오고 있음을 예수는 느꼈다.

"그런데 선생님, 입, 눈, 코, 귀에 대한 말씀은 알아들을 듯 말 듯 좀더 생각해 봐야겠습니다만, 아까 요한이 여쭈어 본 그 나귀 말씀인데요. 어찌 그 움막마을 사람들 모여 있는 곳에 나귀가 있는 것을 보셨습니까? 그 먼 데서? 저도 그게 참 신기하네요."

시몬의 말을 듣고 예수는 뜰에 있는 조그만 바위에 걸터앉았다. 예수가 앉은 자리에서 일어설 때는 무언가 중요한 말을 선언할 때이고, 그렇게 자리를 찾아 앉을 때는 차분하게 어떤 일을 자세히 풀어서 가르칠 때였다. 예수는 여인숙 지붕과 마당에 친 천막 사이로 보이는 별이 가득한 하늘을 잠시 올려다보았다.

별이 쏟아질 듯 가득한 하늘, 나사렛의 하늘이 다시 생각났다. 유난히 넓고 든든했던 아버지의 등도 생각났다. 예수가 펄펄 끓듯 열이 오르고 아프던 어느 날, 아버지는 예수를 등에 업고 천천히 마당가를 거닐며 말을 걸었다. 아버지는 하늘을 보라고 했다. 아버지 등에서 고개를 돌려 하늘을 보았다. 별이 빼곡한 하늘에 어떤 별은 점점 가까워졌고, 어떤 별은 조금씩 멀어졌다. 아버지는 낮고 부드러운 목소리로 예수에게 말했다.

"저 하늘의 많은 별 중에서 네 별을 마음에 정해 두어라. 그러면 하늘을 올려다볼 때마다 그 별이 너에게 말을 걸 게다. 그렇게 별과 얘기를 주고받다 보면 살아가면서 만나는 어떤 근심걱정도 사라지게 될 게다."

그렇게 예수는 별과 대화하는 법을 배웠다. 아버지는 그에게 가장 큰 선생님이었다. 그 아버지가 들려주었던 옛 얘기를 하려는 참이었다.

"내가 여러분에게 내 아주 어릴 적 얘기를 하나 하지요. 아버지에게 들은 얘기입니다."

예수가 아버지 얘기를 할 때마다 마리아는 특별하게 귀를 기울였다. 예수의 많은 가르침이 아버지를 통하여 깨달은 것이라는 점을 느꼈기 때문이었다. 그럴 때마다 그의 눈가에 퍼지는 그리움과 아픔을 그녀는 볼 수 있었다. 제자들도 예수가 아버지 얘기를 한다니까 모두 귀를 기울였다.

"아버지가 말씀하셨어요. '늘 귀를 예민하게 하라, 그러면 하느님의 말씀을 들을 수 있다. 하느님의 말씀은 세상 사람들 고통의 신음소리에 섞여 있다. 그 신음소리가 하느님의 음성이다.'"

말을 마치더니 예수는 아무 말 없이 별이 가득한 하늘을 올려보았다. 꽤 긴 시간이 지나도록 그는 침묵을 지켰다. 때로는 말보다 침묵이 더 정확하게 설명한다. 침묵은 존재가 눈뜨는 시간이다. 그때 사람들 가슴속에서 싹이 돋아난다. 그 자리가 그랬다.

"아!"

마당에 앉아 있던 한 사람이 길게 숨을 내쉬었다. 그는 그런 세상은 생각하지 못하며 살았다. 아무리 아프다고 신음하고 외치고 울부짖어도 세상은 꿈쩍 않는 줄 알았다. 아예 귀 막고 눈 감은 줄 알았다. 그런데 하느님이 듣고 있었다는 것을 깨달았다.

침묵 끝에 예수는 한 마디 덧붙였다.

"그래요! 아버지는 하느님의 소리, 아픈 사람의 소리를 들으라고 말씀하셨어요. 그런데 여기에 신비가 있습니다."

예수가 신비라는 말을 입에 올리자 제자들은 모두 눈을 반짝였다. 이제 드디어 선생이 오래 감추어두었던 신비를 풀어내는구나 생각했기 때문이다.

"나도, 여러분 앞에 서 있는 이 예수도, 여러분처럼 많이 아프고 많이 괴로웠습니다."

그건 뜻밖의 말이었다. 그의 깨달음과 그에게 부여된 권능에 관해 얘기하려는 줄로 알았기 때문이었다. 예수는 말을 이었다.

"하느님의 음성이 다른 사람들이 내는 아픈 신음 소리에 섞여 들리듯, 내 한숨과 신음 소리가 하느님 음성 속에 섞여 다른 사람에게 들린다는 말입니다."

그 말을 듣는 순간 사람들 마음이 저릿저릿했다. 예수도 아프고 고통스러웠다는 말이 그들 마음에 깊게 새겨졌다. 마리아도 깨달았다. 그래서 선생이 그렇게 예민하게 아픈 사람들, 고통받는 사람들 마음에 공감한다는 것을 그녀는 알게 됐다.

"여러분, 나만 아픈 것이 아니라 다른 사람도 아프다는 것을 깨달으면 그건 서로 손잡는 것입니다. 아픈 사람끼리 서로 치유해주는 기적이 됩니다. 그 속에 하느님의 마음이 함께하기 때문입니다. 그래서 내가 얘기합니다. 내가 많이 아플수록 다른 사람의 아픔을 더 깊게 공감하고, 그 아픔의 줄이 서로 어울려 떨리는 세상, 그 세상이 하느님 나라입니다."

예수는 조금 목소리를 높였다.

"아픈 소리 들리는 곳으로 눈을 돌리면 마음이 그곳에 이르지요. 눈으로 본 그것이 마음에 그대로 들어오지요. 여러분은 크고 작은 거리에 둘러 싸여 있습니다. 손으로 만질 수 있는 거리, 냄새로 맡을 수 있는 거리, 눈으로 볼 수 있는 거리, 귀로 들을 수 있는 거리가 다릅니다. 그러나 여러분, 마음에는 거리가 없습니다. 마음은 시간과 상관없습니다. 마음은 사람 몸의 어떤 기관을 통하여 밖과 연결되든지 상관없습니다. 눈이 바로 마음이든, 귀와 코가 마음에 연결되었든 마음은 모든 것에 닿아 있고, 모든 것을 느끼고, 모든 것을 보고, 모든 것을 듣습니다. 고통의 냄새를 맡고, 아픈 모습을 듣고, 가슴 아파 외치는 소리를 봅니다."

이미 예수의 말에는 보고 듣고 냄새 맡는 일의 구분이 사라져 있었다. 마음은 거리와 시간을 뛰어넘었다.

예수는 벌떡 일어섰다. 그리고 마당 가득 모인 사람을 둘러보며 말했다.

"내가 여러분에게 선언합니다. 시간이 상관없고, 거리가 상관없는 마음, 바로 하느님의 마음입니다. 우리는 모두 그 하느님을 마음속에 모시고 삽니다. 하느님은 성전에 계신 분, 고고하게, 높게, 위엄 있게 하늘에 머무시는 분 아니고 우리 마음속에 계신 분입니다. 모든 사람이 하느님의 마음을 골고루 똑같이 나누어 받고 그 하느님과 함께 살아갑니다. 하느님 마음 쓰시는 그곳에 여러분 마음이 함께 갈 때, 여러분은 하느님과 함께 있는 것입니다. 그래서 내가 얘기합니다."

그 자리에는 눈에 보일 만큼 감동이 출렁출렁 굽이치며 흘렀다. 그들은 예수의 말을 받아들일 준비가 이미 다 되어 있는 사람들이다. 예수가 뿌린 말은 바짝 마른 석회석 바위가 물을 빨아들이듯 그들 마음 속으로 쏙쏙 스며들고 있었다.

"여러분이 하느님 안에 있고, 하느님이 여러분 안에서 역사하십니다."

놀라운 선언에 모두 일순 숨이 막혔다. 헉, 숨을 들이쉬고 그 숨을 다시 내쉬지 못하고 입을 벌리는 순간이 한동안 계속됐다. 누구도 그 순간을 깨뜨리고 싶지 않았다. 그 선언은 모든 사람들에게 그 한 사람 한 사람이 하느님을 모신 성전이라고 말하는 선언이다. 하느님 안에 내가 있고 내 안에 하느님이 계시다면, 내가 하느님과 하나라는 선언이다. 이제까지 유대, 이스라엘, 그 이전 조상의 조상 아브라함, 첫 사람 아담 이후에 나타난 그 누구도 이런 엄청난 얘기를 한 사람은 없었다. 그들은 지금까지 그저 성전에 하느님 모시고 그 앞에 찾아가 제사드리는 것만 배웠다.

"그렇다면 기를 쓰고 거룩함의 시간으로, 거룩함의 장소로 모여들 이유가 무엇입니까? 거룩함의 밖으로 밀려날까 봐 전전긍긍하며 살아야 할 이유가 무엇입니까?"

사람이 하느님을 마음에 모시고 각자 성전이 되었다면 세상에 있는 모든 거룩한 장소가 무슨 의미가 있다는 말인가? 따로 구분해서 하느

610

님 앞에 나가야 하는 거룩한 시간이 무슨 의미가 있는가? 시간도 거리도 상관없는 존재가 된 사람이 무엇을 더 구분하고 지키고 선을 넘는 일 때문에 마음 졸일 것인가?

처음 얘기의 시작은 요한이 질문했던 간단한 얘기였다. 어떻게 산자락 움막마을 사람들이 모여 있는 그곳에 나귀가 있는지 알고 있었느냐고 그는 질문했다. 더 이상 그 질문에 대한 대답이 필요 없었다. 장소와 시간에 상관없는 마음이면 무엇인들 못 듣고 무엇인들 못 볼 것인가? 그 자리에 모인 모든 사람들에게 세상은 갑자기 밝아졌고, 어렵지만 살아볼 만한 곳이 되었다. 매일매일 옥죄던 고통거리는 견딜 만한 것으로 바뀌었다.

"여러분이 그렇게 귀한 존재라는 것을 깨달았으면 그에 합당하게 살아야 할 의무가 있습니다. 내가 그렇게 귀한 만큼 세상 누구라도 그렇게 귀하다는 것을 받아들이고 존귀하게 여겨야 합니다. 시간의 구분이 없어졌으니 하루하루가 다 귀합니다. 장소의 구분이 사라졌으니 여러분 살아가는 그 자리가 다 귀하고 소중합니다. 여러분은 여러분을 귀하게 여겨 달라고 다른 사람들에게 요구할 수 있습니다. 여러분이 그렇게 요구할 수도 있지만 다른 사람의 그런 요구도 들어주고 지켜주어야 합니다."

✠

예수의 가르침을 듣고 있으면서도 제자들 중에 유다와 작은 시몬이 눈에 띄지 않아 마리아는 불안한 마음이었다. 예수를 따라 예루살렘 성전에 들어갔다가 올리브산 중턱을 넘어 베다니 여인숙으로 돌아와 보니 유다가 없었다. 그 얼마 후에 작은 시몬도 슬그머니 사라졌다. 적어도 두 사람 중 한 사람은 늘 일행과 함께 지냈지 동시에 다 일행에서 빠진 경우는 그동안 한 번도 없었다. 그런 것으로 보아 분명 부근에 있는 어느 가까운 마을에 몸을 숨긴 하얀리본 동지들을 찾아간 모양이라고 생각했다. 예수도 그 두 사람을 찾지 않았다. 일부러 찾지 않는 듯 보였다.

마리아는 므나헴을 눈으로 찾았다. 요즈음 틈만 나면 그를 지켜보았다. 그는 제자들 틈에 앉지 않고 여리고 사람들 틈에 끼어 있었다. 그의 옆자리에는 성전 마당에서 본 듯한 사내가 앉아 있다. 도마를 도와 열심히 종려나무 가지를 모아 마당 한쪽에 치우던 사내였다. 어색하리만치 그 두 사람은 모르는 척 서로 외면하고 앉아 있다. 마리아는 므나헴이 예수의 말은 한 마디도 놓치지 않고 마음에 꼼꼼하게 기록하고 있으리라고 생각했다. 아마도 많은 제자 중에 오직 그 한 사람이 예수가 하는 모든 말을 기억하고 마음속의 돌판에 새기고 있을 터였다. 그때 언뜻 예수가 자기를 바라보는 것을 마리아는 느꼈다. 마리아 눈길 가는 쪽을 예수도 알고 있다. 그렇다면 그도 므나헴이 누구인지 알고 있음이 분명했다. 예수 주위에 던져진 눈에 보이지 않던 올가미가 하나씩 모습을 드러낼 때가 됐다.

예수 곁에는 네 부류의 사람들이 섞여 있었다. 모두 예수의 제자로 보이는 사람들이다. 제자들 중 핵심은 갈릴리 호수마을 가버나움에서 예수가 처음 모은 열댓 명 제자들이다. 마리아와 몇 사람의 여자들도 갈릴리에서부터 예수를 따랐다. 여자들이야 남들 앞에 나서지 않지만 남자 제자들이 할 수 없는 모든 일을 도맡았다. 그중에는 재물로 뒷받침한 사람도 있었다.

신분이 수상한 사람들도 있다. 갈릴리 분봉왕 측에서 심어 놓은 므나헴과 유대 땅에 들어서면서부터 따라붙은 몇 사람이 그렇다. 예수가 하는 모든 말과 행적을 조사하는 역할을 맡은 사람들로 보였다. 아무리 자연스럽게 행동해도 어딘지 어색한 구석이 있다. 마리아는 그걸 눈치 챘지만 시몬이나 야고보는 아직 모르는 듯했다. 하기야 눈치 빠른 요한도 아직 못 알아챘으니 시몬이 모르는 것은 어쩌면 너무 당연했다.

어떤 목적을 가지고 그쪽으로 예수를 끌어들이려는 제자들이 있다. 유다와 작은 시몬이 그들이다. 그들은 분명 히스기야가 예수 곁에 심어 놓은 사람들이다. 유다는 예수 곁에 늘 붙어 있지만 작은 시몬은 일행을 떠나 때때로 어디로 사라졌다가 나타난다. 마리아가 보기에 하얀리본 히스기야가 계획하는 봉기에 예수를 끌어들이는 임무를 직접 맡은 사람은 유다였고, 하얀리본과 연락을 맡은 사람이 작은 시몬이었다. 제자들 중 오직 요한과 야고보만 유다와 작은 시몬의 정체를 눈치 챈 듯 보였다. 유다는 마리아와 히스기야의 관계를 알고 있었다.

나머지는 그저 예수 소문을 듣고 갈릴리와 유대에서 따라붙은 사람들이다. 그들은 예수가 메시아일지 모른다는 희망을 가졌다. 하기야 처음부터 따라다니던 제자든 그냥 따라붙은 사람이든 대부분 사람들은 그가 메시아이기를 기대했다. 사람들이 기다리는 그런 메시아는 없다고 아무리 예수가 단호하게 말해도 그동안 기다린 소망을 버릴 수 없는 그들은 자기들 소망과 기대를 예수에게 덧입혔다. 사람들은 원래 보고 싶은 것만 보고 듣고 싶은 것만 듣기 마련이다. 예수의 가르침을 들으면 들을수록 그들에게는 예수가 정녕 메시아임이 틀림없다는 믿음이 더욱 굳어지는 데에야 어쩔 도리가 없다. 그건 믿고 싶은 대로 믿는다는 말이다. 예수가 보여주는 세상과 그들이 이제껏 기다리던 세상이 얼마나 다른지 눈 감는다.

다른 제자들과 달리 마리아에게는 앞으로 벌어질 일이 눈에 보였다. 그날 예루살렘 성전 이방인의 뜰까지 무사히 들어갔다가 나온 일이 다음 날, 그다음 날에도 예수가 안전하리라는 보장은 아니다. 움막마을 사람들과 예루살렘 아랫구역 사람들이 호쉬아나 호쉬아나 소리 높여 외치며 예수를 구원자라고 부르며 따랐지만 그들 모두 화난 얼굴로 등 돌릴 날이 다가온다는 사실을 그녀는 이미 알고 있다. 예수는, 제자들이 기대하고, 움막마을 사람들, 성안 아랫구역 사람들, 세상이 기다리는 그런 사람이 아니기 때문이다.

밤은 점점 깊어 가는데 유다도 작은 시몬도 베다니 여인숙으로 돌아오지 않았다.

✝

3권 줄거리

예루살렘 성전에 들어간 예수는 제물을 파는 장사꾼과 환전상들을 내쫓고, 제자들은 그저 선생을 지켜만 본다. 예수와 제자들 사이에 점점 틈이 벌어진다. 하얀리본을 일망타진하기 위해 히스기야를 주랑건물 위에 내세운 로마군과 성전경비대의 계략은 실패한다. 한편, 랍비 요하난은 예수가 지금 붙잡혀 처형되면, 새로운 세상을 이루려는 그의 운동이 실패할 것이라고 예언하면서 갈릴리로 물러나 때를 기다리라 권한다. 예수는 깊은 고뇌에 빠지고…

이스라엘 연표

	이스라엘
BC 2000	**성서 시대 [전사 (前史). 성경 기록에 의거]** BC 21세기 아브라함이 히브리인을 이끌고 가나안으로 이주. 　　　　　뒤이어 이삭, 야곱이 활동한 족장시대. BC 19세기 이집트 종살이(430년) BC 15세기 이집트 탈출(성전 건축 480년 전), 　　　　　광야 유랑(40년). BC 14세기 가나안 정복 시작.
BC 1000 BC 500	**왕정 시대** BC 1020 사울왕 즉위. BC 1000 다윗왕 즉위. BC 960　솔로몬왕 즉위. 성전 건축(BC 957). BC 930　남왕국 유다와 북왕국 이스라엘로 분열. BC 722　앗시리아의 침공으로 북왕국 이스라엘이 멸망. BC 587　바빌론이 남왕국 유다를 정복하고 성전을 파괴. 　　　　　유대인들이 바빌론 포로로 끌려감(BC 586). BC 538　바빌론 포로들이 귀환하여 예루살렘에 정착. 　　　　　성전 재건 착수(BC 515 재건 완료).
	헬라 지배기 BC 330　헬라의 지배 시작. BC 167　헬라 통치에 대항해 유다 마카비가 독립전쟁을 시작함.
	하스몬 왕조 BC 142　유다의 동생 시몬이 유대인을 해방하고 왕으로 추대됨. BC 104　하스몬 왕조가 이두매, 사마리아, 갈릴리를 정복하며 영토 확장.
AD 1	**로마 지배기** (BC 1세기~AD 4세기) BC 63　로마에 의해 정복됨. BC 40　로마 원로원이 헤롯을 유대왕으로 임명. BC 5/4　겨울. 예수 탄생. BC 4　헤롯왕 사망. 로마황제가 헤롯왕의 세 아들 　　　　(아켈라우스, 안티파스, 빌립)을 분할 통치자로 임명. AD 6　아켈라우스 폐위, 로마제국이 총독을 임명하여 　　　　아켈라우스의 영지(유대, 사마리아, 이두매)를 통치. AD 18　가야바가 예루살렘 성전 대제사장이 됨. AD 26　본디오 빌라도가 로마총독으로 부임. AD 29　예수가 세례자 요한으로부터 세례를 받음. AD 33　예수 처형.

	주변국
BC 2000	
BC 1000	BC 1279 **이집트** 람세스 2세 즉위 (재위 ~1213).
BC 500	
	BC 330 **마케도니아** 알렉산드로스 대왕이 페르시아 정복.
AD 1	**로마 제국** (BC 1세기~AD 5세기) BC 63 폼페이우스 장군이 예루살렘 정복. 성전 약탈. BC 44 율리우스 카이사르가 암살됨. BC 31 악티움 해전에서 옥타비아누스가 안토니우스, 클레오파트라 연합군을 격퇴. 로마의 1인 통치자가 됨. BC 27 옥타비아누스가 초대황제 등극. 아우구스투스 황제로 불림. AD 14 아우구스투스 황제 사망. 양아들 티베리우스가 2대 황제 즉위.

Historia Ioudaikou Polemou Pros Romaious

유대 전쟁사 전2권

플라비우스 요세푸스(Flavius Josephus) 지음
박정수(성결대 신학부) · 박찬웅(연세대) 옮김

유대의 가장 위대한 역사가 요세푸스의 대표작
유대교와 초기 기독교에 대한 보석 같은 기록

초기 기독교 및 성서의 역사와 유대인의 역사에 관심이 있는 사람들에게
필독서로 꼽히는 중요한 책이다. 로마-유대 전쟁에서 예루살렘 성전이
파괴된 후 유대교와 기독교는 중차대한 국면으로 접어든다. 유대교는 성전이
아니라 율법과 그 해석을 중심으로 하는 랍비 유대교로 발전하고 기독교는
유대교에서 독립하여 새로운 경전과 제의체제를 준비하게 된다. 이 책은
이런 전환점을 가져온 로마-유대 전쟁의 배경과 경과를 상세하게 서술한
흥미진진한 역사서이다. 신국판·양장본 / 1권 691면·45,000원 / 2권 595면·40,000원

Judentum und Hellenismus

유대교와 헬레니즘 전3권

마르틴 헹엘 지음
박정수(성결대) 옮김

종교적 신념을 역사적으로 고증하는 데 도전하다

서구문명과 기독교는 동전의 양면과도 같다. 그것의 기원은 통상적으로
헬레니즘과 헤브라이즘이라고 할 수 있다. 하지만 이러한 용어들 자체가
복잡한 역사적 배경을 가진 종교·문화사적 개념이기에 그 실체를 파악하기가
쉽지 않다. 저명한 신약성서학자이자 고대유대교 연구의 석학 마르틴 헹엘은
거대한 종교·문화사적 기원에 대한 질문들을 '유대교'와 '헬레니즘'이라는
키워드로 풀어낸다. 신국판·양장본 / 각 권 28,000원

나남
nanam
Tel : 031-955-4601
www.nanam.net